Kn

Über die Autorin:
Ursula Niehaus wurde 1965 geboren. Ihre Leidenschaft für Stoffe führte dazu, dass sie sich nach dem Studium mit einem Stoffgeschäft selbstständig machte. Heute lebt sie mit ihrem Mann in einem kleinen historischen Winzerstädtchen am Rhein, doch im Herzen ist die gebürtige Kölnerin ihrer Heimatstadt treu geblieben. Mit ihrem ersten Roman hat sie sich einen seit Jugendzeiten gehegten Traum erfüllt.

Ursula Niehaus

Die Seidenweberin

Roman

Knaur Taschenbuch Verlag

Bitte besuchen Sie uns im Internet:
www.knaur.de

Vollständige Taschenbuchausgabe Juni 2008
Knaur Taschenbuch.
Copyright © 2007 für die deutschsprachige Ausgabe by Knaur Verlag
Ein Unternehmen der Droemerschen Verlagsanstalt
Th. Knaur Nachf. GmbH & Co. KG, München
Alle Rechte vorbehalten. Das Werk darf – auch teilweise –
nur mit Genehmigung des Verlages wiedergegeben werden.
Redaktion: Ilse Wagner
Umschlaggestaltung: ZERO Werbeagentur, München
Umschlagabbildung: Corbis
Satz: Adobe InDesign im Verlag
Druck und Bindung: CPI - Clausen & Bosse, Leck
Printed in Germany
ISBN 978-3-426-63616-9

Meiner Mutter
und meinem Vater
in Liebe und Dankbarkeit

Prolog 1458

Trübe starrte der beleibte Kaufmann in seinen Bierkrug. Heute konnte ihn selbst das süßliche, blassgol-
dene Gebräu nicht aufmuntern. Dieses liederliche Weibsbild, seine Schwester! Er hatte kein moralisches Problem
damit, dass sie herumhurte und sich dem ersten Besten, der
ein seidenes Wams trug, an den Hals warf. Aber dass sie nun
ein Balg zur Welt brachte, das keinen Vater hatte, nahm er
ihr übel. Als seriöser Kaufmann hatte er schließlich einen
Ruf zu verlieren. Noch dazu in dieser kleinen Stadt, wo jeder ihn kannte. Weniger mit Fleiß und Arbeit, dafür aber
mit viel Geiz und Verhandlungsgeschick hatte er in den vergangenen Jahren aus dem Geschäft seines Vaters ein richtig-
gehendes Handelsunternehmen gemacht, das größte der
Stadt. Er war jetzt in den Dreißigern und hatte wenig Lust,
sich alles, was er aufgebaut hatte, durch die Liederlichkeiten
seiner Schwester zunichtemachen zu lassen.

Die Luft im Alten Eber, dem Bierzapf am Markt, wurde
immer dicker, und der Lärm der Zechenden schwoll weiter an. Unaufgefordert stellte die Wirtin einen vollen Krug
vor Mathys hin und wischte mit einem Zipfel ihrer schmierigen Schürze über das abgeschabte Holz des Schank-
tisches. Wortlos wies sie mit dem Kinn in Richtung eines
Tisches in der Ecke, an dem es besonders hoch herging.
»Der ist nicht ganz bei Trost«, sagte sie.

Mathys' feiste Finger griffen nach dem Krug. Er nahm einen kräftigen Schluck und leckte sich den Schaum von den feuchten, für einen Mann ein wenig zu roten Lippen. »Wer?«, fragte er mehr höflich als wirklich interessiert.

»Na, der Dünne da mit der hellblauen Juppe.«

Mathys' Blick folgte dem ihren und machte durch den Dunst einen jungen Mann aus, auf den ihre Beschreibung passte. »Wieso? Was ist mit dem?«, wollte er wissen.

»Der verliert jetzt schon seit Stunden beim Würfeln. Entweder ist er dumm, oder er hat Geld an den Füßen.«

»Na, nach Geld sieht der mir nicht aus. Kennst du ihn?«

Die Wirtin schüttelte nachdrücklich den Kopf, und ihr ausladender Busen wogte energisch auf und ab. »Nee, hab ich noch nie hier gesehen. Muss ein Fremder sein.«

Dumm und fremd, ging es Mathys durch den Kopf, eine ideale Kombination. Und am trüben Horizont seiner düsteren Gedanken erschien ein kleiner Lichtstreif. Geduldig beobachtete er von Ferne, wie der Fremde sein Glück herausforderte, Stunde für Stunde. Der junge Mann war groß gewachsen, mit kräftigen Gliedmaßen, doch sah er nicht aus wie einer, der sein Geld mit Arbeit verdiente. Seine Hände waren gepflegt, das Gesicht fein geschnitten, mit hübsch geschwungenen Lippen und blauen Augen. Sein Kinn war vielleicht eine Spur zu weich, doch alles in allem war er ein ansehnlicher Bursche. Seine Schwester würde ihm noch dankbar sein, dachte Mathys.

Der Fremde schien auch kein Händler zu sein, eher ein nichtsnutziger Spross aus adligem Hause. Einer jener Habenichtse, die mit Geschick und Findigkeit anderen auf der Tasche lagen.

Mathys' Ausdauer wurde belohnt. In den frühen Morgenstunden saß der junge Mann endlich, abgebrannt und des Inhaltes seiner Taschen beraubt, allein an seinem Tisch. Seine Zechkumpanen hatten sich zerstreut. Mathys gab der Wirtin einen Wink, und mit mitleidigem Lächeln stellte sie einen gut gefüllten Krug vor den Fremden hin. Auf seine Frage hin deutete sie auf Mathys, der seinen Krug zum Gruße hob.

Kurz kamen Mathys Bedenken. Nicht über die Rechtschaffenheit seines Planes, sondern weil der Mann ein Spieler war. Doch freilich, einen Ehrenmann brauchte er unter diesen Umständen nicht zu suchen. Also stand er auf, setzte sich ungebeten zu dem Fremden an den Tisch und sprach ihn an: »Nicht gut gelaufen, was?«

»Kann man so sagen.« Der Fremde starrte in seinen Krug.

»Und was habt Ihr jetzt vor?«, erkundigte Mathys sich höflich.

»Mal sehen, was sich so anbietet.«

Mathys hatte sich nicht verschätzt. Der Fremde war völlig mittellos und wusste nicht, wo er die Nacht verbringen sollte.

»Ein Mann wie Ihr sollte nicht arbeiten müssen.« Mathys zielte ins Blaue.

Der Fremde nickte zustimmend.

»Ich hätte Euch ein Geschäft vorzuschlagen«, sagte Mathys und wagte einen Vorstoß.

Erstaunt zog der Fremde die fein geschwungenen Augenbrauen hoch und blickte Mathys zum ersten Mal aufmerksam an.

Dieser, sich nun der vollen Aufmerksamkeit des Fremden sicher, sagte: »Ich bin Kaufmann wie mein Vater vor mir. Nicht unvermögend, versteht sich. Und ich habe eine Schwester. Dieser fällt, im Falle ihrer Verehelichung, die Hälfte des Handelskontors, das mein Vater hinterlassen hat, zu.« Mathys machte eine beredte Pause, um sicherzugehen, dass sein Gegenüber die Worte auch richtig erfasste.

»Und worin besteht das Geschäft?«, wollte der Fremde wissen und blickte Mathys verständnislos an.

»Nun, ich suche einen passenden Gatten für meine Schwester und frage mich, ob Ihr nicht interessiert wärt.«

Konrad, dem Fremden, blieb für einen Moment vor Überraschung der Mund offen stehen, dann verzog er sein Gesicht zu einem spöttischen Grinsen. Er war keineswegs so dumm, wie Mathys vermutet hatte. »Was stimmt denn nicht mit Eurer Schwester?«, fragte er. »Ist sie alt, buckelig oder lahm, dass Ihr sie zu verschachern sucht wie einen krummen Gaul?«

»Ihr braucht sie nicht zu lieben, Ihr sollt sie nur ehelichen«, antwortete Mathys. »Seid Ihr nicht ein Spieler? So seht es doch als Spiel an. Eines, bei dem Ihr nur gewinnen könnt.«

»Wo liegt nun der Haken?«, bohrte Konrad nach.

Die Schwangerschaft war bereits zu weit fortgeschritten, als dass dieser Tatbestand zu verbergen wäre. Es war höchste Zeit zu handeln. »Sie trägt das Kind eines anderen«, gestand Mathys widerwillig.

Konrad ließ sich dadurch nicht aus der Fassung bringen. »Und wie groß ist das Vermögen der Dame?«, brachte er die Verhandlungen auf den Punkt.

Ausführlich schilderte Mathys ihm den Umfang seiner Handelsaktivitäten, nannte ihm den momentanen Bestand an Lagerware, die offenen Forderungen und zählte stolz seine guten Handelskontakte auf, die nach Köln, Mainz und Lübeck reichten. »Die Hälfte des Handelskontors also«, schloss er. Es lag nicht in seiner Natur, das schwer verdiente Geld zu verschleudern. Doch diesem Mann hier brauchte er nicht mit einem geringeren Angebot zu kommen, das wusste er.

Konrad nickte bedächtig. Vom Grunde einiger Bierkrüge aus betrachtet, klang der Handel ganz verlockend. Doch er war nicht zu trunken, um Für und Wider dieses Vorschlages abzuwägen. Die Vorteile schienen bei weitem zu überwiegen. Und sollte sich die Situation als absolut unerträglich herausstellen, nun, dann würde er einfach wieder sein Bündel packen und weiterziehen. Das Risiko war gering.

Ein letztes Bier genehmigten sich die künftigen Schwäger auf ihren Handel, dann machten sie sich auf den kurzen Weg zu Mathys' Haus.

Die mollige Haushälterin war noch auf den Beinen. Voller Freude funkelten ihre braunen Augen, als sie Mathys berichtete, Irma, seine Schwester, wäre niedergekommen, just vor wenigen Stunden, während er im Bierzapf weilte. Die Hebamme hätte sie von einem niedlichen, kleinen Mädchen entbunden, ein allerliebstes Kind sei es, und Irma ginge es den Umständen entsprechend gut.

Früh in den Morgenstunden des folgenden Tages kam der Pfarrer ins Haus. Er war ein altgedienter Mann des Glaubens, der schon allerhand erlebt hatte. Und wenn es ihn wunderte, dass er den Bräutigam nie zuvor in der Stadt gesehen hatte, so ließ er es sich nicht anmerken.

Die Braut war recht schwach. Es fiel ihr sichtlich schwer, sich für die Eheschließung von ihrem Kindbett zu erheben, doch hatte sie der Haushälterin gestattet, sie anzukleiden und ihre langen dunklen Locken zu bürsten, bis sie glänzten. Ihre kohlefarbenen Augen lagen tief und ein wenig fiebrig in dem zarten Gesicht, und ihr sonst so frischer Teint war einer kalten Blässe gewichen.

Konrad sog überrascht die Luft ein, als er seine Gemahlin erblickte. Wenn diese Frau sich von den Strapazen des Kindbettes erholt hätte, dessen war er sicher, würde sie wieder zu einer außergewöhnlichen Schönheit erblühen.

Diskret beschränkte der Pfarrer die Trauungszeremonie auf das absolut Notwendige, und angesichts der Umstände verzichtete man auch auf die üblichen Feierlichkeiten.

Konrad war entzückt von seiner jungen Gattin. Welchem Heiligen hatte er nur dieses Glück zu verdanken?

Doch in der Nacht darauf setzte das Bluten ein. Stärker und immer stärker sog es alle Lebenskraft aus Irmas Körper mit sich hinaus, und die ersten Sonnenstrahlen des folgenden Tages machten Konrad zum Witwer.

Er verspürte ein vages Bedauern um den Tod seiner Gattin. Sie war zu jung und zu hübsch, um schon vom Herrgott heimgeholt zu werden, doch es wäre müßig, mit dem Schicksal zu hadern. Konrad beschloss stattdessen, sich das kleine Wesen genauer anzuschauen, dessen Ankunft auf Erden ihm so unvermittelt zu neuem Wohlstand verholfen hatte.

Erfreut über sein Interesse, brachte Mathys' Haushälterin das winzige Bündel eilig herbei und schlug stolz, als sei es ihre eigene Tochter, die Tücher zurück, die das Gesichtchen umhüllten. Vorsichtig streckte Konrad den Zeigefinger aus und strich sanft über den zarten dunklen Flaum, der das winzige Köpfchen bedeckte.

Überraschend öffnete das Kind zwei große, bernsteinfarbene Augen und schenkte Konrad ein blubberndes, zahnloses Lächeln, das wie ein Dolch direkt in sein Herz fuhr. Zum ersten und letzten Mal in seinem Leben verliebte sich Konrad van Bellinghoven wahrhaftig.

Teil I

1470 – 1471

1. Kapitel

Mit dem Ellenbogen drückte Fygen die eiserne Türklinke herab und schob die schwere Tür zum Kontor auf, vorsichtig darauf bedacht, weder den sauren Wein zu verschütten, der gefährlich hoch den Krug füllte, noch den Teller mit Kraut und Speck fallen zu lassen.

»Hinaus!«, donnerte es ihr vom anderen Ende des Raumes entgegen.

Vor Schreck machte Fygen einen Satz zurück. Ein Speckstreifen rutschte über den Tellerrand, und das Mädchen konnte ihn gerade noch mit dem Daumen auf dem Teller festhalten. Langsam schob sie sich in den spärlich möblierten Raum hinein. In einem Regal an der Wand waren sorgfältig Geschäftsbücher aufgereiht, alle in speckiges Leder gebunden. An der gegenüberliegenden Wand stand eine geschnitzte, mit schweren Schlössern gesicherte Holztruhe. Staubkörnchen tanzten im Licht, das durch die beiden spitzen Buntglasfenster hereinfiel. In der hinteren Zimmerecke quoll die feiste Gestalt ihres Oheims hinter einem Schreibpult hervor, den runden Kopf tief über das aufgeschlagene Journal gebeugt. Der ganze Raum wirkte verstaubt, und Fygen erinnerte sich, dass Lijse gesagt hatte, hier dürfe sie nie zum Fegen hinein, der Alte hätte wohl Angst, jemand würde seine Juwelen mausen.

Fygen räusperte sich.

»Ich sagte doch …«

»Onkel Mathys, ich bringe dein Essen«, unterbrach Fygen

ihn rasch und versuchte, ihrer Stimme mehr Selbstsicherheit zu geben, als sie wirklich verspürte.

»Hm«, brummte der Kaufmann, hob den Kopf und nickte mit waberndem Kinn in Richtung der Truhe. »Stell es dahin. Und dann verschwinde. Und nimm die Finger von meinem Speck.«

Fygen tat wie ihr geheißen, wandte dem Onkel den Rücken zu, beugte sich über das niedrige Möbel und stellte das Essen ab. Erleichtert, ihre Last loszuwerden, war sie schon fast wieder zur Tür hinaus, als Mathys sie noch einmal zurückrief.

»Komm mal her.« Mit einer herrischen Geste seiner fleischigen Linken winkte er das Mädchen zu sich heran.

Misstrauisch trat Fygen näher an das hölzerne Schreibpult. Es reichte fast bis zum Scheitel ihrer langen geflochtenen Zöpfe. Seit sie nach Vaters Tod in den Haushalt des Onkels gekommen war, und das lag schon ein paar Jahre zurück, hatte dieser vielleicht zweimal das Wort an sie gerichtet. Und das sicher nicht auf freundliche Weise, erinnerte Fygen sich. Damals hatte er sie oberflächlich gemustert und befunden: »Knochig, mager, unansehnlich wie ein nasser Spatz. Sie schlägt ihrer Mutter so gar nicht nach.« Und brummend hatte er hinzugefügt: »Nun, das ist vielleicht kein Schaden.« Im Übrigen hatte er das Mädchen ignoriert, was Fygen nur recht sein konnte.

Was konnte er jetzt von ihr wollen? Hatte er vielleicht eines ihrer langen dunklen Haare im Kraut entdeckt? O weh, dann konnte sie sich auf etwas gefasst machen. Zu dumm aber auch, dass ihre widerspenstigen Locken sich immer wieder aus den Bändern mogelten, mit denen Lijse sie morgens zu bändigen suchte.

Auf das Schlimmste gefasst, trat Fygen vor das Pult, die Augen starr auf die Holzplanken gesenkt, um den Oheim nicht noch zusätzlich zu reizen.

»Wie alt bist du jetzt, meine Kleine?«, fragte Mathys freundlich.

Fygen hatte vor Spannung die Luft angehalten, nun entwich diese mit einem Zischen, so dass ihre Antwort mehr wie »pfflf« als zwölf klang. Hatte sie sich verhört?

»Du hast dich ja richtig herausgemacht.« Mathys nickte und ließ wohlwollend seinen Blick über Fygens biegsame Gestalt wandern. Das Mädchen war recht schlank, nicht sehr groß gewachsen, und seine Bewegungen hatten das Eckige der Kindheit noch nicht zur Gänze abgelegt. Von der Sonne gebräunte, olivfarbene Haut spannte sich über zarte Wangenknochen, und bis auf das fast zu vorwitzige Kinn prägten ebenmäßige Züge das ovale Gesicht. Einzig der Mund mit den vollen Lippen war eine Spur zu breit geraten, um als schön zu gelten. Das Auffallendste an Fygens Erscheinung jedoch waren ihre ein wenig schräg stehenden, funkelnden, bernsteinfarbenen Augen, die jede Minute ihre Farbe zu ändern schienen, von warmem Honig bis zu funkensprühendem Phosphor.

Endlich traute Fygen sich, den Kopf zu heben, und sah direkt in die schmalen, wässrigen Augen ihres Oheims, die zwischen den wulstigen Wangen zu versinken drohten. Unsicher sah sie zu, wie er seine massige Gestalt um das Pult herum auf sie zu bewegte. Auf seinen feucht glänzenden roten Lippen lag ein freundliches Lächeln.

»Immer noch ein wenig knochig, aber doch schon die Rundungen an den rechten Stellen«, sagte er gedehnt. Sein Blick saugte sich an dem rechteckigen, mit schmaler Litze besetzten Ausschnitt ihres Mieders fest, das gerade die Ansätze einer jugendlichen Brust erahnen ließ. Fygen spürte seine klebrigen Blicke wie Egel auf der Haut.

Mathys streckte seinen kurzen Arm aus und pflückte ihr eine Schleife aus dem Haar. Als sich die Locken befreit um ihr Kinn ringelten, trat ein Glitzern in seine blassen Augen, und seine Stimme war ein wenig atemlos, als er sagte: »Du ähnelst deiner Mutter, weißt du das?« Er legte einen dicken Finger unter ihr Kinn und schob sein Gesicht direkt vor ihres. Fygen konnte seinen unangenehm fauligen Atem riechen und versuchte, den Kopf abzuwenden.

»Sie war eine richtige Schönheit«, fuhr ihr Onkel fort und ließ seinen Finger langsam von ihrem Kinn den schlanken Hals hinabwandern.

Fygen versuchte, einen Schritt zurückzuweichen, doch das Schreibpult in ihrem Rücken hinderte sie daran. Mathys legte seinen freien Arm um ihre mageren Schultern und murmelte dicht an ihrem Ohr: »So wie du einmal eine Schönheit sein wirst.« Sein Finger hatte den Ansatz ihrer Brust erreicht, und Fygen spürte ein flaues Gefühl im Magen. Starr sah sie zu, wie sich seine Hand mit den tiefen Grübchen im Fett unangenehm fest um ihre Brust schloss, und stöhnte mehr vor Überraschung denn vor Schmerz auf. Mathys schoss das Blut ins Gesicht. Grob presste er Fygens schmalen Körper mit seinem Leib gegen das Pult und vergrub seinen Mund in ihren Haaren. Das üble Gefühl in Fygens Magen verdichtete sich zu einem festen, kleinen Knoten, als er mit der Rechten ihre Gesäßbacken packte und erregt seinen Unterleib an ihr rieb.

Fygen versuchte sich loszumachen und stemmte beide Hände gegen seine Brust. »Lass mich los. Onkel, lass mich los«, flüsterte sie, denn sein schwerer Körper hielt sie an das Pult gepresst und nahm ihr den Atem. Deutlich sah sie, wie kleine, feine Schweißperlchen auf seine Stirn traten, und hörte ihn mit rauher Stimme in ihren Haaren murmeln: »Du bist wie meine Schwester. Meine schöne, brünstige kleine Schwester.« Mit einem Ruck riss er die Schnürung an ihrem Mieder auf und beugte seinen Kopf über Fygens Brust. Bartstoppeln zerkratzten ihre Haut, der Knoten in ihrem Magen löste sich langsam zu Brei auf und stieg als Übelkeit in ihr hoch. Wieder versuchte Fygen, Mathys von sich zu schieben, doch seine Arme hielten sie fester, als es von einem so unförmigen Mann zu erwarten wäre. Behende schob er sie zu der schweren Truhe und fegte achtlos mit einer Handbewegung Teller und Krug beiseite. Der Krug zerbarst mit unangenehmem Scheppern auf dem Boden, und als Mathys Fygens weiten Rock anhob, färbte sich das Kraut langsam rot.

Mathys hielt sie mit einer Hand gepackt, leckte sich atemlos die Lippen, während die andere Hand am Latz seiner Hose nestelte. Das schmale Beinkleid ließ seinen fetten Körper grotesk ausschauen, und die Übelkeit stieg weiter in Fygen auf, höher und höher stieg sie, und nur noch am Rande ihres Bewusstseins hörte sie sein Keuchen: »Komm, stell dich nicht so an, du kleines Luder. Deiner Mutter kam es doch auch nicht so genau drauf an. Du bist doch auch eine kleine Hure. Meine kleine Hure.«

Mit einem abscheulichen Würgen brach es aus ihr heraus. Der ganze Ekel, der in Fygen aufgestiegen war, erbrach sich übelriechend über Mathys' grünes, pelzverbrämtes Wams.

Angewidert stieß er sie von sich, holte aus und schlug ihr

mit aller Kraft ins Gesicht. »Du gottverdammte Hure!«, schrie er.

Der Schlag schleuderte Fygen durch den Raum, im gleichen Moment, als sich die Tür öffnete und Lijses dralle Figur im Türrahmen erschien. Der erfahrene Blick aus den runden braunen Augen der Wirtschafterin erfasste die Situation sofort. Er glitt über Fygens aufgelöstes Haar, ihr zerrissenes Mieder und die verdorbene Mahlzeit auf den Bodendielen. Dann nahm Lijse den säuerlichen Geruch nach Erbrochenem wahr, und als sie das beschmutzte Wams ihres Brotherrn sah, musste sie sich das Lachen verkneifen. Für heute war es noch einmal gut gegangen, dachte Lijse, doch wer weiß, wie es das nächste Mal ausgehen wird? Aber darum würde sie sich später kümmern.

Äußerlich ruhig, bückte Lijse sich und half dem Mädchen auf, das sich wie ein Bündel schmutzige Kleider zu ihren Füßen zusammengerollt hatte. Nur das Rot auf ihren runden Wangen war eine Spur dunkler als üblich, und wer sie kannte, wusste, dass sie innerlich vor Zorn bebte. Lijse maß Mathys mit einem warnenden Blick. Mit sicherem Griff packte sie das Mädchen, das sich hilfesuchend an sie drängte, und schob es ohne ein Wort aus dem Kontor.

Als sich die schwere Tür hinter ihnen geschlossen hatte, hielt Lijse inne und lauschte. Bis auf Fygens leises Wimmern war es ruhig im Haus. Nur durch die angelehnte Tür der hinteren Stube drang gedämpft das Geschwätz der beiden Mägde, die dort am Herd ihr Mittagessen verzehrten. Mit einer Geste bedeutete Lijse Fygen, ruhig zu sein, und führte sie den dunklen Flur entlang, an der Stube vorbei zum Stiegenhaus. Ihre hölzernen Trappen klapperten leise auf den Dielen, als sie die schmale Treppe ins Obergeschoss hinaufgingen. Hier oben über dem Hinterhaus lag Fygens kleine, karg möblierte Kammer, die zwar eng war, die sie aber mit niemandem zu teilen brauchte.

Mit sanftem Druck hieß Lijse Fygen, sich auf das kurze Bett mit den dicken Rückenpolstern zu setzen, und verließ den Raum, um kurz darauf mit einer Waschschüssel und sauberem Leinen zurückzukehren. Behutsam zog sie Fygen das zerrissene Mieder aus. Das Kleidungsstück war aus gebleichtem, aber sehr solidem Leinen gefertigt, und so war es nur in den Nähten gerissen, der Stoff aber hatte zum Glück gehalten. Es wäre ein Leichtes, das wieder zu flicken.

Lijse legte das Mieder beiseite, streifte Fygen den graublauen Rock über den Kopf und hängte ihn sorgfältig an einen der beiden Haken an der Wand. Der andere Haken war für das »gute« Kleid reserviert, das Fygen am Sonntag und an Feiertagen trug.

Dann tauchte Lijse das Tuch ins Wasser und tupfte vorsichtig Fygens Gesicht sauber. Wie zerbrechlich sie aussah. Ihre Haut war fahl, beinahe grünlich, und die sonst so unternehmungslustig funkelnden Augen, die so verblüffend ihre Gefühle widerspiegelten, waren zu einem müden Zimtgelb verblasst. Die Flut dunkelbrauner Locken hing ihr wirr um den Kopf, und ein paar feuchte Strähnen kringelten sich an ihrer Schläfe. Wie ein nasses Vögelchen, kam es Lijse in den Sinn.

Fygens Lippe war unter der Wucht des Schlages aufgesprungen, doch der Riss hatte bereits aufgehört zu bluten, und die Lippe begann kräftig anzuschwellen. Behutsam tupfte Lijse den Rest des getrockneten Blutes fort.

Fygen reagierte nicht. Obwohl Lijse sicher war, dass ihre

Bemühungen für das Kind schmerzhaft waren, zuckte Fygen nicht ein Mal zusammen. Ihre ganze Reaktion schien sich in einer Gänsehaut zu erschöpfen, die den schmalen Körper überzog. Und das, obwohl sich hier unter dem Dach die sommerliche Hitze staute.

Sanft drückte die Haushälterin Fygen in ihr Kissen zurück, hob ihre Beine auf das Bett und breitete die dicke, mit Gänsedaunen gefüllte Decke über sie.

Fygen schien das alles gar nicht wahrzunehmen, ganz so, als hätte sie sich in eine andere Welt zurückgezogen. Lijse war diese Reaktion unheimlich. Sie hätte erwartet, dass Fygen sich lautstark über ihren Onkel beschwert, ihn ein dreckiges Schwein oder Schlimmeres genannt hätte. Auch einer von Fygens Zornesausbrüchen, die so typisch für das kleine verwöhnte Balg gewesen waren, als es vor Jahren in Lijses Obhut kam, und die ihr früher den letzten Nerv geraubt hatten, hätte sie nicht überrascht. Aber diese abwesende Art gefiel Lijse ganz und gar nicht. Müde rieb sie sich über das mollige Gesicht und seufzte tief. Ein letztes Mal tauchte sie den Lappen in die Schüssel und legte ihn dem Mädchen mit einer zärtlichen Geste auf die Wange, die langsam anfing, sich von brennendem Rot in bläuliches Violett zu färben. Dann verließ sie leise die Kammer.

2. Kapitel

Fygen fühlte sich elend, und trotz des warmen Sommerwetters fror sie erbärmlich. Von der brennenden Wange spürte sie nichts, auch nichts davon, dass ihre Lippe langsam anschwoll. Unbewusst hatte sie nach dem Schlag mit der Zunge geprüft, ob noch alle Zähne fest in ihrem Kiefer saßen. Ebenso mechanisch drückte sie nun den feuchten Lappen an ihr Gesicht. Für das, was ihr Onkel um ein Haar mit ihr angestellt hätte, empfand Fygen nur Verachtung. Es traf sie weitaus weniger als seine harten Worte über ihre Mutter, seine eigene Schwester. »Eine Hure wie deine Mutter!«, hallte es in Fygen wider. Fygen verstand das ganz und gar nicht. Wieso zog er die Erinnerung an ihre Mutter in den Schmutz? Um sie, Fygen, zu verletzen?

Ihre Mutter war wenige Tage nach ihrer Geburt gestorben, und obwohl Fygen nicht viel über ihre Mutter wusste, hielt sie ihr Andenken doch in großen Ehren.

Irma musste eine schöne Frau gewesen sein, die ihrer Tochter den frischen Teint und die aufrechte Haltung vererbt hatte. Doch außerdem verdankte Fygen ihrer Mutter vor allem ihr rebellisches, unabhängiges Wesen, wie Lijse ihr schon unzählige Male vorgehalten hatte.

Ihr Vater hatte nicht oft von seiner Frau gesprochen, und Fygen vermutete, dass ihr Tod ihn sehr bekümmert hatte. Auch ihren Onkel hatte Fygen fast nie von seiner Schwester sprechen hören und hatte sich nicht vorstellen können, dass er es in solch unflätiger Weise tun könnte. Ihr Vater hätte sich ein solches Verhalten seitens seines Schwagers sicher auf das schärfste verbeten.

Ein Kloß schien in ihrer Kehle zu wachsen, als sie an ihren Vater dachte. Mit seinem Tod war auch für Fygen das Leben zu Ende gegangen.

Sie war noch sehr klein gewesen, damals. Gerade einmal sieben Jahre alt. Oft war sie zu ihm ins Kontor gekommen. Ein Kontor, das nichts gemein hatte mit dem kahlen, abweisenden Raum, in dem ihr Onkel seine Geschäfte tätigte. In Vaters Kontor herrschte eine Art Durcheinander, die den ganzen Raum warm und heimelig wirken ließ. Überall stapelten sich Papiere, auf den Fenstersimsen lagen unbrauchbare Federkiele, und das Schreibpult bog sich unter einem Stapel aufgeschlagener Geschäftsbücher. Doch ganz gleich, wie beschäftigt ihr Vater gewesen war, immer hatte er sich über ihre Besuche gefreut.

»Da ist ja mein kleiner Spatz«, hatte er gerufen und sie aufgefangen und herumgewirbelt, wenn sie sich in seine Arme stürzte. Er hatte ihr die schweren, gebundenen Journale gezeigt und lachend gesagt, sie müsse noch viel lernen, wenn aus ihr einmal eine tüchtige Kauffrau werden solle. Dann hatte er sich oft Zeit genommen, ihr das Rechnen und Buchstabieren beizubringen.

Und dann war jener verwünschte Herbst gekommen, den Fygen am liebsten für immer vergessen würde. Doch sosehr er sich auch bemühte, nichts konnte diese Erinnerung verblassen machen.

Eines Abends hatte ihr Vater viel früher als gewohnt sein Kontor verlassen, nachlässig seine hüftlange, taillierte Schecke übergeworfen, den Beutel am Gürtel befestigt und war ohne ein Wort des Abschiedes aus dem Haus gestürmt, dem Bierzapf am Marktplatz zu. Erst tags darauf hatten sie ihn nach Haus gebracht.

Fygen stieg aus dem Bett, wickelte die Decke um ihre Schultern und trat an das schmale vergitterte Fenster, durch das im Winter ein eisiger Wind hereinwehte, weil es keine gläsernen Scheiben besaß. Wenn sie sich auf die Zehenspitzen stellte, konnte sie über den hochgeklappten Holzladen hinweg den gewaltigen Zollturm der Stadt Zons sehen. Und wenn sie sich noch ein wenig weiter reckte, blitzte dahinter ein schmaler Streifen silbrigen Wassers im Sonnenschein auf: der Rhein. Mit bloßen Füßen stieg Fygen auf die schlichte gezimmerte Truhe, in der sie ihre Leibwäsche aufbewahrte. Doch auch so konnte sie das Haus, in dem sie mit ihrem Vater gelebt hatte, von hier aus nicht sehen. Es lag weiter im Westen der kleinen Stadt, auf der dem Fluss abgewandten Seite. Es war ein schönes Haus: das Erdgeschoss aus Stein gemauert, die Fachwerkbalken darüber schwarz geteert und das Werk dazwischen ordentlich weiß gekalkt.

Und in dem schönen Haus wohnen nun andere Leute, dachte Fygen bitter und schlang die Arme um ihre Schultern. Sie fror immer noch erbärmlich. Rasch kroch sie wieder in ihr Bett zurück, zog unter der Decke die Beine an und rollte sich zusammen, während ihre Gedanken zurückwanderten. Zurück zu jenem verhängnisvollen Tag, der ihr Leben so einschneidend, so unwiderruflich verändert hatte.

In diesem Jahr, man schrieb 1465, war der Sommer schon früh zu Ende gegangen und einem kühlen, aber trockenen Herbst gewichen. Fygen spielte allein auf der Straße vor dem Haus mit ihren tönernen, bunt glasierten Murmeln. Es war ruhig in der Gasse, obwohl es mitten am Vormittag war. Anders als auf der lebhaften Rheinstraße, die sich vom Rheintor im Zollturm an der östlichen Stadtmauer entlangzog und auf direktem Weg an Schloss und Zwinger vorbei zum mächtigen, doppelten Südtor führte. Dort fuhren Pferdefuhrwerke, schleppten Knechte große Bündel auf dem Rücken, wurden schwere Karren entlanggezerrt und hasteten Menschen vorbei, um ihre Besorgungen zu erledigen. Denn Zons war Zollstadt, und jedes Schiff, das die Stadt auf dem Wasserwege passieren wollte, musste entsprechend seiner Waren Maut entrichten. Manches Schiff wurde hier entladen, und die Waren wurden auf dem Landweg weitertransportiert. Und so herrschte ein reges Treiben, nicht nur auf der Straße, sondern auch auf dem großen Platz vor dem Rheintor.

Fygen hatte sich in den Staub gehockt und fegte ein Stück Lehm neben der Treppe von Sand und Dreck frei, damit die glänzenden roten und blauen Murmeln besser rollen konnten. Ab und an kamen die beiden Gehilfen des Steinmetzes mit ihren Schubkarren vorbei, auf die sie Steine geladen hatten, denn der Sattler, der ein Stück die Straße hinauf wohnte, wollte seine Werkstatt vergrößern. Einmal kam eine Frau an Fygen vorüber, eingehüllt in ein wollenes Umschlagtuch, die Haube tief in die Augen gezogen, und Fygen sah zu, wie sie im Haus des Mützenstrickers auf der anderen Straßenseite verschwand.

Vom Rhein herauf wehte ein böiger Wind und wirbelte immer wieder Staubwolken auf, die Fygen in die Augen stachen. Und so bemerkte sie denn auch die beiden Männer, die eine schwere, unhandliche Last die Straße heraufschleppten, erst, als sie fast vor ihrem Haus angelangt waren. Erstaunt stellte Fygen fest, dass es ihr Vater war, den sie trugen. Einer der beiden hatte Vater unter den Armen gepackt. Der kostbar bestickte Saum von Vaters Schecke, die Fygen immer so bewundert hatte, schleifte im Staub. Der andere schleppte Vaters Beine, die so, wie sie in ihren engen Hosen in die Luft ragten, dünn und kraftlos erschienen. Beide keuchten unter ihrer Last, und der kleine, untersetzte Mann mit schütterem Haarwuchs, der Vaters Beine hielt, sprach Fygen an: »He, Kleine, lauf geschwind und sag im Haus Bescheid!«

»Wo hast du denn seine Trippe gelassen?«, wollte Fygen wissen und deutete auf den unbeschuhten Fuß ihres Vaters. Es überraschte sie heute selbst, dass dies die erste Frage war, die ihr damals in den Sinn kam.

»Der braucht keine Schuhe mehr, der geht nirgendwo mehr hin«, antwortete der andere Mann, ein stämmiger Bursche mit grobflächigem Gesicht. Fygen kannte ihn, es war der Gehilfe des Burggrafen vom Stadttor am Rheinufer. Entsetzt sprang sie auf, die Murmeln kullerten achtlos in den Staub. Erst jetzt sah sie die unnatürliche Blässe auf dem Gesicht ihres Vaters und das verkrustete Blut, das von seinem Hinterkopf in den Kragen gelaufen war.

Ihr Vater war tot.

Fygen konnte das nicht verstehen. Ihr hübscher, schmucker Vater sollte plötzlich tot sein? Die greise Veronika war tot, aber die war sehr alt geworden und hatte lange sich gelegen. Es war sicher nicht schlimm, dass der Herrgott sie zu sich geholt hatte. Das neue Kind von Edda war auch tot. Aber es war ja auch noch kein richtiger Mensch gewesen, nur ein kleines schreiendes Bündel, das einfach blau im Gesichtchen wurde und starb. Aber Fygens fröhlicher, starker Vater?

Als das Mädchen sich nicht rührte, stapften die beiden Männer an ihr vorbei die steinerne Treppe zur Eingangstür hinauf. Wie fast alle Häuser der Stadt war auch Fygens Elternhaus nur über eine Treppe begehbar, denn die Bewohner suchten sich gegen das jährliche Hochwasser zu schützen.

Wie betäubt folgte Fygen ihnen ins Haus hinein und sah schweigend zu, wie sie ihre leblose Last auf dem großen Tisch in der vorderen Stube abluden. Immer noch stumm stand sie dabei, als die Männer des Burggrafen sich den Schweiß abwischten und Dörte, die ihrem Vater den Haushalt führte, ihnen einen Krug dünnes Bier reichte.

Fygen hörte die Männer sprechen und trat näher, um zu hören, was sie zu sagen hatten.

Sie berichteten, sie hätten Vater außerhalb der Ostmauer am Ufer gefunden, gleich neben dem Treidelpfad. Im Staub habe er gelegen, auf dem Gesicht. Und der Hinterkopf sei eingeschlagen gewesen. Ein richtiges Loch sei da, ob sie es sehen wollten? Sie bräuchten nur seinen Kopf etwas zu drehen. Da müsse jemand ziemlich fest zugeschlagen haben. Aber es wäre müßig, herausfinden zu wollen, wer. Der Leichnam sei bereits kalt und der Schuldige bestimmt schon über alle Berge. Der Nachtwächter hatte nichts Verdächtiges bemerkt, den hätten sie schon gefragt. Das Stadttor war um neun Uhr, als er seine Runde machte, fest verschlossen, und auch die Wachen im Rheintor hatten in der Nacht nichts Auffälliges bemerkt. Da könne man halt nichts machen.

Wieso denn der van Bellinghoven nach Toresschluss nicht

in der Stadt gewesen wäre? Das zieme sich nicht für einen ehrbaren Kaufmann.

Darauf wusste Dörte keine Antwort zu geben, doch das verwunderte Fygen nicht. Sie fand Dörte ohnehin ziemlich dumm. Aber das lag wohl an Dörtes Kuhaugen, aus denen sie in die Welt schaute, als sähe sie diese jeden Tag aufs Neue zum ersten Mal. Auch ihr einfältiger Gesichtsausdruck trug nicht dazu bei, sie fähiger erscheinen zu lassen. Doch alles in allem führte sie Vaters Haushalt zu seiner Zufriedenheit und gab selten Anlass zur Beschwerde.

Da draußen triebe sich doch allerlei Diebesvolk herum, wie schließlich jedermann wisse, erklärten die Männer des Burggrafen, und das käme nun davon.

Fygen verstand nicht, was wovon kommt, aber sie mochte auch nicht nachfragen. Und vor allem wollte sie das Loch in Vaters Kopf nicht sehen.

Gott weiß, woher sie diesmal wusste, dass im Hause Bellinghoven etwas geschehen war, doch die beiden Männer waren noch nicht zur Tür hinaus, als schon die Frau des Goldschmieds erschien, eine unangenehm neugierige Person, wie Fygen fand. Alles an ihr war spitz. Ihre Nase, ihr Busen und ihre hohe kreischende Stimme.

Sie übernahm sofort das Regiment im Bellinghovenschen Haus. Zunächst schickte sie Fygen los, sie solle sich eilen und zum Pfarrer laufen. »Sag ihm, Konrad van Bellinghoven ist gestorben. Wir brauchen feines Bahrtuch und« – hier zögerte sie ein wenig, dann entschied sie – »sechs Kerzen. Und er soll den Kirchendiener schicken.«

Fygen starrte der Frau des Goldschmieds überrascht in das spitze Gesicht. Es erinnerte sie an die Schnauze einer

Spitzmaus, auch der Schnurrbart fehlte nicht. Fygen war es nicht gewohnt, so herumkommandiert zu werden. Erst recht nicht von dieser Spitzmaus. Trotzig verschränkte sie ihre schmächtigen Arme vor der Brust und bedachte die Frau des Goldschmieds mit einem düsteren, safranfarbenen Blick.

»Na, was ist? Worauf wartest du?«, herrschte die Frau sie an, und widerstrebend verließ Fygen nun doch die Stube und machte sich auf den Weg zum Pfarrhaus.

Bis Sankt Martinus war es nicht weit, und neben dem trutzigen Kirchenbau erschien das Pfarrhaus richtiggehend winzig. Wie schutzsuchend duckte es sich unter eine große Ulme, die ihre Äste über das strohgedeckte Dach breitete. Der Pfarrer saß am Tisch und löffelte Gerstenbrei aus einer hölzernen Schüssel in sich hinein, als Fygen eintrat. Unwillig hob er den Kopf und schaute sie aus blutunterlaufenen Augen an. Müde hingen die schweren Tränensäcke in seinem teigigen Gesicht, und Fygen schien es, als wäre der Herr Pfarrer gerade erst aus den Federn gestiegen. Selbst sie hatte schon gehört, dass der Pfarrer hochgeistigen Getränken sehr zugetan war.

»Nun?«, fragte er schroff und zog die Augenbrauen hoch, was seinem langen Gesicht etwas Pferdeartiges verlieh.

Fygen versuchte zu wiederholen, was ihr die Spitzmaus aufgetragen hatte. Doch als sie den Mund öffnete, kam nur ein leises ersticktes Krächzen hervor.

»Kind, sag, was du zu sagen hast«, brummte der Pfarrer ungeduldig.

Fygen unternahm einen zweiten Versuch: »Der van Bellinghoven ...«

»... ist dein Vater, ja. Was ist mit ihm?«

»Tot«, hauchte das Mädchen. »Tot.«

Die Hand mit dem Löffel verharrte in der Luft, und die Augenbrauen des Pfarrers verschwanden fast unter seinem unordentlichen Haarschopf.

»Tot?«, fragte er ungläubig und schüttelte den Kopf. Dann erst besann er sich und machte pflichtschuldigst ein schlampiges Kreuzzeichen.

»Der war gestern Nacht doch noch putzmunter. Wir haben den einen oder anderen Krug …« Abrupt verstummte er, denn ihm fiel ein, dass diese Ausführungen sicher nicht für die Ohren eines kleinen Mädchens geeignet waren. Was mochte dem van Bellinghoven zugestoßen sein? Erneut schüttelte er den Kopf, diesmal aber, um den Dunstschleier zu vertreiben, der seinen Geist vernebelte.

»Was ist mit ihm geschehen?«, wollte er wissen, und sein alkoholgeschwängerter Atem wehte in Fygens Richtung.

»Sie haben ihn totgeschlagen«, flüsterte Fygen mit erstickter Stimme und blickte zu Boden. Am liebsten hätte sie auf dem Absatz kehrtgemacht und wäre nach Hause gelaufen. Doch der Herr Pfarrer war schließlich der Herr Pfarrer, und man musste ihm mit dem gehörigen Respekt begegnen, auch wenn er noch so übel roch.

Der Konrad war in furchtbar schlechter Stimmung, gestern Abend, erinnerte der Pfarrer sich. Wütend war er in die Schankstube gestürmt und hatte jedem, der es wissen wollte, und auch allen, die es nicht wissen wollten, erzählt, dass er von einem unredlichen kölnischen Kaufmann übervorteilt worden war. Alles, aber auch wirklich alles hätte er verloren. Arm wie eine Kirchenmaus sei er nun, und wenn er Pech hätte, müsse er sogar in den Schuldturm. Und schuld daran sei nur dieser betrügerische Kerl.

Der Pfarrer wagte nicht, sich den genauen Wortlaut von Konrads Beschimpfungen in Erinnerung zu rufen, mit denen er den Kaufmann bedacht hatte, denn das hätte sicher Nachteile für sein eigenes Seelenheil. Und man musste jederzeit damit rechnen, dem Schöpfer leibhaftig gegenüberzutreten, wie sich ja wieder einmal gezeigt hatte.

Wie auch immer, Konrad hatte jedenfalls seinem Ärger gehörig Luft gemacht und keinen Zweifel daran gelassen, dass er den Missetäter, und sei er auch noch so reich und mächtig, vor den Rat der Stadt Köln bringen werde, vor dem dieser sich dann zu rechtfertigen habe.

Hatte diese Drohung dafür gesorgt, dass der van Bellinghoven nun an die Pforten des Himmelreiches klopfte? Und das, ohne sein Gewissen erleichtert und die heiligen Sakramente erhalten zu haben, der arme Teufel! Der Pfarrer verspürte echtes Mitleid mit der armen Seele des Verstorbenen und machte noch ein Kreuzzeichen für Konrad, deutlich eifriger diesmal. Und gleich ein weiteres hinterher, dafür dass ihm selbst ein solches Schicksal erspart bliebe.

Das kleine Mädchen vor ihm trat ungeduldig von einem Fuß auf den anderen, und ihm fiel ein, dass es ja seiner Pflicht als Hirte seiner Gemeinde oblag, für eine angemessene Totenwache zu sorgen.

»Was brauchst du?«, fragte er Fygen. Seine Stimme war weitaus freundlicher geworden und ließ deutlich Mitleid erkennen.

»Bahrtuch, sechs Kerzen, Kirchendiener«, zählte Fygen an den Fingern auf.

»Schicke ich euch gleich hinüber. Du kannst jetzt gehen.

34

Friede mit dir, meine Tochter«, sagte er und schlug ein letztes Kreuzzeichen, diesmal über Fygens Scheitel.

Als sie nach Hause zurückkehrte, hatten Dörte und die Spitzmaus Vater bereits gewaschen und ihm seine besten Kleider angezogen: Zweifarbige Beinlinge aus weichem, dehnbarem Stoff, ein Bein rostfarben, das andere dunkelblau, waren an einem zimtgelben Wams mit blauer, kostbarer Zierstepperei befestigt. Die hellgrüne Schecke war leider verdorben und konnte auf die Schnelle nicht gereinigt werden. So fiel die Wahl auf eine hüftlange, stark taillierte taubenblaue Jacke ohne Ärmel, deren Armausschnitte mit feinem Pelz verbrämt waren. Darunter kamen die langen, mit einer Muffe versehenen Ärmel des Wamses gut zur Geltung. Von der fürchterlichen Verletzung, die Vaters Leben ein so jähes Ende bereitet hatte, konnte Fygen zum Glück nichts mehr erkennen. Die Frauen hatten sein Haar gewaschen und über die Wunde gebreitet. Vaters Gesicht hatte sich wächsern gefärbt, und die Augen unter den blassen Wimpern waren geschlossen. Fremd und abweisend sah er aus. Sehr ernst, fand Fygen, und sie weigerte sich, ihren Vater so in Erinnerung zu behalten. Für sie würde er immer der fröhliche, lachende Held ihrer Kindertage bleiben. Angestrengt schaute sie in sein Gesicht und suchte nach seinen vertrauten Zügen. Fast meinte sie in einem Mundwinkel den Ansatz zu seinem Lächeln zu sehen, das sich schnell auf seinem Gesicht ausbreiten konnte. So sehr wünschte sie es sich herbei, doch so lange Fygen auch schaute, Vaters Gesicht blieb ruhig und unbewegt.

Der Kirchendiener, ein großer, magerer Mann, kam und brachte das schlichte, leinene Bahrtuch. Es war in der Pfarre gegen Gebühr auszuleihen und nach Gebrauch zurückzugeben. Mit dieser Bestimmung versuchte die Kirche, Prunksucht und Hoffahrt ihrer Schäflein in Grenzen zu halten. Denn in der Vergangenheit hatten wohlhabende Bürger übertrieben und mit Perlen und Goldfäden überaus reich bestickte Tücher verwendet. Einer suchte so den anderen an Prunk zu übertreffen, um seinen Reichtum noch im Tode zur Schau zu stellen.

Dieses Bahrtuch nun war aus gebleichtem und steif gestärktem Leinen und nur am Rande mit Lochstickerei verziert. Dörte und der Kirchendiener mühten sich, Vaters steifen Leib anzuheben, damit die Frau des Goldschmieds das Bahrtuch über dem großen Tisch ausbreiten konnte. Sorgfältig strich sie die Falten aus dem Leinen und zog die Säume glatt. Wie frisch gefallener Schnee, dachte Fygen, und als Dörte und der Kirchendiener den Leichnam vorsichtig ablegten, erwartete sie fast, dass er tief einsinken würde.

Er bot ein friedliches Bild, bis zu dem Moment, als der Kirchendiener versuchte, Vaters Hände in demütiger Haltung auf seiner Brust zu falten. Da schien plötzlich Leben in den toten Körper zu kommen, und Fygen erschrak zutiefst. Als wolle er sich der frommen Geste widersetzen, rutschten Vaters Arme immer wieder zur Seite, denn die Leichenstarre hatte bereits eingesetzt.

Als seine Arme zum dritten Mal in grotesker Weise über den Rand des Tisches hinabfielen, wurde Fygen übel, und sie beeilte sich, die Stube zu verlassen.

Dörte folgte ihr, und die Spitzmaus schickte den Kirchendiener los, die nächsten Freunde und Verwandten über Vaters Tod zu unterrichten, wie es der Brauch war.

Fygen half Dörte, die hölzernen, rot bemalten Kerzenständer abzustauben und die sechs Kerzen, jede zu mindestens einem Pfund Gewicht, darauf zu befestigen. Dann trugen sie die Kerzenständer vor das Haus, um sie dort aufzustellen, als Zeichen, dass in diesem Haus ein Toter zu beklagen war. Der böige Herbstwind ließ die Kerzen wild flackern, als sie vor die Tür traten, und Fygen musste die Flammen mit der Hand schützen, damit sie nicht verloschen. Die Spitzmaus trat zu ihnen und stellte neben den Kerzen ein schlichtes hölzernes Kreuz auf. Nun war alles bereit für die Totenwache. Mehr konnten sie nicht tun.

Bald schon trafen die ersten Nachbarn und Vaters Freunde ein. Manch einer ließ die Arbeit ruhen, als er die Nachricht vom plötzlichen Tod des Freundes erhalten hatte, und machte sich auf den Weg in das Trauerhaus. War doch der Tod eines Freundes oder Angehörigen zugleich Mahnung für die eigene Sterblichkeit. Sie kamen, um sich zu besinnen, um Abschied zu nehmen und nicht zuletzt der Geselligkeit willen. Und so standen denn bald nicht wenige Männer in der guten Stube. Die Lichter zu Füßen des Verstorbenen spiegelten sich matt in der dunklen Holztäfelung der Stubenwände und tauchten den niedrigen Raum in eine feierliche Stimmung, noch verstärkt durch das Flackern der Kerzen vor dem Haus, deren unruhiges Licht durch die langsam aufsteigende Dämmerung ins Haus fiel.

Für die Männer war es eine Ehrensache, in Schweigen und stillem Gebet die Totenwache bei dem aufgebahrten Leichnam zu halten. Ihre Frauen gesellten sich derweil zu Dörte und der Spitzmaus, die im Hofzimmer alle Hände voll zu tun hatten, die Gäste zu bewirten. Hier ging es weitaus fröhlicher zu als in der guten Stube. Der Kaminofen, der wegen der in diesem Jahr schon sehr früh einsetzenden Kälte bereits befeuert wurde, verbreitete eine wohlige Wärme, und die Frauen sprachen gehörig dem guten Nahewein zu. Genussvoll verspeisten sie die reichlich mitgebrachten Speisen und frönten ihrer liebsten Beschäftigung: dem Klatsch und Tratsch.

Ein um das andere Mal musste Dörte in den Keller hinabsteigen, um die Krüge neu zu füllen, und während sich die Wangen und Nasenspitzen der Damen unter den sittsamen Hauben langsam zu röten begannen, wurde die Stimmung ausgelassener und die Rede offener.

Von Fygen nahm kaum einer Notiz. Dörte hatte ihr das blaue Festtagskleid übergestreift. Es war aus feinster Wolle in einem kräftigem Indigoblau, das ihre honigfarbenen Augen zum Strahlen brachte. Sogar lange weite Schleppenärmel hatte es, wie die eleganten Kleider der feinen Damen. Vater hatte den Stoff eigens für sie mitgebracht, als er das letzte Mal in Geschäften unterwegs war. Als sie ihm vor Freude um den Hals gefallen war, hatte er nur gelacht und gesagt, sie solle daraus ein neues Kleid schneidern lassen, aber wehe, sie würde damit den jungen Kerlen gefallen, er sei schließlich mächtig eifersüchtig auf seine Prinzessin. Trotz des warmen Wolltuches fror Fygen arg, und sie kauerte sich auf der Ofenbank in eine Ecke. Ein Gesprächsfetzen wehte herüber, und ohne es zu wollen, schnappte Fygen die Worte auf, gesprochen von einer naiven, fast kindlich jungen Stimme: »Es heißt, er habe alles verloren. Sein ganzes Vermögen.«

Und eine andere, unangenehm hohe Stimme sagte bissig: »Na, das Begräbnis sieht aber nicht danach aus. Hast du gesehen? Sechs Kerzen haben sie aufgestellt, ich meine, vier hätten auch gereicht.«

Eine dritte, viel tiefere, sonore Stimme ließ sich vernehmen: »Mit seinem Vermögen war es ohnehin nicht so weit her. Und wenn er nun alles verloren hat, dann ist das ja wohl seine eigene Schuld.« Die Sprecherin musste deutlich älter und wohl auch korpulenter sein.

»Wieso denn das?«, fragte die Naive. »Ich denke, er wurde von einem reichen Kaufmann übervorteilt.«

»Na, was geht er auch so riskante Geschäfte ein«, brummte die Alte. »Aber leichtsinnig war er immer schon.«

»Ich möchte nicht wissen, was er nachts da draußen am Fluss zu suchen hatte«, mischte sich die Bissige wieder böse ein.

»Stell dir vor, wie schrecklich. Einfach hinterrücks erschlagen«, ließ sich die Naive vernehmen.

»Ja, wer sich mit den Reichen und Mächtigen anlegt …«, unkte die Alte und hinterließ eine böse Andeutung im Raum.

Hatte Fygen zunächst wie unbeteiligt zugehört, so dämmerte ihr allmählich, dass es ihr Vater war, über den die Stimmen ihr Urteil fällten. Sie konnte nicht erkennen, wer die Frauen waren, deren Stimmen sie gehört hatte, aber die Worte brannten sich durch den Nebel, der seit einiger Zeit ihren Kopf füllte, in ihr Bewusstsein hinein. Ihr Vater war nicht eines natürlichen Todes gestorben. Aber außerhalb der Stadt trieb sich allerhand Gesindel herum. Es kam ab und an vor, dass ein reicher Mann von liederlichem Pack erschlagen und beraubt wurde. Was fiel dieser Alten ein, ihren Vater als leichtsinnig zu bezeichnen!

Fygen überkam eine unbändige Wut. Auf die Alte, die ihren Vater als leichtsinnig bezeichnete, auf diesen Kaufmann, von dem sie insgeheim überzeugt war, dass er die Schuld am Tode ihres Vaters trug. Und – völlig unsinnig – auf ihren Vater, weil er sich einfach hatte umbringen lassen und sie allein zurückließ. Die Wut fing ganz tief in ihr an, stieg langsam auf und wurde mächtiger und immer mächtiger, bis sie alles mit sich fortriss, alle Vernunft, alle Besinnung und wie eine rote Woge aus Fygen herausbrach.

Sie schämte sich noch heute, wenn sie daran dachte, wie sie sich vor den versammelten Frauen in der hinteren Stube auf den Boden geworfen und mit beiden Fäusten wild auf die Holzplanken gehämmert hatte. Lautstark hatte sie nach ihrem geliebten Vater geschrien, aber alles Weinen und Brüllen hatte nichts genützt. Ihr Vater war nicht wieder lebendig geworden.

Fygen spürte ein Echo dieser alten Wut auch jetzt wieder in sich aufsteigen. Es war ungerecht, so ungerecht! Wie konnte ihr Vater sie nur alleine zurücklassen? Wie konnte er zulassen, dass ihr Onkel so über ihre Mutter sprach? Und wie konnte Onkel Mathys es wagen, Hand an sie zu legen?

Fygen fühlte, wie der Zorn in ihr mächtiger wurde. Er stieg auf und raste ihr heiß durch die Adern. Warum nur? Warum ließ er das zu? Auf einmal war ihr unglaublich warm. Mit einem Ruck setzte Fygen sich auf und schleuderte das Federbett von sich. Tränen strömten ihr über das Gesicht, und dann fing sie an zu schreien. Es war ihr völlig gleich, wenn sie sich später auch für diesen Wutanfall würde schämen müssen. Sie schrie den ganzen aufgestauten Groll aus sich heraus.

Sie tobte und brüllte, bis sie schließlich erschöpft und kraftlos auf ihr Bett sank. Endlich versiegte der Tränenstrom, und sie drückte das aufgequollene Gesicht in die Kissen. Der fremde und doch so vertraute Geruch von Korianderwasser, das Lijse regelmäßig gegen Flöhe versprühte, hüllte sie behutsam ein, und unmerklich glitt sie hinüber in einen tiefen, fast ohnmächtigen Schlaf.

3. Kapitel

Lijse hatte Fygens Wutausbruch mit Erleichterung zur Kenntnis genommen, denn das Schweigen des Kindes hatte ihr schon Sorgen bereitet. Eine frisch gestärkte weiße Schürze vor das Kleid gebunden, gab sie ein gut kölnisch Pfund Mehl, ein wenig weiche Butter, ein paar Löffel Honig und eine Prise Salz auf den blank gescheuerten Tisch in der hinteren Stube, die als Küche, zugleich aber auch als Wohn- und Aufenthaltsraum für Lijse und das Gesinde diente. Sorgsam rollte sie die Ärmel ihres Kleides bis über die Grübchen in ihren rundlichen Ellenbogen auf und tauchte die Hände in den weichen Haufen. Während sie die Zutaten mechanisch zu einem festen Teig knetete, dachte sie beruhigt, dass das Kind wohl keinen ernstlichen Schaden genommen hatte und langsam wieder zu sich kam. Es würde das böse Erlebnis mit dem elenden geilen Bock, der ihr Oheim war, überwinden. Stellvertretend für ihren Dienstherrn bekam der Teig ein paar feste Hiebe. Noch ein paar Tage, und die Angelegenheit wäre für Fygen vergessen.

Aber was war mit Mathys? Würde er die nächste Gelegenheit nutzen, um Fygen wieder nachzustellen? Wer weiß zu sagen, wie die Sache dann ausgehen würde. Besser, es gab erst gar kein nächstes Mal. Das Mädchen musste aus dem Haus, und zwar so schnell wie möglich. Und weit weg. Lijse hatte auch schon eine Idee, wohin. Es würde nur nicht ganz einfach werden, diese Idee in die Tat umzusetzen. Lijse seufzte tief. Es würde ihr schwerfallen, Fygen gehen zu lassen, denn das Mädchen war ihr ans Herz gewachsen wie eine leibliche Tochter. Nie würde sie vergessen, wie das kleine verstörte Kind vor nunmehr fünf Jahren zu ihr gekommen war.

Zwei Tage lang hatten sie van Bellinghoven aufgebahrt, wie es sich gehörte. Dann trugen sie ihn an einem leuchtend sonnigen Oktobervormittag zu Grabe.

Mathys hatte dringende Geschäfte vorgeschützt und ließ sich entschuldigen. Das Verhältnis zwischen ihm und seinem Schwager war nie besonders herzlich gewesen, was beileibe nicht Konrad anzulasten war. Lijse fand es empörend, dass der einzige Verwandte, den der Verstorbene in der Stadt hatte, sich weigerte, diese Pflicht zu erfüllen, und nahm an Mathys' Stelle am Trauerzug teil.

Die Sonnenstrahlen brachten die Blätter an den Bäumen am Kirchhof zum Strahlen. In zahllosen Gelbtönen schienen sie wie Boote auf dem tiefblauen Himmel zu schwimmen und dem van Bellinghoven einen schönen Abschied von dieser Welt zu bescheren. Ihre Pracht wetteiferte mit den farbenfrohen Kleidern der zahlreichen Trauergäste. Die halbe Stadt war auf den Beinen, da jeder Konrad van Bellinghoven kannte. Und wer ihn nicht kannte, der kam trotzdem, denn die Beerdigung eines wohlhabenden Bürgers war immer eine sehenswerte Angelegenheit. Wie lange wurden die Glocken geläutet? Wie viele Kerzen dem Sarg vorangetragen? Wie viele Geistliche begleiteten den Trauerzug? All das war von äußerster Wichtigkeit und wurde ausgiebig besprochen, gab es doch Aufschluss über Rang, Ansehen und Vermögen des lieben Verstorbenen.

Es war ein ansehnlicher Zug, der den Leichenträgern zum Kirchhof folgte. Und zwischen all dieser Prachtentfaltung und Eitelkeit lief ein einsames kleines Mädchen in blauem Kleid. Mit Ausnahme von Dörte, die jedoch mehr den Verlust ihrer Stellung betrauerte als den Toten selbst, schien Fygen die Einzige zu sein, die wirklich trauerte. Sie ging hinter dem Sarg, mit ernstem Gesichtchen tapfer bemüht, ihren Tränen Einhalt zu gebieten. Nur ab und an schmuggelte sich ein hartnäckiger Schluchzer nach oben, und Lijse empfand Respekt für die Kleine, die diesen Gang allein durchzustehen hatte.

Einer Eingebung folgend, drängte sie sich durch die Menge, bis sie zu dem Mädchen gelangte. Ohne ein Wort ergriff sie Fygens kleine kalte Hand und hielt sie fest in der ihren. Der Blick, den Fygen ihr aus zimtfarbenen Augen zuwarf, traf sie bis ins Mark. Dankbarkeit las sie darin, Einsamkeit, aber auch Stolz und die Bereitschaft, dem Leben ins Gesicht zu schauen.

In schweigendem Einvernehmen brachten sie gemeinsam die Trauerfeier in Sankt Martinus und die anschließende Beerdigung auf dem Friedhof direkt neben der Kirche hinter sich. Nur als sich der reich mit Schnitzereien und Zierrat geschmückte Sarg in die dunkle Erde senkte, entrang sich Fygens Kehle ein lautes Schluchzen, und sie drohte zusammenzubrechen. Sanft drückte Lijse ihr kleines Gesichtchen an ihren ausladenden Busen und strich ihr zärtlich über die dunklen Locken.

Lijse schluckte trocken, um der Rührung Herr zu werden, die sie bei der Erinnerung ergriffen hatte. Energisch knetete sie den Inhalt eines flachen Holzschälchens unter den Teig, in dem sie vorab ein wenig bröckelige Hefe mit lauwarmer Milch vermengt hatte. Dann erst erlaubte sie ihren Gedanken, wieder zurückzuschweifen.

Später an dem Tag war der Herr Pfarrer zu ihnen ins Haus gekommen, um mit Mathys zu sprechen. Lijse hatte ihn respektvoll in die gute Stube geführt und sogleich ihren Dienstherrn benachrichtigt. Sodann hatte sie begonnen, in aller Ruhe den Flur zu fegen, was ihr guten Grund lieferte, sich in der Nähe der angelehnten Stubentür aufzuhalten. Zu gespannt war sie, was der Pfarrer mit dem Pferdegesicht Mathys zu sagen hatte.

Und Lijse staunte nicht schlecht, als der Pfarrer ihren Dienstherrn aufforderte, seine Nichte Fygen bei sich aufzunehmen. Er mahnte Mathys geradezu an seine Pflicht zur Nächstenliebe, die er an der kleinen Waisen zu erfüllen hätte. Schließlich wäre Fygen sein eigen Fleisch und Blut.

»Na, was das für ein Blut ist, will ich gar nicht so genau wissen«, entgegnete Mathys geringschätzig. Er hatte nicht einmal die Höflichkeit besessen, dem Pfarrer etwas zu trinken anzubieten.

Es war früh am Nachmittag, und der Geistliche war nach der, wie er zufrieden meinte, gelungenen Beerdigung in Hochform. Er hatte die Gemeinde gehörig daran erinnert, auf ihr Seelenheil zu achten, und ihr mächtig ins Gewissen geredet. Hatte er ihr doch heute ein lebendes, nein, eher totes Beispiel dafür geben können, wie schnell es geschehen konnte, dass man vor das Angesicht des Schöpfers treten musste. Danach hatte er sich im Bierzapf den einen oder anderen Krug von seinen Schäflein spendieren lassen.

»Der Herrgott wird es lohnen und dafür über so manch eine Sünde hinwegschauen«, lockte er.

»Das kann aber dauern, und inzwischen habe ich dieses Kind am Hals«, antwortete Mathys schnoddrig.

»Mein Sohn, du versündigst dich«, ermahnte der Pfarrer ihn entsetzt.

»Der Bellinghoven hat schon weitaus mehr bekommen, als ihm zusteht. Den halben Erbteil von meinem Vater hat er bekommen. Und wo ist das ganze Geld jetzt? Hä? Verzockt hat er es. Und ich soll jetzt auch noch auf sein Balg aufpassen. Nein wirklich nicht, Herr Pfarrer. Das kann keiner von mir erwarten.« Mathys schüttelte halsstarrig den Kopf.

»Ganz wie du willst«, antwortete der Pfarrer und zuckte wie hilflos mit den Schultern. »Dann bringe ich sie ins Findelhaus. Aber bestimmt wird sich die ganze Stadt darüber das Maul zerreißen, dass der Mathys Aldenhoven hartherzig ist und zu geizig, um seine arme kleine Nichte aufzunehmen, das hilflose Waisenkind, das beide Eltern so früh verloren hat. Was für ein schlechter Mensch der Mathys ist, werden sie sagen.« Und maliziös lächelnd fügte er hinzu: »Ob das gut ist fürs Geschäft, kann ich allerdings nicht sagen. Ich bin kein Kaufmann.«

Mathys zog ein finsteres Gesicht. Er wusste, wann er verloren hatte.

»Nun, das wäre geklärt. Ich schicke die Kleine dann gleich herüber«, sagte der Pfarrer, erhob sich und bedachte den Kaufmann mit einem strahlenden Lächeln. Dies war wirklich ein erfolgreicher Tag, fand er.

Lijse war seiner Meinung. Sie freute sich auf Irmas Tochter und fand es schlicht empörend, dass Mathys sich geweigert hatte, Fygen in sein Haus aufzunehmen. Wer sonst sollte sich um das Mädchen kümmern? Nicht dass es Lijse an Arbeit gemangelt hätte, doch es würde sicher nicht schaden, wenn ein Kind etwas Leben in den Haushalt des alleinstehenden Mannes brächte.

Lijse nahm einen Topf mit Rosinen vom Regal und mengte großzügig zwei gute Handvoll unter den Teig.

Nun, rückblickend musste sie gestehen, dass es schon recht viel Leben gewesen war, das Fygen mitbrachte. Entsprach sie doch so gar nicht den Vorstellungen, die man von einem gesitteten Mädchen ihren Alters hatte. Fygen war temperamentvoll, und da sie ohne Mutter aufgewachsen war, fehlten ihr fast sämtliche Manieren. Sie war unruhig bei Tisch, konnte nicht einmal während der Mahlzeiten ruhig sitzen bleiben, sondern sprang immer wieder auf, dass ihr Löffel klirrend auf die Tischplatte fiel. Außerdem sprach Fygen ungefragt und unaufgefordert, statt im Beisein von Erwachsenen sittsam mit gesenktem Blick zu schweigen, ganz gleich wer ihr Gegenüber war.

Eine Kostprobe ihres Temperaments gab Fygen bereits, als die Frau des Goldschmieds sie in Mathys' Haus brachte.

»Sag deinem Onkel guten Tag«, ermahnte diese das Mädchen und schob die sich sträubende Fygen in Richtung ihres Oheims.

Der betrachtete seine Nichte nicht mit mehr Zuneigung, als er einem lästigen Insekt entgegengebracht hätte. Statt zu gehorchen und den Onkel höflich zu grüßen, musterte Fygen ihn eingehend. Dann entschied sie: »Dich mag ich nicht«, und wandte sich Lijse zu. »Aber du bist nett. Bei dir will ich bleiben.«

Wenn es noch etwas bedurft hätte, um Lijse für Fygen einzunehmen, dann wäre es dieser ehrliche Satz aus dem Mund des kleinen Mädchens gewesen.

Mathys warf seiner Haushälterin einen Blick zu, der besagte: Hab ich es nicht gesagt? Dreist und unverschämt. Von Bellinghovens habe ich nichts anderes erwartet. Doch Lijse übersah ihn geflissentlich.

Lijse formte den Teig zu einem runden Laib und bestäubte die Oberseite mit ein wenig Mehl. Dann legte sie ihn in einen flachen Korb, bedeckte diesen mit einem sauberen Leinentuch und stellte ihn zum Gehen in die Nähe des schweren, gemauerten Herdes.

Die erste Zeit war nicht leicht gewesen. Für sie nicht, aber auch für Fygen nicht, erinnerte Lijse sich, und ihr kam der peinliche Zwischenfall in den Sinn, der Mathys für eine Weile zum Gespött der Stadt machte. Fygen ruinierte beinahe den Festschmaus, den ihr Onkel für einen wohlhabenden Lübecker Kaufmann ausrichtete, denn Mathys beabsichtigte in den Handel mit Drugwaren einzusteigen und den erfolgreichen Händler für ein Geschäft zu gewinnen. Also hieß er Lijse, bei Tisch mächtig aufzufahren. Einen ganzen Tag hatte sie schwitzend mit der Magd Styna in der dampfenden Küche verbracht, um die erlesensten Speisen vorzubereiten. Es gab Hühnchen mit Senf, sauer eingelegten Kappes, gebratenen Schinken, Kaninchenkeulen mit Pfeffer, verschiedenste Kuchen und Pasteten und viele Leckereien mehr. Schließlich wollte Mathys sich nicht lumpen lassen, sondern im Gegenteil den Lübecker mit seiner Gastfreundschaft beeindrucken.

Fygen saß mit ihrem Onkel, dem Kaufmann und wenigen weiteren Gästen zu Tisch in der guten Stube. Die lange Tafel zierte ein besticktes leinenes Tischtuch, und zur Feier des Tages hatte Lijse die guten Zinnteller und Trinkbecher aus Glas gedeckt. Der Kaufmann, ein überaus beleibter Mann, hatte sein Besteck – ein Messer mit beinernem

Griff und einen silbernen Löffel – aus dem Gürtel geholt und an einem Zipfel des Tischtuches blank gewischt. Gerade schnitt er sich herzhaft ein Stück vom Wildschweinbraten ab, der verlockend duftete und auf einem orangegelben Beet aus Rübchen angerichtet war, als Fygen ihn mit klarer, durchdringender Stimme geradeheraus ansprach: »Nicht wahr, du isst nicht so viel, dass der Mathys in den Schuldturm muss? Davor hat er nämlich mächtig Angst, hat er gesagt.« Sie legte den kleinen Kopf schief und schaute dem Kaufmann gespannt in das aufgedunsene Gesicht.

Dem armen Mann blieb vor Erstaunen der Mund offen stehen, und der Bissen Wildschwein, sorgsam auf die Messerspitze aufgespießt, schwebte reglos vor diesem schwarzen Loch, bereit darin auf Nimmerwiedersehen zu verschwinden.

In die peinliche Stille, die daraufhin folgte, plapperte Fygen unbekümmert weiter: »Doch wenn ich dich so ansehe, glaube ich sogar, dass du so viel essen kannst.«

Mathys war außerstande zu reagieren. Erst lief er rot an, dann grün. Dann endlich war er in der Lage zu sprechen. Er sagte nur ein Wort, und auch das nur im Flüsterton: »Hinaus!«

Lijse, die gerade zwei weitere dampfende Schüsseln auf den Tisch gestellt hatte, eine mit kleinen Lammpasteten, die andere mit gekochter Lende, reagierte blitzschnell. Geistesgegenwärtig packte sie Fygen am Arm und beeilte sich, das Kind so schnell wie möglich aus der Stube zu bugsieren. Zu ihrem eigenen Schutz sperrte sie Fygen für die nächsten zwei Tage in ihrer Kammer ein, damit sie ihrem Onkel nicht unter die Augen käme.

Der Zwischenfall hatte zur Folge, dass die ganze Stadt über Mathys' Geiz hämisch lachte, erinnerte Lijse sich schmunzelnd. Vorsichtig hob sie das Tuch von dem Korb, um nachzuschauen, ob der Teig bereits aufgegangen war. Ein wenig würde es noch dauern, entschied sie und ließ das Tuch wieder über den Teig sinken.

Nach diesem Vorfall hatte Mathys das Kind nun endgültig Lijse zugeschoben und es vollständig aus seinem Leben verbannt. Fygen solle beim Gesinde aufwachsen und würde nicht länger als Tochter des Hauses behandelt. Er wollte sie einfach nicht mehr sehen.

Und sie, Lijse, hatte nun dafür zu sorgen, dass aus dem wilden, unbändigen Kind ein wohlerzogenes junges Mädchen wurde.

Kein leichtes Unterfangen, wie Lijse feststellen musste, denn Fygen verstand sich auf nichts, was das Führen eines Haushaltes anging. Während andere Mädchen ihres Alters ganz selbstverständlich Aufgaben und Pflichten im Haushalt übernahmen, sei es den Tisch abzuräumen, den Abwasch zu erledigen, Holzscheite für den Herd herbeizuholen oder die Bettfedern aufzuschütteln, ertappte sie Fygen immer wieder, wie sie, statt zu arbeiten, müßig herumsaß, Löcher in die Luft starrte und allein, nur für sich selbst, gänzlich unnötige Rechenaufgaben löste, die sie sich selbst gestellt hatte. Beispielsweise, wie viele Ohm Wein in der Stube Platz hätten, wenn man sie hineinschütten würde. Und wie viele Quart waren das dann? Auch fand Lijse Fygen manches Mal im Hof, wo sie mit einem kurzen Stecken Buchstaben in den Staub ritzte.

So ein Mumpitz! Als käme jemand auf die Idee, die Stube voll kostbaren Weines zu schütten. Und wer wolle so einen Mist schon wissen? Wozu ein Mädchen Derartiges lernen solle, hatte Lijse nie verstanden. Und als sie Fygen ob dieser ungewöhnlichen Zeitverschwendung zur Rede stellte, bekam sie zur Antwort, sie, Fygen, müsse viel lernen, denn sie wolle einmal eine reiche Kauffrau werden, wenn sie groß sei.

Papperlapapp, hatte Lijse sie gescholten und ihr stattdessen beizubringen versucht, wie man ordentlich einen Haushalt führt.

Also musste Fygen ihr im Waschhaus hinter dem Hof helfen, die Wäsche zu kochen, lernte, Bier zu brauen und aus dem mit Essig versetzten Gallensaft eines Ochsen Sud zu kochen, der dafür sorgte, dass sich in den Betten keine Wanzen vermehrten. Lijse ließ ihrer Schutzbefohlenen keine Zeit für dumme Flausen, wie sie meinte, bis eines Tages ein fahrender Händler an ihre Tür klopfte. Er bot Kurzwaren und allerlei Tand feil, und Fygen schaute neugierig zu, wie der Händler die Waren auf dem Tisch in der hinteren Stube ausbreitete. Er war ein schmaler junger Kerl mit sonnenverbrannter Haut und dunklen, ein wenig schräg stehenden Augen. Er sprach einen seltsamen Dialekt, redete Lijse immer mit »werte Dame« an, und er roch unangenehm, wie Fygen feststellte. Doch seine Waren fanden Gnade vor Lijses Augen, und während Fygen genüsslich in den bunten Bändern und Borten wühlte, erstand Lijse vier kölnische Ellen blaues Band für eine neue Haube, zwei gute Nadeln und einen einfachen hölzernen Kamm.

Der Händler nannte den Preis: zwei Schilling und fünf Pfennig, und Lijse zählte ihm schon die Münzen in die offene Hand, als Fygen sich einmischte: »Und die sechs

Pfennig, um die ihr uns betrügen wollt, was habt ihr damit vor?«

Verblüfft zog Lijse die Hand mit dem Geld zurück und schaute Fygen neugierig an. Die rechnete ihr vor: »Vier Ellen Band zu je zwei Pfennig macht acht Pfennig. Zwei Nadeln zu je drei Pfennig macht sechs Pfennig. Mit dem Band macht es einen Schilling und zwei Pfennige. Dazu der Kamm mit neun Pfennigen, was ohnehin zu teuer ist, macht alles zusammen einen Schilling und elf Pfennige!«

Der Händler warf Fygen einen wütenden Blick zu und entschuldigte sich wortreich bei der werten Dame, die doch sicher nicht annehmen würde, er habe sich unredlich verhalten wollen. Das Kind habe recht, es wären nur ein Schilling und elf Pfennige, aber es sei ein dummes Versehen gewesen, wie es doch einmal vorkommen könne. Und die werte Dame solle doch nicht …

Die werte Dame jagte den unredlichen Händler sofort aus dem Haus. Er solle sich nie wieder bei ihr blicken lassen, warnte sie ihn so lautstark, dass die Mägde der Nachbarn bereits neugierig ihre Nasen aus den Türen steckten.

Von da an hatte Lijse Fygen nie wieder gerügt, wenn diese jeden beschriebenen Schnipsel Papier, dessen sie habhaft werden konnte, zu entziffern versuchte. Im Gegenteil, wenn sich Styna beschwerte, Fygen hätte dies oder jenes ihr Aufgetragene nicht getan, hatte sie das Kind immer in Schutz genommen. Denn Fygen schien in dieser Hinsicht, wenn nicht begabt, dann doch zumindest weit verständiger zu sein, als es in ihrem Alter zu erwarten wäre. Und von dem Moment an nahm sie das Mädchen oft zu ihren Besorgungsgängen mit und ließ sie mancherlei Einkäufe erledigen.

Nun war der Teig genug aufgegangen. Lijse bestrich die Oberseite des Laibes mit Eigelb, öffnete die schwere gusseiserne Klappe des Herdes und schob das süße Rosinenbrot in den Ofen. Dann klopfte sie das Mehl von ihren Händen, strich sich die Schürze glatt und rückte ihre Haube zurecht. Was sie nun tun musste, würde ihr das Herz brechen, aber ihr blieb keine Wahl. Zweimal atmete sie tief durch, und dann suchte sie ihren Dienstherrn in seinem Kontor auf. Es war Zeit, sich mit Mathys zu unterhalten.

»Hinaus, was fällt dir ein, dummes Weibsstück«, brüllte Mathys ihr entgegen, als sie sein Allerheiligstes betrat.

Da muss ich nun durch, dachte Lijse sich, am besten geradeaus. Mit fester Stimme sagte sie: »Ihr müsst Fygen fortschicken. Am besten gebt Ihr sie zu Eurer Base Mettel nach Köln, auf dass sie das Seidenhandwerk erlernt. Fygen ist sehr verständig …«

»Hinaus, habe ich gesagt«, wiederholte Mathys lautstark, und da er schon mal am Brüllen war, brüllte er gleich weiter: »Soll ich etwa Geld dafür bezahlen, dass dieses faule Stück in die Lehre geht? Im Leben nicht! Diese dumme Trine ist doch das Lehrgeld nicht wert. Die soll sich hier nützlich machen und ihr Kostgeld abarbeiten.« Er blähte sich riesengroß hinter seinem Schreibpult auf, die dicken Adern an seinen Schläfen traten deutlich hervor, und sein Gesicht färbte sich purpurn.

Lijse ließ ihn brüllen und wartete auf den Moment, da er Luft holen musste. Ruhig sagte sie: »Nun, ich denke, Ihr solltet Euch den Vorschlag noch mal überlegen. Ich weiß nämlich nicht, ob ich mich nicht einfach verplappere und – sagen wir der Dietlind – erzähle, was Ihr Fygen, Eurem minderjährigen Mündel, antun wolltet, hier in diesem

Raum. Ich bin ja nur ein dummes Weib, aber die Dietlind redet gerne und viel. Zudem ist einer ihrer Brüder Gehilfe beim Burggraf …«

»Hump«, war der einzige Laut, den Mathys von sich gab, und er schien wieder auf Normalmaß zusammenzuschrumpfen. Dann herrschte eine Zeit lang Schweigen im Kontor, und Lijse wusste, dass sie gewonnen hatte. Befriedigt atmete sie den wundervollen Duft nach frisch gebackenem, süßem Brot ein, der durch das Haus zog.

Das Leben hielt seltsame Dinge für den Menschen bereit, dachte Lijse, als sie zurück in die Küche ging. Es war schon ein wenig erstaunlich, dass Fygen nun ausgerechnet in jene Stadt gehen würde, aus der ihr leiblicher Vater stammte. Die Stadt, in der ein Teil ihrer Wurzeln lag, freilich ohne dass das Kind darum wusste. Vielleicht würde sie ihn ja dort … Energisch schob Lijse den Gedanken beiseite. Es erschien ihr höchst unwahrscheinlich, dass Fygen ihrem Vater in dieser großen Stadt jemals begegnen würde.

4. Kapitel

Kurz nach Tagesanbruch verließ Fygen das Haus ihres Oheims. Das frühe Morgenlicht ließ die weiß gekalkten Mauern der Häuser bläulich schimmern, und ein rosafarbener Puder aus Licht lag auf der Stadt. Noch war die Sonne nicht aufgegangen, und Reste einer kühlen Nacht klammerten sich an die Hauswände und klebten auf dem Pflaster. Fygen schob sich ihr Bündel über die linke Schulter und zog das wollene Schultertuch darüber enger um sich. Dann trat sie auf die Straße. Die Stadt, deren kleinste Winkel sie von Kindesbeinen an kannte, erschien ihr heute Morgen seltsam fremd und unwirklich.

Fygens kurzer Weg führte sie die Rheinstraße hinab, vorbei an einem der kleinen, achteckigen Wehrtürmchen, welche die Stadt und die Mauern von Zons schützten. Sie waren nur über eine Treppe zugänglich und wurden von den Einwohnern teils liebevoll, teils respektlos Pfefferbüchsen genannt.

Kurz darauf stand sie vor dem mächtigen Rheintor, das zugleich als Zollturm diente. Hier wurden die von vorbeifahrenden Schiffern und Kaufleuten erhobenen Zölle in einer großen eisernen Truhe sicher aufbewahrt.

Die Zölle waren es, die Zons zu einer begehrenswerten und wohlhabenden Stadt machten. Denn die Zollburg Pfalz-Kaub, eine kleine Insel, mitten im Rhein gelegen, bot sich geradezu an, vorbeifahrende Schiffe mittels Ketten und Seilen zu stoppen und Zölle zu erheben. Alle Waren wurden hier kontrolliert und erfasst, und dann wurden die entsprechenden Abgaben erhoben. Der Rheinmeister, weithin erkennbar durch sein rotes Gewand, den großen Schlüssel für die Truhe als Zeichen seiner Würde am Gürtel, wachte genauestens über die Einhaltung der Zollbestimmungen.

Wie immer wenn sie durch das Rheintor schritt, beeindruckte Fygen der mächtige Bau und flößte ihr Respekt ein. Als sie durch das Tor auf den Rheinvorplatz hinaustrat, verstärkte sich das Gefühl der Unwirklichkeit, das sie den ganzen Weg über begleitet hatte. Der sonst so geschäftige Platz lag ruhig und fast menschenleer vor ihr. In den Ästen der Gerichtsbäume hingen blassrosafarbene Fetzen von Morgennebel und gemahnten an die Seelen der Hingerichteten. Ein Schauder lief über Fygens Haut, genau oberhalb des Brustbeins. Eilig bekreuzigte sich das Mädchen, überquerte rasch den Platz und lief auf den Fluss zu.

Am Ufer lag ein einzelner Niederländer vertäut, eines dieser behäbigen, dickbäuchigen Boote, die den Rhein zwischen Köln, der größten Handelsmetropole nördlich der Alpen, und den niederländischen Häfen an der Nordseeküste befuhren. Bei günstigen Windverhältnissen und stromabwärts segelten sie mit einem flächigen, rechteckigen Großsegel und einer kleinen dreieckigen Fock. Stromaufwärts aber, wenn Petrus den Flussschiffern nicht wohlgesinnt war, mussten die Boote von Pferde- oder Ochsengespannen getreidelt werden.

Das Schiff hatte vor allem wollene Tuche aus London und Getreide geladen, die für Köln bestimmt waren. An Bord herrschte rege Geschäftigkeit. Fässer wurden festgezurrt und ein paar weitere Ballen unter Deck verstaut. Dann wurden Seile herabgeworfen und an einem Pferdegespann vertäut, das auf dem Treidelpfad stand und unruhig mit den Hufen scharrte. Rauhe Männer mit wettergegerbter Haut riefen einander Befehle zu, die Fygen nicht verstand. Neugierig betrachtete Fygen das Treiben und wartete geduldig, bis einer der Männer sie bemerkte.

»He, du da! Wenn du mitkommen willst, dann beeil dich!«, rief er Fygen zu.

Hastig schlitterte Fygen die Böschung zum Wasser hinab. Das Bündel rutschte ihr von der Schulter und wäre um ein Haar im Fluss gelandet, wenn der Flussschiffer es nicht in letzter Sekunde mit dem Fuß gestoppt hätte.

Mit hochrotem Kopf hob Fygen es auf und schob es sich wieder auf die Schulter. »Fahrt Ihr nach Köln?«, fragte sie den Flussschiffer.

»Ja doch! Mach schnell.« Mit ungeduldiger Geste wies sein ausgestreckter Arm auf eine schmale Planke, die an Bord des Niederländers führte. »Los, da hinauf.«

Fygen umfasste ihr Bündel mit beiden Armen und wagte sich die steile Planke hinauf. Sie war sicher, in der nächsten Sekunde im kalten Wasser zu landen, doch zu ihrer eigenen Überraschung schaffte sie es, trockenen Fußes an Bord des Schiffes zu gelangen. Hinter ihr sprang der Schiffer an Bord und schob sie unsanft in Richtung Vorschiff.

Auf einen scharfen Befehl hin zogen die Pferde an, und mit leichtem Schlingern löste sich das schwerfällige Boot langsam vom Ufer. Allmählich geriet es in die kräftige Strömung des Flusses und hing schwer in den starken Seilen, an denen die mächtigen Tiere es flussaufwärts treidelten.

Fygen stolperte vorwärts und, vorsichtig das Schlingern des Schiffes ausgleichend, suchte sich ihren Weg an dem halbrunden Kajütenaufbau vorbei, über das vollgestellte Deck Richtung Bug des Schiffes, beide Arme fest um ihr Bündel geschlungen. Das Bündel, das sie gestern Abend schweren Herzens gepackt hatte, nachdem Lijse ihr eröffnet hatte, dass sie das Haus ihres Onkels verlassen müsse. Viel war nicht darin: ihr gutes Kleid, zwei Sätze Leibwäsche, ein Paar lederne Schuhe mit schmalen Spitzen, ein Kamm, einige bunte Bänder. Dieses ordentlich in Leinen eingeschlagene Bündel und die Kleider, die sie auf dem Leib trug, waren alles, was Fygen ihr Eigen nannte. Und eine fein ziselierte silberne Anstecknadel, besetzt mit gelbschwarzen Steinen. Das fremdländisch aussehende Schmuckstück hatte ihrer Mutter gehört. Es war das Einzige, was ihr als Andenken an ihre Eltern geblieben war, denn Vaters ganzes Hab und Gut war verkauft worden, um die Forderungen der drängenden Gläubiger zu erfüllen. Dörte hatte ihr die Brosche für die Beerdigung ihres Vaters angesteckt, und Fygen hatte sie behalten, ohne dass es jemandem aufgefallen war. Die kluge Lijse hatte ihr geraten, das Schmuckstück sorgsam zu verbergen, und so hatte es seinen Platz bei Fygens Wäsche auf dem Grund der Truhe in ihrer Dachkammer gefunden.

Als Fygen am Vorabend ihre Habseligkeiten zu einem Bündel packte, hatte sie auch den kleinen Stoffbeutel, in dem sie die Anstecknadel aufbewahrte, hervorgeholt. Vorsichtig hatte sie den Schmuck auf ihre Handfläche gleiten lassen und war sanft mit dem Finger das feine Muster im Silber nachgefahren. Wieder hatte sie sich gefragt, woher dieses Schmuckstück stammen mochte und welche Geschichte es wohl erzählen würde, wenn es denn sprechen könnte.

Fygen hatte sich den kleinen Beutel mit einer Lederschnur unter ihrem Rock um den Leib geschlungen, damit er sicher verwahrt war. Und noch etwas anderes musste vor fremden Blicken verborgen werden: eine kölnische Mark. Das war genau der Betrag, den ihre künftige Lehrherrin als Einschreibegebühr für Fygen an die Zunft zahlen würde und den sie von Mathys dafür verlangt hatte, dass sie seine Nichte in ihrem Haus aufnahm. Gerne hatte Mathys sich sicher nicht von dem Geld getrennt, das hatte Lijse Fygen versichert, als sie die Mark sorgsam in den Saum von Fygens Kleid eingenäht hatte.

Fygen blickte sich an Deck des Schiffes um. Weiter vorn würde sie vielleicht ein Plätzchen finden, wo sie sich niederlassen konnte. Sie zwängte sich vorbei an Fässern mit gesalzenem Hering, prallen Getreidesäcken und grob gezimmerten Holzkisten mit eingebrannten Warenzeichen.

Außer ihr waren nur wenige Passagiere an Bord. Fygen schob sich an einem großen, breitschultrigen Mann vorbei, ein Kaufmann, wie es schien. Seine erdfarbene Schappe und das braune Wams darunter waren schlicht, doch sichtlich aus gutem Tuch, und die ledernen Beinlinge waren sauber und gut geschnitten. Er trug keine Kappe, und der morgendliche Wind wehte ihm eine sonnengebleichte Stirnfranse in das vom Wetter gebräunte Gesicht. Kurz traf Fygen ein Blick aus strahlenden, ein wenig zu blauen Augen, die von einem Kranz winziger Fältchen gerahmt wurden. Seine unordentliche Frisur bildete einen charmanten Gegensatz zu der ansonsten betont gepflegten Erscheinung und ließ ihn jugendlicher erscheinen, als er sicher war, befand Fygen.

Ein Stück entfernt im Vorschiff fand Fygen endlich ein

freies Fleckchen zwischen einer ordentlich aufgeschossenen Taurolle und einem großen, in grobes Leinentuch eingeschlagenen und gut verschnürten Bündel. Aufatmend ließ sie sich auf den groben Holzplanken niedersinken. Sie lehnte ihr Bündel seitlich an die Taurolle und machte es sich, so gut es ging, bequem.

An Bord war es ruhig geworden, die Pferde zogen gleichmütig ihre ungeliebte Last durch die flache Landschaft, vorbei an taufeuchten Wiesen und schütteren, ausgefransten Buchenhainen. Fedriger Morgennebel schwebte dicht über dem Wasser und würde bald von der aufsteigenden Sonne aufgesogen werden. Es versprach ein heißer Tag zu werden, doch noch kühlte ein leichter Wind Fygens erhitztes Gesicht und spielte mit einer vorwitzigen Locke, die ihr aus einem Zopf geschlüpft war. Fygen rutschte ein wenig auf den harten Holzplanken umher, bis sie eine Stelle gefunden hatte, an der sie sich bequem an die Reling lehnen konnte. Unter sich spürte sie das sanfte Schlingern des Schiffes. Es war nicht unangenehm, doch es verstärkte das Gefühl der Unwirklichkeit, das sie beschlichen hatte, seit sie das Haus ihres Onkels verlassen hatte. Es war nicht sie, die hier auf diesem Schiff saß, um in die große fremde Stadt zu reisen. Das konnte gar nicht sie sein. Sie lag zu dieser frühen Morgenstunde noch unter dem weichen Federbett in ihrer kleinen Kammer unter dem Dach, und gleich würde Lijse sie wecken und zur Eile antreiben. Schließlich müsse die Küche gefegt und das Frühstück bereitet werden. Lijse würde laut mit den Trappen auf der Stiege herumpoltern und an ihre Kammertür klopfen, so wie sie es jeden Morgen tat. Jeden Morgen, außer gestern. Denn gestern Morgen war Lijse nach dem Anklopfen in

Fygens Zimmer gekommen und hatte sich zu ihr auf das Bett gesetzt. Fygen war noch zu verschlafen, um zu bemerken, wie bedrückt Lijse war, doch wie gewohnt redete die Haushälterin nicht um den heißen Brei herum. »Fygen, Kind, wach auf, ich habe mit dir zu sprechen.«

»Was ist denn? Was ist los?«

»Hör mir gut zu. Du gehst nach Köln, um das Seidenhandwerk zu erlernen.« Nervös zerknüllte Lijse ihre makellos gestärkte Schürze.

»Was? Wieso? Ich verstehe das nicht. Ich bin doch gerne hier bei dir. In Köln kenne ich doch niemand. Wo soll ich denn da hin?« Schlaftrunken wischte Fygen sich über die Augen.

»Dein Oheim hat für dich eine Lehrherrin gefunden. Die alte Mettel, eine Base von Mathys, ist Seidmacherin. Sie hat sich bereit erklärt, dich als Lehrtochter in ihr Haus aufzunehmen. Dort wirst du es sicher gut haben«, fügte Lijse mit einem aufmunternden Lächeln hinzu und strich sich fahrig die Schürze glatt.

»Nach Köln? Was soll ich da? Ich will nicht nach Köln. Ich will …« Voller Empörung drohte Fygens Stimme sich zu überschlagen.

»Steh auf und zieh dich an«, schnitt Lijse ihr rauh das Wort ab, erhob sich abrupt und wandte sich ab, damit Fygen nicht sehen konnte, wie schwer ihr die nächsten Worte fielen. »Du musst noch heute deine Sachen packen.«

Seit diesem Moment hatte sich alles überschlagen. Der Onkel hatte dafür gesorgt, dass sie auf dem nächsten Schiff Platz fand, das auf seinem Weg den Rhein hinauf in Zons anlegte. Und das fuhr bereits früh am nächsten Morgen. Lijse ließ Fygen und sich keine Zeit für Traurigkeit und

Abschiedsschmerz. Den ganzen Tag hetzte sie das Mädchen durch das Haus, denn eine Menge Arbeit war zu erledigen. Fygens gutes Kleid und ein Teil der Leibwäsche mussten gewaschen und geplättet, die Schuhe geputzt und zuletzt das Bündel geschnürt werden. Todmüde fiel Fygen an ihrem letzten Abend im Hause ihres Onkels ins Bett. Zu müde, um darüber nachzudenken, was in den letzten Stunden geschehen war, geschweige denn darüber, was die Zukunft in der fremden großen Stadt für sie bereithalten würde.

Der Morgennebel kroch über die Reling und hüllte sie in eine feuchte Stille. Wie aus weiter Ferne drang nur ab und an das Klappern der Hufe auf dem ausgetretenen, staubigen Treidelpfad gedämpft durch den Dunst. Fygen schien es, als wäre sie allein auf der Welt. Bei dem Gedanken bahnte sich ein gewaltiger Schluchzer den Weg ihre Kehle hinauf, und sie spürte, wie ein dicker Kloß ihr die Luft abdrückte. Sie war allein. Ganz allein. Ohne Lijse. Lijse, die sie fortgeschickt hatte. Lijse, die sich von ihr in der Küche verabschiedet hatte, weil sie es nicht über das Herz brachte, Fygen bis zum Fluss zu begleiten. Die sie zum Abschied fest an die ausladende Brust gedrückt hatte, ihr den Scheitel geküsst und geflüstert hatte: »Pass auf dich auf, mein Kind. Und Gottes Segen sei mit dir.«

Trotzig hatte Fygen geantwortet: »Wenn es denn sein muss, dann gehe ich nach Köln. Du wirst sehen, ich werde Seidweberin und eine reiche Kauffrau.«

Feucht kroch Fygen der Nebel an den Beinen hinauf. Sie zog den weiten Rock enger um ihre Knie, schlang die Arme um die mageren Schultern und versuchte krampfhaft, den Kloß ihn ihrer Kehle runterzuschlucken. In Gedanken fügte sie nun hinzu: Und dann komme ich zurück und hole dich.

Der Niederländer machte einen Ruck, und Fygens Kopf schlug unsanft gegen das Holz der Reling. Durch das sanfte Schaukeln des Schiffes musste sie wohl eingeschlafen sein, ohne es zu bemerken. Fygen riss die Augen auf und war schlagartig hellwach, denn die Morgensonne stand bereits hoch am Himmel. Sie hatte den Nebel aufgefressen und schien nun wärmend auf sie herab. Die Treidelburschen, Knechte, die an Land die Gäule am Halfter führten, riefen sich laut etwas zu. Und der Schiffer, der Fygens Bündel gerettet hatte, fluchte unverständlich zu ihnen hinüber. Irgendetwas schienen sie falsch gemacht zu haben, aber Fygen konnte nicht erkennen, was es war.

Mit dem Nebel war auch das Gefühl der Unwirklichkeit von ihr gewichen. Fygen streckte sich und gähnte. Sie würde sich den Tatsachen stellen müssen. Und das hieß: Sie war in der Tat auf dem Weg in die ferne, fremde Stadt, wo sie keinen Menschen kannte. Wie sie wohl war, die Base von Mathys? Wenn sie genauso geizig war wie der alte Knochen, dann gute Nacht, dachte Fygen. Und ob sie wohl Kinder hatte? Vielleicht eine Tochter in ihrem Alter? Mit der wäre sie ja dann auch irgendwie verwandt, überlegte Fygen, vielleicht könnten sie Freundinnen werden. Möglicherweise wäre ja alles doch gar nicht so schlimm, und sie würde wirklich eine erfolgreiche Kauffrau. Wenn Fygen jedoch daran dachte, dass die Lehrzeit vier Jahre dauern sollte, wurde ihr angst und bange. Vier Jahre! Für Fygen erschien das wie eine Ewigkeit.

Den Kopf an die Reling gelehnt, beobachtete sie, wie ein

untersetzter Mann zu dem Kaufmann mit der unordentlichen Frisur und den blauen Augen trat und eindringlich auf ihn einsprach. Er war stämmig, muskulös und trug deutlich einfachere, aber ebenfalls tadellos saubere Kleidung. Eine unterschwellige Angriffslust schien von ihm auszugehen, die er nur mühsam zu kontrollieren vermochte. Vielleicht kam der Eindruck jedoch nur zustande, weil er beständig den runden, massigen Kopf vorreckte und seine Worte mit einem Zucken seines kantigen Kinnes unterstrich. Sein Verhalten schien höflich, aber nicht allzu unterwürfig zu sein. Der Bedienstete des Kaufmannes, vermutete Fygen. Vielleicht sogar seine rechte Hand?

Unruhig rutschte Fygen auf den harten Schiffsplanken umher. Vom langen Sitzen schmerzte ihr bereits die Kehrseite, dabei war es noch nicht einmal Mittagszeit. Man hatte ihr gesagt, die Fahrt würde den ganzen Tag dauern, und mit Glück erreichten sie ihr Ziel noch vor Einbruch der Dunkelheit, das heißt, bevor die mächtigen Tore der Stadt für die Nacht verschlossen würden.

Fygen setzte sich auf und lehnte den Kopf an das große Bündel zu ihrer Rechten, das sich als überraschend weich und bequem erwies. Zudem verströmte das angeschmutzte Leinen, in das es gehüllt war, einen wundervollen süßen und schweren Duft. Fygen schloss die Augen, drückte ihr Gesicht gegen den Ballen und sog gierig den Geruch ein. Es duftete ein wenig nach Zimt und etwas anderem, wunderbar Fremdem.

Mit einem leichten Ruck gab das Bündel nach und rutschte ein wenig zur Seite. Fygen sah, dass sich die festgedrehte Kordel, die es zusammenhielt, an einer Stelle gelockert hatte, und unter dem rauhen Leinen blitzte ein kleines Stück scharlachfarbener Stoff hervor. Flink vergrößerte sie mit dem Zeigefinger das Loch und strich sanft über die glatte, glänzende Seide, die daraus hervorquoll. Mit geschickten Fingern zupfte und zerrte sie vorsichtig daran herum, bis sie das ganze Stück durch die kleine Öffnung gezogen hatte. Es war vielleicht eine Elle breit und anderthalb Ellen lang. Neugierig breitete Fygen es auf ihrem Schoß aus und strich es liebevoll glatt. Im strahlenden Sonnenlicht changierte es zwischen Feuerfarben und Granat. So edles und fein gewebtes Tuch hatte sie noch nie zu Gesicht bekommen. Voller Verzückung betrachtete sie, wie sich die Farbe veränderte, wenn sie das Tuch in die eine oder andere Richtung drehte, je nachdem, wie das Licht darauf traf.

Plötzlich fiel ein dunkler Schatten auf das Tuch, und das Rot wandelte sich zu tiefem Burgunder. Im selben Moment spürte Fygen einen scharfen schneidenden Schmerz auf ihrem Handgelenk. Fygen schrie auf und bedeckte mit der rechten Hand die schmerzende Stelle. Blut quoll darunter hervor, und Fygen biss sich auf die Unterlippe. Entsetzt blickte sie auf ihre Linke. Quer über die Innenseite des Handgelenkes zog sich ein blutiger roter Streifen. Durch den Schlag war die Haut einfach aufgeplatzt. Die Gerte schnellte zurück, ein brennender Schmerz fuhr ihr den Arm hinauf und nahm ihr die Luft zum Atmen. Vor ihren Augen tanzten unzählige dunkle Flecken, ballten sich zusammen, wurden immer größer. Schweißperlen sammelten sich auf ihrer Stirn, und gerade als sie sich der Dunkelheit ergeben wollte, wurde sie am Genick gepackt und unsanft emporgerissen. Achtlos fiel das kostbare Stück Seide zu Boden. Ein wutverzerrtes rotes Gesicht schwamm unscharf direkt vor ihren Augen. Eine Stimme brüllte, doch sie verstand die Worte nicht. Sie hatten nichts mit ihr zu tun. Es schüttelte und rüttelte sie, und dann drang allmählich ein Wort durch die Watte in ihrem Hirn: Diebin. Diebin!

Die Angst griff wie eine kalte Hand nach ihr. Das gerötete Gesicht vor ihr gehörte zu dem Gehilfen des Kaufmannes mit der unordentlichen Frisur, so viel erkannte sie nun. Er war es, der sie im Genick gepackt hielt und sie eine Diebin nannte.

Nein, sie war keine Diebin! Panik stieg in ihr auf. Sie konnte alles erklären. Wenn man sie nur losließe. Doch wie Schraubzwingen gruben sich die Finger des Mannes schmerzhaft in ihren Hals und zerrten sie gnadenlos vorwärts. Fygen strauchelte und wäre beinahen gefallen, doch der Gehilfe lockerte seinen Griff keinen Deut. Eine Haarschleife rutschte ihr aus dem Zopf, und wirre Haarsträhnen fielen ihr ins Gesicht, gerieten ihr in Mund und Augen.

Nach wenigen Schritten wurde sie grob auf die Schiffsplanken gestoßen, vor die Füße des Kaufmannes mit der unordentlichen Frisur. Voller Angst krümmte ihr schmaler Körper sich zusammen, die rechte Hand immer noch krampfhaft auf das blutende Handgelenk gepresst. Eine Diebin … Was würden sie mit ihr tun?

»Hab sie beim Stehlen erwischt!«, stieß der Gehilfe aufgebracht hervor. »Hat sich an unserem Bündel zu schaffen gemacht.«

Zwei weitere Beine traten in ihr Gesichtsfeld, und Fygen erkannte die Stimme des Schiffers: »Tut mir leid, mein Herr. Ich habe nicht gewusst, dass das so eine ist. Ich soll sie nur nach Köln mitnehmen.«

»Die Dieberei werde ich ihr schon austreiben. Hab sie ja

zum Glück im rechten Moment erwischt«, antwortete der Gehilfe. Das klatschende Geräusch der Gerte, die er spielerisch gegen seine ledernen Beinlinge schlug, ließ in Fygen Übelkeit aufsteigen. Wieder wurde sie gepackt und hochgerissen. Entsetzt schrie Fygen auf. Der Gehilfe warf sie grob über ein Holzfass mit eingesalzenem Hering. Das rauhe Holz drückte sich unsanft in ihre Wange, und Fygen stieg ein brackiger Geruch nach Seetang in die Nase. Nein, bitte nicht. Nein! »Nein!!!« Sie hatte es laut gerufen. Und ihre eigene Stimme weckte in ihr das kleine Quentchen Mut, das es zum Überleben braucht.

»Bitte«, flehte sie unter Tränen, »ich wollte es nicht stehlen, es ist nur so … so wunderschön. Glaubt mir, ich wollte es nur anschauen. Es hat so eine schöne Farbe und ist so fein gearbeitet …«

»Diebesgesindel!«, stieß der Gehilfe zwischen zusammengebissenen Zähnen hervor, und Fygen vernahm das hauchfeine, gefährliche Pfeifen der Gerte, als er zum Schlag ausholte.

»Warte, Eckert«, vernahm Fygen eine neue Stimme, bestimmt, aber nicht herrisch.

»Bettelvolk, verlogenes!«, knirschte der Gehilfe, aber der erwartete Schlag blieb aus.

Fygen schöpfte ein klein wenig Hoffnung und redete weiter, einfach drauflos: »Ich soll nämlich Seidmacherin werden, ich fahre zu meiner Lehrherrin, deshalb reise ich nach Köln …«

»Wie heißt deine Lehrherrin, Kind?«, wollte die Stimme, von der Fygen annahm, dass sie dem Kaufmann mit der unordentlichen Frisur gehörte, wissen.

Fygen spürte einen Hauch von Mitleid in dieser Stimme,

ließ sich behutsam von dem Fass herab zu Boden gleiten, hob vorsichtig den Kopf und blickte auf.

»Diesem Gelichter darf man keine Milde zeigen, sonst treibt der Pöbel es bald gar zu arg«, mokierte sich Eckert, der Gehilfe.

»Aber, Eckert, sie ist doch noch ein Kind«, tadelte der Kaufmann und schaute Fygen dann direkt an. »Auch wenn sie eher wie ein zerrupfter Mösch aussieht. Nun also, woher kommst du, und wer ist deine Lehrherrin?«, wollte er wissen. Ein forschender Blick aus leuchtend blauen Augen traf Fygen und schien mit Leichtigkeit bis in ihr Innerstes zu dringen.

»Ich komme aus Zons«, antwortete sie, setzte sich auf und fügte hinzu: »Und meine Lehrherrin ist Mettel Elner, die Base meines Oheims.«

»Die alte Mettel, soso. Dann scheinst du ja einen einflussreichen Oheim zu haben. Und du sagst, du wolltest das Tuch nur anschauen?«

Fygen nickte eifrig, doch sie vermied es, dem Kaufmann noch einmal in die blauen Augen zu blicken, aus Angst, er könnte alle ihre geheimsten Gedanken lesen.

»Nun, in dem Fall sehe ich keinen Grund, dich noch weiter zu bestrafen«, entschied der Kaufmann.

»Die alte Mettel ist Strafe genug«, brummte Eckert beiläufig, doch Fygen war viel zu erleichtert, um den doppelten Sinn in Eckerts Worten zu verstehen. Sie versuchte aufzustehen, doch als sie sich mit der Hand auf dem Boden abstützen wollte, schoss ihr wieder der Schmerz den Arm hinauf, und sie sog zischend die Luft ein. Leicht schwankend kam sie auf die Beine und strich sich die wirren, von Tränen feuchten Haarsträhnen aus dem Gesicht.

Erstaunt sah sie, wie der Kaufmann sich bückte und ihre Haarschleife aufhob, die sie verloren hatte, als Eckert sie zu Boden warf. Mit fast zärtlicher Geste reichte er ihr das Band und sagte: »Pass in der großen Stadt gut auf dich auf, kleiner Mösch.«

»Bitte«, beeilte Fygen sich zu fragen, »was ist ein Mösch?«

Der Kaufmann zog erstaunt die Augenbrauen hoch und lachte, dass sich die winzigen Fältchen um seine Augen herum kräuselten. »Ein Mösch ist ein Spatz«, antwortete er. Dann wandte er sich ab.

5. Kapitel

Macht sicher keinen guten Eindruck, wenn du so vor deine Lehrherrin trittst«, brummte der Schiffer und ließ einen hölzernen Eimer, der an einem langen Tau befestigt war, neben Fygen auf die Planken poltern. Das Wasser aus dem Eimer schwappte ihr angenehm kühl über die nackten Füße.

Fygen hatte sich im Vorderschiff, in sicherer Entfernung von dem Bündel des Kaufmannes und anderer Frachtstücke, an die Reling gelehnt und fasziniert beobachtet, wie sich die Sonne auf dem Wasser spiegelte. Der Niederländer schien geradezu auf einem schmalen, gleißenden Streifen aus Sonnenlicht dahinzugleiten. Die Bäume am Ufer warfen dunkle, einladende Schatten. Die Pferde und Treidelburschen hatten in der Hitze ihre muntere Gangart verloren und taten nur noch pflichtschuldigst ihren Dienst. Auch Fygen war es warm geworden, und dankbar tauchte sie die Hände in den Eimer. Sie wusch sich gründlich das Blut von den Händen und die Tränenspuren aus dem Gesicht. Dann band sie sich, so sorgfältig es mit der schmerzenden Hand möglich war, ihre Zöpfe neu.

Nach den trägen, langen Mittagsstunden schien nun plötzlich Leben in die Menschen an Bord zu kommen. Erwartung und Vorfreude machten sich breit. Die Männer riefen durcheinander, rollten Taue auf und liefen hierhin und dorthin. Fygen schaute gebannt auf den Fluss. Sie wollte sich nicht mehr abwenden, in der Sorge, den ersten Blick auf die große Stadt, die ihre neue Heimat sein würde, zu verpassen.

Und endlich war es so weit. Nach einer letzten Biegung des Flusses lag es da, kupferfarben glänzend im späten Sonnenlicht, das berühmte Köln, das heilige Köln.

Die Stadt war wirklich riesig, fand Fygen, und je näher sie kamen, desto größer wurde sie. Jemand hatte ihr gesagt, vierzigtausend Menschen würden hier leben in dieser einzigartigen Stadt. Rundherum war sie eingefasst von einer gewaltigen Mauer mit mächtigen Toren darin, über die der Dombau, der Rathausturm, Windmühlen, unzählige Kirchtürme und die Dächer und Fassaden schmaler Häuser mit spitzen Giebeln hinausragten. Dunkel hoben sie sich vor der goldenen Sonne ab, die tief im Südwesten stand und alles in ein weiches Licht kleidete. Es war ein prächtiger, beeindruckender Anblick, der sich ihr bot, fand Fygen.

Schnell erreichten sie den Anfang der Rheinmauer, welche die Stadt zum Fluss hin schützte. Vorwitzig lugten die oberen Geschosse und Giebel der Häuser, die direkt an die Mauer gebaut waren, über sie hinweg.

Der Uferbereich vor der Mauer war ordentlich befestigt, und unzählige Menschen schienen hier ihr Auskommen zu haben. Scheinbar ziellos liefen sie durcheinander, trugen Bündel, schoben Karren oder schrien wild gestikulierend Befehle. Sogar Händler boten hier ihre Waren feil. Mitten im Fluss schwamm ein flaches, hölzernes Gebilde, einem Floß nicht unähnlich, auf dem kleine Schuppen standen. Einige Boote waren daran festgemacht. Männer luden Getreidesäcke aus den Booten und schleppten sie in einen der Schuppen. Nein, das Gebilde schwamm nicht, stellte Fygen fest, es bewegte sich nicht von der Stelle, es musste im Fluss verankert sein. Erst als sie näher kamen, erkannte Fygen, dass die Flussströmung hölzerne Mühlräder antrieb. Es waren die Rheinmühlen, welche die Stadt mit Mehl versorgten, denn außer dem Rhein gab es im Stadtgebiet kaum fließende Gewässer, die in der Lage waren, Mühlen anzutreiben.

Noch ein gutes Stück weiter ging es flussaufwärts, bis endlich die Treidelburschen die Taue von den Pferden lösten und das Schiff ans Ufer zogen. Unsanft stieß es ein paar Mal an die hölzernen Pfähle an, die ins Flussbett gerammt waren, und Fygen hielt sich erschrocken an der Reling fest. Schon sprangen die Gehilfen des Schiffers von Bord, vertäuten das Boot ordentlich an den Pfählen und legten eine Laufplanke über den Spalt zwischen Ufer und Schiff. Sogleich kamen ein paar kräftige Männer an Bord und machten sich an den Fässern und Warenbündeln zu schaffen. Andere verschwanden im Bauch des Schiffes, um kurz darauf, mit Getreidesäcken bepackt, wieder aufzutauchen. Sie schleppten ihre schwere Last zum Heck des Schiffes, wo sie diese gewichtig auf die Planken plumpsen ließen und zu einem ordentlichen Stapel aufschichteten.

Große Kräne standen wie riesige hölzerne Vögel am Ufer, und Fygen beobachtete gebannt, wie sich ein Boot, auf dem ebenfalls ein Kran befestigt war, ihrem Schiff näherte.

»Diese Geier«, knurrte es neben Fygen, und sie wandte den Kopf. Neben ihr stand der Schiffer und machte ein verdrießliches Gesicht.

Fygen schaute in die Luft, doch außer ein paar gierig schreienden Möwen, die über den Schiffen kreisten, waren keine Vögel zu sehen.

Der Schiffer war ihrem Blick gefolgt und lächelte grimmig. »Diese verdammten Kölner nehmen einen aus wie eine geschlachtete Gans. Und das zudem hochoffiziell«, klagte er, froh, einen Zuhörer gefunden zu haben, bei dem er seinem Unmut Luft machen konnte.

Neugierig blickte Fygen ihn an, begierig, alles aufzusaugen, was der Schiffer ihr über die seltsamen Sitten der fremden Stadt erzählen mochte.

»Zölle zahlen muss man überall, das ist ja ganz normal, aber was diese Hunde machen, ist schon unverschämt. Stapelrecht nennen sie es und haben sich ihre Wegelagerei auch noch königlich verbriefen lassen«, fuhr er fort. Und auf Fygens fragenden Blick hin erklärte er: »Hier ist die Grenze zwischen Mittel- und Niederrhein. Im Mittelrhein ist das Wasser viel niedriger und die Fahrrinne deutlich enger als im Niederrhein. Unsere großen Schiffe können daher nicht weiter flussaufwärts fahren als bis Köln. Also müssen wir hier alle Waren ausladen.« Mit einem resignierten Zucken seiner mächtigen Schultern deutete er auf das Kranschiff, das in diesem Moment längsseits ging. Gewichtig und sich der Würde seines Amtes bewusst, kam der Kornmüdder an Bord und nickte dem Schiffer gesetzt zu. Gemessenen Schrittes ging er auf die Getreidesäcke zu, zählte sie gewissenhaft und machte sich eine Notiz. Dann gab er dem Kranmeister an Bord des Kranschiffes ein Zeichen, der daraufhin seinen Männern Befehle zubrüllte. Sofort begannen die Kranarbeiter mit dem Löschen der Säcke.

»Das Ausladen lassen sie sich gut bezahlen. Alle Waren werden geprüft, gezählt, gemessen und gewogen. Auch das kostet Geld. Dann verlangen sie Zölle auf manche Waren.« Der Schiffer deutete auf ein kleineres, wendigeres Boot mit halbrundem, auffallend hochgezogenem Bug, das unweit ihres Schiffes vertäut lag. »Siehst du das da? Das ist ein Oberländer. Damit geht es den Rhein weiter hinauf, doch bevor wir die Waren auf kleinere Schiffe umladen können, müssen wir sie hier drei Tage zum Verkauf anbieten. Vor allem das Ventgut, also die frischen und verderblichen Güter, Fisch, Speck, Öl, Getreide, Wein, Käse und lebendes Vieh. So stellen die Kölner sicher, dass sie immer die beste und frischeste Ware bekommen und mit Lebensmitteln gut versorgt sind.«

»Und wenn Ihr Euch weigert auszuladen oder heimlich an der Stadt vorbeifahrt, vielleicht bei Nacht?«, fragte Fygen vorwitzig.

Der Schiffer lachte trocken. »Dann geht es uns so wie dem armen Teufel da«, sagte er und deutete auf den Uferweg, wo ein Tumult entstanden war. Viele Menschen liefen zusammen, junge Burschen drängten nach vorn, um besser sehen zu können. Inmitten der johlenden Menge konnte Fygen einen hünenhaften, fremdländisch aussehenden Mann mit wildem rotem Bart ausmachen. Dem Mann waren die Hände mit Binsen gebunden, die er mit Leichtigkeit hätte zerreißen können. Erstaunlicherweise ließ er sich, ohne Widerstand zu leisten, von einem Jüngling an einer Leine am Ufer entlangführen.

»Was hat das zu bedeuten?«, wollte Fygen wissen.

»Das ist ein alter Brauch in Köln, hansen genannt. Der Kaufmann hat sich wohl nicht ums Stapelrecht geschert und ist dabei erwischt worden. Siehst du den jungen Kerl da, der das Ende der Leine hält. Schau nur, wie stolz er einherspaziert.« Voller Abscheu spuckte der Schiffer ins

Wasser, bevor er fortfuhr: »Der scheint den Kaufmann erwischt und verhaftet zu haben. Jetzt kann er ihn mit vollem Recht bestrafen.«

»Aber der Kaufmann ist doch viel größer als der Jüngling und zudem gar nicht richtig gefesselt, er könnte sich doch ganz einfach befreien und weglaufen.«

»Damit wäre er sicherlich schlecht beraten, denn wenn der Kaufmann ohne Einwilligung seine Fesseln löst, verfällt er selbst und seine gesamte Habe an den, der ihn erwischt und verhaftet hat.«

Staunend beobachtete Fygen, wie sich der seltsame Zug durch eine der Pforten in der Rheinmauer zwängte und langsam aus ihrem Blickfeld verschwand. Etwas anderes nahm ihre Aufmerksamkeit gefangen: Ein großes Fass wurde vorsichtig von zwei Männern über die Planke ihres Schiffes hinab und zu einem Verschlag gerollt.

»Das ist gepökelter Hering aus den Niederlanden«, erklärte der Schiffer, der ihrem Blick gefolgt war, bereitwillig.

Ein beleibter Mann mit schmieriger Schürze trat vor, und auf seinen Befehl hin öffneten die Knechte das Fass und hoben den Deckel ab. Der Mann schnüffelte, dann griff er in das Fass und holte eine Handvoll Fische heraus. Mit den Fingern stieß und stocherte er in den Heringen herum, drückte und presste ein wenig. Dann pickte er sich einen Fisch heraus und biss vorsichtig ein Stück davon ab. Prüfend kaute er, dann nickte er zufrieden. Auf seinen Wink hin kippten die Knechte das Fass und leerten den Schwall Fische in eine große hölzerne Wanne. Ein Gehilfe, ebenfalls beschürzt, schleppte einen Sack Pökelsalz herbei und schichtete die Heringe in ein anderes Fass, wobei er großzügig das Salz zugab. Fygen beobachtete, wie die Knechte das Fass verschlossen und der Gehilfe ein Brandeisen aus dem Feuer nahm. Zischend drückte er es in das Holz des Fasses.

»Was machen sie mit dem Fass?«, wollte Fygen wissen.

»Das Fass bekommt einen Stempel, den sogenannten kölnischen Brand, damit ist die Qualität verbürgt.«

»Und was geschieht jetzt damit?«

»Es wird in die Stadt gebracht, kommt in das Fischkaufhaus und wird dort zum Verkauf angeboten.«

Fygen erinnerte sich an den Fischgeruch, der ihr in die Nase gestochen war, als Eckert sie über das Fass geworfen hatte. »Und wenn der Hering nicht gut ist?«, fragte sie.

»Dann kippen sie ihn in den Rhein«, brummte der Schiffer und wandte sich ab.

Damit war ihre Unterhaltung beendet, und Fygen war ein wenig enttäuscht. Sie konnte sich nicht sattsehen an dem Gewimmel. Alles war fremd und neu für sie, und sie hätte noch unendlich viele Fragen stellen mögen. Ein winziger Anflug von Angst vor der riesigen Stadt mit ihren fremden Sitten stieg in ihr auf. Wie leicht konnte man hier etwas falsch machen und unwissentlich eine Straftat begehen. Doch nach einer Weile atmete sie tief ein, scheuchte die Angst in eine Ecke des Schiffes, raffte ihr Bündel auf und balancierte die schmale Planke hinab, ihrer neuen Zukunft entgegen.

Ganz selbstverständlich wurde Fygen von der Menge aufgesogen und vorwärtsgetrieben. Durch eine der schmalen Pforten, die sich am Ende nahezu jeder Gasse, die zum Fluss führte, in der Rheinmauer auftaten, ging es in die Stadt hinein, und sie fand sich in einer breiteren Gasse wieder. In der Mitte des gestampften Lehmbodens führte eine widerlich stinkende Abfallrinne entlang, tief genug, um hineinzutreten und sich den Knöchel zu brechen. Wenige Schritte weiter wühlten zwei magere, gefleckte Hunde auf der Suche nach etwas Fressbarem in den Abfällen, was den Gestank noch verschlimmerte. Fygen hielt sich einen Zipfel ihres Rockes vor die Nase, um dem ekligen Geruch zu entkommen. Kurz nur wandte sie ihren Kopf zurück in Richtung der Pforte, durch die sie die Gasse betreten hatte, schon wurde sie unsanft beiseitegestoßen. Fast wäre sie in die Abfallrinne gestolpert, stellte sie erschreckt fest und bemühte sich, achtsamer zu sein. Eine Kappesverkäuferin drängte sich schimpfend an ihr vorbei, an jedem Arm einen sperrigen Korb mit wenigen verbliebenen Kohlköpfen tragend. Zudem balancierte sie ein fast leeres, geflochtenes Tablett mit Mohrrüben auf dem Kopf, stellte Fygen staunend fest.

Die breite Gasse mündete in eine Straße ein, die leicht bergan führte, und Fygen fragte sich, ob sie auf dem richtigen Weg wäre. Mit lautem Peitschenknallen näherte sich in rasanter Fahrt von hinten ein unbeladenes Pferdefuhrwerk und stob, ohne Rücksicht zu nehmen, genau auf sie zu. In letzter Sekunde schaffte Fygen es, sich in einen Hauseingang zu retten, und presste sich flach an die Tür, um nicht zerdrückt zu werden. Haarscharf raste das Fuhrwerk an ihr vorbei. Doch weit kam es nicht, denn von vorn kam gemächlich ein hoch mit Getreidesäcken beladenes Ochsengespann angerumpelt und versperrte die Gasse, die beileibe nicht breit genug war, um beide Gefährte aneinander vorbeizulassen. Lautstark brüllten die Fuhrleute sich an, schlugen wie wild mit ihren Peitschen und rauften sich die Haare, doch Fygen hatte das Gefühl, dass sie die Angelegenheit eher gut gelaunt denn ernsthaft betrieben. Passanten blieben stehen und quittierten jede Äußerung der Fuhrleute mit begeistertem Johlen und anfeuernden Rufen. Im Nu war eine kleine Menschenmenge zusammengelaufen, und Fygen kam neben einer dicklichen Matrone zu stehen. Die Frau sah freundlich aus, und Fygen wagte es, sie zu fragen: »Bitte schön, wo wohnt die Mettel Elner?«

»Wer?« Die Frau wandte Fygen fragend ihr rundliches Gesicht zu und musterte sie von oben bis unten.

»Mettel Elner.«

»O weh, Kind, weißt du überhaupt, wie viele Menschen hier wohnen?«, rief sie aus und schüttelte den Kopf über so viel Naivität. »Deine Mettel kenne ich nicht. Aber wenn du die Gasse weiter entlanggehst, dann läufst du geradewegs auf den Heumarkt zu. Da halte Ausschau nach einem der Marktaufseher. Vielleicht können die dir weiterhelfen.«

Fygen blickte sie verständnislos an, und so erklärte die Frau ihr in einem Tonfall, als rede sie mit einer Schwachsinnigen: »Sie sorgen für Ordnung auf dem Markt. Du erkennst sie an ihren langen rot-weißen Stäben.«

Fygen dankte der Frau, schlüpfte durch eine Lücke zwischen den beiden Fuhrwerken hindurch und setzte ihren Weg fort, der sie in der Tat nach wenigen Minuten auf einen großen Platz führte. Doch das Markttreiben schien beendet zu sein. Die Händler packten ihre unverkauften Waren in Kisten und Körbe oder standen in kleinen Gruppen schwatzend beieinander.

Suchend blickte Fygen sich um. Auf diesem Teil des Marktes hatten die Eisenwarenhändler ihre Stände, ein Stück weiter folgten die Salzhändler und rechter Hand die

Flachshändler, stellte sie fest, doch nirgendwo konnte sie einen Mann mit rot-weißem Stab sehen.

»Hallo, Kleine, suchst du etwas? Vielleicht mich?«, vernahm Fygen eine schmierige Stimme hinter sich und wandte sich erschreckt um. Ein Kohlenhändler mit rußigen Flecken auf Gesicht und Händen machte eine anzügliche Geste in ihre Richtung. Fygen fasste ihr Bündel enger und eilte vor seinem vulgären Lachen davon, geradewegs, wie sie feststellte, auf die Waage zu. Hier standen zwei bessergekleidete Herren im Gespräch, und Fygen versuchte, sich bemerkbar zu machen. Nach einer Weile heftete der Ältere einen strengen Blick auf sie, und Fygen knickste ehrerbietig. »Entschuldigung, vielleicht könnt Ihr mir sagen, wo die Mettel Elner wohnt. Ich soll bei ihr in die Lehre gehen.«

»Eine Frau namens Mettel Elner kenne ich leider nicht, mein Kind«, antwortete der Ältere freundlich und wollte schon das Gespräch wieder aufnehmen, als der Jüngere, scheinbar sein Sohn, denn er hatte das gleiche rundliche Gesicht mit Ansätzen zu Tränensäcken, das Wort an sie richtete: »Was willst du denn lernen, Kleine?«

»Ich werde Seidweberin«, antwortete Fygen stolz.

»Na, dann wird es wohl das Beste sein, du gehst dorthin, wo die Seidmacher ihre Häuser haben, Unter Seidmacher«, riet er und deutete in westliche Richtung, wo eine Straße auf den Marktplatz mündete. »Da entlang, links an der städtischen Waage vorbei. Wenn du zu weit rechts gehst, dann riechst du es von selber, denn da haben die Kürschner ihre Werkstätten. In der Gasse fragst du dann noch einmal jemanden, wie das Haus deiner Lehrherrin heißt.«

»Danke.« Fygen knickste wieder. »Vielen Dank«, sagte sie und eilte in die Richtung, die der junge Herr gewiesen hatte.

Die Gasse Unter Seidmacher, die im vorderen Bereich auf Höhe des Marktes sehr breit war und von großen, schönen Häusern gesäumt wurde, verengte sich zusehends. Zögerlich ging Fygen tiefer in die Gasse hinein, auf der Suche nach jemandem, der ihr Mettels Haus, ihr zukünftiges Zuhause, zeigen könnte. Ob es wohl eines der großen Häuser mit den vielen Fenstern war? Mathys' Base musste doch sicherlich eine wohlhabende Frau sein, vermutete sie. Es dämmerte schon leicht, und hier im hinteren Teil standen die schlichteren Häuser dicht aneinandergedrängt und ließen nur mehr wenig vom verbleibenden Tageslicht in die Gasse hineinsickern. Plötzlich quiekte es laut und durchdringend direkt neben ihr, und Fygen schrak zusammen. Etwas Großes sprang auf und rammte Fygen grob in die Seite. Um ein Haar wäre sie unter der Wucht des Stoßes gefallen, doch sie konnte sich gerade noch auf den Beinen halten. Brummelnd und grunzend zog das Etwas von dannen. Fygen brauchte einige Sekunden, um sich von dem Schreck zu erholen und zu erkennen, dass es nur ein großes Schwein war, das sich bereits neben einem Abfallhaufen zur Nachtruhe begeben hatte.

Fygen vernahm ein Kichern und musste feststellen, dass ihre Episode mit dem Schwein nicht unbemerkt geblieben war. Sie wandte den Kopf in die Richtung, aus der das Kichern gekommen war, und sah ein kleines Mädchen auf der Schwelle vor einem Haus sitzen.

»Kannst du mir sagen, wo die Mettel Elner wohnt?«, rief sie der Kleinen zu.

»Kommt drauf an«, war die patzige Antwort.

»Worauf?«, wollte Fygen wissen.

»Was du von ihr willst«, erwiderte die Göre neugierig.

»Ich gehe bei ihr in die Lehre«, erklärte Fygen ihr.

»Ach so«, antwortete die Kleine gelangweilt. »Da drüben, das ist das Elnersche Haus«, sagte sie und deutete auf ein unansehnliches, schmuckloses Haus, das fast am Ende der Gasse stand. Das Erdgeschoss des Hauses war aus Stein gemauert. Darüber bildeten dicke, verwitterte Balken, die längst eines neuen Anstriches bedurften, die Obergeschosse. Die Fächer zwischen den Balken waren mit Reisig und Lehm gefüllt und verputzt, doch auch der Putz war rissig und bröckelte an vielen Stellen.

»Dieses schäbige Haus?«, sagte Fygen enttäuscht, doch die Kleine hatte bereits das Interesse an ihr verloren und gab keine Antwort. Stattdessen echote eine schneidende Stimme neben ihr: »Ja, dieses schäbige Haus. Ist wohl nicht fein genug für meine arme Base vom Land?«

Fygen wandte den Kopf und sah in die abweisenden Augen eines großen, ungeschlachten Mädchens mit einem flächigen, unschönen Gesicht, das zudem noch durch eine Warze unter dem linken Auge verunziert war. Das Mädchen war höchstens drei Jahre älter als sie selbst, stellte Fygen fest, doch es überragte sie um gut einen und einen halben Kopf. »O entschuldige«, stotterte sie, »ich wollte nicht …« – »Was wolltest du nicht?«, schnappte das Mädchen. »Unhöflich sein? Gib dir keine Mühe, auf dich hat hier ohnehin keiner gewartet«, fügte sie böse hinzu.

6. Kapitel

Die Hähne krähten hier in der Stadt bei Morgengrauen genauso fürchterlich wie zu Hause, stellte Fygen fest und hätte sich gerne noch einmal auf die andere Seite gedreht. Obwohl ihr Lager auf dem Boden in der Werkstatt bei weitem nicht so gemütlich war wie ihre kleine Kammer zu Hause hoch unter dem Dach. Hier hatte sie sich am Abend zuvor gemeinsam mit den anderen drei Lehrmädchen ihr dünnes Lager aus Strohbündeln zwischen den Webstühlen bereiten müssen. Jedes der Mädchen hatte in einer Ecke des Raumes zwei Haken an der rauhen Holzwand und darüber ein schmales Regalbrett, auf dem es seine Habseligkeiten verstauen konnte. Nur Grete hatte als Tochter des Hauses selbstverständlich ihre Kammer im Haus, worum Fygen nicht traurig war. Grete war das grobschlächtige Mädchen, das Fygen bei ihrer Ankunft so herzlich empfangen hatte, ihre entfernte Kusine.

Schnell waren die Strohbündel beiseitegeräumt, und Reste der Dunkelheit klebten noch in den Ecken, als die Mädchen die wenigen Schritte über den Hof gingen, auf dem ein paar vertrocknete Grasbüschel ein trauriges Dasein fristeten. In der Küche im hinteren Teil des Wohnhauses scharten sie sich noch schläfrig um den Küchentisch und aßen ihre warme Morgensuppe, eine trübe Brühe aus Wasser, Milch, Mehl und geriebenem Schwarzbrot. Dazu gab es Keutebier, ein dünnes Gebräu aus Weizen, Hafer und Gerstenmalz, das mit einem Hopfenzusatz gewürzt wurde. Fygen versuchte vorsichtig einen Schluck und fand es entsetzlich. Angewidert verzog sie das Gesicht.

Grete nutzte sofort die Gelegenheit für einen derben Scherz: »Ach, für meine arme Base vom Land ist das Bier nicht gut genug. Du willst wohl lieber einen Sooren Hungk?«

Fygen, die den Namen für den Wein von minderer Qualität, der innerhalb des Stadtgebietes angebaut wurde, nicht kannte, antwortete höflich: »Etwas Wasser wäre nett, danke schön.«

Während die anderen Lehrmädchen verstohlen kicherten, stand Grete auf, schöpfte eigenhändig einen Becher Wasser aus einem Eimer und stellte ihn vor Fygen auf den Tisch. »Wohl bekomm es«, sagte sie mit maliziösem Lächeln und nahm wieder ihren Platz auf der Küchenbank ein.

Fygen dankte ihr und streckte gerade die Hand nach dem Becher aus, als das Mädchen neben ihr seine leere Schüssel beiseiteschob und dabei mit einer fahrigen Bewegung das Wasser über den Tisch kippte. Fygen erinnerte sich an ihren Namen: Katryn Starkenberg hieß sie und stammte aus einer angesehenen alten Kölner Kaufmannsfamilie, aus der schon der eine oder andere im Rat der Stadt gesessen hat.

Die beiden anderen Lehrmädchen prusteten vor Lachen, und Grete schlug sich vor Vergnügen auf die massigen Schenkel. Fygen wischte sich den nassen Ärmel, und als Katryn ihr mit einem Lappen half, den Rock, auf dem das meiste Wasser gelandet war, trockenzureiben, raunte sie Fygen heimlich zu: »Trink nicht von dem Wasser.«

Fygen zog erstaunt die Augenbrauen hoch, doch sie ließ sich weiter nichts anmerken. Schweigend löffelte Fygen ihre Suppe und beobachtete verstohlen das Mädchen, das Grete auf so elegante Weise den Spaß verdorben hatte. Es war recht groß und schlank, hatte ein schmales, ernstes Gesicht, eine gerade Nase, dunkelblonde Haare und hübsche nussbraune Augen. Als wäre nichts geschehen, schwatzte und lachte Katryn zusammen mit den anderen Lehrmädchen, und Fygen nutzte die Gelegenheit, ihre neuen Gefährtinnen ausgiebig in Augenschein zu nehmen.

Neben Katryn mit den Nussaugen saß Grete, ihre unansehnliche Kusine, der die dünnen aschblonden Haarsträhnen immer wieder in den Löffel hingen. Vor ihr würde sie sich in Acht nehmen müssen. Auf der anderen Seite des Tisches, Fygen gegenüber, hatten zwei weitere Mädchen ihren Platz gefunden: Sewis und Hylgen. Sewis war ein zierliches, kleines energiegeladenes Mädchen mit Herzgesicht, rotbraunen Haaren und von hübscher Gestalt. Fasziniert folgte Fygen den flinken Bewegungen der schmalen Hände, mit denen sie jedes ihrer Worte unterstrich. Was Sewis zu viel an Lebhaftigkeit besaß, das fehlte dafür der etwas schwerfälligen Hylgen, die zu allem, was Sewis sagte, nur bestätigend mit dem großen Kopf nickte und bestenfalls ein frommes »So der Heiland will« anfügte. Doch was schlimmer war: die gutmütige Hylgen war ein »Fuss«, eine Rothaarige, stellte Fygen voller Mitleid fest, was beileibe kein leichtes Schicksal war, gab es doch mit Sicherheit immer wieder Anlass zu bösen Späßen und Hänseleien. Zudem war ihre helle Haut über und über mit Sommersprossen bedeckt. Fygen hatte Durst, und obwohl ihr der Alkohol bereits leicht zu Kopf stieg, nahm sie widerwillig einen großen Schluck von dem Keutebier.

Sie hatte gerade ihre Schale geleert, als Mettel, ihre Lehrherrin, die Küche betrat. Die Seidmacherin schien ein strenges Regiment zu führen, denn augenblicklich riss das Geschnatter ab, die Mädchen sprangen auf und stoben zur Hoftür hinaus in Richtung Werkstatt.

Auch Fygen hatte sich erhoben, und da sie nicht wusste, was von ihr erwartet wurde, blieb sie neben dem Tisch stehen. Die große, schwerfällige Lehrherrin bedachte Fygen mit einem missbilligenden Blick aus zusammengekniffenen kleinen blassen Augen, die von dicken Fettwülsten gerahmt wurden. Sie war deutlich jünger, als Fygen erwartet hatte, weil sie immer »die Alte Mettel« genannt wurde. Bestimmt mochte sie noch keine fünfzig Jahre zählen. Bedrohlich baute sie sich neben dem Mädchen auf. »Du kannst dich auch nützlich machen«, befahl sie. »Hol Wasser, räum den Tisch ab, wasch das Geschirr. Dann fegst du die Küche. Die Abfälle sind für die Schweine im Hof.« Nach einem kritischen Blick auf den Fußboden fügte sie hinzu: »Die Küchendielen kannst du auch scheuern. Und ich rate dir: Trödele nicht herum, sonst mache ich dir Beine!«

Sie war schon zur Tür hinaus, als sie noch einmal den Kopf hereinsteckte und hinzufügte: »Glaube nicht, dass du eine Sonderbehandlung erhältst, nur weil du die Nichte meines Vetters bist.«

Fygen zog eine Grimasse in Richtung der geschlossenen Tür und stellte die leeren hölzernen Daubenschalen zusammen, aus denen sie die Suppe gelöffelt hatten. Dann griff sie nach dem Eimer, der neben dem Herd stand, um

Wasser zu holen, und trat in den Hof hinaus. Die Sonne stieg gerade rechter Hand über die Dächer, und die Morgenluft war noch frisch und kühl. Aus der Werkstatt in ihrem Hof und auch aus den angrenzenden Höfen erklang ein eintöniges, gedämpftes Klappern. Neugierig überquerte Fygen den Hof und betrat leise das Werkstattgebäude. Das Klappern war hier drinnen weit lauter. An zwei großen hölzernen Flachwebstühlen saßen Grete und Katryn und webten. Bewundernd und ein wenig neidisch beobachtete Fygen die Mädchen von der Tür aus. Mit gleichmäßigen, fast eleganten Bewegungen warf Katryn ein Stück Holz durch die Fächer der Kettfäden und fing es geschickt mit der anderen Hand auf. Sie trat ein Pedal unter dem Webstuhl, woraufhin sich einige Schnüre bewegten, die oberhalb des Webstuhles an einem Holm befestigt waren. Dann warf sie das Holz zurück. Das Mädchen arbeitete still und konzentriert, und das Werk ging ihr so rasch von der Hand, dass es Fygen vom Zuschauen beinahe schwindelte.

Sewis und Hylgen hantierten mit langen Fäden, die sie mit flinken Bewegungen um Halterungen herumwanden. Alles sah so selbstverständlich aus. Jede schien ihre Handgriffe zu beherrschen und genau zu wissen, was sie zu tun hatte, staunte Fygen. Sie hätte gerne mit den Mädchen gearbeitet oder ihnen zumindest länger zugeschaut. Nur schwer konnte sie sich losreißen und sich den ihr aufgetragenen Aufgaben zuwenden. Seufzend machte sie sich auf die Suche, und schließlich fand sie den Pütz, einen überdachten Brunnen hinter den Werkstattgebäuden, den sich die Bewohner mehrerer Häuser der Gasse teilten. Zu ihrem Entsetzten musste sie feststellen, dass er sich direkt neben den stinkenden Latrinen befand. Da war es nicht verwunderlich, wenn sich das Brunnenwasser nicht zum Trinken eignete.

Als Fygen ihre Arbeit endlich erledigt und den Küchenboden fertiggewischt hatte, war es bereits Mittag geworden. Die Scheuerseife im Wischwasser hatte die aufgerissene Haut an ihrem Handgelenk aufgeweicht, und die Wunde brannte schrecklich. Es war ein heißer Tag geworden, und das Feuer im Herd heizte den Raum zusätzlich auf. Fygen strich sich erschöpft eine schweißfeuchte Locke aus dem Gesicht und ließ sich auf der Bank nieder, als Grete und die anderen Mädchen zum Essen vom Hof hereinkamen. Das spärliche Mahl verging fast schweigend, denn alle waren müde von der Hitze.

Doch kaum hatte Fygen ihre dünne Kohlsuppe ausgelöffelt und die Schale mit etwas Brot ausgewischt, als Mettel sie auch schon wieder an die Arbeit trieb. Sewis und Fygen wies sie an, einige Seidenballen zu den Stelrevern zu bringen. Sewis stöhnte hörbar auf, doch sie erhob sich gehorsam und ging, von Fygen gefolgt, in die Werkstatt. Ordentlich aufgestapelt lagen dort auf einer Bank sechs schmale, blässlich weiß schimmernde Ballen fein gewebten Seidenstoffes. Sewis nahm die oberen drei Ballen auf, und mit einer Bewegung ihres spitzen Kinnes bedeutete sie Fygen, die anderen drei zu nehmen und ihr zu folgen. Ihre kostbare Last auf ausgestreckten Armen vorsichtig vor her sich her tragend, überquerten sie den Hof. Flirrende Hitze fiel über sie her, als sie auf die Gasse hinaustraten. Die Schweine und Hunde hatten sich in den Schatten verzogen und dösten vor sich hin, fauliger Gestank hing in den Gassen und auf dem Pflaster.

Sie gingen die Gasse entlang in Richtung des Heumarktes, an der öffentlichen Seidwaage vorbei, einer städtische Waage, an der die Seidenhändler ihre Rohseidenkäufe tätigten. Das breite Ende der Gasse Unter Seidmacher öffnete sich auf den großen Heumarkt, gerade an der Stelle, wo sich an seinem Nordende der Alte Markt anschloss. Hier bogen die Mädchen rechts ab in eine Gasse, die sich an der Westseite des Heumarktes entlangzog. Sie wurde gesäumt von Gaddemen, kleinen, eingeschossigen Verkaufsbuden, in denen die Gewandschneider ihre Tuche zum Kauf feilboten und die der Gasse den Namen gaben: Unter Gaddemen. Die meist hölzernen Häuschen nahmen die ganze Breite des dahinterliegenden Wohnhauses ein und waren zur Gasse hin mit einer Verkaufslade versehen, die vollständig zu öffnen war. Neugierig spähte Fygen in die Auslagen und konnte sich an den bunten Farben der Tuche kaum sattsehen. Die Tuchhändler selbst hatten sich tief in ihre Gaddemen zurückgezogen, manche ließen sogar die Läden herab, um ihre kostbaren Stoffe gegen die Mittagssonne zu schützen.

»Los, komm schon«, drängelte Sewis, und Fygen fasste ihre Seidenballen fester, damit sie ihr nicht aus den Händen rutschten. Der Weg bis zu den Streichgaddemen war nicht weit, doch mit jedem Schritt, den die Mädchen zurücklegten, schienen die Ballen an Gewicht zuzunehmen. Endlich erreichten sie ihr Ziel: Mitten im Eingang zu den Tuchkammern standen die Bänke der Stelrever. Aufatmend lud Sewis ihre Last auf einer der Bänke ab. Fygen tat es ihr gleich und konnte kurz darauf beobachten, wie ein gesetzt wirkender Herr einen ihrer Seidenballen vollständig abwickelte und sorgfältig ausbreitete. Mit geübten Händen strich er die Seide glatt – daher der Name Streichgaddemen – und überprüfte sie gewissenhaft auf Fehler hin. Dann griff er zu einer geeichten hölzernen Elle, vermaß das Stück Stoff genauestens und vermerkte die Maße auf dem Tuchende. Zu guter Letzt setzte er sein Siegel darunter. Die schwere blasse Seide wurde wieder aufgewickelt, und der Stelrever nahm sich den nächsten Ballen vor.

»Ist die Seide jetzt verkauft worden?«, wollte Fygen von Sewis wissen und erntete einen erstaunten Blick.

»Du weißt aber auch gar nichts, oder?«, fragte Sewis und verzog spöttisch ihr keckes Gesicht. Herablassend erklärte sie Fygen das Prozedere: »Die Seidmacherinnen kaufen die Rohseide an der Seidwaage und bringen sie zu den Seidspinnerinnen. Die verarbeiten die Rohseide zu Seidengarn. Aus den Garnen weben die Seidmacherinnen die Stoffe. Hier in den Streichgaddemen werden sie gemessen und gestempelt, damit sich nachher keiner einfach ein Stück abschneiden kann. Erst dann werden sie von den Seidfärbern im Stück gefärbt, denn es ist bei Strafe verboten, ungestempeltes Tuch zu färben.«

»Das heißt, wir bringen die Stoffe jetzt zu den Färbern«, stellte Fygen fest.

»Bist du verrückt? Die haben ihre Häuser in der Pfarre St. Peter. Du glaubst doch nicht, dass ich bei der Hitze mit den Ballen durch die halbe Stadt laufe!«

Wenig später befanden sich die Mädchen mit ihrer Last wieder auf dem Heimweg. Kurz bevor sie links in die Gasse Unter Seidmacher einbogen, deutete Sewis quer über den Heumarkt. »Siehst du die Häuserzeile am Ende des Marktes?«

Fygen blickte über die Marktstände, Buden, Tische und Kisten, auf denen die Händler ihre Produkte, meist Lederwaren, feilboten, hinweg in die angegebene Richtung. Schmale Fachwerkgiebel bezeichneten das östliche Ende des Platzes.

»Da, Unter Riemenschneider, ist das Seidenkaufhaus, wo die fertige Seide dann letztlich verkauft wird«, erklärte Sewis, und Fygen hätte zu gerne den kleinen Umweg gemacht, um das Kaufhaus anzusehen. Was musste das für ein großartiger Anblick sein, Ballen über Ballen gestapelte Seide. In den wundervollsten Farben glänzend und schimmernd, ein Stapel neben dem anderen bis hoch zur Decke hinauf. Fragend blickte sie Sewis an, doch die schüttelte den Kopf und bog links in die Gasse ein. Schade, dachte Fygen und nahm sich fest vor, das Seidenkaufhaus anzuschauen, sobald sich dafür eine Gelegenheit bieten würde.

An der Seidwaage hielt Fygen ihre Begleiterin dann doch einen Moment zurück, als sie sah, wie eine wohlbeleibte, gut gekleidete Seidmacherin in Begleitung zweier ihrer Lehrmädchen Rohseide einkaufte. Große Packen der blassen ungezwirnten Fäden, der sogenannten Haspelseide, wurden präzise abgewogen und das Gewicht genauestens im Akziseregister notiert.

Ungeduldig stieß Sewis Fygen mit dem Ellenbogen an, doch diese blieb einfach stehen und beobachtete unbeirrt, wie die wohlhabende Seidweberin die von ihr verlangte Akzise aus einer reich bestickten Börse zahlte, die von ihrem Gürtel hing. Fygen stellte mit Erstaunen fest, dass die vornehme Frau kleine Holzbrettchen mit Riemen an ihren Schuhen befestigt hatte, um diese vor dem Schmutz der Gasse zu schützen. Ihre beiden Lehrmädchen wuchteten sich ächzend die Packen Rohseide auf die Schultern und folgten ihrer Lehrherrin die Gasse hinab, als diese sich würdevoll zum Gehen wandte. Interessiert blickte Fygen ihnen nach, bis sie im Eingang zu einem der schönen, eindrucksvollen Häuser am Anfang der Gasse verschwanden.

»Kommst du jetzt mit, oder hast du sonst noch etwas anzugaffen?«, fragte Sewis schnaubend. »Du bist anscheinend wirklich eine ziemliche Trine vom Land.«

Als sie in das Elnersche Haus zurückkehrten, verstand Fygen, warum Sewis so auf Eile gedrängt hatte. Kaum hatten sie die Stube betreten, als Mettel ihnen beiden eine schallende Ohrfeige versetzte. »Ihr faulen Gören habt herumgetrödelt«, keifte sie. Dann beugte sie ihr hängendes, von der Hitze gerötetes Gesicht zu Fygen herab und starrte ihr böse in die Augen. »Mit dir fängt es ja schon gut an. Bist kaum einen Tag im Haus und fängst schon an herumzustrolchen. Ich habe vor der Zunft dafür Sorge zu tragen, dass meine Lehrmädchen sich nicht herumtreiben.« Sie stapfte aufgebracht mit ihren hölzernen Pantinen in der Stube umher. Dann fügte sie hinzu: »Und ich werde dafür sorgen, dass sie das auch in der Tat nicht tun!«

»Von wegen Sorge tragen«, zischte Sewis Fygen leise zu. »Arbeiten sollen wir bis zum Umfallen, damit sie immer reicher und fetter wird.«

Fygen sog erschrocken die Luft ein, doch Mettel hatte den respektlosen Kommentar nicht gehört. Die Meisterin schien ein wenig schwerhörig zu sein, nahm Fygen verwundert zur Kenntnis.

Die Alte raunzte weiter: »Wo wir gerade von der Zunft sprechen! Ich muss dich innerhalb von vierzehn Tagen in das Lehrtöchterbuch eintragen lassen. Die Einschreibegebühr beträgt eine Mark, damit du zur Lehre zugelassen wirst. Dein Oheim hat versprochen, dir das Geld für das Seidamt mitzugeben. Am besten, du gibst es mir jetzt gleich.«

Fygen hatte den Eindruck, dass die Augen der Meisterin einen listigen Ausdruck angenommen hatten, sobald sie das Geld erwähnt hatte. Und jetzt, wo sie ihren Vetter erwähnte, meinte Fygen auch eine gewisse Ähnlichkeit zwischen den beiden feststellen zu können.

»Wo hast du es?«, wollte Mettel wissen.

Fygen griff nach dem Saum ihres Rockes, in den Lijse das Geld eingenäht hatte. An welcher Stelle hatte sie es denn befestigt? Mit beiden Händen tastete sie sich an dem Saum entlang. Nichts. Das Geld war nicht da. Noch einmal fuhr sie den gesamten Rock entlang, jedoch ohne Erfolg. Dann bückte sie sich, schlug die Rockkante um und untersuchte Stück für Stück den Saum. Schon nach wenigen Sekunden hatte sie die Stelle gefunden, an der das Geld verborgen gewesen war. Der Stoff war ein Stück weit eingerissen, gerade groß genug, dass die Münze hindurchpasste. Fygen erschrak zutiefst, und ihre Gedanken überschlugen sich. Wenn das Geld fort war, würde sie dann trotzdem Seidmacherin werden dürfen? Oder würde man sie davonjagen? Wie sollte sie nach Zons zurückkommen? Und wie würde sie dort empfangen werden?

Mettel, die mit zusammengekniffenen Augen beobachtet hatte, wie Fygen nach dem Geld suchte, schnaubte: »Jetzt sag nicht, dass es verschwunden ist.«

»Es ist weg.« Fygen nickte. »Aber ich kann mir nicht erklären, wie es fortkommen konnte. Ich habe den Rock nicht aus den Augen gelassen.«

»Hat sich wohl in Luft aufgelöst, was?«, sagte Mettels Tochter höhnisch, doch ohne den Einwurf und das Kichern der anderen Mädchen zur Kenntnis zu nehmen, schalt Mettel weiter: »Aber ich kann es dir erklären. Du hast das Geld schon unterwegs verprasst, du undankbare kleine Kröte. Ohne die Mark kannst du geradewegs wieder dahin zurückkehren, wo du herkommst.« Selbstgerecht stemmte sie beide Arme in die ausladenden Hüften. »Ich denke ja gar nicht daran, für dich auch nur einen Pfennig auszugeben.«

Betroffen ließ Fygen diese Beschimpfung über sich ergehen. Immer noch überlegte sie krampfhaft, wie sie das Geld verloren haben konnte, doch sie konnte es sich beim besten Willen nicht erklären.

»Ich weiß, wer das Geld genommen hat.« Diese ruhig gesprochenen Worte platzten in die aufgeheizte Stimmung in der Stube. Alle Köpfe wandten sich Katryn zu, denn es war das ernste Mädchen, das die anklagenden Worte gesprochen hatte.

Mettel klappte den Mund auf und schloss ihn wieder, ohne ein Wort gesagt zu haben. Fragend blickte sie Katryn an.

»Ich habe gesehen, wie Grete das Geld genommen hat«, erklärte das Mädchen schlicht.

Wieder klappte Mettels Mund auf. Schwerfällig drehte sie sich zu ihrer Tochter um. Deren breites Gesicht war hochrot angelaufen. Nach einer Weile, in der sie aller Augen unangenehm auf sich ruhen fühlte, erklärte Grete lahm:

»Natürlich habe ich das Geld zur Sicherheit an mich genommen, damit es nicht wegkommt.«

Nach einigen weiteren Momenten des Schweigens hatte Mettel sich endlich wieder gefangen. Herrisch blickte sie die Mädchen nacheinander an. Dann beschied sie Fygen grob: »Du hörst es. Grete wollte es sicher verwahren, damit es nicht wegkommt. Wie kannst du behaupten, dass sie es gestohlen hätte?«

7. Kapitel

*I*n den frühen Morgenstunden hatte es angefangen zu regnen, aber nach dem heißen Wetter der letzten Wochen brachte der Regen keine Abkühlung. In den Gassen stand der Schlamm, in dem alles zu versinken drohte, knietief. Die Abwasserrinnen wurden der schmutzigen Brühe nicht mehr Herr, weil sie von Unrat verstopft waren. Feucht stiegen die Dunstschwaden vom schlammigen Hofboden auf, als die Mädchen nach dem Frühstück in die Werkstatt zurückwateten, um sich an die Arbeit zu machen.

»Du solltest dich beeilen und aufpassen, dass du nicht nass wirst«, riet Grete Hylgen mit lauter, gespielt fürsorglicher Stimme, um dann, als das sommersprossige Mädchen sie erstaunt anblickte, hinzuzufügen: »Sonst läuft dir der Rost ins Hirn.« Glucksend lachte sie über ihren eigenen Witz und sang unmelodisch: »Fuss, Fuss, kum 'erus!«

Fygen konnte unschwer erkennen, dass Hylgen diese Gemeinheiten verletzten, und flüsterte ihr leise zu: »Warum lässt du dir diese Hänseleien von ihr gefallen?«

»Ach, was soll ich machen? Der Herrgott weiß, dass sie es nicht böse meint«, antwortete diese fromm.

»Aber wenn du dich nicht wehrst, wird sie nie damit aufhören«, sagte Fygen, doch Hylgen zuckte nur ergeben mit den runden Schultern.

Mit sanftem, gleichmäßigem Rauschen prasselte der Regen auf das Dach der Werkstatt, und fast wäre es in dem kargen Raum gemütlich gewesen, wenn die dumpfe Feuchtigkeit nicht durch die groben Wände zu ihnen hereingekrochen käme. Fygen war viel zu aufgeregt, um sich weiter Gedanken über Hylgen zu machen. Heute würde sie wirklich anfangen, das Seidenhandwerk zu erlernen. Denn in den vergangenen Tagen war sie, während die anderen Mädchen ihrer Tätigkeit an den Webstühlen nachgingen, von Mettel zu allerlei häuslichen Arbeiten herangezogen worden: die Betten aufschütteln, die Stube fegen, Wasser holen, Putzen, Wischen und den Unrat fortbringen. Das war keineswegs eine besondere Bosheit ihrer Lehrherrin, musste Fygen zugeben, doch es entsprang natürlich Mettels Geiz, dass im Elnerschen Haushalt auf die Anstellung einer Magd verzichtet und dafür das jüngste Lehrmädchen zu diesen Arbeiten verurteilt wurde. Und Fygen hasste die Hausarbeit gründlich.

»Ein Gewebe besteht aus Kette und Schuss«, erklärte Katryn und deutete auf den Webstuhl, an dem Grete gerade arbeitete. »Siehst du hier, diese Längsfäden, das ist die Kette. Zuerst werden diese Fäden aufgespannt. Aufscheren nennt man das. Hierfür nimmt man fest gezwirntes, glattes Garn. Es muss sehr reißfest sein und darf später beim Weben nicht aufrauhen. Wir verwenden natürlich nur bestes Seidengarn für die Kette, aber wenn du einen halbseidenen Stoff herstellen willst, nimmst du stattdessen Leinen. Je dünner das Kettgarn ist und je mehr Fäden man aufspannt, desto feiner wird das Gewebe.« Mit einem raschen Blick vergewisserte Katryn sich, dass Fygen ihren Erklärungen folgte, um dann fortzufahren: »Die Kettfäden werden alle in der gleichen Länge vorbereitet und dann zwischen Warenbaum und Kettbaum aufgespannt.« Sie deutete auf zwei stabile Holzstäbe, die vorn und hinten in den Webstuhl eingehängt waren. »Auf den hinteren Stab, den Kettbaum, wickeln wir die leeren Fäden auf, während der Warenbaum vorn später das fertige Gewebe aufnimmt.« Grete musste schon eine Zeitlang an dem Tuch gearbeitet haben, vermutete Fygen, denn auf dem Warenbaum vor ihrer Brust hatte sich bereits eine beträchtliche Menge Seidenstoff gebildet, der sorgfältig zu einer Rolle gewickelt war.

Katryn fuhr fort: »Dann werden die Schussfäden zwischen die Kettfäden gelegt. Das ist das eigentliche Weben. Als Schussgarn kann man die verschiedenen Seidengarne verwenden. Es ist meist dicker und weicher als das Kettgarn und viel weniger gezwirnt.« Sie nahm ein flaches, gut geglättetes Stück Holz zur Hand und zeigte es Fygen. In dem Holzstück war eine Kammer mit einem Dorn, und auf diesem saß eine mit feinem Seidengarn gefüllte Spule. »Dies ist ein Schiffchen«, erklärte sie. »Es wird durch die Kettfäden geführt. Der Faden wickelt sich ab und bleibt zwischen den Kettfäden liegen. Dadurch dass der Schussfaden abwechselnd über und unter den Kettfäden entlanggeführt wird, entsteht das Gewebe.«

Aufmerksam hatte Fygen den Worten des älteren Mädchens gelauscht und nickte. So weit hatte sie den Webvorgang verstanden.

»Die Kettfäden werden beim Aufscheren zunächst durch die Kammlade gezogen.« Katryn wies auf einen schmalen Holzrahmen, in den dicht nebeneinander Reethalme eingezogen waren, zwischen denen die Kettfäden hindurchliefen. Grete zog die Lade kräftig zu sich heran und schlug den soeben eingelegten Schussfaden an.

»Wozu sind diese Schlaufen da?«, wollte Fygen wissen

und zeigte neugierig auf leinene Ösen, die zwischen zwei Leisten geknüpft waren und durch die ein Teil der Kettfäden lief. Die Leisten waren mit Schnüren an einem Holzgestell oberhalb des Webstuhles befestigt.

»Gib dir keine Mühe, ihr das alles zu erklären«, bemerkte Grete herablassend. »Das lohnt sich nicht, sie ist zu dumm, das zu verstehen. Geh lieber an deine Arbeit.«

Ohne auf den Einwurf zu reagieren, fuhr Katryn in ihren Erklärungen fort: »Das sind sogenannte Litzen. Schau hier.« Katryn wies mit ausgestrecktem Finger auf die Ösen. Von dort fuhr sie die Schnüre entlang, die über eine kleine Rolle liefen und dann nach unten führten, wo sie mit hölzernen Pedalen verbunden waren. Jedes Mal wenn Grete ein Pedal trat, wurde ein Holzgestell, Schaft genannt, mitsamt seinen Ösen in die Höhe gezogen. Dabei entstand auch das klappernde Geräusch, das täglich vom Morgengrauen bis in die Abendstunden über die Höfe schallte, stellte Fygen fest. Das Heben des Schaftes führte dazu, dass die Kettfäden, die durch die entsprechenden Ösen gefädelt waren, angehoben wurden. Alle anderen Kettfäden blieben unten, stellte Fygen fest, so dass sich ein breiter Abstand zwischen den Kettfäden bildete. »Das nennt man ein Fach«, erklärte Katryn. Und durch dieses Fach beförderte Grete nun das Schiffchen mit dem Schussfaden. Dann nahm sie den Fuß vom Pedal, und der Schaft sank hinab. Grete schlug die Kammlade an und trat ein anderes Pedal, das wiederum andere Kettfäden anhob und ein anderes Fach bildete. Wieder kam ein Schussfaden hinein, und so ging es weiter. Fasziniert betrachtete Fygen das flinke Zusammenspiel der Schäfte und sah zu, wie das Stück Seidenstoff vor Gretes Brust Faden für Faden immer breiter wurde.

»Was stehst du hier noch so dumm herum«, fauchte ihre Base. »Hilf lieber Hylgen, den dritten Webstuhl aufzuscheren.«

Das ließ Fygen sich nicht zweimal sagen. Endlich durfte sie selbst Hand anlegen. Eifrig machte sie sich an die mühselige Arbeit, Kettfäden durch die Kammlade zu fädeln.

Grete wies Sewis, die bereitwillig ihren Platz neben Hylgen für Fygen geräumt hatte, an, Schussgarn für sie auf Spulen zu wickeln. »Nimm das Garn von dem Stoß da drüben«, herrschte sie das Mädchen an und deutete mit ausgestrecktem Arm auf einen großen, in Leinen eingeschlagenen Stapel Garn.

Fygen bemühte sich, sehr sorgsam zu arbeiten, damit sich die feinen Fäden, die sicher nicht kürzer als ein Reif, also zehn kölnische Ellen, waren, nicht verhedderten. Denn das wäre schlicht eine Katastrophe gewesen, die man ihr sicher nicht nachgesehen hätte. Sie war so in ihre Arbeit vertieft, dass sie zusammenschrak, als Grete Sewis plötzlich eine Garnrolle aus der Hand schlug. Überrascht blickte Fygen der Spule nach, die über den Holzboden rollte, und hörte, wie Grete Sewis anbrüllte: »Kann das denn wahr sein? Wie kannst du nur so dumm sein. Ich habe ausdrücklich *Schussgarn* gesagt. Das sieht doch wohl jeder Hornochse, dass das Kettgarn ist. Bist du denn blind?« Wütend war sie von ihrem Sitzplatz am Webstuhl aufgesprungen und hatte sich drohend, die Arme in die Seiten gestemmt, vor dem zierlichen Mädchen aufgebaut.

»Aber es ist das Garn von dem Stapel …«, versuchte Sewis sich zu verteidigen, doch Grete wetterte weiter: »Was ich gesagt habe, ist doch wohl egal. Das hier ist Kettgarn, du solltest mir Schussgarn wickeln. Bin ich denn hier nur von Dummköpfen umgeben? Wickel das sofort um!«, donnerte sie und stapfte wutschnaubend aus der Werkstatt. Krachend fiel die Tür hinter ihr zu.

»Du liebe Zeit, die hat ja heute eine Laune«, kommentierte Sewis den Wutausbruch und machte es sich auf einer Bank gemütlich. Auch die anderen Mädchen nutzten die Gelegenheit für eine Pause.

»Wieso hat sie eigentlich hier das Sagen?«, wollte Fygen wissen. »Sie ist doch selbst noch in der Lehre.«

»Ja, weißt du, meist ist es so, dass eine Seidweberin einen Seidenhändler heiratet. Das ist sehr vorteilhaft, denn sie kann sich um die Weberei kümmern und die Lehrmädchen und Helferinnen beaufsichtigen, während ihr Mann sich um den Einkauf der Rohseide kümmert und für den Verkauf ihrer Waren sorgt«, erklärte Katryn.

»Aber der alte Johann Elner, Gott habe ihn selig, ist halt schon tot«, fügte Hylgen hinzu.

»Gott hat ihn sicher selig, sonst hätte er ihn nicht so früh zu sich gerufen und von seiner Hexe von Ehefrau befreit«, warf Sewis respektlos ein.

»Wie kannst du so lästerlich sprechen?«, rügte Hylgen.

»Und deshalb kümmert Mettel sich jetzt um den Verkauf der Stoffe und Grete um die Weberei«, schloss Katryn ihre Erklärung ab, ohne auf das Wortgeplänkel der beiden einzugehen.

»Es ist weitaus besser, mit Grete als mit Mettel selber zu arbeiten«, unkte Sewis mit gewichtigem Kopfnicken. »Das wirst du schon noch herausfinden.«

»Kommt, lasst uns an die Arbeit gehen«, ermahnte Katryn die Mädchen und ließ sich wieder hinter ihrem Webstuhl nieder. Kurz darauf erfüllte rhythmisches Klappern die Werkstatt.

8. Kapitel

Sie war hundemüde, und nach der Schufterei hätte sie eigentlich schlafen müssen wie ein Stein, doch Fygens Gedanken fanden keine Ruhe. Eine knappe Woche war sie nun schon bei Mettel, doch so unglücklich und einsam wie heute hatte sie sich noch nicht gefühlt. Dabei hatte der Tag so verheißungsvoll angefangen.

Es war Sonntag, der Regen hatte allen Staub und Schmutz fortgewaschen, und die Sonne schien frisch auf einen strahlend klaren Morgen. Die Mädchen ließen sich viel Zeit bei der Morgentoilette und schlüpften in ihre Sonntagskleider. Nach dem Frühstück banden sie sich sorgfältig weiße, frisch gestärkte Hauben um und machten sich gemeinsam auf den kurzen Weg zur Pfarrkirche St. Brigida, die, über den Heumarkt, ein Stück weit in Richtung Rhein lag. Die Aussicht auf einen freien Tag ließ die Mädchen fast ausgelassen werden. Selbst Grete war fröhlich und schwatzte lebhaft mit den anderen Mädchen. Der Zufall wollte es, dass sie just im selben Moment vor dem Portal eintrafen wie eine kleine Gruppe junger Burschen, die das Brauerhandwerk erlernten. Da gab ein scherzhaftes Wort das andere, und erst die ehrfurchtgebietende Stille im Inneren der Kirche ließ das fröhliche Necken ersterben.

Doch nach der Messe waren die Mädchen dann alle zu ihren Familien heimgekehrt, um mit ihnen den freien Tag zu verbringen. Katryn und Sewis zu ihren Eltern und Geschwistern und Hylgen zu ihrer Mutter, die allein lebte.

Fygen wusste nicht, was sie mit dem Tag anfangen sollte oder wo sie hätte hingehen mögen. In dieser riesigen Stadt gab es nicht einen einzigen Menschen, den sie hätte besuchen können. Und so kehrte sie mit Grete zurück in das Elnersche Haus.

Gerade hatte sie ihre Strohbündel auf dem Boden in der Werkstatt ausgebreitet und es sich leidlich bequem gemacht, als auch schon ihre Lehrherrin im Türrahmen stand. »Ach, du scheinst ja nichts zu tun zu haben. Das trifft sich gut, denn der Schweinekoben im Hof müsste dringend ausgemistet werden.«

Den Rest des Tages hatte Fygen damit zugebracht, den widerlich stinkenden Schweinemist korbweise zum Wallgraben zu tragen und ihn zu dem anderen Unrat zu kippen, der dort vor sich hin faulte. Der Schuppen, in den die Schweine für die Nacht gesperrt wurden, war lange nicht gereinigt worden, der Mist stand sehr hoch, und so machte Fygen sich wieder und immer wieder auf den Weg zum Graben.

Als sie einmal mehr mit ihrer stinkenden Last aufbrach, saß die freche kleine Göre auf der Hausschwelle, die sie an Fygens erstem Abend in der Stadt schon so vorwitzig begrüßt hatte.

»Wieso machst du das?«, fragte das kleine Mädchen und kratzte sich ausgiebig einen Mückenstich an ihrem mageren Bein.

»Was meinst du?«, fragte Fygen und setzte den schweren Korb einen Moment neben sich ab, um zu verschnaufen. »Ich bringe den Mist weg, damit der Schweinestall wieder sauber ist.«

»Ja, das sehe ich. Aber ich denke, du wirst eine Seidmacherin. Wieso schleppst du dann Schweinemist? Noch dazu am Sonntag?«

Ja, warum mache ich das?, fragte sich Fygen, und ein kleiner fester Knoten bildete sich in ihrer Kehle. Seufzend hob sie den Korb wieder auf ihre Schulter und setzte ihren Weg fort.

So ging es Stunde um Stunde, nur unterbrochen von einem Mittagsmahl, das des Namens nicht würdig war, wie Fygen fand. Doch zumindest gab es nach der obligatorischen Suppe mit gebrocktem Brot, die heute mit klateriger Milch aufgebessert war, Stockfisch und Rüben.

Das war eindeutig ein Vorzug, den Onkel Mathys gegenüber seiner Base hatte, dachte Fygen: Er war zwar genauso geizig wie Mettel, aber andererseits auch so verfressen, dass immer die wundervollsten Dinge aufgetischt wurden. Gerade an Sonntagen und hohen Feiertagen hatte Lijse viele Stunden in der Küche zugebracht. Mettel aber kochte selbst und achtete peinlichst genau darauf, dass nicht ein Gramm Rahm zu viel in die Suppe gerührt wurde. Sich selbst und ihrer Tochter genehmigte sie sicher zusätzlich einige feiste Zwischenmahlzeiten, argwöhnte Fygen. Wie sonst ließ sich deren Leibesfülle erklären?

Als die Mädchen abends fröhlich in die Werkstatt zurückkehrten, hatte Fygen sich bereits unter ihrem Laken zusammengerollt. Sie wollte nicht mit ihnen sprechen, und vor allem hatte sie keine Lust, sich anzuhören, wie nett die anderen ihren freien Tag verbracht hatten, und stellte sich schlafend. Immer noch hatte sie den elenden Gestank von Schweinemist in der Nase, obwohl sie ihre Haut nach beendeter Arbeit abgeschrubbt hatte, bis sie wund und rot gescheuert war.

Lange nachdem es in der Werkstatt ruhig geworden war, fand Fygen immer noch keinen Schlaf. Die Arme schmerzten ihr vom Schleppen, und sie warf sich rastlos auf ihrem Strohbündel von einer Seite auf die andere. Wie gerne hätte sie wie früher nach dem Nachtmahl mit Lijse zusammengesessen, das letzte Licht für eine Stickerei genutzt und über den Tag geplaudert, der hinter ihnen lag, oder ausgiebig geklatscht. Und gerade heute hätte sie Lijse so viel zu erzählen. Lijse. Fygen vermisste sie sehr. Die Kehle wurde ihr eng, und sie schluckte mühsam, als sie an Lijse dachte. Lijse und ihr Zuhause und die vertrauten Gassen ihrer Heimatstadt, wo sie jeden Stein und jeden Weg kannte. Die große Stadt machte ihr Angst. Und die Menschen hier ... Vor allem Grete schien es auf sie abgesehen zu haben.

Als wäre es ein Echo ihrer eigenen Gefühle, vernahm sie ein leises, unglückliches Schluchzen. Es dauerte einen Moment, bis ihr klar wurde, dass sie nicht die Einzige war, die vor Kummer schlaflos dalag. Fygen horchte einen Augenblick auf das traurige Wimmern. Es schien aus einer Ecke in der Nähe der Tür zu kommen. Wenn Fygen sich recht erinnerte, so war es Katryn, die dort ihr Lager hatte. Voller Mitleid schlug sie ihr Laken zur Seite und kroch leise in die Richtung, aus der die Laute kamen.

Katryn hatte sich wie ein kleiner Igel zu einer bebenden Kugel zusammengerollt, ihr Laken bis über den Kopf gezogen und schien Fygen nicht wahrzunehmen, und da Fygen sie nicht erschrecken wollte, zupfte sie vorsichtig an ihrem Laken. Das Schluchzen brach ab, und ein verweintes Gesicht kam unter dem Laken zum Vorschein. Einer Eingebung folgend, legte Fygen der Älteren einen Arm um die Schultern und zog sie an sich. Sofort hörte das Beben auf, und nach einer Weile verstummte auch das Schluchzen. Sanft wiegte Fygen Katryn in ihrem Arm und strich ihr vorsichtig über den Rücken. »Was ist denn geschehen, dass du so bitterlich weinst?«, fragte sie sanft.

Das Mädchen richtete sich auf und versuchte sich an einem gequälten Lächeln. Dann legte sie den Finger über die Lippen und flüsterte: »Psst, sag es nicht weiter. Ich habe so eine schrecklich Angst vor den Spinnen hier drinnen. Andauernd stelle ich mir vor, dass sie mir im Dunkeln an den Beinen hochkriechen und über mein Gesicht laufen.«

»Und das verursacht dir solchen Kummer?«, fragte Fygen ungläubig nach.

Katryn schüttelte den Kopf. Dann schlug sie ihr Laken zurück und bedeutete Fygen, ihr nach draußen zu folgen. Barfuß und nur mit ihrem Nachthemd bekleidet, führte sie das Mädchen in eine abgelegene Ecke des Hofes, wo sie sich auf einem Stapel gehobelter Bretter niederließ. Fygen setzte sich neben sie und lehnte sich an den hölzernen Zaun, der den Hof zum Nachbargrundstück hin abgrenzte. Es war eine warme, stickige Nacht, und Dunst lag in der Luft. Abwartend zog Fygen die Beine unter dem weiten Hemd zu sich heran.

»Ich hasse das hier alles«, brach es aus Katryn heraus. »Die Spinnen, den Dreck, das magere Essen, diese elenden Strohbündel, auf denen wir schlafen müssen ...«

Fygen staunte. Nie hätte sie dem stillen Mädchen einen solchen Temperamentsausbruch zugetraut. »Aber du bist doch schon länger hier, hast du dich noch nicht daran gewöhnt?«

Katryn schnaubte durch die Nase. »Ich bin seit über drei

Jahren bei Mettel in der Lehre, aber bis vor ein paar Wochen habe ich zu Hause gewohnt und bin nur zum Arbeiten hergekommen. Das war so weit erträglich. Aber eine neue Bestimmung des Zunftvorstandes sagt, dass nun auch die Töchter von Eingesessenen und Bürgern, die vorher im eigenen Hause unterrichtet werden durften, bei ihren Lehrherrinnen wohnen müssen«, zitierte sie die Zunftordnung.

Teilnahmsvoll schnalzte Fygen mit der Zunge und versuchte einen Scherz, um Katryn aufzuheitern: »Sei froh, dass es Spinnen gibt, dann ist es wenigstens trocken.«

Tatsächlich musste Katryn bei der Vorstellung, dass ihre einfache Unterkunft auch noch feucht sein könnte, kläglich grinsen.

»Vermisst du deine Familie?«, wollte sie von Fygen wissen.

»Ich habe keine Familie mehr.«

»Oh, das tut mir leid. Ich habe nicht gewollt … und ich jammere über Spinnen. Ich muss dir wohl sehr anmaßend erscheinen«, entschuldigte sie sich.

»Nein, du hast ja recht. Es ist grässlich hier. Wenn nur das Essen besser wäre. Wie können Mettel und Grete dabei nur so fett werden?«

Wie um ihre Worte zu unterstreichen, war ein kurzes, hungriges Rumoren aus Fygens Magen zu hören.

Ohne eine Antwort zu geben, sprang Katryn auf und verschwand in der Dunkelheit, um kurz darauf mit einer dicken, kurzen, getrockneten Wurst in jeder Hand wieder zu erscheinen. »Na, was hältst du davon?«, fragte sie fröhlich. »Einen lieben Gruß von meiner Mutter.« Sie kicherte und ließ eine Wurst genau vor Fygens Nase baumeln.

Fygen schnupperte, sog genussvoll den salzigen Geruch nach Geräuchertem ein, und dann ließen sich die beiden Mädchen, sichtlich getröstet und mit vollem Mund kauend, die wundervollen Würste aus der Starkenbergschen Küche schmecken.

Es war bereits nach Mittag, als Fygen am nächsten Tag ihre lästigen Haushaltspflichten erledigt hatte und sich endlich zu den anderen Mädchen in der Werkstatt gesellen konnte. Sewis und Hylgen hatten den dritten Webstuhl fertig aufgeschert. Feine, seidene Kettfäden warteten darauf, zu wertvollem schimmerndem Tuch verwebt zu werden. Erwartungsvoll trat Fygen an den Webstuhl heran. Ob sie nun anfangen dürfte, richtig zu weben? Vorsichtig tippte sie auf die Fäden. Sie waren so straff gespannt, dass sie unter dem Druck des Fingers kaum nachgaben. Griffbereit neben dem Webstuhl aufgestapelt lagen längliche Spulen, fein säuberlich mit Schussgarn bewickelt. Alles war bereit, ein neues Webstück zu beginnen.

Katryn zog ein letztes Mal ihr Schiffchen durch das Fach und schlug die Kammlade zum Abschluss einige Male fest an: Ihr Seidentuch war fertig. Dann erhob sie sich von ihrem Webstuhl, streckte ihre langen Glieder und stützte die Arme in das Kreuz. »Hylgen, Fygen, kommt her«, rief sie die beiden Mädchen zu sich heran. »Seid so gut und macht an diesem Tuch hier den Abschluss.«

Fygen, die erwartet hatte, nun endlich selbst weben zu dürfen, blickte ihr enttäuscht nach, als Katryn sich an den dritten Webstuhl setzte. Das ältere Mädchen hatte Fygens Enttäuschung wahrgenommen und mit einem kleinen Schmunzeln quittiert. Doch ohne ein weiteres Wort nahm es ein Weberschiffchen zur Hand und setzte mit geübtem Griff eine Garnspule auf den Dorn.

Hylgen stupste Fygen an und bedeutete ihr, den Kettbaum ein winziges Stück zu drehen, so dass sie die Zapfen lösen konnte, die den Kettbaum fest zurück- und dadurch die Kettfäden unter Spannung hielten. Fygen ließ den Kettbaum los, und das fertige Gewebe sank herab. Nun schnitten sie die überstehenden Kettfäden ungefähr handbreit hinter dem letzten Schussfaden ab und verknoteten jeweils einige Fäden miteinander, damit sich das Gewebe nicht mehr auflösen konnte. Dann wickelten sie den feinen Stoff vom Warenbaum ab und um ein schmales Holzbrettchen herum zu einem Ballen auf, um auch die Fäden am anderen Ende des Tuches verknoten zu können. Die Seide war überaus ebenmäßig gewebt, stellte Fygen bewundernd fest, in der Breite ganz gleichmäßig, und an keiner Stelle eingesprungen. Zum Schluss schlugen Hylgen und Fygen den Ballen zum Schutz in ein Leinentuch ein und legten ihn in ein Regal an der Kopfseite der Werkstatt.

Jetzt mussten nur noch die Fadenreste vom Kett- und Warenbaum entfernt werden, und die Mädchen konnten sich daranmachen, den Webstuhl aufs Neue zu bespannen. Eine Zeit lang arbeiteten sie still und konzentriert, bis Grete sich von ihrem Webstuhl erhob. »Ich muss doch mal sehen, ob Mutter mich braucht«, murmelte sie und verschwand eiligst in Richtung Wohnhaus.

Als die Tür hinter ihr ins Schloss gefallen war, ließen die Mädchen ihre Arbeit sinken, als hätten sie nur auf diesen Moment gewartet.

Sewis rief Grete halblaut ein »Mahlzeit!« hinterher, und Fygen blickte sie erstaunt an.

»Nun weißt du, warum sie so fett ist«, sagte Katryn belustigt und erhob sich von ihrer Bank. »Komm her.« Sie winkte das Mädchen zu sich und schob sie zu Gretes Webstuhl. »Du willst es doch ausprobieren, nicht wahr?«

»Aber geht das denn? Wird Grete nicht fuchsteufelswild, wenn sie merkt, dass ich an ihrem Webstuhl …«

»Sie wird es nicht merken«, versicherte Katryn. »Sieh dir das Gewebe an, schlechter kannst du es auch nicht machen.«

Das war zwar ein wenig übertrieben, aber in der Tat stellte Fygen fest, dass der Stoff bei weitem nicht so ebenmäßig gearbeitet war wie Katryns und die Ränder an manchen Stellen leichte Wellen warfen.

»Das liegt daran, dass sie die Kammlade nicht fest genug anzieht«, erklärte Katryn. »Los, setz dich und versuche es.«

Es war ein erhabenes Gefühl, als Fygen auf der Bank Platz nahm, und sie lächelte strahlend. »Was muss ich tun?«, fragte sie eifrig.

Katryn nahm das Schiffchen, das auf dem fertigen Gewebestreifen lag, und drückt es Fygen in die Hand. »Jetzt musst du ein Stück Faden abziehen. So«, erklärte sie und führte Fygens Hand ein Stück weit von ihrer Brust weg. Sofort wickelte sich etwas Garn von der Spule. »Jetzt trittst du das linke Pedal.« Fygen suchte einen Moment mit dem Fuß, bis sie es gefunden hatte, und trat auf das hölzerne Pedal. Sofort hob sich jeder zweite der gespannten Kettfäden. »Dann führst du das Schiffchen hier durch das Fach«, fuhr Katryn fort. Vor Konzentration hielt Fygen die Luft an und ließ mit etwas Schwung das Holzstück zwischen den Fäden hindurchgleiten. Am Ende der Kettfäden blieb es liegen.

»Gut so«, lobte Katryn. »Jetzt zieh es vorsichtig heraus,

aber achte darauf, dass du dabei den Faden am Anfang nicht zu sehr ziehst, sonst springt der Stoff am Rand ein. Am besten, du hältst den Faden am Anfang mit der rechten Hand fest.«

Fygen tat wie ihr geheißen, und Katryn nickte zufrieden.

»Nun lass das Pedal los. Zieh die Kammlade an und schlag den Schussfaden möglichst gerade an, sonst wird das Gewebe schief.« Fygen befolgte genau ihre Anweisungen.

»Gut, jetzt versuch es selbst. Tritt das zweite Pedal.«

Fygen probierte es allein, und mit jeder Reihe wurden ihre Bewegungen sicherer.

»Du machst das gut, und mit der Übung kommt später auch die Gleichmäßigkeit«, ermunterte Katryn sie.

»Achtung, sie kommt«, warnte Sewis, und alle hasteten an ihre Arbeit. In der Eile schaffte Fygen es nicht so schnell, aus dem Webstuhl zu kommen. Ihr Rock verfing sich im Gestänge unter dem Rahmen, und sie schlug der Länge nach hin.

»Was hast du unter meinem Webstuhl zu suchen?«, bellte Grete sie an. »Mach dich lieber nützlich. Du und Sewis, ihr bringt jetzt den Dreck weg«, befahl sie barsch und wies auf einen Haufen Kehricht, durchsetzt von Staubflocken und Garnresten.

Kurz darauf füllten Sewis und Fygen mit einer Schaufel Kehricht in zwei große Abfallkörbe.

»Vielen Dank auch«, zischte Sewis Fygen zu, die hübsche Nase missbilligend gerümpft.

Entschuldigend zuckte Fygen mit den Schultern und hob einen der schweren Körbe auf.

Kaum waren sie in der Gasse um die nächste Ecke gebogen, als Sewis ihre Last absetzte und sich am Boden ihres

Korbes zu schaffen machte. Mit dem Nagel des Zeigefingers bohrte sie an einer Ecke ein Loch in die Unterseite des Korbes und hob diesen wieder auf. Sanft rieselte der Unrat in einem feinen Strahl zu Boden.

»Was soll das werden?«, fragte Fygen. »So rinnt ja der ganze Dreck auf die Straße.«

»Das hast du aber fein beobachtet«, spottete Sewis. »Genau das ist der Sinn der Sache. So wird der Korb schnell leichter. Meinst du, ich schleppe das ganze Zeug bis zum Graben?«

»Ja«, antwortete Fygen und rümpfte die Nase. »Und wenn alle so bequem sind wie du, dann werden diese widerlich dreckigen Straßen immer schmutziger.« Wie um ihren Worten Ausdruck zu verleihen, scharrte ein Stück neben ihnen ein Hausschwein in der dreckigen Abfallrinne den Unrat auf, und übler Gestank wehte zu ihnen herüber.

9. Kapitel

He, du, bleib doch mal stehen!«
Fygen reagierte nicht. Sie schob sich eine widerspenstige Locke unter die Haube und ging weiter.

Nach der Messe in St. Brigida war Fygen, kaum war das letzte Amen verklungen, aus der Bank aufgesprungen und, so schnell es der Anstand zuließ, zum Kirchenportal geeilt. Mit einem kurzen Blick über die Schulter hatte sie sich vergewissert, dass Grete nicht hinter ihr war. Hastig wandte sie sich nach links, lief die Lintgasse hinab und dem Rheinufer zu, genau entgegengesetzt der Richtung, in der das Elnersche Haus lag. Der Geruch von Fisch, mit dem hier unter der Woche gehandelt wurde, hing immer noch zwischen den Häusern. Auf eine Wiederholung des letzten Sonntags war Fygen wirklich nicht erpicht, deshalb zog sie es vor, sich nach der Kirche einfach aus dem Staub zu machen.

»He, warte doch mal!« Eine sich in der Höhe überschlagende und dann fast männlich tiefe Stimme rief hinter ihr her. Das war nicht Grete, die da rief, erkannte Fygen und drehte den Kopf. Hinter ihr winkte ein junger Bursche mit strubbeligen braunen Haaren. Es war einer der Jungen, mit denen die Mädchen vergangene Woche vor der Kirche gescherzt hatten. Fygen bog links in den Fischmarkt ein und verlangsamte ihren Schritt. Der Fischgeruch war hier zwar noch schlimmer, doch sie war erst einmal vor Gretes Blicken sicher.

Wenige Sekunden später hatte der Bursche sie schnaufend eingeholt und ging neben ihr her. Er war schlaksig und überragte Fygen um einen knappen Kopf. Sein schmales Gesicht wurde von dicken roten Pickeln verunziert.

»Was fängst du heute mit deinem freien Tag an? Gehst du deine Familie besuchen?«, wollte er wissen. Ein leichter Sprühregen von Spucke ging auf Fygen nieder, als er sprach, und angewidert starrte sie auf die gelben Eiterstippen auf den Pickeln in seinem Gesicht.

»Ich möchte mir die Stadt ansehen«, antwortete sie abweisend. Mit einem Schritt vergrößerte Fygen den Abstand zwischen ihm und sich.

»Du möchtest was?«

»Mir die Stadt ansehen. Ich bin nicht aus Köln und kenne mich hier noch nicht aus. Und deshalb möchte ich mir alles anschauen.«

»Aber niemand läuft einfach so zum Vergnügen durch die Stadt.«

»Ich schon.«

»Nun, wenn du nichts dagegen hast, würde ich dich gerne begleiten«, sagte er zögerlich.

Fygens erste Reaktion war, ihn dorthin zu schicken, von wo er gekommen war, doch nach einem Blick in seine sanften, bittenden braunen Augen brachte sie es nicht über das Herz, ihn so schroff abzuweisen. Mit mehr Freude in der Stimme, als sie wirklich empfand, sagte sie: »Fein. Einen ortskundigen Führer kann ich gut gebrauchen.«

»Oh, äh, schön«, stotterte er beinahe überrascht, als hätte er nicht damit gerechnet, dass sie einwilligen könnte. Seine Ohren färbten sich schlagartig rot, und ungelenk klappte er den langen Oberkörper zu einer Verbeugung nach unten. »Rudolf van Bensberg. Was willst du zuerst sehen?«, fragte er eifrig.

»Den Dombau natürlich, und ich heiße Fygen.«

Sie hatten die nächste Straßenecke erreicht und bogen links in die Mühlengasse ein.

»Fygen«, wiederholte er. »Fygen Honigauge.«

Bereits wenige Minuten später betraten sie von Westen her den Domhof. Riesenhaft erhob sich vor ihnen das unvollendete Bauwerk. Sprachlos vor Erstaunen bog Fygen den Kopf in den Nacken und blickte an den wundervoll verzierten Mauern nach oben. Der unfertige Südturm war bis auf fast zweihundert Fuß hochgezogen worden und schien geradewegs in den Himmel zu wachsen. Gekrönt wurde er von einem hölzernen Baukran. Unvorstellbar, dass er noch höher werden sollte. Fygen wurde es beinahe schwindelig, deshalb trat sie ein Stück zurück und betrachtete die kunstvoll geschmückten Strebpfeiler des Chores, welche die Wandpfeiler abstützten. Dunkel zeichneten sie sich vor dem Blau des Himmels ab.

Rudolf war Fygens bewundernden Blicken gefolgt. »Der Chor ist der einzige Teil, der seit langem fertiggestellt ist«, erklärte er. »Sie bauen immer noch daran, doch der Dom wird niemals fertig werden«, sagte er ernsthaft.

»Wieso das?«

»Schuld daran ist der erste Dombaumeister. Meister Gerhard hieß er. Er ist mit dem Teufel eine Wette eingegangen, dass der Steinmetz es eher schaffe, den Dom fertigzustellen, als der Teufel, eine Wasserleitung von Trier nach Köln zu bauen. Als Pfand dafür gab er seine Seele. Doch eines Tages, Meister Gerhard beschaute sich auf einem Gerüst hoch oben die Baufortschritte an seinem Dom, sah er, wie aus einem Rohr auf dem Domhof ein Bach entsprang. Enten schwammen schnatternd darauf herum, und der Teufel, der die Gestalt eines schwarzen Hundes angenommen hatte, erschien auf dem Gerüst. Meister Gerhard wusste, dass er seine Wette verloren hatte, und stürzte sich in die Tiefe, doch der Teufel sprang hinterher, um sich seine Seele zu holen. Die Baupläne verbrannten, und seither ist keiner so recht in der Lage, den Dom fertigzubauen.«

Erstaunt zog Fygen die schmalen Augenbrauen hoch, und Rudolf fügte hinzu: »Na ja. Vielleicht liegt es ja auch daran, dass die Leute nicht mehr so viel Geld für den Dombau spenden.« Mit einem verschmitzten Lächeln, das sein schmales Gesicht fast einnehmend wirken ließ, zwinkerte er Fygen zu.

Sie empfand seine Gegenwart nicht mehr als lästig, im Gegenteil. Es machte doch viel mehr Spaß, in Begleitung die Stadt zu erobern. »Was schauen wir jetzt an?«, fragte sie unternehmungslustig.

»Den Ratsturm?«, schlug er vor.

»Einverstanden.«

Gemütlich schlenderten sie zurück in südliche Richtung und erreichten bald den Alten Markt, einen großen, nahezu dreieckigen Platz, der von unzähligen schmalen, mehrstöckigen Häusern gesäumt wurde. Wochentags herrschte hier ein reges Markttreiben, doch davon war heute nichts zu sehen, stellte Fygen fest. Der heilige Sonntag wurde streng geachtet, und so lag der Platz beinahe verwaist da. Zielsicher steuerte Rudolf auf die Mitte des Platzes zu. Hier stand neben dem Wachthäuschen für den Marktaufseher der leere Kacks. So wurde der mannshohe, hölzerne Käfig genannt, in den der Marktaufseher all jene Kaufleute sperrte, die gegen die Marktordnung verstießen, und sie als Strafe für ihre Vergehen zur Schau stellte. Eine höchst geschäftsschädigende und daher wirksame Strafe für diejenigen Händler, die versuchten, auf unredliche Weise ihre Erträge ein wenig aufzubessern, sei es durch die Verwendung falscher Gewichte oder, trickreicher, indem sie verdorbene Ware unter die frische schummelten.

Die Tür des Käfigs stand offen, und behende schlüpfte Rudolf hinein. »Ich wollte immer schon einmal wissen, wie man sich hier drinnen so fühlt«, witzelte er und streckte die Hände hilfesuchend durch die Gitterstäbe.

»Komm da raus«, zischte Fygen. »Wenn dich jemand sieht, dann steckst du vielleicht schneller wirklich hier drin, als dir lieb ist.« Ihr verursachte allein der Anblick des Kacks eine Gänsehaut.

»Na gut.« Rudolf ließ in gespielter Enttäuschung den Kopf hängen und verließ den Pranger. Theatralisch drehte er sich einmal um seine eigene Achse und deutete auf die Westseite des Platzes. »Da ist er. Unser Ratsturm – Symbol des Sieges der Kaufleute und Handwerker über die Patrizier.«

Tatsächlich hatten sie von hier aus einen guten Blick auf die Rückseite des fünfgeschossigen Ratsturmes, dessen obere Etagen über die schmalen Fassaden der Fachwerkhäuser hinausragten. Seine Außenfassade war verziert mit unzähligen großen, steinernen Figuren. Auf halber Höhe des Turmes, genau unter einer runden Uhr, entdeckte Fygen einen abstoßenden, aus Holz geschnitzten Kopf mit Hut, Bart und hässlichen Glupschaugen. Es schlug zwölf Uhr mittags, und Fygen wunderte sich darüber, dass eine so unansehnliche Figur einen so prachtvollen Bau verunzierte, als der Kopf ihr plötzlich die Zunge herausstreckte. Fygen zwinkerte. Sie traute ihren Augen nicht so recht, und befremdet fragte sie: »Hast du das gesehen?«

»Was gesehen?«, fragte Rudolf unschuldig zurück.

»Da, der Kopf. Er hat mir die Zunge herausgestreckt.«

»Was du nicht sagst. Da musst du dich irren. Das kann doch nicht sein. Ein Holzkopf kann sich doch nicht bewegen, geschweige denn die Zunge herausstrecken.«

»Doch, doch. Ganz sicher hat er das getan.«

»Ist dir die Sonne nicht bekommen? Du solltest dich in den Schatten setzten«, sagte er betont fürsorglich, doch sein Funkeln in den Augen verriet ihn.

»Du willst mich veräppeln«, schalt Fygen. »Was ist das für eine Figur?«

»Das ist der Platzjabbeck. Zu jeder vollen Stunde streckt er in der Tat die Zunge heraus, um zu verkünden, was die Stunde geschlagen hat.«

Fygen zog ein so komisches Gesicht, dass Rudolf sich schier ausschüttete vor Lachen.

Als er sich wieder beruhigt hatte, rieb er sich den mageren Leib und fragte: »Hast du Hunger?«

»Ich bin immer hungrig«, gestand Fygen.

»Dann komm. Ich weiß, wo ich uns etwas Essbares besorgen kann.« Entschlossen fasste er Fygen bei der Hand und zog sie mit sich fort in Richtung der schmalen Fachwerkhäuser, welche die Ostseite des Platzes säumten. Zielstrebig steuerte er auf einen Weinzapf zu, doch kurz vor dem Haus bog er in einen engen Weg ein, mehr ein Durchlass denn eine Gasse. Fygen war ihm schon fast um die Ecke gefolgt, als sie abrupt stehenblieb. Ein schlankes junges

Mädchen in Begleitung zweier Burschen schritt auf die Tür des Weinzapfes zu. Besitzergreifend hatte der ältere Bursche den Arm um die Taille des Mädchens gelegt. Sie schien sich über etwas, das der Jüngere gesagt hatte, sehr zu amüsieren. Geschmeidig bog sie den Oberkörper zurück, und ihr ausgelassenes Kichern drang bis zu Fygen herüber. Ebenfalls lachend zog der Ältere das Mädchen näher zu sich heran und drückte ihr einen Kuss auf die Wange.

Fygen huschte eilig in den Weg hinein, um nicht von den dreien entdeckt zu werden. Denn das Mädchen, das sich in so offensichtlich unziemlicher Gesellschaft befand, anstatt sonntags seine Eltern zu besuchen, war niemand anderes als Sewis.

Fygen folgte Rudolf weiter das Gässchen hinein, bis er vor einer schmalen Pforte stehen blieb. Verschwörerisch legte er den Finger auf die Lippen und bedeutete ihr, sich auf die steinerne Schwelle zu setzen. »Sei mäuschenstill, ich bin gleich wieder da.« Nachdem er sich versichert hatte, dass außer ihnen niemand in der Gasse war, verschwand er flugs durch das hölzerne Tor.

Mit unguten Gefühlen, gemischt mit einer gehörigen Portion Angst, saß Fygen auf der Schwelle und fragte sich, ob ihr neuer Begleiter nun eine Dieberei begehen würde. Was, wenn er entdeckt würde? Vorsichtshalber stand sie auf, um notfalls schneller fliehen zu können. Doch es dauerte nur wenige Momente, bis Rudolf wieder erschien, ein höchst zufriedenes Grinsen auf dem schmalen Gesicht. Triumphierend schwenkte er ein Bündel in der Luft, eingeschlagen in rotes Tuch. In der anderen Hand trug er einen steinernen Krug. Neben der Schwelle ging er in die

Hocke und knotete das Bündel auf. Zum Vorschein kamen knusprig gebratene Hühnerbeine und dazu noch ofenwarmes, duftendes Brot. »Madame, es ist angerichtet«, verkündete er, setzte sich gemütlich auf die Schwelle und zog Fygen zu sich herunter. Dem Mädchen lief das Wasser im Mund zusammen. Dieberei hin oder her, eine solche Einladung konnte man nicht ausschlagen.

Fygen legte den abgenagten Knochen aus der Hand, ein glückliches Lächeln auf dem Gesicht. Eine schmale Fettspur lief über ihr Kinn, und mit einem zufriedenen Seufzen brach sie sich noch ein Stück Brot ab. Rudolf reichte ihr den Krug. Fygen setzte ihn an die Lippen und nahm einen Schluck. Zu ihrer großen Freude enthielt er nicht das abscheuliche Keutebier, sondern einen wirklich annehmbaren Rheinwein. Gerade wollte sie sich einen zweiten Schluck gönnen, als sich plötzlich das Tor hinter ihnen öffnete. Eine dralle Frau erschien im Türrahmen und füllte die gesamte Breite der Pforte. Ihre flinken Augen glitten forschend über die improvisierte Tafel, und Fygen hielt vor Schreck die Luft an. Für Flucht war es nun zu spät. Hätte sie nur nicht zugelassen, dass …

Die Dralle hatte rasch die Situation erfasst, stemmte die rundlichen Arme in die Seite und schüttelte den Kopf. »Rudolf, was machst du denn hier? Deine Mutter hat dich schon gesucht«, tadelte sie. »Wenn ihr Hunger habt, setzt euch doch einfach zum Essen in die Küche, statt hier auf den Boden. Es sind sicher auch noch ein paar süße Küchlein da.«

»Spielverderber«, brummte Rudolf. Er erhob sich, klopfte sich den Staub von der Hose, und wieder überzog dieses verschmitzte Lächeln sein schmales Gesicht.

Es dauerte einen Moment, bis Fygen die Zusammenhänge erkannt hatte. Die Situation war ihr höchst peinlich, und sofort färbte sich ihr Gesicht vor Scham hochrot, doch dann brach sie in lautes Gelächter aus.

»Meinen Eltern gehört der Weinzapf«, erklärte Rudolf breit grinsend, weil es ihm gelungen war, Fygen wieder hinters Licht zu führen. »Aber so war das Essen viel spannender, nicht?«

Der Drallen, die sich bereits umgedreht hatte, um zum Haus zurückzukehren, rief er nach: »Sag Mutter, dass ich gleich komme.« Und zu Fygen gewandt, sagte er: »Ich befürchte, dass unsere Stadtführung nun endet. Sonntags ist meist viel zu tun im Geschäft. Komm, ich bringe dich noch nach Hause.«

Fygen hatte an diesem Sonntag wirklich Glück. Nicht nur dass es einer der vergnüglichsten Tage der letzten Zeit gewesen war. Als sie in das Elnersche Haus zurückkehrte, empfing Mettel sie zwar mit den obligatorischen zwei Ohrfeigen, doch so recht war sie nicht bei der Sache. Sie und Grete schienen es eilig zu haben. Ausgehbereit waren sie in ihren Sonntagsstaat gekleidet, mit adretten Hauben und schmal geschnürten Miedern. Doch zumindest bei Grete betonte dies die männlich breiten Schultern besonders unvorteilhaft und gemahnte an eine Presswurst, fand Fygen.

»Wo warst du den ganzen Tag?«, wetterte Mettel halbherzig. »Ich bin dafür verantwortlich ...«

Angestachelt durch die ausgelassene Stimmung des Vormittages ergänzte Fygen frech ihren Satz: »... dass meine Lehrmädchen sich nicht herumtreiben.«

Und schon fing sie sich eine weitere Ohrfeige. »Du freches Stück, sieh zu, dass du mir aus den Augen gehst.«

Das ließ Fygen sich nicht noch einmal sagen und verschwand eilig in Richtung Werkstatt. Für ihren Geschmack war sie mit drei Ohrfeigen wirklich gut davongekommen.

10. Kapitel

Fygen bahnte sich unter Einsatz ihrer spitzen Ellenbogen einen Weg durch die Menge. Unzählige Menschen schoben und zwängten sich durch die schmalen Gassen zwischen den Ständen und Tischen der Händler hindurch. Manche der ärmeren Kaufleute, vor allem die Obst- und Gemüsebauern aus dem Vorgebirge, boten ihre Waren auf Kisten oder direkt aus Körben an, die vor ihnen im Staub standen. Es war immer noch heiß, denn der Sommer schien in diesem Jahr kein Ende zu nehmen. Von den dichtgedrängten Körpern stieg Fygen der unangenehme Geruch nach Schweiß und ungewaschenen Leibern in die Nase. Es war ein mühsames Unterfangen, mit vier Stoffballen beladen einen Weg durch die Menschenmassen zu suchen. Und sosehr sie sich auch bemühte, Fygen konnte es nicht verhindern, den einen oder anderen Marktbesucher versehentlich anzustoßen, und fing sich mehrmals wütende Beschimpfungen und böse Blicke ein.

Vor ihr blieben die Leute stehen, und Fygen rammte einem älteren Mann aus Versehen das Ende eines der Stoffballen in den Rücken.

»He, du! Pass doch auf.«

Der große, breite Mann mit spärlichem Haarwuchs und vor Hitze rot angelaufenem Gesicht drehte sich abrupt um, und mit seiner Leibesfülle schlug er Fygen die Seidenballen aus der Hand. Voller Entsetzen bückte sich das Mädchen und versuchte, die kostbaren Stoffe zwischen den Füßen der Marktbesucher wieder aufzuheben. Hastig mühte sie sich ab, den Schmutz von den Leinenhüllen abzuklopfen. Zum Glück hatte sie die kostbare Seide zum Schutz vor dem Staub und Dreck auf dem Markt in leinenes Tuch gehüllt, bevor sie sich auf den Weg zum Seidkaufhaus gemacht hatte.

Am frühen Nachmittag war Grete von einer ihrer heimlichen Zwischenmahlzeiten, von denen sie annahm, dass keiner davon wüsste, zurück in die Werkstatt gekommen. Herrisch hatte sie befohlen, dass eines der Lehrmädchen die Ballen zu Mettel zu bringen habe, der beim Verkaufen die Ware ausgegangen war. Gretes Tuch war fast fertiggestellt, der dritte Webstuhl aber noch nicht vollständig aufgeschert. So war bei dieser Arbeit Eile geboten, was Sewis und Hylgen einen guten Grund lieferte, sich vor der ungeliebten Schlepperei in der Hitze zu drücken. So fiel Gretes Wahl auf Fygen, die ihrerseits nichts dagegen hatte, endlich das Seidkaufhaus Unter Riemenschneider zu sehen, auf das sie schon seit langem neugierig war.

Ganz ließen sich die Schmutzspuren nicht abwischen. Die Ballen sahen schmuddelig und unansehnlich aus, stellte Fygen betroffen fest. Und das, obwohl Grete ihr eingeschärft hatte, besonders gut auf die wertvolle Seide achtzugeben. Gott sei Dank, dass es wenigstens trocken war, dachte Fygen. Nässe und Matsch hätten den Stoff mit Sicherheit völlig ruiniert. Doch Mettel würde ihr auch so schon gehörig zusetzen, wenn sie mit den ramponierten Stoffen bei ihr einträfe.

Sie hatte sich die Ballen gerade wieder fest unter den Arm geklemmt, als neben ihr ein Tumult ausbrach.

»Betrug! Diese Händlerin versucht zu betrügen!«, keifte

eine schrille Stimme direkt in Fygens Ohr. »Ergreift sie. Sie hat Sand unter den Pfeffer gemischt.«

»Das ist eine Lüge. Eine infame Lüge. Gar nichts habe ich in den Pfeffer gemischt. Ihr versucht nur, den Preis zu drücken«, schnappte die Händlerin zurück, eine ältliche Matrone mit fleckigem Mieder und abgetragenem Rock.

»Ruft den Marktaufseher«, keifte die schrille Stimme wieder, und Fygen erkannte, dass sie zu einer hageren Frau in mittleren Jahren gehörte, die einen Henkelkorb über dem Arm trug. Auf ihr Geschrei hin sprangen zwei junge Burschen herbei, packten die Händlerin bei den Armen und hielten sie fest, damit sie nicht ihr Heil in der Flucht suchen konnte.

»Lasst mich los, ich bin unschuldig. Ganz unschuldig«, beteuerte die Händlerin.

Der unfreundliche, rotgesichtige Mann vor Fygen brummte: »Das werden wir ja sehen.«

Um die Streitenden hatte sich eine Gruppe aus Schaulustigen gebildet, und für Fygen gab es kein Vor oder Zurück mehr. Eingekeilt in die Menge wartete sie ab, wie sich der Streit entwickeln würde.

Irgendwann drang endlich der Marktaufseher zum Ort des Geschehens vor. Trotz der Wärme trug er seinen offiziellen Mantel und Hut als Ausdruck der Würde seines Amtes. Kaum wurde sie seiner gewahr, als die magere Frau auch schon geifernd ihre Beschwerde vorbrachte, immer wieder wortreich unterbrochen durch die Händlerin, die sich zu verteidigen suchte. Als die Dürre anhob, zum dritten Mal ihr Leid zu klagen, hob der Marktaufseher gebieterisch die Hand und hieß sie zu schweigen. Gleichzeitig verstummte auch das Geschwätz der Umstehenden, und eine gespannte Stille machte sich breit. Gewichtigen Schrittes trat er an den Stand heran, befeuchtete seinen Zeigefinger mit Speichel und tippte ihn in den Haufen Pfeffer, der in einem Korb aufgeschüttet war. Dann steckte er den Finger in den Mund und kostete. Es knirschte, als er auf den Pfeffer biss, und angewidert verzog er das Gesicht. Die Händlerin hatte also tatsächlich versucht, den kostbaren Pfeffer mit gewöhnlichem Sand zu strecken, um einen besseren Schnitt zu machen. Auf sein Zeichen hin packten die Burschen die Händlerin fester und zerrten sie unter den spöttischen Blicken der Umstehenden hinter dem Aufseher her zur Mitte des Platzes, wo der Kacks stand. Johlender Hohn scholl ihr von den Marktbesuchern entgegen, als sie in den hölzernen Käfig gesperrt wurde. Fygen hatte nicht erwartet, den Pranger so schnell in Gebrauch zu erleben. Für die nächste Zeit war der Ruf der Händlerin als ehrbare Kauffrau mit Sicherheit ziemlich ramponiert, vermutete sie.

Endlich hatte Fygen ihr Ziel erreicht und trat mit ihrer kostbaren Last in die kühle Stille der hohen Halle. Sie blinzelte. Nach dem gleißenden Sonnenlicht auf dem Markt mussten ihre Augen sich erst an die Dunkelheit in der Halle gewöhnen. In ordentlichen Reihen standen hier die Tische der Seidhändler. Es herrschte eine fast vornehme Stille, denn der ohrenbetäubende Lärm, der draußen das Marktgeschehen begleitete, drang nur gedämpft herein. Auf den Tischen und den Bänken stapelten sich Seidenballen jeder Färbung und Machart. Von hauchzartem Seidentaft in sanften Pastelltönen für Schleier über schwere Tuchgewebe bis hin zu wundervoll glänzenden Satinstoffen, die in allen erdenklichen

Farben schimmerten, und schwerem, hochflorigem Seidensamt. Kein noch so luxuriöser Kundenwunsch, den die Seidhändler nicht erfüllen konnten. Voller Ehrfurcht schritt Fygen durch die Tischreihen auf der Suche nach ihrer Lehrherrin und betrachtete bewundernd die ausgelegte Ware. Das Kaufhaus war um diese Nachmittagszeit, in den wärmsten Stunden des Tages, nicht sehr gut besucht. Nur vereinzelt ließen sich Kunden an den Tischen Stoffe vorlegen. Einige der Händler und Seidmacherinnen standen zusammen und schwätzten, doch so manch einer war auf seinem Stuhl eingenickt, um ein wohlverdientes Schläfchen zu halten. In einer der hinteren Reihen fand Fygen so auch Mettel an ihrem Stand vor, den Kopf an einen Stapel Stoffe gelehnt, den Mund weit offenstehend und leise schnarchend. Aufatmend ließ Fygen ihre Ballen auf den Tisch gleiten und rieb sich die vom Tragen fast tauben Finger. Mettel schrak auf und guckte Fygen ob der Störung vorwurfsvoll an. Dann fiel ihr Blick auf die beschmutzten Stoffballen, und ihr Zetern zerriss die Ruhe der Halle. »Dass du es wagst, hier mit diesen verdreckten Dingern anzukommen. Was hast du nur damit gemacht? Bist du denn zu nichts zu gebrauchen?« Wie gestochen fuhr sie von ihrem Hocker auf und schlug Fygen rechts und links ins Gesicht. Das Mädchen hob zum Schutz die Arme vor das Gesicht und wich nach hinten, so dass sie die Schläge der Meisterin, die durch ihren Verkaufstisch behindert wurde, nicht mehr erreichten. Wütend hieb Mettel mit beiden Fäusten durch die Luft, bis ihr die Puste ausging. »Du hast es geschafft, die Arbeit einer ganzen Woche zu ruinieren«, geiferte sie. »Du dummes Stück!«

An den benachbarten Tischen verstummten die Gespräche, und neugierig blickten Händler und Kunden herüber.

Mettel ließ sich schwer auf den Hocker zurückfallen. »Du schuldest mir das Geld für die Rohseide, dazu die Gebühr für den Stelrever und den Lohn für den Färber«, zählte Mettel auf. »Glaub nicht, dass ich dir das vergesse«, drohte sie unheilvoll leise, und Fygen wich noch einen Schritt zurück. Aus sicherer Entfernung wagte sie nun den Versuch einer Verteidigung: »Es sind doch nur die Hüllen beschmutzt, die Seide ist sicher unversehrt. Ich habe sie gut eingeschlagen.«

»Verschwinde«, zischte Mettel ihr böse zu, »verschwinde auf der Stelle.«

Empört biss Fygen sich auf die Lippe. Sie spürte, wie ihr das Blut ins Gesicht schoss. Mit hochrotem Kopf drehte sie sich um und strebte dem Ausgangstor zu. Die Seidhändler wandten sich ihren Geschäften zu, und die Gespräche an den Tischen setzten wieder ein.

In der Nähe der Tür fesselte etwas Fygens Aufmerksamkeit. An einem großen Stand hatte ein Händler einen Ballen nachtgrünen Seidensatin ausgebreitet. Das Sonnenlicht fiel in schrägen Strahlen auf den Stoff und brach sich in einer bezaubernden Farbvielfalt. Von Flaschengrün über Grasfarben bis zu Türkis schimmerte der Taft, und in den Falten lauerte es beinahe schwarz. Am anderen Ende des Verkaufstisches legte der Händler einer vornehmen Kundin hellblauen Taft vor. Ein Gesprächsfetzen wehte herüber: »… unterstreicht ausgezeichnet die Farbe Eurer Augen. Der Herr Gemahl wird sicher …«

Fygen trat an den Tisch mit dem grünen Satin heran, streckte vorsichtig die Hand aus und berührte das Tuch.

Es fühlte sich erstaunlich kühl und glatt an, stellte sie fest. Was für ein Gefühl es wohl sein mochte, diese Seide als Kleid auf der Haut zu tragen? Bewundernd strich sie mit der flachen Hand eine Falte auf dem makellosen Gewebe glatt.

Plötzlich legte sich eine dürre, knochige Hand wie eine Klaue auf die ihre und drückte sie. Erschreckt zog Fygen ihre Hand fort und wandte sich um. Neben ihr stand ein kleines hutzeliges Weiblein, das nur aus Haut und Knochen zu bestehen schien. Die Frau war krumm gebeugt, doch ihre dunklen Vogelaugen funkelten lebhaft. Erschrocken wich Fygen vor ihr zurück. Doch dann ließ ein überraschend warmes Lächeln das Gesicht der Alten in Tausende von Runzeln zerspringen. »Sie ist wunderschön, nicht wahr?«, wisperte die Alte mit einem Nicken in Richtung des Ballens nachtgrüner Seide, den Fygen so liebevoll betrachtet hatte. Zustimmend erwiderte Fygen das Lächeln. Die Alte streckte erneut die dürre Hand aus, fasste in den Stoff und drückte ihn zusammen. Ihr Griff verursachte ein Geräusch, als beträte man frisch gefallenen Schnee. »Das ist der Seidenschrei«, raunte sie. Dann trat sie näher zu Fygen heran und bedeutete ihr mit einem Winken der dürren Finger, sich zu ihr hinabzubeugen. »Die Chinesen wussten, was gut ist«, flüsterte sie. »Vor über dreitausend Jahren gab es in China einen Kaiser. Hoangti hieß er, und er herrschte über ein halbes Jahrhundert lang. Er war mächtig und reich, aber er war auch eitel, und so befahl er seiner Gattin, der Kaiserin Si Ling Chi, sich mit ihren Hofdamen um die Zucht von Seidenraupen zu kümmern.« Mit einem raschen Blick vergewisserte sie sich, dass Fygen ihr noch zuhörte. Dann fuhr sie fort: »Jahrtausendelang lag die Kunst der Seidengewinnung allein in der Hand des chinesischen Kaiserhauses und war durch strengste Gesetze geschützt. Die Ausfuhr der Raupen und ihrer Eier war bei Androhung der Todesstrafe verboten.« Fasziniert nahm Fygen jedes Wort von den schmalen, trockenen Lippen in sich auf, doch abrupt brach die Alte ihre Erzählung ab und sagte mit wissendem Lächeln: »Ich sehe, dass du die Seide liebst, Kind.« Kurz tätschelte sie Fygen mit der knochigen Hand die Wange. »Komm mich doch einmal besuchen, wenn du Zeit hast. Frag nur nach der alten Marie. Marie zum Hühnermarkt, denn da wohne ich.« Die alte Frau wandte sich um und ging, schwerfällig auf ihren aus dunklem Holz gefertigten Stock gestützt, ihres Weges.

11. Kapitel

Heute kommst du nach der Messe sofort nach Hause zurück, hast du verstanden?« Nach dem Morgenmahl nahm Mettel sich ihre jüngste Lehrtochter vor. Es war zwar keine Rede mehr davon gewesen, dass Fygen die verdorbenen Seidenballen zu ersetzen habe, doch Fygen spürte deutlich, dass ihre Lehrherrin dieses Vergehen noch nicht vergessen hatte.

Katryn, welche die Worte aufgeschnappt hatte, wagte zu widersprechen: »Aber meine Mutter hat Fygen für heute eingeladen, uns zu besuchen. Sie wird den ganzen Tag bei uns verbringen«, erklärte sie Mettel knapp.

Mettel blies erstaunt die Wangen auf. Deutlich war zu sehen, wie es in ihrem Kopf arbeitete. Schließlich antwortete sie: »So, nun, das ist natürlich etwas anderes. Wenn deine Frau Mutter sie eingeladen hat, kann sie natürlich mit dir gehen. Und richte deiner Frau Mutter einen schönen Gruß von mir aus.«

Fygen blieb vor Erstaunen der Mund offen stehen. Von einer Einladung ins Starkenbergsche Haus hatte sie zwar nichts gewusst, doch sie war Katryn unendlich dankbar für den Beistand.

»Alter Drachen«, brummte Katryn, als die Haustür hinter ihnen ins Schloss gefallen war. »Sie ist nur so katzenfreundlich zu mir, weil mein Vater Ratsmitglied ist. Wer weiß, was sie sich davon verspricht.«

Als sie nach dem Gottesdienst die Kirche verließen, dankte Fygen Katryn noch einmal und wollte ihres Weges gehen, als die Ältere überrascht fragte: »Wo willst du denn hin? Meine Eltern wohnen in der Rheingasse.«

»Aber du hast doch nicht ernsthaft gemeint, ich soll …«

»Aber natürlich. Du bist meiner Mutter sicher sehr willkommen.« Dann fiel ihr ein, dass Fygen ja vielleicht andere Pläne haben könnte, und sie runzelte verlegen die glatte Stirn. »Es sei denn natürlich, du hast etwas Besseres vor?«

»Ist Schweinekoben ausmisten etwas Besseres?«, fragte Fygen zurück, und die Mädchen kicherten ausgelassen. Sie gingen den Buttermarkt entlang, eine lange Gasse, die sich parallel zum Rheinufer hinzog. Wochentags ließ sich hier eine Bäuerin neben der anderen nieder, um den kölnischen Bürgern ihre frischen Erzeugnisse anzubieten. Aus dem gesamten Umland der Stadt kamen sie, einige sogar aus dem Vorgebirge, der Eifel oder dem Bergischen Land.

Sie gingen weiter über den Thurn-Markt und direkt am Rheinufer entlang, passierten das Zollhaus und bogen kurz darauf in die Rheingasse ein. Die prachtvolle Straße war deutlich breiter und wurde von imposanten ehemaligen Patrizierhäusern gesäumt. Fygen bestaunte den Reichtum und die Schönheit dieser Häuser, bis Katryn endlich vor einem breiten, dreigeschossigen Steingebäude stehenblieb, dessen Fassade sich treppenförmig zum Giebel hin verjüngte. Es hatte unglaublich viele Fenster, die meisten davon Bogenfenster, und einige waren sogar bemalt. Katryn betätigte den schweren Türklopfer, und Fygen fragte ehrfürchtig: »Hier wohnst du?« Ein solches Haus hatte sie noch nicht betreten.

»Ja«, antwortete Katryn schlicht. »Das Haus Starkenberg am Heumarkt hat meine Familie schon vor über einem

Jahrhundert verkauft, aber es trägt immer noch unseren Namen.«

Eine Dienstmagd mit gestärkter Schürze öffnete die schwere, mit aufwendigen Schnitzereien versehene Tür und geleitete die Mädchen in eine großzügige Halle, welche fast die ganze Breite der Hausfront einzunehmen schien. Die gegenüberliegende Wand wurde beherrscht von einem riesenhaften Kamin, in dem trotz des sommerlichen Wetters ein Feuer brannte. Sogleich erschien eine schlanke, anziehende Frau in den Vierzigern in der Halle und schloss Katryn herzlich in die Arme. Fygen konnte unschwer erraten, dass es Katryns Mutter war, denn sie hatte das gleiche schmale Gesicht und die gleiche gerade Nase. Um Frau Starkenbergs hellblaue Augen kräuselten sich fröhliche kleine Fältchen, und sie war unglaublich elegant gekleidet, fand Fygen. Ihr Kleid hatte ein schmal geschnittenes Mieder, dessen Schalkragen in einen tiefen, spitz zulaufenden Ausschnitt überging, der mit einem Brustlatz versehen war. Die Taillennaht, die modisch bis kurz unter die Brust hochgezogen war, wurde durch einen kostbar verzierten Gürtel verdeckt, während der rückwärtige Rock überlang geschnitten war und elegant in einer langen Schleppe endete.

»Herzlich willkommen, mein Kind. Du bist eine Freundin von Katryn?« Frau Starkenberg lächelte freundlich, als sie nun auch Fygen begrüßte.

»Oh, äh, danke …«, stotterte Fygen überrumpelt. Sie war so vertieft in die Betrachtung von Frau Starkenbergs wunderschönem Kleid gewesen, dass sie nicht gemerkt hatte, wie diese ihre Tochter freigegeben und sich ihr zugewandt hatte.

»Mutter, das ist Fygen van Bellinghoven. Sie lernt mit mir zusammen bei Mettel«, stellte Katryn sie vor, und Fygen riss sich zusammen, so dass sie einen halbwegs passablen Knicks zustande brachte.

»Fygen. Dann bist du das Mädchen, dem meine Schweinswürste so gut gemundet haben«, bemerkte Frau Starkenberg fröhlich.

»Äh, ja, ich …«, wieder stotterte Fygen. In Gegenwart dieser vornehmen Frau machte sie sich pausenlos zum Narren. Sie hätte nie damit gerechnet, das Katryn den Vorfall ihrer Mutter gegenüber erwähnen würde. »Sie waren wunderbar«, brach es ehrlich aus ihr heraus.

Katryns Mutter lachte auf. Es war ein melodisches Lachen. »Das freut mich außerordentlich, Fygen«, antwortete sie und blickte das Mädchen geradeheraus an. »Du hast sehr ungewöhnliche Augen«, stellte sie fest. »Sie kommen mir bekannt vor, aber mir will nicht einfallen, an wen sie mich erinnern. Doch du stammst ja nicht aus der Stadt, hat Katryn mir erzählt.« Frau Starkenberg schüttelte den Kopf. »Nun, das ist auch gleich«, sagte sie mit einer wegwischenden Bewegung ihrer Hand. »Ihr wollt sicher erst einmal ein Bad nehmen, nicht wahr? Es ist alles schon bereitet. Ich sage Bescheid, dass man noch ein paar Badelaken bringt.«

Als die Mädchen die Halle verlassen hatten, stand Frau Starkenberg noch für einen Moment reglos da und grübelte über die ungewöhnlichen, bernsteinfarbenen Augen des Mädchens nach. Sie war ganz sicher, diese Augen schon gesehen zu haben, und nicht nur einmal. Undeutlich erschien das Gesicht eines älteren Herrn vor ihrem inneren Auge. Richtig, Nikasius Hackenay, der Rechenmeister von

König Maximilian. Erneut schüttelte Frau Starkenberg den Kopf. Es gab schon seltsame Launen der Natur.

Katryn führte Fygen einen breiten Gang entlang an einer steinernen Wendeltreppe vorbei in das Hinterhaus. Hier lag die großzügige Küche direkt neben dem Hof mit eigenem Pütz, an den sich Richtung Filzengraben ein Grasgarten mit Obstbäumen und ein Krautgarten anschlossen, in denen allerlei Früchte und Gemüse für die Starkenbergsche Tafel gediehen. Das Hinterhaus hatte eine eigene Treppe, die zu den Gesindestuben hinaufführte, und gleich daneben war die Badestube untergebracht. Das Haus bot wirklich jede Bequemlichkeit, die man sich nur wünschen konnte, sogar ein Sommerhaus und eigene Ställe. Jetzt verstand Fygen, wie schwer es Katryn fallen musste, in Mettels schmuddeligem Haushalt zu wohnen und sogar in der Werkstatt auf dem Boden schlafen zu müssen.

Der Ofen in der Badestube war eingeheizt, und in der Mitte des Raumes stand ein großer Holzbottich, bis zur Hälfte mit Wasser gefüllt. Auf einer Bank lagen Bürsten und leinene Tücher bereit. Aufseufzend löste Katryn die Verschnürungen an ihrem Mieder und zog den Rock über den Kopf. Im Hemd trat sie an den Bottich heran und ließ spielerisch die Hand ins Wasser gleiten, um die Temperatur zu prüfen. Dann wickelte sie sich einen Lappen um die Hand, griff nach dem Kessel mit siedendem Wasser und leerte ihn in den Zuber. Rasch zog sie auch ihr Hemd aus, warf es achtlos beiseite und streckte ein Bein über den Wannenrand. Kichernd rührte sie mit dem Fuß das Wasser um, bis sich die Wärme gleichmäßig verteilt hatte. Dann schwang sie auch das andere Bein über den Rand und ließ sich wohlig seufzend in den Zuber gleiten.

»Was ist, nun mach schon«, rief sie und spritzte Wasser mit den Fingerspitzen in Fygens Richtung. »Es ist herrlich, komm rein.« Albern lachend streckte sie einen Zeh aus dem Zuber und winkte damit.

Mit einem seligen Lächeln auf dem Gesicht tauchte Fygen in das angenehm temperierte Wasser. »Oh, ist das schön«, schwärmte sie, hielt sich mit spitzen Fingern die Nase zu und glitt unter Wasser. Als sie prustend wieder auftauchte, schüttelte sie sich das Wasser aus den Ohren und lachte vor Vergnügen.

Katryn hatte ihre Zöpfe gelöst und drückte Fygen ein Stück helle, duftende Seife in die Hand. »Wäschst du mir die Haare?«, bat sie Fygen.

»Das wird nichts nutzen, da hilft nur abschneiden, so dreckig sind deine Haare«, erklärte Fygen mit gespieltem Ernst.

»Ja, du hast Glück. Bei dunklen Haaren sieht man den Dreck nicht, aber schau: Dir läuft die Schmutzbrühe aus den Zöpfen heraus«, entgegnete Katryn kichernd, und Fygen legte sich einen ihrer nassen Zöpfe als Schnurrbart unter die Nase. »Kann ich mir gar nicht vorstellen, so blütenweiß wie die Kopfkissen bei Mettel sind ...«

»Was für Kopfkissen? Meinst du die alten Leinensäcke mit muffigem, platt gedrücktem Stroh?«

»Wie kannst du es wagen, meine kostbaren Kopfkissen so einzudrecken? Dafür schuldest du mir drei Pfennig. Geh mir aus den Augen«, äffte Fygen ihre Lehrherrin trefflich nach.

Die Mädchen bogen sich vor Lachen, und mit dem Staub und Schmutz der ganzen Woche wuschen sie auch all ihren Zorn und ihre Mühsal vom Körper.

»Das ist mir aber eine ausgelassene Stimmung hier.« Lächelnd betrat Frau Starkenberg die Badestube, frische Leibwäsche und ein blaues Kleid über dem Arm. »Fygen, du hast sicher keine frische Wäsche dabei. Ich habe noch ein paar Sachen von Adelheid gefunden, aus denen sie herausgewachsen ist.« Deutlich fiel ein Schatten über ihr anziehendes Gesicht, als sie den Namen von Katryns jüngerer Schwester aussprach. »Vielleicht passen dir die Kleider. Probiere sie doch einfach einmal an. Und dann kommt zum Essen, der Tisch ist schon gedeckt.« Ohne auf Fygens Proteste einzugehen, legte sie die Kleidungsstücke auf einen Schemel neben Katryns Wäsche und verließ die Badestube.

»Katryn, kneif mich! Ich bin sicher tot. Erst das himmlische Bad, dann neue Kleider, und Essen gibt es auch noch?« Fygen drehte und wendete sich in ihrem neuen Kleid. Es war kornblumenblau, hatte weiße Paspeln an Mieder, Ärmeln und am Rocksaum und passte ihr hervorragend. »Ich muss tot sein. Und das ist der Himmel, da bin ich sicher.«

Katryn lachte und schob sie vor sich her aus der Badestube hinaus, den Gang entlang in Richtung Vorderhaus und dann die steinerne Wendeltreppe hinauf. In der ersten Etage betraten sie die große Stube, in der ein langer Tisch üppig gedeckt war. Die Stube lag nach hinten hinaus, und durch die farbig bemalten Fensterscheiben sahen die Mädchen über Hof und Garten hinweg auf den Filzengraben. Direkt neben dem Fenster saß ein großes, rundliches Mädchen unbestimmbaren Alters mit ungewöhnlich pausbäckigem Gesicht und leicht schräg gestellten Augen. Es hatte eine große Serviette um den Hals geknüpft und hielt

einen Löffel in der molligen Rechten. Neugierig blickte es Fygen an und winkte ihr fröhlich mit dem Löffel zu. »Wer bist du?«, fragte es ein wenig undeutlich, und Fygen erkannte, dass dieses Mädchen nicht ganz gesund war. »Du musst Adelheid sein«, sagte sie freundlich zu dem Mädchen. »Ich bin Fygen, darf ich mich zu dir setzen?«
Adelheid nickte eifrig mit dem Kopf und schwenkte weiter ihren Löffel. »Du bist nett«, sagte sie zu Fygen und schlang ihr beide Arme um den Hals.
»Schau nur, ich habe dein Kleid an, ist dir das recht?«, fragte Fygen.
Wieder nickte das Mädchen. »Iss jetzt weiter, Liebes«, sagte Frau Starkenberg, die ihrer jüngsten Tochter gegenübersaß, und wischte ihr mit einem Zipfel der Serviette liebevoll über den Mundwinkel.
Katryn hatte derweil neben ihrer Mutter Platz genommen und bediente sich aus den gut gefüllten Schüsseln. »Greif zu, Fygen. Es muss für eine ganze Woche reichen«, riet sie ihrer Freundin eindringlich.
»Lass mich raten: Du magst keine Kohlsuppe«, nahm Fygen ihre Blödelei wieder auf.
»Wie kommst du denn darauf? Ich liebe Kohlsuppe, nur nicht die dürre Plörre von der alten Mettel.«
»Jetzt bist du aber ungerecht, sie kümmert sich doch so rührend um das leibliche Wohl ihrer Lehrtöchter.«
Die Mädchen prusteten vor Lachen, und Fygen fragte: »Warum wird die alte Mettel eigentlich die *Alte Mettel* genannt?«
»Das weiß ich auch nicht«, antwortete Katryn.
»Die Alte Mettel wurde so genannt, um sie von der jungen Mettel zu unterscheiden«, erklärte ihre Mutter den über-

raschten Mädchen. »Der gute Johann Elner war in jungen Jahren ein ansehnlicher Bursche, aber er hatte nichts an den Füßen. Das heißt, er war nicht wohlhabend. Zwei Mädchen rissen sich um ihn, und beide hießen Mettel. Die eine war blutjung und hübsch, doch auch sie hatte kein Vermögen zu erwarten. Die andere war eure Lehrherrin Mettel. Und wenn ihr sie heute anschaut, könnt ihr sicher sein, dass sie auch früher keine Schönheit war.«

Heinrich Starkenberg, der sich gewichtig am Kopfende der Tafel niedergelassen hatte, beteiligte sich nicht an dem lästerlichen Gespräch, doch konnte er nicht umhin, seiner Frau und den Mädchen ab und an einen amüsierten Blick zuzuwerfen.

Frau Starkenberg kicherte wie ein junges Ding über den Klatsch, den sie den Mädchen erzählte, und fuhr fort: »Doch eure Mettel konnte auf eine ansehnliche Mitgift hoffen, und so machte sie das Rennen. Sie war zwar nur wenig älter als die andere Mettel, doch es reichte, um ihr diesen Beinamen zu verpassen. Ich bin sicher, dass es sie unglaublich geärgert haben muss, schon als junges Mädchen die *Alte Mettel* genannt zu werden.«

So verging das Mahl unter vergnüglichem Geplauder, und schließlich lehnte Fygen sich mit vollem Bauch zurück. »Wenn ich noch einen Happen esse, dann platze ich. Es hat wundervoll geschmeckt, Frau Starkenberg, vielen Dank für Eure Gastfreundschaft.« Mit diesen Worten erhob Fygen sich und wollte sich von Katryn und ihrer Mutter verabschieden. Doch Katryn hatte die Zeit mit Fygen sehr genossen. »Was hast du nun vor?«, fragte sie ein wenig enttäuscht.

»Ich will herausfinden, ob diese Stadt irgendwo ein Ende

hat. Hier sind überall nur Straßen und Häuser … Ich sehne mich nach etwas Grün. Felder, Äcker, Bäume.«
Überrascht schauten Katryn und ihre Mutter sich an.
»Ich weiß, das mag seltsam klingen, aber ich bin auf dem Land aufgewachsen, da konnte man stundenlang über Felder und Wiesen laufen«, versuchte Fygen zu erklären.
»Bei St. Peter und St. Cäcilia sind einige Felder und Weingärten«, überlegte Frau Starkenberg laut. »Das ist nicht sehr weit von hier …«
Nur wenig später, ihre Zöpfe waren noch nicht ganz getrocknet, stieg Fygen mit Katryn die Wendeltreppe hinab. In der Halle hielten sie kurz inne, denn auf einem schmalen Tischchen neben der Tür lagen zwei sorgsam eingewickelte Pakete für sie bereit, gefüllt mit Würsten und anderen Leckereien. Die Mädchen traten auf die Straße hinaus und spazierten gemütlich die Rheingasse weiter hinauf in westliche Richtung, durch das Dreikönigenpförtchen und ließen St. Maria im Capitol rechter Hand liegen.
»Was ist mit Adelheid?«, fragt Fygen die Freundin unvermittelt.
»Wir wissen es nicht genau. Sie ist schon so zur Welt gekommen. Sie kann einen richtig dauern. Weil manche Menschen böse Scherze mit ihr treiben, geht sie nie aus dem Haus, selbst dann nicht, wenn Mutter auf sie aufpasst.«
»Kann ihr denn kein Arzt oder Bader helfen?«
»Sie will keine Ärzte mehr sehen. Sie fängt an, ohrenbetäubend zu schreien, wenn ihr ein Arzt zu nahe kommt, was ich gut verstehen kann. Es war schrecklich, was die Ärzte alles mit ihr angestellt haben, um sie zu heilen: kaltes Wasser, heißes Wasser, Aderlass, übelste Tinkturen zum Ein-

nehmen, Einreiben und was weiß ich noch alles. Selbst in einen dunklen Raum haben sie die Ärmste gesperrt. Es hat alles nichts genutzt.«

Die Mädchen hatten Unter Pfannenschleger überquert und gingen nun die Sternengasse entlang, als unter erbärmlichem Gegacker ein Huhn durch einen Torbogen gelaufen kam, gefolgt von einer jungen Magd, die sich vergeblich abmühte, es zu fassen zu bekommen. Das Huhn rannte den Mädchen genau zwischen die Füße und erinnerte Fygen daran, was sie Katryn schon längst hätte fragen wollen. »Sag mal, kennst du eine Marie vom Hühnermarkt?«

»Uh. Die alte Seidspinnerin? Woher kennst du die?«

»Ich habe sie im Seidkaufhaus kennengelernt.«

»Und, wie ist sie?«

»Ich fand sie nett. Sie weiß unglaublich viel über Seide. Und sie hat mich eingeladen, sie zu besuchen.«

»Das hast du doch nicht ernsthaft vor?« Katryn blieb stehen und schaute Fygen entgeistert an.

»Warum denn nicht?«

»Nun.« Katryn wand sich ein wenig. »Manche sagen, sie sei nicht ganz richtig im Kopf. Vielleicht ist sie gefährlich.«

»Ach was, ich glaube, sie ist einfach eine nette, wenn auch verschrobene alte Frau. Sie wird mich schon nicht fressen.«

Sie passierten rechter Hand die Einfriedungsmauer, die den Kirchhof von St. Peter zur Straße hin abschirmte, und als diese Mauer endete, machte Fygen große Augen. Wie Katryns Mutter gesagt hatte, waren hier Felder angelegt, gab es Obstwiesen und Rebstöcke – mitten in der Stadt.

Kurz darauf bogen die Mädchen rechts auf einen staubtrockenen Feldweg ein. Ausladende Apfelbäume standen rechts und links des Weges, üppig behangen mit Früchten. Hartnäckig umschwirrte eine fette Hummel die Mädchen. Ein warmer Wind trug den Geruch von frisch geschnittenem Gras herüber, und in einiger Entfernung sahen sie einen Obstbauern, der seine Früchte begutachtete. Tief atmete Fygen die vertrauten Gerüche ein, und schon nach wenigen Schritten konnte sie vergessen, dass sie sich inmitten einer riesigen Stadt befand.

Müßig schlenderten sie die staubigen Wirtschaftspfade entlang und genossen die Trägheit des Nachmittags. Die Schatten der Baumkronen krochen immer weiter weg von ihren Stämmen, und das Gras färbte sich unmerklich golden. Es war noch sehr warm, und als sie des Herumspazierens müde waren, suchten sie sich ein Plätzchen im Gras unter einem ausladenden Birnbaum. Hier lagen sie faul im Schatten, bis es Zeit für den Heimweg war. Sie folgten dem Feldweg, der sie zu den Apfelbäumen geführt hatte, bis zu seinem Ende, wo er zwischen zwei Höfen auf die Cäcilienstraße traf. Ein Stück hinter der Kirche St. Cäcilia wand sich die Straße nach rechts. Die städtische Wollküche, in der die Rohwolle gereinigt, von Fett befreit und darüber hinaus rege gehandelt wurde, hatte diesem Teil der Straße ihren Namen gegeben.

Genau an der Straßenkrümmung stand ein imposantes, viereckiges Gebäude mit schmalen Fenstern und stolzen Erkertürmen, die von zierlichen Säulen getragen wurden.

»Oh«, rief Fygen, »ist das nicht ein wunderschönes Haus?«

»Von einem Haus würde ich nicht sprechen. Es ist ein Hof. Mehr noch, ein Hofgut.«

»Es ist himmlisch. Und es sieht noch so neu aus«, schwärmte Fygen. Bewundernd blickte sie zu den Wasserspeiern auf, die wie lebende Gesichter auf sie herabgrinsten. Der Steinmetz, der sie geschaffen hatte, musste ein humorvoller Mann gewesen sein.

»Es sieht aus wie der Gürzenich, das Tanzhaus hinter dem Alten Markt, findest du nicht auch? Ein kleiner Gürzenich«, meinte Katryn.

Ein niedriges, steinernes Querhaus zog sich halbrund um die Biegung der Straße herum und verband das Haupthaus mit einem schmalen Torhaus. Dieser Höhenunterschied ließ das Hauptgebäude noch gewaltiger wirken. Das Torhaus hatte ein deutlich überhängendes Obergeschoss, und zu Fygens Freude stand das massive Tor darunter einladend weit offen.

»Komm mit, wir schauen uns den Hof an«, sagte sie und fasste Katryn am Ärmel.

»Bist du wahnsinnig? Du kannst doch nicht einfach da hereinspazieren. Was willst du sagen, wenn uns jemand sieht? Guten Tag, ich heiße Fygen und will Euer Haus anschauen, weil ich es schön finde?« Katryn tippte sich mit dem Finger an die Stirn.

»Ja, so ungefähr. Nun komm schon.« Entschlossen schritt Fygen durch den Torbogen. Widerstrebend folgte Katryn der Freundin. Vielleicht konnte sie so Schlimmeres verhindern und Fygen doch noch zur Umkehr überreden.

Fygen betrat einen gepflasterten Innenhof, der sich links am Querhaus entlang zum Haupthaus hinzog. Geradeaus ging der Hof in einen Grasplatz über, der sich in seinem hinteren Teil zu einem Baumgarten wandelte. Fygen sah einige hölzerne Bauten. Stallungen, vermutete sie, und einen überdachten Pütz mit sorgfältig gemauerter Einfassung. Sie machte ein paar Schritte auf das Haupthaus mit seinen verzierten Eckwarten zu, als aus einer Tür des Querhauses ein grollendes Knurren ertönte. Fygen wandte den Kopf, gerade noch rechtzeitig, um einen wütenden braunen Hund auf sich zulaufen zu sehen. Grimmig hatte er die Lefzen hochgezogen und entblößte ein prächtiges weißes Gebiss. Erschreckt machte Fygen einen Satz rückwärts, und die blanken Eckzähne fingen sich in den Falten ihres neuen blauen Kleides. Ein reißendes Geräusch sagte ihr, dass der Stoff dem Angriff nicht standgehalten hatte. Zornesröte stieg dem Mädchen ins Gesicht. Was fiel diesem Köter ein, ihr neues Kleid zu ruinieren?

»Schluss jetzt«, schrie sie das Tier an. Verblüfft hielt der Hund mitten in seiner Bewegung inne und schaute ihr ins Gesicht. »Was fällt dir ein?«, schimpfte Fygen weiter, und das verdatterte Geschöpf setzte sich. Fragend sah er Fygen mit seinen intelligenten braunen Augen an, und Fygen stellte fest, dass er ein wunderschönes kastanienfarbenes Fell hatte. Erst jetzt wurde Fygen klar, in welcher Gefahr sie sich befunden hatte, und sie war sich nicht sicher, ob sie dem Vierbeiner trauen konnte. So wie er nun vor ihr saß, die Vorderpfoten ordentlich nebeneinandergestellt, die rosafarbene Zunge halb aus dem geöffneten Maul heraushängend, wirkte er nicht mehr bedrohlich. Sabber tropfte ihm aus dem Maul, und Fygen merkte, dass er nicht sie anstarrte, sondern das, was sie in der Hand trug: das Paket mit den Würsten. Fygen musste fast lachen. Die Starkenbergschen Würste schienen eine wichtige Rolle in ihrem neuen Leben zu spielen. Mit ruhigen Bewegungen, um das Tier nicht zu erschrecken, öffnete sie das Bündel, nahm eine Wurst heraus, brach ein Stück davon ab und überreichte es ihm mit spitzen Fingern. Vorsichtig, fast andächtig, nahm der Hund die Schweinswurst entgegen, entfernte sich mit seiner Beute einige Schritte von den Mädchen und ließ sich in einer Ecke des Hofes nieder, um genüsslich diese Delikatesse zu verspeisen.

Katryn hatte die ganze Zeit wie angewurzelt neben dem Torbogen gestanden und hilflos mit angesehen, wie der Hund Fygen angriff. Nun beobachtete sie staunend, wie das Tier sich an der Wurst gütlich tat, und bemerkte nicht, dass ein grobschlächtiger Mann in Arbeitskleidung aus dem Torhaus gekommen und von hinten an sie herangetreten war. Erst als er mit schmerzhaft festem Griff ihren Oberarm packte und sie zu sich herumdrehte, schrie sie auf.

»Was habt ihr hier zu suchen?«, brüllte der Mann Katryn ins Ohr.

Der Hund sprang hastig auf und verschwand, den Schwanz zwischen die Hinterbeine geklemmt, in Richtung Obstgarten.

»Wir, äh, wir sind …«, stotterte Katryn mit hochrotem Kopf, sichtlich um eine Antwort verlegen.

Energisch schob der Mann, wohl der Verwalter, mutmaßte Fygen, Katryn am Arm zu ihr hin, um auch sie zu packen. Fieberhaft suchte sie nach einer Ausrede. Katryn wand sich und schrie vor Schmerz auf, als der grobe Kerl seinen Griff verstärkte. Ihr Wurstpaket fiel mit dumpfem Klatschen zu Boden.

Was bei dem Hund funktioniert hat, könnte auch bei seinem Herrn klappen, hoffte Fygen. Geistesgegenwärtig hob sie ihr Wurstpaket hoch, schlug das Tuch beiseite und bot dem Mann ihre Würste dar. »Vielleicht möchtet Ihr Wurst kaufen? Frische Schweinswürst' hätt ich, der Herr«, versuchte sie sich marktschreierisch.

»Wir dulden hier kein Gesindel. Schert euch fort!«, raunzte der Mann. Doch Fygen schien überzeugend gewesen zu sein, denn immerhin ließ er endlich Katryns Arm los.

»Der Bedarf der Wolkenburg wird im Großen gedeckt«, erklärte er großspurig. »Und jetzt verschwindet hier. Schert euch raus, bevor ich die Hunde auf euch hetze.«

»Schon geschehen«, murmelte Fygen.

»Was hast du da zu tuscheln, du freches Gör«, rief er hinter ihnen her, doch die Mädchen hatten sich bereits umgedreht, waren durch den Torbogen gehuscht und rannten die Straße hinab. Erst bei St. Agathe blieben sie stehen und rangen nach Atem. Katryn rollt den Ärmel ihres Kleides hoch und rieb sich den schmerzenden Arm. Deutlich waren die Abdrücke von Fingern auf Katryns Haut zu erkennen.

»So ein schönes Haus und so ein garstiger Verwalter«, mokierte sich Fygen.

»Was würdest du davon halten, wenn jeder von der Straße einfach so hereinspaziert käme und sich in deinem Garten niederlassen würde?«, fragte Katryn ein wenig ungehalten.

»Ich wäre stolz und würde mich freuen, wenn den Leuten mein Haus gefällt.« Fygen reckte trotzig das Kinn vor. Ihre Augen hatten sich in zimtfarbene Teiche verwandelt, und mit kaum vernehmlicher Stimme erklärte sie mehr sich selbst als an die Freundin gerichtet: »Haus Wolkenburg. Da werde ich einst wohnen. Du wirst sehen.«

»Haus Wolkenburg, du sagst es. Wolkenburg wie Luftschloss«, spöttelte Katryn. Doch ein winziger, selbstbewusster Ton in Fygens Stimme ließ Katryn weitere Bemerkungen herunterschlucken, die ihr auf der Zunge lagen.

12. Kapitel

Wenn heute Nacht nicht der Schyssefeger kommt, drehe ich noch durch.« Sewis verzog angewidert das Gesicht und rührte lustlos mit dem Löffel in ihrer Schale herum. Die Mädchen saßen um den Küchentisch und löffelten missmutig ihre Morgensuppe. Ein widerlicher Gestank wehte vom Hof hinein und verdarb ihnen den Appetit. Der Herbst war in diesem Jahr spät, aber mit Macht gekommen, und seit Tagen regnete es ohne Unterlass. Die üblen Ausdünstungen gingen von der Latrine aus, die bis zum Rand gefüllt war und dringend hätte ausgehoben werden müssen. Und nun hatte der Regen sie zum Überlaufen gebracht. In dünnen Rinnsalen lief die Gülle über den Hof. Es war kaum auszuhalten.

»Ich glaube nicht, dass er so bald kommt«, entgegnete Katryn stumpf. »Nicht nachdem Mettel das letzte Mal mit ihm um seinen Lohn gestritten hat.«

»Der faule Kerl hatte zu viel Lohn gefordert«, entrüstete sich Grete.

»Nein, der Schyssefeger bekommt immer vier Mark. Mettel hat behauptet, er habe die Grube nicht tief genug ausgehoben, und wollte ihm deshalb nur drei Mark geben.«

»Er hat sicher viel zu tun. Bei dem Wetter ist unsere heimliche Kammer sicher nicht die einzige, die übergelaufen ist«, warf Hylgen vermittelnd ein.

»Wenn es so weiterregnet, läuft uns die Schweinerei jedenfalls bald über die Schwelle in die Werkstatt hinein«, unkte Fygen.

»Man könnte den Abort ja auch ein wenig früher leeren lassen, nicht erst, wenn er randvoll ist«, bemerkte Katryn ein wenig spitz.

Sewis gab ein gurgelndes Geräusch von sich, schob ihre Schale fort und sprang vom Tisch auf. Heftig presste sie sich die Hand vor den Mund und rannte mit fliegenden Röcken hinaus.

»Stell dich nicht so an, so schlimm stinkt es nun auch wieder nicht«, rief Grete ihr nach.

Wie Katryn prophezeit hatte, ließ der Schyssefeger sich Zeit. Um die Bürger so wenig wie nötig mit ihrer üblen, aber notwendigen Tätigkeit zu belästigen, arbeiteten er und seine Kollegen nur des Nachts und brachte das braune Gold auf genau festgelegten Wegen aus der Stadt, wo es an bestimmten Stellen in den Rhein gekippt oder zum Verrotten auf Felder geschüttet wurde. Als am Sonntagmorgen die Latrine noch nicht ausgehoben war, wussten alle im Elnerschen Haushalt, dass sie sich noch mindestens bis zum Dienstag würden gedulden müssen. Immerhin konnten sie heute dem Gestank für einen Tag entkommen, und selbst Mettel kam nicht auf die Idee, Fygen im Hause zurückbehalten zu wollen. Zumal es in den vergangenen Wochen zur Gewohnheit geworden war, dass Fygen von Katryn eingeladen wurde, den Sonntag mit ihr zu verbringen. Doch heute war Fygen im Hause Starkenberg nicht willkommen, da die ganze Familie zu einer Kindstaufe im Kirchenspiel St. Columba eingeladen war, wo eine Base von Heinrich, Katryns Vater, lebte. So entschied sie sich, nach der Messe ihren Freund Rudolf aufzusuchen. Gegen den alles durchdringenden Nieselregen hatte sie ihr dickes wollenes Tuch um die Schultern geschlungen, doch als sie die kleine Gasse erreichte, die zum Seiteneingang vom Goldenen Krützchen, dem Weinzapf der Familie van Bensberg, führte, war ihre Haube völlig durchweicht und klebte auf ihrem Haar. Fygen klopfte wie gewohnt an die Küchenpforte, und Lena, die dralle Magd, die sie bei ihrem Picknick auf der Schwelle überrascht hatte, ließ sie herein.

»Sauwetter da draußen, was?«, meinte sie und stellte Fygen ungefragt einen Becher mit heißem, gesüßtem Wein auf den Küchentisch. »Setz dich, Kind«, sagte sie, schob Fygen auf die Bank am Ofen und ging zur Tür, welche die Küche mit der Schankstube verband. »Rudolf«, rief sie mit einem verschmitzten Lächeln in die Schankstube hinein, »deine kleine Freundin ist hier.«

Fygen hängte ihr Schultertuch und die Haube zum Trocknen an den Ofen und machte es sich gemütlich. Mit beiden Händen umfasste sie den Becher mit Wein, der sie angenehm wärmte.

Rudolfs strubbeliger Kopf erschien in der Küchentür. »Hallo, Fygen Honigauge«, rief er ihr zu. »Ich komme gleich zu dir, 'ne Menge los heute.«

Doch es dauerte eine Weile, bis er sich einen Moment zu ihr setzen konnte.

»Das Wetter ist schlecht, und die Leute wollen sich bei uns die Zeit vertreiben. Und Mutter liegt im Bett, sie hat das Husten und Schniefen«, erklärte er ihr. »Ich werde wohl heute den ganzen Tag arbeiten müssen.«

»Schade, dann muss ich mir wohl einen anderen Stadtführer suchen«, erklärte Fygen in gespieltem Ernst.

»Untersteh dich.« Rudolf lachte und war auch schon wieder im Schankraum verschwunden.

Fygen leerte ihren Becher. Das heiße Getränk hatte ihr gutgetan und sie zugleich ein wenig übermütig gemacht. Unternehmungslustig wickelte sie sich in ihr Umschlagtuch, das inzwischen getrocknet war. Die zerdrückte Haube stopfte sie einfach in ihre Rocktasche. Sie hatte auch schon eine Idee, was sie unternehmen würde. Von hier aus waren es nur wenige Schritte bis zum Hühnermarkt, dem südlichen Ende des Alten Marktes.

Fygen hätte Maries Haus auch gefunden, wenn sie nicht danach gefragt hätte, denn mit seiner schmalen Fassade unter ein niedriges Dach gekauert, sah das Haus aus wie die alte Frau selber: klein, hutzelig und verwittert. Es passte gut zu der seltsamen Seidspinnerin.

Fygen klopfte vorsichtig an die Tür. Es dauerte eine Weile, dann näherten sich schlurfende Schritte, und das zerknitterte Gesicht der alten Frau lugte durch den Türspalt.

»Oh, das Mädchen mit den goldenen Augen. Nur herein! Wie schön, dass du mich besuchen kommst«, rief die Seidspinnerin und zog Fygen erfreut lächelnd ins Innere des Hauses.

Neugierig blickte Fygen sich um. Das untere Geschoss schien nur aus einer einzigen großen Stube zu bestehen, stellte sie fest. Hier wurde gekocht, gelebt und gearbeitet. Eine steile hölzerne Steige führte ins Obergeschoss hinauf, wo sich eine Schlafkammer befinden mochte, doch im hinteren Teil des Raumes sah Fygen eine Bettstatt. Marie war es wohl zu mühsam geworden, jeden Abend die steile Treppe zu erklimmen.

»Ja, die Beine wollen nicht mehr so recht.« Marie war ihrem Blick gefolgt und hatte ihre Gedanken erraten. »Aber solang die Hände noch können, verdiene ich mein Brot.«

Mit einer Geste ihrer knochigen Rechten hieß sie Fygen sich auf einen Hocker an den Tisch zu setzen. Dann wandte sie sich ab und machte sich an einer Truhe zu schaffen, während sie halblaut vor sich hin murmelte. Nach einer Weile kehrte sie zum Tisch zurück und ließ etwas Leichtes in Fygens Schoß fallen. Überrascht blickte das Mädchen auf seinen Rock hinab. Da lagen fünf weißliche, kleine, eiförmige Knäuel, jedes vielleicht einen halben Finger lang. Fygen nahm eines der zarten Gebilde in die Hand. Es war erstaunlich fest und hatte eine Einschnürung in der Mitte. Es war nicht wirklich weiß, vielmehr schimmerte es elfenbeinfarben, fast sogar ein wenig rosa, stellte Fygen fest.

»Weißt du, was das ist?«, fragte Marie.

Fygen schüttelte den Kopf.

»Das, mein Kind, das ist Seide!«

Erstaunt hob Fygen den Blick zu Maries dunklen Vogelaugen.

»Es ist ein Kokon. Der Kokon eines Seidenspinners.« Marie hatte sich zu Fygen an den Tisch gesetzt und lehnte sich ein wenig zurück, als sie anfing zu erzählen. »Der Seidenspinner ist ein Schmetterling. Er legt Eier, aus denen winzige Raupen schlüpfen. Um zu wachsen, müssen die Raupen Unmengen von Blättern fressen. Aber die Raupen sind sehr wählerisch und fressen nur die Blätter eines bestimmten Baumes, des Maulbeerbaumes. Dann irgendwann, wenn sie genug gefressen haben, fangen sie an, sich einzupuppen. Das heißt, sie sondern einen endlos langen Faden ab und wickeln sich darin ein, bis sie vollkommen versteckt sind. Dann verwandelt sich die Raupe. Es dauert einen ganzen Monat lang, doch irgendwann beißt sich ein neuer Schmetterling durch den Kokon hindurch in die

Freiheit.« Hier machte Marie eine Pause, um sich zu vergewissern, ob Fygen ihr zugehört hatte. Das Mädchen enttäuschte sie nicht. »Du willst damit sagen, dass dieser – Kokon, wie du ihn nennst – aus einem einzigen Faden besteht? Einem Seidenfaden?«

»Ja genau, du hast gut zugehört.«

Fygen hob einen Kokon vor ihre Augen und betrachtete ihn aus der Nähe. Es stimmte. Wenn man genau hinsah, konnte man den Faden erkennen. Er war hauchzart.

»Aber wie bekommt man den Faden von dem Kokon herunter?«, wollte sie wissen. »Man kann ihn ja wohl nicht einfach so abwickeln, oder?«

»So einfach nicht, aber es ist möglich. Komm mit, ich zeige es dir«, antwortete die alte Seidspinnerin, erfreut über das Interesse des Mädchens. Sie ging zum Herd, füllte einen Kessel mit Wasser und brachte es zum Kochen.

»Mach geschwind die Fenster auf«, wies sie Fygen an. »Wir brauchen frische Luft. Frische Luft gibt der Seide mehr Glanz.«

Als das Wasser zu sieden begann, nahm sie den dampfenden Kessel vom Ofen und trug ihn zum Tisch. Dann warf sie die Kokons in das heiße Wasser.

»Normalerweise nimmt man zwanzig bis dreißig Kokons auf einmal, aber um dir zu zeigen, wie es funktioniert, reichen die wenigen aus, die ich habe.«

Ein übler Gestank stieg von den Kokons auf, als sich der Seidenleim löste. Gespannt blickte Fygen in den Kessel, und Marie krempelte den Ärmel ihres Kleides hoch. Sie wartete noch einen Moment, und dann nahm sie ein paar Reisigzweige zur Hand.

»Am besten eignen sich Ruten aus Heidekraut oder Birkenreis«, erklärte sie. »Die äußeren Spitzen der Ruten müssen sehr fein sein, weil sich die Seide sonst nicht von den Kokons abheben lässt, sondern grob und klumpig wird. Schau!« Vorsichtig tauchte sie die Zweige in den Kessel und rührte damit zwischen den Kokons herum. Zu Fygens Erstaunen hatten sich die Enden der Fäden gelöst und verfingen sich nun in den Reisigzweigen. »Das heiße Wasser löst den Leim«, erklärte Marie und holte die Zweige heraus. Mit der anderen Hand griff sie nach den Fäden und legte die Rute zur Seite. Dann zog sie die Fäden zu sich heran, die sich spielend leicht von den Kokons lösten. Wie kleine Boote dümpelten die Kokons auf dem Wasser, fand Fygen, während Marie so lange wickelte, bis das äußere Gewebe des Kokons, die Flockseide, abgewickelt war. »Siehst du, nun kommen die feinen Seidenfäden«, sagte sie zu Fygen, legte die Flockseide beiseite, tauchte wieder den Reisig ins Wasser und rührte erneut, bis sie alle Enden der Seidenfäden erwischt hatte. Sorgfältig legte sie diese zusammen und befestigte sie an einem Stückchen Holz, das sie Fygen in die Hand gab. »Geh damit jetzt langsam auf die andere Seite des Herdes«, wies sie das Mädchen an. »Der weich gewordene Seidenleim klebt durch die Wärme die Fäden wieder zu einem einzigen Faden zusammen. Beim Haspeln muss man genau darauf achten, dass der Faden gleichmäßig dick bleibt«, erklärte sie. »Die einzelnen Kokonfäden sind am Anfang und am Ende des Kokons dünner als in der Mitte. Das muss durch Fortnehmen oder Zufügen einzelner Fäden ausgeglichen werden.« Als Fygen fast das andere Ende des Raumes erreicht hatte, sagte Marie: »So, nun bleib stehen, wo du bist, und wickele den Faden langsam und gleichmäßig auf das Holz. Auf dieser

Strecke kann der Seidenfaden trocknen, damit er beim Aufwickeln nicht hoffnungslos zusammenklebt.«

Gemeinsam haspelten sie die Kokons ab, bis nur noch ein pergamentartig verfilzter Rest übrigblieb, der nicht abzuhaspeln war. Schließlich hatte Fygen einen Faden von ein paar hundert Fuß auf das Holzstück gewickelt.

»So, jetzt weißt du, wie die Rohseide entsteht«, sagte Marie und ließ sich wieder auf ihrem Hocker nieder.

Fygen drehte den feinen Faden zwischen ihren Fingern. Er war viel dünner als die Seidengarne, die sie in der Werkstatt verwendeten.

»Die Rohseide muss nun gezwirnt werden, das heißt, man nimmt mehrere Fäden und verdreht sie zu einem einzigen, dickeren Faden. Es gibt zwei Arten gezwirnter Seide. Die fest gezwirnte Kettseide, die stark gedreht wird, damit sie die hohe Spannung beim Weben übersteht, und die Schussseide, auch Trame genannt, die weitaus weniger angestrengt wird und im Wesentlichen füllen muss. Sie wird deutlich loser gedreht.«

»Woher weißt du das alles?«, wollte Fygen von der alten Frau wissen.

»Weißt du, Kind, ich war nicht immer alt. Und ich habe auch nicht immer hier in Köln gelebt«, erklärte Marie geheimnisvoll.

»Wo hast du gelebt?«

»Oh, hier und dort. In Venedig, in Lucca, in Como … Immer dort, wo es Arbeit gab.« Marie ließ ihre abgearbeiteten Hände in den Schoß sinken und betrachtete sie sinnend. »In Lucca«, erzählte sie, »da haben wir Seide gehaspelt, von früh bis spät. Zwanzig Frauen in einem zugigen Raum.« Sie schaute auf und blickte Fygen direkt an. »Ein Raum, in dem gehaspelt wird, muss luftig sein, damit die frisch gehaspelte, nasse Seide schnell trocknet und die einzelnen Fäden nicht in den Strähnen zusammenkleben. Umso mehr, da man ja gleichzeitig dampfend heißes Wasser braucht. Es war eine beschwerliche Arbeit. Im Sommer, wenn es richtig heiß war, dampfte der ganze Raum. Es war heiß, schwül, und dazu kam auch noch die elende Hitze des Ofens. Im Winter dagegen verdichteten sich bei der Kälte die Dämpfe des heißen Wassers aus den Kesseln und wurden sichtbar, so dass man nichts mehr unterscheiden konnte. Da war es sehr schwer, einen gleichmäßigen Faden zu haspeln. Das Schlimmste aber war der Temperaturunterschied zwischen der kalten Luft und dem heißen Wasser. Die Finger litten sehr, die Knochen schmerzten, die Haut trocknete aus und riss auf. Manche der älteren Frauen hatten richtige Beulen an den Händen und konnten später kaum noch die feinen Fäden fassen.« Marie rieb sich die dürren, knochigen Hände, als spüre sie noch heute den Schmerz. Dann lachte sie trocken auf und sah Fygen aus ihren fröhlichen Vogelaugen an. »Aber das«, sagte sie, »war in einem anderen Leben, in einem anderen Land.«

In der vergangenen Nacht war der Schyssefeger endlich doch noch gekommen. Das Wetter hatte sich etwas gebessert, aber man merkte deutlich, dass die Tage kürzer wurden. Fygen hatte nichts dagegen, denn das bedeutete einen kürzeren Arbeitstag. Ohne Licht konnte man nicht arbeiten, und so endete ihr Tagewerk, sehr zur Freude der Mädchen, bereits am späten Nachmittag. Daher war es nun auch merklich später, als die Mädchen nach der Morgensuppe an ihre Arbeit in der Werkstatt gingen. Fygen machte sich mit Hylgen daran, Fäden für den Kettbaum zu schneiden, um den nächsten Webstuhl aufzuscheren. Bei einer Stoffbreite von etwas über einer Elle, kamen für einen mittelschweren Stoff gut und gerne tausend Fäden zusammen. Sewis, die beim Frühstück ihre Suppe wieder kaum angerührt hatte, kam mit bleichem Gesicht vom Abort herein. Der Gestank von der Latrine konnte nun kein Grund mehr sein für ihre Übelkeit. Katryn beobachtete Sewis aufmerksam von ihrem Webstuhl aus. Ihr Gesicht war rundlicher geworden, und sie hatte ihr Mieder loser geschnürt als früher. Insgesamt wirkte sie fülliger, doch an Mettels Kochkunst konnte das kaum liegen, erkannte Katryn. Fygen war den kritischen Blicken der Freundin gefolgt und sah sie fragend an. Doch Katryn legte den Zeigefinger auf die Lippen.

Eine gute Stunde später, sobald Grete die Werkstatt verlassen hatte, winkte Katryn Sewis zu sich heran und fragte sie geradeheraus: »Sag mal, Sewis, bist du in anderen Umständen?«

Sewis' blasses Gesicht färbte sich puterrot. Betreten blickte sie zu Boden und fragte leise: »Sieht man es schon so deutlich?«

»Nur wenn man genau hinschaut«, antwortete Katryn. »Was hast du nun vor?«

Sewis zuckte mit den schmalen Schultern. Die beiden anderen Lehrmädchen hatten Katryns Worte mitbekommen und waren herbeigetreten. Hylgen schlug ein Kreuzzeichen. »Den Vater heiraten, natürlich. Was sonst?«

Sewis presste die Lippen zu einem schmalen Strich zusammen und starrte auf ihre Füße. Dann blickte sie in Katryns

Haselnussaugen. Die Ältere blickte fragend zurück, doch Sewis schüttelte den Kopf.

»Warum nicht?«

Mit kleinlauter Stimme antwortete Sewis: »Ich weiß nicht, wer es ist.«

Wieder bekreuzigte Hylgen sich.

»Wir behalten die Sache vorerst für uns«, entschied Katryn, und Fygen und Hylgen nickten zustimmend. »Mettel wird es noch früh genug herausbekommen, doch von uns wird sie es nicht erfahren.«

13. Kapitel

Sewis stellte den schweren Krug mit frisch geschnittenen Kirschzweigen auf die Fensterbank in der Küche. Heute war der vierte Dezember, der Tag der heiligen Barbara. Ein Tag, der das Schicksal vorhersagte. Würden die Kirschblüten an Weihnachten blühen, so bedeutete das Glück. Blieben die Zweige dürr, dann war Unglück zu erwarten. Seufzend legte sie die Hände auf den schmerzenden Rücken.

»Du lieber Himmel. Das darf ja wohl nicht wahr sein!« Mit wenigen Schritten war Mettel auf sie zugeeilt und fasste sie grob am Arm. »Sag, dass es nicht wahr ist. Sag, dass du kein Kind erwartest«, schrie Mettel das Mädchen an und schüttelte es. »Du kleines, billiges Miststück!«

Schützend legte Sewis ihren freien Arm vor den Bauch. Jetzt war es also so weit. Bislang hatte sie ihren Umstand geschickt vor ihrer Lehrherrin verbergen können. Natürlich hatte sie gewusst, dass es irgendwann herauskäme, doch den Gedanken hatte sie immer weit von sich geschoben. Was hatte sie erwartet? Dass das Kind sich einfach in Luft auflösen würde, wenn sie es nur lange genug ignorierte?

»Verschwinde aus meinem Haus!« Die Worte drangen wie durch dichten Nebel in ihr Bewusstsein. Nein, das konnte nicht sein. Niemand konnte so grausam sein, sie kurz vor Weihnachten auf die Straße zu setzen. Wohin sollte sie denn gehen? Zu ihren Eltern sicher nicht. Dort würde sie keine gnädige Aufnahme finden. Ihr Vater würde sie entsetzlich schlagen, vielleicht sogar einsperren.

»Pack sofort deine Sachen. Hast du mich verstanden?«
Mettel ließ ihren Arm los und stieß sie zur Hoftür.
Sie schien es wirklich ernst zu meinen. Wo, um Himmels willen, sollte sie denn nur hin? Wie betäubt trat sie auf den dämmerigen Hof hinaus und ging schweren Schrittes auf das Werkstattgebäude zu.
»Du kannst sie in dem Zustand doch nicht fortschicken«, rief Fygen entsetzt, als sich die Tür hinter Sewis geschlossen hatte.
Mettel fuhr zu ihr herum. »Sewis ist alt genug, sich in den Schlamassel hineinzubringen, dann muss sie auch in der Lage sein, die Folgen zu tragen«, keifte sie. »Dies ist jedenfalls ein anständiges Haus. Meine Mädchen treiben sich nicht herum ...« Fast wie eine Verteidigung kamen ihr diese Worte aus dem Mund, und jedes der Mädchen merkte deutlich, wie hohl sie waren.
»Aber ...«, versuchte Fygen erneut einen Einwand.
»Willst du gleich mit ihr gehen?«, fauchte Mettel sie drohend an, und das Mädchen verstummte.
Sprachlos, wie gelähmt, saßen die Lehrmädchen am Küchentisch und warteten, bis Sewis nach einer schier unendlichen Zeit mit gepacktem Bündel wieder hereinkam. Schweigend trat sie zum Fensterbrett und brach ein kleines Stück von einem der Kirschzweige ab. Ohne ein Wort des Abschiedes schritt sie an den Mädchen vorbei und trat in die Dunkelheit hinaus.
Vor den Fenstern wurde es langsam finster, doch lange Zeit wollte keines der Mädchen zu Bett gehen.

Der Feiertag des heiligen Nikolaus kam und verging, doch an Feiern und Scherzen fand im Elnerschen Haushalt niemand gefallen. Zu schwer lastete der Gedanke an Sewis' Schicksal auf den Gemütern der Mädchen. Früh am Morgen entschwand Hylgen, um in der Klosterkirche der heiligen Lucia auf dem Filzengraben eine Kerze zu entzünden und die Heilige um Gnade für Sewis' Seele zu bitten. Auch das Wetter schien ihre Gefühle zu teilen, denn es regnete. Es regnete bis Weihnachten.

Der Himmel war düster und verhangen. Nebelschwaden krochen den Mädchen unter die Röcke, und die Nässe drang ihnen durch die Kleider bis auf die Haut, als sie zur nächtlichen Christmette in ihre Pfarrkirche St. Brigida gingen. Mettel begleitete ihre Lehrtöchter, denn jedem gläubigen Katholiken war es geboten, zumindest an Weihnachten die heilige Kommunion zu empfangen.

Das Gotteshaus hieß sie in anheimelnder Stimmung willkommen. Unzählige Kerzen beleuchteten den Altar und das Kirchenschiff und tauchten die versammelte Gemeinde in ein warmes gelbes Licht, das sich tröstend auf den Kummer der Seelen legte. Ein schwerer Duft von verbranntem Weihrauch füllte die Luft, und die Gläubigen hatten ihre besten Kleider angelegt.

Der Gottesdienst war wunderschön, fand Fygen, und nach der gewohnten Messfeier wurde mit gebührender Festlichkeit die Geburt des Herrn Jesus Christus mit dem traditionellen Kindleinwiegen begangen. Gebannt schaute Fygen zu, wie der Priester in würdevoller Prozession eine kleine Wiege mit Jesuskind durch die Kirche trug. Der Geistliche stellte die Wiege auf dem Altar ab, und während die Gemeinde »In dulci jubilo, nun singet und seid froh« anstimmte, wiegten zwei Messdiener das Jesuskind im Takt hin und her. Tränen der Rührung stiegen Fygen in die

Augen, so dass sie nur mit Schwierigkeit die nächsten Lieder – »Puer nobis natus est« und »Dies est laetitiae« – mitsingen konnte. Zu deutlich stand ihr vor Augen, dass ein anderes Kind, das demnächst das Licht der Welt erblicken würde, bei weitem nicht so herzlich auf Erden empfangen werden würde. Und zum wiederholten Male fragte sie sich, welche Zukunft Sewis und ihrem Kind beschieden wäre. Von ganzem Herzen schloss sie die beiden in das abschließende Gebet ein, bevor sie mit den anderen in die Nacht hinaustrat.

Als Fygen am Weihnachtsmorgen in die Küche kam, zeigte der Kirschzweig auf der Fensterbank eine einzelne, blassweiße Blüte.

Nach einem ungemütlichen Frühstück allein mit Mettel und Grete beeilte Fygen sich, das Geschirr abzuräumen und zu spülen. Dann schlüpfte sie in ihr gutes Kleid, stopfte die Zöpfe unter ihre gestärkte Haube und verließ freudig das Elnersche Haus. Frau Starkenberg hatte sie eingeladen, den ersten Weihnachtsfeiertag bei ihnen zu verbringen.

Das Starkenbergsche Haus war festlich geschmückt, und aus den Fenstern warfen Kerzen ihr Licht in das Grau des Tages.

Fygen wurde von Katryn und ihrer Mutter fröhlich begrüßt. Adelheid, Katryns kleine Schwester, drückte sie zur Begrüßung an sich, und Heinrich Starkenberg zwinkerte ihr fröhlich zu. Er war ein großer, breitschultriger Mann in mittleren Jahren, dem man seinen wirtschaftlichen Erfolg ansah. Wohlgenährt war er, hatte einen stattlichen Bauch und ein sich vom Weingenuss langsam rötendes, volles

Gesicht mit einer auffallend großen, knolligen Nase. Katryn konnte von Glück sagen, dass sie nicht anstelle der hübschen Nase ihrer Mutter diese Nase geerbt hatte, dachte Fygen. Wohl aber stammten Katryns warme braune Augen von Heinrich, dessen Gesicht bei allem Frohsinn durch sie eine gewisse Ernsthaftigkeit bekam.

Im großen Saal im Obergeschoss bog sich eine üppige Festtagstafel unter der Last von Platten und Tellern. Es gab Wildbret, Fisch, eine glasierte Schweinskeule und zartes Lamm. Dazu einen wundervollen Wein von der Nahe, herrlich frischen Kuchen und gebackene Äpfel zum Nachtisch. Das Licht der schweren silbernen Kerzenleuchter strahlte auf den Gesichtern der Familie wider, und als sich alle mehr als satt gegessen hatten, scharten sie sich um den großen Kamin. Nun gesellte sich auch das Gesinde, das in der geräumigen Küche einen Festschmaus abgehalten hatte, zu ihnen. Gemeinsam sangen sie einige fromme Lieder, zu deren Takt Vater Starkenberg, wie wohl jeder Familienvater an diesem Tag, die Wiege hin und her bewegte, in der vor seinen Töchtern schon er selbst geschaukelt worden war. Eine von Adelheids Puppen gab, in Spitzentücher gewickelt, ein prächtiges Jesuskind ab. Doch es sah so urkomisch aus, wie der stattliche Mann mit seinen großen Händen unbeholfen die Wiege schaukelte, dass Fygen sich auf die Lippe biss, um nicht zu lachen. Heinrich selbst war sich der grotesken Situation durchaus bewusst und gab der Wiege einen letzten Schubs. »So, genug des Schaukelns«, brummte er gut gelaunt. »Ich weiß doch ganz genau, dass ihr alle nur darauf wartet, euer Offergeld zu bekommen.«

Lautstark protestierten Katryn und ihre Mutter.

»Na, dann brauche ich euch dieses Jahr ja nichts zu geben. Das wird eine preiswerte Weihnacht für mich«, fuhr er fort, sie zu necken. Doch dann griff er in die Tasche seines Wamses und förderte einige Geldstücke zutage. Jeder seiner Töchter legte er eine kölnische Mark auf die ausgestreckte Handfläche. Stürmisch umarmten sie ihn, um ihm zu danken. Seine Frau erhielt einige Guldenstücke, die sie rasch in einer Tasche ihres Rockes verschwinden ließ, bevor jemand mitbekam, wie überaus großzügig ihr Gatte war. Einer nach dem anderen traten die Bediensteten vor und erhielten entsprechend ihrem Rang zwischen einem und sechzehn Albus. Ein jeder knickste oder verbeugte sich, dankte und wünschte der Familie eine gesegnete Christnacht. Fygen hatte sich bewusst im Hintergrund gehalten, während Heinrich das Offergeld verteilte, doch als das letzte Küchenmädchen seinen Albus erhalten hatte, lag immer noch ein Geldstück auf der ausgestreckten Handfläche des Hausherrn. Heinrich gab vor, sich zu wundern, und blickte sich suchend in der Runde um. Dann schaute er Fygen an und fragte: »Was ist mit dir? Bist du so wohlhabend, dass du keine Verwendung für einen Albus hast?«

Mit vor Freude glänzenden Wangen trat Fygen vor und nahm das Geldstück entgegen. Es war das erste eigene Geld, das sie besaß und über das sie selbst verfügen konnte.

Die Woche zwischen Weihnachten und Neujahr war ein einziger Festtag. Niemand arbeitete, man machte Besuche, und wer es sich leisten konnte, lud Freunde und Verwandte ein und feierte ausgiebig. Fygen blieb von diesen Feierlichkeiten ausgeschlossen, doch weder das noch der anhaltende Regen konnten ihr die Freude über ihren ersten Weihnachtstag nehmen. Und da außer ihr, Grete und Mettel keiner im Haus war und ihre Lehrherrin zudem des Öfteren Einladungen außer Haus folgte, hielten sich auch Fygens Haushaltspflichten in Grenzen. Sie besuchte Rudolf im Goldenen Krützchen, doch über die Feiertage war der Weinzapf gut besucht, und er konnte sich nur schwer von seinen Pflichten freimachen. Dafür lud er Fygen ein, den Abend vor dem Dreikönigsfest bei seiner Familie zu verbringen und gemeinsam mit ihnen das Bunnefest zu feiern.

Der Weinzapf war seit jeher an diesem Tag geschlossen, und der gesamte Haushalt versammelte sich am Abend des fünften Januar vor dem Essen in der Stube oberhalb des Schankraumes. Rudolf, seine Eltern, Rudolfs zwei kleine Schwestern, die als Zwillinge geboren waren, die dralle Magd Lena, die schon im Haushalt der Familie van Bensberg lebte, seit sie sich erinnern konnte, der junge, ein wenig dümmliche Knecht Jakob, der kaum älter war als Rudolf, und Fygen selbst. Sie alle ließen sich mit gespannten Gesichtern an dem großen Tisch nieder und warteten darauf, dass die Hausfrau auf einer hölzernen Platte einen Kuchen servieren würde. Rudolfs Vater griff nach dem großen Messer, zerteilte den Kuchen in acht gleich große Stücke und reichte jedem eines. Vorsichtig begann Fygen an einer Ecke zu knabbern, während sie aufmerksam in die Gesichter ihrer Tischgenossen blickte. In den Kuchen war nämlich eine Bohne eingebacken und gab dem Fest seinen seltsamen Namen. Wer die Bohne in seinem Kuchen finden würde, war für diesen Abend der Hauskönig. Und König zu werden verhieß Glück für das kommende Jahr.

Jakob, neben dem Fygen zu sitzen gekommen war, verzog plötzlich das Gesicht und hustete. Alle redeten und lachten durcheinander. Rudolf schlug ihm auf den Rücken und rief: »Wir haben einen König! Lang lebe Jakobus der I.«

Doch durch den Schlag auf den Rücken hatte sich der Krümel in Jacobs Hals gelöst, denn dieser war es, der den Hustenanfall bei dem unglücklichen Knecht verursacht hatte, und nicht etwa die Bohne. Jakob hustete erneut, und Tränen liefen ihm über die Wangen, doch er schüttelte den Kopf. Der König stand noch nicht fest. Voller Spannung wandten sich alle wieder ihrem Kuchen zu.

Fygen spürte es mit der Zunge zuerst. Da war sie, fest und glatt. Vorsichtig prüfte sie mit den Zähnen, ob es wirklich die Bohne war. Ja, kein Zweifel. Sie, als Gast, hatte die Bohne bekommen. Ein schalkhaftes Lächeln breitete sich auf ihrem Gesicht aus, und wieder war es Rudolf, der die Stimme erhob: »Du hast sie, nicht wahr? Du hast die Bohne erwischt.«

Fygen nickte, und so vornehm es eben möglich war, spuckte sie die Bohne auf ihre Handfläche.

»Es ist Fygen! Fygen ist König«, krähten die Zwillinge.

»Du musst deinen Hofstaat bestimmen, so will es der Brauch«, drängte Rudolf.

Fygen blickte in die Runde. Als Königin wählte sie die dralle Lena, Rudolfs Vater machte sie zum Kanzler. Und selbstverständlich wurde Rudolf zum Narren auserkoren.

»Das muss gefeiert werden«, verkündete der Kanzler. »Es ist des Königs Pflicht, zwei Quart Wein zu spendieren. Alles Weitere geht auf Haushaltskosten.«

Bestürzt griff Fygen in die Rocktasche und brachte ihren

165

Albus zum Vorschein. »Das ist alles, was ich habe«, sagte sie und legte das Geldstück auf den Tisch.

»Dafür bekommt man eine Menge Wein«, beruhigte sie ihr Kanzler. »Vergesst nicht, Euer Hoheit, wir sitzen hier an der Quelle. Majestät erlauben«, sagte er und nahm mit einer tiefen Verbeugung das Geldstück auf. Er verschwand in Richtung Schankstube, um kurz darauf mit zwei großen Karaffen dunkelroten Weines an den Tisch zurückzukehren. Das Wechselgeld ließ er beiläufig in Fygens Hand gleiten. Das Mädchen öffnete die Hand. Da lagen ein Schilling und zehn Pfennige. Rudolfs Vater hatte ihr den Wein für ganze zwei Pfennige gelassen.

Schnell drückte er ihre Hand zu, rief: »Wir trinken auf das Wohl des Königs«, und erhob sein Glas.

»Das Wohl des Königs.«

»Auf den König«, taten es ihm die anderen gleich und leerten ihre Becher.

»Was sollen wir unter deiner Herrschaft tun?«, wollte Rudolf wissen.

»Zunächst einmal gehörig speisen«, wies der Kanzler an, und alle, außer König und Königin, trugen die Speisen auf, die in der Küche bereits vorbereitet worden waren.

»Meine Regentschaft ist friedfertig, wir sollten daher nur mit dem Löffel essen«, bestimmte König Fygen. »So etwas Gewalttätiges wie Messer haben an meiner Tafel nichts verloren. Und damit es nicht zu einfach wird, essen wir alle nur mit der linken Hand.«

Die Königin brachte daraufhin unter allgemeinem Gelächter das Tischtuch in Sicherheit.

Es war kein leichtes Unterfangen, eine kalte Hühnerkeule auf den Löffel zu bugsieren. Dann auch noch davon abzubeißen stellte sich als wirkliche Herausforderung dar. Mit den Bratenscheiben verhielt es sich ähnlich, und so geriet das Festmahl zu einer ziemlich ausgelassenen Geselligkeit, zumal alle gehörig dem guten Roten aus dem van Bensbergschen Keller zusprachen.

Fygen wusste nicht, wann sie das letzte Mal so ausgelassen gelacht hatte, und als Rudolf sie spät in der Nacht nach Hause brachte, dankte sie ihm herzlich. Es war dunkel in den Gassen, und Rudolf leuchtete ihnen den Weg mit einer Fackel. Mitten auf dem Alten Markt blieb er plötzlich stehen und legte einen Arm um Fygens Schultern. Leicht betrunken zog er sie an sich und suchte mit seinen Lippen die ihren. Fygen schrak angeekelt zurück. Sofort stieg Übelkeit in ihr auf, und sie stieß ihn heftig von sich. Mit einem Schlag war sie klar und nüchtern, und die wunderbare Stimmung war verschwunden. »Rudolf, hör auf mit dem Blödsinn«, schalt sie. »Du bist mir lieb, aber mach nicht den schönen Abend kaputt. Ich bitte dich.«

»Oh, entschuldige. Ich dachte nur … Sei bitte nicht böse.«

Im schwachen Licht der Fackel sah Fygen, wie er betreten den Kopf hängen ließ. »Ich bin nicht böse, wenn du versprichst, das nie wieder zu tun«, sagte sie. »Nie wieder, hörst du?«

14. Kapitel

Erst zu St. Sebastianus besserte sich das Wetter. Es wurde kalt, doch die Wintersonne schien, als gelte es, einen Preis zu gewinnen. Nach den Feierlichkeiten der letzten Wochen stand nun noch eine letzte, allerdings sehr wichtige bevor: die Wahl des neuen Vorstandes der Seidmacherzunft. Für die Mädchen war jedoch die sich daran anschließende Tanzerei viel mehr von Interesse. Seit Tagen sprachen sie von nichts anderem. Welches Kleid sollte man anziehen, das grüne? Nein, doch lieber das blaue. Oder ist das zu tief ausgeschnitten? Und passen die Haarbänder dazu? So ging es in einem fort. Für Fygen war die Kleiderfrage recht einfach. Sie hatte nur ein gutes Kleid und das blaue von Katryns Schwester Adelheid, dessen Rock sie mit feinsten Stichen mühevoll ausgebessert hatte. Doch auch sie ließ sich von der aufgekratzten Stimmung anstecken.

»Du solltest etwas gegen die Warze in deinem Gesicht unternehmen«, sagte sie in schwesterlich vertrautem Ton zu Grete.

Ihre Base fuhr sich über den dicken rötlichen Knubbel unter ihrem linken Auge und sog empört die Luft ein. Wütend starrte sie Fygen an. Und auch Katryn hob überrascht den Blick von ihrer Arbeit. Es war ihr völlig neu, dass Fygen sich für Gretes Belange, geschweige denn ihr Aussehen interessierte. Fygens Gesicht zeigte eine arglose Miene, doch Katryn sah den winzigen gelben Funken Schalk in ihren Augen und verbiss sich ein Lächeln. Gespannt wartete sie ab, was die Freundin vorhatte.

»Es gibt da eine Kräuterfrau auf dem Heumarkt. Es heißt, dass sie ein unfehlbares Mittel gegen Warzen herstellt«, sagte Fygen ungerührt zu Grete. »Ich werde dir etwas davon besorgen.«

Gretes teigige Gesichtszüge entspannten sich zu einem huldvollen Lächeln. »Danke, das ist nett von dir.«

In der Nacht, als die Mädchen zu Bett gegangen waren, bemerkte Katryn, wie Fygen sich wieder leise von ihren Strohbündeln erhob und aus der Werkstatt schlich. Neugierig folgte sie der Freundin und kam gerade rechtzeitig, um zu beobachten, wie Fygen sich in der Nähe der Latrine bückte und mit einem Stück Holz ein wenig Dreck in einen kleinen irdenen Tiegel schaufelte. Katryn biss sich auf die Lippen, um nicht laut herauszulachen, doch sie konnte nicht verhindern, dass ihr ein leises Kichern entschlüpfte. Fygen schrak zusammen, aber als sie die Freundin erkannte, winkte sie diese zu sich heran. Gewissenhaft fügte sie noch ein wenig Hühnermist hinzu, verkorkte den Tiegel und flüsterte: »Jetzt müssen wir nur noch echtes Kaufmannsgut daraus machen.« Übermütig zog sie Katryn mit sich in die Küche, wo Mettel, wie sie wussten, einige Kerzenstumpen aufbewahrte. Rasch war einer davon entzündet, und mit äußerster Sorgfalt ließ Fygen das Kerzenwachs auf den Korken tropfen, um ihn zu versiegeln. »Damit der Dreck auch schön frisch bleibt«, kicherte sie und fischte ein schmales Stück Kohle aus dem Herd. Im Licht der Kerze malte sie ein paar geheimnisvolle Zeichen auf den Tiegel. Dann pustete sie die überschüssige Kohle ab und betrachtete zufrieden ihr Werk. Voller Vorfreude schlichen die Mädchen zurück in die Werkstatt.

»Ich bin gespannt, ob sie es ausprobiert«, sagte Katryn

skeptisch, doch Fygen war sich ihrer Sache ziemlich sicher. »Sie wird!«

Erwartungsvoll scharten sich die Mädchen an einer Seite des Saales, und je nach Mentalität versuchten einige, sich in einer Ecke zu verstecken, während andere kecke Blicke durch den Saal warfen, um die anwesenden Männer kritisch in Augenschein zu nehmen. In Ermangelung eines eigenen Zunfthauses hatten sich die Mitglieder der Seidmacherzunft im großen Saal des Hauses zum heiligen Josef versammelt, das am Ende der Straße an der Ecke zum Heumarkt lag, denn es galt, die neu gewählten Amtsmeister zu feiern. Jene zwei Männer und zwei Frauen, die von den Mitgliedern der Zunft bestimmt wurden, die Geschicke der Zunft für das kommende Jahr zu lenken. Auf ein Zeichen hin wurde es still im Saal, und der neue Vorstand trat vor. Die Frauen, beides Seidmacherinnen in mittleren Jahren, trugen kostbare Kleider, die hinten in Schleppen ausliefen, und üppige, ausladende Hauben.

Fygen reckte den Hals, um besser sehen zu können, und Katryn flüsterte ihr ins Ohr: »Die Kleine links ist Dora van Attendarne, und die Lange, Dünne mit der spitzen Nase ist Gertrud van der Sar. Der dicke Mann neben Dora da ist Johann Byrken, und der andere ...« Sie deutete mit dem Kinn auf einen gut aussehenden, groß gewachsenen Mann mit breiten Schultern und blonden Locken, der die meisten Männer um ihn herum fast um Haupteslänge überragte. Seine fröhlichen Augen blitzten amüsiert.

»Den kenne ich«, sagte Fygen überrascht, als sie den Kaufmann mit der unordentlichen Frisur erkannte.

Zischend mischte sich Grete ein: »Woher kennst du Peter Lützenkirchen?«

»Er war auf dem Schiff, mit dem ich aus Zons gekommen bin«, antwortete Fygen. »Wir haben kurz miteinander gesprochen.«

»Du lügst. Wieso sollte so ein großartiger Mann wie Peter Lützenkirchen sich mit einem Niemand wie dir unterhalten?«, fauchte Grete und musterte Fygen geringschätzig.

Fygen zuckte mit den Schultern. Sie hatte wenig Lust, ihrer Base die näheren Umstände ihrer ersten Begegnung mit dem Kaufmann zu erklären. »Zufall«, murmelte sie gleichgültig, und Grete hatte keine Gelegenheit nachzuhaken, denn feierlich erklärte nun der neue Vorstand, das Amt annehmen zu wollen. Die Anwesenden erhoben ihre gefüllten Becher, und man trank auf das Wohl der neuen Amtsmeister und eine erfolgreiche Amtszeit.

Dann endlich bestiegen die Musikanten, Flötenbläser und Trommler ein Podest und spielten zum Tanz auf.

Fygen betrachtete die versammelten Mädchen, die nervös von einem Fuß auf den anderen traten und leise tuschelten. Wer würde sie zum Fackeltanz auffordern, der traditionell die Tanzerei und damit den inoffiziellen Teil der Festlichkeiten eröffnete? Allesamt waren sie hübsch anzusehen, die eine mehr, die andere weniger. Fygen hatte sich für das blaue Kleid mit den weißen Paspeln von Adelheid entschlossen und dazu weiße Bänder in ihre Zöpfe geflochten. Die hoch gewachsene Katryn wirkte mit ihrem dunkelroten Kleid, das die honigfarbenen Haare geschickt kontrastierte, sehr elegant. Hylgen sah dagegen ein wenig plump, aber trotzdem nett und ohne Zweifel adrett aus, wie frisch gewaschen, mit ihrem weißen Brusttuch. Doch schon der Gedanke daran, mit einem Mann tanzen zu sollen, hatte ihr eine verlegene Röte ins Gesicht schießen lassen. Fygen warf einen belustigten Blick auf Gretes eingezwängte Rundungen. Ihre Base verstand es einfach nicht, sich vorteilhaft zu kleiden. Stattdessen unterstrich sie mit zu engen Schnürungen ihre zu üppigen Proportionen. Dazu ließ das blasse Grün ihres Kleides ihre ohnehin fahle, teigige Haut noch ungesünder aussehen.

Vereinzelt näherten sich die ersten Herren, um die Mädchen und jungen Frauen zum Tanz aufzufordern. Ein dünner Jüngling, dem kaum der erste Flaum spross, verneigte sich vor Fygen, fasste sie bei der Hand und führte sie in die Reihe der Tänzer, die sich paarweise hinter den beiden Fackelträgern formierte. Die Fackeln wurden entzündet, und im Takt der Trommelklänge setzten sich die Tänzer in Bewegung. Dabei führten sie die verschiedensten Drehungen, Wiegeschritte und Verbeugungen aus, je nachdem, was die Fackelträger ihnen vorgaben. Ihr Tanzpartner stellte sich als geschickter heraus, als Fygen erwartet hatte, und sie genoss den Tanz. Danach folgten ein Reigen und noch ein Reihentanz. Die Tänzer wechselten, und Fygen geriet an einen untersetzten Mann in mittleren Jahren, der ihr ab und an auf die Füße trat. Doch das schmälerte keineswegs ihr Vergnügen. Wieder und wieder wechselten die Tänzer, die Musik, die Tänze.

Während die jungen Leute die Tanzerei in vollen Zügen genossen, hatten sich die Älteren in kleinen Grüppchen zusammengefunden, sprachen dem Wein zu und unterhielten sich angeregt.

Als die Musiker eine Pause machten, holte auch Fygen einen Becher Wein und gesellte sich erhitzt zu Katryn, die mit Hylgen beisammenstand. Überrascht stellte sie fest, dass auch die Freundin Peter Lützenkirchen verstohlene Blicke zuwarf, und ihr kam der Verdacht, dass er der Schwarm aller unverheirateten Lehrtöchter der Zunft war. Doch nein, es war nicht der blonde Kaufmann mit den zu blauen Augen, den Katryn so fasziniert beobachtete, sondern der etwas kleinere, dunkelhaarige Mann mit den südländischen Zügen, der mit ihm in ein angeregtes Gespräch vertieft war. Aber während Peter die jungen Mädchen völlig außer Acht ließ, schaute der Dunkle ab und an herüber. Und als die Musiker sich erfrischt hatten und erneut zu den Instrumenten griffen, unterbrach er abrupt sein Gespräch und trat zielstrebig auf Katryn zu. Mit einer eleganten Verbeugung forderte er sie zum Tanz auf, und Fygen sah, wie Peter Lützenkirchen seinem Freund einen amüsierten Blick nachwarf. Dann wurde auch sie wieder zum Tanz geführt.

In der nächsten Tanzpause neckte sie die Freundin: »Der hübsche Kerl, mit dem du gerade getanzt hast, scheint es dir aber angetan zu haben.«

Sofort stieg eine dunkle Röte in Katryns Gesicht, doch bevor ihr eine Antwort eingefallen war, trat Grete zu ihnen. Sie hatte Fygens Worte mitbekommen und rümpfte missbilligend die Nase. »Mertyn Ime Hove? Der sieht nur gut aus«, urteilte sie herablassend »Sonst nichts. Er kommt aus Süchteln und arbeitet für den Englandhändler Heinrich Overbach als Kaufmannsknecht. Nicht einmal kölnischer Bürger ist er. Ich weiß gar nicht, was der hier zu suchen hat.«

»Wenigstens hat er eine ordentliche Frisur, im Gegensatz

zu Herrn Lützenkirchen«, provozierte Fygen ihre Base, die ihr auch prompt ins Netz ging.

»Peter Lützenkirchen ist ein angesehener, erfolgreicher Seidenhändler und stammt zudem aus einer ehrbaren Familie«, schnappte sie zurück.

Sieh an, dachte Fygen. Ihre unansehnliche Base hatte ein Auge auf den schmucken Kaufmann geworfen. Doch sie bemerkte auch, dass die anmaßenden Worte ihrer linkischen Base Katryn getroffen hatten, und so wechselte sie rasch das Thema. »Hast du das Warzenmittel schon ausprobiert?«, wollte sie scheinheilig von Grete wissen.

»Ja, natürlich, aber man muss es wohl öfter nehmen. So schnell scheint es nicht zu wirken«, antwortete diese ernsthaft.

»Ach, nein?«, fragte Fygen und betrachtete eingehend Gretes unansehnliche Warze. »Natürlich nicht. Entschuldige. Ich habe vergessen, dir zu sagen, dass du es jeweils um Mitternacht auftragen sollst. Dann sei die Wirkung am größten, hat mir die Kräuterfrau gesagt«, erklärte sie.

»Vielleicht hebt das deine Stimmung ein wenig«, murmelte Fygen und ließ ein kleines, mehrfach gefaltetes und mit Wachs versiegeltes Papier in Katryns Schoß gleiten. Die Freundin saß an ihrem Webstuhl, das Schiffchen müßig in der Hand, und starrte Löcher in die Luft. Seit Tagen ging das nun schon so, genau gesagt, seit dem Abend der Tanzerei. Katryn schlich mit Leidensmiene herum, war abwesend und zerstreut. Das trug nicht gerade zur guten Stimmung in der Werkstatt bei, zumal erst jetzt deutlich wurde, wie sehr Sewis ihnen allen fehlte. Nicht dass sie so viel gearbeitet hätte. Sewis hatte geschickt verstanden, der Arbeit aus dem Weg zu gehen, doch sie war immer munter und fröhlich gewesen, ein erfrischender Ausgleich zu Gretes sauertöpfischer Art.

Katryn ließ das Billett in ihrer Rocktasche verschwinden, nicht eine Sekunde zu spät, denn eben trampelte Grete vom Hof herein. »Ich hoffe nicht, dass du viel für das Warzenmittel gezahlt hast. Es taugt nichts«, beschwerte sich die Base lautstark bei Fygen. »Man sollte die Alte in den Kacks sperren.« Nach wie vor prangte die unschöne Warze in all ihrer roten Pracht unter Gretes Auge.

Katryn biss sich auf die Zunge, um nicht laut herauszuplatzen, doch Fygen bewahrte Haltung. »Das verstehe ich nicht. Sie hat mir versichert, dass es hervorragend wirkt. Aber wenn du willst, können wir ja auf den Heumarkt gehen und sie zur Rede stellen.«

Grete winkte ab. Auf das Angebot wollte sie wohl lieber nicht eingehen, denn dazu war ihr die Angelegenheit doch zu peinlich.

»Was hättest du gemacht, wenn sie mit dir zu dem Kräuterweib hätte gehen wollen?«, fragte Katryn ihre Freundin später, als sie unter sich waren.

»Nichts. Wir wären eine Ewigkeit über den Heumarkt gelaufen, aber das richtige Kräuterweib hätten wir nie gefunden, da bin ich sicher.«

Katryn kicherte, dann wurden ihre Züge wieder ernst, und ihr Augen umwölkten sich.

Teilnahmsvoll nickte Fygen. »Der Kaufmannsknecht?«

Katryn schluckte hörbar, dann brach ihr ganzes Unglück heftig aus ihr heraus: »Kaufmannsknecht, das ist es ja gerade!«

»Ja, und? Lass Grete doch lästern. Die ist doch nur neidisch, weil sich nach ihr niemand umguckt.«

»Grete ist mir egal«, schluchzte Katryn, und Fygen begann zu verstehen.

»Es ist wegen deiner Eltern, nicht wahr?«

Katryn nickte.

»Für sie ist er nicht standesgemäß, ist es das?«

Wieder nickte die Freundin, und bittere Tränen liefen ihr über das Gesicht.

15. Kapitel

Ihr wollt doch bei der Kälte nicht wirklich da draußen herumlaufen? Bleibt doch hier, ich lasse uns noch einen Becher heiße Milch bringen«, schlug Katryns Mutter vor.

»Bleibt hier«, echote Adelheid und schaute ihre Schwester bittend an.

In der Tat hatte das Wetter noch nicht gemerkt, dass der April fast vorüber und es Frühjahr geworden war, da es nach wie vor kalt und feucht war. Gemütlich hatten Katryn und Fygen am Sonntagmittag nach Messe und einem heißen Bad in der Starkenbergschen Badestube an der großen Tafel gesessen und es sich schmecken lassen. Vielmehr, Fygen hatte gemütlich gegessen, denn Katryn hatte die Köstlichkeiten kaum angerührt, sondern die meiste Zeit nervös mit den Füßen auf dem Boden gescharrt.

»Ach, es ist uns eine liebe Gewohnheit geworden«, antwortete Fygen Katryns Mutter. »Die Woche über sitzen wir immer nur in der Werkstatt, da tut etwas Bewegung am Sonntag gut.«

»Ich verstehe, ihr wollt unter euch sein und hemmungslos schwätzen.« Frau Starkenberg lachte und zwinkerte ihr fröhlich zu. »Da stört eine alte Frau wie ich natürlich.«

»So in etwa.« Fygen lächelte und fühlte sich scheinheilig. Es tat ihr leid, diese liebe und eigentlich sehr verständnisvolle Frau anlügen zu müssen. Höflich dankte sie für die Gastfreundschaft, während Katryn nur mit Mühe ihre Ungeduld verbergen konnte. Am liebsten wäre sie sofort mit wehenden Röcken aus dem Haus gerannt.

Kalter Westwind fuhr ihnen ins Gesicht, als sie auf die Straße traten. »Willst du unbedingt erreichen, dass es auffliegt?«, schalt Fygen, als sie ein Stück weit die Rheingasse in Richtung Marienstift gegangen waren. Nur mit Mühe konnte sie mit der Freundin Schritt halten. »Du musst dich einfach besser beherrschen.«

»Ach, wie soll ich denn?«, antwortete Katryn aufgekratzt, und Fygen schüttelte verständnislos den Kopf. »So viel Aufhebens nur wegen eines Mannsbildes«, brummte sie.

»Warte ab, wie viel Aufhebens du machst, wenn es dich einmal erwischt«, entgegnete Katryn lachend und stemmte sich gegen den Wind.

»So schlimm wird es schon nicht werden.«

An der Ecke zu St. Peter trennten sie sich, und Fygen kehrte im großen Bogen durch die Schildergasse zurück zum Alten Markt. Erst in zwei Stunden würde sie Katryn in der Judengasse hinter dem Rathaus wiedertreffen, doch bei dem Wetter fand Fygen wenig Vergnügen daran, durch die Stadt zu streifen. So kam ihr der Gedanke, wieder einmal die alte Marie zu besuchen.

Fygen schüttelte die Kälte ab, als sie die Tür des kleinen, windschiefen Hauses aufdrückte, denn drinnen war es wohlig warm, und im Kamin brannte ein gemütliches Feuer. Die alte Seidspinnerin saß in einem hohen Lehnstuhl und lächelte erfreut, als Fygen eintrat. Die Hände der alten Frau schienen nie müßig zu sein, stellte Fygen fest, denn selbst während Marie Fygen begrüßte, bewegten sie mechanisch eine hölzerne Spindel.

Der Seidspinnerin war Fygens Blick nicht entgangen, und mit ihrer altersfleckigen Rechten winkte sie Fygen zu sich heran. »Kind, setz dich hier zu mir, ich zeige dir, wie es geht. Es schadet gar nichts, wenn du weißt, wie das Garn hergestellt wird, das du verwirkst.«

Gehorsam nahm Fygen neben ihr auf einem Hocker Platz, und Marie drückte ihr eine hölzerne Spindel in die Hand. »Zum Verspinnen von Seide nimmt man am besten einen leichten Spinnwirtel mit gutem Drall«, erklärte Marie und wies auf die Spindel in Fygens Hand, einen glatten, nicht zu dicken Stab, an dessen unterem Ende ein scheibenförmiges Stück Holz befestigt war. Sie griff in einen Korb und brachte zwei Bündel Rohseide zum Vorschein. Geduldig suchte sie jeweils den Anfang des Fadens, verdrehte die Enden miteinander und legte sie dann zu einer Schlaufe. Diese befestigte sie geschickt an der Spitze des Spindelstabes. Dann nahm sie Fygen die Spindel ab, setzte sie in Bewegung, und die beiden Fäden verdrehten sich miteinander. Stück für Stück gab sie von den rohseidenen Fäden nach, bis der verdrehte Faden etwa Armeslänge erreicht hatte. Dann löste sie die Schlinge an der Spitze und wickelte den Faden auf die Spindel. Und erneut drehte sie die Spindel. Aufmerksam hatte Fygen jede ihrer Bewegungen verfolgt, und als Marie ihr die Spindel zurückgab, stellte sie sich nicht so ungeschickt an. Es war nicht leicht, der Spindel den rechten Schwung zu geben, so dass sie sich kräftig drehte, aber nicht herumeierte. Auch war sicher einige Erfahrung vonnöten, um dem Faden auf der ganzen Länge des Garnes eine gleichmäßige Drehung zu geben. Immer wieder ließ Marie Fygen aufs Neue drehen, bis sie mit dem Ergebnis einigermaßen zufrieden war. Dann nahm sie Fygen die Spindel fort, wickelte den gesponnenen Faden ab und legte ihn auf die Hälfte zusammen.

»Nun schauen wir mal, ob du auch zwirnen kannst«, sagte

Marie und bedeutete Fygen, die doppelt geschlagene Mitte an der Spindel zu befestigen.

»Zwirnen ist nichts anderes, als zwei gesponnene Fäden miteinander zu verdrehen. Allerdings in die entgegengesetzte Richtung«, erklärte sie. »Das mindert den Drall des einzelnen Fadens, gleicht Unebenheiten aus und macht den Faden stabiler.« Und wieder setzte Fygen die Spindel in Bewegung, diesmal in die andere Richtung. Ein paar Mal verhedderte sie sich, doch insgesamt stellte sie ein passabel gezwirntes Garn her.

»Es ist mühsam, nicht wahr? Wenn ich mir vorstelle, wie viel Garn wir in der Werkstatt verweben – und außer uns gibt es noch viele andere Seidmacher, die ebenfalls Garn brauchen. Und das alles muss gesponnen werden.« Fygen staunte.

»In Lucca hatten wir eine Seidenzwirnmühle dafür«, erinnerte Marie sich. »Das war ein Gerät mit einem großen Rad daran, das die Fäden drehte. Es wurde mit der einen Hand angeschoben, während die andere Hand die Seide führte, genau wie du es eben auch getan hast. Das ging natürlich viel schneller. Man sparte vielleicht ein Drittel der Zeit, doch, Gott sei Dank, hat der Rat der Stadt Köln Anfang des Jahrhunderts diese Teufelsdinger verboten.«

»Aber was ist schlecht daran, schneller zu spinnen?«, wollte Fygen wissen.

»Die Räder sind kostspielig. Nicht jeder kann sich eines leisten. Manch eine ärmere Spinnerin würde so in die Abhängigkeit ihrer wohlhabenderen Genossinnen geraten. Aber schlimmer ist, dass viele Seidspinnerinnen vollständig um ihr Brot gebracht würden, wenn diese Geräte ihre Arbeit machten. Es ist ohnehin schon schlimm, dass so viele Klöster und Konvente Seide spinnen, und das zu Preisen, die weit unter denen liegen, die in der Zunft vereinbart wurden. Der Rat schreitet zwar immer wieder dagegen ein, aber ganz kann er es wohl nicht verhindern.«

Fygen reckte sich wohlig. Sie genoss die Stunden mit der alten Seidspinnerin. Marie war ein schier unerschöpflicher Quell an Wissen, fand Fygen, und plötzlich kam ihr ein Gedanke. »Sag, kann ich nicht bei dir bleiben als Lehrmädchen?«, fragte sie.

»Das wäre schön, und ich würde mich freuen, dich bei mir zu haben, doch ich verdiene nicht genug, um mir ein Lehrmädchen leisten zu können, wir beide würden hier gemeinsam verhungern. Und außerdem bin ich sicher, dass du das Zeug zu einer guten Seidmacherin hast. Und damit kannst du es viel weiter bringen im Leben. Glaub mir, Seidspinnerin zu sein ist nicht so sehr erstrebenswert. Wir sind allesamt nur Lohnwerker für die wohlhabenden Seidmacherinnen. Ihnen gehört die Rohseide, sie bestimmen die Löhne, die sie uns zahlen. Und sie zahlen schlecht. Manch eine bezahlt die Seidspinnerinnen sogar mit Seide oder englischem Tuch, für das die Arbeiterin weniger Geld erhält, als der Lohn ausmacht, der ihr zusteht. Trucksystem nennt man das, und der Rat der Stadt hat es untersagt, aber die Seidmacherinnen sind sehr mächtig. Sie scheren sich nicht immer darum, was der Rat ihnen vorschreibt. Halte die Jahre bei Mettel durch. Beiß einfach die Zähne zusammen, und wenn es gar zu arg ist, dann wandere in Gedanken zu einem Ort, an dem du glücklich bist.«

»Hast du auch so einen Ort?«, wollte Fygen wissen.

»Ja.« Die alte Frau lächelte. »Weit fort, auf der anderen Seite der Berge. In Venedig, da scheint fast immer die Sonne, und das Meer glänzt im Licht. Dort gibt es Paläste aus Marmor, und die Straßen sind aus Wasser.« Auf ihr Gesicht hatte sich ein friedlicher Glanz gelegt, die kleinen Vogelaugen blickten durch Fygen hindurch in eine andere Welt.

Leise stand Fygen auf und überließ Marie ihren glücklichen Träumen. Es war noch ein wenig zu früh, um Katryn zu treffen, und so schlang sie ihr Schultertuch fest um sich und streifte durch die Gassen hinter dem Rathaus, um sich die Zeit zu vertreiben. Die dichte Wolkendecke ließ immer weniger Licht hindurch, so dass es in den schmalen Gassen schon ein wenig dämmerte. Zudem hatte es angefangen zu regnen. Fygen trat in einen Tordurchgang, um vor dem Regen Zuflucht zu finden, als ein dünnes Wimmern an ihr Ohr drang. Das Wimmern wurde stärker, um schließlich zu einem markerschütternden Schrei zu werden, der Fygen durch und durch ging.

Fygens erster Gedanke war Flucht. Nur fort von diesen grausigen Schreien. Doch etwas in der jungen Stimme dauerte sie unendlich, und sie kehrte um und ging vorsichtig tiefer in den dunklen Durchgang hinein. Da in einer Ecke, an die Mauer gekauert, lag ein Bündel aus Kleidern, das sich bewegte. Der Schrei war wieder zu einem Wimmern geworden, und das Bündel schien in sich selbst verschwinden zu wollen. Fygen ging neben dem unglücklichen Wesen in die Hocke und fasste es vorsichtig an der Schulter. »Kann ich dir helfen?«, fragte sie sanft und versuchte, den Mensch zu sich herumzudrehen.

»Mir ist nicht zu helfen«, schluchzte die junge Stimme voller gequälter Hoffnungslosigkeit, und eine eiskalte Hand griff nach Fygens Herz. Sie kannte die Stimme. Es war Sewis, die hier so elendig lag.

»Scht«, sagte Fygen, »ganz ruhig«, und sie legte Sewis den Arm um die Schultern. »Jetzt wird alles gut«, tröstete sie. »Ich bin es, Fygen. Kannst du aufstehen?« Behutsam versuchte sie, das Mädchen auf die Füße zu ziehen, doch eine neue Woge des Schmerzes schüttelte den mageren Körper, und Sewis krümmte sich zusammen.

Als die Qual ein wenig nachließ, schaffte Fygen es, Sewis ein Stück weiter in Richtung Gasse zu bewegen, und graues Dämmerlicht fiel auf Sewis' fahles Gesicht, ihre unglaublich großen, hungrigen Augen. Ihr kleiner Körper war schrecklich abgemagert, und der dicke Bauch wölbte sich grotesk vor.

»Oh mein Gott, hilf uns«, entfuhr es Fygen. Dann nahm sie sich zusammen und ließ Sewis zurück auf den Boden sinken. Behutsam bettete sie den Kopf des Mädchens an die Wand des Durchgangs. »Ich gehe und hole Hilfe. Bleib hier und warte auf mich, es wird nicht lange dauern.« Dann raffte sie ihre Röcke, und so schnell es Wind und Regen zuließen, eilte sie los. Die Gasse hinab, in die nächste hinein, am Rathaus vorbei, durch die Judengasse und dann quer über den Alten Markt. Der Regen schlug ihr ins Gesicht, Schmutz und Dreck aus den Pfützen spritzten auf und beschmutzten ihr Kleid, doch sie achtete nicht darauf. Endlich hatte sie das schmale Gässchen durchquert und erreichte den Hintereingang des Goldenen Krützchens. Heftig hämmerte sie mit der Hand gegen die Tür und riss diese auf, ohne auf Antwort zu warten.

Lena blickte missbilligend von ihren Töpfen auf, doch als sie Fygen erkannte und sah, wie aufgelöst das Mädchen war, lief sie los, um Rudolf aus der Schankstube zu holen.

Überrascht trat der Junge in die Küche. »Was ist passiert?«, wollte er wissen.

»Erzähle ich dir unterwegs. Du musst jetzt ganz schnell mitkommen.«

»Aber ich habe …«

»Es ist wichtig, glaub mir«, bat Fygen eindringlich.

»Also gut«, seufzte Rudolf ergeben, griff nach seiner Juppe und folgte Fygen in den Regen hinaus.

»Aber es muss hier sein. Ein breiter Tordurchgang. Eben war er noch da«, sagte Fygen, den Tränen der Verzweiflung nahe. Hilflos irrte sie mit Rudolf durch die schmalen Gassen, denn in ihrer Eile, Hilfe zu holen, hatte sie nicht darauf geachtet, sich genau einzuprägen, in welcher Gasse sie Sewis zurückgelassen hatte. Inzwischen war die Dunkelheit hereingebrochen, und eine Gasse sah wie die andere aus.

Da, dort musste es sein. An diesen steinernen Eberkopf über dem Eingang eines schmalen Hauses konnte sie sich erinnern. Gleich rechter Hand musste der Tordurchgang sein.

Sewis hatte sich nicht von der Stelle gerührt. Sie schien gar nicht mitbekommen zu haben, dass Fygen fortgegangen war. Abwesend starrte sie vor sich in die Luft und wiegte den Oberkörper vor und zurück, wie im unendlichen Rhythmus einer Melodie, die nur sie zu hören vermochte.

»Sewis, ich bin wieder da. Ich habe Hilfe geholt. Jetzt wird alles gut, hörst du?«, sprach Fygen sie an, doch das Mädchen reagierte nicht.

Gemeinsam zogen Rudolf und Fygen Sewis hoch und packten sie unter den Armen. Rudolf war nicht von kräftigster Statur, doch er war es gewöhnt zuzupacken, und so schafften sie es denn mit einiger Mühe, Sewis, mehr tragend als stützend, Schritt um Schritt vorwärtszubringen.

Es ging langsam voran, und immer wieder mussten sie stehenbleiben, wenn Sewis sich vor Schmerzen zusammenkrümmte. Schweiß stand ihr auf der Stirn und mischte sich mit dem Regen, der immer noch unablässig fiel, und rann in kleinen Bächen an ihren Schläfen hinab.

Nach einer Weile, die Fygen wie die Unendlichkeit vorkam, schafften sie Sewis endlich die zwei Stufen zum Bensbergschen Hinterhaus hinauf. Mit der Schulter stieß Rudolf die Küchentür auf, und unter Mühen schleppten sie Sewis hinein. Sanft ließen sie das Mädchen auf einen Hocker gleiten, doch just in diesem Moment erfasste Sewis eine neue Welle der Pein. Wieder fing sie an, markerschütternd zu schreien. Sie krümmte sich zusammen und glitt zu Boden.

Die praktische Lena übernahm sofort das Regiment und schickte Rudolf fort, seine Mutter in der Schankstube abzulösen. Sewis schrie und schrie. Waren ihr zunächst nur einzelne Schreie entwichen, so schrie sie nun ununterbrochen, und ihr Körper bäumte sich auf. Lena schob den Hocker beiseite, beugte sich zu Sewis hinab und streckte sie auf dem Boden aus. Dann öffnete sie ihr das Mieder und schob ihre Röcke hinauf über die Schenkel.

Nach der Kälte draußen wurde Fygen die warme Luft in der Küche zu stickig. Sie legte ihr Schultertuch ab, doch die Hitze wurde immer schlimmer. Dann gaben ihre Beine nach, und Sewis' Schreie verloren sich im Dunkel, als Fygen das Bewusstsein verlor.

»Runter mit dem Mieder«, befahl Mettel.
Erst spät am Abend war Fygen in das Elnersche Haus zurückgekehrt, und Mettel bebte vor Zorn.

Katryn konnte es nicht ertragen zuzusehen, wie Fygen bestraft wurde. Entsetzt wandte sie sich ab und wollte zur Tür hinauseilen, doch ihre Lehrherrin erwischte sie am Ärmel. »Und du bleibst hier und schaust zu«, sagte sie kalt.

Wiederstrebend öffnete Fygen die Verschnürung und ließ dass offene Mieder auf den Rock hinabsinken.

»Umdrehen.«

Ohne Widerrede gehorchte Fygen und wandte der Lehrherrin den bloßen Rücken zu.

»Heilige Maria, voll der Gnade ...«, begann Hylgen laut zu beten.

Harsch fuhr Mettel sie an: »Die hilft ihr jetzt auch nicht mehr. Du hättest früher für ihr Seelenheil beten sollen.« Dann holte sie aus. Sirrend zog die Rute durch die Luft und traf klatschend auf Fygens Haut. Scharf sog das Mädchen die Luft ein. Wieder schlug Mettel mit aller Kraft zu. Der Hieb brannte sich in Fygen Rücken, und der Schmerz nahm ihr die Luft zum Atmen.

»Gegrüßt seiest du, Maria, Mutter Gottes ...«, betete Hylgen weiter, und wieder schlug Mettel zu. Diesmal traf sie Fygens Seite, und das Mädchen schrie gellend auf.

Katryn hielt es nicht mehr aus. Sie nahm allen Mut zusammen und fiel Mettel in den Arm. »Es ist genug, willst du sie totschlagen? Ich werde meinem Vater sagen, wie grausam du sie züchtigst.«

»So, deinem Vater?«, fragte Mettel gedehnt. Langsam ließ sie die Rute sinken und wandte sich drohend zu Katryn um. »Nun, ich denke nicht, dass dein Vater dem viel Gehör schenken wird, wenn ich ihm erklärt habe, mit wem sich seine Tochter heute Nachmittag herumgetrieben hat.«

Grete, die sich bisher zurückgehalten hatte, schnaubte verächtlich.

»Gleich morgen früh werde ich zu ihm gehen.« Wie ätzendes Gift troffen die Worte von Mettels Lippen, und Katryn erbleichte.

Fygen wusste nicht, wie sie liegen sollte. Die Striemen auf dem Rücken brannten zum Verrücktwerden, trotz der feuchten Tücher, die Katryn darübergebreitet hatte. Unruhig rutschte sie hin und her. Die beiden Mädchen hatten sich gemeinsam auf Fygens Strohlager in der Werkstatt niedergelassen und trösteten einander.

»Dieses böse Weib«, schimpfte Katryn auf ihre Lehrherrin.

»Wo hast du eigentlich gesteckt? Ich habe auf dich gewartet, doch als es dunkel wurde, bin ich hierhergegangen.«

»Ich habe Sewis gefunden«, antwortete Fygen müde.

»Du hast was?« Katryn richtete sich auf. Ihr blieb vor Überraschung der Mund offenstehen.

Ausführlich erzählte Fygen der Freundin von Sewis' traurigem Schicksal. Aus Angst vor ihrem Vater hatte Sewis sich nicht nach Hause getraut, sondern versucht, bei einem ihrer Freunde Aufnahme zu finden. Doch der hatte sie rüde abgewiesen, und so war ihr nichts anderes übriggeblieben, als sich eine billige Bleibe zu suchen und selbst für ihren Unterhalt zu sorgen. Sie fand Unterschlupf in einer kleinen Hütte an der alten Stadtmauer in der Nähe des St.-Andreas-Hospitals, das als Pilger- und Fremdenherberge diente. Wahrlich keine angesehene Wohngegend. Und es stellte sich als unmöglich für sie heraus, Arbeit zu finden. So tat sie denn, was sie gerne tat, und konnte sich auf diese Weise eine Weile ernähren. Doch mit zunehmender

Schwangerschaft wuchs ihr Bauch, und die Freier verschmähten sie. Sewis hungerte. Als sie völlig verzweifelt war, wagte sie sich in die Nähe ihres Elternhauses und passte ihre Mutter ab. Die gab ihr etwas zu Essen und den guten Rat, sich fern von ihrem Haus zu halten, denn jedes Schicksal sei besser als das, was sie zu erwarten habe, wenn ihr Vater sie zu fassen kriege. Danach lebte sie von dem, was ihr mitleidige Menschen zusteckten, aber das war nicht viel. So hatte sie auch gestern versucht, von den Kirchgängern etwas zu erbetteln, als die Wehen einsetzten.

»Sie hat einen kleinen Jungen zur Welt gebracht. Bei Lena auf dem Küchenboden. Ganz winzig ist er und heißt Herman«, erzählte Fygen. »Wir haben ihn schnell notgetauft, weil er so dünn war, und stell dir vor, ich bin seine Taufpatin. Aber nach alldem hat Sewis am Ende doch Glück gehabt: Sie kann bei den van Bensbergs als Schankmädchen bleiben«, schloss Fygen ihre Schilderung des vergangenen Abends.

Am nächsten Tag wurde Katryn zu ihrem Vater gerufen, der ein klares Urteil fällte: Er untersagte Katryn, Mertyn zu treffen, und künftig habe sie sonntags auf dem direkten Weg von der Kirche nach Hause zu kommen und dort zu bleiben, bis ihr Vater sie persönlich zu Mettel zurückgeleiten würde.

Ein paar Tage später riskierte Fygen erneut Mettels Zorn, indem sie einen Botengang ein wenig ausdehnte und Katryns Vater in seinem Kontor aufsuchte. Erstaunt blickte Heinrich Starkenberg von seinen Büchern auf, als Fygen sofort mit ihrem Anliegen herausplatzte. »Katryn hat nichts Unrechtes getan«, verteidigte sie leidenschaftlich die Freundin. »Ihr dürft ihr nicht böse sein. Sie ist todunglücklich.«

»Von dir hatte ich anderes erwartet, nachdem du eine so herzliche Aufnahme in unserem Haus erfahren hast«, antwortete er streng.

Fygen war beschämt, trotzdem wich sie nicht von ihrer Meinung ab. »Sie liebt ihn«, antwortete sie schlicht. »Ist er denn ein so schlechter Mensch?«

»Er ist nicht standesgemäß«, beschied ihr Heinrich Starkenberg knapp.

»Nun, er ist seit Jahren im Englandhandel und hat sicher eine Menge Erfahrung. Wenn er kölnischer Bürger würde und mit ein wenig Kapital sein eigenes Kontor eröffnen könnte ...«

»Du verschwendest deine Zeit«, schnitt Katryns Vater ihr das Wort ab. »Und meine dazu.«

16. Kapitel

Am Vorabend des Johannistages endete die Arbeit der Mädchen früher als gewohnt. Grete hatte auf dem Heumarkt große Büschel Johanniskraut gekauft, das die Bäuerinnen aus den umliegenden Dörfern am Morgen in großen Mengen frisch in die Stadt gebracht hatten. Gut gelaunt saßen die Mädchen am Küchentisch und wanden geschickt Kränze aus den Kräutern, mit denen sie später ihr Haar schmücken würden. Doch zunächst galt es, ein Büschel Johanniskraut zu verbrennen, um die bösen Geister zu bannen. Denn deren Macht würde nach der Mittsommernacht in dem Maße zunehmen, wie die Tage kürzer würden, wenn man nicht entsprechend vorsorgte. Und gegen die Dämonen half nur die reinigende Kraft des Feuers und des Wassers. Grete pflückte sich ein Büschel Johanniskraut aus dem Haufen auf dem Tisch und entzündete es feierlich an einer Kerzenflamme. Die Mädchen hatten sich um sie geschart und schauten gespannt zu, wie das Kraut weich wurde und sich seine Stengel bogen. Ein dünner Rauchfaden stieg auf, und es roch etwas merkwürdig. Der Geruch kribbelt Fygen in der Nase, und sie musste niesen. Grete warf ihr einen missbilligenden Blick zu, doch dann war das Kraut trocken und ging in Flammen auf. Schnell warf Grete es in den Herd, um sich nicht die Finger zu verbrennen. Als weitere Vorkehrung musste nun noch ein Topf, der sogenannte Johannispott, mit Lichtern besteckt und entzündet werden. Auch diese Handlung nahm Grete mit der notwendigen Ernsthaftigkeit vor und stellte den Topf ans Fenster zur Gasse. Somit waren alle Vorbereitungen für die Sonnwendfeier abgeschlossen.

Kurz vor Sonnenuntergang war es dann so weit. Die Mädchen schmückten sich das Haupt mit ihren Johanniskränzen und machten sich auf den Weg. Vor allem in Hylgens rotem Haar wirkte der grüne Kranz besonders hübsch, fand Fygen, als sie in die Dämmerung hinaustraten. Aus den umliegenden Häusern kamen ebenfalls Frauen und Mädchen hervor, viele ebenso mit Kränzen und angesteckten Büscheln aus Kräutern geschmückt. Es wurden mehr und mehr Frauen, die gemeinsam mit ihnen über den Heumarkt strömten, und alle hatten dasselbe Ziel. Während sie feierlichen Schrittes die Salzgasse hinabgingen in Richtung des Rheinufers, sangen sie Lieder, sagten Verse auf oder sprachen halblaute Gebete. Längst hatte Fygen in der Menge Katryn, Hylgen und Grete verloren, doch zwischen all den singenden Frauen fühlte sie sich sicher und geborgen. Die Sonne begann im Westen zu sinken, und die Rheinmauer mit ihren Wachtürmen warf lange Schatten auf das befestigte Ufer. Der Strom führte nicht übermäßig viel Wasser, und so stieg Fygen wie ihre Genossinnen in das sandige Flussbett hinab. Direkt neben ihr sprach eine junge Magd inbrünstig Formeln, deren Worte Fygen nicht verstand. Ein letztes Mal glühte die Sonne in den Haaren der Mädchen auf und umgab sie wie ein Heiligenschein. Dann plötzlich, als hätte jemand ein geheimes Zeichen gegeben, knieten die Frauen nieder und schlugen bedächtig die Ärmel ihrer Kleider zurück. Fygen tat es ihnen gleich und tauchte Hände und Arme in die Flut, damit das Wasser alles Schlechte mit sich nehme. Das Wasser war noch recht frisch, und Fygen fröstelte, als sie das kalte Nass auf der Haut spürte. Doch die Wellen des Rheins würden so alles Unglück, das für das kommende Jahr drohte, mit sich forttragen. Und Unglück konnte schließlich keiner gebrauchen, sie zuallerletzt.

Danach ging die Sonne sehr schnell unter, und die Frauen kehrten zurück in die Stadt, denn es war an der Zeit zu feiern. Das ganze Jahr über versanken des Nachts die Gassen in Dunkelheit, doch heute warfen überall Fackeln ihr freundliches, flackerndes Licht auf die Feiernden. Die ganze Stadt schien auf den Beinen zu sein, und während sich die Älteren an Tischen und Bänken, die sie ins Freie geräumt hatten, niederließen, um zu speisen, strömte das junge Volk zum Domhof, wo die Sonnwendfeuer entzündet wurden. Hoch loderten die Flammen auf, als die Scheite in Brand gesetzt wurden, und warfen bleckendes Licht über den Platz und auf die hohen Mauern, die ihn umgaben. Musiker stimmten ihre Instrumente, und bald formierte sich der erste Reigen zum Tanz um die Feuer. Hier traf Fygen auch Katryn, Hylgen und Grete wieder.

»Da bist du ja«, begrüßte die Base sie schroff. »Ich dachte schon, du hättest dich wieder einmal aus dem Staub gemacht.« Und als sie keine Antwort erhielt, fuhr sie großspurig fort: »Ihr könnt euch bei mir bedanken. Ich habe Mutter gebeten, dass wir zwei Stunden bleiben dürfen. Sie wollte uns sofort zu Bett schicken.«

Katryn hörte ihr gar nicht zu. Ihr Blick schweifte unstet umher, als wäre sie auf der Suche nach etwas. Oder eher nach jemandem, stellte Fygen fest, als sie Katryns Blick gefolgt war. Denn auf der gegenüberliegenden Seite des Domhofes stand eine Gruppe junger Männer, in deren Mitte sie auch den dunklen Haarschopf und die markanten

Züge von Mertyn Ime Hofe erkannte. Fygen merkte, wie die Freundin nervös von einem Fuß auf den anderen trat. Sie überlegte gerade, wie sie Grete am geschicktesten ablenken konnte, so dass Katryn Gelegenheit fand, ihren Mertyn zu sprechen, als ihr der Zauber der Johannisnacht auch schon zu Hilfe kam, und zwar in Gestalt ihres Freundes Rudolf, der auf sie zuschlenderte. Rasch nahm sie ihn ein Stück beiseite. »Rudolf, dich schickt der Himmel. Du musst mir helfen.«

»Muss ich das nicht immer, wenn wir uns sehen?«, witzelte er gut gelaunt, und sie gab ihm einen freundschaftlichen Stups in die Seite.

»Es ist wichtig. Kannst du Grete für eine Weile ablenken?«

»Grete? Igitt, nein!«

»Bitte, Rudolf. Du musst es nicht für mich tun, sondern für Katryn. Ich springe auch mit dir über das Feuer, ist das ein Angebot?«

»Aber nur, weil es für Katryn ist. Damit du das weißt!« Galant trat er auf Fygens Base zu und bedachte sie mit seinem unwiderstehlichen Lächeln und einem herzerweichenden Blick aus seinen braunen Augen.

Kurz darauf sah Fygen, wie die beiden sich in den Reigen der Tänzer fügten. Sie griff Katryns Arm und steuerte sie zielstrebig durch die Menge, direkt auf die Gruppe der jungen Männer zu, die Becher in den Händen hielten und damit auf Mertyns Wohl anzustoßen schienen. Einer seiner Freunde schlug ihm jovial auf die Schulter, und Mertyn schenkte den Freunden aus einem Krug nach. Als die Mädchen auf ihn zutraten, hob er erfreut den Kopf und strahlte sie an. »Ihr kommt gerade recht. Hier, nehmt einen Becher und feiert mit uns.« Seine dunklen Augen funkelten Katryn glücklich an. »Es gibt Neuigkeiten. Ich bin seit heute kölnischer Bürger!« Ausgelassen fasste er Katryn um die Taille und schwenkte sie herum. Fygen konnte deutlich erkennen, wie sich seine Freude auf Katryns Gesicht widerspiegelte.

Mertyns Freunde beeilten sich, den Mädchen ebenfalls zwei Becher zu reichen, und erneut wurde auf das Wohl des Neubürgers getrunken. Dann nötigten sie ihn zu erzählen.

»Da gibt es nicht viel zu berichten. Es ist eigentlich keine große Sache. Ich bin heute Morgen in aller Frühe zum Rathaus gegangen. Mein Brotgeber, der Heinrich Overbach, hat mich begleitet, um zu bezeugen, dass ich schon seit vielen Jahren in der Stadt wohne, weit mehr als die drei geforderten Jahre. Dann verlangte der städtische Schreiber ein Aufnahmegeld von sechs Gulden« – hier raunten ein paar seiner Freunde, da das doch eine beträchtliche Summe war – »und trug mich in das Bürgeraufnahmebuch ein.« Mertyn machte eine Pause und nahm einen Schluck Wein, bevor er fortfuhr: »Bis dahin war es gar nicht feierlich, sondern eher geschäftsmäßig. Doch dann stand der Schreiber plötzlich auf, und ich musste vor ihm den Bürgereid sprechen. Ich habe gelobt, den Herren vom Rat und ihrer Stadt Köln getreu und hold zu sein und die Stadt vor Schaden zu bewahren. Ebenso musste ich geloben, Recht nur vor städtischen Gerichten und nicht anderweitig zu suchen. Und dann war es auch schon vorbei. Der gute Heinrich Overbach lud mich auf ein Essen ein. Ich glaube, er befürchtet, dass ich demnächst meinen eigenen Handelsgeschäften nachgehen werde.«

»Und zu welcher Gaffel gehörst du nun?«, wollte einer seiner Freunde wissen.

»Ich habe mich für das Wollenamt entschieden«, antwortete Mertyn. »Schließlich liegt das nahe, da meine Zukünftige eine Seidmechersche wird.« Er warf Katryn einen zärtlichen Blick zu.

»Was ist eine Gaffel?«, fragte Fygen leise die Freundin, und während die Männer erneut ihre Becher füllten, erklärte Katryn: »Jeder kölnische Bürger hat Rechte und Pflichten. Er hat das Recht mitzubestimmen, wer die Stadt im Rat vertritt. Damit kein Bürger von der Wahl ausgeschlossen bleibt, muss jeder einer der zweiundvierzig Zünfte, wir nennen sie auch Ämter, angehören. Die wiederum sind in zweiundzwanzig Gaffeln zusammengeschlossen. Denn aus den Gaffeln wird ein großer Teil der Ratsmitglieder bestimmt. Jeder Bürger hat, neben der Pflicht, Steuer zu zahlen und zum Unterhalt der Stadtmauern beizutragen, auch die Pflicht, die Stadt zu verteidigen. Das bedeutet, er muss Wachdienst auf den Mauern leisten und ist verpflichtet, die nötigen Waffen zu besitzen. Jede der zweiundzwanzig Gaffeln ist für die Verteidigung eines bestimmten Abschnittes der Stadtmauer zuständig, das Wollenamt beispielsweise für einen großen Teil der Rheinmauer zwischen Buttermarkt und Holzmarkt. Die Seidmacherzunft ist keiner bestimmten Gaffel zugeordnet, und so können die Mitglieder des Seidamtes sich aussuchen, in welche Gaffel sie eintreten. Sie müssen dann den Gaffeleid leisten und eine Gebühr entrichten. Der Beitritt zu einer Gaffel ist Voraussetzung für die Aufnahme in die Bürgerschaft.«

Die Tänzer waren derweil richtig in Fahrt gekommen und

drehten sich ausgelassen. Die Röcke der Mädchen flogen übermütig hoch, und immer wieder löste sich ein Paar aus dem Reigen, nahm Anlauf und sprang mit fröhlichem Jauchzen über eines der Feuer. Angestrengt versuchte Fygen, in dem ausgelassenen Getümmel Rudolf und Grete zu entdecken, doch bei den wirbelnden, sich drehenden Menschen war das gar nicht so einfach. Ein stämmiger Bursche mit rundem, vor Eifer glänzendem Gesicht fasste seine Partnerin, ein schmales, durchscheinendes Geschöpf, fester bei der Hand. Das Paar scherte aus der Reihe der Tänzer aus und lief auf ein Feuer zu. Mühelos und grazil schien das Mädchen über die Flammen hinwegzuschweben, während der Eifrige übermütig hochhopste, dabei die Beine anzog und schließlich mit der Grazie eines feuchten Mehlsacks auf der anderen Seite des Feuers landete. Seine Freunde begleiteten den Sprung mit fröhlichem Gejohle. Und der Reigen drehte sich ausgelassen weiter. Dann plötzlich entdeckte Fygen Rudolfs braunen Haarschopf in der Menge und dicht daneben Gretes unscheinbare Krautfrisur. Unter dem Gewicht des Johanniskranzes hatte ihr Haar jegliche Fülle verloren. Doch Fygens Base strahlte. Rudolfs galante Aufmerksamkeit schmeichelte dem Mädchen, und sogar der leicht verkniffene Zug um den Mund herum, der gewöhnlich ihr Gesicht verunzierte, war verschwunden. Grete schien sich prächtig zu amüsieren. Nun zog sie Rudolf an der Hand hinter sich her aus dem Kreis der tanzenden Paare hinaus und hielt auf das größte der Feuer zu. Hoch loderten die Flammen in den dunklen Nachthimmel. Zu spät erkannte Rudolf ihre Absicht, und während Grete immer schneller lief, bemühte er sich, mit ihr Schritt zu halten. Schon hatte Grete den Rand des Feuers erreicht. Mit einer hastigen Bewegung hob sie ihren Rock an und sprang. Ihr massiger Körper flog vorwärts und riss den schmalen Rudolf hinter sich her. Doch sie war zu kurz gesprungen, und Fygen stockte der Atem. Etwas war schiefgegangen. Sei es, dass Grete zu schwerfällig war, sei es, dass Rudolf sie im Sprung behinderte, oder einfach nur deshalb, weil das Feuer zu groß war – Grete landete plump auf den letzten halb verkohlten Scheiten. Ihre Füße fanden auf der Asche keinen Halt und rutschten nach vorn weg, während ihr massiger Körper hintenüberkippte, hinein in die Flammen. Der Johanniskranz rutschte ihr vom Kopf, und es zischte und rauchte, als das frische Grün Feuer fing. Durch die Wucht ihres Sturzes geriet auch Rudolf ins Straucheln. Mit einem Fuß landete er in der Glut. Holz knackte, Funken stoben auf, und für einen Moment war er in all den Flammen vor Fygens Blicken verborgen. Doch im Fallen hatte Grete seine Hand endlich losgelassen, und er warf sich mit aller Kraft nach vorn. Unsanft fiel er auf die Knie, rollte über den Boden und blieb schließlich ein Stück weit von den mörderischen Flammen entfernt liegen.

Vor Schreck zur Bewegungslosigkeit erstarrt, gelang es Fygen nicht einmal zu schreien. Gretes Haare fingen knisternd Feuer, und sofort breitete sich der beißende Geruch von verbranntem Horn aus. Plötzlich war es totenstill. Nur das Feuer knisterte und knackte. Der Bruchteil einer Sekunde geriet zur Ewigkeit, bis sich Gretes Brust ein unmenschlicher Schrei entrang. Einzig Mertyn, der sich eben wieder Katryn zugewandt und das Entsetzliche über Fygens Schulter hinweg mit angesehen hatte, reagierte blitzschnell. Rasch stieß er die Mädchen beiseite und stürzte zum Feuer. Beherzt ergriff er Grete bei den Füßen, die grotesk in die Luft ragten, und zerrte ihren klobigen Körper aus der Reichweite der Flammen. Die weiten Ärmelsäume ihres Kleides brannten lichterloh, und hastig wälzte Mertyn das Mädchen auf dem Boden hin und her. Endlich gelang es ihm, die Flammen zu ersticken. Doch immer noch gellten Gretes Schreie durch die Nacht, so unmenschlich, dass es Fygen schauderte. Mertyn drehte Gretes willenlosen Körper so, dass er auf dem Bauch zu liegen kam, und mit Erschrecken stellte Fygen fest, dass sich auf Gretes Kehrseite ein großer schwarzer Fleck in das Kleid gebrannt hatte. Es war schwarz verkohlt, durch die Unterkleider hindurch, bis auf die Haut. Dann plötzlich erstarb der Schrei. Gretes Kopf sackte zur Seite, und eine gespenstige Stille legte sich über den Domhof.

Seit Tagen lag Gretes schlechte Laune wie eine graue Gewitterwolke auf dem Haus. Der Schreck über die Geschehnisse der Johannisnacht war bei den Mädchen schnell verflogen, als sich herausstellte, dass Grete keinen ernstlichen Schaden genommen hatte. Doch in Grete brodelte es. War sie doch in aller Öffentlichkeit blamiert worden. Hinzu kam, dass man sie höchst unwürdig, bäuchlings auf einem Karren liegend, nach Hause gebracht hatte. Grete kochte. Und das alles nur wegen dieses hirnlosen Schankjungen, grollte sie. Nie wäre sie gestürzt, wenn der dämliche Rudolf sie nicht losgelassen hätte. Und nun musste sie zähneknirschend hinnehmen, dass in all den Äußerungen des Mitgefühls, die sie erhielt, auch immer ein leicht amüsierter Ton mitschwang, da sie sich ausgerechnet den Allerwertesten empfindlich verbrannt hatte. Zudem waren ihre

Haare versengt, und Katryn hatte die verbleibenden Strähnen, so gleichmäßig es ging, kurz geschnitten, was ihrem Gesicht alle Weiblichkeit nahm. Aber bei der grimmigen Miene, die sie zur Schau stellte, kam es darauf auch nicht mehr an.

»Das Holz der Küchenbank muss ein gänzlich anderes sein als das, aus welchem die Bank hier am Webstuhl ist«, sinnierte Fygen. Sie arbeitete mit Katryn und Hylgen allein in der Werkstatt. Ganz selbstverständlich hatte sie Gretes Platz am Webstuhl eingenommen, und die Qualität ihrer Werkstücke stand denen von Grete in nichts nach. Immer wieder kontrollierte Katryn das Gewebe, leitete Fygen an und gab ihr nützliche Ratschläge. Durch die tägliche Übung machte Fygen rasche Fortschritte, und mit der Zeit wurde ihr Stoff immer gleichmäßiger, und die Kanten lagen straff und glatt.

Hylgen scherte ruhig den dritten Webstuhl auf. »Wieso? Was ist denn mit dem Holz der Küchenbank?«

»Es muss ein besonderes Holz sein«, antwortete Fygen mit einem Grinsen, und Katryn biss sich auf die Lippe.

»Wie kommst du darauf?«, fragte Hylgen naiv.

»Nun, ich wundere mich, dass Grete zum Essen auf der Küchenbank lange und ausdauernd sitzen kann, während es ihr unendliche Qualen verursacht, an ihrem Webstuhl zu arbeiten.«

Katryn und Hylgen kicherten. In der Tat ließ Grete sich nunmehr kaum noch in der Werkstatt sehen. Meist verbrachte sie die Tage faul auf ihrem Bett liegend und starrte Löcher in die Luft.

»Was gibt es hier zu kichern? Wenn ihr Zeit für Unsinn habt, habt ihr auch Zeit, mehr zu arbeiten.« Mettels scharfe

Zurechtweisung zerstörte die fröhliche Stimmung, als die Lehrherrin, direkt gefolgt von ihrer Tochter, die Werkstatt betrat. Längst hatte sie es aufgegeben, herausfinden zu wollen, warum Lehrmädchen lachten, kicherten oder worüber sie getuschelt hatten. Es war müßig, und die Wahrheit würde sie ohnehin nie erfahren. So erwartete sie keine Antwort auf ihre Frage, sondern nahm die Webstühle in Augenschein. Ihr geübtes Auge erkannte sofort, dass Fygen gute Arbeit geleistet hatte – weit bessere, als Grete es vermochte. Doch die Arbeit ging insgesamt zu langsam voran. Immer wieder mussten Katryn und Fygen ihre Arbeit unterbrechen, um Hylgen beim Aufscheren des leeren Webstuhles zur Hand zu gehen, eine Arbeit, die nun einmal schwerlich allein zu bewerkstelligen war.

Fygen sprang von ihrem Sitz und wandte sich zur Tür.

»Wo willst du hin?«, wollte Grete argwöhnisch wissen.

»Austreten, oder willst du mich daran hintern – äh, hindern?«, fragte Fygen mit gespielt unschuldigem Blick. Wusste sie doch, dass allein die Erwähnung dieses Wortes Grete in Rage versetzte.

Es war jedoch Mettel, die sie anfuhr: »Du solltest mehr Mitleid haben mit deiner armen verletzten Base, du herzloses Ding. Schlimm genug, dass sie solche Schmerzen leidet. Du musst sie nicht noch verspotten.«

Mettel war höchst unzufrieden mit der Menge der gewebten Stoffe. So ginge das nicht weiter. Die Mädchen würden einfach schneller arbeiten müssen. Nun, sie würde ihnen schon Beine machen. »Ihr solltet euch vielmehr bemühen, Grete eine Freude zu machen, indem ihr schneller arbeitet und ihre Aufgaben mit erledigt. Ihr müsst euch mehr anstrengen«, fuhr sie, an alle gewandt, fort. »Ich erwarte, dass ihr euch von nun an ein bisschen beeilt«, verkündete sie und rauschte aus der Werkstatt, gefolgt von ihrer leidenden Tochter, die es nicht versäumte, Fygen einen triumphierenden Blick zuzuwerfen.

Irgendetwas bei ihren Vorkehrungen gegen die zunehmende Macht der bösen Geister, die Grete am Johannistag vorgenommen hatte, musste falsch gewesen sein. Denn schon wenige Tage darauf wurde das Elnersche Haus erneut von einem Schicksalsschlag heimgesucht. Einem, der die Arbeitsleistung der Seidenweberei erneut deutlich verringern sollte. Einem wirklichen Schicksalsschlag diesmal. Nach der kurzen Mittagspause, Mettel hatte ihnen wie in den vergangenen Tagen nur eine Viertelstunde eingeräumt, in der sie hastig ihre dünne Kohlsuppe löffeln konnten, um sie dann wieder an die Werkstatt zu scheuchen, platzte Fygen der Kragen. »Jetzt reicht es mir. Ich arbeite wirklich gerne, aber das hier ist eine Frechheit. Wir haben ohnehin die längsten Tage im Jahr und arbeiten von Sonnenaufgang bis Sonnenuntergang«, schimpfte sie.
Die Schufterei war wirklich unerträglich geworden. Mehrmals am Tag kam Grete herein, um sie anzutreiben oder zu meckern, dass dieses oder jenes noch nicht getan war. Ihr selbst jedoch diente ihr verbrannter Hintern nach wie vor als guter Grund, sich von der Arbeit fernzuhalten.
»Du hast recht«, stimmte Katryn zu. Auch sie hatte eine Riesenwut auf Mettel und ihre Schinderei, doch befürchtete sie, Fygen könnte die Situation durch ihren Zorn noch verschlimmern. »Soll die alte Hexe doch wettern«, fuhr sie diplomatisch fort. »Ich finde, wir haben eine längere Pause verdient. Und wir verbinden das Angenehme mit dem

Nützlichen. Kennt ihr eigentlich den Unterschied zwischen Taft und Köper? Kommt her.« Trotz aller Arbeit versuchte Katryn immer noch zusätzlich, Fygen und Hylgen etwas beizubringen, denn außer ihr tat das niemand, und sie wusste, wie wissbegierig gerade Fygen war, wenn es um die Seidenweberei ging. Ihre Rechnung ging auf. Fygen ließ sich ablenken und beeilte sich, mit Hylgen neben Katryn Aufstellung zu nehmen. Diese deutete auf die Fäden an ihrem Webstuhl und fing an zu erklären: »Ihr seht ja hier, wie sich Kett- und Schussfäden im Wechsel über- und untereinanderlegen, nicht wahr? Diese Verkreuzung heißt Bindung. Die einfachste Form der Bindung, also einen Faden rauf, den nächsten Faden runter, den folgenden wieder rauf, heißt üblicherweise Leinenbindung. Wir jedoch in der Seidenweberei nennen sie Taftbindung. Wir benötigen nur zwei Schäfte zur Herstellung, und der Stoff wird sehr fest. Die Taftbindung ist die haltbarste Bindung. Die rechte und linke Seite des Stoffes sehen gleich aus.« Aufmerksam folgten Fygen und Hylgen ihren Erklärungen.

»Aber bei manch anderen Geweben überspringen die Kett- oder Schussfäden mehrere kreuzende Fäden«, fuhr Katryn fort. »Solch einen Fadenübersprung nennen wir *Flottierung*. Er darf nicht zu lang sein, damit die Bindung insgesamt stabil bleibt. Bei der Köperbindung, die man zum Beispiel in der Barchentweberei verwendet, geht ein Schussfaden über zwei Kettfäden. In der nächsten Reihe wird er dann um einen Faden versetzt. Eine immer wiederkehrende Reihenfolge von Fadenübersprüngen, die einer bestimmten Gesetzmäßigkeit folgt, ergibt ein Muster im Stoff. Beim Köper sind es schräge Linien, die Köpergrate. Für das Weben des Köpers bedeutet es, dass jeder andersbindende Kettfaden gesondert gehoben oder gesenkt werden muss und somit einen neuen Schaft erfordert. Wir brauchen also mindestens einen Schaft mehr als die zwei, mit denen wir den Seidentaft weben.« Katryn machte eine Pause und schaute den Mädchen prüfend ins Gesicht, um herauszufinden, ob sie ihre Belehrungen verstanden hatten. Bei Hylgen war sie da nicht immer so sicher, aber Fygen nickte eifrig, und Katryn fuhr fort: »Natürlich kann man sich beim Weben einer Köperbindung leichter vertun, als bei …«

»Hoher Besuch«, unterbrach Fygen sie, und die Mädchen liefen auseinander, als ihre Lehrherrin die Werkstatt betrat. Wenn die Mädchen nun ein riesiges Donnerwetter erwartet hatten, wurden sie angenehm enttäuscht. Mettel begnügte sich mit einem Knurren und funkelte sie nur kurz an. Doch ihre Erleichterung hielt nicht lange an, denn Mettel kam sogleich zur Sache und wandte sich direkt an Hylgen: »Deine Mutter ist krank, sie macht es wohl nicht mehr lange. Ausnahmsweise erlaube ich dir, nach Hause zu gehen, obwohl hier viel Arbeit auf dich wartet.«

17. Kapitel

Mettel war mit ihren Geschäften höchst unzufrieden. Da stand sie sich nun den ganzen Tag im Seidenkaufhaus die Beine in den Bauch, um ihre Stoffe zu verkaufen, doch da sie kaum Ware anzubieten hatte, war es ein müßiges Geschäft und lohnte kaum die Zeit. Ihre Werkstatt stellte einfach nicht genug Stoffe her, weil ein Mädchen nach dem anderen ausfiel. Zuerst hatte sie diese kleine Hure Sewis rausschmeißen müssen, dann hatte Grete dieses tragische Unglück ereilt, das sie noch immer daran hinderte zu arbeiten, und nun war auch noch Hylgen, diese fromme Betschwester, fort, und das bereits seit Tagen. Mettel wusste nicht, wann sie wiederkommen würde, aber sie wusste, dass das nicht das Ende vom Lied war. Es würde noch schlimmer kommen, denn in ein paar Wochen wären für Katryn die vier Jahre ihrer Lehrzeit zu Ende, und sie würde ihre abschließende Prüfung vor dem Seidamt machen. Mit großer Wahrscheinlichkeit würde sie Mettel dann ebenfalls verlassen. Die Starkenbergs waren reich und konnten ihrer Tochter spielend eine eigene Werkstatt einrichten. Und selbst wenn sie Katryn überreden könnte zu bleiben, sie würde ihr einen angemessenen Lohn zahlen müssen, so sah es die Zunftordnung vor. Doch Katryn zu verlieren wäre eine wirkliche Katastrophe, denn sie war, das gestand Mettel sich ein, die Stütze der Werkstatt, viel mehr noch als Grete, ihre eigene Tochter, es war. Es schien Mettel, als läge ein Fluch auf ihren Mädchen. Rasch bekreuzigte sie sich aus Schreck vor den eigenen Gedanken.

Irgendwer wollte ihr Böses. Vielleicht neidete ihr jemand den Erfolg? Der ganze Ärger hatte angefangen, als sie Fygen, dieses aufsässige, freche Ding, in ihr Haus aufgenommen hatte. Mettel seufzte tief auf. Gutherzigkeit hatte noch keinem je wirklichen Nutzen eingetragen. Das hatte sie wieder einmal erkennen müssen. Nun, auf kurz oder lang würde sie nicht darum herumkommen, nach einem neuen Lehrmädchen Ausschau zu halten, auch wenn das hieße, einen weiteren, nutzlosen Esser durchfüttern zu müssen. Für die Sache mit Katryns Prüfung würde sich schon eine befriedigende Lösung finden. Ein kaltes Lächeln schlich um ihren Mund, als ihr eine vage Vorstellung davon kam, wie diese Lösung aussehen konnte.

Fygen und Katryn verbrachten den Sonntag in der Werkstatt, denn der Tag von Katryns Prüfung vor dem Seidamt rückte immer näher. Um die Fragen zur Handhabung des Webens und zur Kunde des verwendeten Materials machte Katryn sich keine Sorgen, sie war sich sicher, dass sie darüber bestens Bescheid wusste. Doch was ihr Kummer bereitet hatte, war, dass sie bisher noch keine Zeit gefunden hatte, ihre Werkprobe, das Zeugnis ihrer Fähigkeiten als Seidweberin, auch nur zu beginnen. Und Mettel hatte ihr bisher weder das Material zugestanden noch ihr gestattet, ihr Werkstück während der Arbeitszeit anzufertigen. Außerdem wurden ja alle drei Webstühle jederzeit für die Arbeit benötigt.

Heute nun ergab sich die ideale Gelegenheit. Gestern Abend war ein Ballen Seide fertig geworden, und sie hatten ihn noch vor dem Zubettgehen vom Rahmen geschnitten, so dass ein Webstuhl den ganzen Sonntag über frei war. Widerwillig hatte Mettel, die wusste, dass ihr nichts anderes übrigblieb, Katryn alte, unansehnliche Reste bereits angegrauten Seidengarns zur Verfügung gestellt. Doch Katryn hatte mit etwas Derartigem gerechnet und rechtzeitig ihre Mutter um Hilfe gebeten, die ihr selbstverständlich brauchbares Garn beschafft hatte.

Schon früh waren die Mädchen auf den Beinen und begannen gut gelaunt, die Kettfäden aufzuscheren. Das Werkstück musste nicht die übliche Breite und vor allem nicht die Länge eines Stoffballens besitzen. Vielmehr ging es darum zu beweisen, dass man ein fehlerfreies Stück Stoff von guter Qualität herzustellen vermochte, mit geraden Rändern und sauberen Abschlüssen. Gerade hatten Katryn und Fygen den Warenbaum in den Rahmen gesetzt und bereiteten die Spulen mit den Schussfäden vor, als Mettel unerwartet die Werkstatt betrat. »Hylgen kommt nicht zurück«, erklärte sie den Mädchen. »Sie geht in den Annenkonvent und wird Begine.« Dann wies sie mit spitzem Finger auf Fygen. »Du packst jetzt Hylgens Sachen zusammen und bringst sie ihr.«

»Aber ich wollte Katryn helfen ...«

»Nichts da. Du bringst auf der Stelle die Sachen zu Hylgen. Der Konvent ist in der Breiten Straße, ganz in der Nähe des Minoritenklosters.«

Hilflos schaute Fygen ihre Freundin an, doch die winkte ab. »Das, wofür ich deine Hilfe dringend brauchte, haben wir geschafft. Jetzt muss ich nur noch weben, dabei kannst du mir ohnehin nicht helfen. Ich habe noch den ganzen Tag dafür. Lass dir Zeit, Hylgen freut sich sicher, dich zu sehen.«

Rasch waren Hylgens wenige Habseligkeiten zusammengerollt, und Fygen machte sich auf den Weg. Sie überquerte den Hühnermarkt und bog in die Obermarspforten ein. Hier hatten sich die Wohlhabenden niedergelassen, hier standen die schönsten Häuser der Stadt. Fygen ging die Brückenstraße entlang und bog dann hinter St. Columba rechts ab. Bald darauf sah sie das mächtige Gebäude des Minoritenklosters vor sich liegen, und sie schwenkte links in die Breite Straße. Ein Stück weit lief sie die Straße entlang, ohne jedoch das Klostergebäude entdecken zu können. Weit und breit gab es hier nur normale Wohnhäuser. Große Gebäude zwar, aber nichts ähnelte im Entferntesten einem Kloster. Schließlich bat sie eine Frau um Hilfe, die mit einem Eimer Schmutzwasser auf die Straße hinaustrat. Freundlich deutete diese auf eines der unscheinbaren Wohnhäuser gleich gegenüber. Verwundert überquerte Fygen die Straße und konnte den Worten, die über der breiten Eingangstür in den Sturz gemeißelt waren, entnehmen, dass dies in der Tat der Konvent zur heiligen Anna war, gestiftet von Katharina Seberti de Poylheim im Jahre 1341.

Fygen betätigte den schweren Klopfer, und nach einer Weile öffnete sich die Tür einen Spaltbreit. Durch den Spalt konnte sie das gütige Gesicht einer Frau in mittleren Jahren erkennen, die sie liebenswürdig nach ihrem Begehr fragte, und Fygen erklärte kurz den Grund ihres Besuches.

»Das ist aber nett«, antwortete die Frau herzlich und öffnete ihr die Tür. Sie trug die Tracht der Beginen, den nachtschwarzen Rock und darüber einen weiten Umhang aus gleichem Tuch, der auch den Kopf bedeckte. »Hylgen«, rief sie in das Dunkel des Flures hinein, »Besuch für dich.«

Dann führte sie Fygen in eine große Stube, in der einige Frauen unterschiedlichen Alters beisammensaßen, eine jede mit ihrer Handarbeit beschäftigt. Die meisten drehten eine Spindel in den Händen, andere saßen über feiner Goldstickerei, und aus einem der hinteren Räume des Hauses erklang das vertraute Klappern von Webstühlen. Auch diese Frauen trugen dunkle, weit geschnittene Oberteile zu schwarzen Röcken.

Hylgen betrat den Raum, und fast hätte Fygen sie nicht erkannt. Der weiße Schleier unter dem rabenschwarzen Wolltuch, das sie über den Kopf gelegt hatte, befreite sie nunmehr endgültig und grundsätzlich vom Makel der Rothaarigkeit. Der schwere Stoff umrahmte ihr blasses Gesicht, aus dem scharf die Sommersprossen hervorstachen, und ließ es weiß und durchsichtig erscheinen. Dunkle Schatten lagen unter ihren traurigen Augen, doch insgesamt wirkte sie gefasst und ergeben in ihr Schicksal.

Fygen wusste nicht, was sie sagen sollte. Verlegen drehte sie das Bündel mit Hylgens Sachen in den Händen, doch dann, einem Impuls folgend, machte sie einen Schritt auf Hylgen zu und schloss das große Mädchen einfach in die Arme. Eine Weile standen sie so unter den wohlwollenden Blicken der Frauen, bis eine hoch gewachsene, autoritätsgewohnte Frau Hylgen sanft am Arm fasste. »Wollt ihr nicht in den Garten hinausgehen und ein wenig plaudern? Die Sonne scheint heute so schön.«

»Ja, vielen Dank, Mutter.« Hylgen löste sich aus Fygens Umarmung, fasste sie bei der Hand und zog sie mit sich hinaus in den kleinen Kräutergarten hinter dem Haus. Auf einer winzigen Bank ließen sie sich nieder, und Hylgen holte tief Luft. Dann endlich gelang es ihr, Fygen von den

Geschehnissen der vergangenen Tage zu berichten. Ihre Mutter war sehr schwach gewesen, als das Mädchen nach Hause kam, doch sie hatte sich sehr gefreut, ihre Tochter zu sehen. Zwei Tage später war ihre Mutter dann in ihren Armen friedlich eingeschlafen, erzählte Hylgen. Doch zuvor hatte sie den letzten noch verbliebenen Rest des einst recht ansehnlichen Familienvermögens dafür aufgewendet, ihrer frommen Tochter einen Platz in einem der zahlreichen Beginenkonvente zu sichern. Für eine Waise, die Hylgen jetzt war und die niemanden hatte, der sich ihrer annahm, und noch dazu eine, die keinen Hang zu weltlichen Dingen erkennen ließ, war das sicher eine gute Entscheidung.

»Du wirst also jetzt Nonne?«, fragte Fygen. Der Unterschied zwischen einem Beginenkonvent und einem Kloster war ihr nicht recht klar.

»So ähnlich«, erklärte Hylgen. »Auch wir haben uns für ein bescheidenes, christliches Leben entschieden, das wir nach bestimmten Regeln verbringen. Aber wir gehören keinem Orden an und sind keine Nonnen. Wir können den Konvent jederzeit verlassen. Wir leben zu zwölft hier in unserer Gemeinschaft, alles unverheiratete Frauen oder Witwen.«

»Aber wenn ihr zu keinem Orden gehört, wie bestreitet ihr dann euren Lebensunterhalt?«, wollte Fygen wissen.

»Nun, jede Schwester, die aufgenommen werden will, muss über eine Rente oder ein gewisses Vermögen zu ihrem Unterhalt verfügen. Oder aber sie muss sich auf ein Handwerk verstehen, um für ihre Existenz zu sorgen. Wir sind nur ein kleiner, nicht sehr wohlhabender Konvent, aber andere sind richtiggehend vermögend, je nachdem, wer sie fördert oder welche Stiftungen sie bekommen haben. Wir hier müssen uns weitgehend mit dem Spinnen und Weben über Wasser halten. Du hast ja selbst gesehen, dass hier nicht eine müßig dasitzt.«

»Oh weh. Müßig – du sagst es. Ich muss zurück in die Werkstatt. Ich habe Katryn versprochen, ihr bei ihrem Werkstück für die Prüfung zu helfen. Es muss bis heute Abend fertig werden.«

Herzlich nahmen die Mädchen Abschied voneinander, und Hylgen geleitete Fygen zur Tür.

Der Nachmittag war schon weit fortgeschritten, als Fygen wieder die Elnersche Werkstatt betrat. Katryn schien die ganze Zeit ohne Unterbrechung gewebt zu haben, denn vor ihr auf dem Webstuhl hatte sich bereits ein ansehnliches Stück makelloses Tuch gebildet. Nun reckte sie sich und streckte die müden Arme über den Kopf. Ehrfürchtig und voller Bewunderung strich Fygen über den Stoff. Er war wirklich unübertrefflich, die Ränder wie mit einem Lineal gezogen. Das Wesentliche war geschafft, doch Katryn würde noch eine Weile weiterarbeiten müssen, um das Gewebe etwas zu verlängern, und noch hatte sie einige Stunden Tageslicht vor sich. Fygen ließ sich auf einem Hocker in der Nähe von Katryns Webstuhl nieder, und während Katryn ihre Arbeit fortsetzte, erzählte Fygen ihr, was das Schicksal für Hylgen bereitgehalten hatte.

»Ich denke, wenn sie sich erst einmal eingelebt hat, wird sie sich in ihrem Konvent wohler fühlen als bei uns«, schloss Fygen ihren Bericht.

»Überall kann man sich wohler fühlen als hier«, entgegnete Katryn sarkastisch.

Es dauerte eine geraume Weile, dann schlug Katryn die Kammlade ein letztes Mal an. »Fertig!«, verkündete sie strahlend und erhob sich von ihrer schmalen Bank. Gemeinsam nahmen sie die Abschlussarbeiten an dem Gewebe vor, was bedeutete, es vom Rahmen zu schneiden und die Kettfäden sorgfältig und unsichtbar im Gewebe zu verstopfen. Dann endlich lag das Werkstück in seiner vollen Pracht vor ihnen. Nachdem Fygen es erneut gebührend bewundert hatte, schlug Katryn es sorgfältig in ein Stück sauberes Leinen ein, um es bis zum Tag der Prüfung gegen Staub und Schmutz zu schützen, und verstaute es sicher auf dem Regal oberhalb ihres Strohlagers.

Wie eine Verrückte sauste Katryn durch die Werkstatt. So aufgebracht und nervös hatte Fygen die Freundin noch nie erlebt. Unschöne, hektische Flecken verunzierten ihre sonst so makellose Haut, und ihre honigfarbenen Zöpfe sahen unordentlich aus. Heute Morgen sollte sie in das Haus des Zunftvorstandes kommen, um ihre Prüfung abzulegen und um ihr Werkstück zur Begutachtung vorzulegen.
Doch das kostbare Gewebe war fort. Verschwunden. Einfach nicht mehr da. Immer wieder kroch Katryn in alle Ecken der Werkstatt, in der Hoffnung, es irgendwo finden zu können.
Auch Fygen hatte ihre Arbeit unterbrochen und methodisch den ganzen Raum durchsucht. Nun war sie sicher, dass sich das Werkstück nicht mehr würde auffinden lassen.
Grete, die sich nicht mehr länger drücken konnte und vor zwei Tagen an die Arbeit zurückgekehrt war, saß ungerührt an ihrem Webstuhl. Sie schien die ganze Aufregung

geflissentlich zu übersehen, was in Fygen einen gewissen Argwohn entstehen ließ. Aber Fygen teilte ihren Verdacht nicht mit Katryn, das hätte die Freundin nur noch mehr beunruhigt. Vielmehr hieß es nun, einen kühlen Kopf bewahren. Zunächst einmal galt es, Katryn zu beruhigen und in einen präsentablen Zustand zu versetzen. Mit beiden Händen fasste Fygen die Freundin bei den Oberarmen und zwang sie, ruhig stehen zu bleiben. »Es hat keinen Zweck weiterzusuchen. Es ist nicht da«, erklärte sie ihr. »Du musst ohne die Seide gehen. Wasch dir das Gesicht und kämm die Haare, du siehst schrecklich aus.«

»Wenn ich durch diese Prüfung falle und noch ein Jahr länger hierbleiben muss, werde ich verrückt. Das halte ich nicht aus.« In Katryns Stimme klang ein Anflug von Panik mit. Doch sie ließ sich von Fygen zu ihrem Strohlager bringen, und während Fygen ihr die Zöpfe neu band, redete sie beruhigend auf Katryn ein. »Geh einfach hin und beantworte die Fragen, das wird ein Kinderspiel für dich, wenn du ruhig bleibst. Und dann erklärst du, was geschehen ist. Ich kann es beschwören, wenn das etwas nützt. Sag, dass du das Werkstück so schnell wie möglich nachreichst.«

Katryn schluckte tapfer und machte sich auf den Weg, während Fygen sich den Anschein von Normalität gab und Schussgarn auf Spulen wickelte. Sie musste sich zwingen, ruhig zu bleiben und ihre Arbeit zu verrichten. Dann endlich, als sie glaubte, sie hätte eine angemessene Zeitspanne verstreichen lassen, würgte sie laut und vernehmlich, bemüht, ein möglichst echt klingendes, ekliges Geräusch zu machen.

Angewidert verzog Grete das Gesicht. Fygen blies die

Wangen auf, presste die Hand auf den Mund und rannte mit fliegenden Röcken an ihr vorbei zur Werkstatttür hinaus in Richtung Latrinen.

Doch vor dem bewussten Holzverschlag war ihre Übelkeit auf seltsame Weise verflogen. Im Laufschritt hielt sie auf den Pütz zu, eilte daran vorbei und schlüpfte in einen schmalen, dunklen und schmutzigen Durchlass. Sie zwängte sich an ein paar maroden Fässern vorbei und verschwand kurz darauf zwischen zwei alten, baufälligen Häusern.

»Sehr schön. Du scheinst dich ja gut auszukennen. Du wirst einmal eine erfolgreiche Seidmacherin, da bin ich mir sicher«, lobte der Zunftmeister freundlich. »Wenn du mir jetzt noch das Gewebe zeigst, das du angefertigt hast?«

»Äh, das ist so, Herr Lützenkirchen ...« Katryn knickste und rang nach Worten. »Das Werkstück, also mein Werkstück, also das für die Prüfung, meine ich ...«

»Ja, genau das. Was ist damit?« Peter Lützenkirchen, Seidenhändler und Zunftvorstand, wurde ungeduldig. Bisher hatte das Mädchen alle seine Fragen so zügig und sicher beantwortet. Was war nun mit dem Werkstück?

»Ja, also, das ist so: Das Werkstück ...«

In dem Moment klopfte es hektisch an die Tür, und ohne sein gebrummtes Herein abzuwarten, stürmte Fygen in den Raum. Sie knickste nachlässig in Richtung des Zunftmeisters, murmelte eine undeutliche Entschuldigung und trat auf Katryn zu.

»Hier ist dein Werkstück«, sagte sie und reichte Katryn ein Stück Seidenstoff.

»Was ist das?«, fragte Katryn begriffsstutzig.

Fygen rammte ihr den Ellenbogen in die Seite. Deutlich wiederholte sie: »Hier ist dein Werkstück, das du für die Prüfung angefertigt hast.«

Katryn schaute sie verblüfft an, dann schnappte sie nach Luft. Das Tuch, das Fygen unter ihrer Nase schwenkte, war solide und ordentlich gearbeitet. Aber es war nicht ihr Werkstück. »Wo, um Himmels willen, hast du das her?«, flüsterte sie.

Verblüfft starrte Peter Lützenkirchen das Mädchen an, das hier einfach so mit frecher Selbstverständlichkeit hereinmarschiert war. Aber es war weniger die Unverfrorenheit, mit der sie seine Prüfung zu unterbrechen wagte, die ihn irritierte, sondern der seltsam vertraute Anblick, den sie ihm bot. Dabei war er sicher, sie nie zuvor gesehen zu haben. Sie wirkte erhitzt, als wäre sie schnell gelaufen. Aus ihren dunklen Zöpfen hatten sich einige vorwitzige Strähnen gelöst, und das sonnengebräunte Gesicht war leicht gerötet, was ihr vortrefflich stand, wie er feststellte.

Doch welches Spiel versuchten die beiden Mädchen hier mit ihm zu spielen? Etwas an diesem Werkstück war doch faul. Wollten sie ihn für dumm verkaufen? »Wenn ich das Werkstück jetzt bitte sehen dürfte«, sagte er schärfer als beabsichtigt.

»Hier, bitte schön.« Da Katryn ihre Überraschung noch nicht überwunden hatte, war es Fygen, die ihm höflich das Tuch reichte. Dabei traf ihn ein Blick aus bernsteinfarbenen Augen, der ihm schlagartig sein Gedächtnis auffrischte. »Der Mösch!«, entfuhr es ihm.

Fygen, die bisher weniger auf den Prüfer denn auf das unselige Fehlen des Werkstückes geachtet hatte, erkannte ihn ebenfalls und reckte das Kinn vor. »Der Kaufmann mit der unordentlichen Frisur!«, gab sie zurück, um sich im selben Moment erschrocken die Hand auf den Mund zu schlagen.

Doch statt sie scharf zurechtzuweisen, fuhr sich der groß gewachsene Mann verlegen durch den dichten blonden Haarschopf. »Ich versuche immer, sie so ordentlich wie möglich zu kämmen, aber sosehr ich mich auch bemühe …«, erklärte er mit jungenhaftem Lächeln und kam sich im selben Moment höchst kindisch vor. Wie kam er dazu, sich vor dieser Göre zu rechtfertigen? Doch aus irgendeinem unerfindlichen Grund war es ihm plötzlich wichtig, was sie von ihm hielt.

Um seine Verlegenheit zu überspielen, griff Peter nach dem Tuch, das Fygen ihm immer noch mit ausgestreckter Hand entgegenhielt. Doch als sich ihre Hände über dem Stoff berührten, meinte er einen Funken zu spüren, der ihm bis in den innersten Winkel seines Leibes fuhr. Auch Fygen schien dieser Funken berührt zu haben, denn sie zog ihre Finger hastig zurück, als hätte sie sich verbrannt. Verwundert betrachtete Peter das Mädchen, das ihn so aus dem Gleichgewicht zu bringen vermochte. Ihr olivfarbenes Gesicht war rundlicher geworden, als er es in Erinnerung hatte, und ihr Körper hatte das Eckige, Fohlenhafte verloren, war vielmehr voller und weicher, ja, ganz einfach weiblicher geworden.

Plötzlich wurde ihm klar, dass er das Mädchen schon ungebührlich lange anstarrte, und er nahm sich zusammen. Sorgsam breitete er die Seide auf seinem Pult aus und strich sie glatt, während er mühsam versuchte, Ruhe in das Geflacker seiner Gedanken zu bringen. Wieso brachte ihn dieses Mädchen so durcheinander? Sie war sicher nicht die schönste Frau, die er je gesehen hatte. Genau genommen war sie im klassischen Sinne nicht einmal schön zu nennen, dafür war ihr Teint zu dunkel und ihr Mund eine Spur zu breit. Er hatte auf seinen Reisen zweifelsohne schon viele schöne Frauen gesehen, doch nie hatte es eine vermocht, ihn so in ihren Bann zu ziehen wie dieses Mädchen. Obwohl sich nicht wenige Damen eifrig um seine Gunst bemüht hatten, bisher hatte er sich immer für immun gegen weibliche Reize gehalten. Und nun kam diese Frau – sie war ja noch nicht einmal eine richtige Frau, vielmehr ein freches Küken – daher, und er fühlte sich albern wie ein junger Gockel. Mechanisch strich er wieder und wieder über den Stoff.

Katryns Blick folgte gebannt seiner Hand. Stimmte etwas nicht mit dem Stoff? Warum starrte der Prüfer so unverwandt darauf, so als sähe er ihn gar nicht richtig an. Ihre Freundin Fygen bot ebenfalls einen ungewohnten Anblick. Sie stand seltsam befangen mit ineinander verschränkten Händen neben dem Pult, den Blick auf die polierten Holzplanken des Fußbodens geheftet, und biss sich auf die Lippe. Verwirrt blickte Katryn von einem zum anderen. Irgendetwas schien hier vorzugehen, von dem sie nichts verstand. Und es hatte nichts mit ihrer Prüfung zu tun, so viel war sicher.

Katryn hielt die Spannung nicht mehr aus. »Das Werktuch, ist es in Ordnung?«, wollte sie wissen und holte mit ihrer Frage den Zunftmeister zurück in sein Kontor.

Peter blickte auf. »Werktuch? Ja. Ja, sicher.« Peter musste sich dazu zwingen, sich auf den Stoff zu konzentrieren und die Qualität in Augenschein zu nehmen, doch sobald er seine Sinne wieder beieinanderhatte, kehrte auch sein

Scharfsinn zurück. Noch einmal strich er über den Stoff. Ja, die Qualität war wirklich in Ordnung, aber er war nach wie vor sicher, dass etwas mit diesem Tuch ganz und gar nicht stimmte. Niemand vergaß, am Tag der Prüfung sein Werkstück mitzubringen. Warum also dieses kluge Mädchen hier? Peter war es gewohnt, den Dingen auf den Grund zu gehen. Streng blickte er Katryn in die Augen und fragte: »Warum musste dir deine Freundin das Werkstück nachtragen?«

Katryn schluckte. Sie konnte den forschenden blauen Augen des Zunftmeisters nicht standhalten und senkte verlegen den Blick. Ihre Stimme war zu einem Piepsen geschrumpft, als sie erklärte: »Ich hatte das Tuch sorgsam eingeschlagen und es auf das Regal in der Werkstatt gelegt. Doch heute Morgen ...« Sie stockte, doch Peter kam ihr nicht zur Hilfe. Also fasste sie sich ein Herz und fuhr fort: »Heute morgen war es einfach verschwunden.«

»Du bist die Tochter von Heinrich Starkenberg, nicht wahr?«

Katryn nickte.

»Und deine Lehrherrin ist die ...«

»Mettel Elner«, beeilte sich Katryn zu antworten.

»Soso.« Peter nickte. Kannte er doch die alte Mettel gut genug, um ihr Schlimmeres zuzutrauen als die Sabotage eines Werkstückes. Und die Tochter vom alten Starkenberg schien ein ehrliches, rechtschaffenes Ding zu sein. Langsam konnte er sich einen Reim auf die Sache machen. Doch er beschloss, es den Mädchen nicht zu leicht zu machen.

»Und du hast das Tuch dann später ganz zufällig gefunden, was?«, wandte er sich in strengem Ton an Fygen.

»Ja, genau so war es«, log Fygen, doch ihre Augen flackerten phosphorgelb. Sie war so leicht zu durchschauen, dachte Peter und musste sich ein Lächeln verbeißen.

»Und du bist sicher, dass es genau das Tuch ist, das Katryn gewebt hat? Nicht irgendein anderes?« Der Blick seiner blauen Augen bohrte sich in die ihren, und Fygen meinte, den Boden unter den Füßen zu verlieren. Kleine Schweißperlen traten ihr auf die Nase, und sie senkte den Blick. Er kann dir nicht das Gegenteil beweisen, beruhigte sie sich selbst. Du musst nur bei deiner Aussage bleiben. Mit so viel Festigkeit in der Stimme wie nur eben möglich antwortete sie: »Ja, genau das war es!«

18. Kapitel

Mit Schwung flog die Küchentür auf und riss den Putzeimer um. Die Schmutzlauge ergoss sich über die soeben gewischten Küchendielen, und Fygens Rock war in Sekundenschnelle durchweicht. Sofort war Mettel über ihr, packte sie grob am Unterarm und zerrte sie auf die Füße. Dann versetzte sie ihr ein paar kräftige Ohrfeigen. »Du dummes Ding, was lässt du den Eimer hier mitten im Weg stehen«, keifte sie.

Stumm wrang Fygen ihren Rock aus und machte sich ergeben daran, den Boden erneut aufzuwischen. Sie war unendlich müde und brachte kaum die Kraft auf, den Putzlumpen gehörig auszuwringen. Es war bereits spät am Samstagabend, und Fygen hatte seit Sonnenaufgang in der Werkstatt gearbeitet, als Mettel ihr zuletzt noch aufgetragen hatte, beim Licht des Herdfeuers den Küchenboden zu wischen, bevor sie zu Bett gehe.

Als die schwerfälligen Schritte ihrer Lehrherrin auf der Stiege verklungen waren, erhob Fygen sich langsam vom Boden und streckte behutsam ihren schmerzenden Rücken. Sie glaubte, in ihrem Leben nie so erschöpft gewesen zu sein. Mit dem Fuß angelte sie sich einen dreibeinigen Schemel heran und ließ sich für einen Moment darauf nieder. Nur einen Moment, bis sie wieder bei Kräften wäre.

Die letzten Wochen waren für Fygen eine Qual gewesen. Seit Katryn fort war, hatte sich das Leben im Elnerschen Haus zu einer wahren Tortur entwickelt. Mettel hatte zwar nicht herausgefunden, welche maßgebliche Rolle Fygen bei Katryns Prüfung gespielt hatte, doch sie argwöhnte, dass Fygen daran nicht unbeteiligt gewesen war. Noch am Tag der Prüfung hatte Katryn ihre Sachen zusammengepackt und das Elnersche Haus verlassen, ohne sich von ihrer Lehrherrin zu verabschieden.

Ihre Wut darüber ließ Mettel nun an Fygen aus. Nichts konnte diese ihrer Lehrherrin recht machen. Sie schuftete von früh bis spät, und für jede kleinste Nachlässigkeit schlug Mettel sie unbarmherzig.

Es hatte auch nichts geändert, dass vor ein paar Tagen zwei neue Lehrmädchen ins Haus gekommen waren, Zwillinge, schmale, blasse Mädchen mit großen verängstigten Augen. Sie waren furchtbar schüchtern und taten Fygen richtiggehend leid, so unbeholfen wie sie waren. Vor Mettel hatten sie großen Respekt und brachen sofort in Tränen aus, wenn die Lehrherrin nur das Wort an sie richtete. Die beiden kamen aus Bruwiler, einem kleinen Dorf westlich der Stadt. Fygen vermutete, dass es gute Gründe dafür gab, dass Mettel sich ihre Lehrtöchter von außerhalb suchte, während andere Seidmacherinnen die ihren unter den Töchtern der gehobenen Bürgerfamilien der Stadt wählen konnten.

Erschöpft rieb sich Fygen die Augen. Noch einen kleinen Moment würde sie ausruhen, bevor sie den Putzlappen auswaschen und den Eimer fortbringen würde. Nur einen kleinen Moment …

Fygen schreckte hoch. Jemand hatte ihr kraftvoll die Hand auf den Mund gelegt, hielt sie fest und hinderte sie am Schreien. Fygen bäumte sich auf. Wer immer der Angreifer war, er hatte sie im Schlaf überrascht.

»Psst«, flüsterte eine Stimme. »Keine Angst, ich bin es, Katryn.«

Fygen erkannte die Stimme. Verblüfft hörte sie auf, sich zu wehren, und die Freundin gab sie frei.

»Katryn? Was, um Himmels willen, machst du hier?« Das Herdfeuer war heruntergebrannt, und im spärlichen Licht der glimmenden Kohlen konnte Fygen Katryns Gesicht nicht genau erkennen, doch sie spürte deutlich die Aufregung der Freundin. Hastig sprang sie auf und griff nach dem Schürhaken, um das Feuer ein wenig anzufachen. Katryns Gesicht leuchtete vor Freude, sie wiederzusehen. Oder war es etwas anderes, das sie zum Strahlen brachte? Und warum trug sie ihr kostbares, cremefarbenes Seidenkleid, das eleganteste, das sie besaß? Kam sie von einer Festivität? Fygen schüttelte verwirrt den Kopf. »Nun sag schon«, drängt sie die Freundin. »Was ist passiert?«

»Nichts ist passiert. Noch nicht«, antwortete Katryn, und ihre Augen funkelten. »Aber es wird bald etwas geschehen«, fügte sie geheimnisvoll hinzu. Dann fasste sie Fygens Hände und platzte heraus: »Wir werden heiraten!« Erwartungsvoll blickte sie die Freundin an. »Was sagst du nun?«

»Wer wird heiraten?«

»Sei nicht so begriffsstutzig. Mertyn und ich werden heiraten!«

»Oh, wie großartig. Dann hat dein Vater zugestimmt? Wann wollt ihr heiraten?«, fragte Fygen aufgeregt.

»Jetzt!«

Fygen war offensichtlich noch nicht wach genug und dachte, sie hätte sich verhört. »Wann?«, fragte sie lauter.

»Psst«, machte Katryn. »Sei leise. Ich wollte Mettel und Grete nicht dazu einladen! Jetzt gleich! Los, mach dich hübsch und zieh dir etwas Nettes an.«

»Jetzt gleich, meinst du? Mitten in der Nacht?« Fygen, die immer noch nicht verstand, schaute sie verdutzt an, doch Katryn schob sie energisch zur Küchentür hinaus in Richtung Werkstatt.

Als die beiden Mädchen das Kloster erreichten, war es noch dunkel, doch bis zum Sonnenaufgang würde es nicht mehr lange dauern. Katryn zog Fygen durch ein schmiedeeisernes Gittertor in der Klostermauer, hinter der sich die kleine Kapelle des Klosters verbarg. Zwei Männer warteten vor der Tür: Der kleinere, ein Mann mit dunklem Haarschopf, lief nervös auf und ab. Als er die Mädchen kommen sah, eilte er rasch auf sie zu und schloss seine Braut in die Arme. »Da seid ihr ja! Ich hatte solche Angst, dass du aufgehalten wurdest.«
Den anderen Mann konnte Fygen nur im Profil sehen. Er war deutlich größer als der Bräutigam, und seine Haare waren hell. Eine Stirnfranse fiel ihm in die Augen, und Fygen stöhnte auf. Nicht schon wieder Peter Lützenkirchen! Dieser Mann schien sie zu verfolgen. Zweifellos sah er sehr gut aus, und Fygen fühlte sich zu ihm hingezogen. Sogar ein klein wenig mehr als das, musste sie sich eingestehen. Doch damit stand sie sicher nicht allein da, und in keinem Falle wollte sie sich in die endlose Schlange seiner Verehrerinnen einreihen. Peter Lützenkirchen war ein erfolgreicher Kaufmann, Seidenhändler, Zunftvorstand und wer weiß wie wohlhabend. Er wäre für sie einfach unerreichbar.
»Was hat der hier zu suchen?«, zischte sie Katryn leise ins Ohr.
Die Freundin zuckte mit den Schultern. »Er scheint wohl Mertyns Trauzeuge zu sein.«

Ein verschlafen aussehender Pater mit schütterem Haarwuchs räusperte sich. Fygen hatte ihn nicht kommen sehen. Mertyn gab seine Braut frei, und sie folgten dem Geistlichen in das Innere der Kapelle. Der Altar war nur dürftig geschmückt, doch unter dem hölzernen Kruzifix brannten zwei dicke Kerzen und verbreiteten den weihevollen Duft von Honig und Bienenwachs. Der Pater winkte die Brautleute zu sich nach vorn und ließ sie vor dem Altar niederknien. Peter und Fygen als Trauzeugen mussten rechts und links von ihnen Aufstellung nehmen. Der Pater hatte gerade angehoben, ein erstes Gebet zu sprechen, als Fygen aus den Augenwinkeln sah, wie eine dunkel gekleidete Gestalt in die hinterste Kirchenbank schlüpfte. Fygen konnte ihr Gesicht nicht erkennen, die Frau hatte sich einen schwarzen Schleier tief in das Gesicht gezogen. Wahrscheinlich wartete sie nur darauf, dass die Trauung zu Ende ging, damit sie die Kirche putzen oder den Blumenschmuck auf dem Altar erneuern konnte, dachte Fygen. Doch etwas an der aufrechten, aristokratischen Haltung, der Art, wie selbstbewusst die Frau den Kopf hielt, machte Fygen stutzig. Immer wieder wandte sie leicht den Kopf und schielte zu der Frau hin, die durch die Spitze ihres schwarzen Schleiers aufmerksam die Trauung zu verfolgen schien. Sicher war sie nur eine der vielen Frauen, die sich bei Tag und Nacht in den Kirche aufhielten, um zu beten, beruhigte Fygen sich.

Der Pater beendete seine Gebete und kam nun zur eigentlichen Trauungszeremonie. Und als Katryn ihr halberstickes »Ja« sprach, bemühte sich Fygen vergeblich, den dicken Kloß aus Rührung und ein wenig Angst hinunterzuschlucken, der sich in ihrer Kehle festgesetzt hatte. Sie fühlte Peter Lützenkirchens Blick schwer auf ihr ruhen und wandte hastig den Kopf ab. Die Dame in der letzten Kirchenbank war verschwunden.

Als sie nach der Trauung in den kühlen Morgen hinaustraten, hakte Katryn die Freundin beschwingt unter. Alles war gutgegangen. Sie war nun Katryn Ime Hove, und niemand auf der ganzen Welt konnte daran etwas ändern.
Peter legte jovial den Arm um Mertyns Schultern. »Na, mein Freund, das ist schon ein Satansstück, das ihr zwei da aufgeführt habt. Ich hoffe für euch, dass der alte Starkenberg nicht allzu wütend wird, wenn er herausfindet, was ihr angestellt habt.«
Gut gelaunt spazierte die winzige Hochzeitsgesellschaft, die durch den schmächtigen Pater Verstärkung bekommen hatte, das kurze Stück zum Alten Markt, wo im Goldenen Krützchen bereits ein üppig gedeckter Frühstückstisch auf sie wartete. Trotz seiner knappen finanziellen Mittel hatte Mertyn sich nicht lumpen lassen. Dem schmächtigen Pater, der seiner Einladung gerne gefolgt war, lief das Wasser im Mund zusammen. Kaum wartete er ab, dass alle Gäste um den Tisch versammelt waren, als er auch schon ein hastiges Tischgebet sprach und sich beeilte, Messer und Löffel vom Gürtel zu schnallen.
Peter bedachte ihn mit einem scharfen Blick, und verlegen legte der Pater das Messer wieder beiseite. Peter erhob sich und wandte sich an das Brautpaar: »Ich wünsche euch von ganzem Herzen, dass die Liebe, die euch zu eurer mutigen Entscheidung geführt hat, euch für immer hold bleiben wird«, sagte er. Und mit ein wenig Wehmut in der Stimme fuhr er fort: »Es ist ein großes Geschenk, wenn es einem

erlaubt ist, den Menschen zu finden, der für einen bestimmt ist.«

Erneut griff der Pater nach seinem Messer, doch Peter schüttelte den Kopf. »Eine Kleinigkeit habe ich noch für euch«, fuhr er fort, zog aus der Brusttasche seines Wamses ein kleines Stück Pergament und reichte es dem Brautpaar. Eifrig rückte Katryn zu ihrem Mann heran, um die Worte entziffern zu können. Es war eine Art Quittung. Ein Beleg über die Zahlung einer Gebühr von drei Rheinischen Gulden. Gezahlt an das Seidamt zu Köln mit Datum von heute. Als Zweck der Zahlung wurde genannt: die Zulassung der Eheleute Ime Hove zum Seidamt.

Mit großen Augen schaute Katryn Peter an. Angesichts dieser Großzügigkeit verschlug es ihr die Sprache. Bei aller Sparsamkeit hätte es mit Mertyns Gehalt doch noch eine geraume Weile gedauert, bis sie es sich hätte leisten können, sich als Seidmacherin selbständig zu machen. Und nun hatte Peter ihr diese Sorge einfach abgenommen. Überglücklich strahlte sie ihn an. Dann beugte sie sich vor, umarmte ihn herzhaft und bedankte sich mit einem Kuss auf seine Wange. Peter klopfte Mertyn auf die Schulter, und bevor sein überraschter Freund noch ein Wort des Dankes fand, hatte er bereits seinen Becher erhoben, um auf das Brautpaar anzustoßen. Sie leerten ihre Becher, und endlich durfte der hungrige Pater sich über das Frühstück hermachen.

Fygen schnitt sich eine große Scheibe frisch gebackenen, dunklen Brotes ab und belegte sie dick mit Wurst. Dem Wurstbrot ließ sie eine Ecke fetten Käse folgen, um danach ein weiteres, reichlich gebuttertes Brot mit zähem, süßem Honig zu verspeisen. Es war erstaunlich, wie viel diese kleine Person zu essen vermochte, stellte Peter fest, der sie hin und wieder verstohlen musterte. In den wenigen Wochen, die seit Katryns Prüfung vergangen waren, hatte Fygen sich verändert. Sie war dünner geworden, und unter den matten, lehmfarbenen Augen lagen tiefe Schatten. Ihre Wangenknochen und das vorwitzige Kinn traten spitzer aus ihrem Gesicht hervor, als Peter es in Erinnerung hatte.

Nun endlich schien sie ihre Mahlzeit beendet zu haben. Sie schob den Teller fort, nahm einen großen Schluck Wein aus ihrem Becher und wischte sich wie ein Kind mit der Hand über den Mund. Die Geste hatte etwas Anrührendes, fand Peter, doch dann fiel der Ärmel von Fygens Kleid zurück und gab ein Stück des Unterarmes frei. Auf der blassen, weichen Haut oberhalb ihres Handgelenkes zeichneten sich deutlich vier blutunterlaufene Flecken ab – Abdrücke von Fingern, die zu fest zugepackt hatten? Denselben Fingern, welche die Spuren auf Fygens linker Wange hinterlassen hatten?

Bereits früh heute Morgen, als das kalte Morgenlicht auf ihr Gesicht getroffen war, hatte Peter die bläulich gefärbte Schwellung auf ihrer linken Wange wahrgenommen. An einer Stelle war die Haut sogar ein wenig aufgerissen, als hätte die Hand, die den Schlag geführt hatte, einen Ring getragen. Was musste das Mädchen alles bei seiner Lehrherrin erdulden? Peter überkam ein seltsames Gefühlsgemisch aus Mitgefühl für das Mädchen, gepaart mit einer gewaltigen Wut auf die alte Mettel.

Peter war noch ganz in seinen Gedanken gefangen, als ein junges Mädchen mit hübschem, herzförmigem Gesicht, jedoch einem leicht gewöhnlich wirkendem Zug um den

Mund, auf Fygen zutrat. Auf dem Arm trug sie ein straff gewickeltes Kind, das vielleicht ein Vierteljahr alt war. Peter konnte das nur vage abschätzen, in jedem Fall war das Kind winzig. Behutsam ließ das Mädchen den Säugling in Fygens Arme gleiten, der sofort seine winzigen Händchen in ihre Zöpfe vergrub und sie zahnlos angrinste. Peter erkannte das Mädchen. Es war eine der recht freizügigen jungen Damen, die er ein paar Mal in einem der Weinzapfe um den Alten Markt herum in Begleitung des einen oder anderen seiner Bekannten gesehen hatte. Ganz selbstverständlich ließ sie das Kind bei Fygen zurück und machte sich daran, der Hochzeitsgesellschaft die Becher neu zu füllen. Der Säugling schien sich auf Fygens Schoß sehr wohl zu fühlen, blubberte fröhlich vor sich hin und sabberte vertrauensvoll auf ihren Arm. Sanft kitzelte sie den Kleinen mit dem Finger unter dem Kinn, bis er krähend das kahle Köpfchen mit den wenigen weißblonden Flusen zurückwarf.

Ebenfalls völlig ungezwungen setzte sich nun ein schlaksiger, junger Bursche, augenscheinlich der Sohn der Wirtsleute, dessen freundliche Gesichtszüge durch die eine oder andere Hautunreinheit verunziert wurden, zu Fygen. Die beiden schienen sehr vertraut miteinander umzugehen, stellte Peter fest und verspürte einen kleinen, unsinnigen Anflug von Eifersucht. Dieses Mädchen veranstaltete einen gewaltigen Wirbel in seinen Gefühlen, dachte er. Was gab ihr nur die Macht dazu, fragte er sich zum wiederholten Male und musste sich eingestehen, dass er so gut wie nichts über sie wusste. Doch das ließe sich ändern.

»Hältst du das für eine gute Idee?«, riss Mertyn ihn aus seinen Gedanken.

»Wie bitte? Ich habe nicht zugehört«, entschuldigte Peter sich mit einem kleinen, reuevollen Lächeln, das sein Freund mit einem wissenden Blick quittierte.

»Das ist mir schon klar.« Mertyn lachte trocken. »Ich würde gerne, wenn Katryns Weberei läuft, mein eigenes Handelskontor öffnen und so wie du in den Englandhandel einsteigen. Ich könnte Katryns Seide gegen Wolltuche aus London handeln. Was hältst du davon?«

»Grundsätzlich ist das eine gute Idee, denn die Profite, die man erwirtschaften kann, sind hoch. Zwar auch die Risiken, aber das macht ja gerade den Reiz aus. Jedoch benötigt man eine Menge Kapital, denn man muss auch hin und wieder Verluste hinnehmen können, ohne gleich an den Rand des Ruins zu geraten. Und zurzeit gestaltet sich der Englandhandel ein wenig schwierig, wie du weißt.«

Infolge einer Auseinandersetzung zwischen der Hanse, eines deren wichtigsten Mitglieder die Stadt Köln war, und England hatten vor knapp drei Jahren, im Juli 1468, die Engländer drastische Maßnahmen ergriffen. Eine große Zahl Kaufleute am Londoner Stalhof, der hansischen Niederlassung in London, darunter siebenundachtzig kölnische Handelsherren, waren neun Monate lang unter Arrest gestellt und ihre Waren beschlagnahmt worden. Das hatte katastrophale Auswirkungen für die kölnische Wirtschaft gehabt, war England doch neben den Niederlanden der wichtigste Handelspartner der Stadt, die allein über ein Viertel des Tuchexportes aus England für die Hanse bestritt. Zwei Jahre später war dann auf dem Hansetag in Lübeck England der Krieg erklärt worden, sehr zum Verdruss der Kölner, die im Krieg keine Lösung sahen. Sie verhandelten mit König Edward IV., was wiederum die anderen

Hansemitglieder erboste. Sie drohten den Kölnern, sie wegen ihrer Eigenmächtigkeit aus der Hanse auszuschließen, doch das scherte die Kölner wenig. Waren doch die kölnischen Kaufleute bereits ein Jahr nach dem Vorgehen Englands gegen sie wieder in den Stalhof eingezogen, hielten ihn nun allein besetzt und hatten sogar ihre beschlagnahmten Waren zurückerhalten. Als einziges Hansemitglied hielten sie nun alleine den Handel mit England aufrecht.

In diesem Frühjahr hatte die Hanse ihre Drohungen wahr gemacht und die Kölner aus dem Bündnis ausgeschlossen. Konkret bedeutete es, dass es allen Kaufleuten der Hanse untersagt war, mit kölnischen Waren zu handeln, kölnische Kaufleute zu beherbergen oder mit ihnen eine Gemeinschaft einzugehen.

Jetzt, im Sommer 1471, tobte der Kaperkrieg auf den Meeren und erschwerte den Kaufleuten die Arbeit, da ihre Schiffe immer wieder von Hansischen Freibeutern aufgebracht wurden. Aber auf diejenigen, die mit ihrer Ware durchkamen, warteten hohe Profite.

»Mir selbst ist erst kürzlich eine Lieferung Tuch bei der Überquerung des Kanals abhandengekommen«, fuhr Peter fort. »Der Krieg ist eine einzige Katastrophe. Wenn die verdammte Hanse nur endlich diesen unsinnigen Krieg beenden würde.«

Ein beleibter, älterer Herr, der allein an einem Tisch in der Nähe gesessen hatte, erhob sich schwerfällig von seinem Stuhl. In seinem Haar war bereits mehr Grau als Blond zu finden, und die Sonne hatte ihre Spuren in sein Gesicht gegraben. Höflich verbeugte er sich vor Peter. »Sie erlauben? Vornhuis, Kaufmann aus Lübeck. Ich konnte eben nicht umhin, Ihre Meinung über den Kaperkrieg mit anzuhören. Ich bin allerdings, wie Sie verstehen werden, anderer Meinung. Wenn die Stadt Köln sich dem Beschluss der Hanse gefügt und England die Stirn geboten hätte, anstatt um des eigenen Vorteils willen einen eigenmächtigen Weg zu gehen, dann gäbe es diesen unseligen Krieg jetzt nicht.« Diesen eklatanten Vorwurf brachte der Kaufmann jedoch mit einem so sympathischen Lächeln vor, dass Peter gerne bereit war, auf diesen Disput einzugehen. »Wer hat denn den Engländern den Krieg erklärt?«, fragte er zurück. »Doch nicht die Kölner. Wir haben versucht, einen friedlichen Weg in Verhandlungen mit Edward IV. zu finden, was uns auch gelungen ist. Und dass es zu unserem Vorteil gereicht – nun, wir sind Kaufleute.«

»Dennoch bin ich sicher, dass die unbeugsame Haltung der Hanse auf lange Sicht Erfolg haben wird. Die englische Bevölkerung schätzt die Blockaden überhaupt nicht.«

»Bis dahin hat sich die Hanse aber selbst einen nicht wiedergutzumachenden Schaden zugefügt, meine ich.«

»Am Ende wird gezählt. Dann werden wir sehen, wer der Gewinner und wer der Verlierer ist.«

Peter genoss die Kontroverse sichtlich. Respektvoll stand er auf, reichte Vornhuis die Hand und antwortete mit jungenhaftem Lächeln: »Peter Lützenkirchen, Seidenhändler. Ich sehe, Sie wissen ein Wortgefecht zu schätzen. Gewiss verbietet Ihnen Ihre Einstellung nicht, uns bei unserer kleinen Feier Gesellschaft zu leisten und einen Becher mit uns zu trinken.«

»Diese Einladung nehme ich gerne an«, antwortete Vornhuis aufgeräumt, und Mertyn beeilte sich, einen weiteren Stuhl für ihren Gast herbeizuschaffen.

Fygen hatte dem Gespräch nur mit geteilter Aufmerksamkeit zugehört. Vielmehr hatte sie ihren Spaß daran, den kleinen Herman, der nach wie vor mit seinen kurzen Fingerchen nach ihren Haaren grapschte, mit den Enden ihrer Zöpfe in der Nase zu kitzeln. Hätte sie gewusst, welch entscheidenden Einfluss die wirtschaftspolitischen Geschehnisse dieses Frühjahres auf ihr Leben haben würden, sie hätte mit Sicherheit die Ohren gespitzt.

Vornhuis grüßte in die Runde und setzte sich auf seinem Stuhl bequem hin. »Ihr Sohn?«, fragte er Peter mit einem wohlwollenden Kopfnicken in Richtung des Säuglings auf Fygens Schoß. »Ein prächtiges Kerlchen, sieht Ihnen verdammt ähnlich.«

19. Kapitel

Verflucht noch einmal! Dieses Kind hat einen teuflischen Dickschädel!«

»Von wem sie den wohl hat?«, fragte seine Gattin spitz. »Außerdem sollst du nicht fluchen!«

Doch Heinrich Starkenberg regte sich weiter auf. »Das ist unfassbar. Das dürfen sie gar nicht. Sie ist noch nicht zwanzig Jahre alt. Ohne meine Erlaubnis kann sie nicht heiraten.«

»Du siehst ja, wie sie das kann.« Langsam verlor seine Frau die Geduld.

»Ich werde ... ich werde ...« Heinrich fehlten die Worte.

»Was wirst du? Sie enterben? Ich glaube, das ist ihr völlig gleich. Ich sage dir jetzt, was du tun wirst: Du willst keinen armen Schlucker als Schwiegersohn? Dann sieh zu, dass er vermögend wird!«

»Ich soll ihn auch noch unterstützen? Diesen ...« Vater Starkenberg fiel es schwer, in irgendeiner Form von Mertyn zu sprechen, ohne einen Fluch zu verwenden. Sein umfangreicher Bauch zitterte vor Empörung. »Auf wessen Seite stehst du eigentlich? Hm? Und wie stellst du dir das überhaupt vor?«

»Ganz einfach.« Katryns Mutter lächelte fein. »Sprich mit Peter Lützenkirchen. Er ist mit Ime Hove befreundet. Sicher wird er einige Geschäfte zu arrangieren wissen, die für, äh« – auch sie tat sich noch schwer damit, den Namen ihres Schwiegersohnes auszusprechen – »Mertyn gewinnbringend sein könnten.«

Ihr Mann schwieg eine Weile. Dann brummt er so leise, dass seine Frau ihn kaum verstand: »Hat sie wenigstens glücklich ausgesehen?«
»Sehr glücklich!«

Der Sommer neigte sich bereits seinem Ende zu, doch immer noch hing die Hitze über den Plätzen der Stadt. Nur in den schmalsten Gassen, wo die Sonne sich kaum zwischen den Häusern hindurchzuzwängen vermochte, war es halbwegs erträglich. Unter dem flachen Dach der Werkstatt zerflossen die Mädchen förmlich. Kaum dass eine ihre Sinne recht beisammenhalten und sich auf die Arbeit konzentrieren konnten. Immer wieder musste Fygen ihre Arbeit am Webstuhl unterbrechen, weil einer der Zwillinge sich beim Einfädeln der Schussfäden durch die Litzen vertat.
Fygen, obwohl selbst gerade erst im zweiten Jahr ihrer Lehre, war nun diejenige, welche die beiden jüngeren Lehrmädchen unterwies. Grete brachte dazu einfach nicht die Geduld auf. Bei jedem kleinsten Fehler beschimpfte sie die beiden, die daraufhin sofort in Tränen ausbrachen, was Grete nur noch mehr in Rage versetzte. Fygens Base machte sich noch nicht einmal die Mühe, die Mädchen auseinanderzuhalten und jede mit ihrem richtigen Namen anzusprechen. Sie nannte sie einfach *heda* oder *duda*, gleich welche von beiden sie meinte. Wen wunderte es da, dass die Mädchen sich eng an Fygen anschlossen, die trotz aller Arbeit immer ein freundliches Wort für sie übrighatte.
Doch heute störte Fygen das vertrauensvolle Geplapper der Mädchen. Denn während sie mechanisch das Schiff-

chen durch die Kettfäden bewegte, drehten ihre Gedanken sich im Kreis. Mettel hatte ihr beim Mittagessen knapp beschieden: »Morgen früh sollst du zum Zunftvorstand kommen.« Mit argwöhnisch hochgezogenen Augenbrauen hatte sie noch hinzugefügt: »Wer weiß, was du wieder angestellt hast.«

Doch Fygen blieb ihr eine Antwort schuldig. Sosehr sie sich auch das Hirn zermarterte, außer der Sache mit Katryns Prüfung fiel ihr nichts ein, was sie dem Zunftvorstand zu erklären hätte. Und Katryns Prüfung lag nun schon Wochen zurück. Nein, es war sehr unwahrscheinlich, dass diese Geschichte jetzt noch aufgerollt werden würde. Und Peter Lützenkirchen wäre der Letzte, der Katryn etwas Schlechtes wollte. Fygen konnte sich einfach keinen Reim darauf machen, was die Damen und Herren vom Seidamt von ihr wollten. Ein kleiner, heimlicher Gedanke allerdings schlich sich wider alle Vernunft immer wieder nach vorn in ihr Bewusstsein: Wollte Peter Lützenkirchen sie vielleicht einfach nur wiedersehen? Du dummes Ding, schalt sie sich. Hör auf zu träumen! Mit aller Macht zwang sie sich dazu, ihre Aufmerksamkeit wieder dem Webstuhl zu widmen. Sie würde den Grund schon noch rechtzeitig erfahren.

Am Morgen machte Fygen sich auf in die Obermarspforten. Normalerweise schlenderte sie gemächlich durch diese Straße und ließ sich viel Zeit, die prächtigen Häuser der wohlhabenden Kaufleute zu bewundern. Doch heute war sie dazu viel zu aufgeregt. Selbst dem übermannshohen Rosenbaum vor Peter Lützenkirchens Haus, der seine blütenschweren Arme bis in den ersten Stock hinaufreckte und dem Gebäude seinen Namen, Zum Rosenbaum, gegeben hatte, schenkte sie keinen Blick.

Vor dem großzügigen Portal hielt sie kurz inne und atmete den verlockenden Duft der verblühenden Rosen ein. Sie strich ihren Rock glatt und betätigte dann voller Spannung den schweren Türklopfer. Dumpf hämmerte der polierte Löwenkopf auf das Unterteil, und Fygen zog rasch die Hand zurück, erschrocken von dem Geräusch, das sie selbst verursacht hatte.

Nach einer Weile öffnete sich das Tor, und ein gedrungener Kopf mit eckigem, vorgerecktem Kinn lugte heraus.

Vor Schreck wich Fygen ein gutes Stück zurück, als sie das kantige Gesicht erkannte. Denn es gehörte Eckert, dem untersetzten Gehilfen von Peter, demjenigen, der so freundlich gewesen war, ihr an Bord des Schiffes seine Gerte über den Arm zu ziehen.

Doch der Knecht schien das Mädchen nicht wiederzuerkennen. »Ja, bitte?«, fragte er, als schien er zu erwarten, dass sie etwas abliefere oder eine Nachricht zu überbringen habe.

»Ich soll zum Zunftvorstand kommen«, erklärte Fygen.

»Der ist nicht da!«

»Aber es hieß, ich soll zum Vorstand kommen, heute Morgen.«

»Er ist bei einer Sitzung des Zunftvorstandes.«

»Also bin ich ja doch richtig«, sagte Fygen erleichtert und machte einen Schritt auf Eckert zu, in der Erwartung, dass dieser ihr nun die Tür öffnen würde. Doch weit gefehlt. Eckert sah sie an, als wäre sie eine Schwachsinnige. »Ich sagte doch, er ist nicht da!«, wiederholte er, deutlich schärfer im Ton. Nun schaute Fygen ihn wirklich belemmert an.

»Aber Herr Lützenkirchen ist doch Zunftvorstand«, beharrte sie.

»Ja. Sag nicht, du weißt nicht, dass es mehr als einen Vorstand gibt«, sagte er, verblüfft über so viel Unwissenheit. Sie musste in der Tat schwachsinnig sein. »Und sie tref-fen sich reih-um, mal da, mal da«, erklärte er nun langsam und deutlich. »Heu-te bei Jo-hann Byr-ken. Drei Häu-ser wei-ter.« Um seine Worte zu verdeutlichen, wedelte er mit den Armen in der Luft, damit sie ihn auch ja verstand.

»Danke«, sagte Fygen, machte auf dem Absatz kehrt und rannte die Straße hinauf in die Richtung, die Eckert ihr gewiesen hatte.

Noch war die Temperatur erträglich in Johann Byrkens gediegenem Kontor, denn durch die Fenster zum Hof wehte frische Morgenluft herein. Doch es würde nicht mehr lange dauern, bis die Hitze auch durch die dicken Wandtäfelungen in diesen Raum sickerte. Dora van Attendarne hasste diese Wärme. Schon jetzt stand ihr ein schmaler Schnurrbart aus Schweiß auf der fleischigen Oberlippe, und das Mieder ihres Kleides begann auf der Haut zu kleben. Hätte sie nur heute Morgen ein leichtes leinenes Kleid angezogen, statt der eleganteren pflaumenfarbenen Seidenrobe. Dora wischte sich mit der kleinen Hand über das Gesicht und griff nach dem Becher mit gekühltem weißen Wein, den Johann ihnen freundlicherweise kredenzt hatte. Nun, viel hatten sie heute ohnehin nicht zu besprechen, dachte die Hauptseidmacherin. Vielleicht wäre sie bereits wieder zu Hause, bevor die Hitze richtig unerträglich wurde. Mit einem tiefen Seufzen ihr schweres Schicksal beklagend, das sie heute Morgen dazu zwang, an dieser

Sitzung des Seidamtes teilzunehmen, wandte sie sich wieder dem Gespräch ihrer Kollegen zu.

»… haben wir hier noch einen Fall, in dem ein Lehrmädchen die Lehrstelle wechseln will«, erklärte Peter Lützenkirchen den Anwesenden in gelangweiltem Tonfall.

»Nanu, wieso denn das?«, fragte Byrken verdutzt. Er thronte gewichtig in einem gepolsterten, seiner mächtigen Figur angemessenen, lederbezogenen Sessel.

»Sie scheint dort, wo sie zurzeit ist, nicht glücklich zu sein«, antwortete Peter.

»Nicht glücklich«, schnaubte Gertrud van der Sar, und ihre spitze Nase bebte vor Empörung. »Da könnte ja jede kommen! Diese Mädchen sind oft faul und liederlich, und sobald man sie etwas härter anfasst, wollen sie gleich davonlaufen!«

»Nun, nun«, beschwichtigte Johann Byrken. »Wer ist denn das fragliche Mädchen überhaupt?«

Als wäre es abgesprochen, öffnete sich just in diesem Moment die schwere Tür des Kontors, und ein junges Dienstmädchen schob sich in den Raum. Ihr Knicks war eine Spur zu lasziv, und Gertrud van der Sar erkannte sofort, dass es sich um die aktuelle Favoritin des Hausherrn handeln musste.

»Was gibt es?«, wollte Johann Byrken wissen.

»Ein Mädchen ist hier. Fygen van Bellinghoven. Sie sagt, sie sei bestellt worden …«

»Nie gehört, den Namen«, brummte Byrken.

»Doch, das ist richtig. Herein mit ihr.« Mit wenigen Schritten hatte Peter den Raum durchmessen und flüsterte Fygen verstohlen zu: »Keine Angst, kleiner Mösch. Antworte nur ganz ehrlich auf meine Fragen. Und keine frechen

Sprüche, verstanden?« Er ließ ihr keine Zeit zu irgendeiner Reaktion, sondern begann sogleich mit seiner Befragung. »So, du willst also die Lehrstelle wechseln?«, lautete seine erste Frage, auf die er jedoch keine Antwort zu erwarten schien. Es klang eher wie eine Feststellung.

Fygen schaute ihn groß an. War es das? Hatte irgendjemand sie im Zorn über ihre Lehrherrin schimpfen hören? Und dann angeschwärzt? Sie hätte nicht schwören können, nie geäußert zu haben, dass sie lieber heute als morgen von Mettel fortkönnte.

»Wer ist deine Lehrherrin?«, lautete die nächste Frage.

»Die al ...« hob Fygen an, doch rasch verbesserte sie sich: »Mettel Elner.«

»Und du willst jetzt bei Katryn Ime Hove weiterlernen?« Fygen war verwirrt. Nie war sie auf die Idee gekommen, dass es überhaupt die Möglichkeit geben könnte, von Mettel fortzugehen und trotzdem Seidmacherin zu werden. Langsam dämmerte ihr, was Peter hier versuchte zu arrangieren. Vage nickte sie.

»Bei Katryn Ime Hove, der Tochter vom alten Starkenberg?« Gertrud van der Sar reckte ihren langen, dürren Hals vor. »Die hat doch selber gerade erst ausgelernt. Kann sie sich überhaupt eine Lehrtochter leisten? Man munkelt da Dinge ...«

Empört holte Fygen Luft, um Frau van der Sar eine passende Antwort zu geben, doch in letzter Sekunde nahm sie Peters winziges Kopfschütteln wahr und schluckte die bissige Bemerkung hinunter, die ihr auf der Zunge lag. »Bei Mettel gibt es nicht viel zu essen, weniger kann es bei Katryn auch nicht werden«, sagte sie stattdessen. Und dass dies keine Lüge war, davon konnten die hohen Damen und

Herren vom Seidamt sich unschwer mit einem Blick auf Fygens abgemagertes Schlüsselbein überzeugen, das hungrig aus dem Ausschnitt ihres Mieders stach.

»Ach wie schrecklich.« Dora van Attendarne verzog mitleidig den Mund. Für sie konnte es keinen wichtigeren Grund geben, die Lehrstelle zu wechseln, als wenn die Lehrherrin zu geizig war, ihre Mädchen ordentlich zu verköstigen. Und leisten konnte sich die alte Mettel das wohl, so viel wusste die Frau vom Seidamt auch.

Peter nickte beifällig. Fygens Antwort war genau die richtige gewesen. »Wenn Katryn Ime Hove sagt, sie will sie als Lehrtochter nehmen, so wird sie das schon können«, stellte er fest.

»Ich finde, das geht nicht. Ein Lehrmädchen kann nicht so einfach mir nichts, dir nichts die Stelle wechseln«, widersprach Gertrud van der Sar.

»Laut der Zunftordnung ist es einem Lehrmädchen mit unserer Zustimmung möglich, einmal während der Lehrzeit die Stelle zu wechseln«, klärte Peter sie ruhig auf und gab sich weiterhin den Anschein des Unbeteiligten.

»Ich für meinen Teil werde dem keinesfalls zustimmen. Wenn wir das heute zulassen, dann stehen morgen alle Lehrmädchen der Zunft vor uns und wollen eine andere Lehrherrin haben«, beschied ihm Gertrud van der Sar.

Alte Zange, dachte Fygen.

Peter stellte gezielt die nächste Frage: »Seit wann bist du schon bei Mettel Elner?«

»Seit etwas über einem Jahr.«

Wie lange sollten die Fragen denn noch weitergehen? Dora van Attendarne ging das alles gehörig auf die Nerven. Ihr war so warm. Wenn das Mädchen die Lehrherrin wechseln wollte, von ihr aus – bitte schön! Warum nicht? Die alte Mettel würde sicher ein neues Lehrmädchen finden. Nach einem Jahr Lehrzeit war es noch kein allzu großer Verlust, ein Mädchen zu verlieren. So viel konnte sie bis dahin kaum gelernt haben, zumal die Unsitte, die Mädchen im ersten Lehrjahr für die Hausarbeit heranzuziehen, weit verbreitet war. Entschieden setzte sie ihren leeren Becher auf dem niedrigen Tisch vor ihr ab. »Lasst uns endlich zu einer Entscheidung kommen«, drängte sie. »Also von mir aus kann sie zu Katryn Ime Hove gehen.«

»Ich bin einverstanden«, erklärte Peter vielleicht eine Spur zu schnell. »Was ist mit dir, Johann?«

Byrken ließ seinen abschätzenden Blick über das Mädchen gleiten. Sie war noch ein wenig jung, aber die Haare und die ungewöhnlichen, goldenen Augen waren vielversprechend. Sie hätte wirklich schön sein können, wenn sie nicht so mager wäre, stellte er mit Kennerblick fest. Johann hatte eine Schwäche für hübsche junge Dinger, und wer weiß, was bei gutem Futter aus dieser hier einmal werden würde … »Meinetwegen«, brummte er.

»Nun, ich sehe, ich bin überstimmt«, stellte Gertrud van der Sar verstimmt fest. »Aber ich habe euch gewarnt. Wenn das jetzt zur Sitte wird, steht uns viel Ärger ins Haus. Und ich verlange, dass sie eine Umschreibegebühr zahlen muss, als Entschädigung für den Aufwand, den sie uns verursacht. In gleicher Höhe wie die Einschreibegebühr.«

Peter stimmte zu: »Ja, das ist nur billig.«

Auch die anderen murmelten ihr Einverständnis. Nur Fygen wurde das Gesicht vor Enttäuschung lang. Es wäre zu schön gewesen, wenn sie zu Katryn hätte gehen können, aber sie hatte das Geld nicht. Mutlos biss sie sich auf die

Lippen. Peter hatte es sicher gut gemeint, das war ihr klar. Aber es wäre gnädiger gewesen, er hätte ihr diese Hoffnung erst gar nicht gemacht.

Doch Peter schien völlig ungerührt. Sicher war ihm nicht bewusst, dass sie diese Gebühr nicht würde aufbringen können. Wenn man so wohlhabend war, kam einem dieser Gedanke gar nicht in den Sinn.

Fygens Antrag war der letzte Punkt auf der Tagesordnung gewesen, und die Versammlung löste sich rasch auf. Dora van Attendarne setzte sich ihre ausladende Haube auf das Haar, und Fygen wurde entlassen. In gedrückter Stimmung machte sie sich langsam auf den Heimweg. Am Hühnermarkt, kurz bevor sie in die Gasse Unter Seidmacher einbog, zögerte sie einen Moment und blieb stehen. Sie konnte jetzt nicht zu Mettel gehen. Was hätte sie auf ihre Fragen auch antworten können? Dass sie jetzt zu Katryn in die Lehre gehen wollte, aber nicht die Gebühr dafür zu zahlen vermochte? Fygen lachte trocken auf. Da konnte sie Mettel ja auch gleich um die Mark für das Seidamt bitten. Bei der Vorstellung musste sie trotz allem schmunzeln. Kurzerhand beschloss sie, Katryn in ihrem neuen Haus aufzusuchen und ihr das Herz auszuschütten. Vielleicht fiel der Freundin ja eine geeignete Ausrede ein, die Mettel schlucken würde.

Mit gesenktem Kopf ging sie weiter und merkte zunächst nicht, dass Peter sie eingeholt hatte und den Schritt neben ihr verlangsamte. »Ich habe mir gedacht, dass du gleich zu Katryn gehen und ihr die gute Nachricht mitteilen willst«, sagte er gut gelaunt und strahlte sie mit seinem Lausbubenlächeln an. Doch Fygen wandte den Kopf ab. Er hatte es immer noch nicht begriffen. In ihren Augen glitzerte es verdächtig, und sie wollte nicht, dass er merkte, wie groß ihre Enttäuschung war.

»Was ist los?«, fragte er. »Freust du dich denn nicht?«

Fygen ließ den Kopf hängen. »Worüber soll ich mich freuen?« Sie quetschte die Worte an dem dicken Kloß vorbei, der in ihrem Hals steckte.

»Du gehst zu Katryn. Ist das kein Grund zur Freude?«

»Ich kann nicht zu Katryn gehen«, sagte sie leise. »Aber trotzdem danke für den Versuch. Das war sehr nett von Euch.«

»Ach, du meinst, weil du die Gebühr nicht zahlen kannst?«, fragte er leichthin. Für ihn schien das wirklich kein Problem zu sein, dachte Fygen mit einem Anflug von Ärger. Hatte er in seiner Arroganz denn immer noch nicht verstanden, dass eine Mark für sie unaufbringbar war? Sie blieb ihm die Antwort einfach schuldig. Am liebsten wäre ihr, wenn er sie jetzt allein lassen würde.

Doch in vertraulichem Plauderton fuhr er fort: »Unter uns: Ich habe gar nicht damit gerechnet, dass du sie zahlen kannst.«

Nun verschlug es Fygen wirklich die Sprache. Hatte er etwa erwartet, dass sie ihn um das Geld bitten würde? Was versprach er sich davon? Misstrauisch suchte sie die Antwort in seinem Gesicht, doch das spiegelte nur die Freude eines Jungen wieder, der offensichtlich ein Spiel gewonnen hatte.

In betont geschäftlichem Ton fuhr er ungerührt fort: »Wie du weißt, bin ich Geschäftsmann. Irgendeinen Vorteil muss ich ja aus der Sache ziehen, sonst lohnt es sich nicht für mich.«

Aha, jetzt kommt es, dachte Fygen. Niemand tut irgendetwas für irgendjemanden aus reiner Menschlichkeit. Um einem unseriösen Angebot seinerseits zuvorzukommen, sagte sie hastig: »Ich will Euer Geld nicht.«

»Das bekommst du auch nicht.« Seine Stimme zeigte eine Spur von Ärger. Es wäre freundlich, wenn diese Göre ihn einfach aussprechen lassen würde. Er zwang sich zur Ruhe. »Das Geld bekommt das Seidamt. Und ich leihe es dir …«

»Ich sagte doch, ich will Euer Geld nicht annehmen.«

»Himmel, jetzt halt einfach mal den Mund, bis ich fertig bin«, schimpfte er und packte sie bei den Armen. »Ich habe nicht gesagt, dass ich dir das Geld schenken will. Du sollst es abarbeiten. Du wirst für mich weben, und zwar sonntags, an deinem freien Tag. So lange, bis du es mir zurückgezahlt hast. So!« Er atmete heftig durch die Nase aus und gab ihre Arme frei. »Jetzt darfst du reden, soviel du willst.«

Fygen sagte gar nichts. Sie war beschämt. Sie hatte ihm bitter Unrecht getan.

Teil II

1474 – 1475

1. Kapitel

Fygen ließ die Hacke sinken und wischte sich den Schweiß aus dem geröteten Gesicht. Ihre erdverschmierte Hand hinterließ klebrig braune Streifen auf der Stirn. Doch Katryn, die neben ihr arbeitete, sah nicht besser aus, genauso wenig wie die anderen Frauen, die mit ihnen vor der Stadtmauer Büsche und Sträucher abhackten. Um sich besser bewegen zu können, hatten sie ihre Röcke hochgebunden und die Hauben zum Schutz gegen die Sonne tief in die Gesichter gezogen. In den ersten Tagen hatte Fygen es genossen, draußen an der frischen Luft zu arbeiten statt in der stickigen heißen Werkstatt. Die schwere Arbeit hatte ihre Muskeln gestärkt und die Sonne ihrer Haut einen bronzenen Farbton verliehen. Doch mittlerweile hatte sich auch ihr, wie allen anderen Bürgern der Stadt, die Angst tief in den Magen gefressen.

Schweigend arbeiteten die Frauen verbissen vor sich hin. Es galt, das Gelände vor den Mauern einzuebnen. Häuser, Höfe, ja sogar die Kirche von Sülz und Höfe von St. Pantaleon wurden niedergelegt, jedes noch so kleine Gebäude außerhalb der Mauern, das dem Feinde Schutz bieten könnte, dem Erdboden gleichgemacht. Die Scherze und das Lachen waren ihnen vergangen. Zu schrecklich waren die Berichte über die mächtige Artillerie, die von Maastricht herkommend auf das Kurfürstentum Köln zurollte, von burgundischen Reitern in großer Zahl, von pikardischen Kriegsknechten, Söldnern aus der Lombardei und englischen Bogenschützen.

Karl der Kühne – von Gottes Gnaden Herzog von Burgund, von Lothringen, von Brabant, von Limburg, von Luxemburg und Geldern, Graf von Flandern, von Artois, von der Freigrafschaft Burgund, Pfalzgraf von Hennegau, von Holland, von Seeland, von Namur und von Zutphen, Markgraf des Heiligen Reiches, Herr von Friesland, von Salins und von Mechelen – hatte bereits die Stadt Neuss, nur einen Tagesmarsch rheinabwärts, erreicht und schickte sich an, die kleine, vom Fluss umarmte Stadt zu belagern. Gestern nun hatte die Stadt Köln Ruprecht von der Pfalz offiziell den Krieg erklärt, dem Herrn, der Anspruch auf den Titel des Erzbischofs von Köln erhob. Ruprecht hatte sich mit der kölnischen Bürgerschaft überworfen und war von ihr vertrieben worden. Das Domkapitel hatte stattdessen den Landgrafen Hermann von Hessen zum Beschirmer und Verweser des Stiftes bestimmt. Da dem Inhaber des Erzbischofsstuhls von Köln auch die Würde eines Kurfürsten des Reiches zukam, ging es zudem um das Kurfürstentum Köln. Nun versuchte Ruprecht, diesen Anspruch mit Hilfe des Burgunders, mit dem er entfernt verwandt war, durchzusetzen. Nachdem er ihm eine hohe Geldsumme und territoriale Rechte in Kurköln in Aussicht gestellt hatte, versprach der Burgunderkönig Ruprecht Neuss und Köln für ihn zu unterwerfen.

Seit nahezu zwei Wochen arbeiteten die Bürger Kölns von früh bis spät fieberhaft daran, die größte Stadtbefestigung, die je eine Stadt umgeben hatte, in Verteidigungszustand zu versetzen. Die Gräben wurden von Unrat befreit und vertieft, mit dem Aushub dann die Wälle erhöht. Zusätzliche Bollwerke wurden errichtet, kleinere Stadttore ließ man einfach zumauern. Keiner ging mehr seiner herkömmlichen Beschäftigung nach.

Der Schweiß troff Fygen von den Schläfen, rann in ihr Mieder und verschwand in einem nicht enden wollenden Rinnsal zwischen ihren Brüsten. Fygen zog den Lappen fest, den sie sich als Schutz um die Hand gewickelt hatte. Wieder hob sie die Hacke und ließ sie neben der Wurzel eines Holunderbusches auf die feste Erde niederfahren. Längst hatte der rauhe Stiel Blasen zwischen Daumen und Zeigefinger hinterlassen. Doch die Schufterei half gegen die Angst. Sie gab den Einwohnern das Gefühl, etwas gegen die Bedrohung tun zu können, ihr nicht hilflos ausgeliefert zu sein. Und des Nachts bescherte ihnen die Müdigkeit einen erlösenden, todesähnlichen Schlaf der Erschöpfung.

Wer nicht schlief, saß in den Wein- und Bierzapfen und diskutierte die Lage der Stadt, des Reiches, ja sogar des Kaisers und wusste besser als der ehrwürdige Rat der Stadt, was zu tun und was zu lassen sei, um die Gefahr abzuwenden. Jeder Ratsbeschluss wurde leidenschaftlich verteidigt von den einen und heftig kritisiert von den anderen. War es sinnvoll, den Einkauf von Lebensmitteln zu reglementieren? Und den Bau von Brunnen? Und, im vertrauteren Kreise, wie ließen sich trotzdem Vorräte hamstern? Als eine der ersten Maßnahmen hatten die Stadtväter den Brotpreis herabgesetzt und festgeschrieben, um Wucherpreisen der Bäcker vorzugreifen. Einmütig waren jedoch alle der Meinung, die fünfprozentige Vermögensabgabe zur Deckung der Kriegskosten, die von jedem Bürger zu leisten war, sei eine Frechheit.

Rudolf hatte im Goldenen Krützchen alle Hände voll zu

tun, die durstigen Mäuler zu bewirten. Seit geraumer Zeit schon hatte er keine Zeit gefunden, sich mit Fygen zu treffen.

Dicke gelbe Wolken schoben sich von Westen her vor die Sonne, doch sie brachten keine Abkühlung. Die Luft vermischte sich mit Staub und Schweiß zu einem klebrigen Film auf der Haut. Wolken von winzigen Gewitterfliegen umschwärmten Fygen, setzten sich auf die Augenlider und gerieten ihr bei jedem Atemzug in Mund und Nase. Von Ferne grollte es. Die Frauen hatten den letzten Streifen ihres Abschnittes von Buschwerk befreit. Traurig und vernarbt lag die trockene, aufgerissene Erde vor ihnen.

»Wir sollten sehen, dass wir nach Hause kommen, da hinten braut sich ein Wetter zusammen«, mahnte eine der Frauen.

Fygen streckte ihren müden Rücken durch, streifte die Erde von der Hacke und hob sie sich auf die Schulter. Erschöpft machten die Frauen sich auf den Heimweg. Ein böiger Wind erhob sich und wirbelte kreiselnd Staubwolken auf. Plötzlich strauchelte Katryn und wäre fast gefallen. Haltsuchend griff sie nach Fygens Arm. Fygen ließ die Hacke in den Staub fallen und hielt die Freundin mit beiden Händen fest. Katryn schien nicht sicher auf den Beinen zu stehen. Ihr Gesicht hatte alle Farbe verloren, und die dunklen Augen lagen tief in ihren Höhlen.

»Willst du dich einen Moment ausruhen? Du solltest dich hinsetzen«, sagte Fygen besorgt. Die Anstrengungen der letzten Wochen schienen Katryn sehr entkräftet zu haben.

»Nein, nein, lass nur. Es geht schon wieder. Lass uns sehen, dass wir vor dem Regen nach Hause kommen.« Tapfer biss Katryn sich auf die Lippe und machte ein paar Schritte vorwärts, doch zur Sicherheit hielt sie weiterhin Fygens Arm umfasst.

Kurz bevor sie das Severinstor erreicht hatten, klatschten die ersten Tropfen, groß wie Münzen, in den Staub der Straße.

Sie waren bis auf die Haut durchnässt, als sie das kleine Haus vor St. Martin, nicht weit von Unter Seidmachern, erreichten, das Mertyn für Katryn und sich gemietet hatte. Das Haus mit dem anheimelnden Namen »Zum Roden Gevel« war bescheiden, aber hübsch, ordentlich weiß getüncht und sauber. Und der rote Giebel gab ihm einen freundlichen Anstrich. Nicht im entferntesten hielt es einem Vergleich mit dem prächtigen Starkenbergschen Haus in der Rheingasse stand, aber es war ein Haus zum Wohlfühlen. Fygen liebte es, und obwohl sie als Lehrmädchen noch immer in der Werkstatt schlafen musste, war es in den vergangenen drei Jahren für sie ein wirkliches Zuhause geworden. Im Erdgeschoss befand sich Mertyns Handelskontor und eine geräumige Werkstatt für Katryn, ausgestattet mit drei Webstühlen, die zwar nicht mehr ganz neu, dafür aber aus bestem Holz und gut gearbeitet waren, dahinter lagen in einem Anbau zum Hof Küche und Wirtschaftsraum.

Über eine steile Stiege brachte Fygen die Freundin in das Obergeschoss hinauf. Vorn erstreckte sich auf der ganzen Breite des Hauses eine Stube mit drei niedrigen Fenstern. Die Wände waren nicht mit Holz getäfelt, sondern nur schlicht getüncht, und außer einem Tisch, Stühlen und einer Truhe standen nicht sehr viele Möbelstücke darin. Doch es gab einen Ofen, der in der kalten Jahreszeit eine wohlige Wärme verbreitete, und Katryn hatte den Raum mit ein paar bestickten Kissen, Töpfen mit Blumen und gewirkten Läufern gemütlich und bequem eingerichtet.

Im hinteren Teil des Obergeschosses befand sich ein Schlafraum, in den Fygen Katryn nun führte. Sie half ihr aus den nassen Kleidern, brachte sie zu Bett und stopfte die Decke um sie herum gut fest, denn trotz der Wärme, die sich hartnäckig im Hause hielt, schauderte Katryn, und ihre Haut fühlte sich klamm und feucht an. Winzige Perlen kalten Schweißes traten ihr aus den Poren, und ihre Augen flackerten unruhig.

In der Nacht kam dann das Fieber. Fygen hatte Katryn ihr Nachtessen ans Bett gestellt, doch als sie vor dem Zubettgehen noch einmal nach der Freundin schaute, war der Teller immer noch unberührt. Katryn fror, und ihr schlanker Körper zitterte unter der Bettdecke. Fygen begann, sich ernsthafte Gedanken zu machen.

»Es ist nichts«, beruhigte Katryn sie. »Ich habe mich bei dem Regen sicher nur verkühlt.« Doch ihre Stimme klang müde und erschöpft, und Fygen beschloss, noch eine Zeit lang bei ihr zu bleiben. Sie zog sich einen Hocker heran, und beim matten Licht einer Kerze auf dem Nachtkasten hing sie ihren Gedanken nach. Es war vorrangig natürlich der Krieg, der ihr Sorgen bereitete. Sie hatte noch keine rechte Vorstellung davon, was es für sie und alle, die ihr lieb waren, bedeuten konnte, wenn die Stadt angegriffen würde. Es war vielmehr eine ungreifbare und dadurch umso schrecklichere vage Angst. Dazu kam die ganz reale Sorge um Mertyn, der noch nicht von seiner letzten Englandreise zurückgekehrt war, obwohl sie seine Rückkehr bereits vor Ende des Monats erwartet hatten, und auch um

Peter Lützenkirchen, mit dem er zusammen reiste. Natürlich nur aus rein geschäftlichen Gründen. Etwas anderes würde sie nicht einmal sich selbst eingestehen. Mit Katryns Einvernehmen hatte sie nämlich, nachdem sie ihre Schulden bei ihm abgearbeitet hatte, weiterhin nebenbei für ihn gewebt und sich ein wenig eigenes Geld verdient.

Vor drei Jahren, kurz nachdem Fygen zu ihm und Katryn gezogen war, hatte Mertyn seine Anstellung bei Heinrich Overbach aufgegeben und sich im Englandhandel selbständig gemacht. Fygen konnte sich noch gut an den Abend erinnern, als Peter gut gelaunt, einen Krug guten Weines unter dem Arm, in das Haus Zum Roden Gevel gekommen war. Sie hatten sich alle um den großen Tisch in der Stube versammelt und lauschten überrascht dem Angebot, das Peter seinem Freund zu machen hatte. »Ich habe einen Kaufmann an der Hand, der könnte Geld in dein Unternehmen stecken«, erklärte er aufgeregt, und die widerspenstige Haarlocke fiel ihm unternehmungslustig in die Augen. »Er finanziert die Reise, du fährst nach London, kaufst mit seinem Geld Wolltuche ein und verkaufst sie hier mit Profit«, fuhr Peter begeistert fort. »Er verlangt nur eine Verzinsung von zehn Prozent des Geldes, das er dir gibt.«

Mertyn legte skeptisch die Stirn in Falten, und seine dunklen Augenbrauen verschwanden fast unter dem Haarschopf. Das klang verlockend, doch er hatte gelernt, dass niemand etwas zu verschenken hatte, am wenigsten ein Kaufmann. »Und wenn das Schiff gekapert wird oder die Ware untergeht?« In der Tat lag darin die große Gefahr, und Mertyn hatte instinktiv den entscheidenden Punkt gefunden. Wenn er dafür geradestehen sollte, könnte das ein

schnelles und endgültiges Ende aller seiner Unternehmungen werden.

»Das Risiko geht er ein«, sagte Peter ruhig, doch Mertyn
blieb misstrauisch.

»Warum geht er dann nicht selbst nach London?«, wollte
er wissen.

»Dazu ist er zu alt, wie er sagt.«

»Wer ist denn dieser geheimnisvolle Kaufmann?«, mischte
Katryn sich nun in das Gespräch der Männer. »Kennen
wir ihn?«

»Ich musste ihm versprechen, dass sein Name nicht in Erwähnung tritt. Vielleicht mag er nicht, dass bekannt wird,
in welche Geschäfte er sein Geld steckt. Aber seid versichert, es ist ein höchst angesehener und seriöser Geschäftsmann«, erklärte Peter. »Du kannst bei der Sache nur gewinnen, Mertyn. Glaub mir.« Peter schien von der Sache
so überzeugt, und seine jungenhafte Begeisterung war so
ansteckend, dass sie bald darangingen, die Unternehmung
in allen Einzelheiten zu planen. So würde Mertyn zunächst
die Gewandschnittkonzession beantragen müssen, die Genehmigung, mit kölnischem und auswärtigem Tuch zu
handeln, um die Stoffe hier weiterveräußern zu dürfen.
Das war zwar nicht schwierig, doch ein wenig kostspielig.
Der Rat der Stadt ließ sich diese Konzession mit zehn
Gulden teuer bezahlen. Bereits wenige Wochen nach diesem schicksalhaften Abend waren die beiden Freunde und
Englandfahrer, Peter Lützenkirchen und Mertyn Ime
Hove, zu ihrer ersten gemeinsamen Reise nach London
aufgebrochen.

Diese, ihre erste gemeinsame Unternehmung, hatte sich als
ein glücklicher Erfolg gezeigt, und sie sollte nicht die letz-

te bleiben. Seitdem pflegten die beiden Männer ihre Reisen gemeinsam zu unternehmen, und vor allem Katryn war froh, den erfahrenen, verlässlichen Peter an Mertyns Seite zu wissen.

Doch in diesen unruhigen Zeiten, wo überall Soldaten aufmarschierten, konnte es ausreichen, im falschen Moment am falschen Ort zu sein, um dafür mit dem Leben zu bezahlen, dachte Fygen. Sie war nicht sehr gläubig, aber sie nahm sich vor, am nächsten Morgen für die sichere Heimkehr von Mertyn und Peter in Klein St. Martin eine Kerze zu stiften. Schaden konnte das sicher nicht.

Katryn war in einen unruhigen Schlaf gefallen und warf sich von einer Seite auf die andere. Mechanisch stopfte Fygen die Decke wieder um ihre Schultern herum fest.

Es gab noch andere Dinge, die ihr Kopfzerbrechen bereiteten. Sie musste nämlich eine Entscheidung treffen. Eine Entscheidung von größter Tragweite, denn es ging um ihr persönliches Leben, ihre Zukunft. Wenn es nach ihr gegangen wäre, hätte alles so bleiben können, wie es war, bis in alle Zeiten. Sie würde weiterhin bei Katryn wohnen, mit ihr zusammen weben, auch ohne Lohn, abends mit ihr und Mertyn im Hof sitzen und so die Tage verbringen. Doch Fygen wusste, dass das nicht ging, denn ihre Lehrzeit war vor ein paar Wochen zu Ende gegangen. In der Aufregung um die Kriegsvorbereitungen war ihre Prüfung vor dem Seidamt jedoch einfach in den Hintergrund getreten. Sie hatte in Ruhe ihr Werkstück angefertigt und war, da sie von Katryn auf das Beste ausgebildet worden war, an dem fraglichen Morgen ohne weiteres Aufheben zur amtierenden Zunftmeisterin, Druytgin Vurberg, marschiert, hatte deren Fragen beantwortet und ihr das Werkstück vorgelegt. Und das war es gewesen. Nun war sie Seidmacherin. Doch dieser Umstand bereitete ihr keine rechte Freude, denn sie würde Katryn verlassen müssen. Ihre junge Lehrherrin würde ein neues Lehrmädchen einstellen, denn ihr Geschäft warf noch nicht so viel ab, dass sie sich eine ausgelernte Seidmacherin leisten konnte.

Fygen liebte das Seidweben und hätte sich gerne wie Katryn mit einem eigenen kleinen Betrieb selbständig gemacht. Sie wäre sicher eine gute Seidmacherin, denn Katryn hatte ihr alle handwerklichen Fertigkeiten beigebracht und darüber hinaus alles Wissenswerte über den Einkauf der Rohseide, das Führen der Geschäftsbücher und den Verkauf der fertigen Seide. Sie wusste, was sie den Garnspinnerinnen zu zahlen und wie sie mit den Färbern zu verhandeln hatte, die immer wieder versuchten, mehr Gallen zu berechnen, als sie tatsächlich verbrauchten. Doch die eigene Weberei würde für Fygen leider auf ewig ein Traum bleiben. Wie immer wenn ihre Gedanken zu diesem Punkt kamen, seufzte sie traurig. Die Wirklichkeit sah anders aus. Sie würde sich bei einer der reichen Seidmacherinnen verdingen und für Lohn wirken müssen. Und das hieße natürlich, wieder von der Gnade und dem Wohlwollen einer Fremden abhängig zu sein. Doch selbst wenn sie fleißig war und sparsam lebte, das Geld für ihre Selbständigkeit würde sie wohl nie aufbringen können. Es waren ja nicht nur die drei Gulden für das Seidamt. Sie musste ein Haus mieten, das Platz für eine Werkstatt bot. Dazu mindestens einen Webstuhl anschaffen, besser zwei, nebst all dem anderen Werkzeug. Und ebenfalls nicht zu unterschätzen war das Geld, dass sie aufbringen musste, um Rohseide kaufen und bezahlen zu können. All das summierte sich zu einem schier unglaublichen Betrag, weit außerhalb ihres Vermögens.

Müde rieb Fygen sich die Augen und streckte sich. Ihre Glieder waren vom langen Sitzen auf dem kleinen Schemel ganz steif geworden, und die Muskeln hatten sich verspannt. Katryn hatte aufgehört zu frieren. Ihr Körper war unvermittelt warm geworden und strahlte nun eine schier unerträgliche Hitze aus. Eilig stand Fygen auf, um eine Schüssel Wasser und ein paar Lappen zu holen. Als sie an Katryns Bett zurückkehrte, war das Gesicht der Freundin rot und erhitzt, und Schweißperlen rannen ihre Schläfen hinab. Eine feuchte Haarsträhne klebte ihr auf der Wange. Fygen befeuchtete einen Lappen und wischte Katryn mit dem kühlen Tuch über Stirn und Gesicht. Erneut tauchte sie das Tuch ins Wasser, wrang es aus und ließ es kühlend auf Katryns Stirn liegen. Mit einiger Mühe löste sie die feuchten Schnürungen am Halsausschnitt von Katryns Hemd, um ihr auch ein kühlendes Tuch auf Hals und Brust legen zu können. Katryn schien zu kochen, schnell hatte das Tuch die Hitze ihres Körpers angenommen und kühlte nicht mehr. Fygen tauchte es erneut in das Wasser. Derweil hatte sich auch das Tuch auf Katryns Gesicht erwärmt, und Fygen verlegte sich darauf, die Tücher abwechselnd ins Wasser zu tauchen, kurz auszudrücken und sie der Freundin dann feucht aufzulegen. Doch die Hitze ließ nicht nach. Vielleicht half es, feuchte Tücher überall auf Katryns Körper zu legen. Die wärmende Bettdecke hatte Fygen längst entfernt, und nun schlug sie das dünne, untere Laken zurück. Trotz des gedämpften Lichtes in der Schlafkammer sah Fygen es sofort. Entsetzt fuhr sie zurück und schrie leise auf. Katryns weißes Hemd war durchweicht, dunkel von ihrem eigenen Schweiß und klebte an ihrem Körper. Doch in ihrem Schoß breitete sich ein noch dunklerer, klebriger Fleck aus, und Fygen roch den metallischen Geruch von frischem Blut.

Bleib ruhig, ruhig, ganz ruhig, ermahnte sie sich selbst. Katryn brauchte rasch Hilfe, doch dies hier überstieg Fygens Kräfte. Aber an wen sollte sie sich wenden? Manche der Bader und Heiler waren gefährlicher als Nattern, und wenn man sie in die Nähe eines Kranken ließ, bedeutete das den sicheren Tod des Patienten. Und um die Spitäler war es nicht besser bestellt. Dorthin ging man, um zu sterben. Doch Katryn durfte nicht sterben. Eine namenlose Angst um die Freundin erfasste Fygen. Jäh trat ihr eine andere Situation vor Augen, in der sie genauso hilflos gewesen war wie jetzt. Als Sewis ihr Kind bekommen hatte. In der Küche des Goldenen Krützchens. Lena! Das war es. Lena würde helfen. Aber Fygen konnte Katryn in diesem Zustand nicht allein lassen, um Lena zu holen. Wenn nur Mertyn hier wäre. »Verdammte Abenteurer«, schimpfte sie laut und meinte damit Mertyn und Peter. Konnten sie nicht, wie andere Männer auch, ihr Brot in der Stadt verdienen und abends zu Hause sein? Scheinbar nicht. Idiotisch, was einem in solchen Momenten durch den Kopf schießt, wunderte Fygen sich und traf eine Entscheidung. Sanft breitete sie das Laken wieder über die Freundin, ging zur Tür und rief laut die Stiege hinab: »Adelheid!«

Katryn hatte ihre jüngere Schwester vor einem knappen Jahr zu sich genommen, kurz nachdem ihre Mutter so plötzlich verstorben war. Was Frau Starkenberg zu Lebzeiten nicht vermocht hatte, durch ihren Tod waren sich Vater und Tochter in ihrem Kummer wieder sehr nahegekommen, und der alte Herr war ein gerne gesehener Gast im Haus Zum Roden Gevel. Adelheid hatte sehr unter dem Tod ihrer Mutter gelitten, tat es noch heute, und es erschien nur sinnvoll, dass Katryn sie zu sich nahm und sich nun um sie kümmerte. Katryn hatte sie sogar offiziell als Lehrtochter aufgenommen und in das Lehrtöchterbuch eintragen lassen. Adelheid würde zwar nie ihre Prüfung ablegen und Seidmacherin werden, aber sie half Katryn und Fygen in der Werkstatt, so gut sie es vermochte. Die Anerkennung und das Lob der Schwester hatten sie sogar ein wenig reifen lassen. Nun trat das Mädchen verschlafen in die Kammer.

»Adelheid, du musst mir helfen. Du kennst doch Rudolf?«, fragte Fygen sanft und zwang sich zur Ruhe.

Das Mädchen legte den großen Kopf schief und schob die Zungenspitze zwischen die Schneidezähne. Ernsthaft blickte es Fygen an. »Der beim Sprechen Regen macht?«

»Ja, genau der. Du weißt doch, wo der wohnt?«

Langsam nickte Adelheid.

»Nimm eine Laterne und lauf schnell dorthin. Hol Lena. Sag ihr, Katryn ist krank. Es ist sehr, sehr dringend. Schaffst du das?«

Mit schreckensweiten Augen blickte Adelheid Fygen an. Dann warf sie einen scheuen Blick auf das mitgenommene Gesicht ihrer Schwester. Wieder nickte sie.

»Dann lauf. Beeil dich!«

Fygen wusste nicht, ob sie recht gehandelt hatte, das verstörte Kind in die Nacht hinauszuschicken, doch es blieb ihr keine Wahl. Adelheid würde es schon schaffen. Wieder befeuchtete sie den Lappen, um Katryn den Schweiß von der Stirn zu wischen. »Halte durch, Katryn. Bitte halte durch. Adelheid holt Hilfe. Es wird alles gut«, murmelte sie, mehr zu ihrer eigenen Beruhigung, denn die Freundin schien sie nicht zu hören.

Es wurde eine der längsten Nächte in Fygens Leben. Ein ums andere Mal wischte sie Katryn den Schweiß von der Stirn, doch immer wieder unterbrach sie ihr Tun und lauschte angestrengt in die Stille, als könne ihr Wille allein Lena herbeiholen. Stunden schien es zu dauern, doch schließlich hörte sie das Klappen der Vordertür, und Lenas schwere Schritte erklommen die steile Stiege. Endlich, endlich betrat die stämmige Frau die Schlafkammer, in der Katryn immer noch fieberte und gar nicht mitbekam, wie kritisch es um sie stand.

Fygen schickte Adelheid aus dem Zimmer. Es reichte, dass sie wusste, dass es ihrer Schwester schlechtging. Das Blut brauchte sie nicht zu sehen, es würde ihr nur noch größere Angst einjagen. Sie erklärte Lena, was geschehen war, und schlug das Laken beiseite. Ein kurzer Blick genügte, dann schickte Lena die Mädchen einen Becher kochendes Wasser holen, reine Tücher, und die Schüssel sollte neu, diesmal mit warmem Wasser, gefüllt werden.

Froh, etwas tun zu können, liefen Fygen und Adelheid zwischen Küche und Schlafstube hin und her. Lena hatte derweil ihren alten, abgewetzten Lederbeutel von der Schulter gleiten lassen und kramte darin herum, bis sie ein kleines leinenes Beutelchen zum Vorschein brachte. Mit einem Löffel maß sie gewissenhaft eine bestimmte Menge der getrockneten Kräuter und Rinden daraus ab und ließ sie in den Becher mit heißem Wasser gleiten. Sorgfältig rührte sie den Sud, um ihn eine Weile ziehen zu lassen, während sie die Ärmel ihres Kleides aufkrempelte. Mit

Fygens Hilfe zog sie Katryn das verschmutzte Hemd aus. Willenlos ließ Katryn es geschehen, sie schien nichts um sich herum wahrzunehmen. Vielleicht war das auch besser so, dachte Fygen. Katryns Unterleib lag in einer Lache dunkelroten Blutes. Fygen schluckte und tauchte ein Tuch in warmes Wasser. Nach Lenas Anweisung wusch sie behutsam der Freundin das Blut ab und zog dann das Bettlaken unter ihrem Rücken hervor, um es durch ein neues zu ersetzen. Vorsichtig spreizte Lena Katryns Beine und untersuchte die junge Frau. Katryn hatte eine Menge Blut verloren, und noch immer sickerte ein hellroter Faden aus ihrer Scham hervor. Lena hieß Fygen ein reines Leinenlaken in Streifen reißen. Sie bückte sich und nahm eine gläserne Flasche mit durchsichtiger Flüssigkeit aus ihrem Lederbeutel. Als sie den Korken entfernte, stieg Fygen der scharfe Duft von Minze in die Nase. Lena träufelte ein wenig davon auf einen der Stoffstreifen, den Fygen ihr reichte, und legte ihn Katryn als Binde zwischen die Beine. »Gebe Gott, dass es sich nicht entzündet. Das wäre ihr Tod. Hast du genau zugeschaut? Du wirst die Binden alle paar Stunden wechseln. Tränke sie gut und reichlich mit dem Aufguss, ich lasse dir die Flasche da. Und wasch dir vorher immer gründlich die Hände!«

Nun griff Lena nach dem Becher mit dem Kräutersud, der sich inzwischen ein wenig abgekühlt hatte. Fygen legte den Arm um die Freundin und richtete ihren Oberkörper so weit auf, dass Lena ihr behutsam das dunkle Gebräu einflößen konnte. Dann nahm sie ein frisches Hemd aus der Eichentruhe an der Wand und streifte es Katryn über den Kopf.

»Was soll ich jetzt tun?«, fragte sie Lena.

»Nichts, mein Kind. Mehr können wir nicht tun. Nur hoffen, dass die Kräuter das Fieber senken und die Blutung zum Stillstand kommt. Und beten. Sie hätte sich schonen müssen in ihrem Zustand, statt Bäume auszureißen.«

»Was meinst du mit ihrem Zustand? Was ist mit Katryn?«

»Sie hatte eine Fehlgeburt.«

»Eine Fehlgeburt«, wiederholte Fygen betroffen. »Ich wusste gar nicht, dass sie ein Kind erwartete.«

»Vielleicht wusste sie es selber nicht?«

»Aber sie und Mertyn wünschen sich so sehr ein Kind. Sie sind schon ganz betrübt, weil sie noch keines haben.«

»Nun, sie ist noch jung. Vielleicht wird ja alles gut, und sie bekommt noch eine Menge Kinder«, tröstete Lena.

Dann war Fygen wieder allein mit Katryn. Und immer noch wütete das Fieber in Katryns Körper. Die Freundin warf sich in ihrem Bett hin und her. Manchmal murmelte sie etwas, und Fygen schreckte auf, doch die Worte konnte sie nie verstehen. Fygens Gedanken kreisten um Katryn, Mertyn und das Kind, das sie sich wünschten und nun verloren hatten. Wie würde Katryn damit fertig werden? Wenn sie es überlebte. Fygen schob den Gedanken entschieden beiseite. Katryn würde überleben! Und sie würde wieder ein Kind bekommen können!

Es musste schön sein, eine eigene kleine Familie zu haben. Fygen versuchte, sich selbst als Mutter vorzustellen, doch so recht gelang ihr das nicht. Dafür brauchte man einen Mann. Ohne dass sie es verhindern konnte, huschten drei kleine Mädchen an ihrem inneren Auge vorbei. Alle drei waren blond, und alle trugen sie Peter Lützenkirchens Gesichtszüge. Verärgert über sich selbst schüttelte Fygen den Kopf, zwang ihre Gedanken in eine andere Richtung und strich erneut Katryn eine Strähne aus dem Gesicht.

Endlich, als das erste bleiche Morgenlicht in die Stube sickerte, ließ das Fieber widerwillig sein Opfer aus den Klauen, und Fygen hatte das Gefühl, Katryns Temperatur sei ein wenig gesunken. Behutsam wechselte sie die blutgetränkten Binden aus und deckte die Freundin erneut zu.

Wieder und wieder legte sie Katryn die Hand auf die Stirn. Doch es vergingen noch ein paar Stunden, ehe Katryns Haut sich wieder normal anfühlte. Am späten Vormittag ließ dann auch die Blutung nach, und in dem Maße, in dem das Fieber schwand, kehrte Katryns Bewusstsein zurück.

Gegen Mittag schaute Lena nach der Patientin und verabreichte ihr erneut einen Kräuteraufguss. Sie zeigte sich erfreut von Katryns Besserung, dennoch ermahnte sie Fygen, weiterhin sorgfältig die Binden zu erneuern und darauf zu achten, dass Katryn das Bett nicht verließ. »Die Gefahr ist noch nicht vorbei!«, warnte sie.

Das Fieber kehrte nicht zurück. Die Blutung hatte aufgehört, doch Katryn wollte sich nicht recht erholen. Sie blieb schwach und blass, war oft abwesend, wenn Fygen und Adelheid ihr Gesellschaft leisteten, und nur mit Mühe konnte Fygen sie ab und an dazu bewegen, ein wenig zu essen. Sie machte sich große Sorgen um Katryn. Doch Lena, die hin und wieder nach der Patientin schaute, versicherte ihr: »Körperlich ist alles in Ordnung mit ihr. Es ist das Herz, Fygen. Katryn trauert.«

2. Kapitel

Und diese ganze Misere nur wegen des Erzbischofs«, klagte Mertyn.

Es war ein warmer Spätsommerabend, mit dem Versprechen auf einen baldigen Herbst in der lauen Luft. Peter war zu Besuch gekommen, um den Erfolg der Reise und ihre sichere Wiederkehr zu feiern, und Katryn hatte dies zum Anlass genommen, zum ersten Mal das Bett zu verlassen. Sie sah noch immer angegriffen aus, war blass und abgemagert, doch seit Mertyn zurückgekehrt war, hatten die Haselnussaugen wieder ein wenig Glanz bekommen. Einen breiten Schal um die Schultern geschlungen, genoss sie es, friedlich dazusitzen, während die Männer sich unterhielten. Ab und an drückte sie verstohlen Mertyns Hand, wie um sich zu vergewissern, dass er noch da war, hier neben ihr saß, leibhaftig und aus Fleisch und Blut. Der Apfelbaum reckte seine ausladenden Äste über ihre Köpfe, und Fygen genoss den leichten Windhauch, der durch den Hof strich.

»Glaub doch nicht, dass das mehr als ein Vorwand ist«, widersprach Peter Mertyn voller Überzeugung. Ruprecht von der Pfalz wurde von Köln nicht als Erzbischof anerkannt, doch Peter hielt dies nicht für den wahren Grund des Konfliktes. »Der Herzog von Burgund hat Ambitionen. Er will König werden über einen großen burgundisch-niederländischen Staat, das ist es, was er meiner Meinung nach beabsichtigt. Schau dir nur an, welche Gebiete er sich in den letzten Jahren unter den Nagel gerissen hat.« Mit der Hand skizzierte er die Umrisse Westeuropas auf die Tischplatte. »Geldern, Roermond, Venlo, Nimwegen.« Bei jedem Wort tippte er mit der Fingerspitze auf den Tisch. »Den Rhein von der Mündung bis an Kleve heran.« Seine Hand zeichnete den Flusslauf nach. »Das Herzogtum Kleve selbst ist mit ihm verwandtschaftlich verbunden«, erklärte er. »Die Grafschaft Moers hat er erobert, die Herzöge Jülich und Berg neigen ihm umso mehr zu, je mächtiger er wird. Als Nächstes will er den Mittelrhein. Kurtrier, Kurmainz, die Pfalz, die ohnehin mit ihm sympathisiert. Straßburg, Basel, bis heran an die österreichischen Vorlande am Oberrhein, die bereits an ihn verpfändet sind. Er träumt von dem alten lothringischen Zwischenreich, zwischen Frankreich und dem Rhein.« Sein Arm beschrieb einen Halbkreis, der die halbe Tischplatte umfasste.

Mertyn schaute ihn verblüfft an. So hatte er die Sache noch nicht betrachtet. »Und nur Kurköln stellt sich ihm in den Weg«, stellte er fest.

»Genau. Wie eine Barriere liegt es in seinem Weg zum Mittelrhein.« Peters Finger malte einen nachdrücklichen Strich an der betreffenden Stelle. »Doch er traut sich nicht, Köln direkt anzugreifen. Noch nicht. Dazu ist die Stadt zu stark. Und ein solcher Angriff könnte einigen böse aufstoßen. Den freien Reichsstädten, zum Beispiel, den Kurfürsten und unserem Kaiser Friedrich. Aber Neuss? Wer kümmert sich schon um Neuss? Neuss ist der am nordwestlichsten vorgeschobene Stützpunkt, nicht einmal einen Tagesmarsch von seinen Landen Limburg und Geldern entfernt. Neuss ist für den Burgunderherzog der Schlüssel zum Mittelrhein.«

»Wenn er uns nur nicht angreift«, sagte Fygen bange. »Vielleicht zieht er doch noch nach Köln, das kleine Neuss hat er sicher schnell erobert, und dann …«

Peter lachte trocken auf. »Das hatte Karl sich auch so gedacht. Er hat wohl damit gerechnet, dass er nur mit seiner prachtvollen Armee – der stärksten, die es zurzeit in Europa gibt, das muss man ihm lassen – vor den Mauern von Neuss zu erscheinen braucht, um sie schon nach wenigen Tagen zur Übergabe zu bewegen. Doch da hat er sich wohl verschätzt. Neuss ist nämlich gut befestigt.«

»Und wir, ich meine die Stadt Köln, können wir denn den Neussern nicht helfen?«

»Die Stadt Köln hat ihnen bereits vor Beginn der Belagerung den Landgrafen Hermann mit einigen hundert Mann zur Unterstützung gesandt, dazu etliche von der Stadt angeworbene Söldner. Das sollte fürs Erste reichen. Neuss ist geographisch so gelegen, dass es sich hervorragend verteidigen lässt. Denn die Neusser Ostmauer reicht bis an das Flussufer heran, während die Stadt im Westen praktischerweise von einem Nebenarm des Rheins vollständig umschlossen wird, der durch das Flüsschen Erft geschickt erweitert wurde. Neuss ist noch nie erobert worden. Das wissen die Einwohner und setzen sich recht selbstbewusst zur Wehr. Wenn ihr mich fragt, so beißt sich Karl daran die Zähne aus«, prophezeite er.

»Habt ihr viele Soldaten gesehen?«, wollte Fygen wissen.

»Ja, es mögen so an die zwanzigtausend Mann sein, Tross und Hilfstruppen nicht mitgerechnet«, antwortete Peter. »Es ist wirklich ein beeindruckendes Heer. Der Herzog von Burgund hat sich südlich der Stadt im Oberkloster an der Straße nach Köln eingenistet, während er seine Truppen rund um die Stadt hat Stellung beziehen lassen. Sie haben Neuss vollständig eingeschlossen.«

»Wir mussten auf der Rückreise schon weit vor Neuss an Land gehen, weil der Rhein für die Schifffahrt gesperrt war. Deswegen hat es auch länger gedauert«, erklärte Mertyn mit Bedauern in der Stimme und strich seiner Frau entschuldigend über den Arm.

»Ach, Rudolf, wie nett, dass du uns besuchen kommst«, rief er aufgeräumt dem jungen van Bensberg zu, der just in diesem Moment in den Hof trat. »Wir sitzen hier gemütlich und feiern unsere Wiederkehr und Katryns Genesung. Willst du einen Schluck mit uns trinken?«

Doch Rudolf schien seltsam verkrampft und entgegen seiner sonstigen Art ein wenig steif und unbeholfen. Vielleicht war es seine Kleidung, die ihn befangen machte. Er trug seine beste Juppe und darunter ein sorgfältig geplättetes Hemd. Der Haarschopf war sorgsam befeuchtet und glatt gekämmt. Auf Mertyns fröhliche Begrüßung hin murmelte er nur ein beiläufiges Hallo in die Runde und trat mit ernstem Gesichtsausdruck auf Fygen zu.

»Ist etwas geschehen?«, fragte Mertyn besorgt, mit einem Seitenblick auf Rudolfs offiziellen Aufzug, doch Katryn zupfte ihren Mann am Ärmel und schüttelte leicht den Kopf. Mertyn verstummte, und Rudolf fasste Fygen feierlich bei der Hand. Katryn ahnte, was nun kommen würde, und schloss die Augen.

Mit dem gebührenden Ernst verbeugte Rudolf sich vor Fygen. Er holte einmal tief Luft und sagte schlicht: »Fygen, du weißt, wie sehr ich dich mag. Willst du meine Frau werden?« Hörbar atmete er aus, und seine Haltung entspannte sich. »Puh, Honigauge, das war nicht so leicht«, grinste er verschmitzt und benutzte den vertrauten Spitznamen, den er ihr bei ihrer ersten Begegnung gegeben hatte.

Fygen schoss das Blut in den Kopf. Ihre Gedanken wirbelten durcheinander. Er meinte es ernst. Das war nicht einer seiner üblichen Späße. Rudolf meinte es wahrhaftig ernst. Aber eigentlich überraschte es sie nicht wirklich. Dass er in sie verliebt war, wusste Fygen, oder hatte es zumindest geahnt. Nur dass der Antrag so plötzlich kam, brachte sie aus der Fassung. Sie hatte es nie ernsthaft in Erwägung gezogen, Rudolf zu heiraten. Warum eigentlich nicht? Rudolf war ein anständiger Kerl. Sie mochte ihn, und er brachte sie zum Lachen. Er hatte nur einen einzigen Fehler: Er war nicht Peter Lützenkirchen, aber dafür konnte er nichts. Er hatte nicht Peters Ausstrahlung, seine Überlegenheit, sein welterfahrenes Auftreten, dachte Fygen, sein … Das war unfair, unterbrach sie sich. Dem Vergleich hielt Rudolf einfach nicht stand. Konnte er gar nicht. Fort mit den Gedanken, sie führten zu nichts, befahl sie sich. Rudolf würde ihr sicher ein guter Ehemann werden. Auch äußerlich hatte er sich zu seinem Vorteil verändert. Die jugendliche Akne war gewichen, ohne allzu tiefe Narben zu hinterlassen, und das Schlaksige seiner Gliedmaßen hatte sich ausgewachsen. Er hatte ein gesichertes Auskommen und würde einmal das Goldene Krützchen von seinen Eltern übernehmen. Aber Fygen wollte keine Wirtsfrau werden. In Wirtschaften hatte sie sich nie so wohl gefühlt wie beispielsweise Sewis. Sie wollte Seidmacherin bleiben. Dafür hatte sie die vier Jahre hart gearbeitet. Sie liebte die Seidenweberei. Doch was hatte sie für eine Wahl? Als Waise, ohne Mitgift, ohne Vermögen? Rudolf zu heiraten wäre sicher nicht das Schlechteste. Durfte sie sich eine solche Chance entgehen lassen?

Die Situation war ihr schrecklich peinlich. Warum hatte Rudolf nicht gewartet, bis sie unter sich waren?

»Rudolf, du hast ein Geschick, dir immer einen großartigen Zeitpunkt auszusuchen«, tadelte sie und warf einen schnellen Seitenblick auf Peter. Der starrte mit unbeweglicher Miene wie unbeteiligt in die Krone des Apfelbaumes über sich, und Fygen empfand seine Diskretion als umso peinlicher.

Doch sie ahnte nicht einmal, was in Peters Kopf vorging. Durch seine Geschäfte hatte Peter nur zu gut gelernt, seine wahren Gefühle hinter einer gleichgültigen Miene zu verbergen. Jetzt tobte es in seinem Inneren. Das konnte nicht wahr sein. Der Kerl konnte Fygen doch nicht allen Ernstes heiraten wollen. Sie war doch noch ein Kind! Er hatte Fygen immer als sein Eigentum betrachtet, war sich sicher gewesen, dass sie, wenn sie erst einmal erwachsen geworden wäre, ganz selbstverständlich seine Frau werden würde. In schmerzlicher Genauigkeit erinnerte er sich an ihre erste Begegnung auf dem Schiff, sah das hilflose, schmächtige Ding vor sich kauern, dem Eckert seine Gerte über den Arm gezogen hatte. Beim Anblick der Narbe zuckte Peter noch heute voller Scham zusammen. Dann ihr mutiger, ja dreister Auftritt bei Katryns Prüfung. Dafür zollte er ihr Respekt, obwohl sie ihm frech ins Gesicht gelogen hatte. All die Jahre danach hatte er ein wachsames Auge auf sie gehabt. Er hatte geglaubt, er hätte alle nur erdenkliche Zeit. Was für ein Esel er war! Sah er denn nicht, dass sie längst erwachsen geworden war? Worauf hatte er gewartet? Und nun drohte ein anderer ihm einfach zuvorzukommen. Er hatte persönlich nichts gegen Rudolf. Der war ein feiner Kerl, aber Fygen gehörte ihm. Peter war gewöhnt, rasche Entscheidungen zu treffen, das brachte seine Tätigkeit ebenfalls mit sich. Zaudern half in den seltensten Fällen. Jetzt galt es, alles auf eine Karte zu setzen.

»Lass nur, Fygen, der Zeitpunkt ist nicht schlechter als jeder andere«, sagte er beschwichtigend und fuhr, an Rudolf gewandt, fort, nun aber mit Granit in der Stimme: »Herr van Bensberg, Euer Antrag ehrt Euch. Doch Ihr werdet sicher Verständnis dafür haben, dass meine Verlobte« – hier machte er eine Pause, um seinem Gegenüber die Möglichkeit zu geben, den Sinn des letzten Wortes auch zu erfassen – »aus offensichtlichen Gründen Euer Angebot nicht annehmen kann.«

3. Kapitel

Mit flatterigen Händen riss Katryn die Fensterflügel auf und ließ die Reste kühler Nachtluft in die Stube fluten. Der lange Sommer war zu Ende gegangen, und die Luft war jetzt, kurz vor Tagesanbruch, erfrischend klar. Doch auch sie vermochte es nicht, Fygen den Schlaf aus den Gliedern zu treiben. Sie gähnte herzhaft, als Katryn sie mit sanfter Gewalt auf einen Schemel drückte. Nur in ihre Untergewänder gekleidet, wie Fygen selbst, doch bereits vollständig frisiert und zurechtgemacht, wirbelte die Freundin durch die Stube. Hektisch begann sie Fygens vom Schlaf zerzauste Locken mit Kamm und Bürste zu bearbeiten.

Warum, in aller Welt, mussten die Trauungen zu nachtschlafender Zeit abgehalten werden, haderte Fygen. Nur weil die Priester es gewohnt waren, ihrer Gebete wegen kurz nach Mitternacht aus ihren Federn zu kriechen, mussten sie Gleiches doch nicht auch ihren Schäfchen zumuten. Und erst recht nicht einer jungen Braut, die für ihre Toilette an diesem Tag besonders viel Zeit benötigte. Veilchenfarbenes Licht sickerte durch das Fenster, brachte die leichten, weißen Leinenvorhänge zum Zittern und schwemmte eine unwirkliche Stimmung herein. Die gleiche Stimmung wie sie Fygen damals an Bord des Niederländers überkommen hatte, der sie ihrem neuen Leben in der großen, fremden Stadt entgegengebracht hatte. An dem Tag, an dem sie Peter Lützenkirchen zum ersten Mal begegnet war, dachte sie, und ein winziger Seufzer entwischte ihren Lippen. Nicht ihr, Fygen, galt die ganze Aufregung der letzten Wochen. Nicht sie war es, die gleich vor den Altar treten würde, um den begehrtesten Junggesellen der ganzen Seidmacherzunft zu ehelichen. Und das wundervolle, kostbare Kleid aus feinster weißer Seide, dessen weite, bestickte Tütenärmel bis auf den Boden reichten, das sich, an einem Haken hängend, leicht im Luftzug bauschte, war nicht ihr Kleid. Es war gestern von einem Boten gebracht worden, aber sicher nicht für sie.

»Au!«, schrie Fygen auf, als sich der Kamm in einem Haarknoten verfing.

»Stell dich nicht so an!«, wies Katryn sie unbekümmert zurecht, bemühte sich jedoch, vorsichtiger durch die Strähnen zu fahren.

Fygens Blicke folgten den raschen Bewegungen der Freundin, soweit ihr Blickwinkel das zuließ. Katryn schien furchtbar aufgeregt zu sein, weit mehr als Fygen selbst. Auf wundersame Weise war die Freundin wieder zu Kräften gekommen. Die bevorstehende Hochzeit hatte ihr neue Kraft, neuen Mut gegeben, und obwohl sie sich hin und wieder ausruhen musste, so hatte sie sich doch voller Elan in die Hochzeitsvorbereitungen gestürzt. Es schien, als wolle sie all das nachholen, was sie bei ihrer eigenen, heimlichen Hochzeit hatte entbehren müssen. Sie war es gewesen, die mit Peter die Gästeliste zusammengestellt, die Hochzeitsbriefe versendet, das Festessen geplant hatte. Es würde ein großartiger Tag werden, dafür hatte Katryn gesorgt.

Endlich schimmerten Fygens Locken wie altes, poliertes Holz, und ihre Lehrherrin war zufrieden. Behutsam nahm sie das kostbare Kleid von seinem Gestänge, öffnete mit flinken Fingern die unzähligen, winzigen Knöpfe und streifte es Fygen vorsichtig über, sorgsam bemüht, die Frisur nicht wieder in Unordnung zu bringen. Zum Schluss setzte sie Fygen den Blumenkranz auf das Haar, der, um frisch zu bleiben, die Nacht in einer Schale mit Wasser zugebracht hatte. Wie neuer Schnee hoben sich die weißen Blüten von ihren dunklen Locken ab und verliehen ihrem Gesicht eine zarte Verletzlichkeit.

Katryn trat zurück und bewunderte ihr Werk. Fygen sah einfach wunderschön aus. Die offenen Haare umrahmten ihr leicht von der Sonne gebräuntes Gesicht und ringelten sich über die makellosen Schultern bis fast zur schmalen Taille hinab. Peter würde seine Entscheidung sicher nicht bereuen, wenn er sie sah, und keines der Klatschmäuler aus der Zunft würde an Fygens Aussehen etwas auszusetzen haben. Behutsam breitete Katryn einen hauchzarten Schleier aus duftigem Seidengespinst über Fygens Kopf, der Gesicht und Haar verbarg. Der silbrige Schimmer vor ihren Augen führte nun endgültig dazu, dass Fygen sich in einem Märchen wähnte, und als sie im Flügel des geöffneten Stubenfensters das Bild einer liebreizenden, kostbar gekleideten jungen Braut erblickte, war sie restlos davon überzeugt, dass diese Schönheit niemals sie selbst sein könnte.

»Bist du so weit?« Während Fygen noch in Gedanken versunken gewesen war, hatte Katryn sich selbst fertig angekleidet, und in Begleitung von Mertyn machten sich die jungen Frauen auf den kurzen Weg die Straße hinab zur Pfarrkirche Klein St. Martin.

Als sie den Platz vor dem Gotteshaus erreichten, trafen die ersten Sonnenstrahlen auf die Spitze des soliden, kantigen

Kirchturmes. Trotz der frühen Morgenstunde hatte sich bereits eine ansehnliche Gesellschaft versammelt. Jedes weibliche Zunftmitglied wollte die Frau sehen, die es geschafft hatte, Peter Lützenkirchen vor den Altar zu schleppen. Und die dazugehörigen Männer waren erschienen, um dem frischgebackenen Ehemann den Rücken zu stärken und ihm Mut zuzusprechen, so es denn nötig sei. Aufgeräumt tuschelte die Menge. Fygen kam der Kirchhof vor wie die Wiesen am Rheinufer, wenn die wandernden Gänse einfielen. War das Mädchen wirklich so schön? Wohlhabend war sie ja wohl nicht. Kam auch nicht aus der Stadt, aber man munkelte, dass sie wenigstens von guter Abstammung wäre.

Die Menge verstummte, um die Braut neugierig und ungeniert zu mustern. Nur zögerlich bildete sie eine Gasse, um Fygen mit Katryn und Mertyn zum Gotteshaus durchzulassen. Und gerade in diese Stille hinein brachte Grete das Gefühl so manch einer verschmähten Tochter der Zunft auf den Punkt: »Es ist schon unglaublich, dass Peter Lützenkirchen so unter seinem Niveau heiratet. Aber wenn es den Männern in die Hose fährt …«

Erstaunlicherweise war es diese grobe Unhöflichkeit, die Fygen jäh das Gefühl der Unwirklichkeit, das sie auch auf dem Weg zur Kirche nicht verlassen hatte, nahm. Jetzt, jetzt endlich glaubte Fygen selbst daran. Es würde geschehen. Sie würde Peter heiraten. Heute. Hier in dieser Kirche. Mit einem Mal stieg eine unbändige Freude in ihr auf. Sie schien aus dem Bauch zu kommen und bis in die Haarspitzen hinaufzulodern. Tief sog sie die Luft ein, und ein schier unauslöschliches Strahlen breitete sich auf ihrem Gesicht aus.

Peter erwartete sie oben auf den Stufen vor dem Portal. Mit keiner Regung ließ er erkennen, dass er Gretes Worte gehört hatte. Fröhlich blitzte er Fygen an und reichte ihr galant den Arm. Seine himmelblaue, mit Silberfäden bestickte Wolljuppe strahlte mit seinen Augen um die Wette, und einmal mehr dachte Fygen, dass er trotz aller Eleganz seiner Erscheinung wie ein großer Junge aussah.

Feierliche Kühle und der Duft von Weihrauch umfingen sie, als sie den Mittelgang zwischen den Bankreihen zum Altar entlangschritten. Hinter ihnen betraten die Kirchgänger, geladene Gäste und Neugierige, das Gotteshaus und verteilten sich in die Bänke. Nur die ersten beiden Reihen, gewöhnlich reserviert für Verwandte und Angehörige des Brautpaares, blieben leer. Doch dann schob sich eine kleine, schmächtige, schwarz gekleidete Gestalt nach vorn. Schwer gestützt auf ihren Stock, versuchte sie dennoch einen ehrfürchtigen Knicks, bevor sie sich in der ersten Reihe auf der Seite der Braut niederließ. Selbstbewusst ordnete Marie vom Hühnermarkt ihre Röcke um sich herum und winkte Fygen fröhlich mit dem Knauf ihres Stockes zu. Katryn hatte ebenfalls die leeren Reihen bemerkt, die so deutlich vom Fehlen von Fygens Familie Zeugnis ablegten. Hoch erhobenen Hauptes griff sie Maries Beispiel auf, und bald saßen neben Mertyn Katryns Vater, Adelheid und ihr selbst auch Rudolf und seine Familie mit Sewis, die den kleinen, inzwischen bereits dreijährigen Herman auf den Knien hielt. Mettel, die nun ebenfalls mit Grete im Schlepptau ihren Anspruch auf die besten Plätze geltend machen wollte, fand beim besten Willen keinen Platz mehr und musste sich schnaubend wieder in den hinteren Teil der Kirche zurückziehen.

Die erste Reihe hinter Peter jedoch war und blieb leer. Was war eigentlich mit Peters Familie, fragte Fygen sich. Hatte er überhaupt noch eine Familie? Erstaunt und ein wenig schuldbewusst stellte sie fest, dass sie sich diese Fragen nie gestellt hatte. Aber Peter war so viel älter als sie, so erwachsen und selbständig, dass ihr der Gedanke nie gekommen war. Doch jetzt war nicht der rechte Zeitpunkt, darüber nachzudenken. Eben trat der Pfarrer, gefolgt von seinem Kaplan und vier Messdienern, aus der Sakristei, und die Gemeinde erhob sich von ihren Sitzen.

An die eigentliche Trauung und daran, worüber der Pfarrer in der Predigt gesprochen hatte, vermochte Fygen sich im Nachhinein nicht zu erinnern. Mechanisch hatte sie sich hingekniet und geantwortet, wenn es von ihr verlangt wurde. Nur an das überschäumende Glück, wenn sie ihrem künftigen Ehemann einen verstohlenen Blick zuwarf, erinnerte sie sich. Sie war froh und dankbar, dass der Schleier ihr Gesicht ein wenig verbarg, denn sie war überzeugt davon, völlig unangemessen zu grinsen und wie eine komplette Idiotin auszusehen.

Dann war es vorbei. Peter wandte sich ihr zu, hob ihren Schleier vorsichtig an und schlug ihn sanft über ihr Haar zurück, als befürchte er, eine Kostbarkeit zu zerstören. Sein funkelnder Blick suchte den ihren, senkte sich in ihre Augen. Tief. Blau. Lange. Sie hielt ihn fest. Wollte ihn für immer behalten. Zugleich fürchtete sie, den Boden unter den Füßen zu verlieren. Dann beugte er sich langsam zu ihr hinab, vorsichtig, und küsste sie zart auf die Lippen.

Hochrufe wurden laut, ein Hoch auf das Brautpaar. Sie rissen den Kokon um Peter und Fygen in Fetzen. Der Bann war gebrochen. Überschwänglich schloss Peter seine junge Frau in die Arme. Ihr zweiter Kuss war schon von ganz anderer Art.

Nach der Trauung zog das Brautpaar mit den geladenen Gästen zum Schmaus in das Bruloftshaus, einem Gebäude, dass ausschließlich Hochzeitsfeierlichkeiten vorbehalten war. Es lag nur ein paar Minuten entfernt von der Kirche Klein St. Martin am Quatermarkt, gleich gegenüber dem Gürzenich, Kölns stolzem Tanzhaus. Und es waren viele, die der Einladung folgten. Krieg in Neuss hin oder her, gerade in solch einer schweren Zeit war jede Ablenkung willkommen, und die Kölner wären nicht Kinder ihrer Stadt, hätten sie eine Gelegenheit ausgeschlagen, ausgiebig zu feiern. Neben Peters und Fygens engsten Freunden waren vor allem einflussreiche Mitglieder der Zunft und wohlhabende Kaufleute, meist Geschäftspartner von Peter, gekommen. Hier und da sah man sogar ein ehrwürdiges Mitglied des Rates der Stadt.

Wenn auch manch einer über Peters Wahl verwundert gewesen war, so waren die Gäste doch alle bedacht genug, sich dies in keiner Weise anmerken zu lassen. Peter hatte seine Wahl getroffen, daran war nun nichts zu ändern, und der Frau Lützenkirchen, Gattin des wohlhabenden Kaufmannes und ehrenwerten Seidenhändlers, gebührte entsprechender Respekt. So waren denn auch die Geschenke der Gäste üppig bemessen. Nahmen doch die Kästen mit silbernen Löffeln, Rollen von Tischdamast, zinnenen Bechern und Krügen einen ganzen Tisch im Saal ein. Ein Witzbold hatte sogar unbemerkt eine geschnitzte, beinerne Babyrassel zwischen die Geschenke geschmuggelt.

Kaum hatten sie den Festsaal betreten, als Peter schon von einigen seiner Freunde umringt wurde. Während Fygen zusah, wie seine blaue Juppe unter fröhlichem Scherzen und Schulterklopfen zwischen seinen Freunden verschwand, verspürte sie einen kleinen Stich und fühlte sich für einen Moment sehr allein. Um sich herum sah sie Frauen in wunderschönen Roben, flieder- und pfirsichfarben, silberbestickt, burgunderrot und honiggelb. Weite Ärmel, Schleppen, die bis auf den Boden reichten, goldbeschlagene Gürtel und blitzende Reifen in aufgesteckten Frisuren. Nie hatte sie solch eine Pracht gesehen. Plötzlich überfiel sie eine unbestimmte Angst. Was hatte sie hier verloren zwischen all diesen vornehmen Menschen? Sie atmete tief durch, um die Angst zu unterdrücken, dann spürte sie, wie sich eine Hand auf ihren Arm legte. Fygen wandte den Kopf, und zu ihrer grenzenlosen Erleichterung war es Katryn, die nach ihr gesucht hatte. Mit einem einzigen Blick erfasste sie, was in Fygen vorging. »Ich bleibe bei dir«, flüsterte sie. »Komm, stellen wir uns deinen Gästen, ich bin sicher, sie wollen ihre Glückwünsche loswerden.«

Fygen entdeckte ein bekanntes Gesicht, sah die üppige Gestalt von Dora van Attendarne, ganz in pflaumenfarbene Seide gehüllt, auf sich zusegeln. Jene Hauptseidmacherin, die damals im Zunftvorstand dafür gestimmt hatte, dass sie ihre Lehrherrin wechseln durfte, wenn auch nur, um endlich der Hitze in Byrkens Kontor zu entkommen. Doch sie schien Fygen nicht wiederzuerkennen. »Meinen Glückwunsch, Frau Lützenkirchen. Und welch ein entzückendes Kleid. Elfenbein passt hervorragend zu Eurem Teint.« Freundlich reichte sie Fygen ihre mollige Hand. Fygen knickste, murmelte kaum vernehmlich ein paar Dankesworte und versuchte sich an einem Lächeln.

»Eine schüchterne Braut, wie entzückend«, befand Frau van Attendarne laut, tätschelte ihr wohlwollend den Arm und machte den hinter ihr stehenden Gratulanten Platz.

Als Nächste trat eine groß gewachsene Frau mit eingefallenen Wangen auf Fygen zu. Ihr blaues Kleid war weit schlichter und schmuckloser als die Roben der meisten anderen Damen. »Alles Gute zur Verehelichung«, wünschte sie höflich.

Wieder knickste Fygen, und ihr Lächeln wurde schon sicherer.

Die Frau schaute sie verdutzt an, nickte dann und entfernte sich rasch ohne ein weiteres Wort.

Bevor Fygen den nächsten Gästen die Hand reichen konnte, nahm Katryn sie beiseite. »Das musst du nicht tun!«, zischte sie leise.

»Was muss ich nicht tun?«

»Vor dieser Frau knicksen.«

Fygen schaute sie überrascht an, und Katryn erklärte ihr: »Sie ist die Frau eines kleinen Kaufmannes und steht gesellschaftlich weit unter dir. Es wäre eher an ihr gewesen zu knicksen.«

»Und wie erkenne ich, vor wem ich zu knicksen habe und vor wem nicht?«, wollte Fygen irritiert wissen. Gerade hatte sie angefangen, sich ein wenig sicherer zu fühlen, da hatte sie auch schon den ersten Fehler gemacht.

»Du brauchst jetzt nicht mehr vor so vielen zu knicksen, am besten du reichst nur die Hand, lächelst und nickst freundlich. Schaffst du das?«

Fygen nickte. Es war ihre erste Benimmstunde, und ihr begann zu dämmern, dass das Leben an der Seite eines erfolgreichen Kaufmannes wohl anders sein würde als ihr bisheriges. Tapfer schluckte sie, drückte ihren Rücken durch und reckte entschlossen das Kinn vor. Dies war ihre Hochzeit, und wenn das die Menschen waren, mit denen ihr Gatte umzugehen pflegte, so würde sie schon lernen, sich unter ihnen zu bewegen.

Es wurde ein langes, ausgelassenes Fest. Vornehm oder nicht, die Gäste machten sich herzhaft über die Köstlichkeiten her, die Platte um Platte aufgetragen wurden. Teller, Schüsseln, Terrinen mit gebratenem Wildschwein, Kaninchen mit Pfeffer, Hühnchen, zarten Wachteln, Feldhühnern, herzhaften Würsten, saurem Kappes, Hecht, gesottenem Karpfen mit Speck, Obst und vielerlei Sorten Gebäck wurden herbeigeschleppt und, restlos leergegessen, wieder davongetragen. Kräftig sprach man dem guten Wein von Rhein und Nahe zu, und so manch einer löste verstohlen Knopf und Hosenbund, um dem Magen mehr Platz zu verschaffen. Als auch der Hungrigste unter den Gästen restlos gesättigt war, spielte man zum Tanz auf. Das Brautpaar führte einen schwungvollen Reigen an, und im Takt von Trommeln und Flöten formierten sich die jüngeren Gäste zum Reihentanz.

Durch die schmeichelnden Worte der Frauen und die echte Bewunderung, die ihr seitens der männlichen Gäste zuteilwurde, hatte sich Fygen zusehends entspannt, und sie begann ihr Hochzeitsfest zu genießen. Ihre kleine Hand in Peters sicherem Griff zu spüren brachte das Glücksgefühl, das sie seit der Trauung verspürt hatte, zurück. »Amüsierst du dich gut, kleiner Mösch?«, fragte Peter zärtlich und blickte stolz auf seine hübsche Gattin hinab. Auf seinem Gesicht lag ein glückliches Lächeln, das ihn fast ein wenig einfältig wirken ließ. Der Tanz erforderte, dass die Dame eine Drehung vollführte, und so drückte Fygen ihm als Antwort nur kurz die Hand und strahlte ihn an.

Nur einer dauerte sie sehr an diesem Tag, und ein Schatten huschte über ihr Gesicht, als sie Rudolfs hoch aufgeschossene Gestalt am Rande der Tanzfläche erblickte. Aufrecht und beherrscht stand er da, in der Hand den wie vielten Becher Wein, und beobachtete das Treiben. Doch die zusammengekniffenen Lippen in seinem sonst so fröhlichen Gesicht verrieten, wie schwer es ihm fiel, an diesem Tag die Haltung zu bewahren.

Peters Augen waren Fygens besorgtem Blick gefolgt. »Er wird darüber hinwegkommen, glaub mir, es ist eine Frage der Zeit«, tröstete er sie.

Plötzlich sah Fygen aus dem Augenwinkel eine Bewegung und erschrak. Eilig wand sie sich aus Peters Armen und ließ ihren verdutzten Ehemann allein auf der Tanzfläche stehen. Mit eiligen Schritten lief sie auf das geöffnete Fenster zu, und nun erkannte auch Peter den Grund ihrer Hast. Auf dem schmalen Fensterbrett turnte eine kleine, schmächtige Gestalt mit zerwuscheltem Blondschopf herum und drohte jeden Moment nach draußen zu stürzen. Hastig streckte Fygen die Arme aus, um den kleinen Herman zu packen, bevor er aus der ersten Etage, in der sich der Festsaal befand, in den Hof fiel.

Vielleicht hatte Fygen ihn erschreckt, und er war deshalb nach hinten getaumelt, vielleicht war sie aber auch nur eine Sekunde zu spät gekommen – sie erwischte ihn nur noch am Hosenbein. Sein kleiner Körper baumelte mit dem Kopf nach unten vor der Fassade des Hauses, einige Fuß tief unter sich den gepflasterten Hof, auf dem nichts wuchs, das seinen Fall würde dämpfen können. Aus Leibeskräften rief Fygen um Hilfe, doch ihre Schreie wurden noch übertönt von dem hohen verzweifelten Weinen des kleinen Kerls, dessen Leben an einem dürftigen Stück Stoff hing. Fygen mühte sich, mit der freien Hand seinen Fuß zu greifen, doch fasste sie immer wieder vergeblich ins Leere. Verzweiflung machte sich in ihr breit. In seiner Angst krümmte der Junge sich zusammen, und seine Händchen ruderten wild in der Luft. Fygen hatte Angst, dass er ihr durch seine wilden Bewegungen entgleiten könnte, bevor ihnen jemand zu Hilfe kam. Doch dann bekam Herman endlich etwas zu fassen. Einen der modisch langen Tütenärmel von Fygens Gewand. Mit aller Kraft klammerte er sich daran fest. Fygen versuchte, ihn am Hosenbein in die Höhe zu ziehen, doch dann geschah es. Der Stoff rutschte ihr aus den Fingern. Herman schrie gellend auf, Fygens Ärmel fest mit beiden Fäusten gepackt. Man hörte das grässliche Geräusch von reißendem Stoff. Herman sackte ein gutes Stück ab, und Fygens Ärmel war zur Hälfte aus dem Kleid gerissen. Doch jetzt vermochte sie mit beiden Händen seine dünnen Unterarme zu fassen und ihn langsam heraufzuziehen.

Das alles hatte nur ein paar Sekunden gedauert, und nun war auch Peter an Fygens Seite. Mit sicherem Griff packte er den Jungen und zog ihn über die Brüstung in den Saal hinein. Diejenigen Gäste, die das drohende Unglück bemerkt hatten, umringten die Braut, die vor Schreck ganz aufgelöst mit zerrissenem Kleid auf dem Boden hockte, den weinenden Knaben fest an sich gedrückt hielt und leise beruhigend auf ihn einredete. Erst jetzt bemerkte Fygen, dass auch ihr Tränen über das Gesicht liefen. Langsam beruhigte Herman sich, und Fygen stand auf und bemühte sich, ihre Fassung wiederzuerlangen. Wo war nur Sewis abgeblieben, fragte sie sich und schaute sich suchend um. Doch Sewis war nirgends zu sehen. Hatte sie am Ende gar nicht mitbekommen, in welcher Gefahr ihr Sohn geschwebt hatte? Sie würde einen gehörigen Schreck bekommen, wenn sie davon erfuhr.

Peter gab den Musikern ein Zeichen, und kurz darauf war die Stimmung beinahe so ausgelassen wie zuvor, es war ja nichts Ernstliches geschehen.

Doch es dauerte nicht lange, da wurde die Hochzeitsgesellschaft aufs Neue aufgeschreckt. Es tat einen Schlag, und mit dumpfem Krachen kippte Rudolf van Bensberg ohne Vorwarnung und mit stumpfem Blick von seiner Bank. Mertyn, der in seiner Nähe saß, konstatierte Volltrunkenheit, so etwas war der Sache nach nicht ungewöhnlich. Im Verlauf der Feier würden es Rudolf noch ein paar weitere Gäste gleichtun. Ungewöhnlich war nur die frühe Tageszeit, zu der es Rudolf ereilte. Voller Mitgefühl packte Mertyn ihn mithilfe seiner Freunde an Armen und Beinen und schaffte ihn in den hinteren Teil des Saales, wo er ihn auf eine Bank bettete, auf der Rudolf in Ruhe seinen Rausch ausschlafen konnte. Nur ein paar Eingeweihte erahnten, was der Grund für seinen schnellen Abschied gewesen sein mochte.

Als die Musiker eine wohlverdiente Pause einlegten, verließ Fygen mit Katryn den Saal, um die heimliche Kammer hinter dem Haus aufzusuchen und ihr Kleid notdürftig zu reparieren. Zu ihrer Überraschung entdeckten sie Sewis auf den Stufen im Durchgang zum Hof. Sie war nicht allein. Die junge Frau hatte es sich auf dem Schoß eines untersetzten Herrn in mittleren Jahren bequem gemacht, einen Arm um seinen Hals geschlungen, und kicherte albern. Fygen kannte den Herrn nicht persönlich, wusste aber, er war Kaufmann, vermutlich also einer der Geschäftspartner Peters, die er zu seiner Hochzeit einladen musste. Er war verheiratet, Vater dreier Kinder und stand zudem im Ruf, ein Föttchesföhler zu sein, also jemand, der Frauen gerne den Hintern tätschelte. Der Mann hatte eine seiner Hände auf Sewis' Körper liegen, auf einer Stelle, wo es zumindest unschicklich war. Mit der anderen Hand gestikulierte er wild, während er auf Sewis einredete.

Fygen packte ein gerechter Zorn. Der süße kleine Herman, ihr Patenkind, wäre beinahe verunglückt, nur weil seine liederliche Mutter nicht auf ihn achtgab, sondern es vorzog, hier auf der Treppe zu sitzen und sich von einem fremden Mann betatschen zu lassen. Was fiel Sewis nur ein! »Was sitzt du hier herum?«, fragte sie barsch. »Dein Herman wäre eben beinahe zu Tode gekommen.«

Sewis hatte in der Tat von den Geschehnissen nichts mitbekommen. Erstaunt schaute sie Fygen mit großen Augen an. So einen Ton war sie von ihr nicht gewohnt. Den Mund spöttisch verzogen, antwortete sie lax: »Der ist schon ein großer Junge und kann gut auf sich selber aufpassen.«

Fygen hatte bereits den Mund zu einer heftigen Entgegnung geöffnet, als Katryn ihr zuraunte: »Lass nur, du wirst sie nicht ändern.«

Fygen bebte vor Wut, am liebsten hätte sie Sewis ausführlich erklärt, wie gut der Kleine tatsächlich auf sich aufpassen konnte, doch Katryn hatte recht. So war Sewis nun einmal. Man konnte nur hoffen, dass Herman schnell groß würde und auf eigenen Füßen zu stehen lernte. So presste

Fygen die Lippen aufeinander und schwieg, doch es dauerte eine gute Weile, bis sie ihrer Wut Herr wurde.

Das Tanzen und Feiern half den Gästen dabei zu verdauen, und so geziemte es sich, ihnen nach ein paar Stunden erneut ein Mahl zu servieren, wenn möglich noch üppiger, mit noch erleseneren Speisen.

Danach musste das Brautpaar ein paar fragwürdige Darbietungen und Reden über sich ergehen lassen. So stimmten Mertyn und seine Freunde ein zotiges Lied an, das von dem Ehemann kündete, der in der Hochzeitsnacht feststellen musste, dass seine frischgebackene Ehefrau über erhebliche Erfahrungen in der Schlafkammer verfügte. Die anwesenden Damen taten natürlich entrüstet, aber so manch eine ertappte sich dabei, wie sie den Refrain munter mitsummte.

Erst am späten Abend begann die Gesellschaft sich allmählich aufzulösen. Auch das Brautpaar schickte sich an, die Feier zu verlassen, und unter den reichlich anzüglichen Bemerkungen seiner Freunde reichte der Bräutigam seiner jungen, errötenden Frau den Arm, um sie in ihr neues Heim zu geleiten.

4. Kapitel

Als Peter und Fygen auf die Straße vor das Brulofts-haus traten, umwehte sie ein böiger Wind, Vorbote des nahen Herbstes, und Fygen fröstelte. Peter legte ihr seinen Arm um die Schultern und zog sie an sich. Es war eine helle Nacht. Der Mond hatte sich fast zur Gänze gerundet, und sein silbernes Licht ergoss sich in die Gassen. Es war nicht weit bis in die Obermarspforten, und Peter verzichtete auf einen Leuchtenmann, der mit einer Fackel durch die Dunkelheit voranzugehen pflegte, da der Weg gut zu erkennen war. Noch bevor sie Peters Haus erreichten, strömte ihnen der süße Duft der späten Rosen entgegen. Peter betätigte den Klopfer. Laut schallte der Widerhall in die Stille der Nacht, und kurz darauf öffnete Eckert das Portal. Er hatte in der Küche die Heimkehr seines Dienstherrn abgewartet und war wohl darüber eingeschlafen, denn er zwinkerte verschlafen und unterdrückte verstohlen ein Gähnen. »Meinen Glückwunsch, Herr Lützenkirchen«, sagte er zur Begrüßung. Dann reichte er Fygen die Hand. »Auch Euch meinen …« Abrupt brach er ab, als das Licht im Flur auf ihr Gesicht fiel und er Fygen erkannte. Der kantige Unterkiefer klappte herunter, der Mund blieb ihm offen stehen, und das Kinn reckte sich in ungläubigem Staunen vor. Fygen konnte die Sekunden zählen, bis er sich wieder in der Gewalt hatte und etwas Unverständliches murmelte. Er verbeugte sich vor Peter und verschwand den Flur entlang in einem der hinteren Räume.

Peter hatte an dem Verhalten seines Gehilfen nichts Seltsames bemerkt. Behutsam fasste er Fygen am Ellenbogen und führte sie die geschwungene Treppe hinauf. Oben angekommen stieß Peter die erste Tür zu seiner Linken auf, die zu seiner großzügigen Schlafkammer führte, die oberhalb des Portals zur Straße hin lag.

Während Peter ein paar Kerzen entzündete, schaute Fygen sich verlegen in dem Zimmer um. Es war ein männlicher Raum mit dem Duft nach Leder und Tabak. Sehr ordentlich und sauber. Verschämt streifte ihr Blick über das große Bett, das mit frischen, gebleichten Laken bezogen war. Wie lange hatte sie nicht in einem richtigen Bett geschlafen? Auch bei Katryn hatte sie in der Werkstatt genächtigt, wenngleich die strohgefüllte Matratze weitaus komfortabler und die Laken und Kissen weich und sauber gewesen waren, anders als bei der alten Mettel. Es musste eine wahre Wonne sein, zwischen diese Kissen hier zu schlüpfen, dachte Fygen, doch ihr nächster Gedanke ließ sie erröten. Sie würde nicht allein in diesem Bett liegen.

Fygen war froh, dass Peter mit den Kerzen beschäftigt war, und um sich abzulenken, schaute sie sich weiter im Zimmer um. Jemand hatte einen Krug mit Blumen als Willkommensgruß auf einer Truhe abgestellt, dazu ein Tablett mit einem Weinkrug und zwei Bechern. Aber man merkte deutlich, dass diesem Raum die Hand einer Frau fehlte. Fygen trat an das Fenster. Die üppigen Blüten des hohen Rosenbaumes zeichneten sich als Schatten vor dem Fenster ab und klopften sachte an das Glas. Fygen öffnete einen Fensterflügel, sofort füllte sich der Raum mit dem schweren Rosenduft. Tief atmete sie den wundervollen Geruch ein.

Peter war hinter sie getreten und hob vorsichtig den Blütenkranz aus ihrem Haar. Dann legte er ihr zärtlich die Hände auf die Schultern. Fygen konnte sein Spiegelbild im Glas des Fensters sehen. Sah, wie er sich herabbeugte, spürte, wie er seine Lippen auf ihren schlanken Hals legte, sehr sanft erst, dann fühlte sie seinen Mund hinabwandern in Richtung ihres Brustansatzes, fester jetzt, begehrender war seine Berührung, drängender. Seine Hand löste sich von ihrer Schulter, um sich auf ihre Taille zu legen, dann zog er sie an sich heran. Ganz eng presste er sie an sich, vergrub sein Gesicht in ihren Haaren. Durch ihre Röcke hindurch spürte Fygen seine drängende Schwellung, die sich gegen ihre Pobacken presste. Ein tiefes Stöhnen entrang sich ihm, als er seine Linke um ihre Brust schloss, vorsichtig und doch besitzergreifend. Plötzlich hatte er es eilig. Fast grob drehte er sie zu sich herum, zwängte seine Hand in ihr Mieder und hob eine schwellende Brust heraus. Gierig presste er seine Lippen auf die zarte olivfarbene Warze, saugte, biss. Er konnte sich kaum mehr beherrschen. Seine Hände umfassten ihre Pobacken, mächtig drängte er seinen Unterleib gegen ihre Scham. Er wollte sie besitzen – jetzt sofort. Ungeduldig nestelte er die Verschnürung an ihrem Mieder auf, und zwei makellose, weiche Halbkugeln, aus ihrem Gefängnis befreit, reckten sich ihm entgegen. Als er sein Gesicht in ihrem Busen vergrub, stieg Übelkeit in Fygen auf. Sie sah das feiste, gierige Gesicht ihres Oheims vor sich, hörte ihn in ihr Ohr stöhnen, fühlte seine fetten Finger auf ihrer Haut. Ein Brechreiz ließ sie laut würgen. Erschreckt fuhr Peter zurück. Hastig machte Fygen sich von ihm frei, presste ihre Hand auf den Mund, eilte zum Waschtisch und erbrach ihr Hochzeitsmahl in die schön bemalte Porzellanschüssel. Dann begann sie kläglich zu schluchzen. Es konnte doch nicht angehen, dass ihr von der Berührung ihres Ehemannes schlecht wurde. Sie hatte versucht, den Ekel zu unterdrücken, doch er war übermächtig gewesen. Sie liebte Peter doch. Was musste er nur von ihr denken?

Peter dachte eine ganze Menge. Vor allem schimpfte er sich einen alten Bock und dazu einen Esel, dass er sich so hatte gehenlassen. Fygen war schließlich keine reife, in Liebesdingen erfahrene Frau, sondern ein junges, unberührtes Mädchen. Kein Wunder, dass sie es mit der Angst zu tun bekommen hatte. Sie hatte etwas Besseres verdient, als dass er sich ihr gleich in der Hochzeitsnacht auf solch lüsterne Weise näherte. Aber mein Gott, er hatte die Fassung verloren. Er war auch nur ein Mann. Fygens junger, knospender Körper hatte ihn sehr erregt. Und dennoch hätte er sich beherrschen, behutsam und vorsichtig vorgehen müssen. Was, wenn sie sich nun für immer vor ihm ekeln würde?

Fygen spülte sich den Mund aus und wusch sich das Gesicht. Dann blickte sie sich schuldbewusst zu ihrem Mann um. Er war ihr angetrauter Ehemann und hatte ein Recht darauf, sie so zu berühren. Warum hatte sie sich nicht beherrschen können? Andere fanden daran doch auch Gefallen. Was stimmte mit ihr nicht? Ihr Blick traf auf den mindestens genauso reuevollen Blick ihres Mannes.

»Na, das ist mir aber eine feine Liebesbekundung. Bin ich denn so zum Brechen?«, versuchte er einen Scherz und griff in seiner Verlegenheit nach dem Weinkrug. Mit geübter Hand schenkte er zwei Becher voll mit schwerem, dunklem Rotwein und reichte einen davon seiner Gemahlin, die wie ein Häufchen Elend auf der Kante seines Bettes saß und mit einer Hand die Schnürung ihres Mieders zusammenhielt.

»Trink, das wird dir guttun«, sagte er nicht ohne Hintergedanken, denn er konnte jetzt selbst eine Stärkung vertragen.

Fygen leerte den ganzen Becher in einem Zug. Sie war durstig, und der Wein vertrieb den bitteren Nachgeschmack in ihrem Mund. Sie fühlte sich ein wenig benommen, doch immer noch liefen Tränen über ihr schamrotes Gesicht. Und um alles noch peinlicher zu machen, bekam sie auch noch einen Schluckauf.

Peter füllte ihren Becher aufs Neue. Ein wenig hilflos setzte er sich neben sie auf das Bett, vorsichtig darauf bedacht, ihr nicht zu nahe zu kommen, um sie nicht erneut zu verschrecken. Seine Hochzeitsnacht hatte er sich ein wenig anders vorgestellt. Statt die ehelichen Freuden zu genießen, saß er nun neben diesem weinenden, von einem Schluckauf gebeutelten Kind. Die Situation war grotesk, und er musste beinahe schmunzeln. So etwas war ihm in seinem Leben noch nicht passiert. Aber er hatte ja auch noch nie geheiratet.

»Trink einen Schluck, kleiner Mösch, dann hört das Schlucken gleich auf«, versuchte er Fygen zu beruhigen.

Gehorsam setzte sie den Becher an die Lippen und trank, immer wieder von heftigem Schlucken unterbrochen.

»So ist es gut«, lobte er sie wie ein Kind, und als sie den zweiten Becher geleert hatte, schenkte er ihr noch einmal nach.

Der schwere, süße Wein tat seine Wirkung. Fygen fühlte sich ein wenig schwindelig, beruhigte sich, und allmählich versiegten die Tränen. Doch der Schluckauf erwies sich als hartnäckig, wollte einfach nicht weichen. Vorsichtig streckte Peter seine Hand aus und klopfte ihr sanft auf den Rücken, jeden Moment damit rechnend, dass sie seine Hand beiseitestoßen würde. Fygen richtete sich kerzengerade auf, doch sie ließ es geschehen. Lange und gleichmäßig klopfte er, bis seine Bewegung sachte, ganz sachte in ein sanftes Streicheln überging. Es war ein freundliches Streicheln, beruhigend, vertraut. Sanft ließ Peter seine Hand über ihren Rücken gleiten, über die feinen Härchen in ihrem Nacken. So muss sich eine Katze fühlen, die gestreichelt wird, kam es ihr in den Sinn.

Peter spürte, wie Fygen sich langsam entspannte. Der Schluckauf hatte aufgehört. Vielleicht war doch noch nicht alles verloren. Er würde behutsam vorgehen müssen, aber er schien auf dem richtigen Weg zu sein. Jetzt nur keinen Fehler machen. Seine Hand kroch hinauf, strich über das kleine Muttermal an ihrer Schulter, dann über den Nacken. Fygen hatte die Augen geschlossen. Sie empfand seine Berührung als sehr angenehm, gar nicht mehr bedrohlich und schon gar nicht ekelerregend. Vorsichtig zog er die Linie ihres Kinnes nach, strich unendlich zart über Lippen und Augenlider. Sie spürte, wie Peters sanfte Berührungen sie einlullten, schläfrig machten. Entspannt lehnte sie sich zurück in die weichen Kissen, wie in eine Wolke gehüllt. Peters Hände folgten ihr, strichen über Arme und Handgelenke, fuhren über die sanfte Mulde neben ihrem Schlüsselbein, dann weiter hinab zum Ansatz ihrer Brust. Verweilten dort, glitten wieder hinauf über Hals und Kinn. Dann wieder hinab, weiter, viel weiter. Fygen war unfähig, sich zu bewegen. Die Wolke um sie herum war verschwunden. Hellwach, doch wie festgebunden lag sie da, gefesselt von ihren Empfindungen. Dann berührten seine Finger ihre Brustwarze, und es war da, das Gefühl, das ihr durch den Leib raste, sie mitriss und alles hinwegspülte. Und Fygen ließ sich mitreißen, davonspülen, egal wohin es sie bringen würde.

Fygen erwachte von einem Klopfen an der Tür, und für einen kurzen Moment vermochte sie nicht zu sagen, wo sie war.

»Guten Morgen, du Schlafmütze!« Peter steckte seinen Kopf zur Tür herein. Er schien ausnehmend guter Laune zu sein. Hastig zog Fygen das Laken über ihre Brust hoch, was Peter mit einem Spitzbubenlächeln quittierte. »Oh, mach dir nicht die Mühe, da ist nichts, was ich nicht schon kenne«, sagte er ein wenig anzüglich und setzte sich zu ihr aufs Bett. Fygen war versucht, ihm ein Kissen an den Kopf zu werfen. Ihr dröhnte ein wenig der Schädel.

»Du hast dich ja schnell an das Leben als Kaufmannsgattin gewöhnt. Willst du jetzt jeden Tag bis Mittag im Bett bleiben?«, neckte er sie.

»Oh, ist es schon so spät?«

»Ich würde sagen, Zeit für ein ausgiebiges Frühstück.«

»Es tut mir leid, ich hätte aufstehen müssen, um dir ein Frühstück zu bereiten«, stellte Fygen betroffen fest. Das fing ja schon gut an. Bereits am ersten Tag versäumte sie es, ihren Pflichten nachzukommen, und ließ ihren Mann hungrig den Tag beginnen.

Peter unterdrückte ein Lachen. Sie schien ihre Sorge um sein Wohl durchaus ernst zu meinen. »Meine liebe Frau, deine Sorge ehrt dich. Ich bin ein erwachsener Mann, und bis gestern habe ich auch jeden Morgen ein Frühstück bekommen. Aber wenn du dich ab morgen darum kümmern willst, ist es mir nur recht.«

Fygen hörte das Schmunzeln in seiner Stimme, und ihr wurde klar, dass sie hier in einen durchaus funktionierenden Hausstand eingedrungen war. Natürlich hatte Peter eine Haushälterin, vielleicht eine Köchin und andere Dienstboten, die sich um sein Wohl kümmerten. Mit einem Mal wurde ihr ein wenig bange vor ihrer neuen Position. Welche Rolle würde sie von nun an in diesem Haushalt spielen? Und noch wichtiger: Was erwartete Peter von ihr? Welche Aufgaben hatte er ihr zugedacht?

Es schien, als vermochte Peter ihre Gedanken zu lesen. »Über diese Dinge brauchst du dir heute noch keine Gedanken zu machen. Und jetzt raus aus den Federn mit dir.«

Es war ein üppiges Frühstück, das im Speisezimmer für sie zubereitet war, mit Speck, Schinken, Eiern und frischer Milch.

»Wenn ich jeden Tag so esse, werde ich kugelrund«, verkündete Fygen, als sie den letzten Bissen hinuntergeschluckt und sich mit einem feinen Tuch den Mund abgewischt hatte.

»Ein wenig mehr an den rechten Stellen kann nie schaden«, meinte Peter mit einem gespielt kritischen Blick auf ihr Mieder. Er schien heute Morgen ausgesprochen fröhlich und aufgeräumt zu sein. Fygen hatte gar nicht gewusst, dass ihr Mann derartig freizügig zu sprechen pflegte. Dabei fiel ihr etwas anderes ein, was sie gleichfalls noch von Peter wissen wollte. »Erzähl mir von deinen Eltern. Leben sie nicht mehr, oder wieso waren sie nicht bei der Hochzeit?«, sagte sie.

Schlagartig erlosch Peters strahlendes Lächeln, und sein Gesicht verdüsterte sich. Für einen Moment huschte ein bitterer Zug um seinen Mund, den er jedoch hastig hinter einer undurchdringlichen Miene verbarg. »Meine Mutter lebt noch. Doch ich wünsche nicht, über meine Eltern zu sprechen«, erklärte er ihr brüsk.

Betroffen starrte Fygen ihren Mann an. Hatte sie etwas falsch gemacht? Sie würde Katryn fragen, was es mit Peters Familie auf sich hatte. Wenn es da etwas gab, das sie wissen musste, würde sie es schon herausbekommen.

Peter taten seine schroffen Worte bereits leid. Er blickte sie um Verzeihung bittend an, kam aber nicht mehr auf das Thema zu sprechen, sondern sagte zärtlich: »Komm, kleiner Mösch. Willst du denn gar nicht deine Morgengabe anschauen?« Plötzlich war seine gute Laune wieder da. Eifrig fasste er Fygen bei der Hand und zog sie hinter sich her aus dem Speisezimmer hinaus und die Treppe ins Erdgeschoss hinunter. Von der Eingangshalle gingen zwei Türen ab, und ein Gang führte in die hinteren Räume, zu Küche, Wirtschaftsräumen und in den Hof hinaus. Hinter der einen Tür lag Peters Kontor, wie Fygen sich erinnerte. Hier war sie einst hereingeplatzt, um Katryn ihr angebliches Werkstück zu bringen. Auch Peter schien sich an den Vorfall, der nun bereits Jahre zurücklag, zu erinnern. »Sag, was ich dich immer schon fragen wollte: War es eigentlich wirklich Katryns Werkstück, das du mir da vorgelegt hast?«

Mit einem verschmitzten Lächeln antwortete Fygen: »Natürlich nicht. Katryn hatte ein wunderschönes Stück Seide gefertigt. Ich selbst habe ihr beim Aufscheren geholfen. Doch Mettel oder Grete, eine von beiden, muss es weggenommen haben. Du weißt ja, wie sie sind. Da bin ich halt eingesprungen.«

»Und hast mir ein falsches Stück untergeschoben.«

»Ja.«

»Du hast mir frech ins Gesicht gelogen!« Peter tat empört.

»Ja. Marie vom Hühnermarkt hat es mir geborgt. Was sollte ich denn sonst machen?«

Peter bemühte sich um einen strengen Blick, doch so ganz gelang er ihm nicht. »In der Tat. Was solltest du sonst machen?«

Wie auf ein Zeichen fingen sie beide an zu lachen.

»Dafür sollte man dir deine Zunftzulassung aberkennen. Wegen Missachtung eines Herrn vom Seidamt. Ist dir das klar?«

»Ja, Herr Lützenkirchen«, sagte Fygen und knickste übertrieben artig.

»Doch die brauchst du noch«, fuhr Peter ein wenig geheimnisvoll fort, öffnete die Tür, die seinem Kontor gegenüberlag, und schob Fygen in den Raum.

Es war ein geräumiges, helles Zimmer mit großen Fenstern zur Straße hinaus, durch die klares Nordlicht auf zwei nagelneue Webstühle fiel. Peter hatte Fygen als Hochzeitsgeschenk eine eigene Werkstatt eingerichtet. Mit kindlicher Spannung beobachtete er seine Frau und wartete gespannt auf ihre Reaktion. Und die kam sofort. Jauchzend vor Freude fiel Fygen ihm um den Hals. Ihre eigene Werkstatt! Eine größere Freude hätte er ihr nicht machen können.

»Na los, schau dir dein neues Reich genau an«, forderte er

sie auf, und Fygen ließ sich das nicht zweimal sagen. Bewundernd ließ sie ihre Hand über den wunderbar glatt geschliffenen Rahmen eines der beiden Webstühle gleiten. Sie waren aus bestem, abgelagertem Buchenholz gefertigt. In einem Regal lagen ausreichend Schiffchen, Spulen, Scheren. An der Wand lehnten große Packen Seidengarne, bereit zum Verarbeiten. Nichts fehlte. Peter hatte sogar an Leinengarn zum Fertigen von Litzen gedacht. Fygen konnte ihr Glück kaum fassen. Alles war bereit, sie brauchte nur noch loszulegen.

»Wenn du noch etwas benötigst, so brauchst du es nur Eckert zu sagen, er wird dir alles besorgen«, erklärte Peter.

Als hätte der Gehilfe auf sein Stichwort gewartet, erschien der gedrungene Mann im Flur. Doch er kam Fygen heute Morgen nicht so angriffslustig vor wie sonst. Zwischen fest zusammengebissenen Zähnen presste er ein »Guten Morgen« hervor.

»Guten Morgen, Eckert«, begrüßte Peter ihn freundlich.

»Kann ich Euch kurz allein sprechen, Herr Lützenkirchen?«, zwängte Eckert heraus, ohne Fygen anzuschauen.

»Von allem, was wir zu besprechen haben, darf meine Frau Kenntnis haben«, sagte Peter ruhig. Es konnte nicht schaden, sogleich klarzustellen, welche Position er seiner Frau zudachte. Sie würde künftig an seiner Seite stehen, ihn in seinen Geschäften unterstützen und während seiner Abwesenheit hier das Regiment führen. Es sollten sich alle im Haus gleich von Anfang an daran gewöhnen. Es würde zwar noch eine Weile dauern, bis Fygen ihren Aufgaben gerecht werden konnte, doch Peter war sicher, dass sie diese schließlich mit Bravur meistern würde.

Fygen sah, wie Eckerts kantige Kiefer mahlten. Angestrengt blickte er zu Boden, und dann brachte schließlich hervor: »Angesichts der, hm, Umstände ...«, entgegen seiner sonst eher schlichten Redeweise drückte er sich ziemlich umständlich aus, »... halte ich es für das Beste, nun ja, dass ich meinen Dienst bei Euch quittiere.«

Peter stand da wie vom Donner gerührt. Damit hatte er nicht gerechnet. Doch Fygen verstand sofort. Sie verspürte Mitleid mit dem stämmigen Mann. Sie konnte nachfühlen, wie schlimm es war, sein gewohntes Zuhause verlassen zu müssen, nicht zu wissen, wohin es einen verschlagen würde. Und so war sie es, die Eckert spontan antwortete: »Du meinst, wegen des Vorfalles auf dem Schiff? Ja, das war wirklich unnötig grob. Aber wenn du dich künftig ein wenig beherrschst, sehe ich keinen Grund, warum wir nicht in Zukunft gut miteinander auskommen sollten.«

Eckerts schmale Augen weiteten sich erstaunt. Damit hatte er nicht gerechnet. Höflich verbeugte er sich vor ihr. »Danke, Frau Lützenkirchen«, antwortete er schlicht und ging davon, um sich an seine Arbeit zu machen.

5. Kapitel

Fygen ballte die Hände zu Fäusten und zwang sich, tief und gleichmäßig zu atmen, um nicht aus der Haut zu fahren. Aufgebracht wandte sie sich zum Fenster der Werkstatt, damit die beiden Lehrmädchen ihren Ärger nicht sahen. Der kalte Novemberwind peitschte unablässig graue Regenfäden gegen die Scheibe und rupfte die letzten Blätter von dem Rosenbaum vor dem Haus. Was für ein grässlicher Tag! Betroffen, mit hängenden Schultern, standen die beiden Lehrtöchter hinter ihr. Fygen hatte ihnen aufgetragen, Kettfäden für den freien Webstuhl vorzubereiten, war dann aber unterbrochen worden, bevor sie ihnen das entsprechende Garn herauslegen konnte. Die Mädchen hatten es gut gemeint, sich selbst an einem Garnballen bedient und dabei zielsicher das falsche Garn erwischt. Sie hatten begonnen, statt des Kettgarnes das kostbare Schussgarn in Fäden zu schneiden, um damit den Webstuhl aufzuscheren. Das Garn war verhunzt. Man könnte zwar noch damit weben, hätte jedoch laufend Fadenenden zu verweben, was der Qualität des Gewebes nicht gerade zuträglich wäre.

Das Gegenteil von gut ist gut gemeint, schoss es Fygen durch den Kopf. »Wickelt die Fäden einzeln auf Spulen, wir werden sie schon irgendwie verbrauchen«, wies sie die Mädchen ruhig an, als sie sich wieder unter Kontrolle hatte. »Schaut her«, sagte sie, schritt durch den Raum und nahm einen Strang Seide aus einem der Bündel. »Das hier ist Kettgarn.« Die Mädchen streckten die Köpfe zusammen und nickten einsichtig. Sie hätten den Unterschied bereits erkennen müssen, doch in ihrem Eifer, es der Lehrherrin recht zu machen, hatten sie nicht so genau hingeschaut. »Ich bin sicher, dieser Fehler passiert euch nie wieder, nicht wahr?« Fygen fasste die beiden streng ins Auge. Es waren brave Mädchen, und normalerweise hatte Fygen nicht viel an ihnen auszusetzen. Zerknirscht nickten sie, doch zur Sicherheit nahm Fygen ein Stück Kreide und malte ein großes K auf das Bündel, in dem sich das Kettgarn befand. »So, jetzt wird sich keiner von uns mehr vertun. Ihr müsst wohl noch mal von vorn beginnen, fürchte ich«, seufzte Fygen, und flugs machten sich die Mädchen an die Arbeit, diesmal mit dem richtigen Garn.

Fygen konnte eine Pause gebrauchen, und sie wusste, die Mädchen würden nun alles daransetzen, ihre Arbeit richtig auszuführen.

Im Flur umfing Fygen zugige Kälte. Sie würde die Magd anweisen, den Mädchen zwei warme Wolldecken in ihre Schlafkammer unter dem Dach zu legen, damit sie nicht zu arg froren, überlegte Fygen und beeilte sich, in die wohlig warme Küche zu schlüpfen. Ein Becher heiße Milch würde ihr jetzt guttun.

Zu ihrem Erstaunen fand sie neben dem Herd einen kleinen Besucher vor. »Hallo, kleiner Mann. Kommst du uns besuchen? Das ist aber nett!«, begrüßte Fygen den jungen Herman, Sewis' Sohn, und ließ sich neben ihm auf der Bank nieder.

Der fast Vierjährige schüttelte den blonden Wuschelkopf. Sprechen konnte er nicht, denn er war damit beschäftigt, mit beiden Backen angestrengt zu kauen. Vor ihm lag auf einem Teller ein angebissenes Brot, dick bestrichen mit süßem Rübenmus.

Ungefragt stellte Hilda, langgediente Wirtschafterin im Hause Lützenkirchen, einen Becher heiße Milch neben Hermans Teller und einen zweiten vor Fygen. Über Hermans Anwesenheit in ihrer Küche verlor sie kein erklärendes Wort. Überhaupt war sie alles andere als schwatzhaft, jedes Wort musste man ihr einzeln aus der langen Vogelnase ziehen. Doch das war einer der Gründe, warum Peter sie eingestellt hatte. Er konnte schwatzhafte Weibsbilder nicht ausstehen. Fygen nannte sie bei sich und Peter gegenüber nur die hagere Hilda, denn sie war hoch aufgeschossen und dürr. Pergamentene Haut überspannte die eingefallenen, farblosen Wangen, und sie trug vorzugsweise dunkle, graue Kleidung. Die Haare hatte sie jederzeit, auch im Haus, sorgfältig unter einer Haube verborgen, so dass Fygen nicht zu sagen vermochte, ob sie nun blond oder dunkel waren. Doch ihre unsteten, dunklen Augen ließen eher auf schwarzes Haar schließen. Insgesamt gemahnte ihre ganze Erscheinung an die einer dunklen Krähe. Und das war neben ihrer Schweigsamkeit und den guten Referenzen, die sie vorzuweisen hatte, der zweite Grund, warum Peter Hilda eingestellt hatte: Sie war unansehnlich genug, als dass es Gerede darüber geben konnte, dass die Frau einem alleinstehenden Junggesellen den Haushalt führte. Niemand, auch nicht der übelste Verleumder, hätte Peter unterstellen mögen, die hagere Hilda mehr als nur eines flüchtigen Blickes zu würdigen. Fygen musste bei dem Gedanken lächeln. Sie hatte Hilda in den ersten Tagen nach ihrer Ankunft im Haus Zum Rosenbaum genau beobachtet, ohne sich einzumischen. Doch sie fand an der Art, wie Hilda den

Haushalt führte, nichts auszusetzen. Ihr persönlich war Hilda ein wenig zu trocken. Sie hätte lieber einen fröhlicheren Menschen um sich gehabt, war sie doch an Katryns freundliche Gesellschaft gewöhnt. Doch in ihrer spröden Art war Hilda recht liebenswert und vor allem verlässlich. Getrost hatte Fygen daher die Führung des Haushaltes in Hildas bewährten Händen belassen und sich selbst darangemacht, die Arbeit in der Werkstatt aufzunehmen und ihren Betrieb aufzubauen, was ihr ohnehin mehr Freude bereitete. Leben und Lachen würden die Lehrmädchen ins Haus bringen, die Fygen einstellen wollte. Und das hatten sie ja heute Morgen auch ausgiebigst getan, dachte Fygen ein wenig verstimmt.

Herman hatte sein Brot aufgegessen. Ernst verkündete er: »Ich soll jetzt bei dir bleiben, Tante Fygen.«

»Das ist ja schön«, antwortete Fygen ein wenig zerstreut. So ganz konnte sie ihre Gedanken noch nicht von dem Vorfall in der Werkstatt lösen. »Und wie lange bleibst du bei mir?«

Herman richtete seinen schmalen, kleinen Körper kerzengerade auf. Seine kugelrunden blauen Augen schwammen in Tränen, doch er bemühte sich tapfer darum, nicht loszuheulen. »Für immer, sagt Mama.«

Nun schaute Fygen ihn doch aufmerksam an, sah die kummervollen Falten auf seiner geraden hohen Stirn und den empfindlichen, verletzten Zug um die dünnen Lippen.

Zugleich entdeckte sie das knautschige, schmuddelige Bündel, das neben Herman auf der Bank lag. Es mochte seine Kleider enthalten. Was hatte Sewis nun schon wieder angestellt, schoss es Fygen durch den Kopf. Fragend blickte sie Hilda an, doch die wirtschaftete mit Töpfen und

Pfannen am Herd herum. Von ihr kam keine Erklärung.
Dafür sagte Maren schnippisch: »Seine Mutter hat sich mit
'nem Landsknecht davongemacht und diesen niedlichen
Knuddel einfach wie überflüssigen Ballast ...«

»Schweig, Maren«, fuhr Fygen der Magd mit ungewohnter
Schärfe über den Mund. Das lose Mundwerk der drallen
jungen Frau ging ihr einmal mehr auf die Nerven. »Ich
will kein Wort mehr in diesem Tonfall vor dem Jungen
hören, hast du mich verstanden?«

Maren nickte betroffen.

»Hilda, könntest du bitte einen Moment mit mir hinaus-
kommen?«, wandte Fygen sich an die Wirtschafterin, und
im zugigen Flur erfuhr sie dann durch mühsames Nachfragen, was geschehen war. Sewis hatte in den frühen Morgenstunden an der Küchentür geklopft, den Jungen in den
Raum geschoben und der verdutzten Maren sein Kleider-
bündel in die Hand gedrückt. Sie hatte ihren Sohn umarmt
und ihm befohlen, schön auf Tante Fygen zu hören. Dann
hatte sie sich umgedreht und war verschwunden. Hilda
war nicht zugegen und Maren nicht geistesgegenwärtig genug gewesen, Sewis aufzuhalten oder Fygen sofort zu holen. Und nun saß der Kleine hier in Fygens Küche, von
seiner Mutter allein gelassen und voller Angst.

Sauwetter hin oder her, entschlossen griff Fygen ihren
Umhang vom Haken an der Wand. Sie würde selbst ins
Goldene Krützchen laufen und der Sache auf den Grund
gehen.

Fygen traf den überraschten Rudolf in der leeren Schankstube an, wo er Becher vom Vorabend spülte und sie sorgfältig auf ein Tuch zum Trocknen stellte. Erst zur Mittagszeit würde sich der Weinzapf wieder mit Gästen füllen, das

Hauptgeschäft begann in den frühen Abendstunden und ging dann oft bis spät in die Nacht. Daher kamen die Wirtsleute erst sehr spät ins Bett und schliefen demzufolge morgens länger als die meisten Bürger. Im Hause der van Bensbergs hatte man Sewis' Abwesenheit noch nicht bemerkt. Gemeinsam kletterten Fygen und Rudolf die hölzerne Stiege ins Dachgeschoss hinauf und klopften an Sewis' Stubentür. Fygen war nicht überrascht, dass sie keine Antwort erhielten. Vorsichtig öffnete sie die Tür und lugte in den engen Raum. Der Strohsack war leer, das Laken darüber sorgfältig glattgestrichen, die Haken an der Wand verwaist. Die Kammer wirkte unbewohnt, ließ nicht den kleinsten Hinweis mehr auf ihre Bewohner zu. Sewis war tatsächlich fort. Sie hatte all ihr Hab und Gut mitgenommen und sich ohne ein Wort des Abschieds davongemacht.

»Wie undankbar«, entfuhr es Rudolf enttäuscht, als er das leere Zimmer sah. Das hatte er nach der herzlichen Aufnahme, die er und seine Familie Sewis in ihrer schlimmsten Stunde gewährt hatten, nicht erwartet.

»Ich glaube, es ist mehr das schlechte Gewissen, dass sie Herman zurücklässt, und die Angst davor, ihr könntet sie von ihrem Vorhaben abbringen, was immer sie auch zu tun plant«, besänftigte ihn Fygen.

»Da steckt sicher wieder ein Kerl dahinter«, brummte Rudolf böse. Er hatte in der lebenslustigen Sewis so etwas wie eine jüngere Schwester gesehen und ärgerte sich nun, dass er nicht besser auf sie achtgegeben hatte.

Auch Fygen fragte sich, ob alles anders gekommen wäre, wenn sie sich mehr um Sewis gekümmert hätte. Sie war so sehr mit ihrem eigenen Leben beschäftigt gewesen.

»Mein Gott, Sewis ist erwachsen. Sie muss selber entscheiden, was sie will«, sagte Fygen laut, wie um Rudolf und sich selbst von ihren Worten zu überzeugen. »Und wenn sie ihre große Liebe gefunden hat und mit einem Mann auf und davon ist, so ist das ihre Sache.«

»Muss ja ein toller Kerl sein, wenn sie dafür ihren Sohn im Stich lässt«, sagte Rudolf bissig.

»Ja«, stimmte Fygen ihm traurig zu. Sewis' Leben war nie leicht gewesen und würde es auch in Zukunft nicht werden. Und für das meiste Unglück konnte sie niemand anderen verantwortlich machen als sich selbst.

»Ich denke, es ist das Beste, wenn der kleine Herman erst einmal bei uns bleibt, wie Sewis es sich gewünscht hat. Ich werde mich um ihn kümmern.«

Zurück in der Lützenkirchenschen Küche, traf Fygen ihren Gatten in denkbar schlechter Laune an. Er hatte einen dampfenden Becher heißen Weines in der Hand und lief damit unruhig auf und ab. Mit großen Augen und offenem Mund verfolgte Herman jede seiner Bewegungen. Seit seinem Beinahe-Fenstersturz war Peter sein erklärter Held. Maren saß am Küchentisch und schrubbte Rüben für das Mittagessen, dabei sang sie laut und ziemlich falsch vor sich hin. Ihre üppige Oberweite schwebte knapp über der Tischkante und drohte jederzeit abzustürzen. Fygen merkte, dass der schiefe Gesang der Magd Peter auf die Nerven fiel. »Maren, sei so gut und hänge meine nassen Sachen zum Trocknen auf«, sagte sie, um die Magd aus der Schusslinie zu bringen. Maren ließ die Bürste sinken, schob ihr breites Becken hinter dem Tisch hervor und watschelte gemächlich, immer noch singend, zur Tür hinaus. Dabei stellte sie die Füße so eigentümlich schräg nach innen, dass es an den Gang einer gut gemästeten Gans erinnerte. Irgendwann fällt sie noch über die eigenen Füße, dachte Fygen leicht gereizt.

»Wo warst du?«, wollte Peter wissen. Er schien wirklich aufgebracht zu sein. Fygen zögerte. Um Zeit zu gewinnen, schenkte sie sich ebenfalls einen Becher heißen Weines ein. Wie konnte sie ihm am besten beibringen, dass sie gedachte, den Jungen bei sich zu behalten?

Doch Peter erwartete keine Antwort auf seine Frage. »Es ist nicht zu fassen«, polterte er los. »Sie haben doch tatsächlich Frieden geschlossen!«

Fygen blickte ihn verständnislos an. »Wer hat Frieden geschlossen? Und was hat das mit Herman zu tun?«

»Wieso Herman?« Nun war es an Peter, irritiert zu sein. Doch nur für einen Moment, dann nahm er zielsicher seine Klage wieder auf. »Ich rede von der Hanse. In Utrecht haben Gesandte Englands mit der Hanse und unter der Führung Lübecks einen Frieden ausgehandelt. Sie erkennen gegenseitig die Handelsprivilegien an, wie sie vor dem Hansekrieg bestanden haben. Stell dir vor, die Engländer haben der Hanse sogar ihre englischen Niederlassungen zurückgegeben. Und die kölnischen Kaufleute wurden samt und sonders aus dem Londoner Stalhof vertrieben. So eine mordsmäßige Schw…«

»Scht, Peter«, unterbrach Fygen ihren Gemahl mit einem raschen Seitenblick auf Herman, bevor er ausgiebig zu fluchen begann.

Erst jetzt schien Peter den Kleinen wirklich zu bemerken, lächelte ihn an und zauste ihm durch die blonden Locken. »Ach, Herman hat sicher schon Schlimmeres gehört, nicht wahr, mein Kleiner?« Herman blickte seinen Helden groß an und nickte vage.

»Das sind doch rechte Schufte, die Engländer«, fuhr Peter ein wenig gemäßigter fort zu schimpfen. »Erst legen sie sich mit der Hanse an, und sobald sie im eigenen Land ein wenig Gegenwind bekommen, kippen sie sofort um und machen sich bei der Hanse lieb Kind.« Aufgebracht war er in der Küche hin und her gelaufen, nun ließ er sich schwer auf die Bank neben Fygens Patenkind sinken. In der Tat hatte der Kaperkrieg den Transport in so großem Maße beeinträchtigt, dass die englischen Tuchmacher auf die Barrikaden gegangen waren und die Regierung dazu zwangen, mit der Hanse Verhandlungen aufzunehmen, die nun im Utrechter Frieden ihren für Köln höchst unglücklichen Ausgang gefunden hatten.

»Das wird Folgen haben für unseren Englandhandel, wenn er nicht gar vollständig zusammenbricht, so viel ist sicher«, prophezeite Peter düster. Diese Neuigkeit stellte alle seine geschäftlichen Planungen vollständig in Frage, ja sogar seine gesamte Geschäftsstruktur, die im Wesentlichen auf dem Englandhandel basierte. Er würde darüber nachdenken müssen, die mit Mertyn für Januar geplante Reise nach London abzusagen. »Erst der Krieg gegen den Burgunder und dann das. Nein, es macht wirklich keinen Spaß mehr!«

Fygen hatte ihren Mann selten so aufgebracht gesehen, doch das Problem mit dem Englandhandel würde er schon zu lösen wissen, da war sie sicher. Es gab auch noch andere Märkte als den Londoner. Sie verstand seinen Ärger durchaus, doch ihre Gedanken kreisten um Herman. Der Junge saß still da. Es hatte etwas Anrührendes, wie die beiden da so nebeneinander auf der Bank saßen. Herman war schmal und groß für sein Alter. Er hatte Sewis' herzförmiges Gesicht geerbt, doch um seine Augen lag ein verträumter, melancholischer Zug. So ähnlich mochte Peter als kleiner Junge ausgesehen haben, dachte Fygen zärtlich. Was würde Peter zu ihrem Familienzuwachs sagen, fragte sie sich. Was, wenn er etwas dagegen einzuwenden hätte? Selbstverständlich würde sie den Kleinen bei sich behalten, dazu war Fygen fest entschlossen. Herman hatte außer ihr niemand auf der Welt, und schließlich war sie seine Patin.

Der heiße Wein hatte Fygen gewärmt und gestärkt. Es war zwar ein denkbar ungünstiger Zeitpunkt dafür, aber sie war bereit, ihr erstes ernsthaftes Gefecht mit ihrem Mann zu führen.

»Peter, können wir einen Moment in dein Kontor gehen? Ich habe etwas Wichtiges mit dir zu besprechen.«

»Sicher«, antwortete ihr Gemahl verblüfft, und Fygen folgte ihm hinaus. Sie wartete, bis er es sich hinter seinem Schreibtisch bequem gemacht hatte, und eröffnete dann frontal das Gespräch: »Herman wird bei uns bleiben.«

»Wie soll ich das verstehen?«

»Nun, Sewis hat ihn hier bei uns abgeliefert und ist verschwunden.«

Peters Augenbrauen zogen sich bedenklich in die Höhe.

»Und nun willst du ihn aufnehmen und großziehen?«

»Was spricht dagegen?«

»Nun, ich hatte eigentlich gedacht, wir würden eigene Kinder bekommen.«

»Die werden wir auch sicher noch bekommen«, antwortete Fygen. »Aber Herman kann doch trotzdem bei uns bleiben. Wo soll er denn sonst hin?«

»Die Zunft hat ein Waisenhaus gestiftet. Vielleicht würde er da unterkommen. Die barmherzigen Schwestern in der ...«

»Ich könnte es nie über das Herz bringen, den Jungen in ein Waisenhaus zu geben«, unterbrach Fygen ihn hitzig. »Wir können es uns doch leisten, ihn aufzunehmen. Finanziell meine ich.«

»Ja, wenn die Engländer nicht ...«

»Herr Lützenkirchen, das ist eine lahme Ausrede«, schnitt sie ihm erneut das Wort ab.

Peters Unternehmungen würden es nach wie vor erfordern, dass er längere Reisen unternahm, und so hatte er schon bald nach ihrer Hochzeit angefangen, sie in seine Geschäfte einzuarbeiten, und Fygen hatte sich als sehr gelehrig erwiesen. Es hatte ihr Spaß gemacht, die Geschäftsbücher zu durchforsten, in denen jede von Peters Transaktionen akribisch festgehalten war. Und so hatte sie mittlerweile einen guten Überblick über die Finanzen ihres Mannes bekommen. Mit seinen Geschäften hatte Peter genug Geld verdient und sicher beiseitegelegt, so dass sie ein sorgenfreies Leben führen konnten. Einen weiteren Esser würde man im Haus Zum Rosenbaum gar nicht bemerken.

»Was genau ist das Problem, Peter? Magst du Herman nicht?«, forschte sie nach.

Peter dachte an Hermans Eskapade auf dem Fensterbrett im Bruloftshaus. »Nun, offen gestanden habe ich Sorge, dass er seiner Mutter nachschlägt. Sie führt einen, nun, sagen wir recht ungezügelten Lebenswandel, und wenn er nach ihr gerät, wird er ebenfalls weiß Gott wo enden.«

»Dann ist es umso wichtiger, dass er ein Zuhause bekommt«, entgegnete Fygen. »Jemand, der ihn liebhat und sich um ihn kümmert. Hast du nicht bemerkt, wie sehr dich der Junge anhimmelt? Er braucht einen Vater, und du würdest ihn sicher großartig erziehen. Vielleicht wird er später einmal Kaufmann so wie du?«, spielte Fygen ihren letzten Trumpf aus.

Peter gab sich geschlagen und fragte: »Weiß der Junge schon Bescheid?«

»Ja. Sewis hat ihm gesagt, er würde jetzt für immer bei uns bleiben. Er versucht, es mit Fassung zu tragen.«

»Tapferer kleiner Kerl.«

Doch damit war der missliche Tag für Peter noch nicht zu Ende. Unglücklicherweise musste er ausgerechnet heute seiner Bürgerpflicht nachkommen und auf der Stadtmauer Wache halten, bei diesem Sauwetter wahrlich keine schöne Aussicht. Wenn man auch in der Stadt außer gestiegenen Steuern, die sich beispielsweise für Drugwaren – alle »trockenen« Waren wie Gewürze, Baumwolle, Wolle, Färbemittel, Chemikalien und also auch Seide – verdoppelt hatten, nicht sehr viel vom Krieg in Neuss spürte, war die Bedrohung durchaus noch existent. Karl von Burgund hatte, entgegen der gewohnten Usancen, seine Belagerung nicht vor dem Beginn des Winters abgebrochen, sondern zeigte keinerlei Ermüdungserscheinungen. Der von vierzigtausend Kölnern aus tiefstem Herzen Verabscheute und Gehasste schien vielmehr fest entschlossen, die Stadt Neuss auszuhungern, auch wenn es den ganzen Winter hindurch dauern würde.

Das Wollenamt, die Gaffel, in der Peter geführt wurde, war verantwortlich für die Verteidigung eines Stückes der

Rheinmauer zwischen Butter- und Holzmarkt. Und so machte sich Peter, unter dem wollenen Umhang gerüstet mit Schwert und Harnisch, kurz vor neun am Abend auf den Weg zum Buttermarkt. Der peitschende Regen nahm ihm die Sicht, und er vermochte kaum, den teils knöcheltiefen Pfützen in den Straßen auszuweichen. Vorsichtig erklomm Peter die glitschige Treppe zum Wachturm, grüßte freundlich in die Runde und hängte seinen Umhang zum Trocknen auf. Seine Leidensgenossen, teils Kaufleute, Seidenhändler wie er, teils Wollweber oder Gewandschneider, allesamt ihm bekannte Bürger der Stadt, hatten im Wachraum kurzerhand gegen Kälte und Nässe ein Feuer entzündet, um ihre Nachtwache ein wenig erträglicher zu gestalten. Jeder Bürger oder Eingesessene war zum Wachdienst auf der Stadtmauer verpflichtet und musste, je nach Vermögen, Harnisch und Schwert, Spieß, Hellebarde oder Lanze besitzen.

In den ersten Wochen seit Beginn des Neusser Krieges war man der Verpflichtung auch sehr ernsthaft nachgekommen. Doch der Krieg währte nun schon bald ein halbes Jahr, und nichts deutete darauf hin, dass der Burgunder gegen Köln marschieren würde. Erst recht nicht im Winter und schon gar nicht bei dem anhaltenden Schlechtwetter. Mit der Zeit hatte sich bei den Wachen ein wenig Schlendrian breitgemacht.

Die wehrhaften Bürger hatten es sich gemütlich gemacht, soweit das in einer zugigen Wachstube möglich war. Waffen und Harnische stapelten sich entgegen den Vorschriften, nach denen die Harnische die ganze Nacht über zu tragen seien, an der Wand. Wenn man sich schon völlig sinnlos die Nacht um die Ohren schlagen musste, dann durfte es doch wenigstens ein wenig gesellig sein. Und so vertrieb man sich die Zeit, bis der Wächter am Morgen den Tag ankündigte, mit Dobblen und anderen Spielen. Peter schnallte Schwert und Harnisch ab, legte es zu der Waffensammlung und wärmte sich erst einmal die Hände am Feuer, bevor er sich zu seinen Kameraden setzte. Ein Krug frisch gebrauten Bieres machte die Runde. Natürlich kam das Gespräch heute schnell auf die Neuigkeit des Tages: den Utrechter Frieden. Viele hatten ja auf ein Ende des Krieges zwischen England und der Hanse gehofft, denn der Krieg hatte den Handel schon deutlich erschwert und die Preise für manche Güter sehr in die Höhe getrieben, aber bitte schön, nicht auf so ein Ende.

»Na, Lützenkirchen, schlechte Neuigkeiten!«, bedachte Ludwig Beckers, ein schwergewichtiger Wollenweber, Peter mit gutmütigem Spott. Der Englandhandel bestand im Wesentlichen im Austausch von kölnischer Seide und anderen Waren gegen englische Tuche.

»Es ist mir schon klar, dass es dich freut, wenn keine englischen Tuche mehr in die Stadt kommen. Aber auf lange Sicht schadet das uns allen«, entgegnete Peter und wischte sich die feuchte Locke aus der Stirn.

»Wahr, sehr wahr!«, beeilte sich ein anderer Kaufmann Peter beizupflichten. »Es ist kurzsichtig zu glauben, dass mehr kölnisches Wolltuch gekauft wird, bloß weil keines mehr direkt aus England kommt. Englisches Tuch wird nach wie vor seinen Weg in die Stadt finden, aber auf Umwegen und teurer als zuvor. Und die Leute werden es dennoch kaufen.«

»Und die Gewinne stecken andere ein«, schloss Peter ungerührt. Wo Mertyn nur blieb, fragte er sich. Er brannte darauf, mit seinem Freund die Lage eingehend zu erörtern. Wenn es nach ihm ging, so würde er sich nicht abschrecken lassen und wie geplant Anfang des Jahres nach London aufbrechen. Man würde schon sehen, ob in London noch Geld zu verdienen war.

Doch der Freund schien sich zu verspäten. Ungewöhnlich eigentlich, denn der Rat hatte festgelegt, dass vom Remigiustag, dem ersten Oktober, bis Ostern abends von neun Uhr, den Rest des Jahres über von zehn Uhr an, die Wachen auf ihre Posten zu gehen haben. Ein Poltern an der Tür zur Wachstube riss Peter aus seinen Gedanken. Da kam der säumige Wachgänger, eindeutig angetrunken und ausgezeichneter Laune. In jedem Arm hielt er eine billige, kichernde Schönheit. Dirnen, wie jedermann unschwer an ihren roten Hauben erkennen konnte, die der Rat der Stadt sie zu tragen zwang.

»Diese Damen wollten mich einfach nicht allein durch Nacht und Regen gehen lassen«, verkündete Mertyn beschwingt.

Erstaunt wandten sich aller Augen ihm zu. Ein harmloser Zeitvertreib wie das Spielen beim Wachgang mochte ja noch angehen, aber Weibsbilder mit auf die Wachstube zu bringen, das war denn doch ein wenig zu viel des Guten, befanden die Herren.

»Mertyn, schaff die Weiber hier raus!«, sagte Peter bestimmt. Was der Freund mit Frauen zu schaffen hatte, war dessen persönliche Sache, obwohl Peter es nicht ganz nachvollziehen konnte, denn eine nettere und darüber hinaus elegantere Frau als Katryn war schwerlich zu finden. Vor allem nicht unter den willfährigen leichten Mädchen der Stadt. Doch vielleicht war es gerade das, was

Mertyn an ihnen reizte: das Vulgäre, Gewöhnliche, denn das fand er zu Hause nicht.

Die anderen Herren brummten Zustimmung, und so beugte Mertyn sich mit der enttäuschten Miene eines Jungen, dem man das Spielzeug fortgenommen hatte. »Mädels, ihr habt's gehört, die Herren wünschen keine Gesellschaft.«

Aufgebrachter Protest war die Antwort, doch mit einem Klaps auf die Kehrseite der Damen verabschiedete Ime Hofe sie, nicht ohne jeder von ihnen ein Münze zugesteckt zu haben, und schob sie zur Tür hinaus.

Die Herren wandten sich wieder ihrem Spiel zu, während Mertyn es sich bequem machte und nach dem Bierkrug griff.

Doch so recht schien ihnen heute keine Ruhe zum Spiel vergönnt zu sein, denn wieder flog die Pforte auf, und mit einem Schwall eisiger Luft trat der Burggraf, gefolgt von einem seiner Knechte, in die Wachstube. Kurz ließ er den Blick über die entspannte Versammlung gleiten, dann polterte er los: »Ich sehe, hier wird gespielt!« Er holte kräftig Luft und blies die Backen auf. »Meine Herren, ein für alle Mal, hier wird nicht gespielt.«

Herzhaftes Gelächter scholl ihm entgegen, doch gutmütig legten die Spieler ihre Würfel fort und schnallten sich Harnisch und Schwert um.

Der Burggraf schaute grimmig, wie es seine Pflicht war, doch er begnügte sich mit der Ermahnung und verschwand brummend zur Pforte hinaus, um eine andere Wachmannschaft in einem anderen Wachturm an ihre Pflichten zu gemahnen.

6. Kapitel

Fygen saß in Peters Kontor am Schreibtisch und gähnte. Es war spät geworden. Peter war schon vor Stunden zu Bett gegangen, denn er würde am nächsten Tag in aller Frühe aufstehen müssen. Längst waren die Kerzen heruntergebrannt, und immer noch saß sie vor den aufgeschlagenen Handelsbüchern. Sie liebte die Ruhe und den Duft nach Leder, der von den schweren, gebundenen Folianten ausging. Ein wenig erinnerte er sie an die vertraut-verstaubte Atmosphäre im Kontor ihres Vaters, obwohl in Peters Raum alles peinlichst sauber und ordentlich gehalten wurde. Die Bücher standen sorgsam beschriftet in Reih und Glied auf ihren Regalen, nur die Papiere, die gerade benötigt wurden, fanden sich auf seinem Schreibtisch. Fygen legte die Feder aus der Hand und streckte sich. Es war still im Haus, doch der Schein trog. Die Weihnachtsfeierlichkeiten waren vorüber, aber im Hause Lützenkirchen war keine Ruhe eingekehrt, denn der Hausherr bereitete sich, allen Widrigkeiten zum Trotz, auf eine Handelsreise nach London vor. Mertyn würde ihn diesmal nicht begleiten, sosehr es ihn auch reizte, denn Katryn war wieder in anderen Umständen. Fygen seufzte. Sie war nicht glücklich über Peters Entscheidung. Unter den gegebenen Umständen war eine solche Reise nicht ganz ungefährlich, die zudem ihrer Meinung nach nicht notwendig war. Sie hatte es nie ausgesprochen, aber sie war sicher, dass Peter nicht nur die Gier nach wirtschaftlichem Erfolg, sondern auch eine gehörige Portion Abenteuerlust in die Welt hinaustrieb.

Fygen würde allein sein, schon morgen. Ihr graute, wenn sie daran dachte. Natürlich, das Haus war voller Menschen, Hilda, Maren, der kleine Herman und Eckert würden bei ihr bleiben. Aber es wäre nicht dasselbe. Peter würde ihr fehlen. Wenn er sie morgens munter aus den Federn holte, wenn er seinen zerzausten Schopf in die Werkstatt steckte und sie zu einer Pause in der Küche überredete, um sie auf der Bank am Ofen um ihre Meinung zu geschäftlichen Fragen, die ihn beschäftigten, zu bitten. Und wenn er abends mit unwiderstehlichem Lächeln und einem Krug guten Weines in der Hand in ihre Schlafkammer trat. So verrückt es war, aber sie vermisste ihn schon jetzt, obwohl er noch gar nicht fort war. Doch sie wusste, sie musste ihn ziehen lassen, auch wenn ihr das Herz schwer wurde.

Und die Gefahren, die auf solch einer Reise auf Peter lauerten, mochte sie sich schon gar nicht ausmalen. Strikt verbot sie sich jeden weiteren Gedanken daran, griff wieder zur Feder und setzte eine letzte Position unter die Liste der Dinge, die sie während Peters Abwesenheit unbedingt zu beachten hatte. Es waren meist Termine, zu denen Zahlungen von Schuldnern zu erwarten waren, deren Eingang sie zu überwachen oder gegebenenfalls anzumahnen hatte. Fygen wusste genau, wo in welchen Büchern sie was finden konnte. Um sicherzugehen, dass auch keine Forderung übersehen wurde, entschloss sie sich, noch einmal den Folianten hervorzuholen, in dem sämtliche Besitzungen und die aus ihnen resultierenden Einkünfte verzeichnet waren. Sie konnte nicht auf Anhieb die aktuellen Seiten finden, und so blätterte sie ein gutes Stück zurück. Mit einem Mal sprang ihr ein einzelnes Wort entgegen:

Zons. Erstaunt hefteten sich ihre Augen auf die Buchstaben, die den Namen ihrer Heimatstadt bildeten, erfassten dann den ganzen Satz: Waldstück mit Käuzchenmühle, südlich der Stadtgrenze von Zons. Dahinter die Jahreszahl des Erwerbes: 1465. Fygen war neugierig geworden. Unbewusst nagte sie an ihrer Unterlippe. Sie hatte nicht gewusst, dass Peter Land in Zons besessen hatte. Auch die jährliche Pacht, die es eingebracht hatte, war verzeichnet. Peter hatte es 1469 mit Verlust veräußert.

Ein paar weitere Einträge folgten, auch in der Umgebung von Zons, alle im gleichen Jahr erworben, alle zum selben Zeitpunkt mit Verlust verkauft.

Fygens Blick schweifte zurück zu dem ersten Eintrag. Sie kannte den Wald mit der Käuzchenmühle. Er lag in der Zonser Heide, vielleicht eine halbe Stunde in westlicher Richtung von der Stadt entfernt. Ein Bild zog vor ihrem inneren Auge auf: ein lichter Buchenwald, an dessen Rand sich ein schmaler Bach entlangwand und ihn von blühenden Wiesen trennte. An dem Bach stand die Mühle. Fygen sah wieder das riesige Mühlrad vor sich aufragen, hörte das Plätschern des Baches. Dann mit einem Mal waren die Bilder fort. Etwas Kaltes schien sie zu packen und bis tief in ihr Innerstes zu dringen. Ihr Gesicht verlor seine Farbe. Das Land hatte ihrem Vater gehört. Ein paar Mal hatte er sie auf Spaziergängen mitgenommen und ihr die Mühle gezeigt. Sie erinnerte sich, wie er im Scherz gesagt hatte: »Siehst du, Prinzessin, wir werden nie hungern müssen. Wir holen uns einfach Mehl aus unserer Mühle.«

Dann waren plötzlich andere Worte in ihrem Kopf: »Es heißt, er habe alles verloren. Sein ganzes Vermögen.

… ist ja wohl seine eigene Schuld. Ich denke, er wurde von

einem reichen Kaufmann übervorteilt. Übervorteilt. Übervorteilt. Reichen Kaufmann. Übervorteilt …

… was er nachts am Fluss zu suchen hatte …

… hinterrücks erschlagen …

… wer sich mit den Reichen und Mächtigen anlegt …«

Die Worte dröhnten in Fygens Kopf, ihre Hände umklammerten hilfesuchend die Armlehnen des Sessels. Weiß traten ihre Knöchel an den Händen hervor.

Peter? Kaum wagte sie den Gedanken zu Ende zu denken, er war zu schrecklich, um überhaupt gedacht zu werden. Der Kaufmann, der ihren Vater … war das ihr eigener Mann? Jetzt hatte sie ihn doch zu Ende gedacht. Der Boden unter ihrem Stuhl schien zu schwanken. Nein, das konnte, das durfte nicht wahr sein! Alles in ihr wehrte sich dagegen.

Ruhig, ganz ruhig, befahl Fygen sich. Das alles ist lange her. Fieberhaft rechnete ihr Gehirn. Fast zehn Jahre. Es war die Rede gewesen von einem mächtigen Kaufmann. Peter musste damals noch sehr jung gewesen sein. Es war unwahrscheinlich, dass er … Doch wenn Peter es nicht gewesen war, wer dann? Woher hatte Peter die Grundstücke? Das Ankaufdatum, 1465, war just das Jahr, in dem ihr Vater starb. Wusste Peter, wer der Schuldige war? Hatte er die Grundstücke gutgläubig erworben? Oder steckte er mit ihm unter einer Decke? Wieso hatte er ihr nichts gesagt?

Fygens Gedanken drehten sich im Kreis, doch sie liefen immer wieder auf dieselbe Frage hinaus: Von wem hatte Peter die Grundstücke?

Sie wusste, sie musste die Wahrheit erfahren, musste Peter die Frage stellen. Aber sie hatte Angst vor der Antwort.

Eine kleine Ewigkeit saß Fygen da und wickelte mechanisch eine ihrer Locken um den Zeigefinger. Das Feuer im Kamin war heruntergebrannt, Fygen hatte sich nicht dazu aufraffen können, die Glut erneut anzufachen. Kälte kroch ihr unter die Röcke, zog von den Füßen die Beine hinauf. Schließlich gab sie sich einen Ruck und stand auf. Es würde nicht besser werden, wenn sie weiter ihren Gedanken Raum gab. Sie würde Peter fragen. Jetzt sofort. Mit fahlem Gesicht, die Lippen fest zusammengekniffen, stieg sie die Treppe hinauf und betrat die Schlafstube. Peter schlief tief und ruhig, eine Faust in das Kissen gekrallt. Mit zittriger Hand stellte Fygen die Kerze auf dem Tisch neben dem Bett ab. »Peter, Peter, wach auf.«

Peter grunzte verschlafen und drehte sich auf die andere Seite, fort von dem Licht. Fygen streckte die Hand aus und schüttelte ihn leicht an der Schulter. »Wach auf!«

»Hm?« Peter schreckte hoch und schaute sie schlaftrunken an.

»Peter, ich muss mit dir reden!«

»Was, jetzt? Ich muss morgen früh …«

»Es ist wichtig.« Fygens Ton war eindringlich.

Peter setzte sich im Bett auf. »Was ist, willst du nicht ins Bett kommen, kleiner Mösch?«

Wie eine böse, tückische Flut überrannte Fygen der Zorn. Ihr Vater hatte sie immer seinen kleinen Spatz genannt. Peter hatte nicht das Recht, sie so zu nennen. Nur mühsam konnte sie die Worte hervorpressen: »Woher hast du die Grundstücke?«

»Welche Grundstücke? Und wieso, um Himmels willen, weckst du mich mitten in der Nacht wegen Grundstücken? Hat das nicht Zeit bis morgen früh?«

»Nein, das hat keine Zeit. Nicht eine Minute«, entgegnete Fygen in einem Ton, den er noch nie von ihr gehört hatte. Mit einem Schlag war er hellwach.

»Ich rede von der Käuzchenmühle und den anderen Landstücken in Zons. Woher hast du sie?«

Müde strich Peter sich über das Gesicht. Das also war es. Fygen musste die Eintragungen der alten Vermögensbestände gefunden haben. Zum ersten Mal in seinem Leben verfluchte er seinen Ordnungssinn, seinen Drang, alle Geschäftsvorgänge ordentlich aufzuzeichnen. Hätte er diese unglückseligen Transaktionen doch nie verzeichnet. Fygen stand neben dem Bett, die Hände in die Hüften gestemmt, ihre Augen funkelten phosphorfarben. Sie wartete auf eine Antwort. Doch was konnte er ihr sagen außer der Wahrheit?

»Geerbt.«

»Von wem geerbt? Von deinem Vater?« Ihre Stimme wurde schrill, drohte umzukippen.

»Ja.« Seine Miene war abweisend.

»Also war er es, der meinen Vater …«

»Ich wünsche nicht, über diese Angelegenheit zu sprechen. Und jetzt lass mich schlafen«, schnitt er ihr ungewollt barsch den Satz ab. Seine Worte waren endgültig. Mit einer heftigen Bewegung drehte er sich zur Wand und ließ Fygen mit all ihren Fragen, ihrer Wut und den Zweifeln stehen.

Es wurde die erste Nacht seit ihrer Hochzeit, in der Fygen sich nicht zum Schlafen eng an ihren Mann kuschelte und ihren Kopf auf seine Schulter bettete.

7. Kapitel

Frau Lützenkirchen, da ist Besuch für Euch!«
Wieder klopfte es an die Tür zu ihrer Schlafstube,
und Marens singende Stimme ließ nicht locker: »Da ist die
Frau Ime Hofe. Was soll ich der denn sagen?«
»Ist gut, Maren, ich komme schon.« Fygens Antwort klang
schleppend. Mit Mühe streckte sie die Füße aus dem Bett,
jede Bewegung war anstrengend. Sie war viel zu müde, um
sich zu bewegen, zu müde aufzustehen, zu müde, um zu arbeiten, zu müde, um zu leben. Warum konnte man sie nicht
einfach in Ruhe lassen? Sie wollte nur für immer hier in ihrem Bett liegen bleiben, nichts hören und niemand sehen.
Schwungvoll wurde die Zimmertür aufgerissen. Energisch
trat Katryn über die Schwelle und kam zu ihr ans Bett.
»Was ist los mit dir?«, fragte sie besorgt. »Ich war schon
zweimal hier, aber man hat mich nicht zu dir gelassen. Immer hieß es, du seiest unpässlich. Langsam mache ich mir
Sorgen.« Zwischen ihren braunen Augen stand eine steile
Furche, und sie musterte die Freundin eingehend. Fygen
war blass. Die sonst so gesunde Haut war fahl, die Wangen
eingefallen, die geschwungenen Lippen blutleer, und tiefe
Schatten lagen unter ihren Augen.
»Bist du krank? Hast du Schmerzen? Fieber?«, wollte
Katryn wissen.
Fygen schüttelte den Kopf. Tränen stiegen ihr in die Augen, und ihre Kehle wurde eng. Sie fühlte sich elend, hätte
weinen mögen, doch sie vermochte kein Wort hervorzu-
bringen.

Erschreckt ließ sich Katryn neben ihr auf das Bett sinken und schloss die Freundin in die Arme. »Was ist es? Sag mir, warum bist du so traurig? Was ist geschehen?«

Fygen schluckt ein paar Mal kläglich, dann brach es aus ihr heraus. Unter Tränen, und immer wieder unterbrochen von heftigem Schluchzen, erzählte sie Katryn vom Tod ihres Vaters, den Gerüchten, die sich darum rankten, und schließlich von dem unseligen Abend vor Peters Abreise, als sie die Eintragungen entdeckt und ihn zur Rede gestellt hatte. Am Morgen danach hatte sie das Bett nicht verlassen können, um ihn zu verabschieden, als er in aller Frühe, nur in Begleitung eines jungen Kaufmannsknechtes, das Haus verließ. Sie hatte es einfach nicht vermocht, ihm Lebewohl zu sagen, und jetzt schämte sie sich dafür.

Fygen beruhigte sich wieder. Es hatte ihr gut getan, der Freundin das Herz auszuschütten. Lange saßen die beiden jungen Frauen schweigend da und hielten einander bei der Hand. Jede hing ihren eigenen Gedanken nach.

Katryn fasste ihre Gedanken schließlich zusammen: »Es passt nicht zu Peter! Ich habe ihn als anständigen, aufrechten Mann kennengelernt.« Die Worte schwebten wie Kristalle in der Luft. Klar und hoffnungsvoll.

»Aber wenn er nichts mit der Sache zu tun hat, warum sagt er es mir dann nicht?«

»Vielleicht um seinen Vater nicht zu belasten?«

»Meinst du?«, fragte Fygen erstaunt. So hatte sie die Sache noch nicht betrachtet.

»Vielleicht ist das der Schlüssel zum Ganzen«, sagte Katryn.

»Was weißt du über Peters Vater?«, wollte Fygen wissen.

»Nur das, was alle wissen: Er war ein reicher Kaufmann,

stand aber in nicht allzu gutem Ruf. Vor einigen Jahren ist er auf eine Handelsreise gegangen und nie zurückgekehrt. Man hat ihn für tot erklärt. Doch böse Zungen behaupteten, er wäre nach wie vor am Leben, hätte aber gute Gründe, nicht nach Köln zurückzukehren.«

Das würde zusammenpassen. Fygen spürte, wie erneut Zorn in ihr aufstieg. Zorn gegen diesen unbekannten Mann, ihren Schwiegervater. Krampfhaft ballte sie die Hände zu Fäusten und versuchte sich zu beherrschen. »Und was ist mit dem Rest der Familie Lützenkirchen?«, fragte sie.

»Ich habe nicht die leiseste Ahnung«, antwortete Katryn.

Es schien, als hätten sich die Bewohner der ganzen Stadt an diesem windigen, regnerischen Vormittag im Februar versammelt. Alle wollten die prächtigen Hilfstruppen bewundern und verabschieden, die heute von Köln als Unterstützung nach Neuss entsandt wurden. Noch immer belagerte Karl von Burgund die kleine Stadt, und Köln setzte große Hoffnung in diese Truppe. Die zweitausend Mann zu Fuß und zweihundert Berittenen unter Wilhelm von Aremberg und Johann von Gymnich würden das Kriegsgeschick hoffentlich zum Guten zu wenden wissen. Die abmarschbereiten Männer hatten auf dem Alten Markt Aufstellung bezogen und ließen sich von den Schaulustigen feiern und bejubeln. Auch Fygens Lehrmädchen und Maren, den kleinen Herman an der Hand, wollten sich trotz des schlechten Wetters das Schauspiel nicht entgehen lassen. Herman hatte so lange an Fygens Rock gezogen, gebeten und gebettelt, dass sie ihn schließlich hatte gehen lassen. Fygen hatte keine Lust verspürt, sie zu begleiten, war aber auch zu müde, um zu arbeiten. Sie fühlte sich immer noch schlapp und ausgelaugt. Mechanisch und ohne Begeisterung hatte sie in den letzten Wochen ihre Arbeit verrichtet, aber immerhin war es ihr seit Katryns Besuch überhaupt wieder möglich aufzustehen und zu arbeiten. Fygen seufzte. Es würde nicht schaden, wenn auch sie sich heute ein paar ruhige Stunden gönnte. Also setzte sie sich zu Hilda in die Küche, griff nach dem Flickkorb und lehnte sich behaglich mit dem Rücken an die warme Ofenwand. Ihr Blick wanderte durch das Küchenfenster hinaus. Draußen trieb der Wind einen Regenschauer durch den Hof, doch hier drinnen herrschte eine gemütliche Wärme. Hilda stellte eine große Pfanne auf den Herd, und Fygen sah zu, wie sie mit einem Löffel weißes Fett abstach und es in die schwere eiserne Pfanne gab. Dann suchte Fygen sich ein zerrissenes Hemd von Herman aus dem Flickkorb und fädelte Garn in der Farbe des Hemdes in eine Stopfnadel. Sie hatte gerade ein paar Stiche gemacht, als Hilda sich räusperte. »Sie wohnt Auf dem Berlich«, sagte die Hauswirtschafterin in das Zischen des Fettes hinein.

»Wer?«, fragte Fygen mechanisch, ohne von ihrer Flickarbeit aufzublicken.

»Die alte Frau Lützenkirchen.«

Fygens Kopf fuhr herum. Mit offenem Mund starrte sie Hilda an, doch die schichtete unbeirrt Wurstscheiben für ein spätes Frühstück in die Pfanne. Fygen saß wie versteinert, die Stopfarbeit unbeweglich in den Händen. Hatte sie sich verhört?

Der herzhafte Duft nach gebratener Blutwurst zog durch die Küche, und Fygen verspürte Appetit, zum ersten Mal seit Wochen. Mit einem Mal wusste sie, was sie zu tun hatte.

»Nehmt Platz, Frau Lützenkirchen, Frau Lützenkirchen wird jeden Moment kommen.« Die ältliche Bedienstete im Haus ihrer Schwiegermutter vermochte es, diesen Satz ohne ein Zögern hervorzubringen, ein unverbindliches Lächeln auf dem flächigen Gesicht. Sie hatte Fygen in ein geschmackvoll eingerichtetes Zimmer im ersten Stock des nicht allzu großen, aber komfortablen Hauses geleitet und zog sich nun mit einem angedeuteten Knicks zurück. Doch Fygen war zu nervös, um sich zu setzen. Unruhig schritt sie im Zimmer auf und ab. Es hatte drei Tage gedauert, bis Fygen endlich den Mut aufbrachte, ihre Schwiegermutter im Haus Auf dem Berlich aufzusuchen. Drei Tage des Zauderns, in denen sie sich gefragt hatte, wie Peters Mutter auf ihren Besuch reagieren würde. Was, wenn ihre Schwiegermutter sie nicht zu sehen wünschte, sich verleugnen ließe oder sie gar des Hauses verwies? Es war schon ein starkes Stück, was sie da beabsichtigte. Wie würde sie selbst reagieren, wenn plötzlich jemand zu ihr käme und sie nach Dingen fragen würde, die Peters Geschäfte beträfen? Sicher nicht gelassen. Immer wenn Fygens Gedanken an diesem Punkt angelangt waren, hatte sie der Mut verlassen, und sie hatte das Vorhaben vertagt. Doch Fygen wollte die Wahrheit erfahren, also blieb ihr keine Wahl, das wusste sie. Die alte Dame war die Einzige, die ihr Klarheit verschaffen konnte.

Heute endlich hatte sie sich ein Herz gefasst, nach Mittag ihre Arbeit beendet und Maren gebeten, ihr ein Bad einzulassen. Zur Arbeit pflegte sie ein schlichtes Kleid zu tragen und ihre Haarflut mit einigen Bändern straff aus dem Gesicht zu binden. Und seit Peter fort war, hatte sie sich auch nicht mehr die Mühe gemacht, sich zum Nachtessen umzukleiden. Doch heute legte sie besonderen Wert auf ihr Äußeres. Der kleine Herman hatte es sich auf Fygens Bett bequem gemacht, um ihr bei der Toilette zuzuschauen. Auf dem Bauch liegend, den Kopf auf die Fäuste gestützt, beobachtete er, wie Maren ausgiebig Fygens Haar bürstete, bis es glänzte, obwohl man die Locken gar nicht sehen würde, denn Fygen setzte eine adrette weiße Haube auf, wie es sich für eine verheiratete Frau geziemte. Dazu wählte sie ein geschmackvolles, burgunderfarbenes Kleid mit dezentem Ausschnitt, das zwar elegant, aber nicht zu modisch wirkte. Die Ärmel waren nicht zu weit und die silbernen Stickereien nicht zu üppig. Es war ihr sehr wichtig, auf Peters Mutter den denkbar besten Eindruck zu machen.

Als sie ihre Toilette beendet hatte, drehte sie sich vor Herman im Kreis. »Na, was sagst du?«

Herman schob bewundernd die Unterlippe vor und nickte gewichtig, eine Geste, die er Peter abgeschaut hatte. »Nicht schlecht«, sagte er.

»Was? Nur nicht schlecht?« Fygen tat enttäuscht und zog einen übertriebenen Schmollmund.

Herman ließ seine erwachsene Miene fallen und strahlte sie mit blitzenden Augen an: »Du bist wunderschön. Fast so schön wie eine Königin«, sagte er mit ehrlicher Bewunderung.

»Danke, mein Kleiner.« Fygen beugte sich zu ihm hinab und gab ihm einen Kuss. »Ich hoffe nur, dass ich auch den Mut einer Königin habe.«

Es war ein längerer Fußmarsch bis zum Berlich, doch Fygen war dankbar für die Bewegung, denn sie linderte ein wenig ihre Anspannung. Ausnahmsweise regnete es nicht, und Fygen hatte das Haus ihrer Schwiegermutter schnell gefunden. Und jetzt stand sie hier und würde gleich Peters Mutter gegenübertreten. Ein wenig erschrak sie nun doch vor ihrem eigenen Mut. Aber es gab kein Zurück.

Fygen war ans Fenster getreten und blickte auf den kahlen Weingarten des Klosters von St. Klara hinab, der sich auf der gegenüberliegenden Seite der Gasse ausdehnte. Trostlos braun standen die Rebstöcke da, ihrer Blätter beraubt und nass vom letzten Regenschauer. Fygen hörte, wie sich die Tür öffnete. Sie holte tief Luft, straffte die Schultern und wandte sich um, gespannt auf das, was nun geschehen würde.

Doch zunächst geschah gar nichts. Augusta Lützenkirchen war eine aufrechte, stattliche Frau in den Sechzigern. Sie überragte Fygen um gut einen Kopf. Und von dieser Höhe herab musterte die alte Dame Fygen nun mit klaren blauen Augen.

Dann reichte sie Fygen langsam die Hand und brach mit wohlklingender, ein wenig tiefer Stimme das Schweigen: »Ihr müsst verzeihen, dass ich Euch ein wenig anschaue, denn ich habe mich oft gefragt, wie meine Schwiegertochter aussehen würde.« Sie machte eine Pause, um Luft zu holen, und fuhr dann fort: »Dass Ihr hübsch sein sollt, habe ich schon gehört, aber man hat Euch nicht geschmeichelt.« Ein kleines Lächeln breitete sich auf ihrem Gesicht aus, und Fygen konnte sehen, dass Augusta einst eine Schönheit gewesen sein musste. Noch immer waren ihre Züge ebenmäßig, die Haut rosig. Doch die Jahre hatten ihren Tribut gefordert und ihr tiefe Falten um Nase und Mund gegraben.

Fygen war überrascht. Mit vielem hatte sie gerechnet, aber nicht mit einer solchen Freundlichkeit. Verzweifelt versuchte sie sich an all das zu erinnern, was sie die alte Dame fragen wollte, doch es war wie fortgeblasen. Mein Gott, was machte sie hier eigentlich?

Fygen knickste verlegen und spürte, wie sie errötete. Ein wenig gepresst sagte sie: »Guten Tag, Frau Lützenkirchen.«

»Schön, Euch kennenzulernen, Frau Lützenkirchen«, kam die prompte Antwort, und dasselbe, ein wenig spitzbübische Lächeln, das Fygen an Peter so liebte, huschte über Augustas Züge. Fygen fand es seltsam, ihren neuen Namen aus dem Mund ihrer Schwiegermutter zu hören, sie selbst hatte sich ja noch nicht an ihn gewöhnt. Mit Erleichterung stellte sie fest, dass Augusta Humor zu haben schien.

»Kommt, mein Kind, setzen wir uns. Ich bin sicher, wir haben uns viel zu erzählen. Und das geht bestimmt besser bei einem guten Becher Wein.« Sie bedeutete Fygen, in einem der gepolsterten Stühle Platz zu nehmen, und setzte sich ihr gegenüber auf die andere Seite eines niedrigen Tisches mit elegant geschnitzten Beinen. Es dauerte nur einen kurzen Moment, bis die Wirtschafterin mit einem Krug dampfenden Weines, zwei Bechern und einer Schale würzigen Gebäckes erschien. Behutsam stellte sie die Köstlichkeiten auf dem Tischchen ab und schenkte den Wein ein. Als sie den Raum verlassen hatte, griff Augusta nach ihrem Becher, nahm einen tiefen Schluck und fragte in der ihr eigenen, direkten Art: »Ich nehme nicht an, dass dies ein Höflichkeitsbesuch ist? Ihr habt sicher einen guten Grund, hierherzukommen, nicht wahr?« Immer noch lag das freundliche Lächeln auf ihrem Gesicht, doch Fygen meinte dahinter eine vorsichtige Wachsamkeit zu verspüren. Konnte es sein, dass Augusta Angst hatte? Angst vor etwas, das sie, Fygen ihr offenbaren könnte? Mit einem Mal erschien ihr alles ganz einfach. Sie entschied sich, genau wie Augusta direkt zur Sache zu kommen. Und dann würde man schon sehen.

»Ja, es gibt etwas, das ich Euch fragen möchte«, sagte sie. »Doch zunächst einmal möchte ich, dass Ihr wisst, dass ich erst vor drei Tagen erfahren habe, dass mein Mann eine Mutter hat, die hier in der Stadt lebt. Peter hat nie von Euch gesprochen. Auch nicht von seinem Vater.«

Augusta nickte. Diese Eröffnung schien sie nicht zu überraschen, und Fygen fuhr fort: »Wie Ihr vielleicht wisst, komme ich nicht aus Köln.« Dann holte sie tief Luft für den nächsten, entscheidenden Satz. Augustas Reaktion darauf würde ihr eine Menge von dem verraten, was sie wissen wollte, und würde über den weiteren Verlauf des Gespräches entscheiden. Gespannt den Blick auf ihr Gegenüber geheftet, damit ihr auch nicht die kleinste Regung Augustas entgehen konnte, sagte sie: »Ich bin eine geborene van Bellinghoven und komme aus Zons.«

Augusta bemühte sich um eine gleichgültige Miene, aber Fygen hatte das kurze, überraschte Zucken ihrer Lider, das Erschrecken für den Bruchteil einer Sekunde, wahrgenommen. Augusta lächelte verbindlich, ließ sich nichts anmerken, aber Fygen war nun sicher, dass sie auf der richtigen Fährte war. Der Anfang war gemacht, es gab nun kein Zurück mehr. Sie hoffte, sie würde auch weiterhin die richtigen Worte finden.

»Und nun möchte ich zu dem eigentlichen Grund meines Besuches kommen. In Peters Besitz befanden sich ein paar Ländereien in der Nähe von Zons, die früher einmal meinem Vater gehört haben. Sie wurden erworben in dem Jahr, in dem mein Vater ...« – hier zögerte Fygen einen Moment und entschloss sich für das unschuldigere Wort – »... verstarb. Und Peter sagt, er habe sie von seinem Vater geerbt.«

»Und Peter weigert sich nun, Euch zu sagen, wie sein Vater in ihren Besitz gekommen ist, nicht war?«, mutmaßte Augusta. Sie kannte ihren Sohn gut genug, um sich seine Verschlossenheit vorstellen zu können. Wenn er etwas nicht sagen wollte, so konnte nichts auf der Welt ihn dazu bewegen, das war schon immer so gewesen.

Eigentlich hatte Fygen ihrer Schwiegermutter nicht eingestehen wollen, dass Peter ihr etwas verheimlichte. Doch ebenso wie sie Augusta beobachtete, registrierte ihre Schwiegermutter jede Reaktion, die sich auf ihrem Gesicht widerspiegelte, und Fygen wusste, dass ihr Gesicht sie verriet, fühlte, dass sich auf ihren Wangen hektische rote Flecke der Aufregung zeigten. Zu nahe ging ihr diese Angelegenheit.

In Augustas Kopf arbeitete es fieberhaft. Das war es also. Deswegen war das Mädchen hier. Um herauszufinden, was mit ihrem Vater geschehen war, wer die Schuld an den unsäglichen Geschehnissen trug, die zum Tod Konrad van Bellinghovens geführt hatten. Was musste es für ein Gefühl sein zu erfahren, dass der eigene Mann in die Affäre um den Tod des Vaters verstrickt war? Augusta bewunderte Fygens Mut, der sie die offene Konfrontation mit ihr suchen ließ. Zugleich verspürte sie Mitleid mit dem Mädchen. Zu genau kannte sie den Zwiespalt zwischen Loyalität dem Gatten gegenüber und enttäuschtem Vertrauen. Sie selbst hatte einst aus Angst geschwiegen, hatte geduldet, dass dieses Schweigen die Familie zerriss und ihr das Kostbarste nahm, das sie je besessen hatte: ihren Sohn. Und nun drohte dieses Geheimnis weiteres Unglück anzurichten. So viele Jahre waren seitdem vergangen. Und die Wahrheit würde heute niemandem mehr schaden können …

Augusta traf ihre Entscheidung. Wenn Peter es nicht vermochte, sie würde ihrer Schwiegertochter die Wahrheit sagen. Sie nahm noch einen Schluck Wein, denn sie würde alle Kraft brauchen.

»Fygen, es ist nicht so, dass Peter dir nicht die Wahrheit sagen will«, erklärte sie ruhiger, als sie sich fühlte. Unbewusst war sie zum vertrauten »Du« gewechselt. »Er kann es einfach nicht, denn er hat sein Wort gegeben. Ich weiß nicht, was du über die unselige Angelegenheit damals weißt, denn du musst noch ein kleines Mädchen gewesen sein. Ich selber weiß – Gott sei es gedankt – nicht alles und will es auch nicht erfahren. Was ich jedoch weiß und was du zu Recht vermutest, ist, dass mein Mann, Peters Vater, mit deinem Vater Geschäfte machte. Und dabei kam es zu Unstimmigkeiten.« Hier machte sie eine Pause und griff erneut nach dem Becher. Ihr Blick tauchte tief in die dunkle Flüssigkeit, als erwarte sie, dass die Erinnerungen aus deren Tiefe an die Oberfläche hinaufstiegen. Fygen spürte, wie sie sich vor Anspannung verkrampfte. Ihre Fingernägel hatten sich in die Handflächen gegraben, und die

Knöchel waren weiß hervorgetreten. Als Augusta fortfuhr, öffnete sie die Fäuste und holte tief Luft für das, was ihr nun bevorstand.

»Soweit ich mich erinnere, reichte deinem Vater der Handel in Zons nicht aus, er war ihm nicht einträglich genug. Also versuchte er, auf neuen Wegen seine Geschäfte auszuweiten. Kern- und Angelpunkt seiner Idee war das Stapelrecht. Du weißt ja, wie es funktioniert. Jeder Händler, der mit seinen Waren über Köln reist, muss diese für drei Tage in der Stadt zum Kauf anbieten und kann nur mit den unverkäuflichen Resten dann weiterziehen. Das hat zur Folge, dass von manchen Waren aus dem Norden recht wenig bis nach Mainz gelangt, weil die Kölner sie vorher aufkaufen. Daher ist mit diesen Waren dort ein größerer Profit zu erzielen als in Köln. Also ersann dein Vater eine Methode, den Stapel zu umgehen. Er wandte sich an meinen Mann, der als kölnischer Bürger von der Verpflichtung zum Stapel befreit war. Dein Vater kaufte von meinem Mann, der auch im Fernhandel tätig war, eine Schiffsladung voller verschiedenster Waren, vornehmlich edelste Güter wie Schmuckstücke, Pelze, Silber, Gewürze und andere Kostbarkeiten, und man vereinbarte, dass mein Mann die Waren direkt nach Mainz lieferte. Dein Vater konnte eine solch wertvolle Fracht natürlich nicht im Voraus bezahlen, daher verpflichtete er sich zur Zahlung der Ware, sobald er sie in Mainz verkauft hatte. Bis dahin sollten seine Ländereien als Sicherheit dienen.« Augusta machte eine Pause und befeuchtete ihre immer noch vollen, von feinen Knitterfältchen umgebenen Lippen. »So weit waren die Vereinbarungen auch vertraglich festgelegt und niedergeschrieben. Als die Waren dann nach Köln kamen, ließ mein Mann sie auf einen Oberländer verladen und schickte sie den Rhein hinauf in Richtung Mainz.« Augusta seufzte und hob mit hilfloser Geste ihre schmalen Hände über den Kopf. »Doch der alte, klapprige Kahn soff kurz hinter dem Weißer Bogen ab. Mein Mann beharrte auf dem Standpunkt, an einem solchen Unglück träfe ihn kein Verschulden und die Ware, die untergegangen war, gehöre bereits deinem Vater, und er verlangte Bezahlung. Und der Rheinschiffer, den man vielleicht noch hätte belangen können, war mitsamt seinem Kahn ersoffen.«

Augusta unterbrach sich und griff nach ihrem Becher. Der Wein war bereits kalt geworden, doch sie bemerkte es nicht. Sie blickte Fygen offen an, als sie fortfuhr: »Wer tatsächlich den Verlust der Ware zu tragen hatte, vermag ich nicht zu sagen. Sicher war es nicht rechtens von meinem Mann, so starr auf seinem Standpunkt zu beharren. Doch deinen Vater selbst trifft ein Großteil der Schuld an seinem eigenen Ruin. Wer konnte denn ahnen, dass er so leichtsinnig war, für diesen einen Handel sein gesamtes Hab und Gut zu verpfänden? Natürlich konnte dein Vater die Waren nicht bezahlen, und so gingen die Ländereien in den Besitz meines Mannes über.« Augusta hatte ihre Stimme gesenkt und blickte Fygen fragend an. Hatte sie ihrer Schwiegertochter genug erzählt?

Unbeweglich, wie versteinert saß Fygen in ihrem Sessel und hatte jedes Wort in sich aufgenommen. Sie wusste, dass es noch nicht vorbei war. Noch hatte sie nicht alles erfahren, und am liebsten wäre ihr, sie bräuchte kein weiteres Wort mehr zu hören. Doch sie musste die Geschichte bis zu ihrem bitteren Ende erfahren. Kurz nickte sie Augusta zu, fortzufahren.

»Peter war der Auffassung, sein Vater habe den Vertrag nicht erfüllt, denn die untergegangenen Waren hätten sich noch in seinem Eigentum befunden. Er hielt die Sachlage für eindeutig und verachtete seinen Vater für dessen Handeln. Als wir kurz darauf vom Tod deines Vaters erfuhren, kam es zum Streit.« Der Blick der alten Dame glitt ins Leere.

Als wäre es gestern gewesen, vernahm Augusta den Widerhall von Peters Worten voller Empörung: »Wie praktisch«, hatte er gehöhnt. »Bellinghovens Tod kommt dir sicher sehr zupass. Er kommt fast ein wenig zu gelegen für einen Zufall. Es wäre ja auch übel, wenn du dich in der Angelegenheit vor dem Rat rechtfertigen müsstest.«

Wutentbrannt, mit vor Zorn rot angelaufenem Gesicht hatte sein Vater ihn daraufhin mit dem Handrücken ins Gesicht geschlagen. Ohne ein weiteres Wort hatte Peter sich das Blut von der Lippe gewischt, seinen Vater mit einem vernichtenden Blick bedacht und das Haus verlassen, um nie wieder heimzukehren.

Tränen schlichen sich in Augustas Augen und verschleierten die schreckliche Szene. Kurz schüttelte sie den Kopf, um das Bild zu vertreiben, und fuhr fort: »Ich wusste nicht, was ich glauben sollte. Mein Mann war schließlich kein Verbrecher, doch ich selber nahm Peter das Versprechen ab, in dieser Angelegenheit zu schweigen, um seinen Vater nicht zu gefährden. Um meinetwillen willigte er ein, doch er kehrte der Familie den Rücken.« Ein leiser, fast nicht zu vernehmender Schluchzer fand den Weg durch ihren eisernen Panzer der Selbstbeherrschung, und sie flüsterte: »Ich habe ihn seitdem nicht wiedergesehen.«

Eine Weile schwiegen die Frauen. Die Dunkelheit kroch

bereits aus den Ecken des Raumes hervor und breitete sich um die Säume ihrer Röcke aus.

»Was ist aus ihm geworden? Eurem Mann, meine ich?«, fragte Fygen.

»Er verließ kurz darauf die Stadt und ging auf eine Handelsreise nach Valencia. Doch er kam nie dort an und kehrte auch nicht zurück. Er gilt als tot, und wahrscheinlich ist er das auch.«

Tiefes Mitgefühl mit dieser alten, einsamen Dame überkam Fygen. Ein Gefühl, das fast schwerer wog als die Erleichterung darüber, dass sie nun die Gewissheit hatte, dass Peter der aufrechte, ehrliche Mann war, den sie kannte und liebte. Und dem sie bitter unrecht getan hatte, wie ihr schlagartig klar wurde. Der Gedanke trieb ihr die Schamesröte ins Gesicht. Wie sehr mussten Peter ihre Verdächtigungen und ihr Misstrauen verletzen? Fygen bedauerte sehr, dass diese Angelegenheit zwischen ihnen stand, nun da er so weit fort war. Am liebsten wollte sie ihn sofort um Vergebung bitten, doch leider würde sie damit auf seine Rückkehr warten müssen. Plötzlich schlich sich ein kleiner böser Gedanke in ihr Herz und machte ihr Angst: Was, wenn er wie sein Vater nicht zurückkehrte? Wenn ihm etwas zugestoßen wäre und sie nie die Gelegenheit erhalten würde, ihn um Verzeihung zu bitten?

Augusta regte sich und erhob sich ein wenig mühsam aus ihrem Sessel. Das Gespräch mit ihrer Schwiegertochter hatte sie Kraft gekostet, doch sie war erstaunt, wie gut es ihr getan hatte, Fygen diese Geschichte zu erzählen und sich von der Last der Wahrheit, die sie so viele Jahre mit sich herumgetragen hatte, wegen der sie sogar den einzigen Sohn verloren hatte, zu befreien.

Fygen beeilte sich, ebenfalls aufzustehen. Ihre Schwiegermutter schien sehr müde zu sein. Sie wirkte deutlich älter als zu Beginn ihres Gespräches, die Falten schienen tiefer, die Haut ein wenig matter. Doch als Fygen ihr zum Abschied die Hand drückte, entdeckte sie noch einen anderen, neuen Ausdruck auf Augustas Gesicht: Vertrauen? Erleichterung?

Fygen wandte sich zum Gehen, doch die alte Dame räusperte sich und hielt sie zurück: »Eine große Bitte hätte ich an dich, wenn du es erlaubst.«

Fygen hielt inne. »Selbstverständlich.«

Augusta lächelte ein wenig verlegen und sagte: »Wenn du und Peter, wenn ihr …« Sie verstummte. Ihre Hände gruben sich in die Falten ihres Rockes, und sie setzte von neuem an: »Ich meine, wenn, wenn … wenn ich Großmutter werde, darf ich es erfahren?«

Herzlich erwiderte Fygen ihr Lächeln und sagte ehrlich erfreut: »Mit der größten Freude. Ich gebe Euch mein Wort darauf, dass Ihr es sofort erfahrt.« Und noch einmal drückte sie ihrer Schwiegermutter die Hand.

Für den Heimweg benötigte Fygen nur knapp die Hälfte der Zeit. Sie bemerkte nicht einmal, wie ihr der Wind den Regen ins Gesicht schlug. Wenn ihr Mann nur bald heimkäme. »Verdammt, Peter Lützenkirchen!«, schimpfte sie so laut vor sich hin, dass sich eine ältere, gut gekleidete Dame auf der Straße nach ihr umdrehte und ihr einen pikierten Blick zuwarf. »Andere Kaufleute schicken ihre Faktoren auf Reisen und bleiben selbst zu Hause. Aber nein, mein Mann ist dafür ja viel zu abenteuerlustig«, haderte Fygen mit sich selbst. Doch in Wirklichkeit fühlte sie sich um so vieles leichter, als wäre eine erdrückende Last von ihr abgefallen. Beschwingt wie schon seit langem nicht mehr, betrat sie das Haus Zum Rosenbaum.

Hier musste sie jedoch feststellen, dass nicht jeder ihre gute Laune teilte. In der Halle schlug ihr dicker, grauer Rauch entgegen. Was, um Himmels willen, war hier geschehen? Brannte etwa das Haus? Es stank widerlich nach verbrannten Haaren, und Fygen vernahm bereits von weitem das aufgeregte Geschnatter von Maren. Sie drückte sich einen Zipfel ihres Regenumhangs auf die Nase und eilte den Gang entlang in Richtung Küche. Von dort schienen der Rauch und die Stimmen zu kommen. Brannte es in der Küche, oder hatte Maren einfach das Essen anbrennen lassen?

Mit wenigen Schritten war Fygen an der Küchentür und riss sie auf. Hier war der Gestank noch intensiver, doch der dichte Rauch war bereits durch das geöffnete Fenster abgezogen. Mit einem raschen Blick erkannte sie, dass keine wirkliche Gefahr drohte. Stattdessen zeigte sich Fygen ein Anblick, bei dem sie beinahe laut gelacht hätte.

Mit hoch erhobener Rechten, eine Schöpfkelle in der molligen Faust und so schnell sie konnte, watschelte Maren hinter Herman her, der behende vor ihr zu flüchten suchte.

»Du kleiner Verbrecher«, zeterte Maren.

Hermans Hemd war von Ruß geschwärzt, und in seinen blonden Locken hatten sich ein paar Hühnerfedern verfangen. Der Kleine brüllte laut und sorgte dafür, immer einen gewissen Vorsprung vor der erbosten Magd zu halten. Tränen liefen ihm über das Gesicht, doch er war ein flinker Junge, und die dralle Maren eilte keuchend und mit hochrotem Gesicht und aufgelösten Haaren ungelenk hinter ihm her, während sie höchst unchristliche Flüche ausstieß.

Ein großer, schwarz angekohlter Topf mit undefinierbarem, ebenfalls verkohltem Inhalt lag auf den Dielenbrettern. Es schien in der Tat nur etwas auf dem Herd angebrannt zu sein. Was jedoch Herman damit zu schaffen hatte, konnte Fygen sich nicht erklären. Maren und Herman schienen sie nicht bemerkt zu haben, und nachdem sie das Treiben eine Weile beobachtet hatte, entschloss Fygen sich einzugreifen. Mit einer raschen Bewegung erwischte sie den Flüchtenden am Hemd und hielt ihn fest.

»Lass mich los, Tante Fygen! Sie schlägt mir sonst die Kelle auf den Kopf!«, krähte der Kleine.

»Ah, hab ich dich endlich!«, schnaufte Maren und packte Herman bei den Haaren.

»Schluss jetzt, alle beide!«, befahl Fygen energisch. »Du hörst auf zu schreien«, wies sie Herman zurecht, »und du« – sie blickte streng auf die Magd – »lässt ihn los. Du reißt ihm ja alle Haare aus. Was ist hier eigentlich geschehen?«

Nur widerwillig ließ Maren ihre Hand sinken und schaute Herman wütend an. »Dieser Satansbraten! Umbringen könnt' ich ihn!«

»Ja, das habe ich schon verstanden«, stellte Fygen trocken fest.

Herman wischte sich mit dem Rücken seiner kleinen, schmierigen Hand die Tränen vom Gesicht. »Ich wollte doch nur einen Festtagsschmaus kochen«, brachte er empört hervor. »Der sollte für dich sein. Damit du wieder isst und wieder fröhlich bist!«

»Da hört Ihr es, Frau Lützenkirchen!«, keuchte Maren. Schwer ließ sie ihren breiten Hintern auf die Küchenbank sinken. »Einen Festtagsbraten. Dieser Wicht hat mir den Topf verkohlt, ein Huhn umgebracht und eine Riesensauerei veranstaltet. Das ganze Haus hätt' abfackeln können ...«

»Wieso war er denn so lange allein in der Küche?«, forschte Fygen nach.

Schneller als Fygen es ihr bei ihrer Leibesfülle zugetraut hätte, sprang Maren von der Bank auf, murmelte etwas, das klang wie »Betten aufschütteln«, und watschelte zur Küchentür hinaus.

»So, mein Freund«, wandte sich Fygen dem jungen Mann zu, der nun doch nicht mehr ganz so forsch, sondern ein wenig betreten neben ihr stand und zu Boden blickte. »Jetzt erzähle mir mal ganz genau, was du gemacht hast.«

»Aber du bist nicht böse, Tante Fygen, nicht wahr?«

»Nein, ich bin nicht böse«, beruhigte sie ihn.

Nach und nach stellte sich heraus, dass Herman im Hof ein Huhn eingefangen und geschlachtet hatte. Das allein war an und für sich bereits ein beachtliches Unterfangen für einen Jungen in seinem Alter. Denn das Huhn schien anderen Sinnes gewesen zu sein als Herman und hatte dies gackernd, flügelschlagend und um sich hackend kundgetan, was dem Kleinen etliche Kratzer und Schrammen eingetragen hatte. Doch unbeirrt hatte er dem Huhn den Hals umgedreht, wie er es bei Maren beobachtet hatte, und es sodann ungerupft mitsamt Federn, Kopf und Krallen in einen Topf befördert und, ohne Fett oder Wasser zuzugeben, zum Kochen auf den heißen Herd gestellt.

Herman war ehrlich empört darüber, dass sich sein Huhn nicht in einen duftenden Braten, sondern in einen stinkenden und qualmenden Klumpen verwandelt hatte, und Fygen biss sich in die Faust, um nicht vor Lachen über sein enttäuschtes Gesichtchen laut herauszuplatzen. Nur gut, dass Peter diese Eskapade verpasst hatte, er war weitaus strenger mit Herman als Fygen, und sie war sich nicht sicher, ob Peter es bei einer Ermahnung belassen oder ob er Herman schlicht den Hosenboden strammgezogen hätte.

8. Kapitel

Fygen schluckte trocken. Es war staubig auf der Straße nach Norden. Das schwere Ochsengespann zog unbeirrbar seine Last die tiefen, ausgefahrenen Furchen der Fahrstraße entlang. Bei jedem größeren Schlagloch wurden die Fahrgäste durchgeschüttelt, und der Karren ächzte und rumpelte zum Gotterbarmen. Den Fuhrmann, einen stiernackigen, grobschlächtigen Kerl aus der Pfälzer Gegend, schien das Holpern ebenso wenig zu erschüttern wie sein Vieh. Seit Stunden schon hielt er den massigen Kopf stur nach vorn gerichtet. Fygen wischte sich mit dem Handrücken über das Gesicht. Der Staub der Straße hatte sich ihr auf die Lippen gelegt, sich in den langen Wimpern verfangen, drang ihr bei jedem Atemzug in die Nase und knirschte zwischen den Zähnen. Nach dem langen, nasskalten Winter war nun, Anfang Mai, plötzlich die Sonne hervorgekommen und brannte bereits mit Macht vom Himmel, als wolle sie die Menschen vergessen machen, dass es je einen Winter gegeben hatte. Doch Fygen würde diesen Winter sicher nicht vergessen. Er hatte sich endlos lange hingezogen und ihnen allen gründlich die Laune verdorben. In den Gassen standen knietief Schlamm und Dreck, und ohne Not hatte kaum einer das Haus verlassen. Fygen war die Zeit besonders lang geworden, weil sie sehnsüchtig auf Peters Rückkehr wartete. Immer wieder kreisten ihre Gedanken um diesen unnötigen Streit, der zwischen ihnen stand. So gut wie möglich hatte sie das Grübeln bekämpft, indem sie sich kopfüber in die Arbeit stürzte. Sie hatte einen weiteren Webstuhl angeschafft und noch ein Lehrmädchen eingestellt. Unermüdlich hatte sie von früh bis spät gearbeitet und noch abends bei Kerzenschein ihre Bücher geführt. Müde und erschöpft war sie dann spät in einen unruhigen Schlaf gesunken, um sich am nächsten Morgen erneut an die Arbeit zu machen.

Fygen spähte in das offene Fuhrwerk, das ihnen entgegenkam. Zwanghaft hatte sie jedes Gefährt, das ihnen begegnet war, genau gemustert, denn es könnte ja sein, dass Peter bereits auf dem Heimweg wäre und sie geradewegs an ihm vorbeifahren würde. Doch viel Betrieb war nicht auf der Straße nach Neuss. Wieder schluckte Fygen trocken. Es war eng auf dem Karren. Dicht eingezwängt saß sie zwischen einem Packen Schafwolle und einer munter schwatzenden Matrone, die ihr bereits in der ersten halben Stunde ihrer gemeinsamen Reise die gesamte Geschichte ihres Lebens erzählt hatte. Die Redselige war auf dem Weg zu ihrer Tochter, welche ihr drittes Kind erwartete und dafür dringend Mutters Beistand benötigte.

Fygen war erhitzt und wünschte sich nichts sehnlicher als ein kühles Bad in einem gepflegten Gasthof. Vor wenigen Stunden erst hatten sie die Stadt durch den Eigelstein, das am nördlichsten gelegene Tor in der kölnischen Stadtmauer, verlassen, und bereits jetzt sehnte sie sich nach einer Pause. Dabei hatte ihre Reise gerade erst begonnen. Doch schließlich war Fygen erleichtert, unterwegs zu sein. So hatte sie wenigstens das Gefühl, etwas zu tun und nicht weiter untätig und hilflos abzuwarten.

Bereits Ende des März, spätestens in der Mitte des Aprils wollte Peter zurückgekehrt sein. Der März war zu Ende gegangen, und mit jedem Tag wuchs Fygens Sorge. Wieder und wieder malte sie sich aus, was Peter auf seiner Reise alles zugestoßen sein könnte: Sei es, dass er mit dem Schiff gekentert, von Räubern überfallen oder von schwadronierenden Landsknechten ausgeraubt und erschlagen worden war. Tagsüber wucherten ihre Gedanken zu immer neuen Schreckensbildern heran, und des Nachts wurde sie von bösen Träumen geplagt, um dann zu Unzeiten verstört und schweißgebadet aufzuwachen. Bei jedem Geräusch an der Haustür blickte sie hoffnungsvoll auf, ja, sie ließ sogar die Tür zu ihrer Werkstatt stets angelehnt, um nur ja nicht Peters Ankunft zu verpassen. Schließlich fand auch der April sein Ende, und der Mai begann. Fygen hatte das Gefühl, das Warten keinen weiteren Tag ertragen zu können. Doch zu ihrer Überraschung stand sie mit diesem Gefühl nicht allein da. Es war früh am Morgen, als Eckert auf sie zutrat und mit ernster Miene um ein Gespräch bat. Während er ihr in Peters Kontor folgte, fragte sie sich bange, welche Katastrophe nun über sie hineinbrechen würde.

Eckert baute sich vor Fygen auf, das Kinn vorgereckt und die Arme in die Hüften gestemmt, als erwarte er Widerspruch. »Ich werde ihn suchen gehen«, erklärte er schlicht. Dann besann er sich ein wenig auf die Form und fügte hinzu: »Wenn es Euch recht ist.«

Doch Fygen dachte gar nicht daran, ihm zu widersprechen. Ohne eine Sekunde zu zögern, antwortete sie: »Gut. Ich komme mit!«

Eckerts massige Kinnlade klappte herunter. Diese Frau schaffte es immer wieder, ihn zu verblüffen. »Aber das geht doch nicht«, protestierte er. »Ihr könnt doch nicht ...«

Fygen ließ sich nicht beirren. Peter hatte die Reise viele

Male unternommen, und wenn er nach London reisen konnte, warum nicht auch sie?

»Natürlich kann ich«, schnitt sie ihm das Wort ab. »Wie schnell können wir reisen?«

Auch bei Katryn und Mertyn löste ihr Entschluss große Bestürzung aus. Trotz ihrer voranschreitenden Schwangerschaft erschien Katryn eigens im Haus Zum Rosenbaum, um Fygen diese Idee auszureden. Diesmal schienen Katryn die Umstände recht gut zu bekommen, stellte Fygen fest. Ihr Teint war rosig, ihre Gestalt war fülliger geworden, sie fühlte sich nicht leidend und hatte schon einen kleinen, kugeligen Bauch bekommen, den sie unter weiten Kleidern geziemend zu verbergen suchte. Kräftig sprach sie den köstlichen, honiggetränkten Küchlein und der gesüßten Milch zu, die Lena für sie bereitete. Fygen freute sich über den Besuch und nutzte die Gelegenheit, ausgiebig mit ihrer Freundin zu plaudern und ein wenig zu klatschen, doch von ihrem Entschluss ließ sie sich nicht abbringen.

Die Sonne hatte sich bereits weit nach Westen vorgeschoben und ihre brennende Kraft für diesen Tag verloren, als ein besonders heftiges Rumpeln des Karrens Fygen auffahren ließ. Sie spähte über den breiten Rücken des Fuhrmanns hinweg und erkannte, dass dieser die Ochsen an den äußersten Rand des Fahrweges gelenkt hatte, um einem leeren Fuhrwerk auszuweichen, das ihnen entgegenkam. Überhaupt war nun mehr Betrieb auf der Straße. Menschen mit Ballen, Bündeln und Körben im Arm, kleine Karren, gezogen von Eseln oder Ochsen, und auch der ein oder andere Bewaffnete zu Pferd oder zu Fuß, in mehr oder weniger glanzvoller Uniform, kamen ihnen entgegen oder wichen ihrem behäbigen Gespann aus. Nicht mehr lange, und sie würden Neuss erreichen, die Stadt, die nun schon seit fast einem Jahr der Belagerung durch Karl von Burgund standhielt.

Die Belagerung hatte sich zu einem zähen Ringen entwickelt, und weder die Belagerer noch die Einwohner hatten ernsthafte Vorteile für sich geltend machen können. Auch die Truppen unter Wilhelm von Aremberg und Johann von Gymnich, die Köln im Februar zur Unterstützung geschickt hatte, hatten keine Verschiebung der Kräfte zugunsten der Eingeschlossenen gebracht. Die Soldaten hatten auf dem gegenüberliegenden Rheinufer ihr sogenanntes Lager »Auf den Steinen« aufgeschlagen, doch auch sie hatten das Kriegsgeschick nicht zu wenden vermocht. Ebenso wenig zeigten bisher die von den Kölnern betriebenen diplomatischen Bestrebungen Erfolg. Man hatte sich an verschiedene auswärtige Städte und Fürsten, darunter auch Kaiser Friedrich III., gewandt. Heinrich vom Geisbüsch, einem kölnischen Bürger mit besonderem Weitblick und Verhandlungsgeschick, war es gelungen, eine Verbindung zwischen Friedrich und dem französischen König Ludwig XI. zustande zu bringen. Doch die diplomatischen Wege waren mühselig und langwierig. Kaiser Friedrich hatte zwar schon bald seine Hilfe zugesagt, war jedoch erst im März in der Stadt eingetroffen, und nun saß er untätig in Köln, anstatt weiter in Richtung Neuss zu ziehen, wie die Bürger es von ihm erhofften. Im Lager »Auf den Steinen« hatte sich ob dieser kaiserlichen Untätigkeit bereits eine allgemeine Demoralisierung breitgemacht, und man erzählte sich, es herrschten dort katastrophale Zustände.

Der Betrieb auf der Straße wurde immer größer. Es hatte eher den Anschein, als näherten sie sich einer Stadt oder einem belebten Marktflecken als einem durch den Krieg gezeichneten Landstrich. Neugierig schirmte Fygen mit der Hand ihre Augen vor der Sonne ab und spähte nach vorn. Rechts der Straße konnte sie deutlich ein großes Gebäude erkennen, das sich hinter schweren Mauern inmitten von weiten Obstgärten ausdehnte.

»Das Oberkloster«, erklärte die redselige Matrone Fygen bereitwillig. »Gott sei es gedankt, sie haben es nicht abreißen lassen. Hier hat der Herzog von Burgund mit seinem Stab und der Leibwache Quartier bezogen«, schwatzte sie munter weiter.

Als sie dem Kloster näher kamen, fuhr sie fort: »Seht Ihr die vielen Zelte im Apfelgarten?« Sie deutete auf eine Ansammlung von einstmals prachtvollen Zelten, die sich vor dem mächtigen Kirchengebäude abzeichneten. Wind und Sonne eines Jahres hatten der Farbenpracht deutlich zu schaffen gemacht, dennoch war die Zeltstadt ein eindrucksvoller Anblick. »Von hier aus leitet er die Belagerung. Er hat ein heizbares Prunkzelt mit zwei Räumen. Und stellen Sie sich vor: Er hat für sich selbst kein Feldbett aufschlagen lassen, sondern schläft des Nachts voll bewaffnet in einem Sessel.«

Der Befehlsstand des Burgunders zog sich über das gesamte weitläufige Klostergrundstück, und der Wagen rumpelte ein gutes Stück weit entlang der Mauern, die es umschlossen. Sie passierten die Kirche, an deren Nordseite sich die Klostergebäude des Augustinerordens drängten, und als sie das Ende des Klostergeländes erreicht hatten, sog Fygen überrascht die Luft ein, denn der Anblick war überwältigend. Vor ihr breitete sich eine riesenhafte Stadt aus Hütten und Buden aus, die sich bis zum Flüsschen Erft hinunterzog und auf der anderen Seite bald bis an das Obertor, das südliche Stadttor von Neuss, heranreichte.

Ein so großes Heer, das zudem beim Burgunderherzog in gutem Sold stand, zog eine Menge Volk an, das sich hier gute Geschäfte versprach. Spielleute, Schankwirte, Trödler, Bader, Gaukler, Spaßmacher und eine unsäglich große Anzahl Frauen und Mädchen boten an, womit sie Geld verdienen konnten. Alles, was die Truppe benötigte, und vieles darüber hinaus wurde hier feilgeboten, und die lange Dauer der Belagerung hatte diese enorme Ansammlung von Hütten entstehen lassen.

»Um Holz zu schlagen für diese Budenstadt, haben sie das halbe kölnische und Jülicher Hinterland geplündert«, bemerkte die Weggefährtin ein wenig bitter und spuckte abfällig über den Rand des Karrens auf die Straße. »Die Hütten haben teilweise Öfen, Dachziegel und sogar Fensterglas. Man bekommt alles hier: Waffen, Tuche, Gewürze, Juwelen. So eine prachtvoll ausgestattete Belagerung hat die Welt noch nicht gesehen, da bin ich mir sicher.«

Menschen liefen durcheinander, standen herum und redeten, schoben Karren vor sich her oder schleppten Bündel. Händlerinnen balancierten Körbe mit süßen Kuchen auf dem Kopf und erwehrten sich der Bienen, die um sie herumsummten. Gaukler warben für ihre Vorführungen, ein paar käufliche Mädchen in billigen Kleidern flanierten vorbei, und von einer Bratküche stiegen verführerische Duftschwaden auf.

Fygen war von dem bunten Treiben fasziniert und betroffen zugleich. Wie sollte sie in diesem Menschengewimmel auch nur eine Spur von Peter finden? Dennoch konnte sie es kaum erwarten, dass der Karren ruckend zum Stehen kam. Am liebsten hätte sie sich sofort in das Getümmel gestürzt und mit ihrer Suche begonnen.

Eckert half Fygen vom Wagen und lud ihre beiden Reisebündel ab. Sofort waren sie von einigen geschäfstüchtigen Menschen umringt, die ihnen Erfrischungen anboten oder ihre Dienste als Träger, Bote oder Führer zur Verfügung stellten. Alle redeten lautstark durcheinander, überbrüllten sich gegenseitig, um Gehör zu finden, und zupften an den Kleidern der Reisenden. Eckert suchte sich einen kräftigen Burschen aus und hieß ihn, die beiden Bündel zu schultern. Dann stapfte er voran, ein Stück des Weges zurück, den sie gekommen waren, geradewegs auf den Eingang des Klosters zu. Hier würden sie mit etwas Glück für die Nacht eine halbwegs anständige Bleibe finden. Im Stab des Herzogs würde sich schon der eine oder andere finden, der gegen gutes Geld bereit wäre, sein Zimmer abzugeben und die Nacht bei einem Kameraden oder einem Weibsbild zu verbringen. In der Budenstadt gab es zwar auch Hotellerien, aber Eckert traute den fahrenden Gastwirten nicht über den Weg. Die Unterkünfte wären bestenfalls dreckig und verlaust, im ungünstigeren Fall würde man des Morgens beraubt oder gar nicht mehr erwachen, erklärte er Fygen.

Als sie das Klostergebäude betraten, umfing sie eine angenehme Kühle zwischen den dicken Steinmauern, das Einzige, was noch an die Ehrwürdigkeit dieses einst so stillen, frommen Ortes erinnerte. Uniformierte lungerten in der Eingangshalle herum, würfelten, tranken.

Rasch wurde Eckert handelseinig mit einem bärtigen Adjutanten mit schmierigem, verschlagenem Gesicht, schmutziger Uniform und aufgeknöpfter Jacke. Er geleitete sie in das Gebäude, in dem sich einst die Zellen der Mönche befunden hatten. Durch lange Flure ging es vorbei an den Zellentüren, die zum Teil offen standen. Aus manchen der kleinen Räume drang Musik, grölender Gesang und schrilles Frauengekicher. Fygen konnte unschwer erkennen, dass sich die käuflichen Mädchen keineswegs durch die Heiligkeit des Ortes davon abhalten ließen, auch hier ihren Geschäften nachzugehen. Doch auch andere Klänge drangen an ihr Ohr: trauriges Schluchzen, verzweifeltes Weinen, Klagen und Beten. Die Trauer um den Verlust eines Kameraden, die schreckliche, dunkle Angst vor der eigenen Sterblichkeit. Die Schreie Verwundeter und Hilfloser. Trotz allem Prunk und Kurzweil, den die Soldaten suchten, die dunkle, böse Seite des Krieges war nie fern.

Die kleine Zelle, in die der Adjutant sie führte, war annehmbar. Sie würden ohnehin nur für eine Nacht hier Quartier nehmen und mit etwas Glück bereits morgen hinter Neuss ein Schiff besteigen, das sie rheinabwärts nach Dordrecht bringen würde.

Eckert schickte ihren Burschen um neues Stroh und einen Krug Wasser, und nachdem sie sich ein wenig erfrischt hatten, verkündete Fygen mit einem unternehmungslustigen, bernsteinfarbenen Funkeln in den Augen: »Am besten, wir machen uns nun auf die Suche nach meinem Mann.«

Eckert, der beinahe den ganzen Tag über mürrisch geschwiegen und nicht ein Wort mehr als nötig mit ihr gewechselt hatte, seit sie Köln in den frühen Morgenstunden verlassen hatten, brummte unwillig: »Hier in Neuss? Das macht keinen Sinn. Wenn er bis hierher gekommen und ihm hier etwas zugestoßen wäre, hätten wir es längst erfahren.«

»Aber wir können die Soldaten fragen, ob sie etwas über seinen Verbleib wissen.« Fygen blieb hartnäckig.

»Die scheren sich einen Dreck um den Verbleib eines Zivilisten, noch dazu eines kölnischen. Wir gehören immerhin zu den Feinden.«

Das leuchtete Fygen ein, dennoch überlebte ein winziger Funken Hoffnung in ihr, und es drängte sie, sich gegen besseres Wissen doch in den Gassen umzuschauen. Und wenn sie ehrlich war, dann reizte sie natürlich auch das bunte Treiben im Lager. »Nun, dann werde ich mir ein wenig die Zeltstadt ansehen«, erklärte sie Eckert entschlossen.

»Dies ist nicht der Markt von Gent oder Brügge, auch wenn man es meinen könnte. Dies ist immer noch ein Heerlager. Hier im Kloster sind wir in Sicherheit. Wir sollten es nicht ohne Not verlassen.«

»Nun, es steht dir frei hierzubleiben. Ich für meinen Teil werde mir jetzt die Stadt ansehen.«

Kurz darauf tauchte Fygen in die belebte Hauptgasse ein, die zwischen den Buden geradewegs zur Erft hinunterführte, widerwillig gefolgt von Eckert, dessen vorgereckte Kiefer mürrisch mahlten. Sofort waren sie umgeben von Lachen, Schreien und den Rufen der Händler, die ihre Waren anzupreisen suchten.

Ein schmutziges Kind mit verfilzten Haaren, nackten Füßen und zerlumptem Kittel streckte sein dürres Händchen aus und zupfte Fygen am Rock, um etwas zu erbetteln. Eckert schob es mit einem schiefen Seitenblick auf Fygen beiseite und scheuchte es fort. Jedoch nicht grober als unbedingt nötig, stellte Fygen befriedigt fest und verbarg ihr Lächeln. Eckert schien seine Lektion gelernt zu haben. Er wusste genau, dass sie keine Grobheiten duldete.

Neugierig betrachtete Fygen das Durcheinander der Buden. Da lag eine Badestube neben einer Taverne, und daneben bot ein Tuchhändler seine Ballen feil, in unmittelbarer Nachbarschaft eines Juweliers, der sicher unter den Ausdünstungen seines anderen Nachbarn litt, denn in dessen Auslage befanden sich die verschiedensten Sorten mehr oder weniger frischen Fisches. In einer Hütte bot ein Barbier seine Dienste an, der die Ladenfront hochgeklappt hatte und lautstark sang, während er mit seinem Rasiermesser über die Kehle eines Kunden fuhr. Donnernde Schläge und beißender Qualm drangen aus einer Schmiede auf die Straße hinaus und mischten sich mit den Fettschwaden einer Fischbraterei. Ein paar aufreizend gekleidete Dirnen kamen direkt an ihnen vorbei, die Brüste hochgeschnürt in Ausschnitten, die mehr zeigten denn verbargen. Fröhlich riefen sie den Männern ihre zotigen Angebote zu, unterstrichen von obszönen Gesten, die Fygen erröten ließen. Die Frauen entdeckten den kräftigen Eckert, und eine besonders ausladende Dame diente sich ihm an. »Hallo, mein Teurer. Was willst du denn mit der dürren Gans? Hast du nicht genug Manneskraft in der Hose für eine richtige Frau?«, gurrte sie und deutete mit ihrem mehr als doppelten Kinn auf Fygen. Lachend reckte sie Eckert ihre üppige Oberweite entgegen, die kaum von ihrem Mieder gehalten wurde. »Willst du mal fühlen: reif und schwer wie frisches Obst.«

Fygen konnte erkennen, dass ihre Zähne schwarz waren und zwei der Schneidezähne fehlten. Doch Eckert schüttelte nur den Kopf und ging unbeirrt weiter, noch mürrischer dreinblickend als bisher.

Immer wieder ließ Fygen ihren Blick über die Menschen schweifen und versuchte, Peters vertrautes Gesicht in der Menge zu entdecken. Zweimal vermeinte sie sogar, von weitem seinen Blondschopf über die Köpfe hinausragen zu sehen, doch beide Male musste sie erkennen, dass sie sich getäuscht hatte.

Vor der Hauswand eines Weinzapfes stand ein hagerer Wanderprediger mit hohlwangigem Gesicht und fanatisch brennenden Augen und beschwor theatralisch den Untergang der Welt. In glühenden Farben malte er den Vorbeiströmenden alle Qualen der Hölle aus, die ein Sünder zu erdulden habe, so er nicht dem Bösen entsage. Seine Warnungen unterstrich er mit großen Gesten seiner langen dürren Arme, die wie Besenstiele aus den Ärmeln seiner staubigen schwarzen Kutte hervorstachen. Fygen beobachtete, wie ein junges Paar mit einem schreienden, in schmuddelige Tücher gewickelten Säugling auf den Prediger zutrat. Der Gottesmann unterbrach sofort seine Tiraden. Ein paar Münzen wechselten den Besitzer, der Geistliche kramte eine schmale Stola aus der Tasche seiner Kutte, legte sie sich um den Hals und setzte ein frommes Gesicht auf. Dann bückte er sich, kramte in einer abgegriffenen Tasche, die zu seinen Füßen stand, und förderte eine verkorkte Flasche zutage. Mit der gleichen großen Geste, mit der er eben noch die Welt zu retten versucht hatte, schlug er nun ein Kreuzzeichen über den Säugling, träufelte ihm salbungsvoll ein wenig Weihwasser aus der Flasche über das haarlose Köpfchen und murmelte einige lateinische Worte. Die Eltern des Neugeborenen schienen zufrieden, dankten ihm und gingen davon, woraufhin der Prediger die Welt für kurze Zeit ihrem Schicksal überließ und flugs in dem Weinzapf verschwand, um sein schwer verdientes Geld in einen wohlschmeckenden Tropfen zu verwandeln.

Immer tiefer drang Fygen mit Eckert ein in diese provisorische Stadt, die von Handel und Habsucht lebte, sich von Profit und Gier ernährte und an Tand und Schein ergötzte. Als gäbe es in der Budenstadt nicht bereits genug zu erstehen, schloss sich rechter Hand der Hauptstraße zum Fluss hin sogar noch ein Jahrmarkt an, dessen Wege geometrisch angelegt waren. Fygen war überrascht über die Vielfalt des Angebotes, das auf den Ständen und Tischen ausgebreitet lag. Es stand den auf dem Neumarkt zu Köln abgehaltenen Jahrmärkten sicher in Mannigfaltigkeit und Fülle nicht nach. Doch sie war nicht hier, um einzukaufen, sosehr es sie auch reizte, in den Bergen von Spitzen zu wühlen oder nach feinen Tuchen Ausschau zu halten. Ihr Gepäck war knapp bemessen und umfasste gerade das Nötigste für die Reise. Sie konnte sich unmöglich mit unnötigen Einkäufen belasten. Nur kurz bedauerte Fygen diesen Umstand. Vielleicht würde sich auf der Rückreise von London noch eine Gelegenheit zum Einkaufen ergeben. Stattdessen beschloss sie, mit Eckert in einer der Garküchen zu essen, aus denen der köstliche Duft nach gebratenen Ferkeln in ihre Nase drang. Beschwingten Schrittes bog sie in eine der Nebengassen ein, die in nördlicher Richtung von der Hauptgasse abzweigte. Bald hatten sie sich für einen Stand entschieden, an dem ein stämmiger Gastwirt vergnügt hinter seinem blechernen Rost schwitzte, auf dem saftige Koteletts brieten. Neben dem Rost waren im Schatten einer Zeltplane ein paar grobe, blank gescheuerte Tische und Bänke aufgestellt. Dort ließen Fygen und Eckert sich auf das freundliche Geheiß des Wirtes hin mit ihren gut gefüllten Tellern nieder. Das Fleisch war so zart und wohlschmeckend, wie man es sich nur wünschen konnte, und das frische, helle Brot, das dazu serviert wurde, noch ofenwarm, und so machten sie sich, höchst zufrieden mit ihrer Wahl, hungrig über ihr Abendmahl her. Fygen war so vertieft in ihre Mahlzeit, dass sie nicht sofort bemerkt hatte, wie in unmittelbarer Nähe auf der Gasse ein Streit entbrannt war, zwischen einem älteren, wohlbeleibten Kaufmann und einem kräftigen, hoch gewachsenen Offizier. Die beiden Kontrahenten standen Kopf an Kopf und beschimpften sich auf das übelste. Es ging um eine Lebensmittellieferung für die Truppe, und anscheinend fühlte sich der Soldat, ein brutal aussehender Mann mit gefährlichem Blick, von dem Kaufmann betrogen. Das Getreide sei feucht gewesen und die Hälfte bereits verdorben. Zudem hätte das eingepökelte Fleisch fürchterlich gestunken. Immer lauter schrien sie aufeinander ein, so dass die Vorbeikommenden stehen blieben und die Kunden und Händler der Geschäfte ringsum neugierig herbeiliefen. Wild fuchtelte der Offizier mit den Armen und erklärte dem Kaufmann, dass er keineswegs gedachte, auch nur einen Pfennig für diesen Unrat zu bezahlen. Der Kaufmann könne sich ja beim Herzog persönlich beschweren, wenn er denn den Mut dafür aufbringen würde. Und ob er das tun würde, hielt der so Geschmähte dagegen. Er war gut einen Kopf kleiner als sein Gegner, hatte graues, schütteres Haar, blasse, wässrige Augen, und da wo der Soldat mit vom Kampf gestählten Muskeln bepackt war, hingen ihm dicke weiche Fettwülste vom Körper.

Fygen hatte dem Streit bisher nur von ihrem Platz unter der Zeltplane aus zugehört, laut genug war er ja geraten, so dass jedes Wort gut zu verstehen war. Doch nun drängte die Neugier sie, sich den Zuschauern anzuschließen, die einen geschlossenen Ring um die beiden Widersacher bildeten. Eckert versuchte, sie zurückzuhalten, doch Fygen ließ sich den Spaß nicht nehmen. »Miesmacher«, murmelte sie leise vor sich hin, als sie aufstand und sich durch die Menge nach vorn drängelte, um einen Blick auf die beiden Streithähne zu werfen. Da sie von kleiner Statur war, fiel es ihr nicht schwer, sich zwischen den Leibern der Neugierigen nach vorn durchzuschieben.

»Soldatenpack!«, zischte der Kaufmann geringschätzig und spuckte arrogant vor dem Offizier aus. Fygen sah, wie sich das wettergegerbte Gesicht des Truppenführers zu einer bösen Maske verzog, die ihr das Blut in den Adern gerinnen ließ. Sein schwarzer Blick wurde mörderisch. Von Fygens Standort aus konnte sie nur den Rücken des Kaufmannes sehen und das Gesicht auch nur im Profil. Ein Raunen ging durch die Menge, und Fygen fragte sich, ob der Kaufmann gemerkt hatte, dass er vielleicht gerade einen unverzeihlichen Fehler begangen hatte.

Die Bewegung kam schnell, kaum wahrnehmbar, ausgeführt mit der Rechten. Metall blitzte auf, und der Kehle des Händlers entrang sich ein grauenvoller Schrei. Der rasche Hieb hatte sein Wams und die darunterliegende Bauchdecke gleich mit aufgeschlitzt. Der Kaufmann taumelte zur Seite und sank direkt vor Fygen in die Knie. Aus dem offenen Bauch quollen Gedärme in den Staub der

Straße, bleich, übel riechend und vermischt mit einem Schwall hellroten Blutes. Fygen wurde übel, und sie würgte. Jetzt konnte sie auch das Antlitz das Kaufmannes von vorn erkennen. Das aufgedunsene Gesicht, die blassen wässrigen Augen, feiste Lippen, die fast zu rot waren für einen Mann. Ihr stockte der Atem. Mathys! Mathys Aldenhoven, ihr Onkel Mathys!

Hilflos und angewidert zugleich sah sie mit an, wie Mathys einen schier unendlichen Moment lang verzweifelt versuchte, sich mit beiden Händen die Därme zurück in den Bauch zu stopfen. Dann verlor sein Gesicht alle Farbe, und er fiel zur Seite. Fygen schrie. Unbeherrscht stürzte sie nach vorn und kniete neben dem leblosen Körper ihres Oheims nieder. Mathys war ein geiziger Lüstling gewesen, der immer seinen Vorteil gesucht hatte, und es mochte schon sein, dass er den Offizier betrogen hatte, aber ein solches Ende hatte selbst er nicht verdient. Mitleid mit dem Alten erfasste sie, und sie begann hemmungslos zu weinen.

Die Umstehenden wichen erschrocken ein Stück zurück, mochten sich aber nicht zerstreuen, denn viel zu sehr genossen sie das Schauspiel, das sich ihnen bot. Halblaut und hinter vorgehaltener Hand erörterten sie das Geschehen. Wer weiß denn, wozu der Offizier noch fähig war? Hatte der Kaufmann es wirklich gewagt, die Truppen des Herzogs zu betrügen? Dann hatte der Offizier zu Recht gehandelt. So eine Frechheit musste bestraft werden. Und die junge Frau? Sie war wohl die Gespielin des Kaufmannes. Sie war hübsch und anmutig, auch jetzt noch, da sie tränenüberströmt neben dem blutigen Leichnam hockte. Die Zuschauer sahen, wie der Soldat zu ihr trat, und rückten wieder näher. Um nichts in der Welt wollten sie ein Stück dieses Dramas verpassen.

Grob stieß der Offizier Fygen mit dem Fuß an. »Vielleicht sollte ich dich als Entschädigung nehmen?«, sagte er drohend.

Wie von einer Feder aufgezogen, schoss Fygen empor. Sie reichte dem Soldaten nur knapp bis zur Brust. Wütend funkelte sie ihn an und zischte: »Wagt es ja nicht, Hand an mich zu legen.«

Der Offizier stutzte nur einen Moment, dann streckte er mit einem höhnischen Grinsen seine grobe Rechte nach ihr aus.

In dem Moment umfasste etwas mit eisernem Griff ihren Arm, und Fygen wurde fortgerissen, fort von diesem finsteren Schlächter und hinaus aus dem Kreis der Gaffer.

9. Kapitel

Dumpf und wie durch einen Schleier blickte Fygen auf die Landschaft, die an ihr vorüberzog. Es war ein flaches Land mit smaragdfarbenen Wiesen, das sich vor ihr ausbreitete, ab und an unterbrochen von einem Waldstück. Am Flussufer wucherte silbernes Schilf, und Weiden ließen ihre langen Blättervorhänge zur Kühlung ins Wasser baumeln. Manchmal winkte von ferne ein Kirchturm und zeugte von der Nähe einer Ortschaft, doch Fygen kannte ihre Namen nicht, wollte sie auch nicht erfahren. Es war wieder ein heißer Tag geworden, aber der Frühlingswind strich über das Wasser und bescherte ihnen das rechte Wetter für die Reise. Flussabwärts ging es, in Richtung der Niederlande. Der Rhein führte gerade die rechte Menge Wasser, genug, um das Schiff schnell rheinabwärts zu bringen, aber nicht so viel, dass Gefahr bestand, abzutreiben oder von umherschwimmenden Baumstämmen gerammt zu werden, wie es bei Hochwasser zu befürchten stand. Doch Fygen war viel zu benommen, um den Zauber des Tages und die Schönheiten der Landschaft genießen zu können. Zu lebhaft standen ihr noch die Geschehnisse des gestrigen Abends vor Augen.

Ein Stück entfernt von ihr lehnte die massige Gestalt Eckerts an der Reling des Niederländers. Er hatte sich in Schweigen gehüllt und schaute scheinbar entspannt in die Weite, doch Fygen wusste um seine ständige, unterschwellige Wachsamkeit. Und genau für diese war sie ihm unendlich dankbar. Geistesgegenwärtig hatte er am vergangenen

Abend die Gefährlichkeit des Momentes erkannt und blitzschnell reagiert. Im Laufschritt hatte er sie hinter sich hergezogen, die Gasse entlang, dann die Hauptstraße hinunter. Als sie die Klostermauern erreicht hatten, war die Dämmerung bereits hereingebrochen. Eiligst, aber doch langsam genug, um kein Aufsehen zu erregen, hatte Eckert sie dann in ihrer Mönchszelle in Sicherheit gebracht. Die ganze Nacht konnte Fygen nicht schlafen. Immer wieder hatte ihr das blutige Bild ihres Onkels vor Augen gestanden und sie zum Zittern gebracht. Dann war sie von Weinkrämpfen geschüttelt worden, während durch die Stoffbespannung, die den Raum zweiteilte, Eckerts gleichmäßige Schnarchgeräusche drangen. Bereits vor Tagesanbruch hatten sie das Kloster verlassen und waren noch im Schutz der Dunkelheit an Bord eines Schiffes gegangen, das sie in zwei Tagen nach Dordrecht bringen würde, der bedeutendsten Hafenstadt der Niederlande.

Pünktlich mit dem ersten Tageslicht war der Niederländer ausgelaufen, und mit jedem Moment, der verstrich, mit jeder Meile, die sie zurücklegten, vergrößerte sich der Abstand zum Neusser Heerlager mitsamt seiner grauenhaften Bedrohung.

Es bekümmerte Fygen, dass sie den Leichnam ihres Oheims einfach so im Staub hatten liegen lassen. Der Anstand hätte es geboten, dass sie ihrem Oheim ein Begräbnis ausrichtete, war er doch schon ohne den Segen Gottes aus diesem Leben geschieden. Aber Eckert hatte diesen Vorschlag rigoros als zu gefährlich abgelehnt, und Fygen hatte ihm diesmal ausnahmsweise nicht widersprochen. Doch sie schämte sich ein wenig für ihre Feigheit.

Der Tag dümpelte vorüber, und bereits früh am Abend,

lange bevor das Schiff Anker für die Nacht warf, zog Fygen sich auf ihre schmale Pritsche unter Deck zurück. Es störte sie nicht sehr, die enge Kajüte mit anderen Reisenden zu teilen, und für eine Nacht mochte es angehen, in ihren Kleidern zu schlafen. Die verlauste Wolldecke, die ihr der Schiffer großzügig überlassen wollte, lehnte sie jedoch höflich ab. Stattdessen wickelte sie sich in ihren schweren Reiseumhang, denn die Nächte konnten um diese Jahreszeit auf dem Wasser recht kühl werden.

Erschöpft fiel sie sofort in einen tiefen und zum Glück traumlosen Schlaf und merkte nicht einmal, wie ihre Mitreisenden zu vorgerückter Stunde ebenfalls ihre Pritschen erklommen. Doch irgendwann in der Nacht fuhr sie erschreckt aus dem Schlaf. Ein lautes, metallisches Scheppern hatte sie geweckt, gefolgt von einem heftig ausgestoßenen wüsten Fluch. Eckert war sofort auf den Beinen und beeilte sich, eine Laterne zu entzünden. Im flackernden Licht erkannte Fygen, was geschehen war. Einer ihrer Mitreisenden, ein Weinhändler aus der Nähe von Mainz, dem der größte Teil der dickbauchigen Fässer Naheweines gehörte, das der Schiffer geladen hatte, schien ein dringendes, menschliches Bedürfnis verspürt zu haben. Doch die Erledigung einer Notdurft gestaltete sich an Bord des Schiffes ein wenig schwierig. Hierfür stand nämlich hinter einem Bretterverschlag ein Eimer bereit, auf den zur Bequemlichkeit ein Brett mit runder Öffnung gelegt wurde. Sei es, dass das Schiff an seiner Ankerkette ein wenig geschlingert hatte, sei es, dass der sonore Herr seinem eigenen Wein mehr zugesprochen hatte, als gut und ziemlich war, er bot einen ziemlich absurden Anblick, wie er so auf dem Schiffsboden in einer Lache übelster Exkremente lag. Es stank bestialisch, doch Fygen konnte nicht verhindern, dass sie über diese Groteske lachen musste. Für sich selbst beschloss sie, ihre Aufenthalte in dieser heimlichen Kammer unbedingt auf das Nötigste zu beschränken.

Die Sonne stand tief und zum Greifen nah über dem Horizont und übergoss die wundersame Schilflandschaft rechts und links des Flusses mit Purpur, als sich die Reisenden am Abend des folgenden Tages dem Ziel ihrer zweiten Etappe näherten. Nachdem sie am vergangenen Tag beinahe ausschließlich in Richtung Norden gefahren waren, hatte der Flusslauf des Rheines sie heute in großen Mäandern Richtung Westen geleitet. Und die Oude Maas, einer der Mündungsarme des Rheines, führte sie nun zielsicher auf Dordrecht zu, das wichtigste Handelszentrum Hollands.

Eine verzauberte Stimmung lag auf dem Wasser, und Fygen bedauerte sehr, dass Peter nicht an ihrer Seite war, um gemeinsam mit ihr diesen Anblick zu genießen. Fygen seufzte wehmütig. Erneut hatte sie ihren Platz an der Reling in der Nähe des hohen Buges eingenommen und atmete tief den frischen, salzigen Duft nach Meer ein, der hier, nur unweit der Küste, bereits in der Luft lag. Kreischende Möwen begleiteten das Schiff und jagten mit dem Wind tief über das Deck hinweg. Schicklichkeit hin oder her, mit einer raschen Bewegung zog Fygen sich ihre gestärkte Haube vom Kopf, um ihre Haare dem Wind zu überlassen, der ihr in das Gesicht blies und an ihrem schlichten, dunkelgrauen Rock zerrte. Und so sah Fygen auch als Erste die kleinen Häuser mit ihren spitzen Giebeln aus dem Wasser auftauchen. Wie saubere kleine Spielzeuge muteten sie an, adrett und frisch, und es schien, als stünden sie auf einer Insel. Doch der Schein trog. Dordrecht schmiegte sich in eine Flussgabel, die Oude Maas, Noord und Merwed bildeten. Diese Lage war es, die Dordrecht zur bedeutendsten Hafenstadt der Niederlande hatte werden lassen: von Wasserläufen umgeben und doch geschützt ein Stück von der Küste entfernt.

Über die Dächer der Häuser hinweg ragte ein mächtiger, kantiger Kirchturm. Er hatte keine Spitze, sondern wirkte wie ein einzelner, maroder Zahn, als sei er auf halber Höhe unordentlich abgebissen worden, und es schien Fygen sogar, als stünde er ein wenig schief.

Der Niederländer hielt geradewegs auf eine schmale Einfahrt zu, die sich am Ufer auftat und zwischen den Häusern hindurch in einen Hafen führte. Quer über die Einfahrt spannte sich eine hölzerne Brücke, die mit einigen Schnitzereien versehen war. Es war eine hübsche Brücke, aber dennoch versperrte sie ihnen den Weg. Das Schiff war viel zu hoch, als dass es unter der Brücke hätte hindurchfahren können, und Fygen fragte sich, ob sich der Schiffer in der Einfahrt geirrt hatte. Doch dann trat der Schiffer nach vorn zu ihr in den Bug, formte mit seinen großen, wettergegerbten Händen einen Trichter und rief etwas zur Brücke hinauf. Kurz darauf erschien oben auf der Brücke ein bärtiges Gesicht, das fröhlich eine Antwort rief und einen kleinen Korb an einer Leine herabließ. Der Schiffer warf ein paar Münzen in den Korb, der flugs wieder eingeholt wurde. Dann vernahm Fygen das knarrende Geräusch, das entsteht, wenn Taue gespannt werden. Eine Winde quietschte, und Fygen beobachtete fasziniert, wie sich langsam, ganz langsam die Brücke hob, bis ihre Planken in der Vertikalen standen.

Mit Rudern und Staken lotste nun die Besatzung das Schiff in das schmale Becken des Wijnhafens und vertäuten es fachgerecht an einem hölzernen Poller. Über eine Planke begannen die Hafenarbeiter, rumpelnd ein behäbiges Fass nach dem anderen aus dem Bauch des Schiffes zu rollen. Auch Fygen und Eckert verließen mit ihren Reisebündeln den Niederländer, und Fygen stellte fest, dass Wein ein wesentliches Handelsgut in dieser Stadt sein musste, denn von drei anderen Schiffen, die ebenfalls im Hafenbecken vertäut lagen, wurden gleichfalls Weinfässer gelöscht. Alle trugen Aufschriften, in denen Herkunft und Eigentümer vermerkt waren, und jedes Fass wurde von einem Schreiber sorgsam in einem Register vermerkt.

Die Herberge lag nicht weit entfernt am Rande eines großen, gepflasterten Marktplatzes, war sauber und bequem und verdiente zu Recht, ein Gasthaus genannt zu werden. Der Gastwirt hatte sie freundlich empfangen, in einem lustigen Gemisch aus den verschiedensten Sprachen, die er völlig hemmungslos miteinander verzwirbelte, so dass ihn schließlich jedermann ein wenig, aber niemand so ganz verstand. Dafür aber unterstrich er jedes seiner Worte durch ein Nicken seines fast kahlen, runden Kopfes.

Natürlich könne er sich erinnern, dass der Herr Lützenkirchen bei ihm gewohnt hatte. Es muss irgendwann Anfang des Jahres gewesen sein, aber wann genau? Tja, das konnte er nicht sagen. Jedenfalls schien Peter nicht sehr lange geblieben zu sein. Und der Gastwirt freue sich nun, die hochgeschätzte Gattin des Herrn Lützenkirchen bei sich beherbergen zu dürfen. Das war in etwa das, was

Fygen dem Redeschwall des Wirtes entnehmen konnte, der, durch Eckerts Nachfrage ausgelöst, auf sie niederprasselte.

Eckert hatte sich sofort nach ihrer Ankunft um ihr Gepäck gekümmert und Fygen dann in der Herberge zurückgelassen, um sich so schnell wie möglich um ihre Passage nach London zu bemühen und sich bei der Gelegenheit gleich ein wenig umzuhören. Vielleicht konnte er herausfinden, mit welchem Schiff Peter nach London gereist war. Fygen wollte er bei seinen Nachforschungen nicht dabeihaben, denn man konnte nie wissen, was man erfuhr, und auch nicht, wie man es erfuhr.

Die gemütliche Schankstube war voller Menschen, als der klein gewachsene, quirlige Gastwirt Fygen zu einem Tisch ein wenig abseits des umlagerten Tresens geleitete. Er würde Fygen »ganz gleich« ein besonders vorzügliches Mahl vorsetzen, erklärte er nickend und verschwand, um bald darauf zurückzukehren und ein kleines Näpfchen mit zäher, dunkelroter Flüssigkeit vor ihr auf der Tischplatte abzusetzen. Es duftete wunderbar nach Johannisbeere, und Fygen leerte das Näpfchen mit einem Zug. Klebrig-süß rann der aufgesetzte Beerenlikör ihre Kehle hinab und wärmte sie wunderbar. Fygen war zufrieden, einfach nur dazusitzen und ein wenig den anderen Gästen zuzuschauen, wie sie munter debattierten, aßen und tranken. Und mit einem Mal empfand sie die Gewissheit, dass alles gut ausgehen würde. Sie würde Peter unversehrt in London antreffen. Es war sicher nur ein dummer Zufall, der ihn länger als geplant in London festgehalten hatte.

In der Küche schien man genauso zügig zu kochen, wie der Wirt redete, und so dauerte es nicht lange, bis der Gastwirt wieder an ihrem Tisch erschien. Breit lächelnd und fleißig nickend, stellte er einen großen Teller vor sie auf den Tisch, über dessen Rand eine noch größere, goldbraun gebratene und vor Fett glänzende Scholle rechts und links hinausragte. Fygen lief das Wasser im Mund zusammen, doch bevor sie noch den ersten Bissen in den Mund schieben konnte, trat ein beleibter, älterer Herr an ihren Tisch. Mit Bedauern blickte Fygen von ihrem Teller auf. Sie hatte seit dem missglückten Abendessen in Neuss nicht viel zu sich genommen und war entsprechend hungrig. Zu ihrer großen Überraschung schaute sie geradewegs in das freundliche, wettergegerbte Gesicht von Herrn Vornhuis, dem Lübecker Kaufmann, dessen Bekanntschaft sie bei Katryns Hochzeit im Golden Krützchen geschlossen hatte. Er und Peter waren in den vergangenen Jahren in Kontakt geblieben, und erst im Herbst hatte er sie im Haus Zum Rosenbaum besucht, als ihn seine Handelsreisen über Köln führten. Seine Haare waren inzwischen völlig silberfarben, was jedoch in einem anziehenden Kontrast zu seinem gebräunten Gesicht stand, und er hatte ein wenig an Leibesumfang verloren. Alles in allem wirkte er frisch und gesund, wie um sein Alter Lügen zu strafen. Fygen freute sich wirklich, ihn zu sehen, und begrüßte ihn mit einem strahlenden Lächeln. »Herr Vornhuis, wie schön, Euch hier zu treffen.«

»Na, so etwas! Frau Lützenkirchen! Einen guten Tag wünsche ich.« Höflich und galant verbeugte er sich und zwinkerte Fygen fröhlich zu. »Ich war mir nicht sicher, ob Ihr es tatsächlich seid oder ob ich einer Doppelgängerin aufgesessen bin. Fast habe ich damit gerechnet, dass mich eine junge Dame der Unsittlichkeit bezichtigt, weil ich sie einfach anspreche.« Mit gespielter Erleichterung wischte er sich über die Stirn. »Da habe ich ja noch einmal Glück gehabt. Nie hätte ich erwartet, Euch hier anzutreffen. Dieser Peter! Ist er so verliebt, dass er sich nicht trennen kann und seine Gattin sogar mit auf Handelsreise nimmt? Wo steckt er denn? Lässt seine schöne junge Frau hier allein in der Schankstube sitzen!« Doch dann sah er, wie ein Schatten Fygens Miene trübte. »Was ist geschehen? Stimmt etwas nicht?«

»Nein, etwas stimmt ganz und gar nicht«, antwortete Fygen leise und erklärte ihm, welche unglücklichen Umstände sie nach Dordrecht geführt hatten und welch große Sorgen ihr Peters Ausbleiben bereitete.

»Das ist eine schlimme Sache«, bestätigte Vornhuis mit ernster Miene, als Fygen geendet hatte. »Ich befinde mich selber auf dem Weg nach London. Wenn es Euch recht ist, so setzen wir unsere Reise gemeinsam fort. Vielleicht kann ich Euch in London ein wenig behilflich sein.«

Dies war ein wirklich großzügiges Angebot. Nicht dass Fygen sich unter Eckerts Obhut nicht sicher gefühlt hätte, seine Fähigkeiten als Beschützer hatte er mehr als genügend unter Beweis gestellt. Aber Vornhuis konnte ihr auf ganz andere Weise helfen, denn er hatte einen unschätzbaren Vorteil: Er war Lübecker und als solcher Hansemitglied und zurzeit in England mehr als willkommen. Zudem kannte er London und die Handelsgepflogenheiten dort und verfügte sicherlich über einige nützliche Verbindungen im Stalhof. Kurz: Vornhuis schickte der Himmel. Und außerdem war er ein geistreicher und angenehmer Unterhalter. Es wäre schön, mit ihm während der Überfahrt über den Kanal ein wenig plaudern zu können, denn der wortkarge Eckert war keineswegs ein unterhaltsamer Reisegefährte.

Spät und unverrichteter Dinge kam Eckert zurück in den Gasthof. Er hatte sich im Hafen und den Gasthöfen ringsum ein wenig umgehört, jedoch nichts von Bedeutung in Erfahrung gebracht. Doch keine Nachrichten waren in diesem Fall gute Nachrichten, denn von einem Schiff, das im Kanal gesunken oder verschollen war, hätte man sicher gehört.

Eckert schien es gar nicht recht zu sein, die Frau seines Dienstherrn in Begleitung eines Lübeckers anzutreffen. Mürrisch musterte er Vornhuis und berichtete Fygen mit verdrießlich vorgerecktem Kinn, dass es leider ein wenig dauern würde, bis sie eine Passage nach London bekommen könnten. Das einzige Schiff, das morgen den Hafen in Richtung England verlassen würde, nähme keine Passagiere mehr auf.

Vornhuis hatte Eckerts Bericht schweigend gelauscht, und als dieser geendet hatte, wandte er sich an Fygen. »Das Schiff, das morgen ausläuft, befördert fast ausschließlich meine Waren. Wenn Ihr erlaubt, werde ich dafür sorgen, dass für Euch und Euren Gehilfen ausreichend Platz zur Verfügung gestellt wird.«

Ein wenig erhellte sich Eckerts Miene ob dieser Ankündigung, doch er blieb weiterhin misstrauisch. Einem Lübecker war schließlich nie ganz zu trauen.

Früh am Morgen machte Fygen sich in Begleitung von Eckert und Vornhuis auf den Weg zum großen Hafen. Die Stadt duckte sich noch verschlafen unter dem morgendlichen Nebel, der aus den Kanälen stieg und sich an die hübschen kleinen Brücken schmiegte, welche die winzigen Wasserläufe, die sich zwischen den Häusern auftaten, überspannten. Als sie die Grote Kerk, jene riesige Kirche, deren eigenwilligen Turm Fygen bereits am Vortag bemerkt hatte, erreichten, bat Fygen darum, kurz hineingehen zu dürfen. Ehrfürchtig betrat sie das lange steinerne Gewölbe mit dem für die Niederlande ungewöhnlich großen und hohen Kirchenschiff. Nachdem sie sich bekreuzigt hatte, schritt sie zu einem Seitenaltar und entzündete eine Kerze, kniete kurz nieder und bat die Muttergottes, sich der Seele ihres verstorbenen Onkels Mathys anzunehmen. Und da sie schon einmal dabei war, bat sie auch gleich um eine sichere Reise für sich und ihre Reisegefährten und darum, dass sie Peter heil und wohlbehalten wiederfinden möge.

»Seht Ihr den schiefen Turm?«, fragte Vornhuis, als Fygen ihre Gebete beendet hatte und wieder zu ihnen auf die Straße hinaustrat. Mit ausgestrecktem Arm deutete er auf den klobigen, massiven Kirchturm. »Die Kirche ist im Jahre 1457 abgebrannt. Beim Wiederaufbau des Turmes hat man jedoch gravierende Fehler gemacht, die ihn in Schieflage geraten ließen. Und so mussten die Arbeiten in halber Höhe abgebrochen werden«, erklärt er. Fygen blickte hinauf. Hier, direkt am Fuß des Turmes stehend, konnte man seine Schieflage wirklich gut erkennen. Also hatte sie ihr Eindruck gestern bei ihrer Ankunft doch nicht getäuscht.

Wenig später erreichten sie den großen Hafen, von dem aus die mächtigen Segler, die nach England fuhren, ablegten, und gingen an Bord des Schiffes, zu dem Vornhuis ihnen den Weg wies. Wenn der Wind ihnen wohlgesinnt war, würde es sie in nur zwei Tagen über den Kanal hinweg nach London bringen.

Vornhuis hatte es für angeraten gehalten, dass Fygen ihre Identität vorerst für sich behielt, und sie dem Kapitän der Einfachheit halber als seine Nichte vorgestellt, womit er sich in Eckerts Augen Respekt verdiente. Und als das Schiff langsam den Hafen von Dordrecht verließ, stand der Hansekaufmann Vornhuis mit seiner Nichte an der Reling und blickte auf die kleiner werdende Stadt am Rheindelta zurück, auf die Hafenmole, an der sich die Wasser von Merwede, Oude Maas und Noord vereinigten.

»Die Stadt mutet wie eine Insel an, nicht wahr?«, bemerkte Fygen.

»Oh, sagt das nicht zu laut«, antwortete Vornhuis. »Die Einwohner von Dordrecht hören das gar nicht gerne. Es könnte erneut das große Unglück heraufbeschwören. Denn vor gut fünfzig Jahren hat die St.-Elisabeth-Flut, die große Teile Südhollands überschwemmte, Dordrecht in eine Insel verwandelt. Weite Landstriche und ein Großteil der Stadt standen unter Wasser. Das muss eine große Katastrophe gewesen sein.«

Solange sie sich noch im Schutz der Binnengewässer befanden, fühlte Fygen sich an Bord sehr wohl. Die Sonne schien, und ein kräftiger Wind schob Wolkenfetzen von der See her ins Land hinein und blähte machtvoll die Segel. Doch sobald sie den Schutz der Küste verlassen hatten und das Schiff auf der Dünung zu rollen begann, spürte Fygen zunehmend, dass sie nicht seefest war. Bevor sie sich jedoch die Blöße gab, sich vor den Augen der Mannschaft über die Reling zu hängen und sich ihres Frühstücks zu entledigen, eilte sie unter Deck und in ihre Kabine. Die beiden Tage der Überfahrt verbrachte sie in einem jämmerlichen Zustand zwischen Dämmern, Wachen und Leiden. Einziger Beistand war ihr ein Blecheimer, der alle paar Stunden von einem Schiffsjungen geleert wurde.

Erst als das Schiff in den frühen Morgenstunden des dritten Tages das ruhige Fahrwasser der Themse erreicht hatte, besserte sich Fygens Zustand. Sie wies den Schiffsjungen an, ihr frisches Wasser zu bringen, wusch sich Haare und Gesicht und bemühte sich, so gut es ging, ihre Kleidung in einen präsentablen Zustand zu versetzen. Es klopfte an der Kabinentür, und der Schiffsjunge richtete ihr aus, dass ihr Onkel sie an Deck erwarte.

»Meine Liebe, es wäre zu schade, wenn Ihr diesen Anblick verpassen würdet«, sagte er liebenswürdig und deutete auf das linke Ufer, an dem sich einzelne Gebäude aus den Nebelschwaden herausschälten. Noch ein wenig blass um die Nase, war Fygen gerade rechtzeitig erschienen, so dass Vornhuis ihr den Königspalast zeigen konnte. »Hier residieren die englischen Könige«, erklärte er. »Die Kirche, die dahinter aufragt, ist Westminster Abbey, die Krönungskirche der Könige.« Und ein wenig scherzhaft fügte er hinzu: »Daran bauen sie auch schon seit zwei Jahrhunderten, ich bin mal gespannt, was zuerst fertig ist: die Abbey oder Euer Dom.«

Ein wenig enttäuscht blickt Fygen auf das westliche Münster und den Königssitz. Mauern umgaben einen Teil von Kirche und Palast, bewacht von Türmen und Toren. Daran schlossen sich weitere Gebäude und eine geringe Anzahl von Häusern an. Das war alles? Sollte das London sein? Eine Stadt, so berühmt und mächtig wie Köln?

Nun folgte das Schiff einer scharfen Biegung nach rechts, und kaum hatten sie das Flussknie der Themse umrundet, sah Fygen ihren Irrtum ein. Wunderschön und prächtig lag die Stadt am Ufer der Themse vor ihnen. Und als wolle die Stadt Fygen mit ihrer Macht und Pracht besonders beeindrucken, stachen lange, orangefarbene Finger aus Morgensonne durch den Nebel und tauchten sie in ein unwirkliches Licht. Ein Meer von Häusern und Dächern mit unzähligen, wie Nadeln aufragenden Kirchtürmen. Schmale, hohe Häuser mit spitzen Giebeln säumten das Ufer. Über sie hinaus ragte ein mächtiges, kreuzförmiges Kirchenschiff, gekrönt von einem hohen, hölzernen Kirchturm. »St. Paul's Cathedral«, erklärte Vornhuis, der Fygens bewunderndem Blick gefolgt war.

Ein gutes Stück voraus spannte sich eine gewaltige steinerne Brücke von Ufer zu Ufer. Die London Bridge war ein wuchtiger Bau, deren Pfeiler an der Wasseroberfläche durch hölzerne Pontonkonstruktionen zusätzlich gestützt wurden. Dies war wohl die ungewöhnlichste Brücke, die Fygen je gesehen hatte, denn sie war bewohnt. Zu beiden Seiten der Brücke reihten sich Häuser aneinander, wuchsen in den Himmel und ließen zwischen sich eine vielleicht zwölf Fuß breite Fahrspur für Kutschen, Karren und Fuhrwerke frei. Wenn man nur den oberen Teil betrachtete, mutete sie wie eine gewöhnliche Straße an, doch Fygen zählte nicht weniger als zwanzig Bögen, durch die das Themsewasser, eingezwängt in sein unbequemes Korsett, wild sprudelnd hindurchschoss. Der sonst eher stille Gezeitenstrom verwandelte sich hier in der Nähe der Brücke in reißende Fluten, und Fygen bekam Gelegenheit, das spannende Schauspiel zu beobachten, als ein Segler vor ihnen die nicht ungefährliche Durchfahrt durch die London Bridge meisterte. Mit äußerster Präzision brachte der Kapitän sein Schiff genau in der Mitte der Fahrrinne in Position. Dann begann sich der mittlere Teil der Brücke langsam zu heben, bis er so weit hochgeklappt war, um den großen Segler hindurchzulassen. Als sich die Brücke vollständig geöffnet hatte, so dass auch die Masten unbeschadet passieren würden, bedurfte es noch einer besonderen Anstrengung, um sich gegen die Strömung zu behaupten, und dann rauschte das Schiff schwungvoll in das ruhigere Gewässer hinter der Brücke. Langsam entschwand es Fygens Blick, als sich die Brücke hinter ihm gemächlich wieder zu senken begann.

Wegen des spannenden Manövers hatte Fygen nicht bemerkt, dass sie sich dem linken Themseufer genähert hatten. Eine trübe Decke aus Hochnebel hatte sich vor den orangefarbenen Sonnenstrahlen geschlossen und einen feuchten grauen Schleier über die Stadt gelegt. Fygen schauderte. Mit einem Mal empfand sie London nicht mehr sehr einladend. Auch die schlanken, hohen Häuser mit den spitzen Giebeln, die hier direkt bis ans Ufer herangebaut waren, wirkten verschlossen und abweisend. Glitschige, bemooste Treppen führten bis in den Fluss hinab. An ihnen hatte sich im brackigen Wasser der Unrat gesammelt und dümpelte gegen die Stufen. Noch verstärkt wurde der feindselige Eindruck durch den massiven Kirchturm von All Hallows the Great, der wie ein mahnender Zeigefinger hinter den Häusern aufragte.

Das also war der berühmte Stalhof, die hansische Niederlassung in England. Der seltsame Name rühre vom englischen Wort »Stall« her, was so viel bedeute wie Bude, erklärte ihr Vornhuis. Das Hansekontor war hervorgegangen aus der alten kölnischen Gildehalle, dem Haus der Kölner Englandfahrer. Umso mehr schmerzte es die Kölner, von dort vertrieben worden zu sein und nun mit ansehen zu müssen, wie andere Hanseaten, allen voran die Lübecker, dort das Sagen hatten.

Ihr Schiff steuerte direkt auf einen breiten, den Häusern vorgelagerten, hölzernen Kai zu, der von einem gewaltigen Kran zum Entladen der Waren gekrönt wurde, und schickte sich an, dort anzulegen.

Als sie das Schiff verlassen hatten, war Fygen beeindruckt von der beachtlichen Ausdehnung des Stalhofes. Er umfasste nicht nur das ursprüngliche Gebäude der Gildhall an der Thames Street, sondern man hatte nach und nach auch die umliegenden Gassen und Häuser erworben, so dass er nun das ganze Areal südlich der Thames Street bis zum Ufer umfasste, im Westen begrenzt durch die Cousin Lane bis hin zur All Hallows Lane im Osten. Diese schmale Gasse führte vom Themseufer hinauf zu All Hallows the Great, der alten Seefahrerkirche an der Thames Street, die den Kaufleuten als Pfarrkirche diente.

Der Stalhof war den hansischen Kaufleuten Wohnung, Warenlager und Versammlungsort zugleich. Doch trotz seiner beachtlichen Ausmaße fasste er längst nicht mehr alle Kaufleute, so dass nicht wenige von ihnen in den umliegenden Gassen des quirligen Stadtteiles Dowgate Quartier bezogen.

Hier fanden auch Vornhuis und seine vorgebliche Nichte nebst Gehilfen bei der netten englischen Witwe eines Bremer Kaufmannes, der bereits vor Jahren das Londoner Bürgerrecht erworben hatte, eine großzügige und bequeme

Unterkunft. Vornhuis hatte die gesamte obere Etage des Wohnhauses angemietet, und die Wirtin sorgte für ihr leibliches Wohl. Sie war entzückt, ausnahmsweise einen weiblichen Gast beherbergen zu dürfen, so dass sie es Fygen an nichts fehlen ließ. Und nachdem Fygen ein ausgiebiges Bad genossen und ein opulentes Frühstück mit Eiern und Gebratenem zu sich genommen hatte, fühlte sie sich so weit wiederhergestellt, dass sie bereit war, es mit dieser Stadt aufzunehmen. Sie war fest entschlossen, London ihren Mann notfalls mit Gewalt abzutrotzen.

10. Kapitel

Fygen hätte nicht erwartet, die ehrwürdige Gildhall so bald von innen zu sehen. Ein mausgesichtiger Gehilfe hatte sie in das luxuriös mit kostbaren Teppichen und schweren, geschnitzten Möbeln ausgestattete Kontor von Jonathan Miles geführt, des englischen Äldermannes, der die Autorität über alle Niederlassungen der Hanse in England innehatte. Er war, obwohl von den Kaufleuten vorgeschlagen, vom englischen König in sein Amt eingesetzt und stand als solcher dem deutschen Äldermann, dem die faktische Leitung des Stalhofes oblag, vor. Jeder noch so kleine Vorfall, der die Belange ausländischer Kaufleute betraf, wurde ihm zur Kenntnis gebracht, und sein Wort war entscheidend in jeder dieser Angelegenheiten.

Nur Vornhuis' guten Beziehungen war es zu verdanken, dass sich Miles dazu herabgelassen hatte, die Nichte des Hansekaufmannes zu empfangen. War es doch Frauen prinzipiell untersagt, den Stalhof zu betreten, wenn auch aus ganz anderen Gründen. Da nämlich die meisten Englandfahrer Junggesellen waren, um deren Moral man sich sorgte, sollte diese Bestimmung verhindern, dass Dirnen im Hofe ihren Geschäften nachgingen.

Wäre es nach Fygen gegangen, sie hätte auf die Bekanntschaft mit Miles gerne verzichtet. Doch nach reiflicher Überlegung war man übereingekommen, dass ein Gespräch mit diesem Herrn der einzig gangbare Weg wäre, und Fygen würde all ihren Mut aufbringen müssen, um ihre Rolle überzeugend zu spielen.

Noch am Tag ihrer Ankunft war Vornhuis in den Stalhof geeilt, um dort vorsichtig erste Erkundigungen über Peters Verbleib einzuholen. Auch Eckert hatte sich auf den Weg gemacht und im gesamten Viertel Dowgate nahezu jede Herberge und unzählige Schankstuben aufgesucht, vornehmlich diejenigen, in denen Peter und er bei ihren früheren Besuchen abzusteigen pflegten.

Zur Untätigkeit verurteilt, war Fygen der Tag zwischen Bangen und Hoffen unendlich lang geworden, und sie versuchte, sich gegen das zu wappnen, was sie nun vielleicht erfahren würde. Doch sie wollte jede Kleinigkeit wissen, die Peters Verschwinden betraf, wie schlimm sie auch wäre, denn nichts war schrecklicher als diese nagende Ungewissheit.

Eckert war der Erste, der zurückkehrte. Und er kam tatsächlich mit Neuigkeiten, sehr schlimmen Neuigkeiten. Denn Peter war bereits kurz nach seiner Ankunft in London verhaftet worden.

Fygen bemühte sich, die Fassung zu wahren. Schwer ließ sie sich in einen Stuhl sinken und lauschte wie betäubt Eckerts Bericht, als dieser mit seltsam versteinertem Gesicht zu erzählen begann, was er in den Schänken erfahren hatte. »Schuld hat dieser junge Tölpel, den Peter an meiner Stelle mit auf die Reise genommen hat. Dieser Bursche konnte sich wohl vor Übermut nicht beherrschen und suchte noch am ersten Abend einen Bierausschank auf, in dem er sich haltlos betrank. In seinem Suff begann er zu prahlen, was für ein mutiger und furchtloser Mann sein Herr wäre, der frech genug war, mit einer ganzen Ladung edelster kölnischer Seidenstoffe nach London zu reisen, um diese hier mit sattem Gewinn zu verkaufen, obwohl dieses bei Strafe verboten sei.« Eckerts sonst so spröde Stimme bebte, und sein Kinn zuckte vor Empörung über so viel Unverstand. Er holte tief Luft, um mit seiner Schilderung fortzufahren, und sagte abfällig: »Der dumme Kerl ließ wohl durchblicken, dass für ihn selber sicher ebenfalls ein hübsches Sümmchen abfallen würde. Wahrscheinlich versuchte er, damit vor allem die Damen zu beeindrucken.« Eckert schnaubte, dann fuhr er ein wenig ironisch fort: »Doch anstatt diesem prahlerischen kölnischen Knecht und seinem Herrn Respekt und Anerkennung zu zollen, hat wohl einer der Gäste den Herren im Stalhof einen Hinweis gegeben. Dort hatte man verständlicherweise wenig Sinn für Herrn Lützenkirchens geschäftliche Vorstellungen. Und während der Knecht noch in der Schankstube feierte, sandte der Sheriff seine Männer aus, um Euren Gatten zu verhaften, der ahnungslos in seiner Kammer lag und schlief.« Eckert blickte zu Boden. Nie hatte Fygen ihn so zerknirscht gesehen, vielleicht mit Ausnahme des Tages nach ihrer Hochzeit, als er beabsichtigt hatte, seinen Dienst im Hause Lützenkirchen zu quittieren. Fygen wunderte sich zunächst über Eckerts Miene, doch dann wurde ihr klar, dass Peters Gehilfe sich selbst die Schuld an diesem Unglück zuschrieb. Denn wäre er mit Peter gereist, anstelle dieses unbedarften Knechtes, wäre Peter längst mit einem guten Profit und ohne Schwierigkeiten wohlbehalten zurück in Köln.

Kurz darauf kehrte auch Vornhuis in ihre Unterkunft zurück, und mit trüber Miene bestätigte er, was Eckert in Erfahrung gebracht hatte. Seine vorsichtigen Nachforschungen im Stalhof hatten ergeben, dass Peter in den Tower of London gebracht worden war, jene Festung, die zugleich Palast und Gefängnis war. Ihm wurde zur Last gelegt, gegen das Seideneinfuhrverbot verstoßen zu haben, das die Londoner Seidmacherinnen in den sechziger Jahren bei König Edward dem IV. gegen kölnische Erzeugnisse erwirkt hatten. Faktisch war das Einfuhrverbot in den Jahren der guten Handelsbeziehungen zwischen Köln und London kaum zur Anwendung gekommen, da gerade das Königshaus mit seinen Vorkaufsrechten erpicht auf die außergewöhnlich hochwertige kölnische Seide gewesen war. Nun aber, da Köln aus der Hanse ausgeschlossen und die Handelsbeziehungen zu England mehr als belastet waren, stellte Peters Versuch, Seide nach London zu bringen, insbesondere in den Augen der Hansekaufleute im Stalhof, ein höchst dreistes und schwer zu bestrafendes Delikt dar. Zudem warf man Peter Hinterlist, Profitgier und Eigensucht vor und behauptete, sein Handeln wäre mitleids- und rücksichtslos und von Habsucht getrieben.

Immerhin könne man Gott danken, dass Peter noch am Leben sei, schloss Vornhuis seinen traurigen Bericht, und Fygen zwang sich, genau daran festzuhalten. Peter lebte, das allein zählte. Und für alles andere würde sich sicher eine Lösung finden lassen.

Bis tief in die Nacht hinein hatten sie gemeinsam beratschlagt, und als Ergebnis dieser Überlegungen saß nun Fygen in diesem Kontor und wartete auf das Erscheinen des mächtigen Herrn Miles, dem sein Ruf als eitler Fatzke und Frauenliebhaber bereits vorausgeeilt war. Es galt, auf ihn den bestmöglichen Eindruck zu machen, daher hatte Fygen große Sorgfalt auf ihr Äußeres verwandt. Das elegante fuchsienfarbene Kleid, dessen Falten ihre englische Wirtsfrau gewissenhaft geplättet hatte, umspannte knapp ihre schmale Taille, und sie hatte bewusst auf den Brustlappen verzichtet, der ihr Dekolleté sittsam verhüllte. Ihr glänzendes, dunkles Haar ließ sie offen über den Rücken fallen, wie junge Mädchen es trugen, und Fygen hoffte, dass sie es mit ihrem Aussehen nicht übertrieben hatte, denn einen Skandal wollte sie in keinem Fall provozieren.

Fygen saß bereits eine gute Weile auf einem mäßig bequemen, aber kostbar bezogenen Sessel und wartete. Schon bald verspürte sie einen leichten Anflug von Ärger in sich aufsteigen. Offensichtlich gehörte es zu den Gepflogenheiten des Äldermannes, seine Wichtigkeit herauszustellen, indem er seine Gesprächspartner warten ließ. Gelangweilt blickte sie sich in dem Kontor um. An der Wand hing in protzig vergoldetem Rahmen das Porträt eines langnasigen Herrn in minzegrünem Samtwams. Herablassend blickte er aus seinem eitel gefältelten Kragen auf die Besucher herab, und Fygen fragte sich, in welchem verwandtschaftlichen Verhältnis dieser aufgetakelte Geck zu dem Äldermann stand.

Die Antwort sollte Fygen rasch bekommen, denn schließlich öffnete sich die Tür, und Jonathan Miles betrat das Kontor. In natura wirkte er noch geckenhafter als auf dem Porträt. Nicht nur die Nase hatte der Maler gnädig geschönt, denn das Original stach spitz und fast waagerecht aus dem langen Pferdegesicht hervor, um ohne Vorwarnung in einer dünnen Oberlippe auszulaufen, welche die großen Zähne nur mit Mühe bedeckte.

Fygens erster Impuls war, laut herauszulachen, doch damit hätte sie ihre Pläne sogleich zunichtegemacht. Alles hing nur von ihrem überzeugenden Auftreten ab, der richtigen Mischung aus Selbstbewusstsein, mädchenhafter

Bewunderung und Schmeichelei. Fygen biss sich auf die Unterlippe und runzelte ein wenig die Augenbrauen, um ihre Verstimmung über die lange Wartezeit auszudrücken. Miles trat auf sie zu, deutete eine leichte Verbeugung an und reichte ihr lasch und höchst unmännlich die Hand. Fygen hatte das Gefühl, sie greife nach einem toten Fisch, und widerstand nur mühsam der Versuchung, sich ihre Hand an dem Rock abzuwischen. Stattdessen bedachte sie Miles mit einem honigsüßen Lächeln.

»Guten Tag, meine Werteste. Womit kann ich der Nichte meines geschätzten Kollegen Vornhuis behilflich sein?«, näselte der Äldermann, als wäre sein Aussehen noch nicht lächerlich genug. Vornhuis hatte Fygen erzählt, dass Miles deutschstämmig war, jedoch vor vielen Jahren bereits das Londoner Bürgerrecht erworben hatte und sich nun englischer gab und fühlte als jeder gebürtige Engländer. Doch auf dieses groteske, übertriebene Näseln war Fygen nicht vorbereitet gewesen, und erneut kostete es sie Mühe, ihr Lachen zurückzuhalten. »Sicher könnt Ihr mir behilflich sein. Wenn nicht Ihr, wer dann?«, flötete sie stattdessen und blickte Miles mit einem lasziven Augenaufschlag an. »Man hat mir in Dordrecht eine ganze Ladung Seidwaren gestohlen und diese dann nach London gebracht, stellt Euch vor, wie impertinent! Aber wie mir mein Oheim berichtete, ist es Eurem raschen Eingreifen zu verdanken, dass der Dieb bereits gefasst wurde. Nun würde ich also gerne meine Seide zurückbekommen.«

»So, Eure Seide, ja«, näselte Miles gedehnt. Er schien nicht ganz bei der Sache zu sein. Sein Blick ruhte bereits auf ihrem Dekolleté, und Fygen befürchtete, doch zu freizügig mit ihren Reizen gewesen zu sein.

Miles fuhr sich kurz mit der Zunge über die spitzen Lippen und riss sich dann zusammen. »Eure Seide, ja«, wiederholte er sich. »Wir haben in der Tat einen – äh – Dieb gefasst und eine Ladung Seide beschlagnahmt.«

»Dann ist ja alles in bester Ordnung«, sagte Fygen erfreut. »Ihr braucht mir nur zu sagen, wo sie sich befindet, dann schicke ich meinen Gehilfen …«

»Meine Verehrteste, sosehr ich es bedaure, aber so einfach ist das nicht.«

»Was ist daran kompliziert?«, fragte Fygen und legte kokett den Kopf schief.

»Nun, ohne Euch zu nahetreten zu wollen«, erwiderte der Äldermann, »aber wir müssen sichergehen, dass es sich auch in der Tat um Eure Waren handelt. Nur pro forma, Ihr versteht.«

Fygen nickte bedächtig. »Ah ja, ich verstehe. Nur pro forma.« Dann, als wäre ihr der Einfall spontan in den Kopf gekommen, wechselte sie das Thema: »Maigrün müsste Euch sicher ausgezeichnet zu Gesicht stehen. Es unterstreicht Eure Empfindsamkeit.« Fygen sah, wie bei diesen Worten ein eitles Lächeln über Miles' Pferdegesicht glitt. Selbstgefällig strich er sich über sein schütteres Bärtchen.

Fygen fühlte, dass sie auf dem richtigen Weg war, und fuhr mutig fort: »Wenn mich nicht alles täuscht, müsste in der Ladung auch ein besonders exzellenter Stoff in dieser Farbe zu finden sein. Ihr müsst mir unbedingt erlauben, Euch diesen Ballen zum Geschenk zu machen.« Hier legte sie eine beredte Pause ein, um dann in beinahe geschäftsmäßigem Ton auf ihr ursprüngliches Thema zurückzukommen: »Ich nehme an, es würde helfen, wenn ich Euch eine Liste zukommen ließe, auf der meine Waren genauestens verzeichnet und beschrieben sind? Nur pro forma, versteht sich.«

»Ja, ich denke, damit wäre wohl den Formalitäten Genüge getan. Wenn es nicht allzu viele Umstände macht.«

»Vielen Dank. Ich weiß Eure Hilfe wirklich zu schätzen.« Mit einem hoheitsvollen Schwingen ihrer Röcke und einem winzigen, genau berechneten Anflug von Arroganz wandte Fygen sich zur Tür, um sich dann doch noch einmal zu Miles umzudrehen: »Ach, eine kleine Bitte hätte ich noch.«

»Wenn ich sie erfüllen kann?«

»Das könnt Ihr mit Leichtigkeit. Ich möchte mir den Schuft anschauen, der mich so dreist bestohlen hat, und ihm gehörig die Meinung sagen. Eine Vornhuis bestiehlt man nicht so ohne weiteres. Wenn Ihr ihn danach hängt oder verrotten lasst, so soll es mir gleich sein. Vielleicht könnt Ihr das arrangieren, ganz diskret, hier im Schutze Eures Kontors? Nur ungern würde ich in den Tower …«

»Nein, der Tower ist wahrlich kein Ort für eine Dame«, beeilte sich Miles ihr zuzustimmen. »Ich werde sehen, was sich machen lässt. Bis dahin meine aufrichtigen Grüße an den Herrn Onkel.«

Als der kleine Trupp Bewaffneter von der Thames Street in südliche Richtung in die enge Gasse abbog, vermischte sich bereits die Dämmerung mit dem Nebel, der vom Themseufer in die Stadt kroch. Zu beiden Seiten ragten die Giebel der schmalen, hohen Häuser auf und schienen einander beinahe zu berühren. Der Gefangene zwischen den Wachmännern bog im Gehen den Kopf in den Nacken und blinzelte zu dem schmalen Streifen schmutzig grauen

Himmels hinauf, der zwischen den Dächern hervorlugte. Obwohl sie schon eine geraume Weile unterwegs waren, hatten seine Augen sich nach den Wochen der Dunkelheit im Kerker noch nicht an das trübe Tageslicht gewöhnt, das in die Gasse sickerte. Das Gehen fiel ihm schwer, denn die endlosen Wochen, die er fast bewegungslos in seiner engen Zelle verbracht hatte, hatten seine Muskeln verkümmern lassen. Zudem machte ihn der Hunger schwindeln, und er war beinahe froh, dass seine Bewacher ihn in die Mitte genommen hatten, denn er drohte jeden Moment umzukippen. Die vier Männer scherte das wenig. Sie beeilten sich, den Gefangenen zum Stalhof zu bringen, und hofften, dort nicht unnötig lange aufgehalten zu werden, denn es wäre ihre letzte Aufgabe für den Tag. Sie freuten sich bereits darauf, den Abend in einer der Schankstuben von The Borough zu verbringen, einem lebhaften Viertel südlich der London Bridge, das vielerlei Amüsement bot.

Ihr blasser Gefangener war ein groß gewachsener Mann, der seine Bewacher beinahe um Haupteslänge überragte, doch übermäßige Wachsamkeit war in seinem Fall kaum vonnöten, denn die lange Kerkerhaft hatte den einstmals kräftigen, breitschultrigen Kerl stark mitgenommen. Sie wussten nicht, was er verbrochen hatte, doch besonders gefährlich kam er seinen Bewachern nicht vor. Sein honigfarbenes Haar war strähnig, dunkel vor Fett, wucherte bereits über die Ohren und verfilzte dort mit dem zottligen Bart, in dem sich schon das ein oder andere graue Haar in das Blond mischte. Was sollte dieser abgemagerte Mann mit den eingefallenen Wangen schon gegen sie ausrichten?

Nach wenigen Schritten führte der Anführer seine kleine

Truppe scharf nach rechts in eine noch schmalere Stichgasse hinein, die zur Wendegoslane führte, an welcher der hintere Eingang zur Gildhall lag. Er hatte genaue Anweisungen, doch es war ungewöhnlich und umständlich, diesen Eingang zu nutzen, durch den üblicherweise nur Waren, die vom Fluss heraufkamen, in das Gebäude gelangten. Aber es war ohnehin ungewöhnlich, dass ein Gefangener aus dem Tower hierher gebracht wurde. Für einen kurzen Moment lang wunderte sich der Wachmann tatsächlich darüber. Mehr Zeit blieb ihm dafür allerdings nicht, denn als er gerade ein paar Schritte in die Gasse hineingemacht hatte, bekam er einen harten Schlag auf den Kopf. Sein Blick trübte sich, und ohne zu verstehen, weshalb, brach er zusammen und sank auf den schlammig feuchten Boden der Gasse. Seinen Untergebenen, der rechter Hand von ihm gegangen war, ereilte dasselbe Schicksal. Auch er sah den Schlag aus der Dunkelheit des Hauseinganges nicht kommen. Es krachte dumpf, als Holz auf Knochen traf, und der bewusstlose Körper fiel zu Boden. Schlamm spritzte auf, als sein Gesicht in einer Pfütze zu liegen kam, und zwei zur Unkenntlichkeit Vermummte sprangen aus gegenüberliegenden Hauseingängen auf die Gasse.

Der Gefangene blickte überrascht auf. Instinktiv riss er schützend die zusammengebundenen Hände über den Kopf und duckte sich in Erwartung eines Schlages. Ergeben schloss er die Augen. Wenn es jetzt und hier in dieser tristen Gasse sein sollte, dass er dem Herrn gegenübertreten würde, dann musste es wohl so ein. Schade wäre es, aber daran ließe sich nichts ändern.

Doch der befürchtete Hieb blieb aus. Die Vermummten übergingen ihn einfach, drängten an ihm vorbei und stürzten sich auf die beiden verbleibenden Wachmänner, nun jedoch ohne den Vorteil des Überraschungsmomentes. Der eine Angreifer, ein stämmiger, kräftiger Kerl, strauchelte über den Fuß eines der bereits Niedergestreckten. Der schwere Eichenknüppel entglitt seinen Händen und polterte zu Boden. Doch der Angreifer ließ sich dadurch nicht entmutigen. Mit blanken Fäusten schlug er auf das ungeschützte Gesicht des größeren der beiden Wärter ein. Jeder seiner kraftvollen Hiebe wurde von einer ruckartigen Bewegung des Unterkiefers begleitet.

Zu Tode erschrocken beobachtete der Gefangene den Kampf. Der Gedanke an Flucht kam ihm gar nicht in den Sinn, zumal er in seiner Verfassung sicher nicht sehr weit gekommen wäre. Irgendetwas war seltsam an diesem Überfall. Die stämmige Gestalt des Angreifers, sein rundlicher Kopf, ja, alle Bewegungen des Vermummten kamen ihm bekannt und vertraut vor, und mit einem Mal war ihm klar, wer dieser Angreifer sein musste. Unendlich erleichtert murmelte er ein leises Gebet. Eckert hatte ihn gefunden, dem Himmel sei Dank.

Doch dies war noch nicht der rechte Zeitpunkt für Dank. Um wohlbehalten aus der Gasse herauszukommen, würden sie noch der Unterstützung so mancher Heiliger bedürfen, denn die Wachmänner setzten sich heftig zur Wehr. Mit einem wuchtigen Schlag in den Magen schleuderte der eine Wärter Eckert zurück, so dass dieser mit voller Wucht gegen Peter taumelte. Der strauchelte und musste sich mühen, auf den Beinen zu bleiben und nicht über die beiden hilflosen Gestalten zu fallen, die schwer wie Sandsäcke die Gasse blockierten. Der Wachmann nestelte an der Scheide an seinem Gürtel, doch schon warf Eckert sich ihm wieder entgegen und versuchte, seinen Hals zu umklammern, damit dieser in der Enge des Zweikampfes sein Schwert nicht zu ziehen vermochte. Dumpf keuchend rangen die Männer bereits eine gute Weile miteinander, als ein qualvolles Röcheln durch die Gasse hallte. Der zweite Angreifer, der an Eckerts Seite kämpfte, ein kleiner, drahtiger Mann, hatte sich ebenfalls seines Knüppels entledigt und auf den anderen Wachmann gestürzt. Peter hatte nicht beobachtet, wie der Kampf weitergegangen war, doch nun zog Eckerts Mitstreiter ein bluttriefendes Messer aus dem Hals seines Gegners. Dieser griff sich an die Kehle, und sein tonloser Hilfeschrei krallte sich als Röcheln an die Hauswände. Zwischen seinen Fingern hindurch schoss pulsierend das Blut hervor und troff auf den schlammigen Boden, wo es sich in einer dunklen, größer werdenden Lache sammelte. Für einen Moment war Eckert von dem grausigen Geschehen abgelenkt worden, und sein Gegner nutzte die Chance sofort. Mit einer raschen Bewegung zog er sein Schwert aus der Scheide und holte zu einem mächtigen Hieb aus, der Peters Gehilfen von der Schulter abwärts in zwei Teile spalten sollte.

»Vorsicht, Eckert«, rief Peter, und in letzter Sekunde sprang dieser zur Seite. Die Klinge schnitt nur ein Stück weit in den Muskel seines Unterarmes. Überrascht schnappte Eckert nach Luft. Doch der Wärter setzte mit seinem Schwert nach, und Eckert musste wieder ausweichen. Der Wachmann schickte sich an, seinen dritten Hieb zu führen, diesmal auf Eckerts Kopf. Peter bückte sich und packte den Eichenknüppel, so schwer ihm das mit seinen zusammengebundenen Fäusten auch fiel. Als auch der dritte Hieb Eckert verfehlte, war der Moment gekommen, auf den Peter gewartet hatte. Er biss die Zähne zusammen und riss den Knüppel mit aller Kraft in die Höhe, dann legte er alle Wucht und die ganze ihm noch verbliebene Kraft in den Schlag und ließ den Knüppel auf den Schädel des Wärters niedersausen. Das Knirschen der Schädeldecke mischte sich mit dem Schrei des Mannes. Eine weißliche Masse quoll zwischen seinen dunklen Haaren hervor, und alsbald erlöste ihn sanfte Dunkelheit von seinen Schmerzen.

Kaum war der leblose Körper des letzten Wächters zu Boden gesackt, als Eckert seinen Dienstherrn stützte, und so schnell sie es vermochten, liefen sie gemeinsam die Wendegoslane hinab, fort vom Stalhof, zum Themseufer hinunter. Auf dem Kai angekommen, stampfte Eckert dreimal fest mit dem Fuß auf die hölzernen Planken, und sofort schob sich ein kleines Boot unter dem Kai hervor, wo es, vor neugierigen Blicken verborgen, auf sie gewartet hatte. Das winzige Boot, eines, wie die kleinen Händler es nutzten, um ihre Waren zu transportieren, würde unter seinem halbrunden Aufbau gerade genug Raum bieten, dass die drei Männer, wenn sie dicht zusammenrückten, Platz fänden und vor Blicken geschützt wären. Der Fuhrmann machte das Boot an den glitschigen, bemoosten Treppenstufen fest, und umständlich kletterte Peter hinein. Eckert folgte ihm, und behende wie eine Ratte schlüpfte als Letzter der drahtige, wenig vertrauenswürdige Messerkämpfer an Bord. Eckert hatte den narbengesichtigen Helfer in The Borough angeheuert. Dort war es nicht schwer gewesen, jemand zu finden, der sich für ein paar Münzen für ein solches Unterfangen dingen ließ, ohne Fragen zu stellen, erklärte Eckert flüsternd seinem Brotherrn.

Der Fuhrmann stieß das Boot mit seinem Ruder vom Kai ab, und bereits wenige Augenblicke später waren sie in den dichten Nebeln, die über dem schwarzen Wasser der Themse standen, verschwunden.

Miles bebte vor Zorn. Wütend strebte der Alderman durch die Gassen des Stalhofes der Gildhall zu. Er sah es als einen persönlichen Affront an, dass dieser freche kölnische Dieb entwischt war. Noch dazu so höchst spektakulär. Angewidert verzog er das Gesicht, als er an all das Blut in der Gasse dachte, und griff mechanisch nach einem Dufttüchlein in der Innentasche seiner Juppe. Diese unfähigen Wachleute! Aufgebracht schnaubte Miles durch die Nase. Wenn sie nicht längst ihren gerechten Lohn erhalten hätten, würde er ihnen Beine machen. Denn zu gerne hätte er an diesem dreisten kölnischen Dieb ein Exempel statuiert. Und das würde Wellen schlagen, den Rhein hinauf bis nach Köln, dafür würde er sorgen. Mit ein wenig Glück würde man den flüchtigen Verbrecher schon bald einfangen, da war er sicher. Er selbst würde dafür sorgen, dass genügend Männer für die Jagd nach diesem Schurken abkommandiert würden. Miles fand es besonders bedauerlich, dass dieser Halunke gerade jetzt entwischt war, weil er nun einer gewissen jungen Dame das Verschwinden seines Gefangenen erklären musste. Ohne es zu bemerken, hatte Miles seinen Schritt verlangsamt. Dieser Gedanke gefiel ihm ganz und gar nicht, denn er wollte vor der anziehenden jungen Nichte des alten Vornhuis nicht als Tropf dastehen. Vielleicht hätte sie sich für sein Entgegenkommen ja sogar in gewisser Weise erkenntlich gezeigt? Der Gedanke erregte ihn, und unter seinem kurzen senfgelben

Wams zeigte sich eine ungehörige Wölbung in den engen, seidenen Beinlingen. Der Alderman rieb sich die gepflegten Hände. Er schien ihr ohnehin zu gefallen, da war er sich sicher, so wie sie ihn angesehen hatte. Zu ärgerlich, dass dieser Dieb entwischt war. Dennoch rechnete Miles sich gute Chancen bei der verführerischen jungen Frau aus. Schließlich war er äußerst gut aussehend und elegant. Er war eben ein Mann, den die Frauen zu schätzen wussten. Und diese junge Dame wusste genau, was sie wollte, daran hatte sie nicht den geringsten Zweifel gelassen. Der Gedanke ließ ihn seinen Schritt wieder selbstbewusst beschleunigen. Er würde der Dame schon zu erklären wissen, warum sie den Dieb nicht hier und jetzt sehen könnte.

Als er die Tür seines Kontors erreicht hatte, riss er sie mit schwungvoller Gebärde auf. Ein rascher Blick zeigte ihm, dass besagte Dame bedauerlicherweise nicht wartend in seinem Kontor weilte, wie er erwartet hatte, doch auf seinem Pult fand er einen Ballen feinsten, maigrünen Seidentaftes vor. Spielerisch ließ Miles seine Finger darüber gleiten, dann ließ er sich schwer in einen Sessel sinken. Die Dame war also bereits erschienen, und sicherlich hatte sie nur kurz die Gelegenheit genutzt, die Frisur zu richten oder auszutreten, und würde jeden Moment zurückkommen.

Die Zeit verrann, doch der Alderman blieb allein in seinem Kontor. Sein Blick heftete sich auf den frühlingsfarbenen Stoff, und langsam dämmerte ihm, dass es hier vielleicht doch nicht ganz rechtens zugegangen sein mochte.

Dann plötzlich hatte er verstanden und fuhr aus seinem Sessel auf. Sein Gesicht verfärbte sich purpurrot, nur die

Nase stach nach wie vor blass daraus hervor. Man hatte ihn hereingelegt. Dieses Gesindel! Er würde … er würde …

So schnell wie er errötet war, so schnell verließ alle Farbe wieder sein Gesicht, als ihm klar wurde, wie gründlich man ihn ausgetrickst hatte. Gar nichts würde er tun. Im Gegenteil. Wenn dieser Vorfall in seiner ganzen Abscheulichkeit bekannt würde, wäre es um sein Ansehen und seinen Ruf als Alderman geschehen. Also würde er alles dafür tun, dass dieser Vorfall nicht bekannt würde. Und genau damit hatte das Lumpenpack gerechnet!

11. Kapitel

Komm mir nicht zu nahe, ich bin verlaust und stinke wie ein Iltis.« Peter streckte ihr abwehrend die Hände entgegen.

»Was musst du dich auch so herumtreiben, Herr Lützenkirchen!«, rügte Fygen mit gespielt strenger Miene, doch das Glück über seine Befreiung und die Freude über das Wiedersehen mit ihrem Mann funkelten in ihren Bernsteinaugen und sprangen aus ihrem strahlenden Gesicht. Trotz seiner Warnung schloss sie Peter in die Arme und drückte ihn fest an sich.

In der frühen Abendstunde hatte das Schiff London sein Heck zugewandt und segelte nun, den Sog der Gezeiten ausnutzend, die Themse hinab, dem offenen Meer zu. Fygen hatte das Schiff nur kurze Zeit vor Peter erreicht, doch die geringe Spanne bis zu seinem Eintreffen wurde zur unendlichen Qual des Bangens und Hoffens. Nervös war sie in ihrer engen Kabine je zwei Schritte auf und ab gegangen. Würde ihr Plan gelingen? Würde Eckert Peter befreien können? Unzählige Male hatte sie sich ihr Wiedersehen ausgemalt. Sie freute sich unbändig darauf, Peter wiederzusehen, und doch spürte sie auch ein wenig Befangenheit, wenn sie an die letzte Begegnung mit ihrem Mann dachte. Und dann endlich hatte sie die schweren Schritte auf der Treppe des Kajütenabgangs vernommen, und Sekunden später stand Peter blass und erschöpft, doch unversehrt vor ihr.

»In der Tat, du stinkst!«, stellt sie mit einem Lachen fest

und schob ihn ein Stück weit von sich, um ihn genau zu betrachten. Mager war er geworden, doch aus dem Dickicht seines wilden Bartes funkelten nach wie vor unverschämt blaue Augen hervor. Vielleicht nicht so mutwillig, wie Fygen sie in Erinnerung hatte, doch munter genug, um sie erkennen zu lassen, dass ihr Mann die Härten der Kerkerhaft überstanden hatte, ohne daran zu zerbrechen.

Am Rollen der Wellen spürte Fygen, dass das Schiff endlich die offene See erreicht hatte. Das bedeutete Sicherheit vor etwaigen Verfolgern, aber zugleich brachte das Schlingern ihr die verhasste Seekrankheit zurück. Und während Peter sich seiner zerlumpten Kleidung entledigte, um sich gründlich zu waschen, rollte Fygen sich auf ihrer Koje zusammen.

»So, jetzt fühle ich mich wieder halbwegs präsentabel«, verkündete Peter eine Viertelstunde später gut gelaunt. Er hatte sich rasiert, die langen Haare gewaschen und zusammengebunden und frische Kleidung angelegt, die freilich weit um seinen mageren Körper schlotterte. »Und nun könnte ich eine anständige Mahlzeit vertragen.«

Der Gedanke allein ließ Fygen zum Eimer greifen. Voller Mitgefühl schloss Peter seine Frau in die Arme und wiegte sie wie ein kleines Kind. Tröstend strich er ihr eine dunkle Haarsträhne aus dem Gesicht. »Mein armer Mösch. Seekrankheit ist ein Übel, gegen das es kein Kraut gibt. Aber es hilft, wenn du deinen Blick fest auf einen Punkt richtest, der genauso schwankt wie du selber.« Sein Blick suchte nach einem geeigneten Gegenstand. »Da, der Türknauf. Behalte ihn im Auge, dann wird es erträglicher.«

Und tatsächlich, während Peter sich einen Kanten groben

Brotes und eine Platte mit Käse und magerem kaltem Braten schmecken ließ und mit einem großen Krug starken Bieres hinunterspülte, hielt Fygen den Blick starr auf den Türknauf gerichtet und schaffte es so, die Übelkeit zu unterdrücken.

Wohlig seufzte Peter auf, als er den letzten Bissen verspeist hatte, und wischte sich die Krümel vom Mund. Zwei der dringendsten Bedürfnisse, die ihn während seiner Gefangenschaft gequält hatten, waren nun befriedigt, doch da gab es noch ein drittes ...

Er ließ einen reichlich lüsternen Blick über Fygens wohlgeformte Rundungen gleiten, und mit einem jungenhaften und zugleich anzüglichen Lächeln beugte er sich zu seiner Frau hinab. »Ich wüsste vielleicht doch noch ein anderes Mittel gegen die Seekrankheit«, raunte er ihr ins Ohr und presste seine Lippen fordernd auf ihren Hals, ließ sie langsam hinabwandern und vergrub sein Gesicht in dem warmen Fleisch ihrer Brust. Ein kleines Stöhnen entfuhr ihm, als sie ihn mit kräftigen Armen zu sich hinabzog, ihren festen und zugleich unendlich weichen Körper an ihn drängte. Eine lange vermisste Hitze stieg in ihm auf, wärmte ihn und entzündete eine alles verzehrende Leidenschaft. Das Schlingern des Schiffes, die Enge der Koje, das alles verschwand in der Wollust, die sie einhüllte und davontrug. Und als er die lästigen Hürden aus Kleidern, Röcken und Unterkleidern bezwungen hatte und seine Männlichkeit endlich das Ziel ihrer Sehnsucht erreichte, war es um Peters Fassung geschehen. Tränen rannen ihm über die rauhen Wangen, vermischten sich mit Schweiß und sickerten in Fygens Locken.

Der Schiffer schlug vier Glasen, und die Dunkelheit franste bereits an ihren Rändern aus, als Peter und Fygen ihren Hunger aufeinander endlich gestillt hatten und sanft hinüberglitten in einen glücklichen, erschöpften Schlaf.

Plötzlich fuhr Fygen jäh in die Höhe. Sie wusste nicht sofort, was sie geweckt hatte oder wo sie sich befand, hatte aber das erschreckende Gefühl, dass etwas nicht stimmte. Und es dauerte nicht lange, bis sie herausgefunden hatte, was das war. Peter, der halb auf, halb neben ihr gelegen hatte, strahlte unter dem dünnen Laken eine unnatürlich Hitze aus. Schweißfeucht klebte ihm eine blonde Locke im geröteten Gesicht, und er bewegte unruhig im Schlaf seine Hände, scharrte mit den Füßen und murmelte Unverständliches.

Erschreckt versuchte Fygen, ihn wach zu rütteln, doch ihre Bemühungen zeigten keine Wirkung. Besorgt wand sie sich unter seinem großen Körper hervor, kletterte aus der Koje und rieb sich den kribbelnden Arm, der unter Peters Gewicht taub geworden war. Wieder schüttelte sie Peter, doch seine ganze Reaktion bestand darin, ein Auge zu öffnen und sofort wieder zu schließen, ohne sie recht wahrgenommen zu haben. Angst überkam Fygen, fürchterliche Angst. Peters Atem ging langsam, schwer und rasselnd. Rasch kleidete sie sich an und hastete an Deck, um kurz darauf mit einer Schüssel kalten Meerwassers und ein paar Tüchern zurückzukehren. Immer wieder legte sie feuchte Lappen auf Peters heiße Haut, nahm die warmen Tücher ab, um sie wieder in kaltes Wasser zu tauchen und ihm erneut aufzulegen. Stunde um Stunde kämpfte sie verbissen gegen das Fieber an. Stunden, in denen sie haderte. Das Schicksal konnte nicht so grausam sein, ihr Peter wieder wegzunehmen, jetzt wo sie ihn gerade wiedergefunden hatte.

Das Fieber sank so überraschend, wie es gekommen war, und machte der Kälte Platz. Peter fror. Sein Körper zitterte und schlotterte, seine Zähne schlugen aufeinander, dass er Fygen entsetzlich leidtat. Wieder stob sie los, um schwere wollene Decken herbeizuschaffen, die sie über ihm auftürmte. Doch der Schüttelfrost hatte ihn hartnäckig im Griff, und so blieb ihr nichts übrig, als sich selbst zu entkleiden, zu ihm unter die Decken zu schlüpfen und ihn mit ihrem eigenen Körper zu wärmen wie eine Katzenmutter ihr Junges.

In ihrer zweiten Nacht auf See verlor Fygen beinahe alle Hoffnung. Abwechselnd fieberte Peter und redete wirr oder fror schrecklich. Doch dann lag er nur mehr still und schwach da, fast regungslos. In Ermangelung eines Geistlichen an Bord hatte der Kapitän ein Gebet über dem Kranken gesprochen, seine Seele dem Herrn befohlen und das Kreuz über ihn geschlagen. Fygen kniete neben seiner Koje und betete so inbrünstig, wie sie es noch nie getan hatte.

Endlich hatten sie den Hafen von Dordrecht erreicht. Mit Hilfe eines Karrens schafften Eckert und Fygen den Schwerkranken in die Herberge am großen Markt, wo sie der kahlköpfige Gastwirt mit einem Redeschwall begrüßte und ihnen sofort seine bequemste Kammer zur Verfügung stellte. An eine Weiterreise war vorerst nicht zu denken.

Tagelang war Peter ohne Bewusstsein. Das Fieber war gewichen und hatte seinen Körper schwach und ausgezehrt zurückgelassen. Kaum konnte Fygen ihm ein wenig Wasser oder ein paar Löffel der starken Brühe einflößen, die der Gastwirt jeden Mittag frisch für Peter bereitete. Und so musste sie hilflos mit ansehen, wie er zusehends schwächer wurde.

Eckert war ein Mann der Tat. Das Warten in Dordrecht machte ihn nervös und verdrießlich, und sein unruhiges Hin- und Herlaufen fiel Fygen zusätzlich auf die Nerven. Ohnehin war es an der Zeit, dass jemand sich um Haus und Geschäft kümmerte. In Köln wäre Eckert weit mehr von Nutzen als hier. Und so war er mehr als erleichtert, als Fygen ihm eines Morgens nahelegte, auf dem nächsten Schiff, das den Rhein hinauffuhr, nach Köln zurückzukehren. Sie selbst würde so lange in Dordrecht bleiben, bis Peter wiederhergestellt und in der Lage wäre, nach Hause zu reisen, oder aber … Sie weigerte sich schlichtweg, diesen Gedanken zu Ende zu denken.

Abwesend saß Fygen am Fenster und blickte schwermütig auf das muntere Treiben auf dem Marktplatz hinab. Sah, wie unter lautem Rufen große Fuhren Holz auf schwerfälligen Karren weggeschoben und mächtige Getreidesäcke auf Ochsengespanne verladen wurden.

»Könnte ich etwas Wasser bekommen?«

Fygens Kopf flog herum. Das war Peters Stimme. Krächzend zwar, aber recht klar und deutlich vernehmbar. Er war wach. Mit zwei Schritten war sie an seinem Bett. Seine Augen blickten klar. Peter hatte das Bewusstsein wiedererlangt. Dem Himmel und allen Heiligen sei Dank!

Vorsichtig stützte sie ihm den Rücken und hob einen Wasserbecher an seine rissigen, ausgetrockneten Lippen. Dabei musste sie das Gesicht abwenden, damit er nicht die Tränen der Rührung erblickte, die ihr unter den langen Wimpern hervorquollen.

Von da an besserte sich Peters Zustand. Langsam zwar, denn er war völlig entkräftet, doch jeden Tag ein Stückchen mehr. Nach einer Woche war er so weit, dass er bei den Mahlzeiten den Löffel selbst halten konnte, nach einer weiteren schaffte er es bereits, allein aufrecht zu sitzen. Vertrug sein Magen zu Beginn nur kräftigende Brühe, so aß er nach einer Weile bereits wieder Brei, dann feste Speisen, und nach und nach entwickelte er einen so gesunden Appetit, dass der Gastwirt voller Freude über Peters Zuspruch immer neue Speisen und Arten der Zubereitung für seinen Gast ersann und das Essen voller Stolz persönlich in ihre Kammer hinauftrug. Nach ein paar Wochen konnte Peter, von Fygen gestützt, zum ersten Mal sein Krankenzimmer verlassen und die Treppe zum Schankraum hinabsteigen, um dort seine Mahlzeit an einem zur Feier des Tages besonders prächtig gedeckten Tisch einzunehmen.

Dann war es nur mehr ein kleiner Schritt, bis Peter und Fygen erst kurze, dann immer ausgedehntere Spaziergänge am Ufer und durch die Stadt unternahmen.

Hier in Dordrecht erreichte sie auch die Nachricht vom Ende des Neusser Krieges. Fast ein Jahr hatten die Neusser der Belagerung durch die Burgunderschen standgehalten, bis der Kaiser endlich Anfang Juni mit seinem Reichsheer vor Neuss gezogen war. Es kam zu Verhandlungen, allerdings ohne die Beteiligung von Köln, die bereits am fünften Juni in einem vorläufigen Friedensvertrag gipfelten, in dem sich der Burgunderherzog zum Abbruch seines Unternehmens bereit erklärte.

»Gerissener Hund!«, kommentierte Peter die Geschehnisse und zollte damit Kaiser Friedrich Respekt für seinen geschickten, strategischen Weitblick, so kümmerlich dessen militärische Tatkraft auch gewirkt hatte. Immerhin hatte er zehn ganze Monate gebraucht, bis er sein Heer endlich vor Neuss geführt hatte, und auch dann hatte er dem Burgunder noch das Feld überlassen. Karl konnte ehrenvoll abziehen, zwar ohne Neuss erobert zu haben, jedoch auch ungeschlagen, was sein empfindliches Ehrgefühl schonte. Einziges Zugeständnis des Burgunderherzogs war die Einwilligung in die Verehelichung seiner Tochter und Alleinerbin Maria mit des Kaisers Sohn Maximilian, eine Verbindung, die Friedrich seit langem anstrebte. Und der Kölner Sache wurde kein Schaden getan.

»Ein geschlagenes Burgund wäre des Kaisers Zielen höchst abträglich. Wäre es doch eine zu leichte Beute für den König Frankreichs, Friedrichs eigentlichen, unerbittlichen Gegner«, erklärte Peter Fygen. »Denn der Kaiser zielt nach wie vor auf den Heimfall Burgunds an das Reich, und das hat er nun sehr geschickt eingefädelt.« Und nach einer kurzen Pause fügte er brummend hinzu: »Und wir zahlen dafür die Rechnung.«

»Wie soll ich das verstehen?«

»Nun, es heißt, die Kriegskosten belaufen sich auf achthunderttausend Gulden. Das ruiniert die kölnische Stadtkasse auf Jahre hinaus.«

»Aber die wird doch der Kaiser sicher ersetzen.«

»Friedrich? Im Leben nicht! Der speist uns mit irgendwelchen wertlosen Rechten oder Versprechungen ab. Wir werden es erleben«, prophezeite Peter düster.

Die frische Seeluft, der Sonnenschein und die Bewegung bekamen Peter gut. Sein Gesicht nahm wieder eine gesunde Farbe an, und Fygen genoss das unbeschwerte Zusammensein mit ihrem Mann. Nie zuvor hatten sie so viel miteinander geredet und gelacht, und fast wünschte sie, die Zeit in Dordrecht möge nicht zu Ende gehen.

An einem dieser unbeschwerten Nachmittage wagte Fygen endlich, Peter von ihrem Besuch bei Augusta zu berichten. Gespannt erwartete sie seine Reaktion, und prompt, wie sie gemutmaßt hatte, verdüsterten sich seine Züge. Schon befürchtete sie, Peter würde sich wieder verschließen und von ihr abwenden. War es ein Fehler gewesen, das leidige Thema anzusprechen? Doch irgendwann mussten sie darüber sprechen, sie konnten es nicht immer vor sich herschieben. Viel zu lange schon schwebte es wie eine Gewitterwolke über ihnen. Wenn sie es jetzt nicht schafften, die Missverständnisse zu bereinigen, würden diese auf ewig zwischen ihnen stehen.

Peter schwieg lange Zeit, starrte zu Boden, und Fygen sah, wie die Gedanken in ihm kämpften. Doch dann erhellte sich sein Gesicht, er hob seinen Blick und begann zu sprechen. Vieles von dem, was er sagte, wusste Fygen bereits, doch sie ließ ihn weitersprechen, denn sie wollte die Wahrheit aus seinem Mund hören.

»In der Tat hat mein Vater große Schuld auf sich geladen«, schloss Peter. »Und du kannst sicher sein, dass ich sein Verhalten zutiefst verachte. Doch nie hätte ich ihn öffentlich verurteilt. Nicht nur weil ich an mein Wort gebunden war, sondern auch weil er mein Vater ist. Glaub mir, ich bin nicht stolz darauf. Aber ich hätte nicht anders handeln können.« Peter machte eine Pause, und Fygen dachte schon, er hätte das Seinige gesagt, als er erneut anhob zu sprechen, und sie empfand seine Zerknirschung zwischen den Worten. »Es war dumm von mir zu glauben, du würdest die Zusammenhänge nicht erfahren.«

»Du wusstest also die ganze Zeit über, dass es mein Vater war, den ...«

»... den mein Vater auf dem Gewissen hat, meinst du? Geahnt hatte ich schon seit Jahren, dass du die Tochter von Konrad van Bellinghoven bist, aber ich hatte es einfach nicht mit Sicherheit wissen wollen.«

Plötzlich stieg ein schrecklicher Verdacht in Fygen auf, der so schmerzlich war, dass er ihr fast die Luft zum Atmen nahm. Mit heiserer, halb erstickter Stimme fragte sie: »Hast du mich deshalb geheiratet? Um die Schuld deines Vaters zu sühnen?« Fygen hatte das Gefühl, als würde sie in eiskalte Tiefen stürzen. Sie war erstaunt, dass ihr der Gedanke nie zuvor in den Sinn gekommen war. Warum sonst hätte ein so wohlhabender und darüber hinaus begehrter Junggeselle, der zwischen vielen Frauen hätte wählen können, ein armes, mittelloses Lehrmädchen vom Land zur Frau nehmen sollen?

Völlig verdutzt schaute Peter seine Frau an. Ihre Lippen bebten, in den Augen schwammen Tränen, und ihr ganzes Gesicht drückte tiefe Verletztheit aus.

»Nein, Gott bewahre!«, entfuhr es ihm. »Auf den Gedanken bin ich nicht im Traum gekommen. Wenn ich an dir etwas hätte gutmachen wollen, so hätte ich dir Geld gegeben«, sagte er ernst und ehrlich. Dann schloss er sie liebevoll in seine Arme und drückte ihren Kopf an seine Brust. »O mein lieber, dummer Mösch! Wie kannst du nur auf so eine Idee kommen.« Sanft fuhr sein Daumen über ihre Wange. Den Mund in ihre Haare vergraben, murmelte er: »Dich habe ich aus reiner Eigensucht geheiratet. Ich liebe dich und will dich für mich haben. Und ich gönne dich keinem anderen.«

Dann hielt er sie auf Armeslänge von sich weg und blickte ihr mit einem Zwinkern in die Augen. »Schreibt Euch das hinter Eure reizenden kleinen Ohren, Frau Lützenkirchen.«

Teil III

1482 – 1487

1. Kapitel

Das aufgeregte Kichern und Tuscheln der Mädchen drang durch die offene Tür der Werkstatt bis zu ihr herein, und so wusste Fygen, noch bevor Elsa den Kopf in ihr Kontor steckte, dass Bernhard, der Geselle des Röders, angekommen sein musste. Sie sah das Glitzern in den Augen des schlanken, groß gewachsenen Lehrmädchens, als es Fygen seine Ankunft meldete, und sie unterdrückte ein Lächeln, denn der Rotfärber war ein ansehnlicher Kerl, ein ausnehmend hübscher Bursche mit breiten Schultern und einem verheißungsvollen Funkeln in den großen, dunklen Augen. Bei seinem Erscheinen verwandelten sich ihre Mädchen mit schöner Regelmäßigkeit in einen gackernden Hühnerhaufen, und selbst die beiden angestellten Seidmacherinnen, erwachsene Frauen, die längst ihren eigenen Haushalt führten und bei Fygen für Lohn wirkten, reckten ihre Hälse nach ihm.

Fygen legte seufzend ihre Feder beiseite, kam hinter ihrem Schreibpult hervor und trat in die Werkstatt hinaus. Flugs liefen die Mädchen auseinander und huschten zurück an ihre Webstühle. Um ihnen eine Freude zu machen, aber auch weil sie wusste, dass sie ihre Arbeit erst dann wieder konzentriert aufnehmen würden, wenn der Geselle die Werkstatt mit den Ballen blasser, zu färbender Seide wieder verlassen hätte, klatschte sie in die Hände und rief: »Na, was ist los mit euch? Wollt ihr Bernhard nicht beim Ausladen helfen?«

Die vier Lehrmädchen ließen sich das nicht zweimal sagen,

und unter großem Gekicher drängten sie trotz der klirrenden Kälte, die ihnen der Februar beschert hatte, in den Hof hinaus. Hier hatte Bernhard seinen Karren zum Stehen gebracht und legte mit einem unwiderstehlichen Lächeln jeder Einzelnen ein paar der in den verschiedensten Rottönen gefärbten und zum Schutz in Leinen geschlagenen Ballen auf die ausgestreckten Arme. Atemluft dampfte in kleinen Wolken zum stahlblauen Himmel hinauf, und viel zu rasch waren alle Stoffe ausgeladen. Die kleine Karawane wanderte nun in den hinteren Teil der Werkstatt, wo in einem großen Regal an der Wand die noch ungefärbten, milchweißen Ballen frisch gewebter Seide darauf warteten, von kundigen Händen ins Farbbad getaucht zu werden. Ein Großteil dieser Ballen wurde zu Bernhard hinaus in den Hof getragen, wo er sie sorgfältig, sich bei jedem Mädchen mit einem Nicken für die Hilfe bedankend, auf seinen Karren lud.

Derweil hatte Fygen sich wahllos einen Ballen aus seiner Lieferung herausgezogen. Behutsam schälte sie den zartrosa Taft aus seiner schützenden Leinenhülle und wickelte ihn ein Stück weit ab, um zu schauen, ob der Farbauftrag auch von Anfang bis Ende gleichmäßig und ohne Flecken war. Sie fand alles zu ihrer Zufriedenheit vor, doch das überraschte Fygen nicht. Sie wusste, dass sich Meister Bachem mit ihrer Seide stets besondere Mühe gab und auch seine Gesellen zu guter Arbeit anhielt, denn er konnte es sich nicht leisten, eine Kundin wie sie zu verärgern oder gar zu verlieren.

Zufrieden nickte Fygen Bernhard zu, der neben sie getreten war und höflich abwartete, bis sie mit ihrer Begutachtung fertig war.

»Im Schuppen findest du noch ein Fass Salfor. Du kannst es gleich mitnehmen. Brasil- und Sandelholz kommen Mitte der nächsten Woche. Sag Meister Bachem, dass ich es sofort zu ihm liefern lasse.«

Sehr gut erinnerte sich Fygen noch an den Tag vor nicht allzu langer Zeit, als der junge Rödermeister sie überraschend in ihrer Werkstatt aufgesucht hatte. Er hatte ein paar hervorragend gefärbte Tuche auf ihrem Pult ausgebreitet und ihr erklärt, dass er sich im Bezirk der Pfarre St. Peter niedergelassen hatte und ihr einen Vorschlag unterbreiten wolle, von dem sie beide profitieren würden. Obwohl er noch recht jung an Jahren wäre, verstünde er sein Handwerk vortrefflich, wie sie sich anhand seiner Muster überzeugen könnte, erklärte er. Es würde ihm jedoch an Kapital fehlen, um die Färbemittel, die er für seine Arbeit benötigte, im Voraus zu bezahlen. Sie als erfolgreiche Seidmechersche hätte ja sicher eine größere Menge Seide, die in Rottönen zu färben wäre, und ob sie nicht selber die Farbstoffe, die er benötigte, um ihre Stoffe damit zu färben, anschaffen und ihm zur Verfügung stellten wolle.

Wo denn dabei der Nutzen für sie läge, hatte sie von ihm wissen wollen, und er hatte geantwortet, dass es ihr mit Sicherheit zum Vorteil gereichen würde. Denn gewöhnlich stellten die Färber ihren Kunden das Färbemittel mit mehr als ihrem Einkaufspreis in Rechnung. Diesen Betrag würde Fygen einsparen können, und so käme das Färben für sie deutlich günstiger. Und er selber geriete nicht in die Abhängigkeit von Geldverleihern, hatte er mit einem ehrlichen Lächeln hinzugefügt.

Fygen war beeindruckt gewesen von dem Selbstbewusstsein und der Geschäftstüchtigkeit des jungen Mannes, und so war sie auf seinen Vorschlag eingegangen. Meister Bachem konnte sicher sein, dass Fygen genau kontrollierte, ob er ihre Farbe nicht dafür verwendete, Seide anderer Seidmacherinnen zu färben, doch bis heute hatte er sie noch nicht enttäuscht.

Bernhard nickte ergeben, und während ihn mehr als ein Augenpaar mit schmachtenden Blicken verfolgte, verließ der ansehnliche Rotfärbergeselle die Werkstatt.

Fygen eilte zurück in ihr Kontor. Die Arbeit drängte, und die Zeit war knapp, denn heute nach dem Mittagsmahl würde sie zum ersten Mal als Zunftmeisterin an einer Vorstandssitzung des Seidamtes teilnehmen. Vor wenigen Tagen waren sie und eine weitere Frau für ein Jahr zu Zunftmeisterinnen und zwei Herren der Zunft, beide Ehemänner von angesehenen Seidmacherinnen, zu Zunftmeistern gewählt worden. Es war eine große Ehre für sie, und Fygen war gespannt auf die Aufgaben, die sie in diesem Amt erwarteten, doch zugleich bedeutete es eine ziemliche Last, traf sich der Vorstand doch alle zwei Wochen, um über die Belange der Zunft zu beraten, bei Bedarf Beschlüsse zu fassen und ihre Gerichtsbarkeit auszuüben. Zeitlich passte Fygen diese zusätzliche Aufgabe ganz und gar nicht, gab es doch in der Werkstatt viel zu tun. Sie kam seit Jahren nicht mehr dazu, sich selbst an einen Webstuhl zu setzen, es sei denn, um einem Lehrmädchen zu zeigen, wie man die Kammlade gleichmäßig anschlug. Dennoch war die Arbeit nicht weniger geworden. Es galt, die vier Lehrmädchen anzuleiten, den beiden ausgelernten Seidmacherinnen auf die Finger zu schauen, sie zur Arbeit anzuhalten und darauf zu achten, dass die zwei ungelernten Helferinnen keine Gelegenheit nutzten, müßig herumzustehen und zu schwatzen. Rohseide musste in den entsprechend großen Mengen an der Kraut- und Eisenwaage eingekauft und an Seidenspinnerinnen außer Haus gegeben werden. Und nicht zuletzt musste Fygen dafür Sorge tragen, dass die fertig gewebten und gefärbten Seidenstoffe ihre Käufer fanden, denn nur ein Teil der Ballen wurde von Peter auf den großen Messen in Frankfurt und Antwerpen, zu denen er jährlich reiste, abgesetzt.

Stolz ließ Fygen ihren Blick durch die Werkstatt schweifen. Sechs stabile Webstühle waren nun in Betrieb. An vieren wurde gewebt, zwei ließ sie die Mädchen gerade aufscheren. Und ein eigenes Kontor, direkt neben der Werkstatt, hatte sie auch bekommen, als sie im vergangenen Sommer in das neue Haus gezogen waren, das Peter für sie gekauft hatte. Es lag nicht allzu weit entfernt, nur ein Stück die Straße Obermarspforten hinauf an der Ecke zu Unter Wappensticker, in einer der vornehmsten Wohngegenden der Stadt. Doch Letzteres war nicht der Grund für den Umzug gewesen. Ihr wachsender Betrieb benötigte einfach mehr Platz. Das neue Haus war beinahe doppelt so groß und hatte Räumlichkeiten im Erdgeschoss, die bequem weit mehr als sechs Webstühle fassen würden. Dennoch hatte Fygen nur ungern das Haus Zum Rosenbaum verlassen. Sie hing an ihrem Haus, verband viele schöne Erinnerungen mit ihm, und es war eine ihrer ersten Handlungen im neuen Haus gewesen, einen Rosenstrauch vor ihr Fenster zu pflanzen, als könne er ein Stück des alten Heimes mitbringen.

Fygens Blick streifte Elsas stilles Gesicht und brachte ihr

in Erinnerung, dass das anstellige Mädchen seine Lehrzeit bald beenden würde. Um Ostern würde Elsa ihre Prüfung machen und sie verlassen. Fygen würde daran denken müssen, das Mädchen rechtzeitig dazu anzuhalten, ihr Werkstück zur Vorlage beim Seidamt anzufertigen. Und schon bald würde sie ein neues Lehrmädchen aussuchen müssen. Fygen seufzte. Das war weiter keine Schwierigkeit, denn Fygen war begehrt als Lehrherrin und konnte unter den Mädchen wählen, doch sie würde die freundliche Elsa vermissen.

Abrupt wurde Fygen aus ihren Gedanken gerissen, denn erneut war rumpelnd ein Karren in den Hof gerollt, voll beladen mit Packen von Rohseide. Fygen eilte in die Werkstatt hinaus und rief die beiden Mädchen zu sich: »Tine, Ida, kommt her, ihr beiden. Zählt die Packen Rohseide genau nach, und dann schafft mir drei davon herein. Einen oben vom Karren, einen aus der Mitte und einen dritten von ganz zuunterst der Fuhre.« Fygen wollte sichergehen, dass die Qualität der Rohseide ihren Ansprüchen genügte, bevor sie diese zum Spinnen schickte. Zu leicht könnte ihr minderwertige Ware untergeschoben werden. Besser, man sorgte vor und prüfte gewissenhaft, dann konnten auch später die Spinnerinnen nicht behaupten, sie hätten von ihr schlechte Seide erhalten. Eigenhändig öffnete sie die Packen und zog ein paar Stränge hervor – auch hier galt: eine Probe von oben, eine aus der Mitte des Packens und eine von ganz unten – und hielt sie gegen das Licht. Kritisch betrachtete sie die Ware. Hatte sie einen einigermaßen gleichmäßigen Grundton? Wie war der Glanz? War keine Knotseide, das heißt mangelhafte Anfangs- und Endstücke der Kokons daruntergemischt? Kurz hob sie eine Strähne an die Nase und schnüffelte daran. Die Seide durfte in keinem Fall modrig riechen, ein Zeichen für Fäule durch unsachgemäße Lagerung, und, was noch schlimmer war, es ließ den Verdacht aufkommen, der Händler hätte versucht, das Gewicht der Seide durch Feuchtigkeit künstlich hochzutreiben.

Mit dem Geruch der Seide war Fygen zufrieden, dennoch rollte sie den Ärmel ihres Kleides hoch und grub den bloßen Arm bis weit über den Ellenbogen in den Packen hinein. Auf der empfindlichen Haut des Armes konnte sie die Feuchtigkeit besser spüren als zwischen zwei Fingern oder auf der Handfläche. Doch die Fäden hielten auch dieser Prüfung stand. Sie waren trocken und boten ihr keinen Anlass zu Beanstandungen.

»Ihr könnt die Packen wieder verschließen. Wie viele sind es zusammen?«, wandte sie sich an ihre Helferinnen.

»Vierzehn«, antwortete Ida.

»Gut. Ladet noch zwei weitere ab und stapelt sie hinten neben dem Regal auf. Den Rest soll der Fuhrknecht gleich zu den Spinnerinnen bringen. Tine, du begleitest ihn. Zwei Packen gehen zu Marie vom Hühnermarkt, drei zu Barbara Loubach, sie wohnt gleich neben Marie, und die restlichen vier Unter Scharren zu Gertrud Vurberg, du weißt ja, wo sie wohnt.«

Während Tine und Ida sich wieder an den Seidenbündeln zu schaffen machten, verließ Fygen die Werkstatt und ging die breite Stiege hinauf, die zum Wohntrakt im ersten Obergeschoss führte. Es war kurz vor Mittag, und sie verspürte bereits großen Hunger. Wenn sie sich für die Sitzung noch umkleiden wollte, würde nicht mehr viel Zeit für das Mittagsmahl bleiben. Missmutig brummte Fygen vor sich hin, und für einen kurzen Moment wünschte sie fast, das ehrenvolle Amt ablehnen zu können, weil sie mit ihrem eigenen Betrieb vollauf beschäftigt war. Doch anderen Seidmachern ging es nicht besser. Keiner ließ gerne die eigenen Aufgaben im Stich, um sich für die Belange der Zunft einzusetzen, das änderte auch das Präsenzgeld von vier Schillingen nicht, die jeder Amtsmeister für seine Anwesenheit erhielt. Und genau dafür hatte der Rat in weiser Voraussicht Vorsorge getragen mit der Verordnung, dass derjenige, welcher die Wahl zum Amtsmeister nicht annahm, bei der ersten Aufforderung eine Strafe von vier Schillingen zahlen sollte, beim zweiten Mal bereits acht Schillinge und beim dritten Mal eine Mark. Weigerte er sich auch noch bei der vierten Aufforderung, ging er seines Zunftrechts verlustig.

»Was brummst du denn so?«, fragte Peter gut gelaunt, als Fygen sich ihm gegenüber an dem großen Esstisch niederließ. Auch er hatte hungrig sein Kontor verlassen, um mit ihr zu speisen. Anstelle einer Antwort griff Fygen nach einem Kanten Brot und wartete, ungeduldig daran knabbernd, dass Maren das Mittagsmahl auftrug.

Die Tür sprang auf, doch statt der Magd mit Tellern und Platten hüpften drei fröhliche kleine Gestalten herein.

»Da sind ja meine Prinzessinnen«, begrüßte Peter seine Töchter liebevoll.

Es war nicht immer appetitlich anzusehen, wie die Kinder aßen, doch da sie den ganzen Tag über in der Werkstatt beschäftigt war, bestand Fygen darauf, ihre Töchter wenigstens zu den Mahlzeiten zu sehen. Die blasse, vierjährige Agnes setzte sich gesittet auf ihren Stuhl und legte die Händchen anständig rechts und links neben den Teller. Mit ihrer aufrechten Haltung, den wachen blauen Augen und dem leicht zur Seite geneigten Kopf erinnerte sie Fygen einmal mehr an die Großmutter der Kinder. Fygen hatte ihr Versprechen Augusta gegenüber eingehalten und die alte Dame zu den Tauffeierlichkeiten ihrer ältesten Tochter geladen. Die Geburt der beiden anderen Mädchen hatte die alte Dame leider nicht mehr erlebt.

Lisbeth, der Wirbelwind, sauste, so schnell sie es mit ihren drei Lenzen vermochte, auf ihren Vater zu und krabbelte ihm auf den Schoß. Herzhaft drückte Peter seine Jüngste an sich. Mit ihren kringeligen braunen Locken, die sich um das verschmitzte Gesichtchen ringelten, ähnelte sie ihrer Mutter am meisten. Und auch an Energie und Eigensinn stand Lisbeth Fygen in nichts nach, stellte Peter einmal mehr fest, als er unter ihrem lautstarken Protest versuchte, seine Tochter sanft, aber mit Nachdruck auf ihren eigenen Stuhl zu bugsieren. Sophie, mit fünf Jahren das älteste der Lützenkirchenschen Mädchen, kaute bereits an einem Stück Brot, das sie sich auf dem Weg zu ihrem Stuhl aus dem Korb geangelt hatte. Sie stützte das rundliche Kinn träge in beide Hände, die Ellenbogen lagen rechts und links neben dem Teller auf der Tischplatte.

»Sophie, setz dich manierlich hin, wie es sich für eine junge Dame gehört«, ermahnte Lijse sie, die hinter den Mädchen das Speisezimmer betreten hatte. Aufmerksam ruhte Fygens Blick auf dem fürsorglichen Gesicht der alten Frau. Sie musste bald an die sechzig Jahre alt sein, und diese Jahre hatten ihr tiefe Furchen in das weiche Fleisch um Mund und Nase gegraben. Ihre Haare waren ergraut, doch den aufmerksamen braunen Augen entging nach wie vor nicht eine winzige Kleinigkeit. Fygen schien es, als wäre Lijse mit der Zeit geschrumpft. War sie selbst schon nicht groß, so überragte sie die alte Frau doch um beinahe einen Kopf, und sie fragte sich, ob das schon immer so gewesen war. Die Arbeit ging der alten Haushälterin nicht mehr so schnell und flink von der Hand wie einst, doch Fygen war froh, dass Lijse nach dem Tod von Onkel Mathys den Weg nach Köln gefunden hatte. Nie würde sie den Schrecken und die Freude des Tages vergessen, an dem Lijse, ihre gute alte Lijse aus Kindertagen, plötzlich vor ihrer Tür gestanden hatte.

Es war ein windiger Spätsommertag gewesen, nicht lange nach ihrer Rückkehr aus London. Mit pikierter Miene hatte die hagere Hilda sie aus der Werkstatt gerufen: »Da ist eine Bettlerin an der Tür, die will einfach nicht gehen. Dabei habe ich ihr schon Brot und einen Schluck Keutebier gegeben.« Hilda schüttelte verständnislos den Kopf. »Die Alte hat sogar die Stirn zu behaupten, Euch zu kennen. Ich weiß nicht, wie ich sie loswerden soll.« Hilflos rang Hilda die Hände. Das war ein ungewöhnlich wortreicher Ausbruch für die wortkarge Haushälterin, was Fygen denn auch dazu bewog, ihr zur Haustür zu folgen. Streng blickte sie die alte Frau an, die geduldig vor der Tür gewartet hatte. Mit den zotteligen Haaren, die ihr wirr unter der Haube hervorlugten, und dem schmutzigen, ausgefransten Rock und fleckigen Mieder sah sie aus wie eine ganz gewöhnliche beliebige Bettlerin, und zunächst hatte sie Lijse nicht erkannt. Doch dann blickte Lijse Fygen in die Augen und sagte: »Du bist erwachsen geworden, meine Kleine. Ich sehe, du hast deine Verspre-

chen wahr gemacht und bist eine erfolgreiche Seidmacherin geworden.«

Und zu ihrem großen Entsetzen musste Hilda mit ansehen, wie ihre vornehme Dienstherrin plötzlich in Tränen
ausbrach und dieser Bettlerin um den Hals fiel. Stumm
drückte Fygen die Alte an sich, und als sie endlich wieder
in der Lage war zu sprechen, brach es anstelle einer Begrüßung aus ihr hervor: »O Lijse, gut, dass du da bist! Ich bin
schwanger.«

Lijse war bei ihnen geblieben, denn nach Mathys' Tod hatte sie ihre Bleibe verloren und wusste nicht, wohin. In der
Hoffnung auf eine Anstellung war sie nach Köln gekommen, doch die Zeiten nach dem Neusser Krieg waren nicht
rosig, und sie hatte erleben müssen, dass niemand einer
alten Frau Lohn und Brot gab. So war ihr nur geblieben,
bettelnd durch die Straßen zu ziehen, und erst als sie gar
keinen Ausweg mehr gesehen hatte, hatte sie sich dazu
überwunden, ihr Ziehkind aufzusuchen.

Fygen war überglücklich, sie bei sich zu haben. Doch der
Anfang war nicht leicht gewesen, denn Maren und vor
allem Hilda hatten Lijse argwöhnisch belauert, fürchteten
sie doch, dass die Ältere sie aufgrund ihrer jahrelangen Be-
ziehung zu ihrer Dienstherrin verdrängen und um ihr Brot
bringen würde. Doch das hatte sich gelegt, als Lijse nach
Fygens Niederkunft begonnen hatte, sich um die kleine
Sophie zu kümmern.

Gute Lijse. Für Fygens Töchter brachte sie noch mehr Geduld auf als dereinst für Fygen selbst. Vielleicht war sie mit
den Jahren milder geworden, oder aber es lag daran, dass
sie sich nun, von allen anderen Haushaltspflichten entbunden, ausschließlich den Kindern widmen konnte.

Auch mit Herman hatte Lijse ein gutes Händchen bewiesen. Schnell hatte sich der verträumte Junge an sie gewöhnt und sie in sein Herz geschlossen. Fygen bedauerte, dass Herman schon seit geraumer Zeit mittags nicht mehr mit ihnen zusammen aß, doch er besuchte die kirchliche Schule zu St. Alban und würde seine Mittagsmahlzeit dort gemeinsam mit seinen Kameraden einnehmen. Der Elfjährige war zu einem ruhigen, hoch aufgeschossenen Jungen herangewachsen, dem bereits die ersten Pickel auf den Wangen blühten. Als Sewis auch nach Jahren nicht zurückgekehrt war, hatten Peter und Fygen ihn offiziell als ihren eigenen Sohn angenommen.

In Johann Byrkens gediegenem Kontor brannte ein munteres Feuer im Kamin. Da die Seidmacherzunft immer noch nicht über ein eigenes Zunfthaus verfügte, tagte der Zunftvorstand weiterhin reihum in den Häusern der einzelnen Zunftmeister, und Byrken, der behäbige Seidhändler, war in diesem Jahr wieder zum Zunftmeister bestimmt worden, ebenso wie Mertyn Ime Hove. Fygen hätte es vorgezogen, wenn Peter an Mertyns Stelle mit ihr im Seidamt gesessen hätte, doch Eheleute durften nicht zur gleichen Zeit gewählt werden.

Wie immer wenn sie Katryns Mann traf, wunderte Fygen sich darüber, wie unverschämt anziehend er aussah, mit frischem Teint und dunklen, funkelnden Augen in dem ebenmäßig geschnittenen Gesicht. Die winzigen Fältchen in den Augenwinkeln und einige wenige Silberfäden in den lackschwarzen Haaren, Zeugnisse der Jahre, die andere Männer hätten älter aussehen lassen, wirkten bei ihm umso anziehender. Doch in letzter Zeit schien Mertyn ein Problem mit seiner Haut zu haben. Seine Stirn verunzierten unschöne, nässende rote Pusteln, und ein breiter Streifen Schorf kroch, ausgehend von einem Mundwinkel, seine Wange hinauf.

Als Fygen den mit gemütlichen, lederbezogenen Sesseln möblierten Raum betrat, musste sie ein Lächeln unterdrücken. Lange war es noch nicht her, dass sie selbst als junges Lehrmädchen hier in genau diesem Raum den Damen und Herren vom Seidamt gegenübergestanden hatte, damals, als Peter dafür gesorgt hatte, dass sie die alte Mettel verlassen und ihre Lehre bei Katryn beenden durfte. Und nun gehörte sie selbst dem erlauchten Gremium an, das über das Wohl und Wehe der Zunft zu wachen und zu entscheiden hatte. Die zweite Amtsmeisterin neben Fygen war Trude van Arnold, die Schwester von Gertrud van der Sar, der dürren, verkniffenen Frau, die Fygen bei jener Vorstandssitzung eine Umschreibegebühr auferlegt hatte. Sie sah ihrer Schwester zum Verwechseln ähnlich, mit ihrer langen spitzen Nase, und die verdrießliche Miene schien auch auf ihrem Gesicht festgewachsen zu sein. Fygen vermutete zu Recht, es würde wenig Spaß machen, in einer Zunftangelegenheit anderer Meinung als Trude van Arnold zu sein.

Auf dem Tisch stand ein kleiner Imbiss aus Brot, Wein und Äpfeln, der den Zunftmeistern zulasten der Zunftkasse kredenzt wurde. Gespannt zog Fygen sich einen der schweren Sessel näher ans Feuer und ließ sich hineinsinken. Johann Byrken, ganz der galante Gastgeber, schenkte aus einem Krug einen Becher Rotwein ein und reichte ihn ihr. Dann machte er sich an einer schweren, eisenbeschlagenen Kiste zu schaffen, die an der Kopfwand des Zimmers stand. Dies musste der Zunftschrijn sein, vermutete Fygen, die Kasse, in der das Geld und die wichtigsten Papiere der Zunft, allen voran natürlich die Zunftbriefe, aber auch das Lehrtöchterbuch und das Protokollbuch, verwahrt wurden. Byrken schlug den massiven Deckel auf und entnahm der Truhe einige gebundene Bögen, die er Fygen überreichte. Mit einem gutmütigen Zwinkern sagte er: »Frau Lützenkirchen, auf Euch als unser jüngstes Mitglied fällt die Pflicht des Protokolls.«

Fygen schlug die Bögen auf, und als sie an das Ende der Aufzeichnungen ihres Vorgängers kam, hatte sie das Prinzip des Protokollbuches erfasst und verstanden, wo sie die Namen der Anwesenden, ihre Präsenzgelder, den Inhalt der Zunftkasse, die Aufwendungen für den Imbiss und sonstige Aufwendungen, meist kleinere Beträge für Botendienste oder Schreiber, zu verzeichnen hatte.

Wie selbstverständlich übernahm Byrken sofort den Vorsitz. Mit einem kurzen Blick vergewisserte er sich der Aufmerksamkeit aller Anwesenden und begann mit sonorer Stimme: »Nun, dann wollen wir sehen, dass wir die Zunft gut durch das Jahr bringen.« Er warf einen Blick auf eine Notiz, die vor ihm auf dem Tisch lag. »Zunächst habe ich hier den Fall von der Seidmacherin Agnes Bruggen. Sie bittet die Damen und Herren vom Amt höflichst um ihre Wiederaufnahme in die Zunft der Seidmacher.«

»Ja«, unterbrach ihn Trude van Arnold und reckte ihre spitze Nase vor. »Ich habe sie schon getroffen. Armes Ding.« Trudes Kopf schwankte mitleidig auf ihrem langen Hals hin und her. »Ihr ist der Mann weggestorben. Aber sie hat nun einmal die Stadt verlassen, um mit ihm nach

Mainz zu gehen. Dachte wohl, dort lässt sich's leichter Geld verdienen. Es war ihre eigene Entscheidung. Und so sind die Zunftregeln: Wer die Stadt verlässt, verliert das Zunftrecht und darf nicht wieder aufgenommen werden.« Ihre Stimme hatte etwas Hämisches angenommen, und die harten Worte straften ihre mitleidvolle Miene Lügen, stellte Fygen fest. Sie kannte Agnes Bruggen nicht, aber die Witwe tat ihr leid, und sie fand die Zunftregeln in diesem Fall doch sehr hart. »Können wir da nicht eine Ausnahme machen?«, fragte sie. »Sicher hat sich die arme Frau schrecklich einsam gefühlt, so allein in Mainz, ohne ihren Mann. Ich kann verstehen, dass sie zurück …«

»Regel ist Regel«, schnitt Trude van Arnold ihr unhöflich das Wort ab. »Der Rat der Stadt hat sie nicht ohne Grund erlassen. Er wird auf ihre Einhaltung drängen.«

»Ja, aber wir dürfen nicht außer Acht lassen, was Zweck und Absicht dieser Regeln ist«, führte Johann Byrken bedächtig an. »Damit soll Sorge getragen werden, dass die Fertigkeiten und das Wissen um das Seidhandwerk hier in der Stadt angesiedelt bleiben.«

»Soweit ich weiß, hat sie in Mainz das Seidhandwerk gar nicht ausgeübt, sondern im Handelsbetrieb ihres Mannes geholfen. Er war Faktor einer Handelsgesellschaft aus dem Süden«, führte Mertyn, der sich bisher zurückgehalten hatte, zu Agnes' Gunsten an.

Alle blickten nun Trude van Arnold an, und Byrken sagte: »Wenn Ihr damit einverstanden seid, wäre ich dafür, Agnes Bruggen wieder in die Zunft aufzunehmen, und sollte der Rat der Stadt etwas dagegen haben, so können wir uns immer noch mit den Herren auseinandersetzen. Vorläufig haben sie davon ja noch nicht einmal Kenntnis.«

Mertyn und Fygen nickten, und nach einem Moment des Zögerns legte Trude eine Hand auf ihre magere Brust und sagte: »Von mir aus gerne, ich will dem armen Ding nicht im Wege stehen, ich gebe nur zu bedenken ...« Hier versickerte ihre Stimme.

»Also gut. Das wäre geklärt«, schloss Byrken das Thema ab. »Kommen wir nun zum nächsten Punkt.«

Trude van Arnold legte den Kopf ein wenig schief und nahm sich einen Apfel aus der Schale auf dem Tisch. Byrken fuhr fort: »Die Seidmacherin Irma Bruwiler klagt, die Seidspinnerin Barbara Loubach vom Hühnermarkt hätte gute Rohseide, die sie ihr zum Spinnen gegeben hätte, veruntreut und ihr gesponnenes Garn abgeliefert, das aus minderwertiger Rohseide gefertigt sei.«

Gemurmel erhob sich in Byrkens Kontor. Veruntreuung von Rohseide war ein schweres Vergehen, das, wenn die Seide im Wert zwei Mark überstieg, den Ausschluss aus der Zunft zur Folge hatte.

Fygen war überrascht. Barbara Loubach arbeitete sehr sorgsam. Sie selbst gab Barbara seit Jahren einen nicht unerheblichen Teil ihrer Seide zu Spinnen, und nie war etwas in Unordnung, nie hatte auch nur ein Gramm gefehlt. Sie teilte den anderen ihr Erstaunen mit, und auch Mertyn, der wusste, dass Katryn Barbara Loubach ebenfalls Seide gab, konnte sich nicht erinnern, dass seine Frau je über eine Unregelmäßigkeit geklagt hätte.

Johann Byrken seufzte. »Wir werden der Sache dennoch auf den Grund gehen müssen. Es kann nicht angehen, dass eine Seidspinnerin Rohseide veruntreut.«

»Sehr richtig. Es ist wichtig, denen genau auf die Finger zu schauen«, ergänzte Trude van Arnold. »Wir Seidmacher müssen gegen die Spinnerinnen schon zusammenstehen. Sie nehmen sich sonst viel zu viel heraus.« Ihre überhebliche Miene ließ deutlich erkennen, wie sehr sie sich den Seidspinnerinnen überlegen fühlte und auf diese herabblickte.

Fygen sah das ganz anders. Oft waren es gerade die wohlhabenden Seidmacherinnen, die sich gegenüber den meist nicht sehr begüterten Seidspinnerinnen eine Menge herausnahmen, sie beispielsweise, obwohl es verboten war, mit Tuch oder Seide entlohnten, für das sie dann weniger Geld erhielten als den Lohn, der ihnen zustand.

Mertyn schien ähnlich zu denken, denn er sagte: »Mir kommt diese Angelegenheit doch sehr merkwürdig vor. Ich wäre dafür, die beiden Damen vorzuladen und die Angelegenheit bei der nächsten Sitzung mit ihnen zu erörtern. Dann werden wir schon herausfinden, was sich tatsächlich zugetragen hat.«

Sein Vorschlag fand Zustimmung, und man wandte sich dem nächsten Problem zu: Gertrud van der Sar hatte versäumt, eines ihrer Lehrmädchen innerhalb von zwei Wochen in das Lehrtöchterbuch eintragen zu lassen. Das war an sich kein Problem, die Eintragung konnte leicht nachgeholt werden. Doch war eine Unstimmigkeit über den Zeitpunkt entstanden, an dem das Mädchen seine Lehrzeit begonnen hatte.

»Der Fall ist doch ganz eindeutig«, ereiferte sich Trude van Arnold. »Meine Schwester wird schon wissen, wann das dumme Ding bei ihr angefangen hat zu lernen. Was soll die ganze Aufregung? Frau Lützenkirchen kann die Eintragung jetzt gleich vornehmen.«

»Nun, Frau van Arnold«, beschwichtigte Johann Byrken. »Es ist ja wirklich keine große Angelegenheit. Und es hat auch keine Eile. Ich denke, wir sollten bei der nächsten Sitzung mit Frau van der Sar sprechen. Sie soll das Lehrmädchen mitbringen.«

»Und vielleicht wäre es dienlich, wenn zudem noch eine weitere ihrer Lehrtöchter sie begleiten würde«, warf Fygen ein.

»Das ist unnötig«, maulte Trude van Arnold, doch Mertyn, Byrken und Fygen waren sich in der Angelegenheit einig, und so wurde eine entsprechende Nachricht an Frau van der Sar gesandt.

In dieser Art fuhren sie fort, über größere oder kleinere Unstimmigkeiten und Ärgernisse der Zunft zu beratschlagen, bis der Einbruch der Dunkelheit sie von ihren Pflichten entband. Doch als Fygen müde und erschöpft vom vielen Reden und Zuhören endlich nach Hause zurückkehrte, musste sie feststellen, dass damit die Sorgen des Tages noch nicht zu Ende waren.

Hilda fing sie an der Haustür ab und schob sie mit einem vielsagenden Blick in ihr Kontor. Der Raum hatte einen Kamin, der zu dieser Tageszeit selten geheizt war, doch heute schlug Fygen eine angenehme Wärme entgegen. Kerzen brannten auf ihrem Schreibpult, und zu ihrer großen Überraschung fand sie Katryn zusammengesunken in einem der großen Lehnsessel sitzen.

»Wie schön, dich zu sehen«, begrüßte Fygen die Freundin, doch ein Blick in Katryns Gesicht sagte ihr, dass es sich hier keinesfalls um einen gewöhnlichen, freundschaftlichen Besuch handelte. Katryns dunkle Augen waren gerötet und vom Weinen verschwollen, ihre Nase glänzte, und auf ihrer sonst so makellosen, blassen Haut zeigten sich rote, nervöse Flecken. Besorgt lief Fygen zu ihrer Freundin und legte ihr den Arm um die bebenden Schultern. Katryn schluchzte auf, barg ihren Kopf an Fygens Brust und begann laut zu weinen.

Was wohl geschehen sein mochte, fragte Fygen sich bange, während sie Katryn sanft über den Rücken strich. War jemand krank, verletzt oder gar gestorben? Mertyn konnte es nicht sein, den hatte sie ja gerade noch gesund und munter gesehen. Es musste der kleine Tim sein, Katryns Sohn. Der Sechsjährige war Mertyn genannt worden, nach seinem Vater, doch er wurde von allen nur Tim gerufen. Wie schrecklich, wenn ihm etwas zugestoßen wäre, Katryn liebte den Kleinen so sehr. Fygen machte sich von der Freundin los und strich ihr das wirre Haar aus dem Gesicht. »Was ist geschehen?«, fragte sie sanft. »Nun sag es mir schon.«

Unter Schlucken brachte Katryn hervor: »Eines meiner Lehrmädchen ist schwanger.«

Verdutzt blickte Fygen die Freundin an. Hatte sie recht gehört? Das konnte doch kein Grund für solch einen Tränenausbruch sein. »Ja, und?«, fragte sie ein wenig unsicher.

»Und, und …« Wieder schüttelte ein Schluchzen Katryn, doch dann flüsterte sie mit einer Stimme, einer Reibe gleich: »Mertyn ist der Vater.«

»Mertyn hat eines deiner Lehrmädchen geschwängert? Bist du sicher?« Fygen war fassungslos. Sie hatte immer geglaubt, Mertyn, der seine Frau auf Händen trug, wäre zu so etwas nicht fähig. Doch anscheinend mussten sie sich eines Besseren belehren lassen. Wie schrecklich Katryn diese Erfahrung schmerzen musste. Fygen ging zu ihrem Schreibpult, auf das Hilda ein Tablett mit Wein gestellt hatte. Vorsichtig schenkte sie zwei Becher voll. Sie musste sich bemühen, den Wein nicht zu verschütten, denn vor Empörung zitterten ihr die Hände. »Trink das«, sagte sie und reichte der Freundin einen Becher.

Dankbar trank Katryn von dem starken roten Wein, und nach ein paar Minuten hatte sie sich so weit gefangen, dass sie Fygen berichten konnte: »Es ist die Dora aus Kleve, eigentlich ein nettes Ding. Allmählich war es unübersehbar, dass das Mädchen in Umständen ist, und ich habe sie zur Rede gestellt. Ich wollte wissen, ob der Vater des Kindes gedenkt, sie zu heiraten. Doch sie fing sofort an zu weinen. Ich habe ihr zugesetzt, sie solle mir sagen, wer es ist, und dann hat sie mir tatsächlich gestanden, dass Mertyn der Vater ist. So ein Flittchen. Hinter meinem Rücken mit meinem Mann ... Am liebsten würde ich sie hinauswerfen, gleich morgen früh.«

»Warum wirfst du nicht Mertyn hinaus?«, fragte Fygen lakonisch, doch für diese Bemerkung hätte sie sich sofort selber ohrfeigen können, denn Katryn fing erneut an zu schluchzen. Doch als sie sich ein wenig beruhigt hatte, erklärte sie Fygen: »Mertyn ist kein schlechter Mann. Er kümmert sich um das Geschäft und lässt es mir und dem kleinen Tim an nichts fehlen. Ich bin sicher, er liebt mich, doch er kann den Weibern einfach nicht widerstehen. Das weiß ich schon lange.« Und mit Entschlossenheit in der Stimme drohte sie: »Doch sein Vergnügen kann Mertyn sich künftig nur noch anderweitig suchen, so viel ist sicher!«

Daran, dass Mertyn den Weibern nachstieg, konnte Fygen

sicher nichts ändern. Was sie jedoch vermochte, war, Katryn und Dora aus ihrer misslichen Lage herauszuhelfen. »Ich kann verstehen, dass du Dora nicht mehr in deinem Haus haben willst. Aber du erinnerst dich wohl noch gut an Sewis? Du kannst nicht ernsthaft wollen, dass Dora das gleiche Schicksal erleidet.«

Traurig schüttelte Katryn den Kopf.

»Schick sie morgen früh herüber. Sie kann bei mir ihr Kind bekommen und ihre Lehre beenden, wenn sie mag.«

2. Kapitel

Schnell, schließt die Fenster und Tore, der Pöbel rast durch die Stadt.«

Es war Eckerts Stimme, die vom Hof ins Haus hineinschallte. Fygen erschrak. Bei jedem anderen hätte sie erwartet, dass es sich um einen Scherz handelte, schließlich war Fastelovend. Doch nicht bei Eckert. Eckert machte keine Witze. Rasch schälte Fygen sich aus der dunkelbraunen Nonnenkutte, die ihr bis auf die Füße reichte.

»Autsch.« Die Näherin, die ihr am Morgen das Kostüm für die Karnevalsfestivität an diesem Abend gebracht hatte, musste eine Nadel vergessen haben. Fygen, die ihre Arbeit kurz unterbrochen hatte, um das Kostüm anzuprobieren, unterdrückte einen Fluch und beeilte sich, in ihr Alltagskleid zu schlüpfen. Mönchskutte oder Nonnenkleid waren beliebte Kostüme, da gerade zu Fastnacht gerne geistliche Würdenträger und kirchliche Bräuche verspottet wurden, und Fygen war sicher, dass ihr die schlichte, schmucklose Kutte ausgezeichnet stand. Sie hatte sich schon auf die Tanzerei gefreut, obwohl Peter sie nicht zu den Byrkens begleiten würde, die für diesen Abend zu Schmaus und Tanz geladen hatten, da er in Geschäften nach Antwerpen gereist war. Achtlos ließ Fygen das Kostüm auf den Dielenboden sinken. So wie die Sache stand, würde es an diesem Tag ohnehin keine Verwendung mehr finden. Fygen seufzte. War es also so weit. Sie hatte damit gerechnet, dass es eines Tages geschehen würde, denn den ganzen Herbst und Winter über hatte es in der Stadt gegärt.

Die Bürger waren unzufrieden. Als Dank für die Unterstützung im Neusser Krieg hatte der Kaiser am neunzehnten September 1475 der Stadt das Reichsstadtprivileg verliehen. Köln unterstand nun keinem anderen Herrn mehr als dem Kaiser. Ein Wunsch, den die Stadt lange gehegt hatte. Köln hatte sich durchgesetzt gegen Karl den Kühnen von Burgund. Doch vom Ersatz der Kriegskosten war keine Rede gewesen. Wie Peter es prophezeit hatte, war Köln der wirtschaftliche Verlierer des Krieges, die Stadtkasse war leer.

Bereits im September hatte der Gürtelmacher Johann Hemmersbach einen Aufstand angezettelt, nachdem der Rat versucht hatte, durch Erhöhung der Steuern auf Brot und Wein und durch weitere Maßnahmen, die Schulden der Stadt zu tilgen. Infolge der Revolte war die sogenannte »Große Schickung« gebildet worden. Als Vermittler zwischen den unzufriedenen Bürgern und den Mitgliedern des Rates hatten Vertreter der Gaffeln eine Beschwerdekommission gebildet, welche die Forderungen der Aufständischen zusammenstellte. Am ersten Oktober waren diese Forderungen dann mit Ratsvertretern erörtert worden, doch was nicht da ist, kann nicht verteilt werden. Und da die finanzielle Situation der Stadt unverändert schlecht war, konnten die Forderungen der Aufständischen nicht erfüllt werden. Die Unzufriedenen blieben unzufrieden, und es brodelte weiter in der Stadt.

Als Fygen die Treppe in die Halle hinabeilte, waren die Mägde dabei, die Fenster zur Straße zu verrammeln. Das große Hoftor hatte man bereits geschlossen. Von der Straße drang Geschrei herein, das aus Hunderten von Kehlen zu kommen schien. Es klang beängstigend wie ein großes Tier, das fauchte und brüllte. Doch mit jedem der hölzernen Läden, der geschlossen wurde, ebbte der Lärm ab, bis er zu einem fernen Rauschen verstummt war.

Wegen der Fastnachtstage hatten sich auch die Kinder kostümieren dürfen, und so stürzten nun eine verstörte, etwas pummelige Prinzessin, ein glockenbehangener Narr und ein zotteliger Esel auf Fygen zu. Die beiden Jüngsten waren noch zu klein, um zu verstehen, was vor sich ging. Doch sie spürten sehr wohl die Aufregung und die Angst der Erwachsenen. Lisbeth in ihrem grauen, zotteligen Eselskostüm drängte sich in die Falten von Fygens Rock. Sie weinte, und die Töne ähnelten erschreckend den Schreien eines Esels. Fygen bekam ihre Jüngste an der Eselsmähne zu fassen und hob sie sich auf den Arm. Sofort verstummte das Geschrei, und Lisbeth kuschelte sich an den Hals ihrer Mutter. Auch Agnes drängte sich schutzsuchend an Fygen, und die vielen kleinen Glöckchen ihres Kostüms klirrten bei jeder ihrer Bewegungen. Allein Sophie schien unbeeindruckt. »Das gibt viele Tote«, verkündete sie altklug und rückte ihr geschnitztes und mit Goldfarbe bemaltes Krönchen auf den blonden Locken zurecht. Fygen schauderte, doch dann wurde ihr klar, dass ihre Älteste wieder einmal nur nachplapperte, was sie von einer der Mägde aufgeschnappt hatte, wie sie es in der letzten Zeit ständig tat.

Eckert kontrollierte eigenhändig, dass jedes Fenster im Hause ordentlich verriegelt und mit einem Kantholz gesichert war, dann bezog er persönlich mit ein paar Knechten im Hof vor dem fest verrammelten Tor Aufstellung.

Die Mägde, Dora, das schwangere Lehrmädchen von Katryn, das seit ein paar Tagen bei ihnen war, und sogar Hilda standen mit schreckgeweiteten Augen in der Halle und flüsterten leise miteinander. Die anderen Lehrmädchen, die Seidmacherinnen und die Helferinnen waren über die Fastnachtstage zu ihren Familien heimgekehrt. Dora war sehr blass. Kleine Schweißperlen bildeten sich auf ihrer Nase, und Fygen fürchtete, dass sie jeden Moment das Bewusstsein verlieren würde. »Du gehst in deine Kammer und legst dich hin«, riet Fygen ihr. Dann klatschte sie energisch in die Hände. »Geht alle wieder an die Arbeit«, befahl sie den Frauen. Zu ändern war an der Situation ohnehin nichts, also konnte man auch wie gewohnt in seiner Tätigkeit fortfahren. Doch irgendetwas hinderte Fygen daran, sich auch wieder an die Arbeit zu machen. Milchiges Licht drang durch die Fenster zum Hof und vermischte sich mit dem Schein der Kerzen, der trübe die Halle beleuchtete. Der Tag war schon fortgeschritten, nicht mehr lange, und die Dämmerung würde hereinbrechen. Fygen hatte das Gefühl, etwas übersehen zu haben. Etwas sehr Wichtiges. Aber was war es? Fieberhaft überlegte sie, was es sein könnte. Und dann fiel es ihr endlich ein. Herman! Sie schrie es fast. Mein Gott, wo war der Junge? Er hätte schon längst aus der Schule zurück sein müssen. In Windeseile lief sie durch das ganze Haus und fragte jeden, ob er den Jungen gesehen hatte, doch es war müßig, sie kannte die Antwort bereits: Herman war nicht heimgekehrt. Niemand konnte sich erinnern, ihn seit dem Morgen gesehen zu haben.

»Öffne mir das Tor«, wies sie nur Minuten später Eckert an, einen warmen Umhang um die Schultern geworfen, bereit, sich auf die Suche nach dem Jungen zu machen. Sie mochte sich gar nicht ausmalen, was ihm da draußen alles zugestoßen sein könnte.

»Das lasse ich nicht zu!« Eckert stemmte die Hände in die Hüften, reckte das Kinn vor und starrte Fygen grimmig an. Doch wie üblich vermochte er gegen den Eigensinn seiner Dienstherrin nichts auszurichten. Also blieb ihm nur zu hoffen, Peter Lützenkirchen würde ihn nicht für den Leichtsinn seiner Frau zur Rechenschaft ziehen.

Es war ruhig in der Gasse, als Fygen durch das Tor trat. Zu ruhig. Kein Mensch ließ sich sehen, keine Hunde, keine Hühner, keine Schweine. Selbst die Tiere hatte man in die Höfe gesperrt. Wo waren die johlenden Gruppen bunt gekleideter Maskierter geblieben, die gewöhnlich von Pfaffenfastnacht bis zum Aschermittwoch durch die Gassen tanzten und sprangen? Der letzte Donnerstag vor Aschermittwoch hatte den Namen erhalten, weil es an jenem Tag den Geistlichen in den Klöstern erlaubt war, sich mit Gesang, Possenspiel und Mummenschanz zu belustigen. Wohin waren die Handwerksgesellen der Zünfte verschwunden, die gestern noch, bunt kostümiert und von Trommlern und Pfeifern begleitet, durch die Stadt gezogen waren und ihre Reigen und Tänze aufgeführt hatten?

Fygen schlug den Weg in Richtung des Rheins ein, die Obermarspforten hinunter. Matsch und Unrat in der Gasse waren gefroren, und sie musste achtgeben, um nicht auf den eisigen Stellen auszurutschen. Die Straße wirkte abweisend wie sonst sogar zur Nachtzeit nicht. Alle Fenster und Tore waren verrammelt, jene Tore, welche die Bürger gewöhnlich an Fastnacht für Besucher weit öffneten. In so manchen Hof wurden dann Tische und Bänke gestellt, und man brachte Fässer voller Bier herbei, um es an die umherziehenden Feiernden auszuschenken.

Ebenso wenig wie lustiges Volk zeigten sich jedoch brandschatzender Pöbel oder randalierende Aufständler, stellte Fygen ein wenig erleichtert fest, doch eine unerträgliche Spannung lag in der kalten Winterluft.

An der Ecke zum Quatermarkt blieb sie stehen. An dieser Kreuzung unterbrachen sonst die umherziehenden Narren ihren Umzug, um ihre Possenspiele aufzuführen. In den kurzen Vorstellungen wurden meist die Mitglieder der Geistlichkeit aufs Korn genommen und gründlich veralbert. Bei Tag und Nacht drängten sich hier die Menschen, tranken, sangen und tanzten auf der Straße. Oft war in dem Gewühl kein Durchkommen, doch heute war kein einziger Narr zu sehen, und es lagen nur die Scherben ein paar zerschlagener Krüge und ein zerbrochenes Fass auf dem Boden.

Fygen bog in den Quatermarkt ein, und bereits nach wenigen Schritten hatte sie das Pfarrhaus zu St. Alban erreicht, in dem auch der Klassenraum der kirchlichen Schule, die Herman besuchte, untergebracht war. Auch hier waren Tor und Tür verschlossen und alle hölzernen Läden vor die Fenster geklappt. Energisch klopfte Fygen an die kleine Pforte seitlich des Hauptores. Dumpf hallten die Schläge ihrer Knöchel durch die Stille, doch im Innern des Pfarrhauses regte sich nichts. Panik stieg in Fygen auf. Wo waren die Kinder? Wo war Herman? Verzweifelt hämmerte sie mit den Fäusten gegen das Holz.

Dann endlich, als Fygens Fäuste bereits schmerzten und sie kurz davor war aufzugeben, öffnete sich im Obergeschoss einer der Fensterläden einen Spaltbreit, und die dünne, lange Nase des Pfarrers lugte vorsichtig hinaus. Als er Fygens ansichtig wurde und feststellte, dass keiner ihm etwas zuleide tun wollte, fragte er barsch: »Was wollt Ihr?«

»Wo sind die Kinder?«, antwortete Fygen mit einer Gegenfrage.

»Der Unterricht ist schon lange zu Ende, die sind alle fort.«

»Ich bin Frau Lützenkirchen. Ich suche meinen Sohn Herman«, rief Fygen, und ihre Stimme drohte zu kippen, als sie hinzufügte: »Er ist nicht nach Hause gekommen.«

»Herman Lützenkirchen? Nun, es würde mich nicht wundern, wenn er dem bunten Fastnachtstreiben und der Musik gefolgt ist. Hier ist er jedenfalls nicht mehr.«

Und schneller als Fygen schauen konnte, hatte der Pfarrer den Fensterladen bereits wieder geschlossen, und sie hörte das Rumpeln, mit dem er von innen den Riegel vorschob.

Fygen spürte, wie eine Welle kalter Angst über ihr zusammenschlug. Einen Moment stand sie vor dem verschlossenen Tor und fühlte sich ganz klein und hilflos. Was sollte sie jetzt nur machen? Der Pfarrer schien seine Schäfchen recht gut zu kennen, denn Herman war es durchaus zuzutrauen, dass er ganz in Gedanken der Musik durch die Gassen gefolgt war, ohne auf die Idee zu kommen, dass man sich zu Hause um ihn sorgte. Doch wo sollte sie ihn suchen? Er konnte überall in der Stadt sein. Ihm war sicher nicht klar, in welcher Gefahr er sich befand. Tapfer kämpfte Fygen den Anflug von Panik nieder, der in ihr aufstieg und sie zu lähmen drohte. Langsam ging sie die Gasse zurück bis zum Quatermarkt. Ohne einem bestimmten Plan zu folgen, schlug sie die Richtung zum Alten Markt ein, und nach einer Weile hörte sie es von ferne lärmen. Fygen lauschte angestrengt, doch sie konnte die Geräusche nicht einordnen, nicht erkennen, ob sie von friedlich Feiernden stammten oder von Aufruhr zeugten. Doch schienen zumindest Menschen auf der Straße zu sein. Nichts war beängstigender als diese ausgestorbenen Gassen. Beherzt setzte Fygen ihren Weg fort in die Richtung, aus der das Lärmen kam. Vielleicht würde sie Herman dort finden.

Gerade hatte sie die schmale Pforte zum Alten Markt passiert, als sie sich plötzlich von einigen vermummten Gestalten umringt sah. Sechs, sieben, acht an der Zahl waren aus dem Nichts erschienen und umsprangen sie, zupften an ihrem Umhang, an ihrem Rock. Hohe, spitze Hüte, von Larven verdeckte Gesichter, geschnitzte Nasen; bunte Umhänge flatterten; es grunzte, kicherte, meckerte; eine Flöte blies hoch und schrill in ihr Ohr; Farben wirbelten im Kreis, drehten sich immer schneller, immer wilder.

»Nein!« Fygen schrie laut und gellend. Die Farben wichen zurück, hörten auf zu wirbeln. Standen still. Das Kreischen verstummte, eine stämmige Gestalt nahm Form an. Zog den Hut, verbeugte sich übertrieben, sagte einen Spruch, etwas, das sich reimte.

Fygen zwang sich, tief und gleichmäßig zu atmen. Ihre Nerven waren ihr durchgegangen. Dies waren nur einfache Handwerkerburschen, die wie eh und je zur Fastnacht auf Heischegang waren. Sie zogen fröhlich umher und baten die Vorbeikommenden mehr oder minder gesittet darum, ihre Feierlichkeiten mit einer kleinen Zuwendung zu unterstützen. Mit zittrigen Fingern griff Fygen an den Säckel, der ihr vom Gürtel baumelte, kramte eine kleine Münze hervor und reichte sie dem Stämmigen. Die Handwerker formierten sich zu einer Reihe, und wie die Gänse marschierten sie hinter ihrem Flötenspieler her und verschwanden in die Judengasse hinein. Ein wenig mitgenommen folgte Fygen ihnen in Richtung des Rathauses.

Als sich die Judengasse zum Rathausplatz öffnete, waren plötzlich überall maskierte Menschen, und zunächst schien es Fygen, als herrsche gewöhnliches Fastnachtstreiben. Vermummte sprangen durcheinander und machten mit Trommeln, Pfeifen und Rasseln einen höllischen Lärm. Vor dem Rathaus drängten sich die Vermummten dicht zusammen. Wie sollte sie Herman in diesem Gewühl finden? Wenn er denn überhaupt hier war. Sie reckte sich, um über die vielen Köpfe hinwegzublicken, versuchte angestrengt, in der Menge Hermans blonden Schopf zu entdecken. Einmal meinte sie sein blasses Gesicht erkannt zu haben, doch rasch verschwand es hinter breiten Schultern und hohen Rücken.

Vom Sog der Menge wurde Fygen unmittelbar vor das Rathaus gezogen. Etwas an dieser Menschenmenge beunruhigte sie und flößte ihr Angst ein. Kampfeslust schien in der Luft zu liegen und alles zu vergiften, eine unterschwellige, unausgesprochene Drohung. Die Stimmung schien zum Zerreißen gespannt. Unvermittelt wurde Fygen in dieser Menschenmenge eingekeilt. Große breite Gestalten standen um sie herum, und sie mutmaßte, dass sich unter den Maskierungen kaum Frauen verbergen mochten. Majestätisch und von den wogenden Massen unbeeindruckt, ragte der Ratsturm über ihnen auf. Immer dichter drängte sich die Menge zusammen. Einzelne Rufe wurden laut: »Diebe und Bluthunde!«

Andere nahmen die Worte auf: »Diebe und Bluthunde!« Dann scholl es aus Tausenden trunkener Kehlen zugleich: »Diebe und Bluthunde! Diebe und Bluthunde!«

Plötzlich sah sie Herman. Er stand ein Stück weit hinter ihr. Seine blonden Locken waren zerzaust, der neuen blauen Juppe war ein Ärmel ausgerissen, und er hatte Schmutzspuren im Gesicht, doch ansonsten schien ihm nichts zu fehlen. Wie die Umstehenden reckte er seine geballte Faust im Takt der Worte in die Luft und schrie: »Diebe und Bluthunde! Diebe und Bluthunde!«

Fygen versuchte verzweifelt, einen Schritt auf Herman zu zu machen, doch mit einem Mal kam Bewegung in die Menge. Alles strömte und stolperte vorwärts, drängte unaufhaltsam auf das Rathaus zu. Die wenigen Wachen wurden grob überrannt; sie hatten dem wütenden Pöbel nichts entgegenzusetzen. Fygen verlor Herman aus dem Blick, er verschwand einfach in der Masse der Leiber. Voller Angst versuchte sie, sich aus der Menge zu befreien, stieß mit Händen und Ellenbogen, suchte an den Rand der Masse zu schwimmen, um nicht ebenfalls hineingezogen zu werden in das prächtige Rathaus, Sitz und Symbol einer freien, sich selbst verwaltenden Bürgerschaft.

Doch die hinter ihr drängenden Menschen schoben sie unaufhaltsam vorwärts. Gerade als sie drohte hineingezogen zu werden, gelang es ihr, Halt an einem der Tore zu finden. Sie spürte, wie ihre Fingernägel splitterten, doch mit aller Kraft klammerte sie sich fest, ließ die Menschen wie einen Fischschwarm an sich vorübergleiten, bis der schlimmste

Sog vorbei war. Dann drängte sie sich an der Fassade entlang, fort von der wütenden Menge.

Sie hatte gerade die dem Turm gegenüberliegende Seite des Rathausplatzes erreicht, als ein Aufheulen durch die Menschen auf dem Platz ging. Fygen drehte sich um und stellte fest, dass die Gesichter aller nach oben gerichtet waren, zu den Balkonen des Rathauses. Denn dort zeigte sich nun, inmitten des unbeschreiblichen Jubels des Pöbels, der Gürtelmacher Johann Hemmersbach. Groß, breitbeinig und selbstherrlich, die Faust in die Hüften gestemmt, stand er da und ließ sich von der Menge feiern. Er und seine Mitstreiter hatten die Bürgermeister und einige Ratsherren, deren Pech es gewesen war, just an diesem Tag im Rathaus zugegen zu sein, gefangen genommen. Grob hatten sie den hohen Herren die Hände gefesselt und führten diese nun unter allerhand derbem Spott der Menge vor.

Hemmersbach schien tatsächlich Herr der Stadt zu sein, stellte Fygen erschrocken fest, und er genoss sichtlich seine Macht. Stolz schwang er ein weißes Stöckchen und stolzierte auf dem Balkon auf und ab. Lächerlich, befand Fygen. Lächerlich und beängstigend zugleich. Denn es war eine Sache, die Macht zu ergreifen, eine gänzlich andere jedoch, in schlechten Zeiten die Stadt gut zu regieren. Und dieser dumme Pöbel, diese siegestrunkenen Menschen, glaubten sie wirklich, der Gürtelmacher würde alles richten und wie durch Zauberhand die Kassen der Stadt zu füllen wissen? Das Geld mit vollen Händen ausgeben würde er, bis nichts übrigbliebe außer erdrückenden Schulden. Wie dumm diese Menschen doch waren, wunderte sich Fygen. Wie kurzsichtig. Sparen war der einzige Weg, die Finanzsituation der Stadt wieder zu ordnen. Und wenn erst die Kassen ganz leer waren, der letzte Gulden ausgegeben war, dann würde sich die Menge einen neuen Helden suchen, und es würde rasch bergab gehen mit dem Gürtelmacher. Doch wie es dann um die Stadt bestellt war, wer wusste es zu sagen?

Eine trunkene Ausgelassenheit machte sich breit. Die Maskierten schwärmten aus, trugen die Botschaft in die Gassen hinaus, dass jedermann erführe, das Volk hätte die Macht ergriffen. »Heute bist du der Herr«, riefen sie, »morgen will ich es sein.«

Politik macht durstig, und so zogen die Maskierten gruppenweise in Richtung des Alten Marktes, in der Hoffnung, den einen oder anderen Schankwirt dazu überreden zu können, ihnen Tore und Keller zu öffnen. Trommeln, Pfeifen und Rasseln erklangen.

Fygen kletterte auf einen Trittstein vor einem Haus, um den Platz besser überblicken zu können. Fieberhaft hielt sie Ausschau nach ihrem Sohn, suchte methodisch den Platz ab, schaute in bunte Masken und in gerötete Gesichter. Ein paar Mal meinte sie, Herman entdeckt zu haben, doch immer wieder entzog er sich ihrem Blick. Dann endlich erkannte sie seinen Blondschopf in der Menge. Ausgelassen hopste der Elfjährige hinter einem Flötenspieler in gelbem Umhang einher. Seine blauen Augen strahlten, und fröhliche, rote Flecken auf den blassen Wangen zeugten von seiner Begeisterung. Rasch sprang Fygen von dem Trittstein herunter, und so schnell es die erhitzten, drängelnden Leiber vor ihr erlaubten, bahnte sie sich ihren Weg zu ihm. Mit einem erstickten Schluchzer der Erleichterung schloss sie Herman in die Arme, doch bereits im nächsten Moment zwang sie sich, ihn wieder freizugeben, denn zunächst einmal galt es, sie beide in Sicherheit zu bringen. Mit fester Hand packte sie den Jungen beim Ärmel und zerrte ihn hinter sich her. Weg, heraus aus diesem Gedränge, nur fort von diesem Platz, der wie ein Kessel war, denn die Gefahr war noch nicht gebannt. Jeden Moment konnte die Stimmung auf dem Platz umschlagen. Zudem musste man damit rechnen, dass ratstreue Bürger zu den Waffen greifen würden, um das Rathaus zurückzuerobern.

»Aber Mutter, ich muss noch bleiben«, protestierte Herman inständig. »Wir haben doch jetzt die Macht übernommen.«

Fygen wandte sich zu ihm um. »Wir haben die Macht übernommen?«, wiederholte sie verblüfft und blickte ihn erstaunt an.

»Ja, jetzt bekommen alle wieder genug Brot und Wein, und keiner muss mehr hungern und zu viel arbeiten«, erklärte Herman ihr begeistert und strahlte sie an. »Ist das nicht schön?«

Nicht eine Sekunde lang schien er sich der Gefahr bewusst gewesen zu sein, in der er sich befunden hatte, erkannte Fygen. Ihre Erleichterung darüber, Herman lebendig und unversehrt wiedergefunden zu haben, drohte in Ärger umzuschlagen. Einen Moment lang war sie versucht, ihrem Sohn gehörig die Ohren langzuziehen, ihn zu fragen, wie er so leichtsinnig hatte sein können, einfach allein in der Stadt umherzulaufen. Doch sie wusste, es hatte keinen Zweck, ihn zur Rede zu stellen. Herman tat solche Dinge nicht mit Absicht. Es war einfach sein Schicksal, immer wieder in Unannehmlichkeiten zu geraten, die anderen Kindern nie widerfahren würden.

Sie packte Herman fester bei der Hand und zog den Protestierenden unerbittlich hinter sich her. So schnell es der zerfurchte gefrorene Boden erlaubte, eilte sie mit ihm die Judengasse, dann die Obermarspforte entlang, und erst als sie in Sichtweite ihres Hauses kamen, verlangsamte sie ein wenig ihren Schritt.

3. Kapitel

Jetzt reicht es!«, rief Fygen zornig, warf den Federkiel auf das Blatt und hieb mit der Hand auf ihr Pult. Es war bereits später Nachmittag an diesem Fastnachtsdienstag, und sie war gerade dabei, die Ausgaben der letzten beiden Wochen zusammenzustellen, als Lijse ihr Kontor betrat und ihr eröffnete, dass Herman anscheinend schon wieder das Weite gesucht hatte. Grollend eilte sie den Flur entlang, griff ihren Umhang vom Haken und warf ihn sich um die Schultern. Anders als am Vortag hatte sie heute eine Ahnung, wo sie ihren Ältesten finden konnte, und so dauerte es nicht lange, bis sie vor den Toren des Rathauses anlangte. Breitbeinig aufgepflanzt vertrat ihr dort ein bärtiger, wenig vertrauenerweckender Bursche den Weg. Zunächst musterte er sie misstrauisch von oben bis unten, doch er musste zu dem Schluss gekommen sein, dass sie harmlos sei, denn schließlich fragte er sie herablassend nach ihrem Begehr.

Na, warte, Bürschchen, dachte Fygen sich. Ihr werdet nicht lange Freude an eurem Tun haben, so viel ist sicher. »Ich bin auf der Suche nach meinem Sohn«, erklärte sie, dennoch um Freundlichkeit bemüht. »Vielleicht habt Ihr ihn gesehen. Er ist erst elf, blond, recht groß für sein Alter. Er sagte, er wolle zu Gürtelmacher Hemmersbach gehen«, log Fygen drauflos.

Wortlos zog der Bärtige seine buschigen Augenbrauen zu einem noch grimmigeren Blick zusammen. Dann bellte er kurz einen kleinen, dicklichen Mann an, der ein wenig abseits an der Wand lehnte: »Bring sie rauf!«

Vorsichtig, um nicht auf dem feuchten Unrat auszurutschen, der überall verstreut lag, stieg Fygen hinter dem Kleinen die schmierigen Treppen hinauf und folgte ihm in den weitläufigen Senatssaal. Hier, wo sich gewöhnlich die Bürgermeister mit den Ratsherren zu ihren Beratungen trafen, hatte sich seltsames Volk versammelt. Arbeiter und Tagelöhner, aber auch ein paar Handwerkergesellen lümmelten trunken auf den verzierten Bänken, auf denen gewöhnlich die hohen Herren bei ihren Sitzungen Platz nahmen. Anscheinend hatten sie im Keller den Ratswein entdeckt und sich daran gütlich getan. Die Ratsherren erhielten für ihre Anwesenheit bei den Sitzungen, dreimal pro Woche, den sogenannten Ratsheller, eine Silbermünze, die sie im Ratskeller gegen zwei Quart guten Weines eintauschen konnten.

Mattes Dämmerlicht fiel durch die hohen Fenster herein, und eben entzündete man die ersten Fackeln. Während sie dem Kleinen zum gegenüberliegenden Ende des Saales folgte, versuchte Fygen die Gesichter der Versammelten zu erkennen, um herauszufinden, ob sich Herman, wie sie vermutet hatte, unter ihnen befand. An der Kopfseite des Saales waren die Bänke für die Bürgermeister aufgestellt. Doch diejenigen, denen diese Sitze eigentlich zustanden, konnte Fygen nirgends sehen, vermutlich hatte man sie gut bewacht in das Untergeschoss gebracht, wo sich auch die Rentkammer befand.

Der Gürtelmacher Hemmersbach spazierte vor den Bänken wichtigtuerisch auf und ab, eine Hand in die Hüfte gestemmt, in der anderen immer noch seinen lächerlichen weißen Holzstab schwenkend. Als er Fygens ansichtig wurde, blies er mächtig die Backen auf, reckte die Brust vor und warf sich in Positur. Jetzt, wo er Fygen direkt gegenüberstand, kam er ihr deutlich kleiner vor, als er gestern auf dem Balkon des Rathauses gewirkt hatte. Gerade so groß wie sie war er, von stämmiger Statur, und hatte einen großen, runden Kopf mit dazu passenden ebenfalls runden Augen. Unter den Fleischern wäre er passender aufgehoben als unter den Gürtelmachern, schoss es Fygen durch den Kopf.

Der Gürtelmacher ließ einen abschätzenden, schon beinahe anzüglichen Blick über ihr Gesicht, dann über ihren Körper gleiten, mit einer Miene, als wundere er sich, welch wundersame Dinge ihm als Stadtherrn geboten wurden.

Fygen musste mühsam an sich halten, um diesem impertinenten Wüstling nicht geradewegs ins Gesicht zu schlagen.

»Oho, wen haben wir denn da? Guten Tag, meine Hübsche, sicher möchtest du mit uns feiern«, sprach Hemmersbach sie an, und angewidert erkannte Fygen die unappetitlichen, braun verfärbten Zähne in seinem Mund. Herablassend hielt er ihr die Hand hin, als erwarte er, dass sie diese zum Kuss ergreifen würde, was er für die angemessene Begrüßung dem neuen Stadtherrn gegenüber hielt. Fygen barst schier vor Zorn. Zorn auf diesen selbstherrlichen Wicht, Zorn auf ihren Sohn, dass er sie in diese erniedrigende Lage hatte bringen müssen. Ihre Augen nahmen die Farbe von Phosphor an, und auf ihrem Hals erschienen rote Flecken. Dennoch bemühte sie sich angestrengt, sich ihre Wut nicht anmerken zu lassen, und deutete einen Knicks an, ohne jedoch Hemmersbachs schmutzige Rechte zu ergreifen. Was war dieser Mann doch für eine Witzfigur, dachte sie.

»Bringt der Dame einen Krug Wein«, befahl er.

»Das ist zu gütig, doch kann ich leider nicht bleiben. Ich suche meinen Sohn. Er wollte sich Euch anschließen. Doch das Rathaus ist kein Ort für einen Elfjährigen. Um diese Zeit gehört er nach Hause und ins Bett!«

»So, nun, schade!« Bedauern zeigte sich auf Hemmersbachs Miene. »Aber da habt Ihr wohl recht!«, sagte er, und Fygen registrierte, dass er ihr nun, da ihre Rolle als Mutter geklärt war, den entsprechenden Respekt erwies. Doch sein Gesicht verriet auch Unsicherheit. Fygen spürte, dass er nicht recht wusste, was nun von ihm erwartet wurde.

»Vielleicht könnt Ihr so freundlich sein, ihn rufen zu lassen«, schlug sie vor.

»Ja, eine gute Idee.« Er holte Luft, doch dann fiel ihm ein, dass er ja gar nicht wusste, nach wem er brüllen wollte. Also ließ er die Luft aus seinen Lungen wieder zischend entweichen und fragte: »Wie heißt er denn?«

»Herman«, antwortete Fygen. Seinen Nachnamen verschwieg sie vorsichtshalber, man konnte nicht wissen, ob der Name Lützenkirchen den Anwesenden bekannt war. Stand er doch für genau jene Dinge, gegen welche die Aufständischen sich aufgelehnt hatten. Peter hatte einen guten Ruf in den Gaffeln und war für seine Treue zum Rat bekannt. Es war nur eine Frage der Zeit, wann er selbst in den Rat berufen werden würde.

Doch den Gürtelmacher schien der Nachname nicht zu interessieren. »Herman, komm her zu mir!«, brüllte er laut in den Saal hinein. Und als hätten nicht längst alle Anwesenden von ihr Notiz genommen, fügte er hinzu: »Deine Mutter ist hier.«

Mühsam erhob sich eine dünne, angeschlagene Gestalt von einer der Bänke. Herman hatte Schwierigkeiten, aufrecht zu stehen. Sein Kopf wackelte hin und her, als er ganz langsam mit eckigen Bewegungen einen Fuß vor den anderen setzte. Plötzlich schien er zu merken, dass die Augen aller auf ihn gerichtet waren, und voller Scham lief sein Gesicht hochrot an. Die schlaksigen Arme verlegen hinter dem Rücken verknotet, torkelte er langsam auf Hemmersbach und seine Mutter zu.

Der Junge stank nach Alkohol, und Fygen musste sich sehr zusammennehmen, um beim Anblick ihres betrunkenen Sohnes Haltung zu bewahren. Ohne ein weiteres Wort zu verlieren, packte sie Herman am Ohr. Sie wusste, dass es ihn schmerzen würde, doch das scherte sie ganz und gar nicht. Unter dem Gejohle und allerlei gutmütigem Spott der Aufständler zerrte sie den schwankenden Herman durch den Senatssaal, zur Tür hinaus und die Treppe hinab. Erst als sie das Rathaus verlassen hatten, gab sie sein Ohr frei und packte ihn am Arm, damit er nicht das Gleichgewicht verlieren würde und auf den gefrorenen Boden stürzte. So bald würde er nicht in das Rathaus zurückkehren, da war Fygen sicher.

Wortlos rieb Herman sich das schmerzende Ohr. Doch dieser Schmerz war nicht der schlimmste, den er an diesem Tag zu erleiden hatte.

Lijse brauchte nur einen kurzen Blick auf ihren Schützling zu werfen, um die Situation zu erfassen. »Psst, seid leise«, mahnte sie und legte den Zeigefinger auf den Mund. Bange hatte sie neben der Tür auf Fygens Rückkehr gewartet.

»Bring ihn in die Küche. Aber um Himmels willen, sei leise!«, beschwor sie Fygen. »Peter ist zurückgekommen.«

Lijse hatte recht. Es würde Herman schlecht bekommen, wenn er in diesem Zustand seinem Vater unter die Augen treten würde.

»Wo ist er?«, flüsterte Fygen.

»In seinem Kontor«, erwiderte Lijse leise, und gemeinsam schleppten die beiden Herman mehr, als sie ihn führten, den Flur entlang zur Küche, bemüht, kein unnötiges Geräusch zu machen.

Doch sie waren wohl nicht leise genug gewesen, denn nur wenige Augenblicke später, als sie gerade dabei waren, den Jungen auf die Bank am Ofen zu setzen, flog die Tür auf, und der Hausherr persönlich stand im Rahmen.

»Habe ich doch richtig gehört!« Fröhlich schritt er auf Fygen zu, um seine Frau zur Begrüßung herzlich in die Arme zu schließen, als er der schwankenden Gestalt seines Ältesten ansichtig wurde. Er roch Hermans alkoholschwangere Ausdünstungen, und die Wiedersehensfreude verschwand aus seinem Gesicht. Sofort griff er nach dem schweren hölzernen Wassereimer, der neben dem Ausguss stand. Ohne weiteres Zaudern leerte er den ganzen Eimer kalten Wassers über seinem Sohn aus und dann, ohne dass er das gesamte Ausmaß von Hermans Vergehen kannte, verabreichte er ihm eine Tracht Prügel, die der Junge zeitlebens nicht vergessen würde.

Am Aschermittwoch war alles vorbei. Zwei Tage lang hatte sich Gürtelmacher Hemmersbach als Herr der Stadt fühlen können. Zwei Tage lang hatten Zünfte und Gaffeln seinem Treiben zugeschaut, hatten all ihre Bälle und Vergnüglichkeiten abgesagt und sich heimlich hinter verschlossenen Türen getroffen und beratschlagt. Dann, am Morgen des Aschermittwochs, hatten sie ihre Entscheidung getroffen.

Es war ein grauer, trüber Tag, welcher der letzte des Johann Hemmersbach und seiner Mitstreiter werden sollte. Als die Arbeiter und Handwerker ihre Arbeiten wiederaufnahmen, die Frommen in die Kirchen strömten, um für ihre Sünden der letzten Tage vom Herrgott Ablass zu erbitten, und diejenigen, die zu tief in die Becher geschaut hatten, ihren Rausch ausschliefen, fand sich Hemmersbach schließlich allein mit einer Handvoll Getreuer auf den Zinnen des Rathauses.

Den gut bewaffneten, ausgeruhten Männern der Gaffeln, die in Harnisch und Helm das Rathaus stürmten, hatten sie nichts entgegenzusetzen. Rasch machte man kurzen Prozess, befreite die Bürgermeister und Ratsherren aus der Gewalt der Aufrührer, und noch am selben Tag rollten die Köpfe des Gürtelmachers und seiner Kumpane in den Staub des Heumarktes.

Beinahe so als wäre nichts geschehen, ging die Stadt zu ihren Tagesgeschäften über. Fygen trat eben aus ihrem Kontor in die Werkstatt, als sie die boshaften Worte vernahm: »Du bist ja sogar dumm genug, dir ein Kind andrehen zu lassen!«

»Und faul dazu. Glaubst du, wir machen alle Arbeit für dich mit?«, ereiferte sich eine andere, recht junge Stimme. Fygen trat zwischen die Webstühle, und die Mädchen eilten zurück an ihre Arbeit. Einzig Dora, das schwangere Lehrmädchen von Katryn, stand in Tränen aufgelöst mitten im Raum. Schluchzend hielt sie die Hände auf den gewölbten Bauch gepresst, und große Tränen liefen ihr die vollen Wangen hinab.

»Ihr Biester«, schalt Fygen voller Zorn. »Was fällt euch ein? Glaubt ihr etwa, Dora macht es Spaß, schwerfällig neben euch herzustapfen? Du, Elsa«, sprach sie das älteste unter den Lehrmädchen direkt an. »Du könntest es besser wissen. Los, lauf hinauf in eure Kammer und bring mir zwei Kissen!« Na, wartet, euch kriege ich dran, dachte sie und gab weitere Befehle: »Du«, wies sie eines der jüngeren Mädchen an, »such mir einen Eimer! Ja, der dort ist gut. Jetzt mach ihn voll Wasser und bring ihn her.« Das Mädchen verschwand, und Fygen scheuchte ein anderes los, ihr ein paar Stricke zu holen. Die Mädchen beeilten sich, und als alle mit dem Gewünschten zurückgekehrt waren, sagte Fygen laut: »So, nun wollen wir mal sehen, wie geschickt ihr seid! Elsa, nimm den Eimer, halte ihn mit beiden Händen vor dich und dann lauf geradeaus, genau auf der Planke entlang.« Mit ausgestrecktem Finger wies Fygen auf eine lange schmale Bodenplanke.

Elsa blickte ihre Lehrherrin verständnislos an. Doch Fygen schien es ernst zu meinen, also griff Elsa den mit Wasser gefüllten Eimer, umschlang ihn mit beiden Armen und presste ihn an ihren Körper. Sie blickte zu Boden, doch sie konnte nun wegen des Eimers die bewusste Planke vor ihr auf dem Boden nicht mehr sehen. Also versuchte sie auf gut Glück, ihrem Verlauf zu folgen. Bei jedem Schritt, der danebenging, kicherten ihre Genossinnen, und allen war bereits nach wenigen Schritten klar, dass ihre Lehrherrin Elsa eine schier unlösbare Aufgabe gestellt hatte.

Dora hatte aufgehört zu weinen. Mit weit aufgerissenen

Augen bestaunte sie ihre neue Lehrherrin. Diese klatschte nun in die Hände und hieß Elsa aufhören. Stattdessen befahl sie ihr, den beiden jüngeren Mädchen die Kissen mit dem Strick vor den Bauch zu binden. »Und nun versucht einmal, weiter den Webstuhl aufzuscheren«, wies Fygen sie an, mit einem unterdrücktem Lachen in der Stimme. Die Mädchen schauten verdutzt. Zögerlich traten sie an ihren Webstuhl heran, doch ihre Arme reichten nicht einmal über die Bäuche aus Kissen bis an die Holme heran.

»Nun, nun! Gebt euch ein wenig Mühe!«, trieb Fygen sie an, und die beiden versuchten ernsthaft, unter diesen erschwerten Bedingungen ihre Arbeit fortzusetzen. Doch ihre Bemühungen wirkten höchst unbeholfen und unfähig, das merkten sie selbst.

Dann endlich erlaubte Fygen sich, laut zu kichern. Auch Elsa und Dora mussten lachen, und nach einem kurzen Zögern stimmten auch die derartig vorgeführten Lehrmädchen in das Gelächter mit ein.

»Gar nicht so einfach, was?«, fragte Fygen die Mädchen, als sie sich wieder beruhigt hatten. »Ich bin sicher, Dora wäre es auch lieber, sie könnte so flink und unbeschwert arbeiten wie ihr.«

Dora nickte und blickt zu Boden, während die anderen Mädchen betroffen schwiegen.

»Von nun an werdet ihr euch sicher Dora gegenüber ein wenig anders verhalten, nicht wahr?« Streng blickte Fygen die Mädchen der Reihe nach an. Jede von ihnen nickte ernsthaft, und so fügte Fygen nur in Gedanken hinzu: Denn man weiß ja nie, welches Schicksal euch noch bevorsteht …

»Ist Lisbeth hier bei euch?«, unterbrach Lijse die Lehrstunde in Verständnis und Rücksichtnahme. Das jüngste der Lützenkirchenschen Mädchen war ihr entwischt, und Lijse hegte den nicht unbegründeten Verdacht, dass es zu seiner Mutter in die Werkstatt gelaufen war, denn die weichen Garne und die schön glänzenden Stoffe übten eine magische Anziehungskraft auf das Kind aus. Und richtig: Als Fygen sich in der Werkstatt umschaute, entdeckte sie Lisbeth ein wenig abseits vor einem Regal auf dem Boden sitzend, einen Haufen Rohseide um sich herum verstreut. Von allen unbemerkt hatte sie sich an einem Packen Rohseide zu schaffen gemacht, ihn ungestört auseinandergenommen und auf dem Boden verteilt. Glücklich spielte sie mit einigen völlig verhedderten Strängen, strich über das Garn, hielt die Fäden gegen das Licht und sprach dabei leise entzückt vor sich hin. Lijse schnappte sich ihren Schützling, und bevor Fygen ihre Tochter zurechtweisen konnte, war sie schon mit der Dreijährigen an der Hand zur Werkstatttür hinaus verschwunden.

Fygen musste lächeln. Bei allem Unfug, den Lisbeth anstellte, freute sie sich doch sehr über die Neugier, die ihre Jüngste an den Tag legte, wenn es um die Weberei ging. Sie dachte gerade daran, sich in der Küche einen heißen Becher verdünnten, süßen Weines zu holen, als es zaghaft an die Tür zum Hof klopfte. Fygen öffnete und war höchst erstaunt, eine große Frau zu erblicken, eingehüllt in das dunkle Gewand der Beginen. Ihren schwarzen Umhang hatte sie tief ins Gesicht gezogen, und es dauerte einen Moment, bis sie Hylgen erkannte, das große, schwerfällige Mädchen, das einst mit ihr gemeinsam bei Mettel in die Lehre gegangen war.

»Schön, dich zu sehen«, begrüßte sie Hylgen und zog sie

rasch in die Wärme der Werkstatt hinein. Es war seltsam, dass Hylgen sie aufsuchte, denn für gewöhnlich verließ die Begine ihren Konvent nur bei besonderen Anlässen. Fygen hatte es sich zur Gewohnheit gemacht, die Freundin ein paar Mal im Jahr im Annenkonvent in der Breiten Straße zu besuchen, immer einen gut gefülltem Korb voller besonderer Leckereien dabei, von denen sie wusste, dass die Frauen im Konvent sie sich bei ihren beschränkten Mitteln nicht leisten konnten.

Aufmerksam betrachtete Fygen die Freundin. Ihr blasses Gesicht mit den Sommersprossen war schmal geworden. Ungewohnt spitz stach es unter der weißen Kapuze hervor, die ihr kupferfarbenes Haar verbarg. Was immer Hylgen ihr auch zu sagen hatte, entschied Fygen, es ließe sich sicher besser bei einer guten Mahlzeit besprechen. Und so saßen sich die beiden jungen Frauen ein wenig später in Fygens Kontor gegenüber, zwischen sich, wo üblicherweise Fygens Geschäftsbücher ihren Platz hatten, Teller und Schüsseln mit Gebratenem, Gesottenem und Gekochtem. Mit großem Appetit machte Hylgen sich über die Köstlichkeiten her, während Fygen sich fragte, was ihre Freundin wohl auf dem Herzen hatte. Krank schien sie jedenfalls nicht zu sein, bei dem Appetit, den sie an den Tag legte. Fygen spürte, dass die Freundin etwas bedrückte, aber nicht recht wusste, wie sie es zur Sprache bringen sollte. Also entschied sie sich, Hylgen geradeheraus nach ihrem Kummer zu fragen, und als Hilda die leeren Platten abgeräumt und ihre Becher erneut mit gutem Wein gefüllt hatte, bat Fygen sie, die Tür sorgfältig hinter sich zu schließen. Es war Zeit, den wahren Grund von Hylgens Besuch in Erfahrung zu bringen.

»So, nun verrat mir, was dich bedrückt«, sagte sie zu Hylgen.

Diese, erleichtert, endlich zur Sache kommen zu können, ließ sich nicht lange drängen. Mit mutloser Stimme berichtete sie: »Wir stecken in Schwierigkeiten. Der Konvent hat nicht viel Geld. Wir haben keine reichen Stifter oder Gönner, die uns unterstützen, deshalb müssen wir uns unseren Lebensunterhalt verdienen. Wir können spinnen, weben und sticken. Und das nicht schlechter als andere. Aber keine zünftige Handwerkerin gibt uns Arbeit.« Betrübt ließ Hylgen die breiten Schultern hängen. »Im Gegenteil, sie machen uns das Leben erst recht schwer, indem sie unsere Verdienstmöglichkeiten immer weiter beschneiden.«

Nach dieser Eröffnung schwante Fygen Übles. Sie ahnte, was nun kommen würde, und war gar nicht glücklich darüber. Mitgliedern der Seidmacherzunft war es bei Androhung des Ausschlusses aus der Zunft verboten, Seide an Konvente oder Bewohner geistlicher Einrichtungen zur Verarbeitung oder Aufbereitung zu geben.

Und wie Fygen erwartet hatte, sprach Hylgen ihre Bitte aus: »Kannst du uns nicht weiterhelfen? Wir wissen wirklich nicht mehr, was wir tun sollen. Bitte gib uns Seide zum Spinnen oder Weben. Ich verspreche dir, es wird keiner erfahren. Du weißt, wie sorgfältig ich arbeite. Und meine Schwestern sind nicht weniger geschickt.«

Wusste Hylgen überhaupt, was sie von ihr verlangte?, fragte Fygen sich. Wenn sie dieser Bitte nachkäme, und die Zunft würde dessen gewahr, würde Fygen mit Sicherheit ihre gesamte Existenz verlieren, alles, was sie im Laufe der Jahre so mühsam aufgebaut hatte. Fygen hatte schon bemerkt, dass Hylgens Umhang abgetragen und ein wenig fadenscheinig war, ihre Schuhe abgewetzt und der Rand ihrer weißen Haube zerschlissen. Ihr Äußeres verriet deutlich, dass es mit den Finanzen des Konvents nicht zum Besten stand. Sie bedauerte die frommen Frauen unendlich. Es war schlimm, wenn man Hunger litt, das wusste Fygen wohl. Und sie, Fygen, hatte weit mehr, als sie zum Leben benötigte.

Mit einem flehentlichen Blick aus ihren großen runden Augen schaute Hylgen sie so treuherzig und erwartungsvoll an, dass es Fygen einen Stich in die Brust versetzte. Was sollte sie machen?

»Gut, ich werde euch Seide zum Spinnen geben«, ließ sie sich erweichen, doch wohl war ihr nicht dabei. »Gib mir nur ein wenig Zeit, dann werde ich mir einen Weg einfallen lassen, wie wir es geheim halten können«, sagte sie.

Dann tat Hylgen etwas völlig Unerwartetes: Sie sprang auf, umrundete den Tisch, kniete vor der Freundin auf dem Boden nieder und umfasste ihre Rechte mit beiden Händen. »Danke! Oh, der Herr wird es dir vergelten! Danke dir!« Und noch ehe Fygen etwas hatte antworten können, berührte sie Fygens Rechte mit ihren Lippen und küsste sie.

Durch die Fastnachtstage hatte sich die Sitzung des Zunftvorstandes verschoben. Einige Tage später als geplant trafen sich die Mitglieder des Seidamtes im Haus Zur Roder Tür von Mertyn Ime Hofe auf der Obermarspforten, ganz in der Nähe von Lützenkirchens altem Wohnhaus Zum Rosenbaum. Katryn hatte ihr erstes, kleines Haus, das sie mit Mertyn bewohnt hatte, sehr geliebt, vor allem den schmucken roten Giebel. Und so hatte sie, als sie in ihr prachtvolles, neues Haus gezogen waren, kurzerhand die Eingangstür rot streichen lassen, was dem Haus den Namen gegeben hatte.

Der Hausherr selbst konnte an der Sitzung nicht teilnehmen, sondern ließ sich von seiner Frau vertreten, denn ein unerklärliches Fieber hatte von ihm Besitz ergriffen. Seit Tagen lag er matt und kraftlos in seinem Bett, klagte über Kopfschmerzen und verspürte keinerlei Appetit, ganz gleich welche Köstlichkeiten Katryn ihm auch hinauf in seine Stube bringen ließ.

Und so saß nun Johann Byrken mit Fygen, Katryn und Trude van Arnold zusammen in Mertyns Kontor, um sich den Angelegenheiten der Zunft zu widmen. Sichtlich genoss Byrken seine Rolle als einziger Mann am Tisch und schenkte den Damen unermüdlich Wein in die noch halb vollen Becher.

Zunächst wandte man sich den Fällen zu, die bei der vergangenen Sitzung nicht abschließend behandelt werden konnten. In der Angelegenheit der Seidmacherin Irma Bruwiler, welche die Seidspinnerin Barbara Loubach vom Hühnermarkt der Veruntreuung von Rohseide bezichtigte, hatte man die Damen vorgeladen. Und so saßen sie nun in Katryns Stube und warteten darauf, den hohen Damen und dem Herrn vom Seidamt ihre Sicht der Dinge vorzutragen, während der Vorstand zunächst die Qualität der fraglichen Seide in Augenschein nahm.

Das Garn war in der Tat minderwertig zu nennen. Es wies ungewöhnlich viele Verdickungen auf, und die Oberfläche war rauh und glanzlos. Fygen und Katryn erkannten auf den ersten Blick, dass der Grund dafür nicht etwa schlampige Arbeit der Spinnerin sein konnte, sondern eindeutig in der mangelhaften Qualität der Rohseide begründet war. Als Erstes wurde daher Irma Bruwiler in das Kontor geführt. Hoch erhobenen Hauptes, sich ihres Standes als Seidmacherin bewusst, baute sie sich vor den Anwesenden auf. Die Hände in die Hüften gestemmt und ohne überhaupt auf den Tatbestand einzugehen, forderte sie sofort anmaßend eine hohe Bestrafung für Barbara Loubach.

Fygen ließ sie eine Zeitlang reden, doch als sich ihr Wortschwall im Kreis zu drehen begann und sie immer wüstere Strafen auf das Haupt von Barbara Loubach forderte, wurde es ihr zu bunt. »Irma, wir haben jetzt, glaube ich, verstanden, was du willst. Doch lass mich dir eine Frage stellen: Hast du die Rohseide genau kontrolliert, bevor du sie an Barbara zum Spinnen weitergegeben hast?«

Irma schaute Fygen verblüfft an, und Fygen forschte weiter: »Hast du die Packen aufgemacht und genau geschaut, wie die Seide beschaffen war?«

»Nun, äh …« Irma wand sich. Ihre selbstbewusste Haltung bröckelte ein wenig. Nervös verschränkte sie ihre Hände ineinander, blickte unsicher in die Runde, und Fygen war sich sicher, auf der richtigen Fährte zu sein.

Doch dann fand Irma den Faden wieder. »Was soll das?«, belferte sie. »Steht hier meine Arbeit zur Debatte oder dieses unglaubliche …«

Bevor sie sich erneut in ihren Tiraden ergehen konnte, fuhr Fygen fort: »Von wem hast du die Seide gekauft?«

»Nun, äh …« Irma schwieg. Dies war eine Wendung der Angelegenheit, mit der sie nicht gerechnet hatte. Doch sie merkte, dass aller Augen auf sie gerichtet waren und man auf ihre Antwort wartete. »Tilman Wedich«, antwortete sie ein wenig lahm.

Fygen und Katryn wechselten einen schnellen Blick. Tilman Wedich stand nicht in allerbestem Ruf, und er gehörte nicht zum Seidamt. Aber wer in Köln mit Seide handelte, Seidamtsmitglied oder nicht, hatte darauf zu achten, dass die Seide qualitativ den Ansprüchen als Kaufmannsgut gerecht wurde. Verstieß er gegen diese Anordnung, musste er für jedes Pfund der minderwertigen Seide eine Strafe von vier Mark an das Seidamt entrichten.

Für Johann Byrken war der Sachverhalt nun klar. »Unser höchstes Ziel sollte die Sicherung der Qualität sein. Das ist schließlich das, was den Ruf unserer kölnischen Seide ausmacht. Es kann nicht angehen, dass dieser Ruf von Einzelnen ruiniert wird, sei es aus Nachlässigkeit« – hier warf er Irma Bruwiler einen strengen Blick zu –, »sei es aus Profitgier. Ich denke, es ist nur gerecht, wenn du Barbara Loubach den dreifachen Lohn für ihre Arbeit zahlst, als Strafe dafür, dass du sie eines Vergehens bezichtigt hast, das sie nicht begangen hat, und ihren Ruf geschädigt hast.« Hier unterbrach er sich, um sich zu vergewissern, dass die anderen seiner Meinung waren. Fygen und Katryn nickten zustimmend. Trude van Arnold, die noch bei der letzten Sitzung Barbara Loubach am liebsten sofort, ohne den Sachverhalt geprüft zu haben, verurteilt hätte, hatte ihren Fehler erkannt, hielt sich vorsichtig zurück und nickte ebenfalls ihr Einverständnis.

»Tilman Wedich hat natürlich die vier Mark Buße pro Pfund zu entrichten. Außerdem werde ich ihn persönlich ermahnen, künftig auf die Qualität zu achten, wenn er weiterhin mit kölnischen Seidmachern Geschäfte zu machen wünscht«, schloss Byrken, und die Angelegenheit war entschieden.

Der nächste Fall, derjenige, in dem sich Trude van Arnolds Schwester, Frau van der Sar, nicht daran zu erinnern vermochte, wann ein bestimmtes Lehrmädchen ihre Lehrzeit bei ihr begonnen hatte, war rasch geklärt. Das Lehrmädchen und, wie Fygen es erbeten hatte, ein weiteres Lehrmädchen von Frau van der Sar knicksten höflich, als sie in das Kontor geführt wurden. Beide versicherten glaubhaft und übereinstimmend, dass das Mädchen bereits kurz nach den Ostertagen im vorvergangenen Jahr zu Frau van der Sar gekommen war, und nicht erst im darauffolgenden Herbst. Überraschend kehrte nun auch das Erinnerungsvermögen der Lehrherrin zurück. Schnell war die Einschreibegebühr entrichtet, Fygen nahm die entsprechende Eintragung ins Lehrtöchterbuch vor, und der Vorstand widmete sich der nächsten Angelegenheit: Grit Dusseldorp war eine der weniger begüterten Seidweberinnen, die es sich nicht leisten konnte, eine eigene Weberei zu betreiben. Ihr Mann war dem Alkohol verfallen, und sie mühte sich redlich, den Lebensunterhalt für ihre Familie zu verdienen. Daher wirkte sie für Lohn bei ihren begüterteren Genossinnen. Gleichwohl war sie Zunftmitglied, und als solches suchte sie ihr Recht bei den Damen und Herren vom Seidamt. Eine ihrer Auftraggeberinnen versuchte nämlich, Grits missliche Lage auszunutzen, und verweigerte ihr den für Weberinnen üblichen Lohn, der zwischen acht und zwölf Albus betrug.

Über dieser und noch einigen anderen – jedoch weit weniger spannenden – Angelegenheiten der Zunft verging der Nachmittag, bis die früh einbrechende Dunkelheit die Damen und Herren vom Seidamt für diesen Tag von ihren Pflichten entband.

4. Kapitel

Mutter, Mutter, das musst du dir anschauen!« Herman riss die Tür zur Werkstatt so ungestüm auf, dass sie mit einem Krachen gegen die Wand flog. »Ein Tier mit zwei Schwänzen! Und mit dem einen frisst es!«

Lächelnd schaute Fygen von ihrer Arbeit auf. »Was erzählst du denn für Geschichten? Willst du uns verulken?«

»Nein, Mutter, ehrlich! Ich habe es gesehen. Es ist riesengroß und hat zwei lange Zähne, aber es frisst nur Gras und Blätter.«

»Und wo ist dein Wundertier?«

»Auf dem Heumarkt. Da sind ein paar Schausteller. Und das Tier haben sie an einen Pflock gebunden.«

»Und du willst uns sicher nicht verulken? Gut, dann gehen wir heute Abend mit den Mädchen dorthin, wenn es nicht mehr so heiß ist.«

Der Mai hatte ihnen die ersten heißen Tage beschert, und so recht hatte sich noch keiner an die sommerlichen Temperaturen gewöhnt. Nachsichtig überging Fygen die Tatsache, dass Herman offensichtlich nach der Schule wieder einmal durch die Stadt gestreift war. Doch nach der Beinahekatastrophe an Fastnacht vor nun bald einem Vierteljahr hatte er sich nichts zuschulden kommen lassen. Und Fygen erinnerte sich noch gut daran, wie sie selbst, als sie in Hermans Alter gewesen war, jede freie Minute dazu genutzt hatte, die Stadt zu erkunden. Scharf fasste sie ihren Sohn ins Auge. Seine Arme ragten schon wieder aus den Hemdsärmeln heraus, Herman war erneut ein Stück gewachsen. Wenn er so weitermachte, würde er eines Tages sogar noch Peter überragen. In letzter Zeit schien Herman die Schule zu langweilen, das hatte Fygen wohl bemerkt. Es wurde allmählich Zeit, dass er etwas Handfestes erlernte.

Nein, solch ein seltsames Tier hatte sie wirklich noch nicht gesehen, musste Fygen ihren Töchtern auf dem Heimweg immer und immer wieder versichern. Aufgeregt sprangen Sophie und Agnes um sie herum, während Lisbeth auf ihrem Arm munter krähte. Es war wirklich ein vergnüglicher Ausflug gewesen. Fygen selbst hatte über das große graue Tier mit den riesigen Ohren und den winzigen Äuglein gestaunt. Einzig Herman hatte sich getraut, es anzufassen, und behauptete nun, die kurzen schwarzen Haare, die vereinzelt auf der knittrigen Haut des Tieres wuchsen, fühlten sich an wie fester Draht.

»Bring die Mädchen nach Hause, hörst du?«, übertrug Fygen Herman die Verantwortung und setzte Lisbeth auf dem Boden ab. Sie hatten das Haus Zur Roder Tür erreicht, und Fygen beschloss, die Gelegenheit zu nutzen, Katryn einen Besuch abzustatten. Es gab ein paar Dinge, die sie mit der Freundin zu besprechen hatte.

»Dora ist vor ein paar Wochen niedergekommen. Was wird nun mit dem Kind?«, fragte Fygen, als sie wenig später mit Katryn in deren elegant eingerichteter Wohnstube saß. Der hohe, freundliche Raum war verkleidet mit geschnitzten, aber nicht düster wirkenden Wandtäfelungen. Die beiden Frauen hatten es sich auf ihren weich gepolsterten Stühlen mit fein bestickten Überzügen gemütlich gemacht und genossen gemeinsam einen guten Wein.

»Was soll mit dem Kind sein?«, fragte Katryn ein wenig gereizt zurück.

»Willst du es denn nicht aufnehmen und großziehen? Schließlich ist es Mertyns Sohn.«

»Danke, aber wir haben schon einen Sohn.«

»Herrgott, Katryn! Das Kind kann doch nichts dafür. Du hast nur einen Sohn. Und so wie es aussieht, wirst du auch keine weiteren Kinder bekommen. Der kleine Tim würde sich sicherlich über ein Brüderchen freuen. Und dem Kind tust du etwas Gutes und seiner Mutter auch.«

»Aber er wird mich immer daran erinnern, dass Mertyn ...«
Ihre Stimme brach, und sie begann zu schluchzen.

Beruhigend legte Fygen den Arm um die Freundin und streichelte ihr sanft über den Rücken. Als Katryn sich ein wenig gefasst hatte, sagte sie: »Sieh es so: Nur weil dein Mann einen Fehler gemacht hat, musst du nicht auch einen machen. Indem ihr den Kleinen aufnehmt, hat Mertyn die Möglichkeit, etwas von seiner Schuld wieder abzutragen. Und du tust ein gutes Werk an einem Kind, das sonst wenig Chancen im Leben hätte. Ihr seid wohlhabend genug, um es dem Kind an nichts fehlen zu lassen.«

Katryn wischte sich die Tränen aus den Augen und nickte tapfer. »Gut, bring ihn in ein paar Wochen her, wenn er kräftig genug ist.«

»Ich wusste, dass du das Richtige tust!«, sagte Fygen. »Ich würde gerne noch mit Mertyn sprechen.«

»Was hast du denn mit ihm zu bereden?«, fragte Katryn, und ihre Stimme erklomm wieder gefährliche Höhen.

»Ich will ihn fragen, ob er Herman in die Lehre nehmen möchte. Es wird Zeit, dass der Junge das Kaufmannsgewerbe lernt.«

»Nichts lieber als das«, ertönte Mertyns tiefe, wohlklingende Stimme von der Tür her. Eben hatte Katryns Mann die Stube betreten und Fygens letzte Worte vernommen. »Doch warum lernt er nicht bei Peter?«

Fygen blickte Mertyn an. Er hatte sich von seiner Krankheit offenbar gut erholt, lediglich der unansehnliche Ausschlag im Gesicht und an den Händen war nicht gewichen. Ehrlich erklärte sie: »Nun, Peter und Herman passen nicht so recht zueinander. Peter hat wenig Geduld mit dem Jungen. Ich bin sicher, es wäre eine Quelle endlosen Ärgers, wenn Herman und Peter den ganzen Tag beieinander wären.«

»Da magst du recht haben.« Mertyn lachte, da er die beiden gut genug kannte. »Schick mir den Jungen, sobald du magst. Wir werden schon einen patenten Kaufmann aus ihm machen.«

»Dass du auch ja gut achtgibst und meine Stoffe nicht mit anderen vertauschst!« Munter scherzend rief Fygen Bernhard die Worte über den halben Hof hinweg zu. Der ansehnliche Rödergehilfe war mit seinem Karren bereits sehr früh am Morgen erschienen. Die Luft war noch kühl und blau, es würde ein strahlender Tag werden.

»Bestimmt nicht, Frau Lützenkirchen!«, rief Bernhard genauso fröhlich zurück. »Eure sind ja gestempelt.«

Fygen glaubte, nicht recht gehört zu haben. War das auch ein Scherz? Sicher, es musste so sein. Dennoch beschloss sie, ein wenig auf den Busch zu klopfen. »Sind die anderen Stoffe, die ihr färbt, denn nicht gestempelt?«, fragte sie und ging mit raschen Schritten auf ihn zu.

»Nö!«, gab der Geselle des Rotfärbers unumwunden zu und lächelte sie breit an.

Fygen staunte. Die Antwort schien ehrlich zu sein. »Und für wen färbt ihr noch, außer für mich?«, wollte sie wissen.

»Na, viel Zeit bleibt ja nicht.« Bernhard kratzte sich ausgiebig am Kopf. Dann fuhr er fort: »Aber wenn wir mal nicht für Euch färben, dann meist für die Elnersche.«

»Mettel Elner meinst du?«

»Ja, genau.«

»Soso, die alte Mettel lässt also ungestempelte Seide färben«, murmelte Fygen verblüfft vor sich hin. Was Bernhard ihr in seiner einfältigen Art nämlich gerade verraten hatte, war, dass Mettel offensichtlich die Akzise hinterzog und Meister Bachem sich strafbar machte, wohl weil er von Mettel gut dafür bezahlt wurde.

Jedes fertig gewebte Seidentuch musste vor dem Färben zu den Stelrevern gebracht werden, die es vermaßen und siegelten. Daraufhin wurde, abhängig von der Länge des Stoffes, die Steuer festgesetzt, welche die Seidmacherin zu entrichten hatte. Bei Strafe war es den Färbern der Stadt verboten, ungestempelte Seide zu färben.

War Bernhard wirklich so dumm, dass er ihr so etwas Heikles verriet? Nur schön zu sein hilft eben auch nicht, schoss es Fygen durch den Kopf. Es war schon erstaunlich, dass ein so kluger Mann wie Meister Bachem sich einen so dummen Gehilfen suchte. Oder war das vielleicht Absicht? Ein dummer Helfer kam seinem Herrn nicht so leicht auf die Schliche.

Eine heikle Information hatte sie da erhalten, doch was sollte sie nun damit anfangen, fragte Fygen sich. Sollte sie die alte Mettel bei der Zunft anschwärzen? Ganz wohl war ihr nicht dabei. Wer war sie, dass sie sich zum Richter über andere erhob? Verstieß sie selbst nicht ebenfalls gegen die Zunftgesetze, indem sie den Beginen Seide zum Spinnen gab?

Nein, entschied sie. Es war eine Sache, aus Mitleid den frommen Frauen unter die Arme zu greifen, jedoch eine gänzlich andere, aus Profitgier die Akzise zu hinterziehen.

Der Nachmittag des Tages war längst nicht mehr so strahlend schön wie der Morgen, stellten die Damen und Herren vom Seidamt fest, als sie durch den Nieselregen eilten, um zum Lützenkirchenschen Haus zu gelangen. Frau Lützenkirchen hatte nämlich mit äußerster Dringlichkeit um eine außerordentliche Sitzung des Zunftvorstandes gebeten. Worum es allerdings ging, hatte sie die Boten, die sie zu Mertyn Ime Hove, Johann Byrken und Trude van Arnold geschickt hatte, nicht ausrichten lassen. Und so traf nun der Zunftvorstand höchst gespannt in Fygens Kontor zusammen und harrte der Dinge, die Frau Lützenkirchen ihnen mitzuteilen gedachte. Erst als alle beisammensaßen, berichtete Fygen ihnen von ihrem Verdacht und gab ihnen auch die Quelle ihrer Informationen preis. Eine Zeitlang herrschte Schweigen in ihrem Kontor. Schließlich fasste Johann Byrken den Sachverhalt zusammen: »Das übersteigt eigentlich unsere Verantwortung. Hinterziehung der Steuer ist eine Angelegenheit, die wir dem Rat mitzuteilen haben. Doch immerhin geht es hier um ein Zunftmitglied. Wir sollten sichere Beweise für die Anschuldigungen haben, ehe wir sie erheben. Ich würde gerne bei der al... bei Mettel Elner und Meister Bachem die Werkstätten durchsuchen lassen. Dann wird sich zeigen, was an der Geschichte dran ist.«

Beifälliges Gemurmel erhob sich, und es dauerte nicht lange, bis zwei Gruppen von bewaffneten städtischen Wachleuten sich auf den Weg machten. Die eine, um Fygens ehemaliger Lehrherrin in Unter Seidmacher einen Besuch abzustatten, die andere ging in den Pfarrbezirk St. Peter, wo entlang der Bäche die Färber ihre Werkstätten hatten.

Mettel zeterte, als die Wachmänner an ihre Tür klopften. Sie zeterte weiter, als die Männer sie einfach beiseiteschoben und sich Zugang zu ihrem Haus verschafften, rücksichtslos mit schlammbeschmierten Schuhen überall herumstapften und den Dreck gründlich im ganzen Haus verteilten. Und sie zeterte erst recht, als die groben Gesellen darangingen, methodisch und genau ihre Werkstatt und ihr Haus zu durchsuchen und jeden Kasten und jede Kiste zu überprüfen. Diese Heimsuchung dauerte eine gute Weile, doch die Männer wussten genau, wonach sie zu suchen hatten. Zimperlich gingen sie bei ihrer Arbeit nicht vor. Eine Lade, die sich nicht ohne weiteres öffnen ließ, wurde grob herausgerissen und der Inhalt, pikanterweise Mettels leinene Unterkleider, auf dem Boden verstreut. »Was für eine Frechheit!«, hallte Mettels Gekeife durch das Haus. »Nehmt sofort eure schmutzigen Pfoten von meinen Sachen«, schnappte sie, doch sie wagte es nicht, sich den Wachmännern in den Weg zu stellen. Die Wachleute jedoch ließen ihre Äußerungen unbeeindruckt. Dann endlich schienen sie gefunden zu haben, wonach sie gesucht hatten. In der kleinen, kaum genutzten Kammer unter dem Dach förderten sie ein paar burgunderrot gefärbte Ballen Seide zutage, denen zu Mettels Schrecken der städtische Stempel der Stelrever fehlte.

Ohne weiteres Aufheben packten die Männer die wütende Seidmacherin bei den Armen und beförderten sie mitsamt den beschlagnahmten Seidenballen auf die Straße hinaus, um sie den Damen und Herren vom Seidamt vorzuführen.

Meister Bachem erging es ein wenig besser. Trotz der üblen Gerüche, die über dem Viertel der Färber hingen und die in den Werkstätten schier unerträglich waren, nahmen die Wachleute ihre Aufgabe ernst. Gewissenhaft durchsuchten sie jeden Winkel von Meister Bachems Werkstatt. Selbst durch die Hintertür, die zum Bach hinausführte, lugten sie auf ihrer Suche nach Beweisstücken. Die Färber brauchten viel frisches Wasser für ihre Arbeit und hatten sich mit ihren Werkstätten daher praktischerweise am Ufer des Baches angesiedelt. Als Abfallprodukt ihres Schaffens hatten sie eine Menge farbiges Schmutzwasser über, das sie, bequem wie sie waren, wieder in den Bach zurückschütteten. Und so änderte der Duffesbach, von Hermülheim aus Südwesten an Klettenberg vorbei in die Stadt kommend, auf seinem Weg zum Rhein mehrmals seine Farbe. Zunächst nutzten ihn dort, wo er noch recht sauber war, die Wäscher und hinterließen weißgraue, seifige Schaumflocken auf seiner Oberfläche, die sich in den Gräsern und Ranken verfingen, die an seinem Ufer wuchsen. Nach den Wäschern leiteten die Rotfärber ihre Abwässer in den Bach ein und färbten sein Wasser milchig rot, und zum Schluss taten die Blaufärber, die Garne und Tuche mit Waid in allen nur erdenklichen Blautönen einfärbten, das ihrige dazu, dem Bach zu seiner schmutzig violetten Farbe zu verhelfen.

Die Wachmänner stellten auch in Meister Bachems Werkstatt jeden Trog und jeden Bottich auf den Kopf, doch sie fanden keinerlei Beweise. Jedes einzelne Stück Seide, das zum Trocknen auf Gestellen hing, war ordnungsgemäß gesiegelt, und auch alle Tuche, die sie mit langen Stecken aus den großen Bottichen mit Farbe zogen, um sie zu überprüfen, wiesen den Stempel der Stelrever auf. Mit farbverschmierten Händen gaben die Wachleute ihre Suche schließlich auf, doch dessen ungeachtet baten sie Meister Bachem nachdrücklich, der Vorladung des Seidamtes Folge zu leisten. Unter den neugierigen Blicken seiner Nachbarn geleiteten sie ihn schließlich aus dem Haus und in den Regen hinaus, ohne dass er sich zuerst seiner ledernen Schürze hätte entledigen können, die er bei der Arbeit vor den Bauch gebunden trug.

Gut durchweicht erschien der junge Mann vor seinen Anklägern. Die blonden Haare troffen vor Feuchtigkeit, und um seine Füße bildeten sich rötliche Pfützen und breiteten sich auf den Boden von Fygens Kontor aus. Doch der Färbermeister Bachem bestritt standhaft, jemals ungestempelte Seide gefärbt zu haben. »Mein Geschäft floriert, wie einige der Anwesenden hier wohl wissen.« Hier nickte er Fygen höflich zu, doch sie konnte in seinem Gesicht nicht ablesen, ob er sie für seine plötzlichen Unannehmlichkeiten verantwortlich machte. »Ich habe derartige Machenschaften gar nicht nötig.«

Mehr war aus ihm nicht herauszubekommen, und so hieß man die Wachleute, ihn unter Aufsicht zu behalten, während man sich der Seidmacherin Mettel Elner zuwandte.

»Was soll das? Was fällt euch ein, mein Haus zu durchsuchen und mich hierher zu schleppen?«, fauchte Mettel wütend und funkelte in die Runde.

»Nun, wir haben den dringenden Verdacht, dass Ihr ungestempelte Seide habt färben lassen, um die Steuer zu hinterziehen«, antwortete Johann Byrken ruhig.

»Was für ein Unsinn!«, gab Mettel zurück.

»Und was ist das hier?«, fragte Byrken, immer noch um Ruhe bemüht, und deutete auf die burgunderfarbenen Beweise, welche die Wachleute auf Fygens Tisch abgelegt hatten.

»Das muss ein Missverständnis sein«, murrte die alte Frau. »Ich kann mir nicht erklären, wie diese Seide ungestempelt zum Färben gelangt ist.«

»Wenn es sich um ein Missverständnis handelte, hätten sich die fraglichen Seidenballen ganz einfach zwischen den anderen Ballen auf dem Regal der Werkstatt gefunden«, widersprach Mertyn. »So aber müssen wir zweifelsohne davon ausgehen, dass sie absichtlich versteckt worden sind.«

Mettel schüttelte den Kopf. »Ich habe sie sicher nicht dort hinaufgetragen!«

Sie schien in der Tat ein wenig erstaunt ob der Anschuldigungen, stellte Fygen fest und war beinahe gewillt, ihr die Arglosigkeit zu glauben. Konnte es sein, dass Mettel tatsächlich nichts von der ungestempelten Seide gewusst hatte?

»Wenn Ihr die Seide nicht in der Dachkammer versteckt habt, wer dann?«, fragte Trude von Arnold spitz.

»Irgendwer, der uns eins auswischen will! Was wissen denn wir?«, regte Mettel sich auf.

Fygen merkte sofort, dass Mettel unbewusst vom ich zum wir gewechselt war. Sie bezog nun ganz selbstverständlich ihre durchtriebene Tochter in ihre Aussage mit ein. War es möglich, dass vielleicht Grete ihre Mutter hintergangen haben könnte? Trotzdem hielt Mettel wie eh und je schützend ihre Hand über Grete.

Wie auch immer, Fygen würde das nicht aufklären. Das war eine Sache zwischen Mutter und Tochter, die sie nichts anging. Sollten sie es untereinander regeln.

Nachdem also Mettel keine stichhaltigen Argumente zu ihrer Verteidigung hatte anführen können, wurde die Widerstrebende hinausgeführt, und man beratschlagte das weitere Vorgehen.

»Sie hat aus purer Gewinnsucht gehandelt. Wir sollten sie deshalb genau da bestrafen, wo es ihr wehtut«, sagte Johann Byrken ohne Mitleid.

»An ihrem Geldsäckel«, vollendete Trude von Arnold seinen Satz mit nicht zu überhörender Häme. »Lasst sie ein Viertel dessen an Strafe zahlen, was die Seide wert ist, die sie im Jahr verkauft«, schlug sie vor.

Das war eine gesalzene Strafe, fand Fygen, doch sie wusste, dass nur hohe Strafen dazu angetan waren, die Missetäter künftig von ihren Untaten abzuhalten. Ein wenig zögerlich nickte sie ihre Zustimmung, wie auch Mertyn und Byrken.

»Dann werden wir den Fall wohl gleich dem Rat melden«, sagte Mertyn, bereit aufzustehen. Für ihn war die Sache erledigt. Er mochte Mettel nicht, denn er hatte nicht vergessen, dass sie es gewesen war, die seine Frau einst an deren Vater verraten hatte. Zudem hatte er keine Lust, sich länger als nötig mit dem Fall zu beschäftigen.

»Ich weiß nicht, ob wir das tun sollten«, sagte Fygen, die bisher kein Wort in der Angelegenheit geäußert hatte, mit klarer Stimme.

Drei erstaunt wirkende Gesichter wandten sich ihr zu.

»Ein Drittel des Strafgeldes erhält ohnehin die Mittwochsrentenkammer«, fuhr sie fort. »Der Stadt ist somit sicher kein Schaden entstanden.«

Ein weiteres Drittel würde in die Zunftkasse fließen und das dritte Drittel an denjenigen gehen, der das Vergehen aufgedeckt hatte, in diesem Fall an Fygen, was ihr gar nicht behagte, doch so stand es in den Statuten der Zunft.

»Wieso sollen wir sie nicht dem Rat melden?«, ereiferte sich Trude von Arnold. »Du willst sie nur schützen, weil du bei ihr in die Lehre gegangen bist. So ist das!«

Mertyn entfuhr ob dieser groben Fehleinschätzung Trudes unwillkürlich ein lautes Schnauben, und auch Byrken konnte sich ein breites Grinsen nicht verkneifen.

»Ganz einfach«, erklärte Fygen Trude geduldig, ohne auf ihren unsachlichen Angriff einzugehen. »Weil es den Ruf der Zunft schädigt. Es ist besser, wenn wir diese Dinge innerhalb der Zunft regeln.« Das war ein durchaus überzeugendes Argument.

»Und den Meister Bachem lassen wir ungeschoren davonkommen?«, hakte Trude nach.

»Ihm wird man so leicht nichts nachweisen können. Es sei denn, man ließe seinen Gehilfen Bernhard vorladen. Aber ich denke, damit dass er seine größte Auftraggeberin verliert, ist er sicherlich genug gestraft. Er wird sich in nächster Zeit darum bemühen müssen, neue Kunden zu gewinnen, da bleibt ihm wenig Zeit für weiteren Unfug.«

Auf dieses Urteil konnte man sich schließlich einigen, und als Mettel wieder in Fygens Kontor geführt wurde und diese ihrer ehemaligen Lehrherrin das Strafmaß verkündete, musste auch Trude ihren Irrtum einsehen. Mettels blasse, hängende Wangen verloren mit einem Mal alle Farbe. Den Kopf drohend vorgereckt, machte sie einen Schritt auf Fygen zu, so dass Mertyn sich halb aus seinem Sessel erhob, bereit einzugreifen, falls Mettel sich auf ihr einstiges Lehrmädchen stürzen würde. Zornbebend spuckte sie vor Fygen auf den Boden des Kontors, dass einige Tröpfchen den Saum von Fygens Kleid beschmutzten, und zischte sie voller Wut an: »Na warte, du Kröte! Das wird dir noch leidtun.«

Doch leid taten Fygen lediglich ihre eigenen Mädchen, denn die würden künftig ohne den erfreulichen Anblick des Rödergehilfen Bernhard auskommen müssen.

5. Kapitel

ygen, du musst endlich damit aufhören!« Es war später Nachmittag, als Peter Fygens Kontor betrat. Seit Anfang des Jahres war ihm die Ehre zuteilgeworden, die Bürgerschaft im Rat der Stadt zu vertreten, und eben war er aus einer Sitzung des Rates gekommen und geradewegs in das Kontor seiner Frau geeilt. Mit ernster Miene ließ er sich in den Sessel gegenüber ihres Pultes sinken.

»Womit aufhören?«, fragte Fygen unkonzentriert. Sie war gerade darin vertieft, die Ausgaben für Rohseide der letzten vier Wochen zusammenzustellen.

»Die Beginen für dich arbeiten zu lassen.«

Etwas an seinem Tonfall ließ Fygen aufhorchen. Sie legte die Feder beiseite und verschränkte die Hände. »Du weißt doch, dass sie das Geld brauchen«, entgegnete Fygen ruhig, doch innerlich seufzend, denn darüber hatten sie bereits mehr als einmal gesprochen. Sie wusste, Peter hielt es für unverantwortlich, was Fygen für die frommen Frauen riskierte. Doch wieso kam er gerade jetzt darauf zu sprechen? Und das mit einer solchen Dringlichkeit? »Was ist geschehen?«, fragte sie vorsichtig.

»Nun, wir hatten heute eine Abordnung der Seidspinnerzunft da. Sie haben sich an den Rat gewandt, mit der dringlichen Bitte, wir mögen doch dafür sorgen, dass die Mitglieder der Seidmacherzunft künftig ihr Versprechen einhalten, keine Seide zum Verspinnen an die Beginen zu geben. Am liebsten hätten sie verlangt, dass wir den Begi-

468

nen das Seidenspinnen vollständig verbieten. Doch das haben sie sich wohl nicht getraut. Vielleicht, weil der ein oder andere Ratsherr eine Schwester oder Tante in einem der Konvente haben könnte.« Peter musste ein wenig schmunzeln, wenn er daran dachte, mit welch sonderbarer Mischung aus Vorsicht und Forschheit die Seidspinnerinnen ihre Bitte vorgetragen hatten.

»Und was werdet ihr jetzt tun?«, fragte Fygen ein wenig besorgt.

»In den nächsten Tagen werden einige der Konvente durchsucht.«

Fygen warf ihm einen vorwurfsvollen Blick zu. »Wie kannst du das zulassen?«

»Schau mich nicht so an, ich kann nichts dafür. Im Gegenteil, ich habe versucht, das abzuwenden und es bei einer Ermahnung an die Seidmacher zu belassen. Aber ich bin von den anderen Ratsherren überstimmt worden. Wie du weißt, zahlen die Beginen keine Abgaben an die Stadt, das mag vielleicht auch für manch einen von Bedeutung gewesen sein. Auf jeden Fall solltest du die Frauen im Annenkonvent warnen und dafür sorgen, dass nicht ein einziges Fädchen Seide dort zu finden ist, sonst geratet ihr alle in größte Schwierigkeiten.« Und ich mit euch, fügte er in Gedanken hinzu. Laut sagte er: »Von mir aus gib ihnen Geld, wenn du ihnen helfen willst. Unterstütze sie, soviel du willst, aber höre auf mit dem …«

»Aber das verletzt doch ihre Ehre«, unterbrach Fygen ihn.

»Sie können und wollen sich selbst ernähren. Darauf sind sie stolz, und sie arbeiten gut.«

Allmählich verlor Peter die Geduld. »Und wegen der Ehre von ein paar Betschwestern stellst du deinen ganzen Betrieb aufs Spiel, ja?«, gab er zurück. »Ich will, dass du damit aufhört. Und zwar sofort. Hast du mich verstanden?«

Fygen hatte ihn verstanden. Höchstpersönlich eilte sie in den Konvent zur heiligen Anna, um die Frauen zu warnen. Und in ein paar Wochen, wenn sich die Angelegenheit ein wenig beruhigt hätte, würde man weitersehen. Man würde künftig noch ein wenig vorsichtiger vorgehen müssen als bisher.

Für Peter waren die Ärgernisse des Tages damit noch nicht zu Ende. Als er sein eigenes Kontor betrat, um an diesem Tag wenigstens noch etwas Nützliches zu tun, fand er dort seinen Sohn Herman vor. Das konnte eigentlich nichts Gutes bedeuten, denn es war ein gewöhnlicher Mittwoch, und Herman sollte um diese Zeit bei seinem Lehrherrn Mertyn sein.

»Was machst du denn hier«, fragte er ein wenig brummiger als beabsichtigt.

Herman merkte, dass es wohl keinen schlechteren Moment für sein Anliegen geben konnte, doch daran war nun nichts mehr zu ändern. Mutig fragte er: »Vater, kann ich nicht bei dir weiterlernen?«

»Was hast du angestellt? Hat Mertyn dich etwa hinausgeworfen?«

»Nein, das nicht.« Herman verstummte.

Zu Beginn hatte Herman gerne bei Mertyn gearbeitet. Aber sein Lehrherr hatte sich verändert. Er war nicht mehr so fröhlich wie früher. In letzter Zeit konnte er urplötzlich wegen Nichtigkeiten aus der Haut fahren und zum Rohrstock greifen, um seinen Lehrjungen zu züchtigen.

Zu Hermans Pflichten gehörte es, jeden Tag zum Hafen

hinunterzugehen und zu schauen, ob ein Schiff eingetroffen war, das Waren für Mertyn an Bord hatte. Wenn dies der Fall war, hatte er genauestens das Abladen zu überwachen, um sicherzugehen, dass die Lieferung mit der Bestellung übereinstimmte. Er musste prüfen, ob die Waren in ordnungsgemäßen Zustand eintrafen, und darauf achten, dass der städtische Schreiber die rechte Anzahl der gelieferten Güter vermerkte, bevor sie in eines der Lagerhäuser am Rheinufer gebracht wurden.

Herman liebte diese Aufgabe, denn er genoss das lebhafte Treiben am Fluss, den Geruch nach Wasser, Schlick und Teer. Und jeden Tag gönnte er sich einen kleinen Moment, in dem er es sich erlaubte, sich auf einen Stein zu setzen und dem Wasser zuzusehen, wie es dem Meer zuströmte, und den Wolken, die sich im Osten verloren, auf der Schääl Sick, der blinden Seite, wie die Kölnischen die rechte Rheinseite ein wenig abfällig nannten. Der Ausdruck stammte von den Treidelpferden, die ihre Last nur auf der kölnischen Seite stromaufwärts ziehen konnten, da am Deutzer Ufer Untiefen den Treideltransport vereitelten. Damit die Pferde nicht von der Morgensonne, die über dem östlichen Ufer aufging, geblendet wurden und fehltraten, verband man ihnen das linke Auge.

Heute Morgen nun waren gleich zwei Niederländer mit Waren für Mertyn angekommen, und Herman hatte zunächst das Entladen des einen Schiffes überwacht. Als er dann endlich bei dem anderen Schiff anlangte, waren Mertyns Waren schon durch den Schreiber aufgenommen worden und befanden sich bereits auf dem Weg ins Lagerhaus, ohne dass Herman sie hatte überprüfen können. Es ging bereits auf Mittag zu, und so beschloss der Junge, zunächst die Frachtpapiere des ersten Schiffes bei Mertyn abzuliefern, bei der Gelegenheit eine Kleinigkeit zu essen und danach in das Lagerhaus zu gehen und die Ware dort zu überprüfen. Doch als er Mertyn berichtete, dass er die Ware des zweiten Schiffes nicht bereits beim Ausladen hatte kontrollieren können, dies aber gleich nachzuholen gedenke, bekam dieser einen Zornesanfall, wie Herman ihn noch nie erlebt hatte. Wutentbrannt griff Mertyn nach einer Weidenrute und riss mit einer einzigen groben Bewegung Herman das Hemd vom Leib. Dann holte er aus. Wieder und wieder ließ er die Rute auf den Rücken des Jungen niedersausen. Herman biss sich in die Hand, um nicht zu schreien. Tief grub die Rute sich in die Haut, wieder und immer wieder. Hermans Rücken stand in Flammen, und er drohte das Bewusstsein zu verlieren. Einzig Katryns Eingreifen war es zu verdanken gewesen, dass Mertyn schließlich von ihm abließ, dachte Herman. Doch wie sollte er das alles seinem Vater erklären?

»Was ist, hast du die Sprache verloren?« Peters Geduld war beinahe am Ende. Doch dann sah er, dass Hermans blaue Augen sich mit Tränen füllten. Ohne eine Antwort zog der Junge sein Hemd über den Kopf und wandte Peter den zerschundenen Rücken zu.

Peter erstarrte. Schwer ließ er sich in den Sessel hinter seinem Tisch fallen. »Erzähl mir, was geschehen ist«, sagte er tonlos. Zunächst zögerlich, doch dann sprudelten die ganze Not und der Kummer des Fünfzehnjährigen in einem einzigen unaufhaltsamen Schwall hervor.

Peter schwieg eine ganze Weile, als Herman geendet hatte. Der Junge hatte recht: Mertyn hatte sich verändert.

»Nun, jetzt wo ich im Rat sitze, könnte ich schon deine

Hilfe im Geschäft brauchen«, sagte Peter bedächtig. »Ich rede morgen mit Mertyn. Geh zu deiner Mutter und sag ihr, sie soll dir deine Kammer herrichten lassen.«

Doch Herman konnte seine Mutter weder im Haus noch in der Werkstatt finden, denn Fygen saß derweil bei Marie vom Hühnermarkt, um die liebe alte Seidspinnerin einmal mehr um Hilfe zu bitten. Auf dem Weg in den Annenkonvent war ihr nämlich ein Einfall gekommen, wie sie den Beginen weiterhin Arbeit zukommen lassen konnte, ohne dass etwas davon bekannt werden würde. Und nicht viel später an diesem Abend hatte sie an das kleine, windschiefe Haus am Hühnermarkt geklopft.

»Herein!«, rief Marie mit einer Stimme, die immer noch Kraft und Energie hatte. Ihre Vogelaugen funkelten voller Freude, Fygen zu sehen, doch erheben mochte Marie sich nicht, um Fygen zu begrüßen, denn ihre Beine verursachten ihr argen Verdruss. Mit wenigen Schritten durchmaß Fygen den Raum, beugte sich zu Marie hinab, die es sich in einem gepolsterten Stuhl bequem gemacht hatte, und schloss die kleine, zerbrechliche Frau liebevoll in die Arme.

Fygen hatte gedacht, das Alter könnte Marie nichts mehr anhaben. Wie eh und je lag eine Spindel in ihrem Schoß, doch seit ihrem letzten Besuch schien die alte Frau noch ein wenig zerbrechlicher geworden zu sein. Mit ihrer klauenartig verkrümmten Rechten griff sie nach einem Krug, um Fygen und sich einen Becher Wein einzuschenken. Und zum ersten Mal entdeckte Fygen, dass Maries Hand zitterte. Es bereitete ihr sichtlich Mühe, den Krug mit einer Hand zu halten.

»Was hast du auf dem Herzen?«, wollte Marie wissen. Immer noch sah sie es Fygen sofort an, wenn diese etwas bedrückte.

Fygen hielt sich nicht mit Vorreden auf, dazu kannten sie einander viel zu lange, sondern erzählte ihr von den Sorgen der Beginen, den neuerlichen Repressalien, denen die frommen Frauen ausgesetzt waren, und was sie sich hatte einfallen lassen, um ihnen trotzdem zu Arbeit zu verhelfen. Der Plan war recht einfach. Fygen würde regelmäßig die Rohseide zu Marie bringen, die offiziell als Seidspinnerin zugelassen war. Nach Einbruch der Dunkelheit würden die Schwestern sie dann, gut verborgen unter ihren weiten Umhängen, in den Konvent tragen. Die gesponnene Seide sollte auf dem gleichen Weg zu Marie zurückgebracht werden, von wo Fygen sie, ohne Argwohn zu erregen, abholen lassen konnte. Zudem wohnte ja Barbara Loubach, die mit ihren Mädchen große Mengen Seide für Fygens Betrieb verspann, gleich nebenan, so dass ein Wagen von Fygen, der auf dem Hühnermarkt vorfuhr, unverdächtig erscheinen musste.

Konzentriert hörte Marie ihr zu, ohne sie zu unterbrechen. Doch anders als sonst lagen ihre Hände untätig auf ihrer Schürze. Zwar griffen ihre knotigen Finger immer wieder unruhig nach der Spindel, ließen diese jedoch unverrichteter Dinge in den Schoß fallen.

»Von mir aus gerne, mein Kind«, sagte Marie schlicht, als Fygen geendet hatte. »Aber weißt du, was für ein Risiko du eingehst?«

6. Kapitel

Also, Sophie, wenn die Marktfrau dir acht Eier gibt und für jedes Ei drei Pfennige verlangt, wie viel bist du ihr dann schuldig?« Aufmunternd blickte der junge Geistliche dem ältesten der drei Lützenkirchenschen Mädchen in das pausbäckige Gesicht.

Unentschlossen kaute Sophie am Ende ihres beinernen Griffels und kratzte unsicher mit dem Fingernagel auf ihrem Wachstäfelchen herum. Die Neunjährige fand das Rechnen äußerst anstrengend. Viel lieber war es ihr, wenn sie gemeinsam Lieder sangen. Doch bevor sie sich zu einer Antwort durchringen konnte, warf ihre Schwester Agnes entrüstet ein: »Ein Ei kostet niemals drei Pfennige. Eine Hausfrau wäre schön dumm, wenn sie so viel zahlen würde.«

»Ich würde gleich ein Dutzend nehmen, das ist immer billiger,« versicherte auch Lisbeth.

Der junge Mann seufzte. Ihm war es schleierhaft, wieso er die Mädchen im Rechnen unterrichten sollte. Wozu sollte das gut sein? Reichte es nicht, wenn sie singen und gottgefällige Gebete lernten? Lesen und schreiben mochten ja vielleicht noch angehen, aber rechnen? Doch die Herrin des Hauses hatte es so angeordnet. In einem wohlhabenden Handwerkerhaushalt waren manche Dinge offensichtlich ein wenig anders. Der Geistliche seufzte und wiederholte mit Nachdruck: »Also, nur einmal angenommen, ein Ei würde drei Pfennige kosten, wie viel müsstest du dann zahlen?«

Von Sophie kam keine Antwort. Immer noch starrte das Mädchen verlegen auf sein Wachstäfelchen, als erhoffte es sich, dort die Antwort zu finden.

Endlich wurde Lisbeth es leid. »Vierundzwanzig Pfennige«, antwortete die Siebenjährige anstelle der älteren Schwester. Ihre dunkelbraunen Zöpfe hüpften fröhlich um ihren Kopf herum, und sie schaute den Geistlichen mit keckem Lächeln an. Der wunderte sich zum wiederholten Male darüber, wie aufgeweckt die jüngste der drei Schwestern war, wenn es um das Zählen und Rechnen ging. »Nun, lassen wir es genug sein für heute«, beendete er den Unterricht für diesen Tag. »Sprechen wir zum Abschluss ein Ave-Maria.«

Gehorsam legten die Mädchen die Handflächen aneinander und knieten nieder zum Gebet. »Ave Maria, voll der Gnade …«

Und so bot sich ihren Eltern ein allerliebster, doch wie Fygen fand, höchst trügerischer Anblick, als diese leise, um den Unterricht nicht zu stören, die Tür zum Schulzimmer öffneten.

»Euer Papa ist hier, um euch auf Wiedersehen zu sagen«, erklärte Fygen den Mädchen, und sofort war es mit der Lieblichkeit vorbei. Aufgeregt sprangen sie auf die Beine und stürmten auf ihren Vater zu, um ihn zu umarmen und zu drücken.

»Papa, warum gehst du jetzt auf Reisen, wo doch der König da ist?«, wollte Lisbeth wissen und hüpfte auf und ab. Genau das hätte Fygen ihren Mann auch gerne gefragt, doch die Frage war müßig, sie kannte die Antwort. Bald ein ganzes Jahr lang war Peter, wenn man von den ein oder zwei Reisen von wenigen Tagen absah, in der Stadt geblieben. Denn sein Amt als Ratsherr verlangte nun einmal, dass er regelmäßig an den Ratssitzungen teilzunehmen hatte. Fygen hatte die Zeit genossen, doch nun war das Jahr vorbei. Es war Frühling geworden, und in Frankfurt hatte eine Woche vor Palmsonntag die Fastenmesse begonnen. Und Peter drängte es in die Welt hinaus. Nicht dass er sich zu Hause unwohl gefühlt hätte. Im Gegenteil. Die Ruhe hatte ihm gutgetan, seine Wangen waren voller geworden, und er hatte sogar ein wenig Speck um die Hüften herum angesetzt. Nur schweren Herzens ließ Fygen ihn jedes Mal ziehen, wenn es ihn in die Fremde lockte, doch Peter litt nun einmal unter der seltsamen Krankheit namens Fernweh. Und sie wusste, dass sie dagegen machtlos war. Wenigstens hatte Peter ihr versprochen, nicht mehr nach London zu reisen. Obwohl durch die Bemühungen der Kaufleute Hermann Rinck und Hermann Wesel im September 1476 Köln in der Bremer Konkordie wieder in die Hanse aufgenommen worden war und sich der Handel mit England normalisiert hatte, wie Peter ihr immer wieder versicherte, war Fygen in diesem Punkt unnachgiebig geblieben.

»Sag, Papa! Der König ist doch da!«, beharrte Lisbeth.

»Papa muss reisen, weil er Geschäfte machen muss, du Dummchen«, rügte Sophie. »Das ist wichtiger als der König.«

»Was kann wichtiger sein, als den König anzuschauen?«, frage Agnes.

Doch auch dies sah Peter zweifelsohne anders. Ihm lag so gar nichts an dem Prunk und den Festlichkeiten, welche die Stadt in den nächsten Wochen überfluten würden. Es hatte ihm genügt, am pompösen Einzug des in Aachen frisch gekrönten Königs Maximilian und seines kaiserlichen Vaters teilnehmen zu müssen. Stundenlang hatte er, zusammen mit den Honoratioren der Stadt, vor dem Weyertor gewartet. Dann endlich war ein freudiges Raunen durch die Menge gegangen, als der schier endlose Zug, aus Aachen kommend, in einer gewaltigen Staubwolke auftauchte.

Die ganze Stadt hatte sich versammelt. Jeder, wirklich jeder, der sich auf den Beinen zu halten vermochte, hatte sich in seine besten Kleider gewandet und war erschienen, um dem neuen König zu huldigen.

Doch es dauerte nun noch einmal eine gute Weile, bis Kaiser und König dann endlich und wahrhaftig vor dem Stadttor eintrafen. Maximilian sah prächtig und sehr königlich aus in seinem silberweißen Harnisch.

»Schau mal, Papa, der König hat aber eine hässliche Nase«, stellte Lisbeth laut fest, wofür sie von Agnes einen recht unschwesterlichen Stüber auf ihre eigene, ein wenig stupsige Nase erhielt. Doch Peter konnte sich ein Grinsen nicht verkneifen. In der Tat hatte Maximilian, wie auch sein Vater, einen unschönen Zinken von beachtlichen Ausmaßen. Das aber tat seiner Würde keinen Abbruch, als er aufrecht, in vornehmer Haltung, auf einem prachtvollen Hengst durch das Weyertor in die Stadt einritt, flankiert vom Kurfürst zu Köln zu seiner Rechten und dem Kurfürst zu Mainz zu seiner Linken.

Von da aus hatte sich der mächtige Zug aus adligen und kirchlichen Würdenträgern, der durch die kölnischen Bürger noch um ein Vielfaches angeschwollen war, an den Bächen entlanggewälzt, war über den Heumarkt und den Alten Markt geflutet, bis er endlich vor dem Dom angelangt war, wo die Geistlichen aller kölnischen Kirchen gemeinsam König Maximilian zum Gebet vor den Altar der Heiligen Drei Könige führten.

So viel König hatte Peter eindeutig gereicht, und auf eine weitere Zurschaustellung königlicher Macht konnte er, wie auch Mertyn, gut verzichten. Einzig Herman war hin- und hergerissen zwischen der Freude auf das Abenteuer, mit seinem Vater und Mertyn auf Reisen zu gehen – es würde seine erste Reise nach Frankfurt sein –, und dem Bedauern darüber, das geplante Turnier auf dem Alten Markt zu verpassen.

Seiner Schwester Lisbeth war inzwischen ein anderer, schrecklicher Gedanke gekommen. Energisch zupfte sie ihren Vater an der Juppe. »Geht Tim mit euch?«, fragte sie voller Entsetzen und blickte Peter aus großen dunklen Augen an, die kurz davor standen überzulaufen. Mertyn, der Jüngere, Katryns Sohn, war vor ein paar Wochen zu ihnen gekommen, um bei Peter als Lehrling das Kaufmannshandwerk zu erlernen.

»Nein, nur Mertyn und Herman«, beruhigte Peter seine Jüngste. »Tim ist noch zu jung.«

Lisbeth fand Tim gar nicht jung. Im Gegenteil, sie fand, Tim war schon so erwachsen. Lisbeth bewunderte den Elfjährigen grenzenlos, und Fygen musste bereits mehr als einmal dafür sorgen, dass ihre Tochter Tim ungestört seine Arbeit verrichten ließ. Doch seltsamerweise schien Katryns Ältester, der mit seinen dunklen Locken und den funkelnden Kohleaugen seinem Vater auf verblüffende Weise ähnelte, nichts gegen die Bewunderung und die Zuneigungsbekundungen der kleinen Lisbeth einzuwenden zu haben. Im Gegenteil. Häufig genug beobachtete Fygen, wie Tim sich die Zeit nahm, Lisbeth geduldig zu erklären, was Peter ihm über den Handel mit Seide beigebracht hatte. Geduldig beantwortete er alle ihre Fragen, bis sie die Zusammenhänge verstanden hatte.

Im Obergeschoss des Goldenen Krützchens ging es munter zu. Rudolf van Bensberg hatte es sich nicht nehmen lassen, anlässlich des großen Turniers seine Freunde zu Speis und Trank in den Weinzapf zu laden. Die Fenster der großen Stube oberhalb des Schankraumes gingen nämlich alle auf den Alten Markt hinaus. Von hier aus hatte man einen hervorragenden Blick auf den Platz, auf dem die Edelsten und Mächtigsten des Reiches in fairem Kampf gegeneinander antreten würden.

Fygen war mit ihren Töchtern gerne der Einladung gefolgt, und auch Katryn wollte sich dieses Schauspiel keinesfalls entgehen lassen und war mit Tim und dem kleinen Stephan erschienen. Doras Sohn war nun auch bereits vier Jahre alt, stellte Fygen ein wenig überrascht fest, ein schmaler, etwas schüchterner Knabe, der sich unsicher an die Röcke seiner Stiefmutter klammerte. Es war eine Freude zu sehen, wie sehr Katryn den Jungen doch noch ins Herz geschlossen hatte. Was ihr die Sache wohl erleichtert haben mag, war sicherlich die Tatsache, dass Stephan ein sehr anhänglicher Junge war, der zudem, wie auch sein Bruder, äußerlich nach seinem Vater geriet.

Tim war, wie wohl jeder Junge seines Alters in der Stadt, ganz versessen darauf, die Ritter in ihren prächtigen Harnischen mit Rüstung und federgeschmückten Helmen zu sehen. Sofort war er an eines der Fenster gestürzt und rührte sich nicht mehr von der Stelle. Selbst die großen, bittenden Augen von Lisbeth konnten ihn heute nicht dazu verführen, mit ihr und den anderen Kindern zu spielen.

Denn auch Rudolfs Schwester Irmgard war mit ihren beiden Kindern zu Besuch gekommen, und so war es ein munteres Durcheinander, das durch die Bensbergsche Stube tollte.

Einzig Tim starrte gebannt auf das Geschehen auf dem Markt und beobachtete genau, was sich dort unten tat. Doch das war bislang nicht viel. Auf dem harten Boden des Platzes hatte man bereits Schranken um eine Bahn errichtet und diese mit frischem Stroh ausgestreut. Endlich wurden die ersten, mit bunt bestickten Satteldecken kostbar herausgeputzten Pferde von Knappen, die kaum älter waren als Tim selbst, an blitzenden Halftern herbeigeführt. Der Junge konnte sich gar nicht sattsehen an dem bunten Treiben und erstattete den Erwachsenen aufgeregt Bericht.

Doch die schienen seine Mühe nicht zu honorieren. Hatten sie doch zunächst nichts Besseres zu tun als das, was große Leute eben immer taten, wenn sie sich trafen: zu reden und zu essen. Ganz Ausgiebig taten sie sich an den köstlichen Speisen gütlich, die Lena schnaufend aus der Küche heraufschleppte und mit einem Seufzer auf dem großen Tisch abstellte. War sie schon immer recht drall gewesen, so war ihre Figur in den letzten Jahren ins Unermessliche ausgeufert.

»Lena, vielleicht solltest du hinuntergehen zu den Schaustellern. Da kannst du dein Geld leichter verdienen, als bei mir in der Küche zu schuften«, zog Rudolf sie gutmütig auf.

Als Antwort auf seine Frechheit schleuderte Lena ihm mit einem wohlgezielten Wurf einen feuchten Lappen, den sie in der Tasche ihrer Schürze mit sich herumzuschleppen pflegte, in sein verdutztes Gesicht. Bei aller Gewichtigkeit war Lena in manchen Dingen eben doch erstaunlich flink. Mitten in dem darauffolgenden Gelächter sprang Katryn plötzlich auf und eilte die Treppe hinunter. Erstaunt blickte Fygen ihr hinterher, bis auch ihr auffiel, dass der stetige Bericht, den Tim vom Geschehen auf dem Platz gegeben hatte, abgebrochen war. Der Junge hatte seinen komfortablen Fensterplatz aufgegeben, um das Turnier aus nächster Nähe betrachten zu können und seinen Helden noch näher zu sein. Sofort rannte Fygen hinter der Freundin her. Doch ihre Hilfe wäre nicht vonnöten gewesen. Eines der Schankmädchen war schnell genug gewesen. Gerade im letzten Moment, bevor er zur Tür hinausflitzen konnte, um im Gewühl unterzutauchen, hatte das blonde Mädchen Tim am Ärmel erwischt. »Pech gehabt, junger Mann«, lispelte sie mit einer wunderbar melodischen Stimme, die verriet, dass sie nicht aus Köln stammte. Fygen fasste das Mädchen näher ins Auge. Sie war eine wirkliche Schönheit. Schlank und hoch gewachsen, mit Haaren, die ihr bis zur Hüfte reichten, und einem niedlichen Schmollmund. Das Mädchen knickste höflich unter Fygens forschendem Blick. »Ich bin Suzanne«, stellte sie sich vor.

Fygen lächelte sie freundlich an und nickte. Rudolf war bekannt dafür, dass bei ihm im Goldenen Krützchen die hübschesten Schankmädchen der Stadt zu finden waren. Und dieser Ruf schien gerechtfertigt zu sein.

»Was macht ihr denn hier unten? Das Turnier geht gleich los.« Rudolf war auf der Suche nach ihnen ebenfalls die

Treppe zur Schankstube herabgestiegen. Besitzergreifend legte er einen Arm um Suzannes Hüfte. »Ich sehe, ihr habt euch schon bekannt gemacht«, stellte er mit jungenhaften Lächeln fest.

»Ja, das haben wir.« Fygen lächelte Rudolf an. Seit Jahren schon gab es unter den Schankmädchen jeweils eines, dem Rudolf seine erhöhte Aufmerksamkeit für eine Weile zuteilwerden ließ, doch nie hatte er sich dazu durchringen können, eines von ihnen zu heiraten. Er schien die passende Frau noch nicht gefunden zu haben und war viel zu empfindungsvoll, um sich aus praktischen Erwägungen zu verehelichen.

Mit hängendem Kopf folgte Tim seiner Mutter, Fygen und Rudolf hinauf in die Stube, um schmollend wieder seinen Beobachtungsposten am Fenster einzunehmen.

Auf dem Marktplatz kam nun Bewegung in die Menge. Zwischen den Schranken hatten zwei bis zur Unkenntlichkeit gepanzerte Ritter auf prächtigen, ebenfalls geschützten Pferden Aufstellung genommen. Blau gegen Rot. Die Pferde tänzelten nervös, Metall blitzte in der Sonne, und dann ging es los. Wie von einer Schnur gezogen, preschten die Kontrahenten aufeinander zu. Das Donnern der Hufe hallte über den Platz, gedämpft durch das Stroh, doch laut genug. Dann der Zusammenprall. Für einen Moment schien die Zeit stillzustehen. Eine Lanze fand ihr Ziel. Rote Bänder flatterten, wischten wie Blut über den schimmernden Brustpanzer. Die Lanze rutschte ab und hinterließ eine Delle im Metall, doch der Blaue hatte kräftige Schenkel. Er schwankte, aber er blieb im Sattel. Die Pferde trabten auseinander, wendeten, mutig genug für den nächsten Waffengang.

»Die Ritter sind fast so stark wie Papa, nicht wahr?«, sagte Lisbeth und legte bewundernd ihr Köpfchen schief.

»Quatsch, Papa ist doch kein Ritter. Ritter kämpfen immerzu, deshalb sind sie so stark«, erklärte Sophie ihrer jüngsten Schwester.

»Schade, dass Papa nicht da ist«, meinte Lisbeth.

»Tja, euer Papa ist nun mal Kaufmann. Hätte eure Mutter einen Schankwirt wie mich geheiratet, der wäre immer zu Hause«, erklärte Rudolf den Mädchen mit verschmitzter Miene.

»Echt, Onkel Rudolf? Wolltest du unser Papa werden?«, fragte Sophie neugierig.

»So etwas fragt man nicht«, rügte Agnes.

»Ja, vor langer, langer Zeit einmal«, antwortete Rudolf gut gelaunt. »Doch eure Mutter wollte mich nicht haben.«

»Hätte ich dich geheiratet, hätte ich laufend mit deinen jungen, hübschen Schankmädchen zu konkurrieren«, zog Fygen ihn flüsternd auf.

»Hättest du mich geheiratet, gäbe es keine Schankmädchen«, flüsterte er zurück, und Fygen wusste, dass er die Wahrheit sagte. Doch sie konnten beide darüber lachen.

»Ich würde dich heiraten, Onkel Rudolf!«, erklärte Lisbeth voller Mitleid und nickte nachdrücklich.

»Ich dachte, du wolltest Tim heiraten«, zog ihre älteste Schwester sie auf.

Lisbeths Ohren liefen sofort rot an. Mit einem raschen Blick vergewisserte sie sich, dass Tim Sophies Worte nicht gehört hatte. Dann stieß Lisbeth ihrer Schwester kurz, aber schmerzhaft ihren Ellenbogen in die Seite. Doch das Objekt ihrer kindlichen Schwärmerei stand ungerührt am Fenster und blickte hinaus. Eigentlich war der Platz am

Fenster gar nicht so schlecht, musste Tim sich eingestehen. Denn von hier aus konnte man sogar die kaiserliche Tribüne sehen, die mit bunten Bändern und dem ersten Grün des Jahres feierlich geschmückt war. Der Kaiser, angetan mit einem festlichen, pelzbesetzten Mantel, hatte es sich inmitten seiner fürstlichen Begleiter und ihrer aufgeputzten Frauen gemütlich gemacht. Wenn Tim nicht alles täuschte, schien das Turnier den alten Mann ein wenig zu langweilen, denn hin und wieder sank sein Kopf für eine Weile zur Seite. Es war unglaublich: Friedrich verschlief einen guten Teil des Turniers. Den König, der vor einiger Zeit ebenfalls auf der Tribüne gesessen hatte, konnte Tim nicht mehr sehen. Er fragte sich gerade, ob König Maximilian das Turnier auch gelangweilt hatte, als ein Raunen durch die Menge der Zuschauer ging. Es wurde aufgeregt getuschelt und gezischt. Ein glänzend gerüsteter Ritter mit weißem Umhang, kostbar getriebenem silbernem Harnisch und weißem Federbusch auf dem glänzenden Helm war auf einem besonders edlen Rappen zwischen den Schranken erschienen. Blütenweiß stach die silberbestickte Satteldecke von den makellosen, schwarz glänzenden Flanken des Tieres ab. Beifall aus Tausenden von Kehlen erhob sich, und die Bürger von Köln jubelten ihrem König zu, denn kein Geringerer als Maximilian selbst war es, der nach der bändergeschmückten Lanze griff, die ihm sein Knappe mit stolzer Miene reichte.

Das Gejohle hatte auch den Kaiser geweckt, doch der fand den Anblick seines Sohnes in voller Rüstung ganz und gar nicht zum Jubeln. Sein Gesicht verzog sich grimmig, und es war offensichtlich, dass Maximilian entgegen dem Verbot seines Vaters hier antrat. Doch daran vermochte der alte Kaiser nun nichts mehr zu ändern. Schon erklang das Hornsignal zum Beginn des ersten Durchgangs, und gespanntes Schweigen senkte sich über den Alten Markt. Die beiden Fürsten stemmten ihren Pferden die Stiefel in die Flanken, und mit aberwitziger Geschwindigkeit galoppierten sie aufeinander zu. Voller Spannung hielt Tim die Luft an, und die Nägel seiner Hände gruben sich in die Handflächen, als er sah, wie kraftvoll die Hufe des schwarzen Pferdes ausholten. Maximilian schien auf seinem Schlachtross nur so dahinzufliegen. In seiner Bewunderung für Maximilian hatte Tim dessen Gegner, den Pfalzgrafen Philipp, nicht beachtet, der, wie der Junge jetzt entsetzt feststellte, nicht minder schnell auf den König zukam. Noch drei Pferdelängen, noch zwei, eine. Jetzt. Tim schloss die Augen.

Mit einem schrecklichen, blechernen Krachen schlug eine Rüstung auf dem Boden auf. Tim öffnete vorsichtig ein Auge. Ein Helm rollte über das Stroh, ein weißer Federbusch verfing sich in den schmutzigen Halmen und blieb liegen. Ein einziger Lanzenstoß des Pfalzgrafen Philipp hatte gereicht, um den König aus dem Sattel zu befördern.

Für einen schrecklichen Moment hielt die Stadt den Atem an. Schweigen lag über dem Platz. Tim schlug die Hand vor den Mund. Man lacht nicht, wenn ein König stürzt.

Ein wenig kläglich und so gar nicht mehr prächtig und königlich lag Maximilian auf dem Rücken im Stroh. Hilflos ruderte er mit den blechernen Armen, auf dass ihm seine Knappen aufhelfen mögen. Die Augen der Zuschauer waren gespannt auf den Kaiser gerichtet. Doch zur großen Überraschung aller fing Friedrich schallend an zu lachen.

Dann befahl er kurzerhand, Maximilian so liegen zu lassen, wie er gefallen war, und verließ mit seinem Gefolge die Tribüne.

Dieses väterliche Edikt löste große Schadenfreude bei den Zuschauern aus. Gelächter und Spott brandeten über den Markt und troffen auf die traurige Gestalt des Königs nieder, der, hilflos wie ein Käfer, vergebens versuchte, aus eigener Kraft auf die Beine zu kommen. Das Turnier hatte für diesen Tag ein Ende gefunden. Und was für ein trauriges Ende, stellte Tim fest, der kaum mit ansehen konnte, wie grausam das Schicksal seinem strahlenden Helden mitgespielt hatte.

7. Kapitel

Es war bereits dunkel, als Fygen sich mit Tim und den Mädchen auf den Heimweg machte. Als sie auf den Alten Markt hinaustrat, zog sie ihren Umhang fester um die Schultern, denn die Nächte waren noch kühl. Ein träger, runder Mond hing tief über dem Markplatz und beleuchtete ihren Weg. Fygen hielt ihre beiden jüngeren Töchter an der Hand, und ehe sie es verhindern konnte, war Tim zu den Schranken gelaufen und über die hölzernen Absperrungen geklettert. »Himmel, Tim!«, schimpfte sie und zog die Mädchen hinter sich her. »Komm sofort zurück.«

Doch der Junge antwortete nicht, und so trat Fygen an die Schranken heran, um zu schauen, wo Peters Lehrjunge abgeblieben war.

»Tante Fygen, komm her und hilf mir!«, flüsterte Tim plötzlich von der Mitte der Turniergasse her.

»Was ist denn?«, rief Fygen zurück, doch etwas in der Stimme des Jungen sagte ihr, dass es ihm sehr wichtig war. »Ihr rührt euch nicht vom Fleck«, schärfte sie ihren Töchtern ein. Es fehlte gerade noch, dass diese sich auch verselbständigen würden. Dann setzte sie ihren Fuß auf den untersten Balken der Schranken und kletterte behende hinüber. Vorsichtig, um nicht unnötig in eine der zahlreich herumliegenden Hinterlassenschaften der Pferde zu treten, huschte Fygen die Turniergasse entlang. Dann plötzlich sah sie Tim neben etwas auf dem Boden knien. Matt schimmernd reflektierte Metall das Mondlicht, und Fygen wusste plötzlich, was da auf dem Boden lag. »Euer Majestät«, stammelte sie entsetzt.

»Hilf mir, Fygen, wir müssen ihn auf die Beine bringen.«

»Aber der Kaiser hat doch befohlen …«

»Wir heben ihn auch nicht auf. Er braucht nur etwas, woran er sich aufrichten kann, nicht wahr, Euer Majestät?«

»Einen klugen Jungen habt Ihr da. Wenn Ihr in der Tat so freundlich wärt?«

»Was soll ich tun?«, fragte Fygen.

»Stellt Euch einfach neben mich hin.«

Fygen tat wie geheißen.

»Und du, Junge, halte die Dame gut fest, damit sie nicht umfällt. Ich packe jetzt Eure Knöchel und versuche, mich herumzudrehen.«

Fygen unterdrückte einen Aufschrei, als Maximilians kalte Hände mit festem Griff ihre Knöchel umfassten. Dann legte der König ein Bein über das andere, und mit größter Anstrengung gelang es ihm endlich, sich scheppernd und klirrend auf den Bauch zu drehen. Einen Moment lang blieb er heftig atmend so liegen, bis er begann, ein Bein nach dem anderen unter sich zu ziehen.

»Ihr erlaubt«, fragte er, und seine Hände griffen nach ihren Knien.

Fygen stemmte sich in den Boden, um unter seinem Gewicht nicht das Gleichgewicht zu verlieren. Mit einer schier unmenschlichen Kraftanstrengung gelang es Maximilian schließlich, schwankend auf die Beine zu kommen. Einen Moment lang hielt er ihre Schultern umfasst, dann griff er nach ihrer Hand. »Ich bin Euch zu Dank verpflichtet. Heute Abend gebe ich ein Gastmahl zu Ehren der Damen der Stadt auf dem Quatermarkt.« Er lachte. »Ich

hätte nicht gedacht, wie passend das gerade heute ist. Seid
Ihr bereits geladen?«

»Ja, aber mein Mann ist nicht in der Stadt, und allein …«

»Dann erweist mir die Ehre, heute Abend mein besonderer Gast zu sein«, antwortete Maximilian galant.

Fygen war nur wenig Zeit geblieben, sich umzukleiden
und zurechtzumachen, doch einen kurzen Moment vor
dem Spiegel hatte sie sich gegönnt. Alles in allem konnte
sich das Ergebnis durchaus sehen lassen. Ihre Taille war
nach wie vor schlank, zwar nicht mehr so wie bei einem
jungen Mädchen, aber durchaus akzeptabel. Und dass die
Hüften ein wenig in die Breite gegangen waren, nun, unter
dem weiten Rock konnte das ohnehin niemand sehen, und
auch Peter hatte sich darüber bisher nicht beschwert. Kritisch untersuchte sie ihren Scheitel, doch in den dunkelbraunen Locken war noch nicht ein einziges silbernes
Härchen zu entdecken. Auch mit ihrem Gesicht konnte
Fygen zufrieden sein. Die Haut war glatt und klar, einzig
um die Augen hatten sich winzige Fältchen gebildet.

Fast ohne Verspätung gelangte sie zum Quatermarkt. Man
schien sie erwartet zu haben, denn kaum hatte sie ihren
Namen genannt, wurde sie auch schon durch den Saal geleitet, vorbei an dem Tisch, an dem Bürgermeister und
Ratsherren ihre Plätze gefunden hatten, bis ganz nach vorn
zum Tisch des Königs.

Maximilian erhob sich, und mit ihm der Kölner Erzbischof zu seiner Linken. »Wenn ich gewusst hätte, dass es
eine so atemberaubende Stütze war, die mir Halt geboten
hat, ich hätte mich gleich noch einmal fallen lassen«, sagte
Maximilian galant anstelle einer Begrüßung. Zu Fygens

großer Verlegenheit hatte man ihr den Ehrenplatz direkt zur Rechten von Maximilian zugewiesen, gegenüber der Äbtissin des Stiftes St. Ursula. Doch der König, gerade ein Jahr jünger als Fygen, war ein glänzender und humorvoller Unterhalter, so dass Fygen bald ihre Scheu verlor. Recht anschaulich schilderte Maximilian dem Erzbischof und der Äbtissin die Geschichte seiner Errettung, und als die ersten Gänge des opulenten Mahles aufgetragen wurden, genoss Fygen das Festmahl in vollen Zügen. Der König wurde von Fürsten und Grafen bedient, während allen anderen von gut geschulten Bediensteten aufgewartet wurde, was jedoch die Erlesenheit und Raffinesse der Speisen keineswegs schmälerte. Doch weit größer als die Freuden des Gaumens war für Fygen der Genuss, den der Anblick der vornehmen Gäste ihren Augen bot, und sie musste sich zusammennehmen, um die hohen Herren und illustren Damen nicht unentwegt anzustarren. Die raffinierten Schnitte der Gewänder, die Kostbarkeit von Stoffen, Spitzen und Pelzverbrämungen, erlesenster Schmuck und die Kunstfertigkeit der Stickereien und Goldschmiedearbeiten ließen sie schier schwindeln. Nie zuvor hatte sie solch eine Pracht gesehen, und am liebsten hätte sie über die nebelzarten Stoffe der Schleier gestrichen, ihre Hände in die schweren Falten der festlichen Roben gegraben und das Gewicht der Goldringe und Edelsteine gespürt. Viel zu schnell war das Mahl vorbei, und wenn es nach Fygen gegangen wäre, hätte sie noch Stunden sitzen, dem angeregten Gespräch zwischen dem Erzbischof und Maximilian lauschen und ihre schillernde Umgebung in sich aufsaugen mögen. Doch mit gut gefüllten Mägen brach die erlauchte Gesellschaft auf, und man begab sich zum Tanz in den Gürzenich, das prächtige Kölner Tanzhaus.

Um seine Entstehung vor beinahe vierzig Jahren hatte es mächtigen Ärger gegeben, denn der zweigeschossige Rechteckbau hatte während der siebenjährigen Bauzeit bis zu seiner Fertigstellung sage und schreibe achtzigtausend Gulden verschlungen, für die Stadtkasse eine gewaltige Summe. Der Bau erwies sich als schwieriger, als Stadtbaumeister Johann von Bueren gedacht hatte, da man erst zwei Geschosse tief unter Straßenhöhe tragfähigen Grund zu finden vermochte. Doch nun, da das Gebäude stand, waren die Kölnischen mächtig stolz auf ihre »gute Stube«, wie sie den Gürzenich liebevoll nannten. Und wo sonst hätte man Kaiser und König so gebührend, wie es sich für eine Stadt von Bedeutung geziemte, empfangen sollen?

Einladend und verheißungsvoll fiel Licht aus den schlanken hohen Fenstern in die Nacht, als Fygen inmitten der Festgesellschaft das Tanzhaus erreichte. Im Obergeschoss umfing sie eine wundersame, beinahe märchenhaft anmutende Szenerie. Der prachtvolle, zweischiffige Festsaal war verschwenderisch mit Grün und Stoffbahnen geschmückt und wurde von Hunderten von Kerzen festlich erleuchtet. Riesige achteckige Leuchter hingen von der schwindelnd hohen, holzgetäfelten Decke herab. Eine Reihe schlanker Säulen in der Mitte des Saales wuchs an ihrem oberen Ende zu eleganten Bögen zusammen. In den mannshohen Kaminen an den Wänden flackerten lebhafte Feuer und strahlten Wärme und Behaglichkeit in den Saal. Zwischen den Säulen standen die Geladenen in angeregtem Gespräch, verzückte Paare wandelten umher, und Bedienstete boten in weißen Livreen diskret Erfrischungen an.

Endlich, und zur Freude der Damen, eröffnete der Pfalzgraf mit einer der Edeldamen den Tanz. Die Tänzer formierten sich zu Reihen, und Fygen fand sich an der Hand eines der Ratsherren wieder, dann an der des Bischofs, an der eines Grafen, und irgendwann in der Nacht sah sie sich auch Maximilian beim Tanz gegenüber.

Je weiter das Fest fortschritt, desto ausgelassener wurde die Stimmung. Der reichlich genossene Wein und der muntere Tanz röteten die Gesichter, und die Musiker taten ihr Bestes, um akustisch die Oberhand zu behalten.

Schließlich verstummte die Musik, die Tänzer ließen voneinander ab und drängten sich an den Seiten des Saales zusammen. Denn nun wurde ein Pavillon hereingetragen, mit Wänden aus feinsten Gobelins. Unter dem prunkvollen Dach des Pavillons befanden sich Sänger und Musiker, welche die Gäste mit ihren Darbietungen aufs köstlichste erfreuten.

Doch der in Fygens Augen wohl seltsamste Aufzug war der eines Paares, das in maurische Gewänder gekleidet war. Auf ihren Schultern saßen kleine Äffchen und machten allerlei seltsame Bewegungen und schnitten lustige Grimassen. Plötzlich erscholl ausgelassenes Gelächter unter den Zuschauern, als sie begriffen, dass die Äffchen keinesfalls Tiere, sondern geschickt verkleidete Kinder waren.

Es war bereits drei Uhr in der Frühe, als sich das rauschende Fest schließlich seinem Ende zuneigte und König Maximilian, ganz Kavalier, den Damen persönlich zum Abschied köstliches Konfekt schenkte.

Als Fygen in Begleitung eines Fackelträgers nach Hause

ging, fühlte sie sich behaglich eingehüllt in eine duftige Wolke aus Heiterkeit, die auch der kühle Aprilwind nicht fortzuwehen vermochte. Sie hatte zu viel gegessen, zu viel getanzt und zu viel getrunken, doch es war ein wundervoller Abend gewesen, dachte sie schwärmerisch. Schade, dass Peter ihn nicht mit ihr hatte teilen können.

Auf der Obermarspforten ertönte unerwartet Lärm, das Geräusch von Stiefeln auf dem Pflaster, und Männerstimmen riefen durcheinander. Als Fygen näher kam, erkannte sie, dass ein Karren auf der Straße stand, direkt vor dem Haus Zur Roder Tür, dem Wohnhaus der Ime Hofes. Ein hartes Klopfen auf Holz tönte durch die Nacht, dann vernahm sie eine gebieterische Stimme: »Schnell, öffnet!«

Fygen erstarrte, als sie die Stimme erkannte. Es war Peter gewesen, ihr Mann, der gesprochen hatte. Eilig lief sie auf Peter zu und fasste ihn am Arm. »Was ist geschehen?«, fragte sie bestürzt, doch in dem Moment öffnete sich die rote Haustür einen Spaltbreit und ließ das verschlafene Gesicht des Hofmeisters erkennen.

»Los«, herrschte Peter ihn an. »Lauf und weck deine Herrin! Hier ist Peter Lützenkirchen.«

Träge ließ der Hofmeister seinen müden Blick über die Männer gleiten, die sich im flackernden Licht der Fackeln an dem Karren zu schaffen machten. Doch als die Männer einen leblos scheinenden Körper herabhoben, riss er entsetzt die Augen auf und stob voller Schrecken davon, um schleunigst Peters Befehl nachzukommen.

»Vorsichtig! Seid vorsichtig!«, mahnte dieser die Männer, die mit ihrer Last auf den Schultern durch das Tor traten. Der Lichtschein einer Fackel fiel auf den dunklen Haarschopf und das ungewöhnlich bleiche Antlitz von Mertyn

Ime Hofe, und mit einem Schlag war Fygen nüchtern. Der Zauber des Abends war verflogen.

Auf der Treppe kam ihnen die aufgeschreckte Hausherrin entgegen. Über das duftige, leinene Nachtkleid hatte sie in der Eile einen zarten, fliederfarbenen Hausmantel geworfen, und die dunkelblonden Haare hingen in langen Zöpfen den Rücken hinab.

»Wo ist seine Kammer?«, fragte Peter sie.

»Dort entlang«, antwortete Katryn, drehte sich um und stieg vor ihnen die Treppe wieder hinauf.

»Was ist geschehen«, fragte sie, an Peter gewandt. Sie wirkte gefasst, stellte Fygen bewundernd fest. Wenn man ihr Peter auf einer Trage nach Hause bringen würde, sie wäre sicher, sie würde haltlos zu schreien beginnen.

»Wir waren auf der Messe in Frankfurt und hatten beinahe alle Geschäfte beendet, als er plötzlich von jetzt auf gleich zusammenbrach. Er hat schreckliche Schmerzen und kann sich kaum bewegen«, erklärte Peter. »Wir haben ihn in die Herberge geschafft, doch er bestand darauf, dass wir ihn nach Hause bringen. Also haben wir uns einen Karren besorgt und uns auf den Weg gemacht.« Müde strich er sich eine Locke aus dem Gesicht, die ihm in die Stirn gefallen war.

Erst jetzt sah Fygen, wie entkräftet Peter war. Sein Gesicht wirkte grau, dunkle Schatten lagen unter den geröteten Augen, und Fygen fragte sich, wann er das letzte Mal geschlafen hatte.

So vorsichtig es ging, betteten die Männer den halb bewusstlosen Mertyn auf seine Schlafstatt.

»Der wird schon wieder«, bemerkte einer von ihnen tröstend, und schließlich folgten Fygen und Peter den Männern aus der Stube hinaus und die Treppe hinunter. Der Hofmeister hatte bereits nach einem Heilkundigen schicken lassen, mehr konnte man nicht tun.

Peter und Fygen hatten gerade die Tür erreicht, als Katryns markerschütternder Schrei durch das Haus gellte. In Windeseile machte Fygen kehrt und rannte mit fliegendem Rock die Stiege hinauf. Mit schreckverzerrter Miene, die Augen weit aufgerissen und die Hände in die Haare gekrampft, stand Katryn vor Mertyns Bett und schrie.

Behutsam, um ihrem Mann Erleichterung zu verschaffen, hatte sie ihn seines dunkelroten Wamses entledigt, ihm die ledernen Reisebeinlinge abgestreift und schließlich sein leinenes Hemd aufgeknöpft. Mit Entsetzen sah Fygen, was Katryn so aus der Fassung gebracht hatte: Mertyns Bauch und Lenden waren über und über bedeckt mit dunkelroten, blutunterlaufenen Geschwüren, die sich bis zur Brust hinaufzogen. Eines davon war aufgebrochen, und ein dünner, eitriger Faden hellroten Blutes sickerte in die weißen Laken.

8. Kapitel

Achtundneunzig Rheinische Gulden!«, sagte Fygen halblaut. Das erschien ihr auf den ersten Blick doch recht viel.

»Was kostet achtundneunzig Gulden?«, wollte Herman wissen. Gerade hatte er mit Tim das Kontor seines Vaters betreten, wo Fygen über den Abrechnungen der letzten Seidenlieferung aus Venedig brütete. Vor wenigen Tagen war Peter mit einem Großteil der Seide, die Fygen in den letzten Monaten hergestellt hatte, zum Mitfastmarkt nach Antwerpen gereist, der jedes Jahr zu Mariä Lichtmess begann. Antwerpen war ein beliebter Handelsplatz für Spezereien und bot sehr gute Absatzmöglichkeiten für kostbare kölnische Seidenerzeugnisse.

»Die Lieferung eines Fardels roher Seide von dreihundert Pfund von Venedig«, antwortete Fygen auf Hermans Frage. »Der Fuhrlohn von Venedig nach Augsburg, von Augsburg nach Frankfurt und schließlich von Frankfurt nach Köln ist dabei noch nicht mitgerechnet«, fügte sie hinzu und machte sich daran, die einzelnen Posten genauer zu betrachten, die zu solch einer Summe geführt hatten. Zunächst hatte der Geschäftspartner in Venedig die Ware in Augenschein nehmen müssen und war dafür mit einer Gondel unterwegs gewesen. Die Faccini, das waren die Dienstmänner, welche die Seide zur Waage und dann ins Deutsche Haus trugen, mussten bezahlt werden, dazu kam der Waaglohn. Außerdem fielen Kosten an für Leinwand und Löhne für die Arbeiter, deren Aufgabe es war, die Seide in die Leinwand einzunähen. Ebenso für die Ballenbinder. Und diese benötigten Schnur, Seife, Seil und Zwillich, die Lastträger Stricke. Dann noch die Kosten, die im Offitio angefallen waren für das Verwalten, die Gebühren und das Entgelt der Schreiber.

Es hatte alles seine Richtigkeit, und die Kosten beliefen sich in der Tat auf beinahe einhundert Gulden, bis die Seide schließlich auf dem Weg in Richtung Augsburg war.

»Das macht fast eine Mark kölnisch und vier Schillinge pro Pfund«, hatte Tim rasch überschlagen. Der Junge war recht schnell, wenn es um Zahlen ging.

Herman pfiff durch die Zähne. »Nicht gerade günstig«, befand auch er.

»Doch immer noch günstiger, als hier an der Kraut- und Eisenwaage zu kaufen«, brachte Tim sein inzwischen gelerntes Kaufmannswissen an den Mann.

»Man sollte glatt selber Seidenraupen züchten, dann wäre man ein gemachter Mann«, sinnierte Herman.

»Warum mache ich diese Arbeit eigentlich?«, fragte Fygen die Jungen lächelnd. »Wo mein Gatte doch zwei so kluge Lehrjungen hat?«

Die beiden strahlten über das Lob, doch Fygen hatte recht. Der Einkauf von Rohseide gehörte zu Peters Aufgaben, aber wie immer wenn ihr Mann auf Reisen war, hatte Fygen seine Aufgaben im Kontor übernommen.

»Was haltet ihr davon, wenn ihr hier weitermacht, und ich gönne mir einen freien Tag?«, fügte Fygen lachend hinzu. »Ich könnte auf einen Schwatz zu Katryn gehen, was meint ihr?«

Die Jungen sahen sich an und nickten dann, stolz, dass Fygen ihnen diese Aufgabe übertragen wollte, und Fygen machte sich auf den kurzen Weg ins Haus Zur Roder Tür, um Katryn einen längst fälligen, aber immer wieder aufgeschobenen Besuch abzustatten. Seit Mertyn erkrankt war, ging Fygen nicht mehr gerne zu Katryn, musste sie sich eingestehen. Und sie hatte deswegen ein sehr schlechtes Gewissen, denn sie wusste, wie sehr Katryn gerade jetzt ihren Zuspruch brauchte. Doch die Stimmung im Hause der Ime Hofes war sehr gedrückt. Wie ein bleiernes Gewicht lastete die Krankheit des Hausherrn auf dem gesamten Haushalt.

»Lass mich ihm das Essen bringen«, schlug Fygen vor, als sie die Freundin begrüßt hatte. Katryn schickte sich gerade an, mit einem gefüllten Tablett zu Mertyns Schlafkammer hinaufzusteigen. Müde und abgezehrt sah die Freundin aus, stellte Fygen fest. Die schmalen Wangen wirkten eingefallen, ihre braunen Augen lagen tief in den Höhlen, und die einzelnen Silberfäden, die sich hier und da in ihr Haar geschlichen hatten, bemerkte Fygen heute auch zum ersten Mal. Doch Katryns Aussehen war nicht verwunderlich. Wie schlimm musste es sein, seinen Mann so leiden zu sehen? Mertyn lag nun bereits ein Dreivierteljahr siech im Bett. Sein Körper war mit Geschwüren überzogen, die grauenvoll juckten, und er litt schlimme Schmerzen. Von der Mitte des Körpers abwärts war er gelähmt, vermochte nur die Arme und den Kopf zu bewegen, so dass er seine Bettstatt nicht verlassen konnte. Die Heilkundigen hatten ihn mit allerlei Absuden behandelt, ihn mit Bleiumschlägen traktiert und zur Ader gelassen, doch keine ihrer noch so qualvollen Behandlungen hatte ihn von diesem Fluch zu befreien vermocht.

»Nun gib mir schon das Tablett, ich möchte Mertyn guten

Tag sagen, da kann ich ihm auch gleich sein Essen bringen«, wiederholte Fygen.

»Ich glaube nicht, dass du zu ihm gehen solltest. Er ist nicht mehr wie früher ...«

»Natürlich ist er das nicht mehr. Er ist schließlich krank«, überging Fygen Katryns Einwände und nahm das Tablett vom Tisch.

»Du kannst nicht zu ihm gehen. Du weißt nicht, wie er geworden ist«, beharrte Katryn. »Er lässt außer mir niemanden mehr in sein Zimmer.« Katryns Stimme drohte zu kippen.

In dem Moment erschütterte ein grauenvolles Brüllen das Haus und fuhr Fygen durch Mark und Bein. Es klang nicht menschlich, doch Fygen hätte auch nicht zu sagen vermocht, welches Tier solche Schreie von sich geben könnte.

»Da hörst du es«, sagte Katryn, den Tränen nahe. »Mertyn. Er ist nicht mehr bei sich.«

Ohne ein weiteres Wort griff Fygen nach dem Tablett und stieg die Treppe hinauf, die ins Obergeschoss zu den Schlafgemächern führte. Ängstlich eilte Katryn hinter ihr her, um sie zurückzuhalten.

»Ich kenne Mertyn nun schon so lange«, versuchte Fygen die Freundin zu beruhigen. »Ich möchte ihn gerne besuchen, wenn ich einmal hier bin. Lass es mich wenigstens versuchen. Er wird mir schon nicht den Kopf abreißen, wenn er mich sieht.«

Doch weit davon entfernt war er nicht. Als er Fygens ansichtig wurde, entrang sich ein böses Knurren seiner Kehle, das von tief unten aus seinem Bauch zu kommen schien. Seine einstmals feurigen, dunklen Augen rollten unstet umher und schafften es immer nur für Bruchteile von Sekunden, sich an Fygens Gesicht festzuhalten.

»Hallo, Mertyn!«, grüßte Fygen ihn. »Ich habe gehört, es geht dir schon besser.« Behutsam stellte sie das Tablett auf einem niedrigen Tischchen ab, das man neben Mertyns Bett geschoben hatte.

Das Knurren wurde noch ein wenig lauter, dann schnellte Mertyns Hand unter der Bettdecke hervor, und mit einer einzigen raschen Bewegung seiner von Schwären überzogenen Hand schleuderte er das Tablett mitsamt dem abgedeckten Teller, dem Becher, Messer und Löffel quer durch den Raum. Der Becher mit Wein prallte an die Wand und hinterließ einen hässlichen, blutfarbenen Fleck, der in Streifen an der weiß getünchten Wand hinablief und auf dem Boden eine Lache bildete. Ein dicker, klebriger Kloß Rübenmus landete auf Fygens Rock und blieb dort für einen Moment haften, bevor er zu Boden fiel.

Wieder schoss Mertyns Hand hervor und umkrallte Fygens Handgelenk mit unerwarteter Kraft. Erschreckt schrie sie auf. Es fühlte sich an, als wäre ihr Arm in eiserne Schraubzwingen geraten. Vergeblich versuchte sie, mit der anderen Hand seine Faust zu öffnen, und erst mit Katryns Hilfe gelang es ihr, sich zu befreien. Mertyn hatte wieder begonnen zu schreien, und Fygen kroch erneut das Entsetzen in den Nacken.

Katryn sah, dass Fygen es nicht vermochte, einen Moment länger in Mertyns Nähe zu bleiben. Eiligst schob sie die Freundin aus der Kammer, schloss die Tür hinter ihnen und lehnte sich von außen dagegen.

»Bitte erzähle niemandem, wie schlimm es wirklich um

ihn steht. Vielleicht ist es ja bald vorbei. Ich will nicht, dass man ihn fortbringt.« Haltlos fing sie an zu schluchzen.

Fygen schloss Katryn in die Arme und strich ihr beruhigend über den Rücken. Sie war erschüttert, doch sie wusste, das war nichts im Vergleich zu dem, was die Freundin Tag für Tag durchzustehen hatte.

»Und Ihr arbeitet noch als Seidspinnerin?« Gretes Miene drückte Skepsis aus.

»Ja natürlich, mein Kind. Wovon soll ich sonst leben?«, fragte Marie unschuldig zurück.

Grete gefiel es gar nicht, von der alten Seidspinnerin als »mein Kind« bezeichnet zu werden, schließlich war sie Seidmacherin und saß, wenn auch zum ersten Mal, im Vorstand des Seidamtes. Doch sie wusste, dass sie das der alten Frau zugestehen musste. Auf diesen Tag hatte Grete sehr lange gewartet. Es war das zweite Treffen des Vorstandes seit seiner Wahl im Januar, heute im Hause von Heinrich Vurberg.

Für dieses Treffen hatte Grete darum gebeten, die alte Seidmacherin vom Hühnermarkt vorzuladen. Schwerfällig war die alte Frau in Heinrichs Kontor geschlurft, und Hermann van der Sar, Gatte der dürren Gertrud, hatte ihr höflich einen Sessel zurechtgerückt und ihr respektvoll einen Becher guten Weines angeboten. Im Gegensatz zu seiner Frau war Hermann ein gutmütiger, freundlicher Mann mit gesunden, roten Wangen und einem beachtlichen Bauch. Auch Elise up dem Platze, die andere Seidmacherin im Vorstand, nickte der alten Marie freundlich zu. Alle warteten ein wenig irritiert, doch auch gespannt, worauf Grete Elner mit ihrer Befragung hinauswollte.

»Und Eure Aufträge erhaltet Ihr von unserer gemeinsamen Freundin, Frau Lützenkirchen?«, fuhr Grete fort.

»Ja, das ist richtig, mein Kind«, antwortete Marie freundlich und wahrheitsgemäß.

»Und« – Grete holte Luft für den nächsten Satz – »ist es nicht so, dass Ihr die Seide von Frau Lützenkirchen weitergebt an die Beginen vom Annenkonvent in der Breiten Straße?«

Elise up dem Platze sog scharf die Luft ein, und Heinrich Vurberg legte sein langes Gesicht in Falten wegen der ungeheuerlichen Anschuldigung, die Grete da vorbrachte.

Hermann van der Sar schüttelte verblüfft den Kopf. Ihm dämmerte, dass es hier möglicherweise um etwas anderes als die Angelegenheiten der Zunft ging. Gewöhnlich hörte er nicht auf das Gerede seiner Frau, die insbesondere mit ihrer Schwester, Trude van Arnold, permanent über die anderen Mitglieder des Seidamtes klatschte. Doch er meinte, sich erinnern zu können, dass es Unstimmigkeiten zwischen Mettel Elner und Frau Lützenkirchen gegeben hatte. Hatte Frau Lützenkirchen nicht sogar bei der alten Mettel gelernt? Hermann van der Sar brummte unwillig. Drohte dies hier ein Zank zwischen Weibern zu werden?

Erstaunen trat auf Maries hutzeliges Gesicht. Mit ihren dunklen Vogelaugen blickte sie Grete an. »Wie kommst du denn darauf?«, fragte sie ruhig zurück.

»Nun, was machen die Frauen denn sonst bei Euch, nach Einbruch der Dunkelheit, wenn sie nicht unter ihren Umhängen versteckt Seide abholen?«, fragte Grete mit einem triumphierenden Lächeln auf den dünnen Lippen.

»Nein, das machen sie sicher nicht«, entgegnete Marie. Und weil sie gemerkt hatte, dass es Grete ärgerte, fügte sie ein wenig boshaft wiederum hinzu: »Mein Kind!«, was Grete dann auch mit einem säuerlichen Blick quittierte.

»Was dann?«

»Sie beten mit mir«, antwortete die Seidspinnerin schlicht. »Sie beten mit mir für mein Seelenheil. Ich bin eine alte Frau. Es währt sicher nicht mehr lange, bis ich meinem Schöpfer gegenübertreten werde. Und wenn man einmal in mein Alter gekommen ist, dann gibt es nichts Wichtigeres zu tun, als für das Jenseits Vorsorge zu treffen. Glaub mir, mein Kind, wenn du das Glück haben solltest, so alt zu werden wie ich, dann wirst du das sehr wohl verstehen lernen.«

Grete erhob sich schwerfällig aus ihrem Sessel, trat vor Marie und baute sich vor der Seidspinnerin auf, die Arme in die Seiten gestemmt. Unordentlich lugte eine aschfarbene Haarsträhne unter ihrer Haube hervor. Wie eine Beute fixierte sie die alte Frau, die neben Gretes gewaltigem Körper noch winziger und zerbrechlicher wirkte. Grete holte tief Luft, bevor sie zum Schlag ausholte: »Wenn Ihr so alt und gebrechlich seid, wie Ihr sagt, dann frage ich mich, ob Ihr überhaupt noch in der Lage seid, die Seide von Frau Lützenkirchen zu spinnen. Könnt Ihr mit Euren krummen Händen denn überhaupt noch spinnen?« Ein niederträchtiges Grinsen breitete sich auf ihrem flächigen Gesicht aus, als sich die Augen aller auf Maries verkrümmte, knotige Finger richteten. Grete ließ eine Spindel in Maries Schürze fallen.

Wie wild klopfte und hämmerte es an die Tür zur Werkstatt. Gertrud, die an dem Webstuhl arbeitete, welcher der Tür am nächsten stand, kniff die Augen zusammen, konnte durch das Fenster zum Hof jedoch niemanden erkennen. Das war an und für sich nicht ungewöhnlich, denn die ältere, angestellte Seidmacherin war recht kurzsichtig. Doch wenigstens den Umriss eines Menschen hätte sie ja erkennen müssen. Seltsam, dachte sie, aber das Klopfen ließ nicht nach. Also legte sie das Weberschiffchen nieder, raffte ihre Röcke zusammen und stand auf, um zu sehen, wer dort im Hof solch einen Lärm machte.

Es war ein kleines Mädchen, vielleicht sieben oder acht Jahre alt, mit hochroten Wangen und aufgelösten braunen Zöpfen, das vor der Werkstatttür stand und klopfte, als gelte es das Leben.

»Ja, sag einmal, was machst du denn hier für einen Lärm?«, tadelte Gertrud die Kleine und beugte sich vor, um sie besser erkennen zu können.

»Ich muss ganz rasch zu Frau Lützenkirchen«, erklärte das Mädchen.

»Ja, was willst du denn von Frau Lützenkirchen? Die arbeitet und kann nicht gestört werden.«

»Aber es ist wichtig«, beharrte die Kleine und trat unruhig von einem Fuß auf den anderen.

»Wenn es so wichtig ist, dann kannst du es auch mir sagen.« Gertrud verlor langsam die Geduld mit dem Mädchen. Außerdem zog es durch die geöffnete Tür kalt vom Hof herein.

»Aber meine Mutter hat mir aufgetragen, die Nachricht nur Frau Lützenkirchen zu sagen und sonst niemand.« Das Mädchen schaute Gertrud flehentlich an.

»Du bist die Tochter von Barbara Loubach, nicht wahr?«, fragte Gertrud, die es endlich geschafft hatte, das Gesicht des Kindes einzuordnen.

»Ja, das bin ich. Bitte, bitte, lass mich zu Frau Lützenkirchen.«

»Nun gut, wenn du meinst. Aber ich warne dich. Frau Lützenkirchen sieht es gar nicht gerne, wenn man sie wegen irgendwelchem Unfug stört.« Gertrud gab schließlich nach, zog das Mädchen in die Werkstatt hinein und schloss sorgfältig hinter ihr die Tür. Sollte sich ihre Brotherrin doch mit dem störrischen Kind herumärgern.

»Meine Mutter hat mir aufgetragen, ich soll Euch sagen, dass man Marie zum Hühnermarkt vor das Seidamt befohlen hat. Ihr wüsstet dann schon Bescheid«, sagte die Kleine ihren Spruch auf.

So war es nun also geschehen.

»Danke dir, mein Kind. Das hast du gut gemacht«, lobte Fygen, bemüht, sich vor dem Mädchen ihren Schrecken nicht anmerken zu lassen. Abwesend griff sie nach einem Stück Karamell in der Schale, die auf ihrem Pult stand, und reichte es dem Kind. »Nun lauf schnell nach Hause und sage deiner Mutter vielen Dank«, sagte sie.

Fygen hatte das Gefühl, alles um sie herum bräche zusammen. Ihr schwindelte, und für einen Moment musste sie sich an ihrem Schreibpult festhalten.

Die Sache mit den Beginen war also ans Tageslicht gekommen. Sie hatte damit gerechnet, dass es eines Tages passieren könnte, das schon, aber wirklich daran geglaubt hatte sie nie. Nicht einem Moment lang. Die Gedanken in Fygens Kopf überschlugen sich. Ihr erster Impuls war, einfach zu flüchten, nach ihrem Umhang zu greifen und das Haus zu verlassen. Durch die Stadt zu streifen, wie sie es früher so gerne getan hatte. Einfach nicht da zu sein, wenn die Wachmänner kamen, um sie zu holen. Denn die würden nun sicher nicht mehr lange auf sich warten lassen. Doch Fygen wusste, das würde nur einen Aufschub bedeuten und womöglich eine saftige Strafe nach sich ziehen.

Sie war sicher, dass, wenn man sie befragen würde, sie nicht würde lügen können. Sie hatte den Frauen die Seide zum Spinnen gegeben. Und sie hatte gewusst, welche Strafe darauf stand. Nun musste sie die Konsequenzen ihres Handelns tragen.

Doch das war leichter gedacht, als getan. Fygen seufzte und ließ sich in den Sessel hinter ihrem Pult fallen. Es musste einen Ausweg geben. Irgendein Schlupfloch. Eine Lösung. Verzweifelt zermarterte sie ihr Hirn auf der Suche nach einer Möglichkeit, das Unausweichliche zu verhindern. Doch ihr fiel beim besten Willen nichts ein, was sie hätte tun können.

Die Ungewissheit trieb sie aus dem Sessel hoch und auf die Beine. Nervös schritt sie von einem Ende des Kontors zum anderen und wieder zurück, blickte aus dem Fenster, ohne der trüben Dämmerung draußen gewahr zu werden. Ihre Hände zupften an den weiten Ärmeln ihres Kleides herum, bekamen ein Fädchen zu fassen, zogen daran. Unruhig wandte sie sich vom Fenster ab, schritt wieder auf die Tür zu. Dann wieder zurück.

Wäre es nicht besser, sich gleich den Damen und Herren vom Seidamt zu stellen? Dann wäre es wenigstens vorbei. Bei diesem Gedanken schlang sie energisch die Finger ineinander, bevor sich der Saum ihres Ärmels noch weiter auflösen würde.

Doch ein winziger Funken Hoffnung blieb. Vielleicht schaffte Marie es ja, alle Vorwürfe gegen sie zu zerstreuen, und konnte sogar vermeiden, dass ihr Name fiel? Dann wäre es gewiss ein Fehler, sich selbst zu stellen.

Was Peter ihr wohl raten würde? Zu dumm, dass sie ihn nicht fragen konnte, weil er auf Reisen war. Wie immer wenn es kritisch wurde, dachte Fygen ein wenig ungerecht. Doch vielleicht war es ganz gut, dass er nicht da war. Sie konnte sich Peters Ärger sehr lebhaft ausmalen. Er hatte sie gewarnt, ja, ihr sogar ausdrücklich verboten, damit fortzufahren, die frommen Frauen für sie spinnen zu lassen. Wie ärgerlich, dass er nun recht behalten würde.

Das Warten machte Fygen mürbe. Mittlerweile war die Dunkelheit hereingebrochen, und es war ruhig geworden im Haus. Fygen nahm einen Leuchter vom Tisch, entzündete die Kerzen und ging im flackernden Lichtschein hinüber in die Werkstatt. Die Mädchen hatten längst ihre Arbeit beendet und waren zum Essen in die Küche geeilt. Fygen stellte den Leuchter neben einem der Webstühle ab und ließ sich auf der harten Bank nieder.

In ihren Augen war der Ausschluss aus der Zunft eine viel zu harte Strafe für ein so harmloses Vergehen, hatte er doch indirekt zur Folge, dass sie ihre Weberei würde schließen müssen. Denn keine Garnspinnerin und kein Färber dürfte künftig mehr für sie arbeiten.

Mit Wehmut schaute sie um sich. Ließ ihren Blick über die Webstühle gleiten, die besten und modernsten, die es in der Stadt gab. Es war schade um ihre Weberei, dachte Fygen traurig. So viel Arbeit und Liebe hatte sie darauf verwendet, sie zu einer der erfolgreichsten Seidenmanufakturen Kölns zu machen. Fygen nahm das Schiffchen zur Hand, das auf dem bereits fertiggestellten Gewebestück ruhte, und strich sachte mit dem Finger darüber. Es fühlte sich glatt und kühl an.

Finanziell wäre das Ende ihrer Weberei eine große Einbuße. Doch sie waren vermögend genug, dass es sie nicht in finanzielle Schwierigkeiten stürzen würde. Aber, verflixt noch einmal! Mit der geballten Faust hieb Fygen auf den Holm des Webstuhles. Sie liebte ihre Arbeit.

Mit einem Tritt des Pedals hob sie den Schaft und warf energisch das Schiffchen durch das Fach. Dann würde sie sich eben eine neue Aufgabe suchen, dachte sie trotzig. Schon lange hatte sie nicht mehr selbst am Webstuhl gesessen und gewebt. Mit einem Ruck schlug sie die Kammlade an. Nun, künftig würde sie eine Menge Zeit haben, selbst zu weben. Wenn auch nur für den Hausgebrauch, dachte sie grimmig. Wieder schlug sie die Lade an.

Draußen auf der Straße erklang plötzlich das Geräusch von Stiefeln, die auf das Pflaster traten. Es war so weit. Die Schritte kamen näher. Waren vor dem Haus. Doch dann gingen sie weiter, entfernten sich in der Stille der Dunkelheit. »Lass es bald zu Ende sein«, bat Fygen halblaut.

Wieso war es aufgefallen, fragte sie sich wieder und wieder. Wie hatte der Zunftvorstand davon erfahren? Wieso jetzt, wo weder sie noch Peter, Katryn oder Mertyn im Vorstand saßen und etwas zu ihrer Verteidigung hätten vorbringen können? Stattdessen saß dort ihre ungeliebte, unansehnliche Base Grete, die ihr noch nie gut gewesen war.

Mit einem Mal kam ihr ein Verdacht. Grete! Steckte sie dahinter? War es kein Zufall, dass Fygen gerade jetzt aufgefallen war, wo Grete gerade einmal zwei Wochen im Zunftvorstand saß? Vielleicht war es ein Fehler gewesen, die alte Mettel wegen der ungestempelten Seide anzuschwärzen. Hatte Grete etwa so lange darauf gewartet, es ihr, Fygen, heimzuzahlen? Und sie selbst war auch noch dumm genug gewesen, ihr alle Mittel an die Hand zu geben! Wie überaus ärgerlich! Doch jetzt nutzte kein Hadern mehr. Was geschehen war, war geschehen, und sie musste zusehen, wie sie damit zurechtkam.

Fygen spürte eine bleierne Müdigkeit in sich aufsteigen. Sie streckte sich, bog den schmerzenden Rücken durch wie eine Katze, und dann, um sich von ihren finsteren Gedanken abzulenken, nahm sie die Arbeit an dem halb fertigen Webstück wieder auf.

In den frühen Morgenstunden spürte Fygen, wie jemand sie am Arm rüttelte.

»Fygen! Fygen, bitte wach auf.«

Verschlafen blickte Fygen auf und schaute geradewegs in das verweinte Gesicht von Katryn Ime Hofe.

»Was? Was ist?«, fragte sie und hatte Mühe, sich zurechtzufinden.

»Mertyn ist gestorben. Es ist vorbei«, sagte Katryn tonlos und lehnte sich an Fygens Schulter. Tränen rollten ihr über das Gesicht und tropften in Fygens Haar, als Katryn von ihrem grenzenlosen Kummer überwältigt wurde.

Lange standen sie so da, eng umschlungen in der Kälte der Werkstatt. Die Morgendämmerung kroch durch die Fenster herein, und erst langsam wurde Fygen klar, dass man sie nicht geholt hatte. Sie war mit einem großen Schrecken davongekommen. Bei Gott und allen Heiligen schwor sie sich, nie wieder einen solchen Leichtsinn zu begehen. Gerne würde sie die Beginen mit Gut und Geld unterstützen, doch Seide zum Spinnen würde sie ihnen nicht mehr geben. Die vergangene Nacht hatte ihr diese Lehre erteilt.

Teil IV

1492 – 1499

1. Kapitel

Mit einem Zischen sauste der Reisigbesen neben dem Schreibpult auf den Boden nieder. Fygen fuhr erschreckt auf. »Maren, ich bitte dich! Muss das jetzt sein?«

»Ja, Frau Lützenkirchen, sonst entwischt sie mir«, keuchte die beleibte Magd und watschelte in Windeseile zum Fenster hin, wo eine winzige braune Feldmaus hilflos nach einem sicheren Versteck suchte. In ihrer Not hatte sie sich, auf der Flucht vor der tolpatschigen Maren, in Fygens Kontor gerettet.

»Schenk ihr doch noch diesen Vormittag. Mich stört sie weniger als deine wilde Jagd.« Fygen wünschte nichts weiter, als in Ruhe arbeiten zu können.

»Aber dann kriegt sie Junge. Und wenn die wieder Junge kriegen und die dann auch wieder …«

Langsam verlor Fygen die Geduld. »Maren, Mäuse bekommen nicht jeden Tag Nachwuchs. Und diese sieht auch nicht trächtig aus. Du kannst sie sicher auch heute Nachmittag noch fangen, ohne dass wir hier im Haus unter einer Mäuseplage zusammenbrechen.«

»Aber …«

Gerade als Fygen die Magd eigenhändig aus ihrem Kontor hinauswerfen wollte, öffnete sich die Tür einen Spaltbreit, und Peter steckte sein gebräuntes Gesicht herein. Heute war der erste frühlingshafte Tag des Jahres, wieso also schaffte es ihr Mann, immer so frisch auszusehen, als verbrächte er seine Tage auf dem Feld und nicht in seinem Kontor, fragte Fygen sich. Er wirkte fröhlich und unternehmungslustig, und die Fältchen um Augen und Mund mochten sämtlich vom Lachen stammen. Kaum einer, der ihn traf, vermutete, dass er im vergangenen Jahr bereits seinen fünfzigsten Geburtstag gefeiert hatte.

»Vorsicht, hier ist Jagdrevier«, warnte Fygen ihn.

Peter sah Maren mit dem Besen und nahm die Warnung durchaus ernst. Vor den Katastrophen, die ständig dort geschahen, wo Maren wirkte, hatte er einen ordentlichen Respekt. Doch der beruhte auf Gegenseitigkeit. Ein strenger Blick von Peter genügte, und die Magd schob ihr ausladendes Hinterteil samt Besen zur Tür hinaus.

Heute schien man sich verschworen zu haben, um sie am Arbeiten zu hindern, dachte Fygen ein wenig genervt, als Peter es sich in einem der Sessel bequem machte. »Was gibt es?«, fragte sie knapp, doch dass sie kurz angebunden war, störte Peter offensichtlich nicht. Er schien heute viel Zeit zu haben.

Peter bemühte sich um eine gleichgültige Miene, aber er konnte sein spitzbübisches Lächeln nicht verbergen, als er so beiläufig wie möglich erklärte: »Es ist so schönes Wetter. Da dachte ich mir, du hättest vielleicht Lust, ein wenig mit mir spazieren zu gehen.«

Vor Verblüffung entfuhr Fygen ein recht undamenhaftes Prusten. »Sonst ist alles in Ordnung?«, fragte sie. »Du bist sicher, dass du gesund bist, ja?«

»Ja, danke der Nachfrage. Ich fühle mich durchaus wohl. Aber dir könnte ein wenig frische Luft gut tun«, antwortete er mit einem Schmunzeln. Und ehe sie sich versah, hatte er sie bei der Hand gepackt, aus dem Kontor gezogen und ihr ein leichtes Umschlagtuch um die Schultern gelegt.

»Ich bin sofort wieder da«, erklärte er und ließ sie verdutzt im Flur stehen, während er in Richtung Küche verschwand. Doch bereits einen Moment später war er wieder da, einen Korb in der Hand, der mit einem weißen Leinentuch fein säuberlich abgedeckt war. Dann reichte er seiner Frau galant den Arm und führte sie zur Tür hinaus.

Strahlend schien die Sonne an einem makellosen Himmel und wärmte Fygen die Schultern. Während der langen Wintertage hatte sie beinahe vergessen, wie wunderbar ein Frühlingstag sein konnte. Auf den stacheligen Fingern des Rosenbaumes sprossen die ersten kirschfarbenen Knospen, die Gräser, die hartnäckig am Fuß der Hausmauern kauerten, prahlten mit ihrem neu erworbenen Grün und begannen bereits mit ihrem unermüdlichen Kampf gegen den Schmutz der Gassen.

Peter zog Fygen die Straße Unter Wappensticker entlang, dann bog er energischen Schrittes rechts in die Schildergasse ein. Er schien ein ganz bestimmtes Ziel zu haben und sich mächtig darauf zu freuen, so fröhlich wie er den Korb an seinem Arm schwenkte. Seine gute Laune wirkte ansteckend, und Fygen konnte nicht verhindern, dass sie mit jedem Schritt neugieriger wurde.

Die Gasse St. Agathen öffnete sich auf eine Kreuzung, an der sich die Hofengass und die St.-Cäcilien-Straße trafen. Ein Stück weiter lag die städtische Wollküche, und direkt gegenüber erkannte Fygen das Hofgut mit den prächtigen Erkertürmen wieder, in das sie sich vor unendlich langer Zeit bei einem ihrer ersten Spaziergänge mit Katryn verliebt hatte. »Haus Wolkenburg«, flüsterte sie leise vor sich hin, und ihr entfuhr ein Glucksen, als sie daran dachte, wie dreist und leichtsinnig sie damals gewesen war, einfach in den Hof fremder Menschen hineinzulaufen. Wie lange war das nun her? Über zwanzig Jahre, rechnete sie aus und sah wieder Katryns entsetztes Gesicht vor sich, als sie die Ärmste einfach mit sich in den Hof gezogen hatte.

Peter tat so, als hätte er Fygen nicht gehört, und vielleicht hatte er ja wirklich nichts gehört, denn zielstrebig überquerte er nun die Wegkreuzung und steuerte genau auf das Eingangstor der Wolkenburg zu. Fygen hatte gerade Luft geholt, um ihm zu erzählen, wie sie und Katryn damals nur mit knapper Not und mit Hilfe von Frau Starkenbergs Würsten und einer frechen Zunge davongekommen waren, als Peter mit der allergrößten Selbstverständlichkeit das Hoftor aufdrückte. Nun war es an Fygen, ein ähnlich überraschtes Gesicht zu ziehen wie dereinst ihre Freundin. Als Peter sich anschickte, den Hof zu betreten, hielt sie ihn zurück. »Du kannst da nicht einfach hineingehen. Es gibt dort Hunde, und der Hofverwalter ist ziemlich unfreundlich, soweit ich mich erinnern kann«, sagte sie.

»So? Nun, für die Hunde habe ich etwas«, entgegnete Peter. Nur mühsam unterdrückte er ein Lachen, als er das Tuch von dem Korb nahm, hineingriff und Fygen eine schöne, saftige Schweinswurst in die Hand drückte. Verwundert schaute Fygen ihren Mann an. Was, in Herrgottsnamen, hatte das zu bedeuten? Doch ehe sie ihn fragen konnte, hatte er sie hinter sich her in den gepflasterten Hof gezogen. Unter freudigem Gewinsel raste ein kaum wadenhohes, kastanienfarbenes Bündel mit großen, dunkelbraunen Samtaugen auf sie zu. Der junge Hund witterte sofort Fygens Wurst, drückte seine Schnauze in ihren

Rock und versuchte, sich mit seinen dicken, tapsigen Pfoten an ihr aufzurichten. Fygen hockte sich nieder, brach ein Stück von der Wurst ab und reichte es dem kleinen Kerl, der es sich schmecken ließ. Die Wurst schien ihren herzhaften Duft weit zu verbreiten, denn in wilder Jagd kamen nun auch die zwei Brüder des Welpen angeflitzt und gaben sich alle Mühe, einen Teil des Festschmauses für sich zu erobern. Schmunzelnd reichte Peter seiner Frau eine weitere Wurst.

Liebevoll streichelte Fygen dem jungen Hund über das flauschige Welpenfell. »Du bist genauso hübsch wie dein Papa«, flüsterte sie zärtlich.

»Doch wohl eher der Groß- oder Urgroßvater.« Peter lachte.

Fygen richtete sie sich auf und ermahnte ihren Mann: »Das ist doch gleichgültig. Bevor wir uns mit ihrem Herrn auseinandersetzen müssen, sollten wir lieber verschwinden.« Dann erst ging ihr der Sinn auf, der hinter Peters Worten steckte. »Du weißt von der Geschichte? Hat Katryn dir etwa davon erzählt?«

Doch bevor Peter antworten konnte, war bereits ein grobschlächtiger, älterer Mann in derber Kleidung auf sie zugetreten und begrüßte sie ehrerbietig. »Guten Tag, Herr Lützenkirchen, Frau Lützenkirchen.« Er verbeugte sich höflich. Der kräftige Mann war um einiges gealtert, seit Fygen ihn zuletzt gesehen hatte, doch Fygen erkannte in ihm unschwer den unfreundlichen Verwalter von einst wieder. Wie beiläufig entledigte er sich eines der lästigen Hunde mit einem wohlgezielten Tritt seiner derben Stiefel.

Der kleine Welpe, der einzig den Fehler begangen hatte, in der Nähe des Verwalters fröhlich wedelnd herumzuuspringgen, quietschte unter dem groben Tritt auf, flog ein Stück weit und schlug unsanft auf das Pflaster auf. Vor Schmerz winselnd, schleppte er sich aus der Reichweite der Stiefel seines Peinigers und suchte hinter Fygens Rock Schutz.

Fygen sog scharf die Luft ein. Sie hätte den Verwalter auf der Stelle wegen seiner Grobheit erwürgen können und hatte bereits den Mund geöffnet, um ihn zur Rede zu stellen, als Peter beruhigend seine Hand auf ihren Arm legte. Leise zischte er ihr ins Ohr: »Später! Ich kümmere mich darum.«

Der Verwalter lächelte unterwürfig und machte eine einladende Geste. »Kommt bitte hier entlang«, sagte er, ging ihnen voraus über den Hof und betrat, von Peter gefolgt, das Haupthaus. Fygen blieb nichts anderes übrig, als den Männern zu folgen, doch zuvor bückte sie sich, nahm den getretenen Hund auf den Arm und streichelte ihn tröstend.

Zunächst gelangten sie in einen großen Flur, der das Erdgeschoss zweiteilte. Auf der zur Straße gelegenen Seite befand sich ein großer, heller Saal mit Steinkamin, auf der anderen Seite lagen einige kleinere Zimmer. Der Flur selbst wurde von einem steinernen Wasserbecken beherrscht, das von zwei großen, ebenfalls steinernen, wasserspeienden Köpfen gekrönt wurde. Neben dem Wasserbecken führte eine große Wendeltreppe hinauf in das Obergeschoss, das zum großen Teil von einem Saal eingenommen wurde. Hier konnte Fygen deutlich erkennen, dass das Haus zweischiffig konstruiert worden war, denn wie der Tanzsaal des Gürzenich wurde auch die holzvertäfelte Decke des großen Saales im Obergeschoss in der Mitte durch eine Reihe von Säulen getragen.

Zurück im Erdgeschoss, führte der Verwalter sie in eine geschmackvolle und mit einem würdevollen Altar ausgestattete Hauskapelle, die im hinteren Bereich an das Hauptgebäude angebaut worden war.

»Wenn man es mal ganz dringend nötig hat mit dem Beten«, erklärte er respektlos.

Zu Fygens Verwunderung geleitete er sie sogar in den Keller, der von einer Mauer in zwei parallele, von Tonnengewölben überdeckte Räume geteilt wurde. Dann zeigte er ihnen die großzügigen Wirtschaftsgebäude und Stallungen, die sich auf dem hinteren Teil des Grundstücks befanden, verborgen von einem Apfelgarten, dessen Bäume wie von Schaum gekrönt in voller Blüte standen.

Als sie wieder in den Hof getreten waren, fragte der Verwalter: »Wann gedenkt Ihr einzuziehen? Ich werde dementsprechend alles vorbereiten, damit Ihr alles zu Eurer Zufriedenheit vorfinden werdet.«

Fygen blieb der Mund offen stehen. Sie sah Peter an. »Einziehen? Wieso einziehen?«

Peter verbarg seine Belustigung über ihre Reaktion hinter einer ernsten Miene. »Es ist nicht nötig, dass Ihr Euch die Mühe macht«, beschied er dem Verwalter knapp. »Mein Gehilfe wird nachher kommen, um sich um alles Weitere zu kümmern. Ihr könnt sofort damit beginnen, Eure persönlichen Sachen zu packen. Wir werden Eure Dienste nicht benötigen.«

Dem Verwalter blieb bei Peters bestimmten Worten der Mund offen stehen, und er starrte ihn verständnislos an.

»Wenn ich bemerken darf, Herr Lützenkirchen, seit über siebenundzwanzig Jahren bin ich im Dienste …«

»Nun, dann wird es Euch sicher Freude bereiten, einmal

etwas Neues kennenzulernen«, schnitt Peter ihm die Rede ab. Jemanden, der es fertigbrachte, hilflose Welpen zu treten, mochte er nicht in seinen Diensten haben.

Kühl drehte er dem Verwalter den Rücken zu und wandte sich nun endlich an Fygen: »Herzlichen Glückwunsch zum Geburtstag, mein kleiner Mösch. Gefällt es dir?«

»Ja, es ist wundervoll, aber wieso …«, stotterte Fygen. Sie hatte sich noch nicht an den Gedanken gewöhnt, dass dieses traumhafte Anwesen künftig ihr Wohnhaus werden sollte.

»Wieso ich es gekauft habe? Du wolltest doch immer ein wenig ländlich wohnen«, schmunzelte Peter. »Ich denke, dass wir uns hier sehr wohl fühlen werden.« Und obwohl es sich wahrhaftig nicht geziemte, schloss er vor den Augen des ehemaligen Verwalters seine Frau in die Arme und drückte ihr einen Kuss auf den Mund.

Nach Hause zurückgekehrt, führte Fygens Weg geradewegs in die Werkstatt, um ihren Töchtern die großartige Neuigkeit zu erzählen. Doch wie nicht anders zu erwarten, fand sie dort nur Lisbeth vor, ihre Jüngste, die eifrig damit beschäftigt war, an ihrem ersten Tuch zu weben. Seit einigen Wochen war sie endlich alt genug, um, wie ihre beiden älteren Schwestern auch, bei der Mutter das Seidenhandwerk zu erlernen. Lange hatte sie darauf gebrannt, mit den schönen Garnen arbeiten zu dürfen, und war, genau wie Fygen Jahre zuvor, zunächst enttäuscht gewesen, dass sie erst einmal die aufwendigen Hilfsarbeiten zu erlernen hatte, bevor Fygen ihr gestattete, sich an einen Webstuhl zu setzen. Doch seitdem war sie kaum noch davon fortzubewegen, und so fand Fygen sie in ihre Arbeit ver-

tieft vor, die rosafarbene Zungenspitze zwischen die weißen, gleichmäßig gewachsenen Zähne geklemmt. Eine
vorwitzige Locke hatten sich aus einem ihrer Zöpfe gelöst
und ringelte sich auf ihrer Schulter.

Der Anblick ihrer Jüngsten, wie sie so eifrig bemüht war,
die Kunst des Seidmachens zu erlernen, freute Fygen jeden
Tag aufs Neue, und ein stolzer Ausdruck stahl sich auf ihr
Gesicht. »Stell dir vor«, sagte sie. »Papa hat für uns ein
neues Haus gekauft. Es ist ein Hof und hat einen Obstgarten und …«

»Wo ist es?«, unterbrach Lisbeth knapp das Schwärmen
ihrer Mutter und bedachte Fygen mit einem argwöh-
nischen Blick.

»Bei St. Cäcilien. Es ist …«

Doch Lisbeth ließ sie nicht aussprechen. Sie gab einen beinahe hysterischen Schluchzer von sich und warf sich theatralisch über den Warenbaum. Dann fuhr sie plötzlich auf,
raffte ihre Röcke und rannte ohne Erklärung aus der Werkstatt.

Fassungslos starrte Fygen ihr nach. »Verstehe einer die
Mädchen«, murmelte sie leise.

»Ganz einfach«, erklärte Sophie lässig. Sie hatte unbemerkt
die Werkstatt betreten und die Worte ihrer Mutter sowie
den überstürzten Abgang ihrer Schwester mitbekommen.
»St. Cäcilien ist zu weit weg vom Haus Zur Roder Tür.«

Fygen schaute immer noch nicht klüger drein, und so ließ
Sophie sich herab, noch deutlicher zu werden: »Es ist zu
weit weg von Tim. Dann kann sie ihn nicht mehr jeden Tag
sehen!«

Tim war nach dem Tod seines Vaters in das Haus Zur Roder Tür zurückgekehrt, um Katryn beim Einkauf der Roh-

seide und beim Verkauf ihrer Seidwaren, so gut es ging, zu unterstützen. In den ersten Jahren hatte Peter ihm dabei oft mit Rat und Hilfe zur Seite gestanden, doch inzwischen hatte sich der ernsthafte Sechzehnjährige zu einem vielversprechenden Kaufmann entwickelt, der sein Handwerk verstand und von dem zu erwarten war, dass aus ihm ein erfolgreicher Seidenhändler werden würde.

Ohne zu erklären, wo sie gesteckt hatte, ging Sophie gemächlich zu ihrem Webstuhl und setzte sich. An der Breite, oder vielmehr der nicht vorhandenen Breite ihres seit dem Morgen gewebten Stückes konnte Fygen unschwer erkennen, dass Sophie alles Erdenkliche getan hatte, während die Mutter fort gewesen war, nur nicht gewebt. Doch das verwunderte Fygen nicht. Sophie verabscheute das Seidenhandwerk. Wobei es nicht das eigentliche Handwerk war, was Sophies Unwillen erregte. Liebend gerne hätte Fygen ihre Älteste zu einer anderen Lehrfrau gegeben, damit sie dort ein Handwerk erlernen würde, das ihr besser läge. Nein, Sophie verabscheute jede Art von Arbeit. Mit ihren vierzehn Jahren war sie nun im dritten und eigentlich letzten Lehrjahr, denn das Seidamt hatte die Lehrzeit inzwischen auf drei Jahre verkürzt. Doch Fygen konnte sich nicht vorstellen, dass Sophie die Prüfung vor dem Amtsvorstand bestehen würde. Sie brauchte nur das angefangene Webstück ihre Tochter zu betrachten. Der Rand war flatterig und wellig, das Gewebe in sich ungleichmäßig. Bis heute hatte Sophie nicht gelernt, die Kammlade einigermaßen gleichmäßig anzuschlagen. Es war schade um die teure Seide, die sie verbrauchte, dachte Fygen, denn das Tuch wäre bei der Qualität unverkäuflich, und Fygen würde sich hüten, es auch nur anzubieten und sich damit ihren Ruf als eine der besten Seidmacherinnen der Stadt zu verderben. Eigentlich wäre es einträglicher, wenn Sophie nicht mehr in der Werkstatt erschiene, dachte sie grollend. Zorn stieg in ihr auf, als sie beobachtete, wie Sophie gemächlich nach dem Schiffchen griff. »Wo warst du?«, herrschte sie ihre Tochter an. »Und warum hast du nicht gearbeitet?«

Sofort verstummte das leise Gesumm der Frauen und Mädchen, die sich bei der Arbeit gedämpft unterhielten. Gespannt spitzten alle die Ohren. Es kam nicht oft vor, dass die Meisterin ihre älteste Tochter offen zur Rechenschaft zog. Obwohl diese es bei Gott verdient hätte.

»Ich hatte noch etwas zu erledigen«, erklärte Sophie lahm.

»Es ist eine rechte Plage mit dir«, schimpfte Fygen. »Hast du schon einmal darüber nachgedacht, welch ein schlechtes Beispiel du den anderen Lehrmädchen gibst? Wie sollen sie Lust haben, fleißig zu arbeiten, wenn du dich in der Gegend herumtreibst?«

»Ich bin ja auch die Tochter der Lehrherrin«, maulte Sophie überheblich.

»Du? Was maßt du dir eigentlich an? Du bist eine rechte Schande für die ganze Zunft!« Erzürnt funkelte Fygen ihre Tochter an. Die anderen Lehrmädchen hielten den Atem an. So wütend hatten sie ihre Meisterin selten gesehen.

»Da du anscheinend nicht gerne webst und das auch offensichtlich nicht kannst, wie du mal wieder hinlänglich bewiesen hast, wird es von nun an deine Aufgabe sein, die Seidenballen in Leinen einzunähen. Mal sehen, ob dir das ein wenig Demut beibringt.«

Entgeistert schaute Sophie ihre Mutter aus großen, runden

Augen an. Auf die Idee, Fygen könnte sie mit einer derartigen Aufgabe strafen, war sie anscheinend überhaupt nicht gekommen. Das Einnähen der Seide, um sie für den Transport gegen Schmutz und Regen zu schützen, war eine schwere Arbeit. Denn nur mit äußerster Kraftanstrengung ließ sich die Nähnadel durch das gewachste Leinen ziehen. Man bekam von dieser Arbeit Schwielen an den Händen, und nicht selten rissen dabei die Fingernägel schmerzhaft ein.

»Schau nicht so wie eine Kuh, wenn es donnert. Du kannst dich gleich an die Arbeit machen.« Und an Gertrud gewandt, befahl Fygen: »Nimm dieses verhunzte Webstück hier aus dem Rahmen und sieh zu, dass die Kettfäden wieder gespannt werden.« Dann rief sie Elise zu sich. Die Tochter des Weinhändlers Tilmann Lutzenforst war ein ruhiges, anstelliges Mädchen, das gerade das zweite Lehrjahr begonnen hatte. Ein wenig schüchtern trat sie vor, und zu ihrer großen Überraschung erklärte Fygen ihr: »Elise, ich möchte, dass du künftig an diesem Webstuhl arbeitest. Hast du mich verstanden?«

»Sehr gerne, Frau Lützenkirchen.« Elise nickte. Den wütenden Blick, mit dem die vor allen Anwesenden gedemütigte Sophie sie bedachte, sah sie allerdings nicht.

Fygen hatte keine Lust mehr, sich mit Sophie über den Umzug in die Wolkenburg zu unterhalten. Stattdessen würde sie Agnes davon erzählen. Vielleicht gab es ja eine unter ihren Töchtern, mit der es sich heute vernünftig reden ließ.

Natürlich war auch Agnes nicht in der Werkstatt. Aber Fygen brauchte nicht lange zu überlegen, wo sie ihre Zweitälteste finden konnte. Obschon sie ebenfalls offiziell als

Lehrmädchen geführt wurde und Fygen sich ein gutes halbes Jahr lang redlich bemüht hatte, aus ihr eine Seidweberin zu machen, arbeitete sie nicht in der Werkstatt. Doch anders als Sophie konnte man sie keineswegs des Müßiganges bezichtigen. Im Gegenteil, Agnes war sehr flink und anstellig, aber sie hatte kein Händchen für das Seidenhandwerk, und auch das kaufmännische Gespür fehlte ihr vollständig. Sie fühlte sich am wohlsten, wenn sie sich in Hildas Obhut um den großen Haushalt kümmern durfte. Schon früh hatte sie eine für Fygen unverständliche Zuneigung zu der spröden Hilda gefasst und folgte der Haushälterin auf Schritt und Tritt. Jede Gelegenheit nutzte sie aus, um sich aus der Werkstatt fortzustehlen, und schützte allerlei fadenscheinige Gründe vor, meist unaufschiebbare Vorbereitungen für die unterschiedlichsten Feiertage, die ihre Hilfe in der Küche unabdingbar machten. Mit unglaublicher Hartnäckigkeit saugte sie förmlich alles, was es über das Führen eines Haushaltes zu wissen gab, aus der wortkargen Frau heraus. Welche Lebensmittel wo und in welchen Mengen zu kaufen waren und wie sie gelagert werden mussten, damit sie nicht verdarben. Wie mit den Wäscherinnen zu verfahren war, wie die Hausmägde anzuleiten waren, wie viele Hühner, Kühe und Schweine man im Hof benötigte, um den Haushalt zu versorgen, und so weiter und so fort. Sicherlich nützliche Dinge, von denen Fygen nicht viel verstand und die sie von jeher getrost Hilda überlassen hatte. Aus Agnes würde mit Sicherheit eine hervorragende Hausfrau werden, die es auf das trefflichste verstand, auch dem größten und aufwendigsten Haushalt vorzustehen.
Fygen war zunächst über das mangelnde Interesse ihrer

Tochter am Seidenhandwerk enttäuscht gewesen und hatte Peter bitterlich ihr Leid geklagt.

»Wenn es ihr Freude bereitet, dann lass sie doch!«, hatte Peter wie üblich seine Tochter in Schutz genommen. »Du brauchst ihre Hilfe in der Weberei nicht.«

Und so war man stillschweigend übereingekommen, sie einfach gewähren zu lassen.

Mit ihrem blassen, klaren Teint und den glatten weizenfarbenen Haaren war Agnes ein recht hübsches Mädchen. Sie achtete darauf, immer adrett und ordentlich gekleidet zu sein, nie traf man sie mit verrutschter Haube oder einem Fleck auf der Schürze an. Dazu hatte sie Peters unverschämt blaue Augen geerbt, und es war davon auszugehen, dass sie eines nicht mehr allzu fernen Tages heiraten würde. Dann würde ihr das von Hilda erworbene Wissen sicherlich zugutekommen.

Doch als Fygen Agnes schließlich im Korridor zu Peters Kontor fand, da verhielt auch diese sich gänzlich anders, als ihre Mutter es erwartet hatte. Unentschlossen drückte Agnes sich in der Nähe der offenen Tür zu Peters Kontor herum, ein Tablett in den Händen, auf dem ein Weinkrug, zwei Becher und eine Schale mit gewürztem Schmalzgebäck standen.

»Was ist«, fragte Fygen ihre Tochter. »Willst du nicht hineingehen, um deinem Vater und seinem Gast ihre Erfrischung zu bringen?«

Statt einer Antwort färbte plötzlich eine unnatürliche Röte Agnes' blasses Gesicht, den Hals hinab bis knapp zum Ansatz ihrer jungen Brüste, den das tief geschnittene Mieder erahnen ließ.

»Er hat Besuch«, flüsterte das Mädchen heiser.

»Ja, eben. Bring ihnen doch das Tablett hinein.«

»Das, das kann ich nicht«, stammelte Agnes, drückte ihrer Mutter das Tablett in die Hand und verschwand.

Fygen sah sich genötigt, höchstpersönlich die Herren zu bewirten, und als sie das Kontor betrat, erkannte sie auch den Grund für Agnes' seltsames Verhalten: Bei dem Besucher, der Peter gegenübersaß, musste es sich um Andreas Imhoff handeln. Ein recht junger und gut aussehender Mann, dachte Fygen. Doch Andreas sah nicht nur gut aus, auf seinem hoch gewachsenen Körper saß ein durchaus kluger Kopf, und nicht umsonst war Imhoff trotz seines jugendlichen Alters bereits Faktor der Memminger Vöhlin-Gesellschaft in Köln.

Als Vertreter des oberdeutschen Bank- und Handelshauses war Andreas sozusagen ein Kollege Peters, der neben seinen Handelsaktivitäten auf eigene Rechnung in zunehmendem Maße nun auch als Faktor der Großen Ravensburger Handelsgesellschaft tätig war. Als solchem oblag es ihm, die Gesellschaft in Köln zu vertreten. Gegen eine nicht unerhebliche Provision erwarb er im Namen der Gesellschaft Waren aus den Rheinlanden wie Kölner Borten, Seidentuche und Stickereien, um sie nach Süden zu senden, und sorgte sich umgekehrt auch darum, die oberdeutschen Waren, vornehmlich Leinen und Barchent, das feste, innen aufgeraute Gewebe aus Baumwolle und Leinen, aus dem Kleidung für jedermann geschneidert wurde, in Köln zu veräußern.

Fygen begrüßte diese Entwicklung sehr, hielt es ihren reiselustigen Gatten doch mehr und mehr davon ab, sich in fremde Länder und damit in Gefahr zu begeben.

Für den Besuch von Andreas Imhoff gab es keinen zwingenden Anlass. Vielmehr ging es den beiden Herren darum herauszufinden, ob man nicht durch zeitliche Absprachen und das Zusammenlegen von Warenlieferungen die Kosten für den Transport einiger Güter deutlich verringern konnte, nahmen ihrer beider Waren doch ein gutes Stück den gleichen Weg.

»Ich habe gerade eine Lieferung Seide aus Valencia erhalten. Im Gegenzug geht in den nächsten Tagen von hier eine Sendung kölnischer Goldgespinste für Venedig und Genua ab. Es ist gerade einmal ein halber Wagen voll, eigentlich lohnt es nicht, dafür eine Sendung auf den Weg zu bringen, aber die Ravensburger warten dringlich darauf. Wenn Ihr möchtet, könntet Ihr Euch mit einer kleinen Lieferung gerne anschließen«, hörte Fygen Peter gerade sagen.

»Gerne. Wenn noch Platz für einige Ballen englische Tuche wäre, so würde ich das Angebot gerne annehmen«, antwortete Imhoff.

»Ah, Fygen! Schön, dass du uns eine Erfrischung bringst. Das hier ist Andreas Imhoff. Er ist erst vor einem Jahr von Augsburg nach Köln gekommen und vertritt hier das Handelshaus Vöhlin.«

Der junge Mann begrüßte Fygen freundlich mit einem offenen Lächeln, und Fygen hatte Gelegenheit, sich den Knaben aus der Nähe zu betrachten, der es vermocht hatte, ihre sonst so kühle und überlegte Tochter dermaßen aus der Fassung zu bringen. Er war wirklich ein ausnehmend ansehnlicher Bursche mit breiten Schultern, langem, glänzend braunem Haar und einem sympathischen, ein wenig spöttischen Lächeln um den breiten Mund.

»Wir haben, so glaube ich, einen guten Weg gefunden, den

Warenverkehr mit den oberdeutschen Handelsstädten künftig zu beschleunigen«, erklärte Peter Fygen erfreut. »Denn wenn wir unser beider Sendungen zusammenlegen, lohnt es sich, weitaus häufiger einen Wagen auf den Weg zu bringen als bisher.«

Doch seine Frau konnte sich heute nicht für die Geschäfte mit den oberdeutschen Handelshäusern erwärmen. Sie nickte nur kurz und machte sich wieder auf die Suche nach Agnes.

Schließlich fand Fygen das Mädchen in der Küche, wo es einen bereits glänzenden Topf polierte. In ihren blauen Augen stand ein dunkles Funkeln, wie Fygen es noch nie bei ihrer Tochter gesehen hatte.

»Stell dir vor«, sagte Fygen, griff nach einer Karaffe Wein und schenkte sich einen Becher halb voll, »dein Vater hat uns ein neues Haus gekauft in der Pfarre St. Peter. Es ist ein richtiges Hofgut, und wir werden dort noch mehr Platz haben als bisher.« Sie überging bewusst ihr Zusammentreffen auf dem Flur vor Peters Kontor, weil sie davon ausging, dass es ihrer Tochter peinlich sein würde. Schwungvoll goss sie einen Schluck Wasser in ihren Becher, um den Wein ein wenig zu verdünnen. Dann ließ sie sich auf der Bank unter dem Fenster nieder. Sie freute sich darauf, endlich mit jemandem über ihr neues Haus und den Umzug sprechen zu können.

Doch sowenig Fygen sich für die Frachtkosten nach Augsburg oder Memmingen interessiert hatte, so wenig schien ihre Tochter sich für das Haus Wolkenburg oder die Fragen eines Umzuges des gesamten Haushaltes zu interessieren. Mit verzücktem Blick starrte Agnes in die Ferne und rieb weiter an ihrem Kessel herum. »Ist er nicht einfach süß?« Diese Frage war alles, was ihre Mutter zu hören bekam. Und gemeint war damit sicher nicht der tapsige junge Hund, den Fygen aus der Wolkenburg mitgebracht hatte und der ihr von Stund an nicht mehr von der Seite wich.

Abends, als Fygen sich zwischen den Laken an die Schulter ihres Mannes kuschelte, machte sie ihrem Unmut schließlich Luft: »Sag mal, können wir die Mädchen nicht gewinnbringend verkaufen? Biete sie doch einfach auf der Frankfurter Messe an, vielleicht gibt ja einer was für sie?«
Peter war schon beinahe eingeschlafen, doch als er den leicht unzufriedenen Unterton in der Stimme seiner Frau vernahm, bemühte er sich, wach zu bleiben und ihr zuzuhören. »Ist es so schlimm?«
»Schlimmer! Waren wir auch so schrecklich, als wir jung waren?«
»Ich sicher nicht«, entgegnete Peter. »Aber von irgendwem müssen sie es ja haben. Ich erinnere dich nur an den jungen van Bensberg, der hatte es ganz schön auf dich abgesehen«, neckte Peter sie.
»Nur weil du dich nicht entscheiden konntest«, gab seine Frau zurück und versetzte ihm zärtlich einen Nasenstüber.
»Ich wollte nur rücksichtsvoll abwarten, bis du alt und vernünftig genug für die Ehe warst.«
»Du meinst, du wolltest kein so junges Huhn zur Frau haben? War es das?«
»Womit wir wieder bei den Mädchen sind«, sagte Peter gespielt ergeben. »Vielleicht sollten wir es noch einmal versuchen?«

»Was sollten wir versuchen?«, fragte Fygen irritiert.

»Neue Mädchen zu machen.«

»Herr Lützenkirchen, ich muss doch sehr bitten. Das ist ein höchst unanständiger Antrag«, rügte Fygen ihn, zog die Decke ein wenig höher und kuschelte sich an seiner Schulter zurecht.

Peter löschte die Kerze auf dem Nachtkasten und schlang einen Arm um sie. Er schien seinen Vorschlag durchaus ernst gemeint zu haben.

2. Kapitel

D as Bett können wir getrost dem Altwarenhändler geben«, entschied Fygen und deutete auf ein wackeliges, hölzernes Gestell, das in einer Kammer unter dem Dach sein vergessenes Dasein fristete.

Der Umzug gestaltete sich als ein aufwendiges Unterfangen, das sorgfältig geplant werden wollte, musste doch neben dem gesamten Haushalt auch die Werkstatt und Peters Kontor verlegt werden, und das mit einer möglichst kurzen Unterbrechung des Betriebes. So hatte Fygen sich dafür entschieden, zunächst den Haushalt umzuziehen, währenddessen die Arbeit in der Werkstatt fortgesetzt würde. Sie inspizierte alle Räume des Hauses, um sich einen Überblick zu verschaffen und zu entscheiden, welche Möbel ausrangiert, welche mitgenommen und welche neu angeschafft werden sollten.

»Oh, schau mal«, rief Fygen aus, als sie eines ganz besonderen Möbels ansichtig wurde, auf dem sich eine dicke Staubschicht gesammelt hatte: die betagte hölzerne Wiege, in der Sophie, Agnes und Lisbeth ihre ersten Lebensmonate verbracht hatten. Es war das Geschenk von Augusta, das Peters Mutter Fygen gemacht hatte, als ihr erstes Enkelkind auf die Welt gekommen war.

Agnes, die ihrer Mutter folgte, um ihre Anweisungen zu notieren, beugte sich verzückt hinab, wischte mit dem Zipfel ihrer Schürze den Staub von der Schnitzerei und strich verträumt über das blank gescheuerte Holz. Noch immer hing das Mädchen seiner Schwärmerei für den jungen Imhoff nach. Die ganze Aufregung und der Wirbel um den anstehenden Umzug schienen sie überhaupt nicht zu berühren.

Als Fygen und Agnes in das Obergeschoss hinabstiegen, fanden sie dort Hilda und eine weitere Magd damit beschäftigt, Stapel von Wäschestücken durchzusehen und zu sortieren. Überall auf den Fluren standen geöffnete Truhen mit Wäsche und Geschirr. Sogar Lijse, die nunmehr auf die siebzig zuging, ließ es sich nicht nehmen, ihren Beitrag zu leisten. Sie hatte sich einen Stuhl herbeigezogen und musterte kritisch die Tischwäsche. Jedes einzelne Stück Leinen, jede Serviette, jede Tischdecke wurde auseinandergefaltet und von Lijse mit Argusaugen inspiziert, um dann von Maren erneut zusammengelegt und in einer der Truhen verstaut zu werden. Wenn Fygen daran dachte, wie viele Trinkbecher, Teller, Platten, Töpfe und Tiegel noch zu verpacken waren, wurde ihr angst und bange.

Zudem musste vorab das gesamte Haus Wolkenburg vom Keller bis zum Dachboden geschrubbt werden, bevor man überhaupt damit beginnen konnte, die Möbel hinüberzuschaffen, denn es war von Ludwig von Aiche, dem Vorbesitzer, in den letzten drei Jahrzehnten kaum bewohnt worden.

Dann waren die Vorratskammern zu leeren, die Betten abzubauen, Vieh und Futtervorräte hinüberzuschaffen …

Fygen schloss entsetzt die Augen und fasste einen Entschluss. Angesichts der zu verpackenden Mengen und der Tatsache, dass ihr künftiger Haushalt eher größer denn kleiner werden würde, entschloss sie sich, auf der Stelle Magdalena Elverfeld aufzusuchen.

Die Maklerin lebte und arbeitete in einem der drei schmalen Häuser, die sich am Buttermarkt unter einen gemeinsamen, spitzen Giebel duckten. Für Fygen war es ein Leichtes, Magdalenas Haus zu erkennen, denn während die beiden anderen Häuser schmuddelig und baufällig waren, glänzte das der Maklerin umso hübscher mit seiner frischen weißen Tünche, den grün gestrichenen Fensterläden und den blitzblanken Fenstern. Auch die Stube, in die Fygen von der Straße aus hineintrat, war peinlich sauber. Kein Stäubchen verunzierte die glänzenden Bodenplanken. Dennoch hockte in einer Ecke eine magere Gestalt auf dem Boden, die Röcke über die dürren Beine hochgebunden, damit sie nicht in die Lauge hingen, und scheuerte die Bohlen mit einer harten Bürste.

Für Magdalena war es einfach, das Haus so sauber zu halten, denn sie vermittelte Hausangestellte. Dienstmädchen waren darunter, manches Mal auch erfahrene Wirtschafterinnen, doch in den meisten Fällen junge Mädchen, die vom Land in die Stadt gekommen waren, da sie hier als Magd weit mehr verdienten als ein Knecht auf dem Land. Wenn sie sparsam waren, konnten sie sich hier leicht in wenigen Jahren eine Mitgift zusammensparen, da sie gewöhnlich bei ihrer Herrschaft wohnten und von ihr verköstigt wurden. Die Reinlichkeit ihres Hauses war Magdalenas Referenz und Aushängeschild, und während die Mädchen darauf warteten, dass Magdalena ihnen eine Stelle vermittelte, machten sie sich in ihrem Haushalt nützlich.

Magdalena begrüßte Fygen mit einem strahlenden Lächeln, das ihre kleinen, wachen Augen in den Speckfalten ihres runden Gesichtes beinahe verschwinden ließ, und nötigte sie sogleich, in einem bequemen Sessel Platz zu nehmen. Sie selbst zwängte ihre breite Kehrseite in einen Stuhl gegenüber, und während ein junges, stämmiges Mädchen ihnen einen Becher Wein kredenzte, plapperte sie munter drauflos: »Frau Lützenkirchen, wie schön, Euch wieder einmal zu sehen. Ich hoffe, der Familie geht es gut? Ich habe schon gehört, dass Ihr in die Wolkenburg zieht. Was für ein schönes Anwesen. Und so groß.« Ihre molligen Hände unterstrichen jedes ihrer Worte, und bei »groß« schlug sie Fygen beinahe den Becher aus der Hand. Ohne sich dadurch jedoch aus dem Redefluss bringen zu lassen, fuhr sie fort: »Aber der Umzug – diese Arbeit! Nein! Und dann das große Anwesen.« Diesmal war ihre Geste sicherheitshalber nicht ganz so ausladend. »Ich habe schon zu meinem Mann gesagt, Heinrich, habe ich gesagt, die Frau Lützenkirchen hat jetzt recht viel Arbeit. Und da braucht sie sicher Hilfe. Und da habe ich mich gefragt, wann Ihr wohl kommen würdet«, kam sie geschickt auf den Grund von Fygens Besuch zu sprechen. »Womit kann ich Euch denn helfen? Braucht Ihr eine oder zwei Mägde?« Ihr Mund formte ein großes O, als sie verstummte und Fygen fragend aus ihren winzigen, wachsamen Augen anblickte.

In die plötzliche Stille hinein antwortete Fygen: »Magdalena, Ihr habt es genau erfasst. Ich brauche zwei Mägde. Junge, kräftige Mädchen vom Land, die ordentlich zupacken können.«

»Da seid Ihr bei mir genau richtig«, antwortete Magdalena geschmeichelt. »Ich habe bestimmt das Richtige für Euch da. Ich habe gestern noch zu meinem Mann gesagt, Heinrich, habe ich gesagt, ich habe bestimmt die richtigen Mädchen für die Frau Lützenkirchen.« Sich mit beiden Armen auf den Sessellehnen abstützend, hievte die Maklerin sich aus ihrem Sessel und watschelte zur Tür. »Maria, Veronika, kommt her, ihr beiden. Beeilt euch. Los, los«, rief sie in den dunklen Hausflur hinein.

Fygen unterdrückte ein Lächeln. Es gehörte zu Magdalenas Aufgaben, genau zu wissen, was in den großen Häusern vor sich ging, um abschätzen zu können, wer wann und welche Art von Arbeitskräften benötigte. Magdalena mochte noch so unbedarft auftreten und albern daherschwätzen, man durfte nicht den Fehler machen, sie zu unterschätzen. Sie war eine exzellente Geschäftsfrau, die genau wusste, von welcher Qualität ihre Leistungen waren. Freilich, ihre Dienste hatten ihren Preis, doch ihre Arbeit war reell. Nie hatte eines der Mädchen, die über Magdalena zu Fygen gekommen waren, mehr als den gewöhnlichen Ärger verursacht.

Artig knicksten die Mädchen vor Fygen. Sie waren blutjung, hatten sauber gewaschene Gesichter und die Haare sorgsam unter weißen Hauben verborgen. Magdalena achtete darauf, dass die Mädchen stets ordentlich aussahen. Das erhöhte ihren Preis ganz erheblich. Die eine war sogar recht hübsch anzusehen, mit ihrem warmen Teint und dem kleinen Grübchen am Kinn.

Auch das war ein Punkt, den es in Magdalenas Geschäft zu beachten galt. Wusste sie, dass der Herr des Hauses gerne nach dem Gesinde schaute, achtete sie stets darauf, der Kundin nur mäßig ansehnliche Mädchen anzubieten.

Wieder verkniff Fygen sich ein Lächeln. Peter stand also nicht in dem zweifelhaften Ruf, registrierte sie amüsiert. Magdalena ließ die Mädchen sich um ihre Achse drehen und die Münder öffnen. »Alles in Ordnung. Kerngesund und keine Maulfäule«, attestierte sie.

Während der ganzen Zeit hatte sich die Frau, die in der Ecke auf dem Boden kauerte, nicht bemerkbar gemacht. Stoisch hatte sie die Planken geschrubbt und nicht einmal den Kopf in ihre Richtung gewandt.

Fygen wusste nicht, wie es kam, doch einer Eingebung folgend, deutete sie mit dem Kinn auf die Frau auf dem Boden. »Was ist mit ihr?«

»Die da?« Magdalenas Blick war Fygens gefolgt. »Die ist nichts für Euch. Weiß gar nicht, warum ich sie aufgenommen habe. Die ist zu alt. Hat die Motten und macht es eh nicht mehr lang.«

Die Frau hatte wohl gemerkt, dass von ihr die Rede war, und hob langsam den Kopf. Sie hatte ein herzförmiges Gesicht, das einmal schön gewesen sein mochte. Nun aber war es verlebt und sprach von einem entbehrungsreichen Leben. Dabei konnte die Frau noch nicht sehr alt sein, kaum ein paar Jahre älter als Fygen selbst. Mager ragten die dünnen Gelenke aus den Ärmeln ihres Kleides hervor.

»Du, steh auf«, befahl Magdalena ihr schroff.

Ein wenig unsicher kam die Frau auf die Beine und bedachte Fygen mit einem Lächeln, dem die Schneidezähne fehlten.

Fygen traf die Erkenntnis bis ins Mark. Sewis! Sewis war zurückgekehrt. Sie mochte wer weiß was für ein Leben geführt haben, aber schließlich war sie doch zurückgekehrt. Es kostete Fygen große Anstrengung, sich ihre Freude und Rührung nicht anmerken zu lassen. Abrupt wandte sie sich Magdalena zu und sagte in geschäftsmäßigem Ton: »Wie viel wollt Ihr für die beiden Mädchen haben?«

»Nun, es sind kräftige junge Dinger. Sehr anstellig und gescheit. Ihr werdet wenig Ärger mit ihnen haben. Ich dachte so an die vier Mark für jede.«

Der Preis, der hier verhandelt wurde, war der Jahreslohn, den das Mädchen für seine Dienste erhalten würde. Magdalena stand davon ein Viertel Vermittlungsgebühr zu.

»Vier Mark? Das ist das Höchste, was eine Dienstmagd überhaupt bekommen kann. Die beiden hier sind frisch vom Land. Sie kennen ihre Aufgaben nicht und müssen in allem angelernt werden. Ich gebe Euch höchstens zwei Mark und sechs Schillinge.«

»Dafür kann ich sie Euch keinesfalls lassen. Die Mädchen haben sich an mich gewandt, weil sie wissen, ich vermittele sie nur an einträgliche Stellen. Aber weil ich weiß, dass sie es gut bei Euch haben werden, sagen wir drei Mark und sechs Schillinge.«

»Es scheinen anständige Mädchen zu sein, die gut zupacken können, und sie werden viel zu arbeiten bekommen in den nächsten Wochen. Ich mache Euch einen Vorschlag. Ich nehme die beiden zu drei Mark. Und die da nehme ich auch mit.« Beinahe herablassend wies sie mit dem Kinn auf Sewis. »Ich zahle ihr zwei Mark, aber ohne Vermittlungsgebühr.«

Magdalena war verblüfft über die Wendung, welche die Verhandlung genommen hatte. Ihre wulstigen Lippen bildeten für einen Moment wieder dieses O, das ihre großen Zähne sehen ließ. Doch schnell hatte sie sich entschlossen.

»Einverstanden. Es ruiniert mir zwar das Geschäft, und ich bitte Euch, erzählt niemandem davon, sonst bin ich erledigt. Aber weil Ihr es seid und weil dieses arme Ding so auch versorgt ist, will ich es tun.« Magdalena jammerte ein wenig, doch das zufriedene Grinsen strafte ihre Wort Lügen.

Fygen wusste, dass sie von den Mädchen ebenfalls ein paar Schillinge für die Vermittlung verlangte, und zusammen mit dem, was Fygen ihr gab, war es ein schönes Geschäft für Magdalena.

Gefolgt von Sewis und den beiden Mädchen, trat Fygen auf die Gasse hinaus. Bis zum Alten Markt hielten sie ihre Maskerade aufrecht, doch dann erstaunte es die beiden frischgebackenen Mägde doch sehr zu sehen, wie sich ihre neue Brotherrin und die dürre, kranke Putzmagd plötzlich in die Arme fielen.

Fygen traute sich kaum, Sewis zu drücken, so erschreckend zerbrechlich fühlte sich ihr ausgemergelter Körper an. Unter dem dünnen Stoff ihres abgetragenen Kleides konnte Fygen jeden Rippenknochen fühlen. Eine Woge des Mitgefühls überschwemmte sie. »Komm erst einmal mit nach Hause. Nach einem Bad und einer guten Mahlzeit sieht alles schon wieder ganz anders aus«, sagte sie, fasste Sewis beim Arm und wollte sie mit sich fortziehen. Doch die Freundin sträubte sich. Furcht legte sich auf das verwüstete Gesicht, und Tränen traten in ihre dunkelgrünen Augen. »Ich kann nicht mit zu dir kommen«, flüsterte sie mit erstickter Stimme. »Ich will nicht, dass er mich so sieht.«

»Wer?«, fragte Fygen irritiert.

»Herman!«

»Du willst ihn nach so vielen Jahren nicht sehen?« Fassungslos starrte Fygen sie an.

»Glaub mir, es gab keinen Tag in meinem Leben, an dem ich mir nicht gewünscht hätte, ihn wiederzusehen«, antwortete Sewis unglücklich. »Aber sieh doch, was aus mir geworden ist. Ich will nicht, dass er mich so sieht. Er soll mich so in Erinnerung behalten, wie ich ihn verlassen habe.« Sie schniefte und wischte sich mit dem Handrücken über die Nase. »Jung und hübsch.« Eine Träne lief ihre Wange hinab und tropfte auf ihr schäbiges dunkelrotes Mieder. Energisch wischte Sewis sie fort und fragte: »Wie sieht er aus, was macht der Kleine? Geht es ihm gut?«

»Der Kleine ist zu einem schmucken jungen Mann herangewachsen, beinahe so groß wie Peter. Und jeder, der ihn sieht, sagt, er sehe seinem Vater, äh, ich meine Peter, ähnlich. Und klug ist er. Er studiert jetzt an der Universität.«

Fygen merkte, wie ihre Worte Sewis guttaten. Ihre angespannten Züge lockerten sich ein wenig, und ein Lächeln trat auf ihr Gesicht. Doch plötzlich wurde sie von einem Hustenanfall geschüttelt, der ihren schmalen Leib erbeben ließ. Sie strauchelte, und hätte Fygen sie nicht im letzten Moment festgehalten, wäre sie der Länge nach auf das Pflaster gefallen. Der Husten dauerte an, und Sewis konnte sich kaum auf den Beinen halten. Als es vorbei war, wischte sie sich verstohlen mit einem Zipfel ihres grauen Rockes Blut vom Mund und lehnte sich erschöpft an eine Hauswand.

Fygen erkannte, dass es Sewis noch schlechter ging, als es den Anschein hatte. Sewis braucht Pflege, doch Fygen respektierte ihren Wunsch, Herman so nicht gegenüberzutreten zu wollen. Kurz entschlossen befahl sie ihren beiden neuen Mägden, der Freundin unter die Arme zu greifen, und gemeinsam brachten sie Sewis in die Breite Straße. Den frommen Schwestern vom Annenkonvent kam jede Einnahmequelle zupass, denn ihre Situation war in den vergangenen Jahren nicht leichter geworden. Gerne würden sie sich Sewis' annehmen und sie gegen ein geringes Entgelt pflegen, solange es nötig war. Lange würde es sicher nicht mehr dauern, dachte Fygen traurig. Und als sie die Freundin Hylgens Obhut überließ, nahm sie sich vor, dafür zu sorgen, dass Sewis Herman noch einmal sehen würde, ohne dass der Junge ihre wahre Identität erführe.

3. Kapitel

Zu Hause angekommen, eilte Fygen zwischen Kisten und Bündeln die Stiege hinauf. Es blieb ihr kaum genug Zeit, sich umzukleiden, denn in ihrer Sorge um Sewis hätte sie beinahe vergessen, dass für diesen Nachmittag eine Versammlung des Zunftvorstandes anstand. Zum ersten Mal teilte sie dieses Amt gleichzeitig mit Katryn und freute sich auf die gemeinsamen Sitzungen.

An der Tür zu ihrer Schlafkammer traf sie auf Peter, der ein wenig verloren zwischen den Zeugnissen des bevorstehenden Umzuges umherirrte.

»Was ist eigentlich mit Agnes los?«, fragte er, froh, sie zu sehen, denn er fühlte sich in dem Durcheinander, das von seinem Haus Besitz ergriffen hatte, nicht mehr wohl. »Sie schleicht völlig abwesend durchs Haus, und wenn man sie anspricht, scheint sie nicht von dieser Welt zu sein«, klagte er.

»Andreas Imhoff«, antwortete Fygen knapp und zwängte sich an ihm vorbei in die Kammer.

Überrascht zog Peter die Augenbrauen hoch und ließ sich auf ihre Bettstatt sinken. Seine Stirn furchte sich, und Fygen sah, wie es in ihm arbeitete. Mit einer ungeduldigen Bewegung zog sie ihr Mieder über den Kopf und warf es achtlos auf einen Hocker. Ein wenig Mitleid verspürte sie schon mit ihrem Mann. Er war vernarrt in seine Töchter, und Fygen war darauf gefasst, dass es ihm nicht leicht werden würde, sie zu verheiraten. Doch in dem Punkt hatte Fygen sich wohl gründlich geirrt, denn als sie den Kopf durch ihr frisches Mieder steckte, entdeckte sie, dass sich ein lausbubenhaftes Grinsen auf das Gesicht ihres Mannes geschlichen hatte. Ihm schien ein Gedanke gekommen zu sein, der ihn wirklich begeisterte. Verschmitzt blinzelte er Fygen an, und sie konnte ihm förmlich ansehen, dass er etwas im Schilde führte. »Peter Lützenkirchen, was hast du nun wieder vor?«, fragte sie argwöhnisch.

»Andreas Imhoff ist gar keine so schlechte Idee«, murmelte Peter halblaut vor sich hin, bedachte seine Frau mit einem unschuldigen Lächeln, erhob sich von ihrem Bett und nahm seine Wanderung durch das Haus wieder auf, vorbei an Wäschegebirgen, Möbeltürmen, Vorratssäcken.

»Das ist nun schon das dritte Mal!«, beschwerte sich Johann Liblar gerade, als Fygen ein wenig abgehetzt in Katryns Kontor erschien. Das Gesicht des gewichtigen Seidenhändlers hatte eine unnatürlich dunkelrote Farbe angenommen, und sein Atem rasselte ungesund. Seine Gehilfen waren derweil nebenan in der Werkstatt damit beschäftigt, einige Packen mit Rohseide auf den großen Tisch zu hieven. Liblar hatte vor einiger Zeit eine Lieferung Rohseide aus Antwerpen bezogen, von deren Qualität er ganz und gar enttäuscht war. Doch trotz einer Abmahnung hatte der Verkäufer, ein Antwerpener Bürger, sich geweigert, die Ware zurückzunehmen und den Kaufpreis zu erstatten. Es war in der Tat nicht das erste Mal, dass es Schwierigkeiten dieser Art mit Antwerpen gab, und nun hatte Johann schlicht und einfach die Nase voll. Er hatte sich an den Rat der Stadt gewandt, welcher sich der Angelegenheit angenommen und verfügt hatte, dass einige angesehene Seidmacherinnen und Seidspinnerinnen der Zunft die Minderwertigkeit der Seide bezeugen sollten.

Auf Katryns Wink hin machte sich eines ihrer Lehrmädchen an den Packen zu schaffen und zerschnitt mit einem scharfen Messer die Verschnürung und entfernte die Verpackung. Unter den neugierigen Blicken der Damen und Herren vom Seidamt quoll ein Haufen gelblich weißer Stränge auf den Tisch. Man musste keine sonderlich erfahrene Seidmacherin sein, um über die Qualität – oder besser die fehlende Qualität dieser Ware zu urteilen, dachte Fygen. Die Stränge hatten schon eine vergilbte, ungleichmäßig gelbliche Färbung angenommen, waren stumpf, rauh und faserig. Zudem ließen sich ohne Schwierigkeiten Knoten darin erkennen. Dennoch streckte Fygen pflichtschuldig die Hand aus, um die Rohseide zu befühlen.

Johann Liblar stand ein wenig abseits und warf nicht einen Blick auf die fragliche Seide, so sicher war er sich deren Minderwertigkeit.

Rasch waren sich die Damen, vier Seidmacherinnen und drei Seidspinnerinnen einig, und ihr Urteil war vernichtend: Diese Seide war mehr als zu beanstanden. Dies bekundeten sie auch dem Schreiber des Rates, der es gewissenhaft zu Protokoll nahm. Mit diesem Zeugnis würde sich der Rat direkt an die Stadt Antwerpen wenden, die ihrerseits ein begründetes Interesse daran hatte, auf den Ruf, den ihre Händler an anderen Handelsplätzen genossen, zu achten. Johann Liblar nickte zufrieden, entspannte sich ein wenig, und sein Gesicht drohte nicht mehr jeden Moment zu explodieren.

»Nun, das ist ja gut und schön«, wandte Heinrich von Wickroed mit zögerlicher Stimme ein.

Aller Augen wandten sich dem schmalen, ein wenig unscheinbaren Zunftmeister zu, der vor der plötzlichen Aufmerksamkeit zurückzuckte. Dennoch fuhr er tapfer fort: »Es ist gut und schön, dass das Zeugnis der Frauen hier in Köln gilt. Doch meine ich, dass dem anderen Ortes keineswegs so ist.«

Johann Liblar sog hörbar die Luft ein. Sofort schwoll die dunkelrote Ader an seinem Hals an, und sein Gesicht färbte sich aufs Neue rot.

Doch Heinrich von Wickroed hatte recht. Nur zu leicht vergaß man in Köln, dass die kölnische Zunft der Seidmacherinnen als reine Frauenzunft in der Tat eine Besonderheit darstellte. Frauen konnten auf eigene Rechnung Verträge abschließen, Handel treiben und Zeugnis ablegen, ohne dass sie eines männlichen Vormundes bedurften. Nur zu politischer Vertretung reichten ihre Befugnisse nicht, weshalb die Zunft sinnigerweise den zwei weiblichen Vorständen, die sich auf das Fachliche verstanden, zusätzlich zwei männlichen Vorstände, meist Ehegatten von Seidmacherinnen, zur Seite stellte, welche die Zunft auch nach außen hin, beispielsweise dem Rat gegenüber, vertreten konnten.

»Dann muss man das den Flandrischen eben erklären«, polterte Johann Liblar ungehalten, und Fygen war sicher, Liblar werde all seinen Einfluss geltend machen, um genau dieses zu erreichen.

Ganz so salopp konnte man zwar nicht vorgehen, doch der Sache nach folgte der Rat der Stadt Köln ebenjener, Johann Liblars, Empfehlung, als er sich in der Angelegenheit nach Antwerpen wandte. Man habe wohl vernommen, dass es in Antwerpen nicht gebräuchlich sei,

Frauen zu vernehmen und zu vereidigen. Da das kölnische Seidamt jedoch beinahe ausschließlich von Frauen geführt würde, die sich zudem trefflich auf ihr Handwerk wie auch auf den Handel verstünden, bitte man darum, das Zeugnis der kölnischen Seidmacherinnen anzuerkennen.

Endlich war es geschafft. Alles war bereit und auf das feinste gerichtet. Die Wolkenburg hatte einen neuen Anstrich erhalten und strahlte, als gelte es einen Wettbewerb mit der Maisonne. In der Nacht noch hatte ein kräftiger Schauer den Staub der vergangenen Tage von den Dächern gespült und die Blätter der Apfelbäume im Obstgarten blank gewaschen. Nun reckten sie ihre winzigen Fruchtstände und ihr frisches Grün der Sonne entgegen. Das Pflaster im Hof war sorgfältig gefegt, überall zierten mit bunten Bändern geschmückte Girlanden aus frischen Zweigen Wände und Türen. Die Tafeln waren gedeckt, das Gesinde trug frische, saubere Schürzen, alles war bereit. Und dennoch konnte Fygen sich nicht erinnern, jemals so nervös gewesen zu sein. Sie musste sich ständig daran gemahnen, ihre feuchten Hände nicht in die kostbare, pflaumenfarbene Seide ihrer Robe zu krallen. Seltsamerweise schien Peter völlig entspannt zu sein. Dabei waren die letzten Wochen eine einzige, schier unerträgliche Schufterei gewesen. Von Sonnenaufgang bis zu ihrem Untergang hatten Fygen, die Mägde, Knechte und zuletzt auch die Lehrmädchen sich gemüht, ihr Wohnhaus auszuräumen und alles sicher zu verpacken. Ohne die ordnende Hand von Eckert, der mit der rechten Überzeugungskraft dafür sorgte, dass die Handwerker die Wolkenburg beizeiten in einen bewohnbaren Zustand versetzten, hätten sie es nie geschafft, dachte Fygen.

Und gerade erst war der Strom der Karren und Lastträger, welche die Möbel, Kisten und Truhen in ihr neues Heim brachten, abgerissen, und man hatte unter Mühen alles an Ort und Stelle geschafft, als sich bereits eine neue Flut anschickte, die Einwohner der Wolkenburg zu überrennen: Lieferanten rollten Wein- und Bierfässer herbei, schleppten Säcke voll Mehl, Zucker und Gewürzen, brachten Töpfe und Tiegel mit Öl, Honig und Fett. Denn kaum war das neue Haus bezogen, stand auch schon die erste Festlichkeit ins Haus: Andreas Imhoff hatte, sehr zur Freude seines künftigen Schwiegervaters, um die Hand von Agnes angehalten. Und wann anders als im Mai sollte die Hochzeit sein?

Agnes hatte sich gewünscht, die Feierlichkeiten im neuen Heim zu begehen, das hierfür wie gemacht schien, anstatt in ein Bruloftshaus zu gehen. Und so hatte Fygen sich seufzend in das Unausweichliche geschickt.

Zum Glück war mit der Verlobung Agnes' Sinn für das Praktische zurückgekehrt, und auch jetzt, angetan mit ihrem Brautkleid aus feinstem weißem Seidentaft, das Blütenschappel bereits auf dem ordentlich gescheitelten Haar, kommandierte sie noch die Mägde umher, dies zu holen und jenes zu richten. Doch schließlich war wirklich alles bereit, und gerade als Agnes zu ihren Eltern und Geschwistern in den Hof hinaustrat, kam auch schon Bewegung in die Knechte am Tor. Zu Fygens großer Erleichterung waren der Bräutigam, seine Schwester, die ebenfalls den Namen Agnes trug, und sein Bruder Johann die Ersten, die das festlich geschmückte Hoftor passierten. Beim Anblick ihres recht fesch in blaues Tuch gekleideten Bräutigams schien Agnes' Gehirn sich sofort wieder in einen Topf voller Brei zu verwandeln. Den Kopf demütig gesenkt, einen leicht dümmlichen Ausdruck mit halb offenem Mund und bewundernd nach oben blickenden Kulleraugen auf dem Gesicht, starrte sie ihrem künftigen Gemahl entgegen. Eine faszinierende, wenn auch nicht ganz ungefährliche Verwandlung, wie Fygen fand. Es war nie gut, seinen Gatten zu sehr anzuhimmeln und ihm nur nach dem Mund zu sprechen. Doch hegte sie die Hoffnung, dass, wenn die beiden Brautleute eine Zeitlang Tisch und Bett geteilt hätten und in der jungen Ehe einmal der Alltag eingekehrt wäre, sich auch solcherlei Verhalten auswachsen würde. Aber für den Moment hielt Fygen es für angeraten, ihre Tochter mit einem leichten Stoß des Ellenbogens in den gegenwärtigen Augenblick zurückzuholen, so dass diese in der Lage war, Bräutigam nebst Geschwistern würdig zu begrüßen.

Nach und nach füllte sich nun der Hof mit geladenen Gästen, und Fygen musste sie nicht lange bitten, sich in das Haus zu begeben, wo in der hauseigenen, üppig mit Blüten geschmückten Kapelle die Trauung stattfinden würde. Natürlich war das winzige Gotteshaus zu klein, als dass alle Gäste darin Platz gefunden hätten. Die drei schmalen Bankreihen reichten gerade für die Familie, die Geschwister Imhoff und für Katryn mit ihren Kindern, der als Agnes' Taufpatin diese Ehre zustand. Für die übrigen Gäste hatte man in der Halle Hocker und Bänke aufgestellt und den Pfarrer angewiesen, sich bei der Predigt aller Lautstärke zu befleißigen, die seine Stimme hervorzubringen vermochte.

Doch zunächst war es gar nicht so einfach, die Gäste in die für sie vorgesehenen Bänke zu bugsieren. Denn mindestens so neugierig wie auf die Trauung selbst waren die Geladenen darauf, wie das alte Gemäuer der Wolkenburg zu einem komfortablen Wohnhaus hergerichtet worden war. Und so streiften sie, für Fygens Geschmack ein wenig zu freimütig, umher, um sich alles auf das genaueste zu betrachten. Doch irgendwann gelang es, auch die Neugierigsten unter ihnen auf ihre Plätze zu geleiten.

Unzählige Wachskerzen erleuchteten die Kapelle, schickten ihren süßlichen Duft in die Halle hinaus, und als der Pfarrer mit der Trauungszeremonie begann, musste Fygen ein paar Mal trocken schlucken. Zu schnell war alles gegangen. Die Mädchen waren doch gerade erst auf die Welt gekommen und hatten kaum gelernt, zu essen, zu sprechen und zu laufen. Und nun waren sie bereits erwachsen geworden, ohne dass ihre Mutter es so recht bemerkt hätte, und bereit, ihren eigenen Weg zu gehen. Ein kurzes, unterdrücktes Schniefen neben ihr ließ sie aus ihren Gedanken aufschrecken. Lijse in der Bank hinter ihr schluchzte gerührt in ihr Schnupftuch. Doch dieses Schniefen hatte nicht nach Lijse geklungen. Ein Blick zur Seite zeigte ihr, dass Peter, der neben ihr in der Bank kniete, verdächtig oft blinzelte. So lässig er diese Hochzeit arrangiert hatte, so gut sie ihm in seine geschäftlichen Pläne zu passen schien, jetzt, da es Ernst wurde, blieb auch er nicht von einer gewissen Rührung verschont. Verstohlen griff Fygen im Schutz der Bank nach seiner Hand und drückte sie kurz. Das leicht gequälte Lächeln, das auf seinem Gesicht gelegen hatte, wandelte sich in eine Grimasse der Selbstironie. Kurz zog er die Schultern hoch und schüttelte den Kopf, als wolle er sagen: Sieh dir diesen sentimentalen Tropf von Vater an.

Nach der Trauung drängten die Gäste in den gepflasterten Hof hinaus, wo Tische und Bänke aufgebaut worden waren. Aufgrund des schönen Wetters hatte man noch am frühen Morgen eilig umdisponiert und Tische und Bänke ins Freie hinausgetragen. Die Gratulanten scharten sich um das Brautpaar, um ihre Glückwünsche vorzubringen, garniert mit manch gut gemeintem Rat an die Braut, wenn es ein weiblicher Gast war, gespickt mit der ein oder anderen Zote, wenn der Gratulant ein Mann war. Auch die Brauteltern wurden reichlich mit Glückwünschen bedacht und zudem mit Lob, oft vermischt mit einer Prise Neid, die Wolkenburg betreffend.

Während die Gratulanten sich noch um das Brautpaar scharten, hatte niemand den kleinen braunen Hund beachtet, dem die Besucherflut wohl zu viel geworden war. Heimlich hatte er seinen Stammplatz an Fygens Seite verlassen und sich auf der Suche nach Abenteuern durch das offene Hoftor hinausgeschlichen. Doch die Welt außerhalb seines gewohnten Lebensbereiches zeigte sich ihm feindlich gesinnt. Schon beim zweiten Schritt, den seine tapsigen Pfoten auf die Gasse hinaus machten, versank er in einem tiefen Schlammloch. Verzweifelt ruderte der kleine Kerl mit den Pfoten im weichen Unrat herum. Doch der Schlamm klebte wie Pech an seinem Fell, drohte, ihn hinabzuziehen. Auf sein jämmerliches Jaulen hin geschah jedoch gar nichts. Niemand hatte sein Verschwinden bemerkt, niemand sah die verzweifelte Lage, in der sich der Welpe befand. Weiter und immer schneller pflügte er durch den Schlamm, auf dessen Oberfläche sich bereits erste Schaumbläschen bildeten.

Dann endlich stieß seine Pfote an etwas Festes, und es gelang ihm, Halt am glitschigen Rand des Loches zu finden. Mit aller Anstrengung, die er aufzubringen vermochte, schaffte er es schließlich, seinen kleinen Körper aus dem Dreck zu schieben. Doch dieser Unfall hatte ihm die Freude an weiteren Abenteuern gründlich verleidet, so dass er sich beeilte, schnell zurück in den Hof und auf vertrauten Boden zu gelangen. Sofort machte er sich auf die Suche nach Fygen, die es noch immer vermocht hatte, allen Kummer seines kleinen Hundedaseins mit einem Zipfel Wurst zu vertreiben. Munter tapste der völlig verdreckte Hund auf die Gästeschar zu. Doch die festlich gewandete Gesellschaft war nicht erfreut über sein Herannahen. Fluchtartig wichen die Gäste vor ihm zurück, liefen auseinander und bildeten eine Gasse, die ihn ungehindert bis zu Agnes vordringen ließ, die mit glühenden Wangen von einer Umarmung in die nächste gereicht wurde. Die Braut in ihrem weißseidenen Kleid war sich der Gefahr, die sich langsam auf ihr kostbares Gewand zubewegte, nicht bewusst, wohl aber ein gut Teil der Gäste, die ihren Befürchtungen mit spitzen Schreien Luft machten. Langsam begann der Schlamm auf dem Fell des Hundes zu trocknen und fing an zu jucken, so dass ihn der unwiderstehliche Drang überkam, sich zu schütteln. Gerade als er sich auf allen vier Pfoten einen stabilen Stand verschafft hatte, schnappte ihn der Bräutigam geistesgegenwärtig mit sicherem Griff am Nackenfell und trug ihn am ausgestreckten Arm über die Wiese durch die Apfelbäume hin zu den Stallungen, wo er den schmutzigen kleinen Kerl einem verdutzten Pferdeknecht in die Hände drückte.

Nachdem der Störenfried entfernt worden war, entrang sich der Brautmutter ein recht undamenhaftes Glucksen, weil sie es beim besten Willen nicht schaffte, ihr Lachen hinter einem vornehmen Hüsteln zu verbergen. Auch im Gesicht des Brautvaters zuckte es verdächtig, und von da ab dauerte es nur wenige Momente, bis sich die gesamte illustre Hochzeitsgesellschaft, Ratsherren, Fernhändler, Seidmacherinnen und Kaufleute, vor Lachen die Bäuche hielt. Auf einen Wink des Brautvaters hin begannen die Mägde, köstlichen, ochsenblutfarbenen Wein auszuschenken, und unter ausgelassenen Hochrufen trank man dem jungen Brautpaar ausgiebig zu.

Es war dieser Vorfall, der aus der ein wenig steifen Hochzeit der Tochter eines ehemaligen Ratsherrn und angesehenen Seidenhändlers ein ungezwungenes Fest werden ließ, das die Gäste sichtlich genossen. Musikanten spielten auf, und die Mägde schleppten Platte um Platte, Topf um Topf, Schüssel um Schüssel in den Hof, um die hungrigen Mäuler zu stopfen. Bier und Wein flossen reichlich, und der frischgebackene Ehemann hatte es sich nicht nehmen lassen, ein paar besondere Leckerbissen aus seiner oberdeutschen Heimat beizusteuern.

Einzig Herman schien das Fest nicht so recht zu genießen, was mit seinem Besuch im Annenkonvent zusammenhängen mochte, mutmaßte Fygen, als sie sah, wie der Junge schwermütigen Blickes in seinen Becher starrte. Am Vorabend der Hochzeit hatte sie Herman mit einem Korb voller Lebensmittel, frischer Milch, einer Handvoll Eier, dottergelber Butter und den letzten eingekellerten Äpfeln des

Vorjahres zu den frommen Schwestern geschickt. Der Korb sei für die kranke Frau vorgesehen, und er solle ihn ihr, wenn möglich, persönlich überreichen und ihren Gruß ausrichten, hatte sie ihm aufgetragen. Herman hatte sich ein wenig erstaunt über diesen Auftrag gezeigt, doch er hatte seiner Mutter diesen Wunsch nicht abschlagen können. Was die beiden aus ihrem Wiedersehen machen würden, war ihre Sache, hatte Fygen entschieden.

Erst spät war der Junge nach Hause zurückgekehrt, und Fygen hatte bisher keine Gelegenheit gehabt, mit ihm zu sprechen. Doch jetzt war dafür sicher nicht der rechte Zeitpunkt. Das Beste war wohl, Herman erst einmal mit seinen Gedanken allein zu lassen.

Im Schutze der Mauern hielt sich die Wärme des vorsommerlichen Tages bis spät in die Nacht, und kaum einer der Gäste dachte daran, das Fest zu verlassen, solange noch Wein ausgeschenkt wurde und die Musikanten nicht ihre Instrumente zusammenpackten. Fygen hatte es, besonders nach den Anstrengungen der vergangenen Wochen, genossen, mit Peter zu tanzen, und hatte bei weitem mehr von dem tiefroten Wein aus der Gegend um Mainz getrunken, als gut und schicklich für eine Brautmutter war. Und so war sie beinahe enttäuscht, als der erste Lichtschimmer des Morgens im Westen durch die Nacht brach und die letzten Gäste das Fest verlassen hatten.

Doch viel Schlaf bekam sie in dieser Nacht nicht mehr, denn bereits zwei Stunden nachdem sie sich zur Ruhe gelegt hatte, klopfte eine junge, in die dunklen Gewänder der Beginen gehüllte Frau an das Tor, um ihr die traurige Nachricht zu bringen: Sewis war in der vergangenen Nacht verstorben. Kurz nach Mitternacht hatte sie ihre Seele dem

Schöpfer anbefohlen und war still und leise, ganz anders als sie gelebt hatte, von ihnen gegangen. Just während in der Wolkenburg ausgelassen gefeiert wurde, dachte Fygen betroffen. Ihre Erinnerungen an Agnes' Hochzeit würden für immer mit Sewis' Tod verknüpft bleiben.

Eine Woche war seit Agnes' Hochzeit vergangen, und immer noch hatte sich niemand so recht in den neuen Räumen eingelebt. Der Glanz und die Ausgelassenheit des Hochzeitsfestes waren rasch verblasst, und ein kühler Westwind schickte dunkle Regenwolken über das Land, als wolle er der Stimmung im Hause Lützenkirchen gerecht werden. Sewis' unnötig früher Tod lastete Fygen auf der Seele, und Herman, wenn er denn im Hause war, wirkte abwesend und bedrückt. Auch Lisbeth schlich mit Trauermiene auf dem sonst so fröhlichen Gesicht durch die Flure, denn sie durchlebte zurzeit das größte Unglück ihres jungen Lebens: Sie konnte ihren Tim nun nicht mehr jeden Tag sehen. Zudem fehlte ihnen allen Agnes mit ihrem sanften, ausgleichenden Wesen, die in das Haus ihres Mannes gezogen war.
Eine unterschwellig gespannte Stimmung schien von dem ganzen Haus und seinen Bewohnern Besitz ergriffen zu haben, als warteten sie darauf, dass etwas Außergewöhnliches geschehen würde.
Ein fernes Donnergrollen ließ den kleinen Hund auffahren, der sich zu Fygens Füßen unter ihrem Schreibpult zusammengerollt hatte. Zugleich wurde die Tür zu ihrem Kontor aufgerissen, und Peter stand im Rahmen, die Stirn in Falten gelegt. »Fygen, kommst du einen Moment in mein Kontor?«, fragte er ernst.

Ein Blick in das sorgenvolle Gesicht ihres Mannes sagte Fygen, dass der Moment gekommen sein musste. Sofort sprang sie auf, denn was immer es auch war, entgehen konnte man ihm ohnehin nicht.

Als Fygen Peter auf den Flur hinaus folgte, schob sie Hilfe suchend ihre Hand in die Tasche ihres Rockes. Mit festem Griff umfassten ihre Finger das glatt geschliffene Stück Holz darin. Es war eine alte Spindel, Maries alte Spindel, die Fygen oft in ihrer Tasche mit sich herumtrug, seit jenem Tag kurz nach dem unseligen Vorfall mit den Beginen vom Annenkonvent. Wenige Tage danach hatte sie die alte Marie in ihrem Häuschen am Hühnermarkt aufgesucht, um ihr zu danken.

Wie gewohnt hatte sie die alte Frau in ihrem Stuhl sitzend vorgefunden, die Hände im Schoß über der blank gewetzten Spindel gefaltet. Die Augen waren ihr, wie für einen kurzen Schlummer, zugefallen, und sie trug einen zufriedenen, wenn auch ein wenig überraschten Ausdruck auf dem Gesicht. Ihren Dank hatte Fygen Marie nur noch in Gedanken abstatten können. Denn so sanftmütig die alte Frau mit den Menschen, die sie umgaben, umgegangen war, so sanftmütig war der Tod mit ihr umgegangen und hatte sie sachte und ohne Schrecken mit sich genommen.

Behutsam hatte Fygen Maries Spindel aus den krummen, knotigen Fingern gelöst und dafür gesorgt, dass die alte Frau ein würdiges Begräbnis erhielt. Erst viel später hatte Fygen gemerkt, dass sie Maries Spindel in die Tasche ihres Rockes gesteckt hatte, und seither galt sie ihr als ganz besonderer Talisman.

Fygen war nicht sehr überrascht, Herman in Peters Kontor vorzufinden. Sehr aufrecht, sehr gefasst stand er da. Sein junges Gesicht zeigte Entschlossenheit, und zur Sicherheit hatte er die Hände zu Fäusten geballt.

»Sag deiner Mutter selber, was du vorhast«, forderte Peter den Jungen auf.

Fest schloss sich Fygens Hand um Maries Spindel. Sie wusste, gleich würde es wehtun.

»Ich gehe fort«, sagte Herman.

4. Kapitel

Und was machen wir nun?«, fragte Fygen ihren Mann, weniger ratsuchend denn unternehmungslustig.
»Einkaufen gehen?«, antwortete Peter verschmitzt grinsend mit einer Gegenfrage, und er meinte damit nicht den Einkauf von Rohseide. Er wusste, dass er seiner Frau keine größere Freude bereiten konnte. Die Geschäfte waren gut gelaufen in diesem Herbst. Ausnehmend gut sogar.

Wie jedes Jahr war er, diesmal von Fygen begleitet, mit Seidenstoffen in den unterschiedlichsten Farben und Webarten aus Fygens Herstellung zur Messe nach Frankfurt gezogen, die acht Tage nach Egidi, zu Beginn des Septembers, ihren Anfang nahm.

Doch nie zuvor war es geschehen, dass er bereits nach wenigen Tagen seine gesamten Vorräte veräußert hatte, ja, darüber hinaus noch Bestellungen und Aufträge zu notieren hatte, die er in den folgenden Wochen und Monaten zu erfüllen hätte. Dabei hatte er in diesem Jahr einen weitaus umfangreicheren Vorrat an Stoffen mitgebracht als in den Jahren davor. Sicher mochte es zu einem Teil daran gelegen haben, dass das Wetter ihnen einige sonnige, doch nicht zu heiße Spätsommertage beschert hatte, doch den weitaus größeren Anteil an den guten Umsätzen hatte sicher König Maximilian, der, höchsteigen, die Frankfurter Messe mit seinem Besuch geehrt hatte. Er selbst war zwar bei seinen Ausgaben nicht so freizügig gewesen, galt seine Finanzknappheit ja bereits als legendär, doch in seinem Gefolge befand sich stets ein

Heer von Adligen und Günstlingen, denen glücklicherweise die Gulden, Heller oder Kreuzer nicht zu tief in den Taschen saßen, als dass sie diese nicht gegen die erlesensten Dinge, die es im Reich zu kaufen gab, einzutauschen bereit waren. Und so hatten gerade die Römerhallen, in denen die Stände untergebracht waren, die Preziosen wie Juwelen, Goldstickereien, wertvolle Brokate und kostbare Seidenstoffe anboten, regen Zulauf gefunden, so dass Peter, aber auch seine kölnischen Kollegen Byrken, van der Sar, Vurberg und Liblar, die ebenfalls jedes Jahr ihre Stände in den Römerhallen belegten, sich über hervorragende Geschäfte freuen konnten. Zeitweise hatten sich Peter und Fygen an ihrem Stand nahezu überschlagen müssen, um all ihren Kunden gerecht zu werden. Doch nun war auch der letzte Ballen verkauft, und sie konnten sich wahrhaftig einen Bummel über die Messe erlauben.

Der Römerberg, zentraler Platz zwischen dem Römer, wie das Haus des Rates der Stadt Frankfurt genannt wurde, und dem Dom St. Bartholomäus mit seinem markanten Westturm, war übersät von Ständen und Buden. Ja, die Hütten, Tische und Verschläge der Kaufleute wucherten bereits in die Gassen und Straßen hinein, breiteten sich beinahe über die ganze Stadt hin aus. Zwischen all diesen Ständen herrschte ein Gedränge und Geschiebe, dass einem Angst werden konnte. Fygen hatte sich bei Peter untergehakt, und gemächlich schlenderten sie an den Ständen vorbei und betrachteten die Waren, die ihnen feilgeboten wurden: Lübecker Heringe, Pelze aus dem Baltikum, orientalische Gewürze, Spitzen aus Flandern, Glasvasen aus Venedig, Tiroler Rosenkränze, Juwelen, Pferde, Bauholz, Wein, Wolle. Fygen fiel beim besten Willen nichts ein, was es hier nicht zu erstehen gab.

Eine wunderbar warme Septembersonne schien auf das Getümmel, und Fygen genoss es, sich an Peter gedrängt durch die Menge treiben zu lassen. In der Neuen Krame wurden Haushaltwaren angeboten: Geschirr, Gläser und allerlei nützliche Gebrauchsgegenstände. Fygen ließ sich hinreißen, fein punzierte Zinnbecher zu erstehen, die aus einer Augsburger Manufaktur stammten. Peter wies den Händler, einen recht bärbeißigen Oberdeutschen, an, die Becher gut verpackt und verschnürt in das Steinerne Haus bringen zu lassen, die Herberge, in der sich die kölnischen Kaufleute zu Messezeiten stets einzumieten pflegten.

Sie passierten das Leinwandhaus, in dem alle anderen Tuche, flandrisches Leinen, englische Wolle und bergeweise Barchent gehandelt wurden, und gelangten in die Buchgasse, in der sich ein Gewölbe mit Büchern an das nächste reihte. Hier füllte der einzigartige, ein wenig staubige Duft nach frischer Druckfarbe und Papier die Luft. Am Rossmarkt, wo neben Pferden auch Kühe in ihren Einfriedungen standen und auf neue Besitzer warteten, entdeckten sie Tim Ime Hofes dunklen Schopf in der Menge. Gerne schloss sich der Junge ihnen an. Mit seinen nunmehr zwanzig Jahren hatte er den Seidenhandel inzwischen recht gründlich gelernt und in den letzten Tagen ebenfalls gute Preise für Katryns hervorragende Seidwaren erzielt.

Vor der Nikolaikirche wies Peter auf einen unscheinbaren Bretterverschlag. »Siehst du diese bescheidene Bude dort?«, fragte er Tim.

Der Junge nickte, doch er schien nicht recht bei der Sache zu sein. Seine dunklen Augen folgten Peters Fingerzeig, doch sie huschten sofort weiter umher, unfähig, auf einem Ziel zur Ruhe zu kommen. Irgendetwas schien den Jungen sehr zu bewegen, erkannte Fygen, doch Peter hatte davon nichts bemerkt.

»Sie sieht nach nichts Besonderem aus, und doch ist es das Herzstück dieser Messe«, fuhr er fort. »Denn dort wird Geld gewechselt. Währungen aus aller Welt werden hier umgetauscht, Wechsel ausgestellt und eingelöst.«

Fygen betrachtete den Verschlag und vor allem die Kunden, die dort ein und aus gingen, genauer, doch Tim nickte nur abwesend.

Irgendwann hatte die Menge sie in die Nähe des Hafens gespült, und Fygen zog die beiden Männer hinter sich her auf eine Schänke, gleich beim Leonhardstor, zu. »Geld auszugeben ist anstrengender, als Geld zu verdienen«, bemerkte sie lachend. Ein ausgiebiges Mahl würde ihnen jetzt sicher gut tun.

Fygen hatte gerade einen Schluck des säuerlichen, gelblich trüben Weines versucht, der aus Äpfeln gekeltert wurde und dem man hierzulande leidenschaftlich zusprach, als Tim sich plötzlich erhob. Sein Stuhl kippte nach hinten und wäre beinahe umgefallen, wenn Fygen ihn nicht im letzten Moment erwischt hätte. Die Augen der Gäste in der Schankstube wandten sich ihnen zu, doch als sie nichts Aufregenderes erblickten als einen Jüngling mit rot angelaufenem Gesicht, wandten sie sich wieder ihren Tellern zu.

»Peter, äh, ich meine, würdest du, du weißt, äh …«

Irritiert blickte Peter ihn an. »Setz dich, Junge, und dann

rede in ganzen Sätzen mit mir, so verstehe ich kein Wort von dem, was du sagst!«, befahl Peter ihm.

Gehorsam nahm der Junge wieder auf seinem Stuhl Platz, schluckte ein paar Mal trocken und versuchte, seine Gedanken zu sortieren. »Ich möchte Lisbeth heiraten, Peter«, brachte Tim schließlich heraus. »Wir lieben uns schon so lange, und ich kann sicher gut für sie sorgen. Mutters Betrieb ist sehr groß geworden, wie du weißt. Wir lassen viel im Verlagssystem von anderen Seidmacherinnen weben. Und mein Handel mit englischem Tuch läuft sehr gut …« Tim hatte sich in Fahrt geredet und dabei nicht bemerkt, wie Peters Gesicht sich langsam verdüsterte.

»Nein!«, beschied Peter ihm knapp.

»Lisbeth ist bald fertig mit der Lehre«, fuhr Tim fort, »und – wie bitte?« Erst jetzt war Peters Nein in sein Bewusstsein vorgedrungen. Verdutzt riss er seine kohlefarbenen Augen auf.

Auch Fygen starrte ihren Mann entsetzt an. Hatte er wirklich »Nein« gesagt? Wieso denn, in Himmels Namen? Fygen wusste, Lisbeth war Peters Liebling, doch Tim war sicher keine schlechte Partie für ihre Jüngste. Die beiden kannten sich, und Lisbeth vergötterte Tim, seit sie ein kleines Mädchen war. Sie hatte immer gedacht, Peter würde Tim hoch schätzen, ja sogar gerne mögen. Woher also kam diese strikte Ablehnung?

Tim schienen ähnliche Gedanken durch den Kopf geschossen zu sein, doch endlich hatte er sich so weit gesammelt, dass er einen neuen Anlauf unternehmen konnte: »Lisbeth und ich, wir sind uns …«

»Nein, habe ich gesagt. Und ich will darüber kein weiteres Wort von dir hören!«, unterbrach Peter ihn strikt.

Tim klappte den Mund zu. Etwas in Peters Stimme hielt ihn davon ab, über einen weiteren Anlauf auch nur nachzudenken.

Das Mahl verlief in angespanntem Schweigen. Nach diesem Gespräch fand keiner mehr so rechten Geschmack an Rindswurst oder Rippchen mit Kraut. Und auch dem gekochten Rindfleisch, das in einer cremigen Kräutersauce serviert wurde, zollten sie nicht die Anerkennung, die diese Besonderheit der Frankfurter Küche verdient hätte.

»Was hast du gegen Tim?«, griff Fygen das Thema am darauffolgenden Tag wieder auf. Noch am Vorabend hatten sie in der Herberge ihre Habseligkeiten zusammengepackt, ihre Schuld beglichen und sich am Morgen in aller Frühe in Begleitung einiger Kaufmannskollegen, unter ihnen auch Tim, auf die Heimreise gemacht. Zu Schiff flussabwärts über Main und Rhein würde die Reise gerade einmal bequeme zwei Tage dauern.

Peters sonnenverbranntes Gesicht zeigte keine Regung, sein Blick war weiterhin unverwandt auf die Weinberge gerichtet, die sich in ihrer rotgoldenen Pracht rechts und links des Flussufers ausbreiteten.

»Tim ist ein guter Kerl. Er ist fleißig, anstellig, und er liebt Lisbeth wirklich«, fuhr Fygen fort. »Ich bin sicher, er wird gut für sie sorgen.«

Jetzt endlich wandte sich Peter ihr zu, und seine blauen Augen blickten sehr ernst. Ernst und ungeduldig zugleich.

»Verdammt, Fygen. Tim ist Mertyns Sohn!«

»Und?«, fragte Fygen. Sie verstand nicht, was Peter damit sagen wollte.

»Du weißt, wie es mit Mertyn zu Ende gegangen ist, oder nicht?«

»Was hat das mit Tim zu tun?«, fragte sie zurück.

»Ich habe die Anzeichen vorher schon einmal in London gesehen, Fygen. Es war die Franzosenkrankheit. Was meinst du wohl, woher er die hatte? Bestimmt nicht davon, dass er sonntags die heilige Messe besucht hat. Mertyn ist den Frauen nachgestiegen und hat sich bei irgendeiner dahergelaufenen Hure angesteckt. Was ist, wenn Tim nach ihm gerät und jedem Rock nachläuft? Ich will nicht, dass meine Tochter so einen zum Mann bekommt!«

»Ich glaube, Tim ist aus einem anderen Holz geschnitzt«, sagte Fygen. »Aber einmal abgesehen davon. Was willst du gegen eine Hochzeit der beiden unternehmen?«

»Es schlicht und einfach verbieten«, antwortete Peter so würdevoll, dass es Fygen zum Lachen reizte.

»Sie lieben sich. Wenn du ihnen verbietest zu heiraten, dann tun sie es heimlich. Denk doch an die Hochzeit von Katryn und Mertyn damals. Verstohlen und in aller Stille. Willst du das für deine Tochter? Oder soll sie vielleicht schwanger werden, damit du ihr gestattest, den Vater des Kindes zu heiraten?«, fragte Fygen mit Engelsmiene.

Peter schaute seine Frau ehrlich empört an. »Dass du mir gleich zwei unmoralische Lösungen dieser Angelegenheit vorschlägst, lässt doch sehr tief blicken«, brummte er missgestimmt, doch er wusste, dass er geschlagen war. Und als der Oberländer am Nachmittag des darauffolgenden Tages Wesseling passiert hatte, als die Kirchturmspitzen Kölns in Sichtweite kamen, gab er Tim, zu dessen erneuter Verblüffung, nun doch die Zustimmung zur Ehe mit seiner Tochter Lisbeth.

Ein wenig müde und sehr hungrig von der Reise kamen Peter und Fygen, begleitet von Tim, der es kaum erwarten konnte, Lisbeth die gute Neuigkeit mitzuteilen, in der Wolkenburg an. Freudig wurden sie von den Mädchen, Lijse und dem Gesinde bereits an der Tür begrüßt. Doch unter denen, die ihnen entgegengelaufen kamen, befand sich auch ein groß gewachsener junger Mann mit sonnengebräunter Haut. Überwältigt vor Freude drängte Fygen sich zu ihm durch und schloss ihn in die Arme. Herman war zurück. Endlich.

Lachend hob er seine Mutter hoch und schwenkte sie herum. »Schwer bist du geworden«, neckte er sie respektlos, als er sie vorsichtig wieder auf dem steinernen Dielenboden absetzte.

All die schrecklichen Bilder, die sich ihrem inneren Auge in den letzten Jahren wieder und wieder aufgedrängt hatten und die sie nur mühsam in Schach hatte halten können, zerbröckelten im Nu. Bilder von Herman, wie er vom Fieber geschwächt daniederlag, von Räubern überfallen, von diebischen Kaufleuten übervorteilt wurde. Doch jetzt war er zurückgekehrt, gesund und munter. Und es schien Fygen sogar, als wäre der Junge noch ein Stück gewachsen. Doch das mochte eine Täuschung sein. Braun gebrannt von der südlichen Sonne war er, die Haare von Licht und Wind gebleicht, und in seinen Augen blitzte ein fröhliches, ansteckendes Funkeln. Fygen reichte es, dass Herman wieder da war. Sie sah ihm an, dass es ihm gutging, und sie musste gar nicht die sicher ab und an erschreckenden Berichte seiner Reise hören. Doch der Rest der Familie war da gänzlich anderer Meinung, und so scharte man sich alsbald um den großen Tisch im Saal, um bei einem ausgiebigen Willkommensmahl die Verlobung von Tim und Lisbeth zu feiern und Hermans Geschichten zu lauschen.

Weit mehr als zwei Jahre waren es nun her, dass Herman sich auf den Weg gemacht hatte. Den Rhein hinauf, über Frankfurt, Nürnberg, Augsburg, den Brenner und Bozen war er schließlich nach Venedig gelangt, Drehscheibe des Welthandels, in dessen Hafen die bedeutendsten Handelsstraßen Europas zusammenliefen. Gerade angekommen, hatte ihn ein beflissener Gondoliere geradewegs in den Fondaco dei Tedeschi gerudert, das Deutsche Haus unweit der Rialtobrücke. Herman wusste nicht, dass die Gondolieri die Anweisung hatte, alle deutschen Kaufleute samt ihren Waren in den Fondaco zu bringen, wo ihre Waren gezählt und eingelagert wurden, denn hier, und nur hier, durften sie unter der strengen Aufsicht der venezianischen Beamten ihre Geschäfte abwickeln. Es war ihnen nicht gestattet, die Barerlöse ihrer Warenverkäufe auszuführen, vielmehr hatten sie diese, ebenfalls im Fondaco, für venezianische Waren auszugeben, so bestimmte es die mächtige Republik San Marco. Doch für Herman erwies sich diese Gepflogenheit als Glück, denn im Fondaco ging es sehr geschäftig zu, und es war ein Leichtes, sich bei einem Augsburger Händler als Kaufmannsknecht zu verdingen. Die Arbeit war anstrengend, und oft reichten die Schlafplätze nicht aus, so dass die Knechte in den Gängen übernachten mussten, doch Herman genoss die geschäftige Atmosphäre und bemühte sich, die Gepflogenheiten des venezianischen Handels zu erlernen. Leider war das feuchtheiße Klima der Lagunenstadt seiner Gesundheit nicht zuträglich, und wie manch anderer Deutscher wurde auch er vom Fieber heimgesucht. Doch anders als einige seiner Landsleute hatte Herman Glück und überstand die Fieberwehen. Nur ungern wollte er sein Glück weiter auf die Probe stellen, und so verließ er die Serenissima bald nach seiner Genesung. Über Bologna und Florenz, wo er sich jeweils für eine Zeit bei deutschen Faktoren als Gehilfe verdingte, gelangte er nach Lucca. Er schloss diese sonnenverwöhnte Stadt sofort in sein Herz, und hier machte er auch die Bekanntschaft von Alberto Pezzi. Alberto züchtete Seidenraupen und schien aus irgendeinem Grund besonderen Gefallen an dem blonden Jungen zu haben, mit dem er sich zu Anfang kaum verständigen konnte. Er bot ihm für ein paar Tage eine günstige Unterkunft an, und Herman zeigte sich dafür erkenntlich, indem er Alberto bei seiner Arbeit zur Hand ging. Herman genoss das schlichte Leben auf dem Land, und nach und nach weihte der Seidenzüchter ihn in alle Geheimnisses der Zucht des Seidenspinners ein. Herman half ihm beim Aussetzen der überwinterten Raupen, beim Einsammeln der Kokons, beim Reinigen der Zuchtschuppen und bei der Ernte der Blätter der Maulbeerhecken, die den Raupen als Nahrung dienten. Als Herman auf die Arbeit mit den Seidenspinnern zu sprechen kam, begannen seine Wangen zu glühen, und Fygen merkte, welche Leidenschaft der Junge für die Seidenzucht empfand.

Herman fühlte sich sehr wohl in Lucca. Weit länger als ein Jahr blieb er bei Alberto. Doch irgendwann wurde er unruhig. Er konnte des Nachts nicht mehr schlafen, war bei der Arbeit müde und unkonzentriert. Alberto erfasste recht schnell die Ursache hierfür und nahm seinen jungen Freund beiseite. In seiner wortkargen Art erklärte er Herman, dass es an der Zeit war, nach Hause zurückzukehren.

Der Abschied fiel Herman schwer, doch er wusste, es war die richtige Entscheidung. Und so war er vor wenigen Tagen wieder in seiner Heimatstadt angekommen.

»Wie viel Rohseide verarbeitest du im Jahr?«, beendete er seinen Bericht mit einer Frage an Fygen.

»So um die viertausend Pfund.«

»Und ihr?«, wandte er sich an Tim.

»Nun, fünftausend Pfund sind es schon.«

Katryn und auch Fygen hatten immens große Betriebe aufgebaut. Sie bildeten jeweils vier Lehrmädchen zugleich aus, beschäftigten einige ausgelernte Seidmacherinnen und eine Reihe von Hilfskräften. Doch darüber hinaus gaben sie einen beinahe genauso großen Teil der gesponnenen Seide außer Haus, um sie von anderen Seidmacherinnen gegen Lohn weben zu lassen. Im Jahr brachten sie es gut und gerne auf achtzig bis hundert Zentner Rohseide, die durch ihre Bücher gingen.

»Und der Zentner kostet, je nach Qualität, um die zweihundertfünfzig Gulden, nicht wahr?«, fragte Herman.

»Seid ihr eigentlich schon einmal auf die Idee gekommen, dass wir auch unsere eigene Seide züchten könnten?«

Sprachlos vor Staunen starrten ihn alle an. Hätte er gesagt, sie sollen über das Wasser laufen, sie hätten nicht verdutzter blicken können.

»Was für ein Unsinn«, schmetterte Peter den Gedanken ab. »Seide kommt aus der Levante und aus den Mittelmeerländern. Da ist es weit wärmer als hier. Ich kann mir nicht vorstellen, dass die Seidenraupenaufzucht hier bei unseren Temperaturen möglich ist.«

»Nicht unbedingt«, widersprach Herman ihm. »Seidenspinner ernähren sich ausschließlich von den Blättern des

Maulbeerbaumes. Und der gedeiht da, wo auch Obst wächst. Glaub mir, im Winter ist es auch in Lucca oft unangenehm kalt.«

»Wenn das ginge, wären andere vor uns längst auf die Idee gekommen«, hielt Peter ihm vor.

»Oder auch nicht. Wer versteht denn hier etwas von der Seidenraupenzucht? Niemand. Und ohne das, was ich in Lucca gelernt habe, würde ich im Traum nicht auf die Idee kommen«, entgegnete Herman ruhig.

»Und du bist sicher, dass du alles weißt, was du für die Aufzucht wissen musst?«, fragte Peter mit einem leicht spöttischen Unterton in der Stimme.

»Ja«, antwortete Herman schlicht.

»Du würdest das Risiko also eingehen?«, fragte Tim.

»Wenn ich Geld genug hätte, jederzeit.«

Nach den guten Geschäften auf der Frankfurter Messe und die Hochzeit mit Lisbeth vor Augen, war Tim in aufgeräumter Stimmung. Er hatte das Gefühl, alles, aber auch alles auf der Welt, was er heute anfasste, müsse sich in einen Erfolg wandeln. Gerne war er bereit, die außergewöhnliche Unternehmung seines künftigen Schwagers mit einer gewissen Summe zu unterstützen. »Wie viel brauchst du?«, fragte er.

5. Kapitel

Klack, klack. Lisbeth saß am Webstuhl und arbeitete verbissen, als wolle sie das Tuch unbedingt zu Ende bringen. Die rosafarbene Zungenspitze lugte zwischen ihren Zähnen hervor, so konzentriert war das Mädchen. Klack, klack, klack. Doch Fygen sah, dass Lisbeth ihre Hände nicht bewegte. Der Webstuhl schien von allein zu arbeiten. Was für ein Unsinn, dachte Fygen. Klack, klack. Das Bild ihrer Tochter löste sich auf, und Fygen rieb sich die Augen. Was für ein dämlicher Traum, dachte sie. Doch dann fiel ihr der gestrige Tag wieder ein, und sie seufzte ein wenig. Lisbeth würde künftig nicht mehr in Fygens Werkstatt sitzen und weben. Denn gestern war aus Lisbeth Lützenkirchen Frau Mertyn Ime Hofe II. geworden. Vor ein paar Wochen hatte sie ohne Schwierigkeiten ihre Prüfung vor dem Seidamt abgelegt und würde nun, mit Tim zusammen, ihren eigenen Betrieb aufbauen. Katryn hatte ihnen ein wunderschönes Haus im Kirchenspiel St. Alban überschrieben, geräumig genug für Werkstatt, Kontor und eine Familie.

Wieder musste Fygen ein wenig seufzen. Nicht wegen Lisbeth, denn diese war wohl die glücklichste Braut, die Fygen je gesehen hatte. Den ganzen Tag über, während der Trauung und den anschließenden Feierlichkeiten, hatte ein solch freudiges Strahlen auf dem Gesicht ihrer Tochter gelegen, dass es selbst ihren Vater, der dieser Ehe immer noch ein wenig misstrauisch gegenüberstand, gerührt hatte. Fygens zweiter Seufzer galt dem leichten Schmerz, der ihren

Kopf quälte und wohl von dem Genuss des Rheinweines herrühren mochte, den der Brautvater in großen Mengen hatte ausschenken lassen. Wenn nur dieses elende Klopfen nachlassen würde. Klack, klack. Das Geräusch war immer noch da. Es war eindeutig das Klappern eines Webstuhles, erkannte Fygen. Dabei war sie doch nun wahrhaftig wach. Mühsam schwang sie die Beine aus dem Bett und warf sich nachlässig einen Morgenumhang um die Schultern. Gerade erst war es hell geworden, und durch das offene Fenster drang das erste frühe Vogelgezwitscher an diesem Frühlingsmorgen zu ihr hinein. Wer, in aller Welt, hatte nach solch einer Nacht den Nerv, sich so früh an die Arbeit zu begeben?

Alles hätte Fygen erwartet, als sie die Werkstatt betrat, nicht aber, dort Sophie vorzufinden, ihre älteste Tochter, die im Halbdunkel an einem Webstuhl saß und arbeitete. Fygen zwinkerte ein paar Mal, um ihre Augen an das Dämmerlicht zu gewöhnen. Ein verbissener Ausdruck lag auf Sophies blassem, rundlichem Gesicht, und mit Kraft, beinahe schon Wut, riss sie die Kammlade zu sich heran, dass es nur so krachte. Fygen zögerte einen Moment, ehe sie zu ihrer Tochter trat. Ein verräterisches Glitzern stand in Sophies blauen Augen. Behutsam legte Fygen ihre Hand auf Sophies Schulter und drückte sie leicht.

Das Mädchen schaute auf, drehte sich herum und schlang ihre Arme um Fygens Mitte, wie sie es als kleines Mädchen getan hatte. Dann ließ sie ihren Tränen freien Lauf.

»Nun, nun, was ist denn geschehen?«, fragte Fygen leise und strich Sophie über die blonden Strähnen. Ein hohes Schlucken und noch mehr Tränen ertränkten die Antwort, die Sophie an Fygens Bauch schluchzte. »… gemein …

Lisbeth ... ich will auch ... viel älter ... schon längst ... heiraten ... Seidweberin sein ...«

Sanft wiegte Fygen ihre Tochter und versuchte im Geiste, die Bruchstücke zu einem Ganzen zusammenzusetzen, um den Grund von Sophies Kummer herauszufinden. Das Seidenhandwerk hatte Sophie keinen Spaß bereitet, nie hatte sie Ehrgeiz dafür gezeigt, und auch für den Haushalt hatte sie sich nicht begeistern können. Wo es nur ging, hatte sie sich vor der Arbeit gedrückt. Doch jetzt, bei der Hochzeit ihrer jüngsten Schwester, die so bravourös ihre Prüfung abgelegt hatte und sich nun selbständig machte, war ihr die eigene Unzulänglichkeit schmerzlich bewusst geworden. Auch dass sich bisher noch kein junger Mann um ihre Hand bemüht hatte, was ihr bis dato nichts ausgemacht zu haben schien, stieß ihr nun böse auf. Immerhin würde sie bald zwanzig Jahre alt werden.

Die halbe Nacht hatte sie mit sich hadernd verbracht und dann beschlossen, dass sich einiges in ihrem Leben zu ändern habe.

Fygen streichelte Sophies Rücken, bis das Schluchzen endlich nachließ. Wortlos reichte sie ihrer Tochter ihr Schnupftuch und bedeutete Sophie, sich das verquollene Gesicht abzuwischen.

»Wie werde ich Seidmacherin, Mama?«, stieß Sophie gequält hervor.

»Ach, mein Kind. Nichts ist leichter als das. Rück ein wenig zur Seite, ich zeige es dir.« Fygen rutschte neben Sophie auf die schmale Bank. »Schließ die Augen«, wies sie Sophie an, und mit viel Geduld führte sie ihrer Tochter wieder und wieder die Hand, bis diese ein Gefühl für das Anschlagen des Baumes bekam.

»Nun versuche es allein«, riet sie Sophie nach einer Weile, erhob sich und überließ das Mädchen ihrer Arbeit.

Fygen machte sich auf den Weg in die Küche, wo sie feststellen musste, dass noch eines ihrer Kinder so früh auf den Beinen war. Herman saß bereits vollständig bekleidet am Küchentisch und ließ sich seine Morgensuppe schmecken. Eben zog Maren ein frisches, duftendes Brot aus dem Ofen, und Fygen merkte, wie hungrig sie war. Eilig ließ sie sich auf die Bank gleiten und musste sich beherrschen, nicht sofort ein Stück des heißen Brotes abzubrechen und sich gehörig die Finger zu verbrennen.

»Was treibt dich so früh aus dem Bett?«, fragte sie ihren Sohn scherzhaft, wusste sie und jeder im Hause doch zu genau, dass er es brennend eilig hatte, zurück zu seiner Pflanzung zu reiten. Nur für die Hochzeit seiner Schwester hatte er die kleinen Bäumchen verlassen, denen seine ganze Liebe und Aufmerksamkeit galt.

Schließlich hatte Herman Peter doch noch dazu überreden können, seine Unternehmung wenigstens mit einigen Gulden zu unterstützen, und auch Fygen und Andreas Imhoff, sein anderer Schwager, hatten einen Teil zur Finanzierung beigesteuert.

Den ganzen Herbst über hatte Herman versucht herauszufinden, wo seine Maulbeerbäume am besten gedeihen würden. Wochenlang war er über Land geritten, bis er schließlich eine Tagesreise südlich von Köln, in der Gegend um das kleine Städtchen Rheinbach, fündig geworden war. Hier gedieh Obst, vor allem Äpfel besonders gut. Bald hatte er einige Äcker aufgetan, deren Boden sandig, sogar ein wenig steinig war und wenig Ertrag brachte. Letzteres war kein Problem, gereichte sogar eher zum

Vorteil, denn der magere Boden entsprach den kargen Böden in Italien, von wo Herman die Jungpflanzen herzubringen gedachte. Zudem ermöglichte es ihm, große Flächen gegen äußerst geringe Pacht zu erwerben.

Sobald der Frost unter den ersten Sonnenstrahlen des Frühjahrs gewichen war, hatte Herman sich an die Arbeit gemacht. Gründlich hatte er den Boden umgraben und lockern lassen. Mit Hilfe einiger Tischlergesellen hatte er sich sogar direkt auf den Feldern eine Hütte errichten lassen, um jederzeit bei seinen Pflanzungen sein zu können.

Zwar gab es verschiedene Arten des Maulbeerbaumes, aber aufgrund seines schnellen Wuchses und seiner großen Blattentwicklung kam nur der weiße Maulbeerbaum für die Aufzucht von Seidenraupen in Frage. Vor ein paar Wochen nun war es dann endlich so weit gewesen: Hunderte von fünfjährigen Pflanzen waren, sorgsam gegen die Kälte in Leinentuch eingeschlagen, über die Alpen gekommen. Herman hatte die Bäumchen in langen Reihen pflanzen lassen, in ausreichendem Abstand zueinander, dass sie genug Raum hatten, zu wachsen und sich auszubreiten.

Mit voranschreitendem Frühjahr und steigenden Temperaturen waren die jungen Pflanzen sehr durstig geworden, und da der sandige Boden das Wasser nicht so recht zu halten vermochte, musste Herman alles daransetzen, die Pflanzen ausreichend zu wässern. Und das war auch der Grund seiner Eile: Er wollte sichergehen, dass die Knechte, die er zum Gießen bestellt hatte, ihrer Aufgabe auch gewissenhaft nachkamen. Rasch wischte er mit einem Stück des noch warmen Brotes seine Schale aus und stopfte es sich in den Mund. Noch kauend umarmte er seine Mutter zum Abschied und war auch schon durch die Küchentür entschwunden.

Genüsslich angelte Fygen sich noch ein Stück Brot und belegte es mit einer dicken Scheibe geräucherter Wurst. Sie würde in Ruhe zu Ende frühstücken, und da sie schon so früh auf war, auch an ihre Arbeit gehen. Durch die Hochzeitsvorbereitungen waren in den vergangenen Tagen einige Dinge liegengeblieben. Vor allem um das Anmahnen säumiger Schuldner würde sie sich kümmern müssen, diejenige unter ihren Aufgaben, die sie am meisten verabscheute. Sie hasste es, von den Schuldnern hingehalten und mit hohlen Versprechungen abgespeist zu werden. Sie lieferte pünktlich ihre Ware, da sollten die Käufer auch beizeiten in der Lage sein zu zahlen. Besonders ärgerte es sie, wenn sie merkte, dass man ihr frech in das Gesicht log, behauptete, man hätte bereits gezahlt, oder vorgab, zurzeit wirklich beim besten Willen nicht zahlen zu können. Nächste Woche aber würde man ganz bestimmt bezahlen, das wäre doch sicher kein Problem, schließlich kenne man einander seit langem …

Oh, schon der Gedanke an diese Ausflüchte ließ Fygen die Zornesröte ins Gesicht schießen. Seufzend legte sie das Brot aus der Hand und erhob sich von ihrer Bank. Ihre Laune hatte sie sich nun selbst verdorben, dann konnte sie sich auch direkt an die unerfreuliche Arbeit machen.

Der weitaus größte offene Posten war der von Nikasius Hackenay, dem Rechenmeister von Kaiser Maximilian, der für das neue Palatium am Neumarkt eine große Menge edelster Seidenstoffe bestellt hatte. Bereits zweimal hatte sie ihn schriftlich um Begleichung der noch ausstehenden Rechnung gebeten, jedoch bisher ohne Erfolg. Natürlich wieder einmal die hohen Herren. Strotzten nur so vor Geld, schwelgten in den edelsten Preziosen, aber wenn es ans Bezahlen ging, drückten sie sich wie der raffgierigste Kaufmann, dachte Fygen verstimmt. Abrupt hielt sie inne. Sie würde gar nicht erst in ihr Kontor gehen, sondern den Rechenmeister persönlich in seinem Hof am Neumarkt aufsuchen, um ihn an die offenen Zahlungen zu gemahnen, entschied Fygen. Sie fühlte sich just in diesem Moment streitlustig genug, um es auch mit diesem größten aller Zahlenfüchse aufzunehmen. Sie war schon beinahe an der Tür zum Hof angelangt, als ihr gerade noch rechtzeitig einfiel, dass es wohl einen seltsamen Eindruck hinterlassen würde, wenn sie in Nachtgewand und Umhang bei Hackenay erscheinen würde. So eilte sie zurück und die Treppe hinauf in ihre Kammer, um sich anzukleiden, bevor sie das Haus verließ.

Eine hohe Mauer schirmte den königlichen Hof vom geschäftigen Treiben auf dem Neumarkt ab, und Fygen trat durch den Bogen des Hoftores in einen großzügigen Vorhof hinein. An drei Seiten wurde er umschlossen von den Mauern des Hauses, die von Zinnen und Eckwarten geschmückt wurden. Die beiden Flügel des Hauses trugen wappenverzierte, dreiseitige Erker, und auf einem Schlussstein erkannte Fygen das Hackenaysche Wappen mit dem springenden Ross. Im Winkel zwischen Hauptgebäude und dem rechten Flügel erhob sich ein schlanker, gut hundert Fuß hoher Turm, dessen Spitze an einen luftigen Helm gemahnte.
Beim Anblick des Wappens und des Turmes fiel Fygen die Sage der Richmodis von Aducht ein. Vor gut ein und einem

halben Jahrhundert gehörte das Haus Zum Papagei, gleich gegenüber, Mengis von Aducht. Dessen junge Frau Richmodis erlag nach kurzer Krankheit dem Schwarzen Tod und wurde eiligst mit all ihrem Schmuck, unter anderem dem besonders kostbaren Trauring, auf dem Friedhof von St. Aposteln beigesetzt. Den Totengräbern aber hatte dieser Ring besonders gefallen, und so machten sie sich des Nachts daran, die schwere Grabplatte von Richmodis' Grab zu heben. Als sie jedoch versuchten, der Toten den Ring vom Finger zu ziehen, schlug diese die Augen auf und schickte sich an, aus ihrem Grab aufzustehen. Die Grabräuber bekamen es mit der Angst, glaubten, sie hätten einen Geist vor sich, und eilten davon. Richmodis aber stand auf und machte sich, bekleidet mit ihrem Totenhemd, auf den Weg nach Hause. Ihr Mann öffnete die Tür, doch auch er wurde von Angst gepackt und sagte: »Ehe ich glauben wollte, dass Richmodis noch am Leben ist, müssten wohl meine besten Gäule die Stiege hinaufkommen, um mich zu rufen.« Doch kaum hatte er die Worte gesprochen, als schon auf der schmalen Wendeltreppe zum Söller das Klappern der Hufe seiner Gäule erscholl. Da öffnete Mengis die Tür und schloss überglücklich seine von den Toten errettete Frau in die Arme. Zum Dank und der Erinnerung ließ Mengis am Turm seines Hauses zwei steinerne Pferdeköpfe anbringen, hieß es.

Fygen hatte gerade den Vorhof betreten, als sie auch schon von einem adrett gekleideten Bediensteten abgefangen wurde, der mit herablassender Miene nach ihrem Begehr fragte. Fygen zögerte einen Moment. Wenn sie jetzt die offene Rechnung erwähnte, würde sie nie zu Hackenay vorgelassen werden. Sie schenkte dem Bediensteten ein

Lächeln, von dem sie hoffte, dass es nicht vor Sarkasmus troff, und antwortete: »Es ist eine persönliche Angelegenheit.« Schließlich hatte sie sich ganz persönlich über Hackenays Säumnis geärgert.

Der Bedienstete blickte ein wenig verwundert drein, entschied sich aber dann doch dafür, ihr Glauben zu schenken. »Wenn ich Euch dann nach Eurem Namen fragen dürfte?«

»Lützenkirchen. Fygen Lützenkirchen«, antwortete Fygen mit Nachdruck.

Der Hofmeister zog beinahe unmerklich die schmalen Augenbrauen hoch, doch ohne ein weiteres Wort geleitete er sie in einen kleinen, aber prächtig ausgestatteten Empfangsraum in der Nähe des Eingangstores. Wenn dieser Raum dazu dienen sollte, etwaige Besucher zu beeindrucken, so gelang dieses ohne weiteres. Schwere Tapisserien zierten die Wände, seidene Drapierungen verhüllten die beiden winzigen Fenster zur Gänze, und ein dicker Teppich schluckte das Geräusch von Fygens Schritten. Die Stühle, die man für die Wartenden bereitgestellt hatte, waren dagegen höchst unbequem, fand Fygen.

Es dauerte eine gute Weile, doch dann führte der Bedienstete Fygen die breite, geschwungene Treppe ins Obergeschoss hinauf. Er geleitete sie durch eine reich mit Ornamenten geschmückte Tür und hieß sie in einen weit größeren und deutlich geschmackvoller eingerichteten Saal eintreten.

Die Morgensonne flutete durch eine Reihe von Fenstern in den Raum und warf bunte Muster durch die Glasmalereien in den Oberlichtern auf die glänzend polierten Holzdielen des Fußbodens. Vom Neumarkt drang gedämpft der geschäftige Lärm der Händler und Bauern herauf, die beizeiten ihren Geschäften nachgingen.

Tief atmete Fygen ein, straffte sich und nahm die Schultern zurück. Dann durchquerte sie aufrecht den Raum und trat auf Hackenay zu, der am anderen Ende des Saales hinter einem mächtigen Tisch saß, vor sich einen aufgeschlagenen Folianten, der seine ganze Aufmerksamkeit zu fesseln schien.

Soweit Fygen das beurteilen konnte, war Hackenay ein gut aussehender Mann. Er mochte auf die sechzig zugehen, doch noch immer umrandete ein eisgrauer, üppiger Haarschopf seine markant geschnittenen Züge.

Erst als Fygen seinen Schreibtisch erreicht hatte, hob er seinen Blick aus dem Buch und bedachte sie mit einem unerwartet anziehenden Lächeln und einem forschenden, beinahe neugierigen Blick aus honigfarbenen Augen. Sein Gesicht war gebräunt, seine Haltung sehr aufrecht, und er wirkte drahtig, als hätte er sein Leben mehr im Sattel als in einer Rechenstube verbracht. Ein wenig überrascht erwiderte Fygen sein Lächeln. Einen kaiserlichen Hof- und Rechenmeister hatte sie sich anders, viel trockener vorgestellt. Sie war sicher, dass er dereinst in jüngeren Jahren mit Leichtigkeit der Damenwelt den Kopf verdreht hatte.

Doch plötzlich änderte sich der Ausdruck auf Nikasius' Gesicht. Das Lächeln verschwand, und er fuhr zusammen, als hätte er etwas Seltsames, ja, Erschreckendes erblickt. Langsam erhob er sich aus seinem Sessel, umrundete den Schreibtisch und trat auf sie zu, den Blick unverwandt auf ihr Gesicht geheftet.

Fygen musste sich beherrschen, um unter dem bernsteinfarbenen Blick nicht einen Schritt zurückzuweichen. Doch

sosehr dieser sie auch befremdete, irgendetwas in Nikasius' Augen war ihr wohlvertraut, als kenne sie es schon seit
langem, obwohl sie sicher war, dem Rechenmeister nie zuvor begegnet zu sein. Eine Weile stand sie wie gebannt und
erwiderte seinen Blick, bis Nikasius nach einer kleinen
Ewigkeit mit trockener, spröder Stimme, als koste es ihn
eine unmenschliche Anstrengung, fragte: »Was kann ich
für Euch tun?«
Fygen bemühte sich, die unwirkliche Stimmung, die den
Rechenmeister und sie wie Spinnweben eingehüllt hatte,
zu zerreißen, und besann sich auf den Grund ihres Besuches: »Ich bin gekommen, um Euch zu bitten, die Rech-
nungen für die Seidenlieferung zu begleichen.«
Ihre Worte schienen nun auch Nikasius in die Gegenwart
zurückzubringen. »Selbstverständlich werde ich den Betrag sofort anweisen«, antwortete er. »Bis morgen wird die
Schuldigkeit erledigt sein.«

6. Kapitel

Fygen stand am Fenster in ihrem Kontor und sog tief die warme Luft ein, die der Wind von den Weinfeldern und Gärten hinter St. Peter zu ihnen heranwehte. Sie war getränkt mit jenem unverwechselbaren Duft, der hoffen ließ, dass der Winter nie zurückkehren mochte, der das Versprechen auf einen nahen Sommer barg. Wieder ein Frühjahr, das zweite seit Lisbeths Hochzeit. Zwei lange Jahre waren seitdem vergangen. Ruhige Jahre, gute Jahre. Sophie hatte ihren Entschluss, eifrig zu arbeiten, ernst genommen und überraschenderweise noch im selben Jahr ihre Prüfung vor dem Seidamt abgelegt. Kurz darauf hatte sie dann Hans Heere geheiratet. Der junge Mann war Geselle der Großen Ravensburger Handelsgesellschaft und führte, obwohl er Bürger von Köln war, in Antwerpen die Rechnung, was bedingte, dass er häufig in Flandern weilte. Fygen glaubte nicht, dass der blasse, ein wenig behäbige Mann in Sophie große Gefühle zu erwecken vermochte, aber ihre Älteste schien mit dieser Ehe recht zufrieden zu sein, zumal Hans über genug ererbtes Vermögen verfügte, um ihr ein angenehmes Leben zu ermöglichen.

Sophie hatte sich, mehr weil man es von ihr erwartet hatte denn aus echtem Interesse, als Seidmacherin eintragen lassen, einen Webstuhl angeschafft und eine Lehrtochter eingestellt. Doch mit der Hochzeit war all ihr Arbeitseifer verflogen. Sophie war wieder dazu übergegangen, das zu tun, was sie immer schon getan hatte: keine großen Anstrengungen zu unternehmen und friedlich in den Tag hineinzuleben, so dass die Weberei ohne rechten Erfolg vor sich hin dämmerte.

Als auch Sophie das Elternhaus verlassen hatte, war es ruhig geworden in der Wolkenburg. Agnes brachte mit schöner Regelmäßigkeit und ohne Anzeichen von Schwierigkeiten jeden Winter einen weiteren, kleinen, goldigen Imhoff zur Welt. Nach Andreas, dem Jüngeren, Katharina, benannt nach Katryn, Agnes' Taufpatin, Peter, Sophie und Lazarus war im Februar die kleine Magdalena geboren worden.

Lisbeth und Tim arbeiteten eifrig daran, ihre Seidenweberei und den Handel aufzubauen und schienen sehr glücklich miteinander zu sein.

Peters Handelsgeschäfte liefen ruhig, aber erfolgreich. Nach wie vor vertrat er die Große Ravensburger Handelsgesellschaft in Köln, und seit gut einem Jahr war er, durch die Vermittlung seines Schwiegersohnes Andreas, zudem Faktor der Vöhlin-Welser-Gesellschaft. Auch Fygens Seidenweberei lief nahezu reibungslos und sehr gewinnbringend, so dass sie einen Teil ihrer Zeit damit verbringen konnte, Peter in der Faktorei zu helfen.

Nein, Fygen konnte sich wirklich nicht beschweren. Es war ein friedliches Leben. Beinahe zu friedlich, fast schon ein wenig langweilig, dachte Fygen. Der Einzige, der ab und an ein wenig Leben ins Haus brachte, war Herman mit seiner an Besessenheit grenzenden Leidenschaft für seine Seidenraupenzucht.

Zwei Jahre standen die Maulbeerbäumchen nun auf Hermans Äckern, hatten sich gut eingelebt, wuchsen und gediehen, denn sie hatten außer dem Seidenspinner keine

Feinde oder Schädlinge. Zwei Jahre, in denen sie gehegt und gegossen wurden und ungestört wachsen durften. Doch die Zeit dieses pflanzlichen Glückes näherte sich nun ihrem Ende. Es wurde Zeit, dass die Bäume begannen, ihrer Aufgabe nachzukommen: Blätter zu liefern für hungrige Seidenraupen. In der vergangenen Woche war Herman von seinem Besuch bei Alberto Pezzi in Lucca zurückgekommen, im Gepäck ein kleines, in feuchte, kühlende Tücher gewickeltes Päckchen. Stolz hatte er die Verpackung geöffnet und Fygen den Inhalt gezeigt: eine schiefergraue, glitschig aussehende Masse, in der hier und da winzige, blassgelbe Sprenkel zu erkennen waren. Ein wenig enttäuscht hatte Fygen auf die Raupeneier geblickt. Was sollte schon aus so einem kleinen, armseligen Häufchen werden?

»Siehst du die Farbe?«, hatte Herman seine Mutter voller Begeisterung gefragt. »Die grauen Eier sind alle befruchtet, die blassgelben unbefruchtet. Und das sind nur wenige. Aus einer Unze Eier erhält man um die siebzig Pfund Kokons, das sind achtzehntausend Stück. Und daraus wiederum kann man sechs Pfund Rohseide abhaspeln«, hatte Herman ihr vorgerechnet.

Das Päckchen mochte so um die zehn Unzen enthalten, hatte Fygen geschätzt und überschlagen, dass daraus sechzig Pfund Rohseide zu erwarten waren. »Und dafür betreibst du solch einen Aufwand?«, hatte sie gefragt.

»Das ist doch erst der Anfang, wir züchten ja die nächsten Generationen selbst heran«, hatte Herman ihr eifrig erklärt und das Päckchen wieder sorgsam eingeschlagen, denn die Eier mussten kühl gehalten werden.

Jetzt im Mai trieben die Maulbeerbäume aus, und es war an der Zeit, die Raupeneier auszulegen. Morgen früh würde Herman nach Rheinbach reisen und sich an die Arbeit machen. Fygen musste sich eingestehen, dass sie schon ein wenig neugierig darauf war, wie die Raupenzucht vonstattenging.

Wieder sog sie tief die warme Luft ein und blickte ein wenig sehnsüchtig in den Hof hinaus. Alles Grün, was sie hier zu sehen bekam, waren die Apfelbäume in ihrem Hof. Das war weit mehr, als die meisten Stadtbewohner täglich erblickten, aber es wäre dennoch schön, eine Zeit auf dem Land zu verbringen, kam es Fygen in den Sinn. Warum sollte sie Herman nicht einfach begleiten? Die Werkstatt käme sicher eine Zeitlang ohne sie aus, und auch Peter könnte gewiss ein paar Tage ohne ihre Hilfe zurechtkommen.

Fygen bereute ihre Entscheidung nicht. Es war eine schöne Reise. Die Maisonne schien angenehm warm den ganzen Tag über, und die Wege waren trocken, doch noch nicht zu staubig. Es war bereits deutlich nach Mittag, als der Wagen auf eine ausgedehnte Pflanzung zurollte. In langen, ordentlichen Reihen wuchsen die kräftigen, inzwischen siebenjährigen Maulbeerbäume. Der Wagen rumpelte auf ein paar neue, lang gezogene, teils grob gezimmerte Gebäude zu: Schuppen für die Aufzucht der Raupen. Vor dem letzten, bei weitem dem kleinsten Schuppen, hielt Herman den Wagen an und half seiner Mutter auszusteigen. Fygen reckte die Glieder. Die Reise war nicht anstrengend gewesen, doch sie war das Gerumpel und das lange Stillsitzen einfach nicht gewöhnt. Herman stieß die Tür zu dem kleinen Schuppen auf und ließ seine Mutter eintreten. Das Gebäude war einfach, aber Fygen fand es gemütlich. Außer der Stube mit Tisch, ein paar Stühlen und einem Ofen gab es noch zwei weitere kleine Kammern mit je einer Bettstatt. Beschwingt stellte sie ihr Bündel auf dem groben Holzboden ab. Hier würde sie sich für ein paar Tage sicher sehr wohl fühlen.

Nachdem Fygen sich am Brunnen hinter der Hütte ein wenig erfrischt hatte und zurück in die Stube kam, wunderte sie sich, dass sich Herman trotz des warmen Wetters darangemacht hatte, im Ofen ein Feuer anzufachen.

»So alt und gebrechlich bin ich doch noch nicht, dass du für mich den Ofen einheizen musst«, sagte sie lächelnd ob seiner Fürsorge.

»Das Feuer zünde ich nicht deinetwegen an«, antwortete Herman lachend. »Obwohl wir es heute Nacht sicher sehr wohlig warm haben werden. Es ist wegen der Raupen. Sie brauchen gleichmäßige Wärme, um zu schlüpfen.« Vorsichtig öffnete er das Paket und entleerte die Eier liebevoll auf eine flache Schale. Dann stellte er diese gut drei Schritt vom Ofen entfernt auf den Boden und betrachtete sie zufrieden.

Fygen fand wenig Gefallen an der Vorstellung, dass just in der Nähe der Bettstatt, in der sie zu schlafen gedachte, eine wimmelnde Menge Raupen schlüpfen sollte. Was, wenn sich die Tiere auf Wanderschaft begeben, ihre Schale verlassen und vielleicht – nein, sicherlich – ausgerechnet zu ihr ins Bett krabbeln würden? Sie warf ihrem Sohn einen schiefen Blick zu. Der Gedanke war ihm wohl noch nicht gekommen, und wenn doch, so war Fygen sicher, dass

Herman diese Vorstellung nicht stören würde, so verzückt, wie er seine glibberigen Schützlinge betrachtete. Wie schnell krabbelten Raupen? Würden sie es in einer Nacht bis zu ihrem Bett schaffen?

Stell dich wegen ein paar Raupen nicht so an, rief Fygen sich zur Ordnung. Herman war so versessen auf die Seidenwürmer, dass er sie sicherlich genau beobachten würde. Sie bekämen wahrscheinlich gar keine Gelegenheit auszubüxen.

Mit ihrer Einschätzung hatte Fygen recht. Herman wachte beinahe die ganze Nacht neben der Schale. Achtete darauf, dass das Feuer nicht erlosch und die Temperatur in der Hütte gleichmäßig blieb. Fygen schlief tief und traumlos, und als sie am Morgen erwartete, eine von Raupen wimmelnde Hütte vorzufinden, wurde sie zum Glück enttäuscht.

Herman hatte, um die Temperatur für die Eier langsam zu erhöhen, die Schale näher an den Ofen herangerückt. Die graue Masse schien größer geworden zu sein und sich ausgebreitet zu haben, aber geschlüpft waren die Raupen noch nicht.

Es dauerte noch bis zum Nachmittag. Dann verfärbten sich die Eier violettblau und wurden schließlich weiß. Herman wurde ganz aufgeregt. »Gleich, gleich ist es so weit«, sagte er und starrte wie gebannt auf die Eier. Und wirklich, erst kam hier, dann da, dann dort ein wenig Bewegung in die Masse. Dunkelbraune, winzige Raupen tauchten aus ihr hervor, sie begannen zu schlüpfen: Die erste Generation von Hermans Seidenraupen erblickte das Licht der Welt.

Es wurden immer mehr, sie wimmelten, krochen, drehten

sich durcheinander. Die ganze Schale verwandelte sich in einen einzigen nussbraunen, sich windenden Klumpen. Schon krochen die ersten Raupen über den Rand der Schale hinaus.

»Zeit zum Füttern!«, rief Herman, nahm die Schale sorgfältig auf und trug sie vorsichtig vor sich haltend zur Stubentür hinaus.

Fygen folgte ihm neugierig in den ersten der länglichen Schuppen. In der Mitte des luftigen Raumes befanden sich große, etwa hüfthohe, hölzerne Gestelle, auf denen lose Holzplatten lagen. Sie maßen vielleicht einen Schritt im Karree. Vorsichtig griff Herman in die Schale und verteilte einen Teil der winzigen Raupen gleichmäßig auf der Platte. Dann ging er zum nächsten Gestell, legte einen weiteren Teil aus und so fort, bis er am Ende des Schuppens angelangt und die Schale geleert war.

Erst jetzt sah Fygen die viereckigen Hürden, die an einer Wand des Schuppens lagerten. Es waren einfache Rahmen, aus Weidenruten gefertigt, in etwa so groß wie die Holzplatten auf den Gestellen und sorgfältig bespannt mit grobmaschiger Gaze. Herman stellte die leere Schale auf einem Tisch ab und nahm eine der Hürden auf. Vorsichtig, um keines der kostbaren Tiere zu verletzen, setzte er die Hürde auf die erste Platte, so dass die Gaze die Raupen bedeckte. Dann holte er einen der Weidenkörbe voller Maulbeerbaumblätter, die Fygen und er den Morgen über gepflückt und grob zerkleinert hatten. Gleichmäßig verteilte er nun ein paar Pfund Blätter auf der Gaze, und Fygen konnte gar nicht so schnell schauen, wie die hungrigen Raupen durch die Maschen der Gaze auf die Blätter schlüpften und begannen, sich an dem frischen Laub gütlich zu tun.

So fuhr Herman fort, bis alle Raupen zu fressen hatten. Fygen glaubte, schmatzende, kauende Geräusche zu hören, doch das bildete sie sich vermutlich ein.

In den folgenden Tagen entwickelten die Raupen einen regen Appetit und wollten regelmäßig gefüttert werden. Herman und Fygen streiften den ganzen Tag über durch die Anpflanzungen und pflückten Blätter für ihre hungrigen Schützlinge. Reihe für Reihe liefen sie durch die Anpflanzung und nahmen von jedem Baum eine gute Handvoll, legten sie in einen Korb und gingen weiter zum nächsten Baum.

»Es ist wichtig, dass die Bäume groß und stabil genug sind, bevor man mit der Zucht der Raupen beginnt«, erklärte Herman. »Damit sie es vertragen, wenn man sie ihrer Blätter beraubt. Ein fünfjähriger Baum liefert um die sechsunddreißig Pfund Blätter, ein zwanzig Jahre alter schätzungsweise zweihundert Pfund. Unsere Bäume sind schon recht erwachsen, dennoch will ich vermeiden, sie vollständig zu entlauben. Wir pflücken deshalb gleichmäßig immer von allen Bäumen nur einen Teil der Blätter ab.«

Mit den gefüllten Körben ging es sogleich in den Schuppen, wo Tausende hungriger Mäuler auf sie zu warten schienen. Fygen hatte sich nicht getäuscht. Sie schmatzten tatsächlich. Und je größer sie wurden, desto lauter und ungehobelter wurden ihre Fressgeräusche. Dennoch waren Seidenraupen heikel. Sie waren empfindlich gegen Temperaturschwankungen und Luftfeuchtigkeit. Ganz wichtig war Sauberkeit. Undenkbar, dass sie lange in den abgenagten Blattresten verbleiben konnten. Kaum waren die Blätter zu einer unansehnlichen, braunen Menge zusammengefressen worden, als Herman über die Hürde eine neue setzte und frische Blätter darauf verteilte. Sobald die Raupen voller Gier zu der verlockenden Mahlzeit weitergewandert waren, konnte die Hürde mit den abgefressenen Blattresten darunter fortgenommen werden.

Fygen genoss die friedliche, ungestörte Arbeit an der frischen Luft. Abends fiel sie müde ins Bett und schlief bis zum Morgengrauen, um erfrischt wieder an die Arbeit zu gehen.

Sechs Tage nachdem die Raupen geschlüpft waren, hatten sie derart an Umfang zugenommen, dass ihnen ihre Haut zu eng wurde. Sie riss auf, und die Tiere krabbelten daraus hervor wie aus einem zu klein geratenen Kleidungsstück. Doch ihre Fressgier zügelte das keineswegs. Mehr und mehr Blätter mussten Fygen und Herman täglich heranschaffen, um die gefräßige Sippschaft zufriedenzustellen.

Nach fünf weiteren Tagen wiederholte sich das Häuten.

»Wohin wollen die Biester denn noch wachsen?«, rief Fygen aus, als sich die Raupen abermals daranmachten, ihre Haut abzustreifen.

»Sie häuten sich viermal, bevor sie sich einspinnen«, erklärte Herman seiner Mutter amüsiert. »Und ein letztes Mal, bevor sie den Kokon verlassen.«

»Aber das dauert dann ja noch Wochen, bis sie fertig sind«, stellte Fygen fest.

»Insgesamt fressen sie fünfunddreißig bis vierzig Tage

lang«, sagte Herman lachend wie ein stolzer Papa, der den gesunden Appetit seines Sohnes lobt.

Fygen war ein wenig enttäuscht. Sie hatte nicht beabsichtigt, so lange bei Herman zu bleiben. Andererseits wollte sie zu gerne miterleben, wie die gefräßigen Biester sich verpuppten und schließlich als Seidenspinner wiedergeboren wurden. Doch ein paar Tage würden sie zu Hause sicher noch ohne sie zurande kommen, entschied Fygen und beschloss, noch zu bleiben.

Gut vier Wochen waren vergangen, seit die ersten winzigen Raupen geschlüpft waren, ihre vierte und letzte Häutung lag nunmehr zehn Tage zurück. Immer und immer wieder hatte Fygen ihre Abreise hinausgeschoben, weil sie unbedingt erleben wollte, wie die Raupen sich einspinnen würden. Die Seidenraupen waren nun vollständig ausgebildet. Längst hatte Herman Helfer aus dem nahen Dorf angestellt, die ihnen beim Pflücken und Zerkleinern der Blätter halfen. Allein waren Fygen und er nicht mehr in der Lage, die immer größer werdenden Mengen herbeizuschaffen, um die Tiere satt zu bekommen.

Als Fygen mit einem Korb voller Grün in den Schuppen trat, beschlich sie das Gefühl, etwas sei nicht richtig. Doch ihr war nicht klar, was es war. Irgendetwas fehlte. Fygen schaute sich um. Doch es war alles still. Sorgfältig leerte sie ihren Korb in eine große Steige, und dann wusste sie plötzlich, was es war. Die Stille. Das Schmatzen, das seit Wochen das Fressen der Raupen begleitet hatte, war verstummt. Die Tiere hatten aufgehört zu fressen. Fygen erschrak zutiefst und rannte hinaus, um Herman herbeizuholen.

Doch der warf nur einen kundigen Blick auf seine Schützlinge, die begonnen hatten, unruhig umherzukriechen und den Vorderleib in die Höhe zu recken, und nickte zufrieden. Sogleich machte er sich daran, ihnen Reisig und Ginster hinzustellen, die er für diesen Moment bereits in Körben bereithielt.

Fygen ließ die Tiere nun nicht mehr aus den Augen. Sie beobachtete, wie die Raupen die Reisigzweige erklommen. Zielstrebig suchten sie geeignete Stellen wie Verästelungen oder Verdickungen, an denen sie ihr Gespinst anheften konnten. Um erkennen zu können, was nun geschah, beugte Fygen sich vor und fasste eines der Tiere genau ins Auge. Die Raupe sonderte aus ihrem winzigen Spinnrüssel einen klebrigen Faden ab, in den sie begann, sich einzuwickeln. Der Faden war so klebrig, dass er an sich selbst haftete. Die Raupe bildete so zunächst ein lockeres Gespinst um sich herum, innerhalb dessen sie begann, eine feste, taubeneigroße Hülle zu schaffen.

Es war ein hübscher Anblick, als sich nach vier Tagen alle Raupen fertig eingesponnen hatten und die weißlichen Gespinste wie Knospen überall auf den Reisigbündeln saßen.

In diesen Kokons würden sie nun die nächsten zwei bis drei Wochen damit zubringen, sich in eine Larve zu verwandeln, wenn man sie ließe. Doch nur einem Teil der Kokons würde dieses Glück zuteilwerden. Herman beabsichtigte, dreieinhalbtausend weibliche und die entsprechende Menge männliche Kokons für die Zucht heranwachsen zu lassen. Diese würden die vierfache Menge der Eier hervorbringen, die Herman aus Italien mitgebracht hatte.

Fygen fand, das war ein sehr ehrgeiziges Ziel, und die Maulbeerbäume hatten bereits sichtlich Laub gelassen. Sie versuchte, Herman davon zu überzeugen, es zunächst nur mit der doppelten Menge zu versuchen, schließlich hätte er keine Eile, doch Herman war so begeistert von seinem bisherigen Erfolg, dass er den Warnungen seiner Mutter keine Beachtung schenkte.

Also machten Herman, Fygen und ihre Helfer sich daran, alle Kokons vorsichtig einzusammeln und zu sortieren. Männliche Kokons ließen sich leicht an ihrer Einschnürung in der Mitte erkennen. Und während die Größten und Kräftigsten für die Zucht verwendet wurden, sahen alle anderen einem vorzeitigen Tod entgegen. Da der Seidenspinner beim Schlüpfen seinen Kokon und damit den kostbaren Faden zerstören würde, musste er abgetötet werden, bevor er sich daranmachen konnte, ein Loch in den Kokon zu bohren.

Herman hatte hierfür große Siebe fertigen lassen, die nun, mit Kokons gefüllt, eines nach dem anderen auf Töpfe mit kochendem Wasser gesetzt wurde, so dass der aufsteigende heiße Wasserdampf die Raupen rasch und zuverlässig tötete, ohne die Kokons zu beschädigen oder zu verschmutzen.

Fygen taten die Tiere leid, die sie wochenlang so fleißig gefüttert hatte, und sie zwang sich, an diejenigen zu denken, die in wenigen Tagen eine neue Generation Seidenraupen zur Welt bringen würden.

Doch bis es so weit war, blieb noch eine Menge zu tun. Der Schuppen musste gereinigt, einige der Hürden neu mit Gaze bezogen und vor allem die drei anderen Aufzuchtsschuppen, die Herman gleich dem ersten ausgestattet hatte, vorbereitet werden, damit sie die nächste Generation aufnehmen konnten. Zugleich gab Herman, beflügelt von seinem Erfolg, einigen Schreinerleuten den Auftrag, vier weitere Schuppen hinter den ersten zu bauen.

Und dann endlich war es so weit. Eines Morgens, als Fygen und Herman den Schuppen betraten, summte es hinter den zeltförmig angebrachten Gazebahnen, in denen sie den Kokons ein begrenztes Heim geschaffen hatten. Immer wieder klatschte etwas gegen die Bahnen, das Summen wurde lauter, vielstimmiger. Fygen brachte ihre Augen ganz nahe an die Gaze heran, um beobachten zu können, wie die fertigen Seidenspinner sich durch ihre Hüllen fraßen. Zunächst sah sie an dem spitzen Ende des Kokons nur ein winziges Loch in der seidenen Hülle, das größer und größer wurde, bis sich schließlich das verknitterte Tier durch die Öffnung schob. Es war schmutzig weiß und erstaunlich groß, fast so lang wie ihr Finger. Der Seidenspinner öffnete seine beim Schlüpfen noch weichen und zusammengefalteten Flügel, und sobald diese sich gehärtet hatten, machte er sich auf die Suche nach einer Gefährtin, um sich zu paaren.

Das Summen hinter den Bahnen wurde lauter, als mehr und mehr Seidenspinner begannen, durcheinander zu fliegen. Wie ein Heuschreckenschwarm mutete es Fygen an. Tausende von paarungswilligen Tieren, nur zu einem in der Lage: sich zu vermehren.

»In diesem Zustand können sie nicht einmal Nahrung aufnehmen«, erklärte Herman.

Der Hochzeitstanz der Seidenspinner dauerte eine geraume Weile. Dann legten die Weibchen ihre Eier ab, und bald darauf wurde es still hinter den Gazebahnen. Eine Generation Seidenspinner hatte ihre Aufgabe erfüllt, ihr Leben an die folgende Generation weiterzugeben, und schickte sich an zu erlöschen.

7. Kapitel

Sehr zu ihrem Missfallen hatte Fygen wegen des Empfangs heute ihre Arbeit ein wenig früher beenden müssen. Es dämmerte bereits, und man merkte deutlich, dass die Tage kürzer wurden. Sie hatte soeben das zimtfarbene Unterkleid übergestreift und war dabei, den fließenden Rock glatt zu streichen, als sie in der Stille des Abends ein Klopfen vernahm. Laut drang es vom Tor durch ihr offenes Kammerfenster herauf. Einen unsinnigen Moment lang hoffte sie, dass der Besucher oder die Nachricht, die er überbrachte, sie daran hindern würde, zu diesem Empfang zu gehen.

Fygen nahm ihr senfgelbes, samtenes Oberkleid vom Haken. Es war nach der allerneuesten Mode knapp unter der Brust tailliert, hatte einen eckigen Ausschnitt, gerüschte Ärmel und war oberhalb des Saumes mit schwarzer Stickerei geschmückt. Als besondere Raffinesse hatte das schwarze Mieder Schlitze, die senkrecht über die Brust liefen, so dass die gelbe Seide des Unterkleides hervorblitzte.

Während sie in die schwere, samtene Flut stieg, spitzte sie aufmerksam die Ohren, um herauszufinden, wer der späte Besucher war. Doch sie brauchte sich nicht anzustrengen. Schon erkannte sie Marens schwerfälligen, watschelnden Gang auf der Treppe, und kurz darauf klopfte die Magd an die Kammertür.

»Da ist die Frau Loubach für Euch«, verkündete Maren unmelodisch und laut genug, dass Fygen es problemlos durch die geschlossene Tür hören konnte.

Natürlich, Barbara Loubach. An die Seidspinnerin, die jeden Monat kam, um den Lohn für sich und ihre Mädchen in Empfang zu nehmen, hatte sie gar nicht mehr gedacht.

»Führe sie in mein Kontor«, rief Fygen, »ich komme sofort.« Mit dem Fuß angelte sie nach ihren feinen, seidenen Schuhen und beeilte sich, die Treppe hinabzusteigen.

»Wie elegant du aussiehst«, sagte Barbara und ließ bewundernd ihren Blick über die samtene Pracht wandern. »So kenne ich dich kaum.«

»So lässt es sich auch schlecht arbeiten«, gab Fygen zurück, und Barbara musste lachen. Doch dann wurde ihr Gesicht abrupt wieder ernst, und zwischen den Augen bildete sich eine steile Sorgenfalte. Etwas schien die Seidspinnerin sehr zu bedrücken. Fygen wandte sich ab, öffnete mit einem kleinen Schlüssel ihre Schatulle und klappte den Deckel hoch. Dann entnahm sie der kleinen Truhe einen vorbereiteten Leinenbeutel mit Münzen und reichte ihn Barbara. Die ließ ihn, ohne nachzuzählen, in ihrem Mieder verschwinden. So viele Jahre arbeiteten sie nun schon zusammen, und immer hatten Fygens Zahlungen auf den Pfennig genau gestimmt. »Danke«, sagte sie abwesend, und Fygen klappte die Schatulle wieder zu und verschloss sie sorgfältig.

»Was bedrückt dich?«, fragte sie rundheraus.

Barbara seufzte. »Ich mache mir Sorgen«, erklärte sie. »Die Seidspinnerinnen sind aufgebracht. Bei vielen gehen die Geschäfte nicht so gut, wie sie es sich wünschen. Und statt sich an die eigene Nase zu fassen, suchen sie wie immer nach jemand anderem, der daran die Schuld trägt.«

»Lass mich raten. Das sind wieder einmal die Beginen?«

»Ja. Die Seidspinnerinnen haben den Rat dazu überredet, den Beginen das Verspinnen von Seide ganz zu untersagen ...«

»... doch die halten sich nicht daran«, ergänzte Fygen.

»Natürlich nicht. Wovon sollen sie auch leben? Es wird ihnen ja alles immer schwerer gemacht. Ich habe Angst, dass etwas geschieht. Etwas Schlimmes.«

»Du glaubst, die Seidspinnerinnen gehen gewaltsam gegen die frommen Frauen vor? Das kann ich mir nicht vorstellen. Bisher blieb es immer dabei, dass ein paar Webstühle konfisziert wurden oder etwas Rohseide. Aber niemand könnte doch so weit gehen, den Beginen etwas zuleide zu tun.«

»Du magst recht haben. Vielleicht mache ich mir zu große Sorgen. Aber lass dir durch meine Befürchtungen nicht den Abend verderben. Wahrscheinlich sehe ich auch alles nur zu schwarz.«

Als Fygen Barbara verabschiedet hatte und wieder die Treppe zu ihrer Kammer emporstieg, um sich fertig anzukleiden, hatte ein ungutes Gefühl auch von ihr Besitz ergriffen. In jedem Fall würde sie gleich am Morgen jemand zu Hylgen in den Annenkonvent schicken, um sie zu warnen. Man konnte ja nie wissen, wozu erzürnte Menschen fähig waren.

Sie musste sich sputen. Hastig kramte sie ihre Schmuckschatulle hervor und nestelte an dem Verschluss. Doch das Schloss widersetzte sich vehement ihren fahrigen Versuchen, es zu öffnen. Fygen zog heftig an dem mit feinen Einlegearbeiten verzierten Deckel, doch dabei rutschte ihr der ganze Kasten aus den Händen und landete mit einem Krachen auf dem Boden. Die Schatulle sprang auf, und der kostbare Inhalt verteilte sich auf den

Dielen. Ein kleiner leinener Beutel kam vor ihren Fußspitzen zu liegen. Fygen hob ihn auf. Das Leinen war fleckig und der Lederriemen, der es verschloss, rauh und vom Alter brüchig geworden. Vorsichtig öffnete Fygen den Beutel und ließ den Inhalt auf ihre Handfläche gleiten. Zum Vorschein kam eine fein ziselierte silberne Anstecknadel, das fremdländisch aussehende Schmuckstück, das einst ihrer Mutter gehört hatte. Nur einmal hatte sie die Brosche getragen, zu ihres Vaters Beisetzung. Sie erinnerte sich, wie Dörte, Vaters Haushälterin, sie ihr an jenem traurigen Tag angesteckt hatte. Sanft strich Fygen mit dem Finger über die gelb-schwarzen Steine. Sie würden farblich hervorragend zu ihrem Kleid passen. Seltsam, dass der Schmuck ihr just heute geradewegs vor die Füße gefallen war. Vorsichtig befestigte sie ihn am Rande ihres Ausschnittes.

Als sie wenig später an Peters Arm in Richtung Neumarkt ging, war Fygen sich nicht sicher, ob das ungute Gefühl, das sich in ihr festgesetzt hatte, ausschließlich mit den Beginen zusammenhing oder ob der bevorstehende Empfang einen Gutteil dazu beitrug.

Es war nicht irgendeine Einladung. Der Hof- und Rechenmeister Kaiser Maximilians, Nikasius Hackenay persönlich, hatte die Honoratioren der Stadt zum Empfang gebeten. Es war eine besondere Ehre, zu den Geladenen zu gehören, jedoch eine, auf die Fygen gerne hätte verzichten mögen. Sie hatte ihre seltsame Begegnung mit Hackenay vor gut zwei Jahren nicht vergessen. Bis heute war sie nicht darauf gekommen, an wen er sie erinnerte. Und wen oder was er wohl in ihr gesehen haben mochte? Oder war er nur einfach ein wenig verrückt? In jedem Fall verspürte sie wenig Lust darauf, ihm wiederzubegegnen, doch das würde sich heute Abend kaum vermeiden lassen.

Der Kaiserliche Hof, wie die Kölnischen ihn nannten, war festlich erleuchtet. Aus allen Fenstern leuchtete das Licht der Kerzen in die Nacht hinaus. Fackeln wiesen Fygen und Peter den Weg über den Hof zum Hauptportal, als sie, nur ein klein wenig verspätet, am Neumarkt eintrafen.

Kaum hatten sie den weitläufigen Saal im Obergeschoss des Querflügels betreten, als Peter auch schon von Hermann van der Sar und Johann Byrken mit Beschlag belegt wurde. Dankbar nahm Fygen den Becher mit Wein an, den ein uniformierter Bediensteter ihr reichte, und schaute sich um. Dieser Saal war, wenn das überhaupt möglich war, noch kostbarer ausgestattet als der, in dem Hackenay sie einst empfangen hatte. Prachtvolle Tapisserien und üppige Fensterkleider aus schwerem Brokat nahmen dem hohen Raum den Schall und verbreiteten eine gediegene Atmosphäre. Das Licht unzählbarer, vielarmiger Silberleuchter schmeichelte den Gästen, und in den ausladenden Kaminen brannten zur Feier des Tages die ersten Feuer, obwohl es noch nicht wirklich kalt geworden war. Neben einem dieser Kamine, dessen steinerner Sims kunstvoll gearbeitet das kaiserliche Wappen trug, entdeckte Fygen ihre Freundin Katryn, die trotz der Wärme im Saal einen wollenen Schal um die Schultern trug. Seit Mertyns Tod schien sie ständig zu frösteln. Sie freute sich sichtlich, Fygen zu sehen, doch bevor Fygen ihr von Barbara und ihren Befürchtungen berichten konnte, stieß Katryn sie mit dem Ellenbogen an. Verstohlen deutete sie mit dem Kinn auf eine große massige Gestalt, die zu allem Unglück auch noch durch ihr zu grelles, fliederfarbenes Kleid auffiel. »Wie mag deine Base Grete wohl an eine Einladung gekommen sein?«, fragte sie verwundert.

»Vielleicht hat sie einen wohlhabenden Witwer umgarnt, sie zu seiner Begleitung auszuerwählen«, antwortete Fygen. »Fragen wir sie doch einfach«, fügte sie mit funkelnden Augen hinzu, fasste Katryn beim Arm und zog sie mit sich.

Als sie Grete beinahe erreicht hatten, kreuzte jedoch der Hausherr ihren Weg.

»Guten Abend, Frau Lützenkirchen«, grüßte er freundlich, und während sie ihn ebenfalls begrüßte und ihm Katryn vorstellte, ließ er seinen Blick wohlgefällig über ihren Körper schweifen. Manche Männer verstehen es nicht anders, dachte Fygen, als sich seine goldfarbenen Augen an ihrem Dekolleté festsaugten. Stimmte etwas nicht mit ihrem Ausschnitt? Zu freizügig war er sicher nicht geschnitten, da gab es weitaus Mutigere unter den Damen der Stadt. Aus dem Augenwinkel bemerkte sie, dass ihre Base Grete sich ihnen just in diesem Moment zuwandte und das Geschehen interessiert verfolgte.

Wieder zeigte sich auf Hackenays Gesicht dieses Erschrecken, das sie auch bei ihrer ersten Begegnung in Erstaunen versetzt hatte, und es schien Fygen, als hätte sein Gesicht plötzlich alle Farbe verloren.

»Irma!«, brachte er tonlos hervor. Er deutete mit ausgestrecktem Finger auf die Anstecknadel an Fygens Ausschnitt. »Woher habt Ihr diesen Schmuck?«, fragte er ein wenig schroff.

Fygen folgte Hackenays Blick, der nach wie vor unverwandt auf ihre Brust geheftet war. »Er gehörte meiner

Mutter«, erklärte Fygen. »Er ist das Einzige, was mir von ihr geblieben ist, als sie starb.«

»Ihr seid Irmas Tochter?« Hackenays Worte waren Frage und Feststellung zugleich.

Fygen nickte.

»Ich habe ihn ihr geschenkt«, sagte er leise, seine Stimme wurde weich, und die folgenden Worte flüsterte er, als seien sie nur für ihn selbst bestimmt: »Vor sehr langer Zeit. Sie trug mein Kind …«

Fygen glaubte, sich verhört zu haben, und starrte den alten Herrn sprachlos an. Nikasius hatte ihre Mutter gekannt. Hatte sie, Fygen, zunächst mit ihr verwechselt. Doch seine Worte konnten sicher nicht ernst gemeint sein. Wie sollte ihre Mutter sein Kind …

Fygen spürte Nikasius' forschenden Blick auf ihrem Gesicht. Er schien es zu studieren, als sähe er es zum ersten Mal. Seine ernsthafte Miene bekräftigte die Wahrhaftigkeit seiner verblüffenden Worte, doch nur mühsam vermochte Fygen ihnen einen Sinn zu entlocken. Dann plötzlich drangen die Worte ihres Oheims aus den Tiefen ihres Bewusstseins an die Oberfläche. »… eine Hure, wie deine Mutter …«

Ihre Mutter sollte eine Liebelei mit des Kaisers Rechenmeister gehabt haben? Das war doch völlig …

Wie festgewurzelt stand Fygen da und versuchte krampfhaft, das, was sie soeben gehört hatte, in kleine verständliche Stücke zu zerteilen, um es begreifen zu können. Plötzlich wusste sie, an wen Hackenays bernsteinfarbene Augen sie erinnerten. Hunderte von Malen hatte sie diese schon im Spiegel erblickt. Das also hatte Onkel Mathys gemeint, als er sich so abfällig über seine Schwester geäußert hatte.

Fygen schluckte trocken. Wie eine Flut brachen die Fragen über sie herein. Was für ein Mensch war ihre Mutter gewesen? Fygen schien, als würde das erhabene Bild, das sie sich als Kind von ihr gemacht hatte, grausam von seinem Sockel gestoßen. War ihre Mutter in der Tat so leichtlebig gewesen, wie es nun schien? Und ihr Vater, ihr geliebter Vater? Hatte er darum gewusst? Bei dem Gedanken an Konrad von Bellinghoven krampfte sich Fygens Brust zusammen. Dieser fröhliche und liebevolle Mann sollte plötzlich nicht mehr ihr Vater sein? Und sie selbst war die Tochter von Nikasius Hackenay, einem ihr gänzlich fremden Menschen? Fygen spürte, wie ein törichter Anflug von Trotz sie befiel. Für sie würde immer Konrad von Bellinghoven ihr Vater sein, da mochte Nikasius sagen, was er wollte. Fygen weigerte sich schlicht, ihn, oder wen auch immer, als ihren Vater anzusehen.

Aus dem Augenwinkel bemerkte sie, wie Grete neugierig ihren Blick von Hackenay zu ihr wandern ließ. Dann plötzlich flackerte Verstehen über Gretes flächiges Gesicht, um nur Sekunden später einem bösen, triumphierenden Lächeln Platz zu machen. Zu dumm, dass Grete nicht die Schwerhörigkeit ihrer Mutter geerbt hatte.

Immer noch ruhte Nikasius' Blick auf Fygens Antlitz. Irma war also tot, dachte er und verspürte einen Anflug von Bedauern. Und jetzt, nach so langer Zeit, führte ihm das Schicksal plötzlich ihre Tochter in den Weg. Die Begegnung hatte ihn ein wenig aus der Fassung gebracht, stellte er fest, und er bemühte sich, seine gewohnt überlegene Haltung wiederzugewinnen. Fygen war eine anziehende Frau. Sie war nicht mehr so jung, wie Irma damals gewesen war, und die Tochter war auch keine so auffallende Schönheit geworden, wie ihre Mutter einst war, damals vor weit mehr als einem halben Leben, dachte er. Eine Ewigkeit lang hatte er nicht mehr an Irma gedacht, sich nie gefragt, was aus ihr geworden war. Er hatte an seine Zukunft denken müssen, damals. Da war kein Platz gewesen für gefühlstriefende Gedanken. Auch als er Fygen zum ersten Mal begegnet war, als sie ihn in seinem Haus aufgesucht hatte, war der Gedanke an Irma nur wie ein kurzes Irrlicht aufgeflackert, und er hatte ihn alsbald wieder erfolgreich in die Tiefen des Vergessens zurückgestoßen.

Energisch schüttelte Nikasius das eisgraue Haupt, um die Erinnerungen abermals dorthin zu vertreiben, wo sie hingehörten. Es konnte weder Fygen noch ihm nützen, die Vergangenheit auferstehen zu lassen, ganz im Gegenteil. Was vorbei war, war vorbei. Man konnte die Zeit nun einmal nicht zurückbringen, da machte es auch keinen Sinn, mehr Gedanken als nötig daran zu verschwenden, geschweige denn ein Wort darüber zu verlieren.

Der Rechenmeister holte tief Luft und straffte sich. Sein Gesicht schien langsam seine Farbe zurückzugewinnen und zeigte nun wieder die höfliche, ein wenig distanzierte Miene des galanten Gastgebers. »Nun, ich hoffe, die Damen amüsieren sich gut«, sagte er. »Einen schönen Abend wünsche ich Euch.« Beherrscht nickte er Fygen und Katryn zu, dann wandte er sich, ohne ein weiteres Wort der Erklärung, ab, um andere Gäste zu begrüßen.

Verwirrt starrte Fygen der aufrechten Gestalt nach, die in der Menge der anderen Gäste verschwand. Ihre Gefühle wirbelten durcheinander. Bestürzung überfiel sie, und aus unerfindlichem Grund fühlte sie sich von Nikasius abgelehnt und zurückgestoßen und – seltsam genug – ein wenig verletzt. Zwar legte sie keinen ernsthaften Wert darauf, ihre Bekanntschaft mit dem Rechenmeister zu vertiefen, aber so abrupt hätte er das Gespräch nicht beenden müssen. Wie konnte er ihr etwas Derartiges offenbaren, um sie dann so ohne weiteres stehen zu lassen? Fygens Verletztheit wich einer ebenso widersinnigen Empörung. War er wirklich so gleichgültig? Oder mehr noch: kaltblütig? Fast mochte Fygen das glauben. Doch da war diese Überraschung in seinem Gesicht gewesen. Das Erschrecken, als er ihrer ansichtig wurde, seine weiche Stimme, als er erkannte, dass sie wahrhaftig seine eigene Tochter war. Nein, Nikasius war nicht so hart, wie er zu sein vorgab. Es musste ihn große Kraft gekostet haben, sich so zu beherrschen, erkannte Fygen, und ihre Empörung löste sich auf, verlor sich und machte einem vagen Gefühl von Mitleid Platz. Wer ein solch hohes Amt bekleidete, der durfte sicher keine Schwächen zeigen. Nikasius schien in seinem Leben gelernt zu haben, seine Gefühle hinter einer glatten Fassade zu verbergen, doch für einen winzigen Moment war es ihr vergönnt gewesen, einen Blick hinter diese Fassade zu werfen. Sie hatte einen verletzlichen Menschen gesehen. Einen, der ein Stück seiner Vergangenheit bedauerte.

Sehr gerne hätte Fygen erfahren, was damals zwischen Nikasius und ihrer Mutter geschehen war. Was hatte ihre Mutter an ihm gefunden? Hatte sie ihn geliebt? Und er sie? Oder war er ein Frauenheld gewesen, und sie war auf sein einnehmendes Äußeres hereingefallen? Fygen konnte sich einfach nicht vorstellen, dass ihre Mutter so liederlich gewesen sein sollte, wie Onkel Mathys behauptet hatte. Gerne hätte Fygen Antworten auf diese Fragen erhalten, doch von Nikasius würde sie ganz sicher nichts erfahren.

Die Luft im Saal wurde mit einem Mal drückend und schwül und legte sich wie ein eiserner Ring um ihre Brust. Keinen Augenblick länger vermochte sie unter den Feiernden zu verweilen und fürchtete, dass ihr jeden Moment die Sinne schwinden würden.

Katryn hatte bemerkt, dass Fygen schwankte, und legte ihr hastig den Arm um die Schultern, um sie zu stützen. Sanft führte sie die Freundin zu einem gepolsterten Stuhl, damit sie sich ein wenig ausruhe.

Wenig später nur geleitete Peter Fygen an seinem Arm auf den nun still daliegenden Neumarkt hinaus. Kräftig atmete Fygen die kühlende Abendluft ein, und allmählich belebten sich ihre Sinne so weit, dass Fygen in der Lage war, ihrem Mann von der Begegnung mit ihrem Gastgeber zu berichten.

Während Peter behutsam ihre Schritte heimwärts in Richtung der Wolkenburg lenkte, hörte er seiner Frau ernst und schweigend zu. Erst als sie geendet hatte, fuhr er auf: »Dieses Miststück! Was sie nun wieder im Schilde führt?«

Verblüfft hielt Fygen inne und schaute ihren Gatten an. »Wer? Meine Mutter?«

»Was? Nein, Grete!«

»Wahrscheinlich wird sie jetzt überall herumerzählen, dass meine Mutter leichtlebig oder Schlimmeres war«, antwortete Fygen und zuckte mit den Schultern. Angesichts dessen, was sie gerade hatte erfahren müssen, war Grete ihr ziemlich gleichgültig.

»Fygen, es ist schlimmer, als du denkst«, entgegnete Peter bedächtig. »Unterschätz deine Base nicht. Grete ist niederträchtig. Sie wird tief im Dreck wühlen und versuchen zu beweisen, dass du nicht ehelich geboren bist.«

Fygen erschrak zutiefst. Sollte ihrer missgünstigen Base das gelingen, würde sie damit bewirken können, dass Fygen ihrer Weberei verlustig ginge. Denn nach den Regeln der Zunft durfte eine Frau nur dann selbständig eine Seidenweberei betreiben, wenn sie frei und von ehelicher Geburt war.

Doch viel Zeit blieb Peter und Fygen nicht, sich um Gretes Bosheit zu sorgen. Als sie zu Hause ankamen, fanden sie einen Brief vor, der am späten Abend von einem Boten abgegeben worden war. Er trug Hermans Schrift und umfasste nur vier Worte: »Es tut mir leid.«

Im Morgengrauen machte Fygen sich auf den Weg nach Rheinbach. Doch wie anders war ihre Reise heute. Kein Gedanke an den erfrischenden Frühlingsausflug, den sie im Mai gemeinsam mit Herman unternommen hatte. Ein kühler Nieselregen hatte eingesetzt, und die Feuchtigkeit kroch Fygen trotz des mit Wachs abgedichteten Umhangs bis auf die Haut. Immer wieder trieb sie den Kutscher zur Eile an.

Am Nachmittag erreichten sie endlich Hermans Felder, und schon von weitem sah Fygen das Unglück: All die Reihen saftiger grüner Hecken waren verschwunden. Traurig und kahl standen nur die Stämme mit ihren Zweigen da, die Blätter bis auf das letzte gepflückt.

Fygen ließ den Kutscher anhalten und stieg vom Wagen. Mit wenigen Schritten hatte sie die ersten Bäume erreicht und streckte die Hand nach den Zweigen aus. Sie waren samt und sonders vertrocknet und brachen sofort, als Fygen versuchte, sie ein wenig zu biegen. Gänzlich ihrer Blätter beraubt, hatten sie nicht überleben können.

Fygen stieg auf den Wagen und hieß den Kutscher, sie weiter zu den Aufzuchtsschuppen zu bringen. Acht waren es mittlerweile, die verwaist im trüben Grau des Nachmittags dalagen. Weit und breit war keiner von den Arbeitern zu sehen, die Herman eingestellt hatte und die zweifelsohne vonnöten waren, um acht Schuppen voller Raupen zu versorgen. Fygen stieg erneut vom Wagen und stieß die Tür zu einem der Aufzuchtsschuppen auf. Ein modriger, fauliger Gestank schlug ihr entgegen. Fygen hielt sich einen Zipfel ihres Rockes vor die Nase und betrat den Schuppen. Ordentlich waren die Hürden auf die Gestelle gesetzt. Es waren die fauligen Blattreste, die vor sich hin gammelnd in der Gaze hingen und den widerlichen Gestank verströmten, erkannte Fygen, als sie näher trat. Doch es schienen keine Maulbeerblätter zu sein. Wie angewurzelt blieb sie stehen. Im Dämmerlicht des Schuppens hatte sie es nicht sofort gesehen, doch nun erkannte Fygen bestürzt, dass der Boden unter den Hürden braun war, dicht bedeckt von Tausenden zusammengekrümmter Leiber. Die Seidenraupen waren tot. Im nächsten Schuppen erwartete Fygen das gleiche traurige Bild. Im übernächsten ebenso. Was war hier geschehen?

Zielstrebig ging Fygen in die Hütte, die Herman den Sommer über als Wohnhaus gedient hatte, doch sie fand diese verwaist vor. Im Ofen brannte kein Feuer, und nirgendwo war auch nur ein einziges Stück von Hermans Sachen zu entdecken, keine Juppe und auch kein Hemd.

Fygen versuchte, sich darauf einen Reim zu machen, als sie von draußen ein Räuspern vernahm. Hoffnungsvoll trat sie durch die niedrige Tür ins Freie, doch dort stand zu ihrer Enttäuschung nicht ihr Sohn, sondern ein älterer Mann in der einfachen Kleidung der Landarbeiter.

»Was ist geschehen?«, fragte sie barscher als beabsichtigt.

Dem einfachen Mann war die Situation sichtlich unangenehm. Verlegen knetete er seine Mütze in den groben Händen und versuchte sich unbeholfen an einer Erklärung: »Es wurden immer mehr. Und die Blätter immer weniger. Wir haben ihnen dann die Blätter der Schwarzwurzelpflanze gegeben. Erst mochten sie die auch, aber dann …« Der Landarbeiter verstummte. Entschuldigend zuckte er mit den Schultern und trat nervös von einem Fuß auf den anderen.

Fygen wagte kaum, ihn nach Hermans Verbleib zu fragen, doch schließlich fasste sie sich Herz. »Und mein Sohn?«

Wieder zuckte der Mann mit den Schultern. »Fort«, murmelte er. »Hat alles stehen- und liegenlassen und ist fortgeritten.«

8. Kapitel

Herman ist ein erwachsener Mann. Er ist in der Lage, selber für sich zu sorgen. Der Junge hat eine Niederlage einstecken müssen, aber wenn er die Sache verdaut hat, wird er schon wieder nach Hause kommen.« Peters Worte waren aufmunternd gemeint, doch Fygen quittierte sie mit einem zweifelnden Blick. In den letzten Tagen hatte Hermans Verschwinden schwer auf ihr gelastet und ihre Stimmung getrübt. Auch der Besuch im Goldenen Krützchen, zu dem ihr Mann sie überredet hatte, um sie auf andere Gedanken zu bringen, hatte sie nicht von ihrer Sorge abzulenken vermocht. Auf dem Heimweg vom Alten Markt hatten sie gerade die Budengasse durchquert, als ihnen in der Gasse Unter den Minoritenbrüdern der kühle Westwind einen verbrannten Geruch entgegentrug. Immer beißender wurde der Gestank, und als sie auf Höhe des Minoritenklosters angelangt waren, lag bereits grauer Rauch in der Gasse.

»Das kommt aus der Breiten Straße«, rief Fygen und beschleunigte ihren Schritt. Schlagartig befiel sie eine schreckliche Ahnung. Viele der großen Wohnhäuser in der Breiten Straße und der davon abzweigenden Straße Auf der Ruhr waren Beginenkonvente. Hatte Barbara Loubach recht behalten mit ihrer düsteren Prophezeiung? Brannte hier ein Beginenkonvent? Fygen raffte ihre Röcke, um schneller laufen zu können. Peter musste sich bemühen, mit ihr Schritt zu halten.

Über einem großen Gebäude stieg dichter Rauch auf. Eine

Gruppe Menschen hatte sich davor versammelt, darunter viele dunkel gekleidete Frauen, die schwarzen Umhänge fest um sich gezogen. Entsetzt und sprachlos starrten sie zu den Flammen hinauf, die, zusätzlich angefacht durch den frischen Wind, munter den Dachstuhl umzüngelten. Viele bewegten lautlos die Lippen, schickten stumme Gebete an den Herrn.

»O Herrgott, nein, lass das nicht zu«, bat auch Fygen. Es war der Konvent zur heiligen Anna, der in Flammen stand.

Für einen Moment war sie wie gelähmt, und es war Peters Stimme, die sie in die Wirklichkeit zurückholte: »Sind alle Frauen in Sicherheit?«

»Wie? Was? Ich weiß nicht. Das ist die Vorsteherin des Konventes«, sagte Fygen und wies auf eine groß gewachsene Frau in mittleren Jahren, nur wenige Schritte von ihnen entfernt. Sie wurde umringt von einigen ihrer Schützlinge, denen der Schrecken in die verrußten Gesichter geschrieben stand.

Peter wiederholte seine Frage an die ehrwürdige Mutter. Die ließ ihren Blick über ihre Schutzbefohlenen wandern und zählte sie durch.

Wie traurige Krähen sahen sie aus, in ihren nachtschwarzen Röcken, die weiten Umhänge über die Köpfe geschlagen, dachte Fygen. Doch sie waren alle wohlbehalten. Schmutzig zwar und von Ruß verschmiert, und einige husteten in ihre dunklen Umhänge. Zwei der Frauen hatten sich leicht verletzt, als sie in Angst und Eile das Haus verlassen hatten, doch es waren nur kleine Schrammen.

Zwölf Frauen lebten im Konvent. Die Mutter zählte elf.

»Gott! Nein!«, rief sie aus, und ihre Stimme wurde schrill. »Helene fehlt. Sie kann nicht laufen. Sie sitzt wohl noch an ihrem Webstuhl.«

»Wo?«, fragte Peter knapp.

»Die Webstühle stehen in den hinteren Räumen.«

Peter warf einen prüfenden Blick auf den brennenden Dachstuhl. Das Haus hatte steinerne Außenmauern mit hölzernen, eingezogenen Decken dazwischen. Doch es schien, als würden bisher nur die oberen Geschosse in Flammen stehen. Mit einer Bewegung riss Peter sich den wollenen Umhang von den Schultern, legte ihn sich über den Kopf und drückte ein leinenes Schnupftuch vor Mund und Nase. Dann lief er geradewegs durch das offene Eingangstor und verschwand aus Fygens Gesichtsfeld. Fygen erschrak. Unwillkürlich machte sie einen Schritt hinter ihm her, doch die Hitze hielt sie zurück. Die Angst stieg mit Gewalt in ihr auf, würgte sie, ließ alle Geräusche um sie herum unnatürlich laut werden, das Fauchen des Feuers, das Knistern des Holzes, das Zischen der Glut. Fygen schnappte ein paar Wortfetzen auf. »Fackeln … in den Hof geflogen … auf Schuppen gelandet … angefangen zu brennen …«

Die Hitze bildete flimmernde Schlieren in der kalten Novemberluft. Kaum merkte Fygen, dass Hylgen neben sie getreten war und ihren Arm um die Freundin gelegt hatte.

Es krachte. Ein Funkenmeer stob auf, und ein Teil der Balken, die das Dach getragen hatten, stürzte in die Tiefe. Fygen schrie auf und wich zurück. Das Haus stürzte ein, und Peter war noch darin. Wie unter einem Bann starrte Fygen in das dunkle Loch des Eingangs, aus dem eine schmächtige Rauchfahne aufstieg. Nichts. Sie sah nichts. Nur Schwärze. Die Augenblicke reihten sich zu Ewigkeiten, ihr Pulsschlag hämmerte ihr in den Schläfen.

Da! Da war er. Die gelähmten Füße voran, trug Peter die alte Frau zur Tür. Sein Umhang war verrutscht, sein Haar und die Augenbrauen angesengt. Wie ein Bündel alter Kleider lag die betagte Begine hilflos in seinen Armen. Der wollene Umhang hing ihr schlaff von den mageren Schultern herab. Peter setzte einen Fuß auf die Stufe, und Fygen atmete erleichtert aus. Sie hatte nicht gemerkt, wie lange sie die Luft angehalten hatte. Er hatte es geschafft, die alte Helene zu retten.

Doch gerade als Peter durch die Tür ins Freie treten wollte, hielt ihn etwas zurück. Er wandte den Kopf. Es war der wollene Umhang, der sich irgendwo verhakt hatte. Vorsichtig versuchte er das Gewicht der alten Frau auf seinen rechten Arm zu verlagern, um den linken frei zu bekommen. Helene schwankte, dann gelang es Peter, sie gegen seinen Oberkörper zu lehnen. In dem Moment, als er sich umwandte, um den Umhang zu lösen, geschah es. Die Decke über ihm gab nach und brach ein. Eine Wolke aus Staub und Dreck prasselte auf ihn nieder, dann stürzte ein Balken herab. Getroffen sank Peter zu Boden. Im Fallen gelang es ihm gerade noch, Helene einen Stoß zu versetzen, der sie durch die Tür ins rettende Freie schleuderte. Hastig zerrten Fygen und Hylgen die alte Frau von der Tür fort. Peter versuchte, auf die Beine zu kommen, doch bevor Fygen ihm zu Hilfe eilen konnte, prasselte erneut Schutt herab. Ein weiterer Balken stürzte hernieder und traf ihn am Kopf. Leblos sank sein Körper zu Boden.

Fygen stürzte auf ihn zu, und mit schier unmenschlicher Kraft gelang es ihr, ihn unter dem Balken hervorzuzerren. Schluchzend schleppte sie seinen schweren Körper ins Freie.

Wie eine graue Wand stand der Nebel in ihrem Kopf. Verzweifelt versuchte Fygen, ein Stück der Wirklichkeit wiederzufinden. Vereinzelt drangen Schreie durch das Grau, und langsam kam Fygen zu sich. Die Stimme, die da schrie, war ihre eigene, stellte sie verwirrt fest. Abrupt klappt sie den Mund zu. Der Schrei verstummte. Fygen stellte fest, dass sie in ihrem Bett lag, und ihr wurde klar, dass sie nicht bei Sinnen gewesen sein musste. Was war geschehen?

Dann plötzlich war die Erinnerung wieder da und traf sie wie ein Fausthieb: Peter war tot. Die Vorstellung nahm ihr den Atem. Kurz wuchs in ihr die widersinnige Hoffnung, dass es ein besonders grauenvoller Albtraum oder eine Fieberwehe gewesen sein konnte, die sie gepeinigt hatte, doch tief in sich spürte Fygen die grausame, kalte Gewissheit, dass es wirklich geschehen war. Dass das Schlimmste eingetreten war, das sie sich überhaupt hatte vorstellen können: Peter, ihr geliebter Mann, war tot.

Wie lange schon? Sie hatte nicht gemerkt, wie man sie von Peters Leichnam fortgezerrt und nach Hause gebracht hatte. Wie lange lag sie wohl schon in ihrer Kammer? Einen Tag? Eine Woche? Fygen schob die Decke zur Seite. Sie fror erbärmlich, dennoch stand sie auf. Mechanisch wusch sie sich und kleidete sich an. Dann ging sie auf schwachen Beinen in die Werkstatt hinunter. Bei ihrem Eintreten verstummten das muntere Geschnatter der Lehrmädchen und das Klappern der Webstühle. Aller Augen wandten sich ihr zu, und Fygen las in den Gesichtern, dass sie sich nicht getäuscht hatte. Es war kein Albtraum oder Fieber gewesen.

Kurz nickte sie den Frauen zu, dann ging sie an ihnen vorbei in ihr Kontor und schloss die Tür hinter sich. Wie an jedem Morgen ließ sie sich hinter ihrem Pult nieder und schlug aus Gewohnheit das große Rechnungsbuch auf.

Hier saß sie nun wie gewohnt in ihrem Kontor, alles sah aus wie immer, auch die Zahlen in ihrem Buch waren dieselben. Fast konnte Fygen sich vorstellen, dass Peter wie so oft auf Reisen wäre und bald, sehr bald zurückkehren würde.

Eine kraftlose Wintersonne warf ihr Licht durch das Fenster herein. Wie konnte ein neuer Tag beginnen? Wie konnte die Sonne scheinen, jetzt, wo Peter tot war. Fygen konnte sich nicht vorstellen, dass das Leben einfach weitergehen könnte ohne ihn. Peter würde heute Abend nicht mit ihr gemeinsam essen. Er würde nicht mit ihr scherzen oder über seine Geschäfte sprechen. Ja, es würde so sein, als wäre er auf Reisen. Nur dass er nie mehr zurückkehren würde. Nie wieder würde er bei seiner Heimkehr mit großen Schritten auf sie zueilen, sie ungestüm in seine Arme schließen und dabei fast erdrücken. Nie wieder …

Tränen liefen Fygen über das reglose Gesicht, und mit äußerster Kraft versuchte sie, sich von den traurigen Gedanken loszureißen. Sie wusste, sie durfte sich ihnen nicht länger hingeben, wollte sie nicht gänzlich und unwiederbringlich in ihnen versinken. Mit Gewalt zwang sie ihren Blick auf das offene Buch vor sich und machte sich daran, ihre wöchentliche Abrechnung fertigzustellen.

Nach einer kurzen Weile klopfte es zaghaft an die Tür des Kontors. Fygen antwortete nicht. Sie wollte niemanden sehen.

Die Tür öffnete sich trotzdem, und Lisbeth betrat den Raum. Fygen ließ die Feder sinken und blickte ihrer Tochter ins Gesicht. Lisbeth war ungewöhnlich blass und hatte dunkle Schatten unter den geröteten Augen. Auch sie hatte Peters Tod sehr mitgenommen. Dazu war noch ihre Sorge um die Mutter gekommen, erkannte Fygen schuldbewusst. Angestrengt bemühte sie sich um Haltung. Wenigstens um sie sollte Lisbeth sich nun nicht mehr sorgen müssen. Gerne hätte sie ihre Tochter gefragt, wie viel Zeit vergangen war seit Peters Tod, wie lange sie nicht Herr über ihre Sinne gewesen und in ihrem Zimmer gelegen hatte. Doch Fygen traute ihrer Stimme noch nicht, und so schaute sie Lisbeth nur fragend an.

Diese deutete den Blick richtig. »Eine und eine halbe Woche«, sagte sie.

Fygen nickte. »Und die – Beerdigung?« Es fiel ihr unendlich schwer, das Wort über die Lippen zu bringen.

»War sehr prächtig.« Lisbeth biss sich auf die Lippen. Ihre Augen schwammen in Tränen. »Der ganze Rat der Stadt, die Zunft, die Gaffel, die Fernkaufleute. So viele waren es.«

Fygen nickte abermals. Es gab nichts weiter dazu zu sagen.

Nach einer Weile verließ Lisbeth leise das Kontor.

Als es dämmerte, entzündete Fygen einen Leuchter und setzte ihre Arbeit bei Kerzenlicht fort. Sie saß über ihren Büchern, bis spät am Abend ihre Kräfte nachließen, dann ging sie zurück in ihr Bett.

An den folgenden Tagen arbeitete Fygen von früh bis spät. Ihre Arbeit war das Einzige, was sie vorübergehend von ihrem Schmerz abzulenken vermochte. Solange ihre Kraft reichte, war sie abwechselnd in ihrem oder Peters Kontor zu finden, bis sie spät in der Nacht todmüde in ihr Bett fiel. Wie selbstverständlich versuchte sie, wie früher auch während seiner Abwesenheit, Peters Geschäfte mit zu übernehmen. Ihre Mahlzeiten ließ sie sich von Hilda ins Kontor bringen und nahm sie allein ein. Kaum dass sie das Wort an eines der Mädchen oder sonst jemanden im Haushalt richtete, es sei denn aus geschäftlicher Notwendigkeit. Und so wurde sie denn auch erst sehr spät gewahr, dass man etwas vor ihr verbarg. Dass die jüngeren Lehrmädchen ständig etwas zu tuscheln hatten, war eine alltägliche Sache. Gewöhnlich lohnte es nicht, dem auf den Grund zu gehen. Doch irgendwann bemerkte Fygen, dass auch die altgedienten Seidmacherinnen ihre Gespräche unterbrachen, wenn Fygen ihr Kontor verließ und durch die Werkstatt schritt.

»Hilda, was geht hier vor?«, fragte sie die hagere Haushälterin geradeheraus, als diese mit einem Tablett Fygens Kontor betrat. Hilda wusste alles, was im Hause vor sich ging, gleichgültig ob es Familienangelegenheiten, die Werkstatt oder das Handelskontor betraf.

Hilda krauste die lange Vogelnase. Sie redete ohnehin nicht gerne, doch auf dieses Gespräch hätte sie gern verzichten mögen. Aber sie wusste, wenn Fygen etwas wissen wollte, dann würde sie es auch herausfinden. Nach Hildas Meinung hatte Fygen ohnehin ein Recht darauf, es zu erfahren. Sie hatte es von Anfang an für falsch gehalten, die Sache vor Fygen zu verbergen, um sie zu schonen. Sicher, jeder konnte sehen, dass sie noch weit davon entfernt war, den Tod ihres Mannes überwunden zu haben, doch das hier war eine ernste Angelegenheit. Hilda holte tief Luft, ehe sie antwortete: »Sie haben Lijse verhaftet.«

Entsetzt starrte Fygen Hilda an. Sie hatte gedacht, dass sie nach Peters Tod nichts mehr zu treffen vermochte. Doch da hatte sie sich wohl geirrt. »Sag das bitte noch einmal. Sie haben Lijse verhaftet? Wieso das denn?« Fygens Stimme drohte zu kippen. Lijse war über siebzig und hatte noch nie in ihrem langen Leben jemandem etwas zuleide getan.

»Man hat sie in den Frankenturm gebracht, hieß es. Mehr haben wir nicht erfahren können. Tim war bereits beim Rat der Stadt, doch auch er konnte nichts ausrichten.«

Ein bitterkalter Wind wehte durch die Gassen am Ufer und biss Fygen bösartig ins Gesicht. Nebelfetzen fingen sich an den Spitzen von St. Maria ad Gradus. Fygen fröstelte und zog ihren Umhang dichter um sich herum. Karg und abweisend ragte der Frankenturm über der Rheinmauer auf. Er war Teil der Befestigungsanlage zum Fluss hin und wurde aus praktischen Erwägungen als Gefängnis genutzt. Der Anblick des kahlen, schmucklosen Gebäudes war wenig ermutigend. Die glatten, schlichten Mauern hatten nur in den obersten Stockwerken Lichtschächte und boten sich ob ihrer Standfestigkeit geradezu an, die Bösewichter der Stadt sicher aufzubewahren. Doch was Lijse hier zu suchen hatte, war Fygen nach wie vor schleierhaft. Müde strich sie sich über das Gesicht. Sie hatte das Gefühl, eine zentnerschwere Last ruhe allein auf ihren Schultern und drohte sie auf den Boden zu drücken. In Begleitung des alten Eckert hatte sie sich sofort auf den

Weg gemacht, um nach Lijse zu sehen und herauszufinden, wie sie die Gute am schnellsten aus dem Turm holen
konnte. Denn dass es sich hierbei um ein Missverständnis
handeln musste, stand für Fygen außer Frage.

Als sie dem Wachhabenden ihr Begehr vortrug, schüttelte
dieser bedauernd mit dem Kopf. Er habe strikte Anweisung, niemanden zu der Gefangenen vorzulassen.

Fygens Gesicht erstarrte zu einer Maske. Nur in ihren Augen schien noch Leben zu sein. Phosphorfarbene Blitze
trafen den Wachmann, doch bevor Fygen auf ihn losgehen
konnte, zog Eckert sie sanft beiseite. Während sie mühsam
versuchte, sich zu beherrschen, sah sie aus den Augenwinkeln, wie er einige Worte mit dem Wachhabenden wechselte. Schließlich schloss dieser seine groben Finger über
ein paar Münzen, die Eckert ihm zugesteckt hatte, und
brummte: »Sie ist unten.« Mürrisch öffnete er die schwere
Tür, um sie einzulassen. »Macht es kurz!«

Eckert griff eine Fackel aus ihrer Halterung an der Wand
und leuchtete ihnen den Weg eine schmutzige Treppe hinab. Vorsichtig setzte Fygen einen Fuß vor den anderen, um
nicht auf den feuchten Stufen auszugleiten. Der Geruch
nach fauligem Stroh und Exkrementen schlug ihnen entgegen, und Fygen musste sich zusammennehmen, um den
Ekel zurückzudrängen, der in ihr aufstieg.

Am Fuße der Treppe öffnete sich ein Raum zum Halbrund, an dessen Wänden sich gemauerte Zellen befanden.
Eckert leuchtete ins Rund, bis er meinte, die richtige Zelle
gefunden zu haben.

»Lijse?«, flüsterte Fygen.

»Fygen? Fygen, bist du das?«, vernahmen sie Lijses brü-
chige Stimme.

»Ja, Lijse, ich bin es.« Fygen trat an das Gitter heran und streckte ihre Hände durch die Stäbe.

Die alte Frau kauerte auf dem eiskalten Boden, der nur mit einer dünnen, schmutzigen Schicht Stroh bedeckt war. Hilfe suchend umschlossen ihre Finger Fygens Hand, und Fygen musste sich auf die Lippe beißen, um nicht laut aufzuschluchzen. Sie ließ sich dicht neben dem Gitter zu Boden sinken, und so gut es ging, versuchte sie, durch die Stäbe hindurch die liebe alte Frau in ihre Arme zu schließen. »Es wird alles gut«, tröstete sie. »Sag mir, was geschehen ist.«

Es dauerte einen Moment, und Fygen befürchtete schon, Lijse hätte ihre Frage nicht verstanden. Dann entrang sich ein so tiefer, trauriger Seufzer Lijses Brust, dass es Fygen das Herz zusammenkrampfte, und sie sagte: »Ich habe es ihnen nicht gesagt. Du kannst sicher sein. Ich werde ihnen nichts verraten.« Ein Schütteln ging durch ihren Körper, und Lijses Zähne schlugen aufeinander. Es war zugig und kalt in dem Gemäuer, und die alte Frau fror kläglich. Fygen löste ihren Umhang von den Schultern und schob ihn durch die Stäbe des Gitters. Dankbar wickelte Lijse sich in den Stoff. Fygen bemühte sich, den Sinn von Lijses Worten zu verstehen, doch sie konnte damit in keiner Weise etwas anfangen. War die gute, alte Seele durch ihre Haft verwirrt? »Wem wirst du nichts verraten?«, forschte sie vorsichtig nach.

»Den Damen und Herren vom Seidamt!« Lijse spuckte die Worte beinahe aus. »Sie haben mich zu sich bestellt. Erst dachte ich, es wäre eine Angelegenheit, die deine Weberei betrifft. Aber das war es nicht. Sie wollten etwas anderes von mir wissen. Aber ich habe es ihnen nicht gesagt!« Den letzten Satz wiederholte Lijse mit Nachdruck, fast mit Trotz in der Stimme. »Und deshalb haben sie mich hier eingesperrt«, fuhr sie fort. »Weil sie mich für verstockt halten. Sie hoffen, dass mich eine Zeit hier drinnen zum Sprechen bringt.« Sie lachte trocken auf. »Doch so leicht lasse ich mich nicht in die Knie zwingen«, sagte sie, »ich verrate nichts.« Doch ihre zitternde Stimme strafte die kämpferischen Worte Lügen.

»Was wirst du ihnen nicht verraten?«, fragte Fygen sanft und streichelte vorsichtig über Lijses Hand. Sie konnte sich auf die ganze Sache keinen Reim machen.

»Ach, mein Kind, willst du das wirklich wissen? Es ist schon so lange her, dass es beinahe nicht mehr wahr ist. Und jetzt versuchen sie, dir damit zu schaden.«

Eine schreckliche Ahnung stieg in Fygen auf. »Grete …«, murmelte sie und wagte kaum, ihre nächste Frage zu stellen: »Ist es wegen meiner Mutter?«

Wieder seufzte Lijse schwer. »Ja«, sagte sie. Und erst nach einer Pause fuhr sie fort: »Deine Mutter war eine wunderschöne Frau. Sie war dir so ähnlich. Sie war lebenslustig und fröhlich. Doch so leidenschaftlich wie sie war, hat sie sich Hals über Kopf in einen jungen Mann verliebt.«

»Nikasius Hackenay!«

»Ja. Er war ein schmucker junger Bursche. Sehr anziehend. Die Hackenays sind eine kölnische Goldschmiedefamilie, die aus den Niederlanden stammte. Nikasius stand damals schon im Dienste des alten Kaisers und kam weit herum.« Ein Hustenanfall schüttelte ihren alten Körper, und es dauerte eine Weile, bis sie weiterzusprechen vermochte. »Ein vielversprechender junger Mann. Leider! Denn er hatte auch große Ziele. Ich glaube, er hat deine Mutter wirklich geliebt, aber weit größer als seine Liebe war sein Ehrgeiz. Als Irma schwanger wurde, besann er sich darauf, dass die Heirat mit einer Aldenhoven aus Zons ihm keinerlei Vorteile für seinen gesellschaftlichen und geschäftlichen Aufstieg zu verschaffen vermochte. Wenig später ehelichte er dann Christine Hardenrath, Tochter einer angesehenen kölnischen Kaufmannsfamilie. Irma brach es beinahe das Herz. Aber die Sache war so und nicht anders. Mathys regte sich furchtbar auf, dass seine Schwester ein uneheliches Kind zur Welt bringen sollte. Er wollte sie so schnell als möglich verheiraten. Doch alle ehrenwerten Heiratskandidaten aus der Stadt winkten aus offensichtlichen Gründen ab. Dann traf Mathys deinen Vater in einem Bierzapf. Konrad von Bellinghoven war mittellos. Aus guter Familie zwar, die von Bellinghoven stammen aus Rees, doch mittellos. Er schlug sich mit allerlei Geschäften durch und besserte seine Kasse manches Mal durch ein Spielchen auf. Mathys bot ihm die Hälfte des Kontors, das er und Irma von seinem Vater geerbt hatten, als Mitgift an, wenn er Irma ehelichte. Und genau zu der Zeit, als sie handelseinig wurden, kamst du zur Welt. Konrad und Irma heirateten am nächsten Morgen, doch Irma starb tags darauf.« Lijse unterbrach sich und wischte mit dem Handrücken eine einzelne Träne fort, die sich anschickte, ihre gefurchte Wange hinabzulaufen. »Er war ein anständiger Mann, dein Vater«, fuhr sie fort. »Von dem Moment an, als er dich zum ersten Mal gesehen hatte, war er wie verwandelt. Er kümmerte sich um dich und war dir Mutter und Vater zugleich. Er hätte dich nicht mehr lieben können, wenn du sein eigen Fleisch und Blut gewesen wärst.«

Tränen stiegen Fygen in die Augen und liefen ihr ungehindert über das Gesicht. Sie konnte sich nicht dagegen wehren. Es waren Tränen der Liebe und Dankbarkeit Konrad von Bellinghoven gegenüber, dem Mann, der ihr ein wirklicher Vater gewesen war. Aber es waren auch Tränen der Rührung über Lijses unverbrüchliche Treue. Ungeachtet des eigenen Leides in diesem schrecklichen Kerker, suchte die liebe, alte Frau sie zu schützen, wie eine Mutter ihr Kind schützen würde. Lijse war ihr zeitlebens die Mutter gewesen, die Irma ihr nie sein durfte, dachte Fygen betrübt. Irma, die das traurige Opfer ihrer unglücklichen Liebe, ihrer Leidenschaft geworden war. Fygen hatte recht behalten. Ihre Mutter war nicht so leichtlebig gewesen, wie Onkel Mathys behauptet hatte. Doch Fygen konnte auch Nikasius Hackenay nicht grollen für etwas, das vor so langer Zeit geschehen war. Vielmehr verdiente auch er ihr Mitgefühl. Dennoch breitete sich in Fygen ein unbändiger Zorn aus auf ihre bösartige Base Grete. Dieses niederträchtige Geschöpf war nicht davor zurückgeschreckt, eine alte, gebrechliche Frau verhaften und in den Turm sperren zu lassen, nur um ihr, Fygen, zu schaden. Denn wer außer Grete oder deren Mutter konnte sonst ahnen, dass Lijse, als ehemalige Haushälterin ihres Oheims, um das Geheimnis wusste?

In hilfloser Wut biss Fygen die Zähne zusammen. Sie wusste, dass sie gegen ihre grundschlechte Base nichts unternehmen konnte. Grete hatte sich das fein ausgerechnet. Entweder würde Lijse zusammenbrechen und gestehen, was sie wusste, oder aber Fygen selbst machte der Sache ein Ende, weil sie nicht mehr mit anzusehen vermochte, wie Lijse litt. Niemals würde Fygen es ertragen können, dass Lijse auch nur einen Moment länger als unbedingt nötig in diesem Verlies zubrachte, wenn sie es verhindern konnte.

Fygen richtete sich auf und wischte sich die Tränen vom Gesicht. Lange hatte sie geschwiegen. Nun strich sie der alten Frau zart über die Wange. »Sag ihnen, was sie wissen wollen«, flüsterte sie.

9. Kapitel

Der Tag war freundlicher als die vorausgegangenen. Ein beinahe klarer Himmel spannte sich über den Äpfelbäumen, deren winzige Knospen eine nach der anderen aufsprangen. Wieder ein Frühjahr, dachte Fygen, doch im Grunde war es ihr gleichgültig. Von ihr aus konnte der Winter bleiben oder auch nicht. Es machte keinen Unterschied. Sie fror ohnehin, egal wie warm oder kalt es draußen sein mochte, wie gut oder schlecht das Feuer im Kamin ihres Zimmers angefacht war. Von ihrem Sessel am Fenster aus sah Fygen die Bäume. Sah, wie ein Windstoß ihre Äste wiegte. Es war still hier, so still. Nichts störte ihre Gedanken. Das Klappern der Webstühle war für immer verstummt an jenem Nachmittag im Dezember, als sie von ihrem Besuch bei Lijse zurückgekommen war. Sie war geradewegs in die Werkstatt getreten und hatte alle zusammengerufen, die Lehrmädchen, die angestellten Seidweberinnen und alle Helferinnen, die zum Teil schon seit Jahren für Fygen arbeiteten. »Packt alles zusammen«, hatte sie ihnen befohlen. »Die Rohseide, die fertigen Ballen, das Werkzeug, einfach alles. Dann baut ihr die Webstühle ab und packt eure persönlichen Sachen. Ihr geht zu Lisbeth. Ich werde dafür sorgen, dass sie euch allen weiterhin Arbeit gibt. Diejenigen von euch, die noch Lohn zu bekommen haben, sollen gleich in mein Kontor kommen.«
Betretenes Schweigen war die Folge gewesen. Keine der Frauen hatte verstehen können, was plötzlich in ihre

Dienstherrin gefahren war. Natürlich hatte sie in den letzten Wochen viel zu erdulden gehabt. Zuerst der Tod ihres Mannes und jetzt die Verhaftung von Lijse, die ihr praktisch wie eine Mutter gewesen war. Da konnte man schon einmal überspannt reagieren. Aber gleich die Werkstatt aufzulösen war doch etwas zu vorschnell.

»Für heute ist das wohl ein bisschen viel gewesen, Frau Lützenkirchen«, hatte Gertrud, die Fygen schon lange Jahre in der Werkstatt half, in ihrer freundlichen, aber direkten Art gesagt, sich dessen sicher, dass ihre Dienstherrin am nächsten Tag wieder bei Sinnen wäre und die Anweisung sofort zurücknehmen würde. »Der Tag ist schon bald um. Was haltet Ihr davon, wenn wir morgen damit beginnen?«

»Gertrud, es ist lieb, dass du dich um mich sorgst. Aber glaube mir, ich bin im Besitz meiner geistigen Kräfte und weiß genau, was ich euch befohlen habe. Sei gewiss, dass es das Schwerste und Traurigste ist, was ich bisher in meinem ganzen Leben getan habe. Aber ich habe keine Wahl. Ich übergebe den gesamten Betrieb meiner Tochter Lisbeth und ziehe mich vollständig aus dem Geschäft zurück.« Mit diesen Worten hatte sie die Werkstatt verlassen, und bereits am Abend des folgenden Tages war der Saal im Erdgeschoss der Wolkenburg leer und ausgefegt. Nichts deutete darauf hin, dass hier eine der größten Seidwebereien der Stadt gewesen war.

Am selben Abend noch war Lijse heimgekehrt, sichtlich mitgenommen zwar, doch nach wenigen Tagen der Ruhe hatte sie die Schrecken des Turmes überwunden.

Die Beginen vom Annenkonvent hatten alle vorübergehend Unterschlupf in anderen Konventen gefunden, dennoch war es Fygen ein Bedürfnis gewesen, sie beim Wiederaufbau ihres Hauses zu unterstützen. So hatte sie ihnen einen großzügigen Betrag hierfür zukommen lassen, doch die Bauarbeiten selbst in Augenschein zu nehmen, das hatte sie nicht vermocht.

Einige Wochen hatte sie noch damit zugebracht, Peters Geschäfte abzuwickeln und seinen Nachlass zu ordnen, doch dann gab es für sie nichts mehr zu tun. Die restlichen Aufgaben hatte Eckert übernommen. Leere machte sich breit, und die Stunden dehnten sich zu Ewigkeiten. Fygen verließ kaum noch ihr Zimmer. An manchen Tagen konnte sie sich nicht einmal dazu aufraffen, aus dem Bett aufzustehen. Wozu auch? Fygens abwesender Blick glitt wieder auf die Bäume hinaus. Es gab nichts, für das es zu sorgen lohnte.

Es klopfte energisch an die Tür. Ohne Fygens Antwort abzuwarten, trat Katryn in die Stube. Gut gelaunt eilte sie auf die Freundin zu und schloss sie zur Begrüßung in die Arme. »Hier, den habe ich dir gleich mit heraufgebracht. Er ist eben angekommen, und ich dachte mir, du willst ihn sicher lesen.« Katryn reichte Fygen einen Brief, dem man deutlich ansah, dass er von weit her gekommen sein musste, so abgegriffen und beschmutzt sah der Umschlag aus. Gleichgültig nahm Fygen ihn der Freundin ab und warf ihn achtlos auf den Tisch neben sich.

»Du warst nicht bei der Hochzeit von Byrkens Enkelin, da habe ich mir Sorgen um dich gemacht und bin gekommen, um nach dir zu schauen«, sagte Katryn freundlich.

»Danke, mir geht es gut. Ich hatte nur keine Lust hinzugehen.«

»Da hast du wirklich etwas verpasst. Es war ein großartiges Fest«, berichtete Katryn begeistert, doch sie erntete nur ein gleichgültiges Schulterzucken.

»Ach, Fygen, es ist nicht gut, wenn du so viel allein bist«, tadelte Katryn liebevoll. »Du musst wieder unter Menschen gehen. Such dir eine Beschäftigung. Du kannst doch tun, was du dir nur wünschst. Du bist gesund und vermögend.«

Das stimmte. Finanzielle Sorgen brauchte Fygen sich wirklich nicht zu machen. Im Gegenteil: Nach Peters Tod gehörte sie zu den reichsten Bürgern der Stadt.

»Lisbeth kann deine Hilfe in der Weberei sicher gut gebrauchen, und du hast dir noch nicht einmal dein jüngstes Enkelkind angeschaut«, fuhr Katryn fort. »Die kleine Martha ist so ein entzückendes Kind.«

»Wozu? Es sieht sicher genauso aus wie die anderen Imhoffs«, entgegnete Fygen lahm.

»Herrgott, Fygen! Jetzt reicht es aber«, rief Katryn. Herausfordernd funkelte sie die Freundin an, die Hände in die Hüften gestemmt. »Peter ist tot. Das ist schlimm, und ich weiß, wie dir zumute ist. Doch dein Leben ist nicht zu Ende. Hör endlich auf, dich selbst zu bemitleiden. Es hilft dir nicht, dich einzuschließen und trübsinnig herumzusitzen. Davon wird man alt und grau.«

Noch ehe Fygen darauf eine Antwort parat hatte, klopfte es erneut, und Hilda steckte ihren Kopf durch die Tür.

»Ein Herr Hinderofen wünscht Euch zu sprechen, Frau Lützenkirchen.«

»Schick ihn fort, ich empfange keinen Besuch«, antwortete Fygen gleichgültig.

»Er kommt von weit her, um mit Euch zu reden«, wagte Hilda zu erwidern.

»Bring ihm eine Erfrischung und bitte ihn, ein wenig zu warten. Frau Lützenkirchen kommt gleich!«, erwiderte Katryn bestimmt.

»Aber …«, hob Fygen an zu protestieren.

»Kein Aber. Du ziehst dich jetzt ordentlich an und empfängst diesen Besucher. Hast du mich verstanden?«, schnitt Katryn ihr das Wort ab, und ihr Tonfall gestattete keinen Widerspruch.

Fygen war viel zu kraftlos, sich Katryn zu widersetzen, und so erhob sie sich gehorsam aus ihrem Stuhl. Ihr Blick streifte den Brief, der auf dem Tisch lag. Der Name des Absenders war deutlich zu lesen. Es war ein gewisser Alberto Pezzi. Fygen konnte den Namen nicht direkt zuordnen, doch dann sah sie, dass dieses Schreiben aus Lucca stammte. Mit einer einzigen hastigen Bewegung riss sie den Umschlag auf. Der Brief war in Latein verfasst, und wenn Fygen auch nicht den genauen Wortlaut entschlüsseln konnte, so sagten ihr die kurzen Zeilen doch, dass Herman bei Alberto in Lucca weile und bei guter Gesundheit sei.

Als Fygen eine Viertelstunde später die Treppe hinabstieg und ihr Kontor betrat, brachte sie sogar ein Lächeln zustande. Hans Hinderofen, Hauptbuchhalter der Großen Ravensburger Handelsgesellschaft, erhob sich bei ihrem Eintreten. Um gut zwei Haupteslängen überragte er sie, und sein Gesicht war offen und sympathisch, wenn auch nicht schön zu nennen. Er konnte nur wenige Jahre älter sein als sie, höchstens Mitte der vierzig, mutmaßte Fygen. Seine kräftige Gestalt versprühte eine ungeheure Energie, und es schien Fygen, als wäre er ein Mann, der nicht gerne still saß.

»Zunächst möchte ich Euch, auch im Namen meiner Mitgesellschafter, mein herzliches Beileid aussprechen,« sagte er gemessen.

Fygen nahm dies mit einem kurzen Nicken des Kopfes zur Kenntnis. Das wird sicher nicht der Grund sein, warum Hinderofen, eigentliches Oberhaupt der Großen Ravensburger Handelsgesellschaft, seine Reise von Schwaben, dem Sitz der Zentrale, nach Antwerpen, wo er eine der dreizehn Hauptniederlassungen, der sogenannten Gelieger, zu besuchen gedachte, in Köln unterbrochen hatte, überlegte sie. Anders als Jos Humpis, der zwar als erster Regierer repräsentative Aufgaben wahrnahm, doch faktisch ohne Befugnisse war, war Hinderofen derjenige, der die Hauptarbeit der Gesellschaft leistete und die wirkliche Macht in Händen hielt. Er hatte wenig Zeit zu verlieren, und so kam er, wie es seine Art war, recht schnell auf den Kern seines Besuches zu sprechen: »Mit Eurem Mann haben wir einen hervorragenden Faktor verloren«, fuhr er fort. »Es mag ein wenig seltsam anmuten, dass ich dieses Anliegen an Euch« – hier räusperte sich Hinderofen – »an eine Frau herantrage, denn in diesem Gewerbe sind Frauen üblicherweise nicht zu finden. Doch wir haben vernommen, dass die kölnischen Frauen weit selbständiger sind in ihren Geschäften und mehr Freiheiten genießen als viele ihrer Genossinnen in anderen Landen.« Die ganze Zeit, während er gesprochen hatte, war Hinderofen durch den Raum gewandert. Nun blickte er Fygen ins Gesicht, um zu sehen, wie sie reagierte. »Um es kurz zu machen«, fuhr er fort. »Wir benötigen einen guten Faktor in Köln. Einen, der den Handel und die kölnischen Gepflogenheiten kennt. Wir haben immer wieder bemerkt, dass die Korrespondenz in Zeiten der Abwesenheit Eures Mannes von Euch geführt wurde. Einige der Verträge und Abrechnungen tragen Eure Schrift, so dass wir davon ausgehen, dass Ihr um die Geschäfte Eures Mannes gut Bescheid wisst. Man spricht Gutes über Euch in der Stadt. Und man trug uns zu, dass Ihr derzeit« – hier zögerte der zweite Regierer einen Moment, um die richtigen Worte zu wählen – »über Vakanzen verfügt.«

Verblüfft schaute Fygen ihn an. Bot er ihr allen Ernstes die Stelle eines Faktors bei einer der angesehensten Handelsgesellschaften des Landes an? Das war doch wohl ein wenig gewagt. »Aber mein Hauptgeschäft war die Weberei, nicht der Handel«, entgegnete sie. »Ich bin mir nicht sicher, ob ich all das Notwendige weiß, dessen es zur Führung einer Faktorei bedarf.«

»Unser erster Regierer pflegt zu sagen: ›Wer also beizeiten anfängt, emsig zu sein, und die Sachen mit Fleiß in die Hand nimmt, dem vertraut man bald Größeres an, wer aber dem nicht nachkommen will, den lässt man auf ewiglich einen Esel sein.‹«

Ein Esel. In der Tat, da hatte Humpis recht. Man konnte vieles lernen und würde mit den Aufgaben wachsen. Fygen spürte ein Kribbeln im Magen, das sich bis in die Finger und die Zehenspitzen ausbreitete. Es war das Kitzeln der Herausforderung. Ein klein wenig, ein ganz klein wenig reizte sie diese Aufgabe, das musste Fygen sich eingestehen. Es würde neues Leben in die Wolkenburg einziehen. Wenn sie Peters Kontor zu dem ihren machen würde und ihr Kontor zu einer Schreibstube für einen Schreiber und vielleicht einen Assistenten? Zum

Prüfen und Zwischenlagern der Waren würde der Platz in der ehemaligen Weberei ausreichen. Und wenn es mehr wurde, nun, dafür gab es Lagerhäuser in der Stadt. Überrascht ertappte Fygen sich dabei, wie sie bereits anfing, zu planen und in Gedanken ihre künftige Faktorei zu organisieren. Sie musste über sich selber lachen, und Hinderofen schaut sie verwundert, ja ein wenig belustigt an.

»Ich denke nicht, dass ich ein Esel sein möchte«, sagte Fygen mit klarer Stimme und schenkte Hinderofen ein offenes Lächeln. Mit festem Griff erfasste sie die Hand, die er ihr reichte.

Katryn wartete in der Küche auf Fygen. Während Maren ihr einen Becher gewürzten Weines brachte, befürchtete Katryn fast, Fygen wäre, nachdem sie den Besucher verabschiedet hatte, direkt in ihr Zimmer zurückgekehrt, um ihr stilles Brüten wiederaufzunehmen. Umso erstaunter war sie, als die Küchentür mit einem Ruck aufgestoßen wurde und die Freundin eintrat. Aufrecht, mit gestrafften Schultern, die Stimme voller Energie, die sie in den letzten Wochen hatte vermissen lassen, wies Fygen die Magd an: »Maren, sag Eckert, er soll gleich in mein Kontor kommen. Ich möchte, dass er mir einen guten jungen Kaufmannsknecht besorgt.«

Es war die alte Fygen, die da sprach, stellte Katryn mit einem Lächeln fest. Was immer der Besucher Fygen mitgeteilt hatte, er schien die richtigen Worte gefunden zu haben, um die Freundin aus ihrer Teilnahmslosigkeit zu befreien. Wie gründlich er das vermocht hatte, erkannte die Seidmacherin jedoch erst, als Fygen sich nun an sie wandte: »Gut, dass du noch da bist, Katryn. Ich möchte eine Lieferung Seidenstoffe für Antwerpen zusammenstellen, und eure Seide hat nun einmal die beste Qualität in der ganzen Stadt. Kann Tim vielleicht morgen im Laufe des Tages zu mir herüberkommen, damit wir das Nötige besprechen?«

Ein Wort zum Schluss

Es ist als Besonderheit anzusehen, dass im Köln des ausgehenden Mittelalters die Frauen besondere Rechte und Freiheiten genossen, die ihnen anderen Ortes meist verwehrt waren, vor allem das Recht, ein Handwerk oder Gewerbe selbständig zu betreiben und auf eigene Rechnung zu handeln. Politische Rechte besaßen sie dennoch auch in Köln nicht.

Das gesamte Seidengewerbe der Stadt wurde fast ausschließlich von Frauen betrieben, und Kölner Seide, gleichgültig ob Stoff oder Garn, war ein Markenzeichen von hohem Wert auf den europäischen Märkten der Zeit.

Eine der erfolgreichsten Seidenweberinnen Kölns war Fygen Lützenkirchen. Ihre Herkunft liegt ein wenig im Dunkel, sie war wohl eine geborene von Bellinghoven. Als Lehrtochter war Fygen in Köln nicht verzeichnet. Wir wissen also nicht, bei wem sie in die Lehre gegangen ist. Sicher nicht zusammen mit Tryngen (im Buch Katryn genannt) Ime Hofe, die ihre Lehrzeit viele Jahre früher absolviert hatte, bereits 1450 oder 1454/55 entweder bei Mettel Elner oder bei Mettel Kranen. Mettel Elner wurde 1443 als Hauptfrau eingetragen, führte ihren Betrieb nur bis 1456 und bildete dabei zehn Lehrtöchter und auch eigene Töchter aus.

Tryngen Ime Hofe wurde 1462 zusammen mit ihrem Mann Mertyn Ime Hove zum Seidamt zugelassen. Sie scheint die erfolgreichste Kölner Seidmacherin des fünfzehnten Jahrhunderts gewesen zu sein und hat insgesamt neununddreißig Lehrtöchter ausgebildet. Mertyn stammte aus Süchteln, hatte jahrelang als Kaufmannsknecht gedient und war seit 1453 Kölner Bürger.

Fygen wurde bereits 1477 zum ersten Mal in den Vorstand des Seidamtes berufen, nicht erst 1482, obwohl sie in dem Jahr in der Tat im Vorstand saß. Die Jahre, in denen sie, ihr Mann Peter Lützenkirchen, Tryngen und Mertyn Ime Hofe im Seidamt saßen, wurden ab und an verändert, damit es besser in den Fluss der Erzählung passte. Tatsächlich aber stand das Ehepaar Lützenkirchen zwischen 1475 und 1493 abwechselnd und mit Unterbrechungen dem Seidamt vor, das Ehepaar Ime Hofe sogar noch länger, zwischen 1473 und 1493.

Peter Lützenkirchen war ein bedeutender Kölner Kaufmann. Er handelte mit Seide und anderen Gütern und ist zu finden im Verzeichnis der Kölner Hansekaufleute um 1470/1480. Er war Faktor mehrerer oberdeutscher Handelshäuser, der Großen Ravensburger Handelsgesellschaft und der Vöhlin-Welser Gesellschaft. Zwischen 1485 und 1493 war er mehrmals Kölner Ratsherr.

Bei dem Haus Wolkenburg, das Peter Lützenkirchen 1492 als Wohnhaus für seine Familie erwarb, handelte es sich nicht um die heute in Köln bekannte Wolkenburg im Mauritiussteinweg, sondern um einen weiteren Hof mit diesem Namen in der Nähe von St. Cäcilia.

Fygen Lützenkirchens Tätigkeit als Seidmacherin ist bis zum Tode ihres Mannes 1498 nachweisbar. In der Zeit hat sie fünfundzwanzig Lehrtöchter ausgebildet und dazu ihre eigenen Töchter, Fygen II. (im Buch Sophie genannt), Agnes und Lisbeth. Es ist anzunehmen, dass sie danach ihren Betrieb an ihre Tochter Lisbeth übergab, Peters

Nachlass verwaltete und weiterhin die Große Ravensburger Handelsgesellschaft in Köln vertrat.

Es war den Seidmacherinnen bei Androhung des Ausschlusses aus der Zunft untersagt, Seide an Konvente zur weiteren Verarbeitung zu geben. Aber obwohl es wirklich des Öfteren Auseinandersetzungen gab um die Gewerbebetriebe in den Klöstern und Konventen, so hat es doch im Jahr 1498 kein Verbot des Rates der Stadt gegeben, der die Beginen daran hinderte, Seide zu spinnen. Auch war es in Köln nicht notwendig, von ehelicher Geburt zu sein, um eine eigenständige Seidenweberei führen zu dürfen. Lediglich um Zunftmeisterin zu sein, hätte Fygen ehelich geboren sein müssen. Ab 1506 verlangten die Seidweber dann den Erwerb oder den Nachweis des Bürgerrechts als Voraussetzung zur Zulassung zur Zunft.

Obwohl bekannt ist, dass König Maximilian, der spätere Kaiser Maximilian I., durchaus Interesse an den Damen des Bürgertums zeigte, war nicht Fygen, sondern die Äbtissin des Stiftes St. Ursula seine Tischdame bei dem Festmahl, das er anlässlich der Feierlichkeiten seiner Krönung in Köln gab.

Nikasius Hackenay wurde erst 1504 kaiserlicher Hof- und Rechenmeister. Er erwarb 1507 im Auftrag von Maximilian I. die Höfe Heidenreich und Scharenstein am Neumarkt, an deren Stelle er ein stattliches Wohnhaus errichtete, in dem der Kaiser bei seinen Besuchen in Köln residieren konnte.

Danksagung

All jenen, die mich bei der Arbeit an diesem Buch so wundervoll unterstützt und damit einen nicht unerheblichen Anteil zum Gelingen beigetragen haben, möchte ich meinen herzlichen Dank aussprechen. Zuallererst meinem Mann Andreas, der es mir ermöglicht hat, die Zeit und Muße für das Schreiben zu finden. Unbeirrbar hat er vom ersten Moment an dieses Buch geglaubt und mich aus seiner anscheinend nie versiegenden Quelle an Mut und Optimismus versorgt.

Großer Dank gebührt ebenfalls Frau Ingeborg Castell von der Verlagsagentur Lianne Kolf, die Fygen Lützenkirchen und mich mütterlich unter ihre Fittiche genommen hat.

Heike Bücher und Sabine Gemünden danke ich für das unermüdliche Lesen des Manuskriptes und Nicola Hahn für die unschätzbare Empfehlung.

Für ihre kompetente fachliche Unterstützung in Sachen Textilherstellung danke ich Lothar Schey und Gerd Ott.

Ute und Ansgar Dürig, Heike und Andreas Richter waren mit dem rechten Buch zur rechten Zeit bei der Hand, Frau Carius von der Anna Amalia Bibliothek in Weimar besorgte mir den wundervollen Mercatorplan.

Danken möchte ich außerdem Klaus Dewes und Herbert Ullenboom, und nicht zuletzt gilt großer Dank meiner Mutter, die mich schon früh mit ihrer Leidenschaft für das geschriebene Wort infizierte.